她們

任曉雯

序言

任曉雯

《她們》於二〇〇二年動筆，二〇〇七年完成，九易其稿。那時我二十多歲，野心滿滿，渴望寫大作品。於是有了這麼一部眾生相式小說，以上海為藍圖，講述了上世紀五〇年代至本世紀初的市井男女故事。其間有世態流變，有對不測命運的嘆息，有泥沙俱下的欲望，以及被欲望拖入深淵的人性。

《她們》是激憤之作，也是冒犯之作。今日的我，對其中的尖銳略覺陌生。一晃十多年，我已步入嚴謹緩慢的中年。開始關注死亡，學會審視自己，也試圖把人性放到更整全的秩序中考量。人性是「愛與黑暗的故事」（奧茲），是「既有愛也有汙穢淒苦」（沙林傑）。倘若今日來寫作《她們》，我可能不會任由人性跌入絕望。這是反省，但並非否定。我仍喜愛《她們》，對它沒有遺憾。願臺灣讀者也喜愛它。

寫於二〇一八年十月三日星期三

目次

她們

一日長於百年，擁抱無止無境。

——鮑里斯·列昂尼多維奇·帕斯捷爾納克（1890-1960）

上篇

第一章

樂慧

1

那年，樂慧十二歲。學校門口的花壇，一串紅和夾竹桃都開了。空氣裡有樹葉熱烘烘的味道。樂慧摘了一串紅，吮著花心，絲絲的甜。夾竹桃的花心是什麼味道？這樣想著，她的鼻腔膩出一股血腥。

樂慧從菜場拐回家。菠菜浸水，鯽魚開膛，蕃茄放上砧板，土豆排成一列。灶披間四戶合用，僅容五六人。下午三時，陽光正濃，三堵窄牆跟烤紅薯似的，暖洋洋、黃燦燦。樂慧做完飯，進屋寫作業。老師說，現在是非常時期，放學後不要外出。

陽光被窗柵欄分成一條條，緩慢挪動。挪著挪著，這些細長的腳淡了。樂慧打開日光燈，吃了一碗飯。搛的時候，儘量不破壞菜的形狀。

吃完，把大木盆攞到屋子中央，到灶披間燒熱水。一隻灰蛾停在牆壁的油漬上。樂慧伸手撲拍，蛾子顫著翅膀，飛到她身後去。樂慧聳了聳肩，頭頸裡一片癢，背也跟著癢，接著是胳肢窩，躲了一星期的癢全都鑽出來。

樂慧慌慌忙忙擦肥皂時，聽到鑰匙開門聲。

「爸，菜在桌上。」

樂鵬程嗯了一聲，走到桌旁。

樂慧將絲瓜巾掩在胸前：「很累吧？」

「是呀，不知道公交師傅要罷工多久。」樂鵬程將包放在椅子裡。從下往上看時，他的臉廓畸變成梯形。

屋裡忽然靜極了。

「阿慧，」樂鵬程的聲音抖了一下，「我幫你搓背。」

「不用了，爸。」

樂鵬程蹲下，將黏在樂慧頰上的濕髮繞到耳後去，順勢輕揉住她的耳垂。他的動作很慢，眼睛亮晶晶的，眉骨和嘴角都在輕顫，像一隻支立在浴盆邊的大狼狗。

「阿慧！」

樂慧爆出急促的尖叫。樂鵬程渾身一泠，恍惚地站起來，回桌前坐下。樂慧濕漉漉地披好衣服，爬上床，裹緊被子。片刻之後，樂鵬程挨過來，訕訕道：「作業多嗎？」

樂慧搖頭。

「做完了？」

搖頭。

「不想做？」

樂慧不動，也不吱聲。

「那就不做……我也不餓，吃不下飯。」

他打開電視，關掉電燈，靠在牆上，看了一會兒，拉樂慧起來。樂慧由他拉著，也靠到牆上。樂鵬程隔著被子，摟住樂慧。濕衣服讓樂慧的皮膚發燙。

電視機是一個同事幫忙組裝的，買了劣質顯像管，圖像略略向左傾斜。此刻在播放新聞，一個傾斜的人，在向一輛傾斜的坦克投擲石塊。屋裡暗極了，樂慧感覺腦袋裡有根鑽子。黑夜全壓在她身上了。

「阿慧，怎麼在發抖，冷嗎？」樂鵬程轉動的前額，在電視的亮斑中反著光。樂慧似乎覺得，只要奮力一擊，就能將它粉碎。

2

樂慧卡著分數線，擠進區重點初中。她不再是三好學生，還交了男朋友。那個賣刀的混混叫六子，不知真實姓名，或許樂慧問過，但忘了。說是賣刀，實則搶錢，挨戶敲門，拿刀往門縫裡遞：刀要嗎？刀買嗎？哪個敢不要，哪個敢不買。有的甚至扔下錢，連刀都不拿。樂慧就敢不買，頭一昂，沖六子大叫：「老—娘—不—買！」這樣，他們認識了。

樂鵬程認為，女兒是被她流裡流氣的同桌帶壞的。那個董小武，爸媽離婚了，跟著奶奶過。人聰明，就是不學好，抽煙、賭博、結交社會朋友。樂鵬程找班主任，要求換座位。過了幾個月，董小武自己輟學了。

此後不久，樂慧撞見六子和別的女人睡。她抄起六子賣刀的挎包撒出去，負心郎的後背和手臂挨了幾傢伙，頭皮削掉一塊。此後他改了行，擺個補胎打氣的小攤子，碾好碎玻璃，往拐角一鋪，守候過往的冤大頭。

樂慧大哭一場。哭完覺得沒什麼了。給六子寫信：「六子，你是個屁，一放就放掉了。老娘不和你玩了，老娘好好學習了。」

樂慧的成績提升很快，但不穩定。中考時，班主任和樂鵬程都建議填本校高中。樂慧道：「幹嘛不搏一下呢，大不了進技校。」她居然發揮超常，進了本區的市重點——愛民中學。這是一九九三年。

3

愛民的女生搞小團體，東一堆西一撮，互相看不慣，互相說壞話。不屬於小團體的，就更被攻擊。樂慧的同桌楊麗，普通中學考來的，也獨來獨往，樂慧聽過女生們議論，說楊麗雙目間距過短。樂慧仔細觀察，發現確有那麼一點。楊麗喜歡聊八卦，沒八卦時，就對樂慧愛理不理。

談戀愛的同學很多。樂慧犯過一次桃花：體育委員嚴朝暉，當著全班同學面，送了她一支玫瑰。花枯得很快。樂慧將它曬乾，夾在書裡。蹊蹺的是，嚴朝暉沒有進一步表示，甚至似乎躲著她。樂慧心神不定了幾天，寫了張小紙條，悄悄塞在嚴朝暉的鉛筆盒裡。翌日一早，那紙條被釘在黑板報邊上。樂慧只留意嚴朝暉，沒有留意同學們的竊竊私笑。她是下午才發現的。她看到她瘦弱而誠懇的紙條，在教室後門的風裡，沿著折痕截截顫動，彷彿要飛離釘住它的大頭釘。

一個月後，嚴朝暉和文藝委員孫雯雯好了。孫雯雯喜歡紮雙股的麻花辮，額前別個粉紅髮夾，有點像馮程程。常有高年級的男同學，聚在高一2班窗口，哄喊她的名字。嚴朝暉比孫雯雯高大半個頭，當他微笑著俯向她時，樂慧不得不承認，他倆有點般配。

4

高一下學期。

體育課上，兩班男生比籃球，女生觀戰。嚴朝暉一搶到球，孫雯雯就歡呼連連。樂慧冷眼瞅了會兒，灌幾口白開水，獨自回走。

教室門鎖著，近走廊的拉窗沒關。樂慧攀上窗臺，蹬住外牆，腳底突然打滑，卡在了半當中。屋裡坐著個男生，回過頭來，猶豫道：「要幫忙嗎？」樂慧熱著臉，不吱聲。他過來拽住她的手腕。樂慧扭擠進窗口。當她喘著氣整理衣服時，男生默默回到座位上。

下課鈴很快響了，班長開門，發現一男一女獨處，噓了一聲。他的背後湧進一股喧譁。鄰班贏了，嚴朝暉一邊換球鞋，一邊痛斥對方耍賴。樂慧回望幫她爬窗的男生，他正一手支著面龐，一手隨意翻動桌角的課本，眼皮耷拉著。

上課鈴催趕起來。教室裡滿是酸熱的汗臭，一些腦袋伏在課桌上。樂慧問楊麗：「那個新轉來的男生，叫什麼名字？」

「沈立軍呀，你連他都不認識。」

沈立軍皮膚白晰，臉頰上透著淺淡的血管紋路。樂慧發現，很多人都在注意他。幾次有小車到校門口接送，樂慧留意同學的議論，原來那是寶馬，值一百多萬。沈立軍還有高級Walkman和一種叫Zippo的打火機。他看似平淡的衣著，都是最新款的耐吉和愛迪達。有人拿出時尚雜誌，裡面的黑人模特穿得和沈立軍一樣。樂慧偷瞧了一眼。纖長的沈立軍，配著名牌運動服，別有一種文雅。

沈立軍帶來幾本昂貴的籃球雜誌，放在講臺裡供全班取閱。幾次體育課後，買來冷飲招待同學。他很快有了幾個小跟班，不少女孩寫情書、塞紙條。他似乎與前排的錢敏然投緣。錢敏然是孫雯雯的死黨。

樂慧經常假裝隨意地出現在沈立軍附近。他去食堂，她也去食堂，他到小賣部，她也到小賣部。沈立軍小便，樂慧就在男廁所附近溜達。好幾次迎面相遇，樂慧反而不敢直視，瞪著天花板過去。

5

傅波是高一2班最調皮的學生。因為調皮，換過幾次座位，最後換到樂慧後排。他揪樂慧頭髮，把髒水灌進樂慧的飯盒，還把死老鼠扔在她課桌裡。樂慧和他對罵，傅波罵不過樂慧，就嚷：「老三，老三，臭老三。」周圍大笑。樂慧不知道「老三」什麼意思，問楊麗，也不說。一次打起來。傅波將樂慧的腦袋按到課桌下，連道：「快討饒，快討饒！」樂慧眼淚鼻涕全出來了，仍咬著牙不出聲。事後，楊麗道：「打不過人家，還倔，以後要吃苦頭的。」

樂慧覺得，這話表示了某種友好。一次，楊麗的例假染到褲子，樂慧脫下外套，給她遮在腰上。傅波在後面怪叫：「楊麗你要她衣服啊，不嫌髒。」楊麗緩緩解下衣服，扔回樂慧膝蓋上。

第二天下午，學校有個廣播操佇列彩排。高一2班統一穿白襯衫，黑長褲，等在花壇邊。時值早春，樂慧渾身打顫。她看見沈立軍被幾個小跟班圍著，嚴朝暉擠在孫雯雯的女生小團體裡。其餘皆仨倆倆。也有落單的，那是楊麗，縮頸抱胸，杵在花壇的另一端。樂慧和楊麗，隔著四五堆人，彼此凝望。楊麗的白襯衫發黃了，還偏小，袖口露著一截粉色的棉毛衫。過了會兒，那截粉色慢吞吞移過來。

樂慧道：「你好。」

楊麗道：「你好。」

「冷嗎？」

「冷。你呢？」

「我也冷。」

楊麗跺跺腳，樂慧也跺跺腳。

靜了幾秒，楊麗問：「知道為什麼叫你『老三』嗎？」

「為什麼？」

「真要聽？」

「嗯。」

「那我真說了。」

「你說。」

「班裡有『四大醜女』，」楊麗靠近一步，「第一名范琪冰，第二名韓菲，第四名胡芹芹。」

樂慧「哦」了一聲。

「你不難看，就是不會打扮。孫雯雯那幫人，整天買名牌。我覺得吧，錢敏然還沒你好看，但『三分長相七分妝』。」

楊麗越說越響亮：「你的脾氣也怪。其他『三大醜女』低調，人家不怎麼說。你呢，老幹傻裡傻氣的事，唯恐別人不注意呀。上次嚴朝暉和人打賭，給你送花，你居然以為他真對你有意思，還給他寫紙條……他們那麼做，是挺傷人。但你也有問題。孫雯雯和嚴朝暉就是配。做人貴在有自知之明……喂，你別搖來搖去的，搖得我也難受。是不是生氣啦，是不是啊。我說這話，也為你好。喂，你別這樣，別搖了……」

這時，體育老師衝過來喊：「輪到你班了，快排好佇列。」樂慧和楊麗被忙著站隊的同學沖散了。這天的彩排，樂慧出了幾次錯，被宋老師在班上批評：「成績好壞有智商因素，可做操排隊，也那麼難嗎？關鍵是態度，態度！」

樂慧埋頭在胳膊裡。

「怎麼，睡著了？我的話聽進去沒有？」

旁邊楊麗推了推她，大聲對宋老師道：「她不舒服。」

「不舒服就回去休息。」

樂慧趴了整整一節課。那段時間，如果有誰掰起她的頭，就會看到流滿雙頰的淚水。

6

樂慧明顯話少了。楊麗開始主動搭訕。在她說出「老三」的真相後，樂慧暗暗視她為朋友。楊麗說，別看那些人，故作學習輕鬆狀，其實和她們一樣，每天都熬夜，還參加週末補課。他們讀《每週廣播電視報》，然後假裝看了很多電視。經楊麗指點，樂慧發現，確實不少同學精神欠佳。有個老愛在課間趴睡的數學尖子，樂慧曾聽他炫耀：「我每天九點就上床睡覺了。」樂慧告訴楊麗，楊麗說：「你怎麼這樣傻，人家說啥信啥。」樂慧覺得，楊麗的直率，是她表現親近的方式。

有段時間，楊麗一個勁地八卦沈立軍。樂慧「嗯嗯哈哈」不接碴。楊麗說：「人家父母路道粗，怎麼混都好，模樣也好，腦子也好，條件好得不得了……不像我們，什麼都靠自己，除非……找個老公靠靠。」前排女生突然回頭，笑了一下。楊麗說：「笑什麼笑。」女生說：「你們想找老公。」楊麗說：「你才想找老公。」樂慧皺著眉頭。楊麗低下腦袋，壓住聲音，繼續道：「你說，沈立軍不會真和錢敏然怎麼了吧，太不般配了……錢敏然算得了什麼，長得還沒你好看呢。」

很快入梅了。接連下雨，有蚯蚓被沖上水泥地。體育課自由活動時，樂慧踩蚯蚓玩，一碾一灘褐漿。她發現沈立軍在不遠處，就假裝在地上看看找找，慢慢接近。這時，她見他彎下腰，撿起一條蚯蚓，扔回花壇。

這個動作，在瞬間擊中樂慧。她想跑上去，抱住這個男孩痛哭。但終於木木然站住，又木木然走開。楊麗在單槓邊招手。樂慧過去。楊麗道：「怎麼啦，你臉色不對。」

這天晚上，樂慧給沈立軍寫信，寫到十七頁時，腦子裡還有許多話，身體卻快虛脫了。於是歇了筆，從頭讀一遍。她對寫的話驚訝，又感覺難為情。她開始撕信。整疊撕不動，就一頁一頁。作文課上偷的文稿紙，很厚，居然將手指割破了。

撕完，樂慧攤開一張新紙。沈立軍會不會也將她公之於眾？樂慧點了根菸。

沈立軍，他對蚯蚓發善心。而她樂慧，是個活生生的人。

7

一天放學，樂慧隔著四五個人，隨沈立軍穿過操場。寶馬車沒來接。沈立軍貼著花壇走，邊走邊用包帶的搭扣叩碰鐵欄。

樂慧跟了很久，上前「嘿」了一聲。

沈立軍回過頭。

樂慧道：「我往這裡走。」

沈立軍說「哦」，繼續低頭向前。

樂慧也低頭向前。她感覺沈立軍無意同行，於是腳步漸慢。可沈立軍也跟著慢下來。樂慧又緊走幾步，與他並肩。她發現，沈立軍沒她想像中高。

「對了，你有沒有……」樂慧說。

「信收到了。」

沈立軍站住。樂慧也站住，腦子裡一嗡一嗡的。她發現自己突然撲過去。沈立軍一躲，樂慧親在了他的嘴角外。倆人面對面呆著。沈立軍忽地笑了，捧起她的臉，吻了吻她的嘴。

8

沈立軍讓樂慧別說出去。樂慧不說。楊麗不會信的，她自己都要不相信。

那天以後，寶馬不接送時，沈立軍就和樂慧一起。他們各自離校，在偏僻的路口會合。沈立軍每次都吻她。他的嘴唇像兩枚又薄又軟的沙發墊，讓人想依靠進去。他們偶爾牽手，可時間很短。樂慧更喜歡牽手，這讓他們看起來像在談戀愛。

樂慧問沈立軍：「你喜歡我什麼？」

沈立軍笑笑。

樂慧想，或許他不喜歡她——他肯定不喜歡她，她不值得他喜歡。

但那沒關係。

沈立軍喜歡喝礦泉水，一口氣喝掉大半。瓶子留了一淺底的水，就被往垃圾筒裡扔。繼續往前走時，樂慧會滿懷同情地想一下空塑膠瓶，它離開了沈立軍涼滑的手。

一天，看完電影《西雅圖夜未眠》，到了路口，樂慧拉著沈立軍，不肯讓他走。

沈立軍道：「你這樣子，倒像是生離死別。」

樂慧道：「真的有點像呢。」

沈立軍笑笑。

樂慧道：「你笑什麼？我更喜歡你多說些話。」

「我好像沒什麼話說。你有什麼話嗎？」

「我……也沒什麼話了。」

沈立軍看著她。

樂慧道：「那好吧，你走吧。」

於是沈立軍轉過身，走了。他背影單薄，走的時候，肩膀一聳一聳的。樂慧凝視著，忽地產生一個念頭。她想，日後要把這念頭告訴沈立軍。

除了功課，他們談得最多的，是流行歌曲。樂慧沒有收音機，只聽過弄堂人家放鄧麗君。她偷樂鵬程的錢，買了一架，既能收電臺，又能放卡帶。被樂鵬程發現後大罵了一通。

樂慧問楊麗借《每週廣播電視報》，勾出電臺排行榜的時間，再用買收錄機附贈的空白磁帶，精選曲目，錄成一盤。A面和B面，各剩半分鐘和一分鐘的空白，於是錄了兩段話，一齊送給沈立軍。

沈立軍道：「我不缺音樂帶，家裡還有很多演唱會錄影呢。薛阿姨經常幫我拷貝節目的。」

樂慧道：「收下吧，哪怕放著不聽，也是我的心意。」

沈立軍道：「我東西太多，沒地方放。時間長了也是扔掉。你還是回去自己聽吧……怎麼了，你不高興？」

樂慧搖著頭道：「沒有啊。」

9

一個多月後，學校組織郊遊，正值春暖花開，風兒軟綿綿的。樂慧漫不經心地和楊麗說著話，一路留意前方隊伍裡的沈立軍。楊麗冷笑道：「這麼鬼鬼祟祟，真讓人看不下去。學校只管成績，又不管你們這些亂七八糟的。」

捱到分散活動，沈立軍飛速望了樂慧一眼，往一條靜路繞過去。樂慧和楊麗分手，隔著三五十米，跟著。人越走越少，沈立軍拐到一個死路口，站住。樂慧瞅著四下無人，歡天喜地奔過去。沈立軍把她拽進旁邊的小樹叢，急巴巴道：「我們那個吧。」

樂慧心兒蹦蹦跳：「我們哪個？」

沈立軍笨手笨腳地解她褲子，還拚命揉捏她的乳頭。樂慧疼得哇哇叫。沒來得及反應，沈立軍突然停住：「咦，你不是處女？」

「我……是的。」

沈立軍支起她的下巴，捕捉她的視線。

樂慧漲紅了臉：「你不懂。」

「誰不懂，女人第一次會流血的！」沈立軍蹲下，扒開樂慧的大腿。

「疼，你弄疼我了！」

「疼怎麼沒血？」

樂慧大呼小叫，清水鼻涕也出來了。沈立軍站起身，掐著樂慧的脖子，頂到一棵樹上：「說，怎麼回事？」

「沒……沒……什麼事。」樹皮疙瘩扎得背脊生疼。

「到底怎麼回事？」

「沒……不知道……」

「說呀……」

「就有過一次……」

「好啊，我只是試探試探，沒想到真不是處女！」

「我……」

「還想騙人，你這個妓女！」

樂慧耳朵裡悶了一下，頓時什麼都感覺不到。

半晌回過神。臉頰上有東西爬，癢癢的，一摸，是血。沈立軍已不知去向，小樹叢被風一吹，四面八方地顫響葉子。一個男生在五米開外的樹下撒尿，撒完抖了兩抖。樂慧一驚，雙手摸下身，還好，褲子不知何時繫上了。男生回過身時，樂慧覺得臉熟，是隔壁班級的。鄰班男生假裝沒看到她，哼著小曲兒快步離開。樂慧慢吞吞地往外走，邊走邊整理衣服。不斷有灌木枝橫出來，即使隔著褲腿，也勾了一道道紅印子。

10

樂慧只知道，沈立軍住在一個叫「錦華新苑」的社區，她跟蹤過他。樂慧在「錦華新苑」附近瞎轉，奢望一次偶遇。又在公用電話亭給楊麗打電話，問有沒有沈立軍的拷機號。「錢敏然應該有吧。怎麼，你沒有嗎？不會吧，他們都傳你和沈大款有一腿。你們怎麼了，是不是有一腿？」樂慧胡亂掛斷電話。她感覺有虛汗，從趾間涼涼滲出來。嘴裡也發苦。

樂慧混進「錦華新苑」。門口的保安注意到她，瞄了一眼她的校徽，什麼都沒說。社區裡約有十來座樓，分散在綠地、樹木和各式小轎車之間。連垃圾桶都一個個整潔、安靜。正中一方花園，有山，有水，有中式六角亭和歐式雕花圍欄，還有小型兒童樂園。一個穿公主裙的女孩在尖叫，她的裙子被溜滑梯擦得翻起來，夥伴們在梯子盡頭接應。

樂慧繞過乾洗店和水果店，進入一家小超市。一個白衣白帽的年輕人，站在大玻璃後，雕石像似地雕著一只蛋糕。樂慧聞到製作糕點的熱香。在她居住的七馬路上，煙雜店永遠散發著醬油的骯髒味。它們屬於兩個不同的世界。

週一上午，樂慧花了大力氣，掙扎著爬起床。到校時，已是第二節課。沈立軍居然也沒來。地理老師冷冷道：「有些老油條，我都懶得批評了。」

中午，沈立軍的位子仍空著。楊麗趴到樂慧旁邊，拉開她的一隻手，驚呼：「臉這麼腫！早上我都沒注意。」

「螫的。」

「什麼東西螫的？不像啊，倒像打出來的。發生什麼了？春遊那天歸隊，找不到你和沈立軍，宋老師差點報警了。」

樂慧甩開她的手。

楊麗推推她：「你們到底怎樣了？你是不是失戀了？」

樂慧突然坐直，沖楊麗大聲嚷道：「他媽的別問了，行不行啊！」周圍驚望過來。樂慧的眼睛、鼻頭，甚至耳廓，都是紅的。但她臉上沒有眼淚。

放學後有大掃除。孫雯雯負責掃第一、二排。她將垃圾往樂慧負責的三、四排掃。樂慧趁孫雯雯轉身，把垃圾掃回去。孫雯雯又掃回來。樂慧道：「嬌小姐，不會用簸箕呀。」

「找不到。」

「就在講臺邊。」

「你幫我簸了也一樣。」

「我憑啥給你簸。」

「凶什麼凶，被人甩了，也不用到處出氣吧。」

樂慧噎了噎，道：「操，關你屁事。」

孫雯雯噘起嘴：「你怎麼說髒話呀。」

樂慧掃帚一扔：「老娘就說髒話，怎麼了。小騷貨，裝純情。」

孫雯雯「啊」地倒吸一口氣，額角浮起一彎彎血管：「你才小……狐狸精呢，主動親人家，勾引人家，最後被甩啦，活該。」

樂慧捏起拳頭衝過去。孫雯雯尖叫。剛打了一下，就被趕來的嚴朝暉推倒。樂慧的後腦勺撞在桌角，即刻蜷到地上。孫雯雯在哭。

空白了三四秒，才漸漸感覺疼。沒人過來扶她。

11

一個星期裡，班主任宋老師找樂慧談了兩次話。他把樂慧的考卷甩在她面前，喋喋不休著。樂慧瞧他的嘴，那嘴不停變換形狀，挺有意思。瞧了會兒，又沒意思了。樂慧低下頭，摳弄辦公桌沿上的一個小凹塘。

宋老師一拍桌子：「看著我。」

樂慧依舊低著頭。

宋老師道：「我讓你看著我。」

樂慧仍然不語。

宋老師怒道：「給我邊上站著，好好反省一下。」

樂慧在牆角站定。她聽到一遍鈴，又聽到一遍鈴。上課了。沒課的老師開組織會議。宋老師瞥了一眼樂慧，對教數學的王老師道：「你們先去，我就來。」

他沒有離開的意思，慢悠悠翻著報紙，還將小指頭送進耳孔搗騰，彈掉指縫裡的耳垢後，舒心地哼了一聲。樂慧心頭的火苗，驀地竄成一個瘋狂念頭。

她悄悄挪向辦公桌，抓起一只玻璃杯。茶水仍有些燙手。樂慧疾衝過去。宋老師大喊：「幹嘛！」雙臂一格，杯子滾到一邊。樂慧往外逃，被宋老師抓住肩膀，從門邊拖回，當頭一巴掌。樂慧身子動不了，腦袋東躲西藏。宋老師索性揪起她的頭髮，在她臉上連搧六七下。樂慧被搧的部位先是發冷，然後轉熱，最後「嗡」的一聲，雙頰滾滾地劇痛起來。

樂鵬程找校長求情，校長說：「宋老師的手掌，燙傷好大一塊。」樂鵬程繼續求情。校長拿出樂慧本學期的成績單：「宋老師給我看時，我也很吃驚。我們愛民的學生，是尖子裡的尖子，高考升學率，從來都是數一數二的。」樂鵬程拿過成績單，翻了一頁，闔上了，不再吱聲。

樂慧是被勸退的。樂鵬程辦完手續，拖著沉甸甸的腿回家，晚飯不吃，腳也不洗，哀聲歎氣上了床。樂慧則蜷在灶披間，拖著接線板，將錄音機擱在膝上。進來洗燒的大媽大嬸被悚得慌，一個問：「慧慧，新買的機器呀？」樂慧不答，也不動。於是沒人再理她。

樂慧在聽音樂。音量開到最小，什麼都聽不見，但她能一首首地背出那些歌。在A面剩餘的半分鐘裡，她可以聽到自己的聲音：「沈立軍，剛才看了《西雅圖夜未眠》，我在想一個問題，我願不願意替你去死呢。」然後是B面的一分鐘：「我很認真地想了，我的答案是：願意。天哪，我快被自己感動死了。不過，你大概覺得我幼稚吧。我也覺得挺傻，可這是我的……好了，沒什麼了，帶子快結束……」

12

一九九八年，毛頭和樂慧第一次見面，是在飯局上。毛頭是董小武的老大，樂慧是董小武的初中同桌，輟學後又在路上碰見，就玩在一起。此時，董小武已叫「阿烏」。

樂慧凹眼睛，凸顴骨，一頭短髮拉過燙過，染成黃色，像只洗壞的絨毛玩具。

毛頭瞄了一眼，沒多注意。阿烏他們常帶女孩子玩。樂慧中不溜秋，不醜也不美。喝過幾杯，阿烏拿出菸紙捲大麻。樂慧在旁問：「真香，什麼菸？」

「大麻。」

「哇。」

「嘗過嗎？」

「沒呀。」

「喏，試試。」

阿烏遞過菸捲，樂慧點燃了，狠吸一口。

「什麼感覺？」

「沒太大感覺，」樂慧眨巴眼睛，努力回味，「似乎有一點點暈。」

阿烏接過菸捲，也吸一口，問：「知道一口多少錢嗎？」

樂慧答：「不知道。」

「聞聞，香吧。上好的純大麻葉。這麼一大口下去，五百塊錢就吸掉了。」

樂慧咧了咧嘴。

「沒錢的吸不起，只能混著菸絲，或者弄些稀稀拉拉的根啊莖的，」阿烏似笑非笑道，「那五百塊錢，你怎麼還我？」

「我……沒錢。」

「可以讓你拖一拖。兩星期，怎麼樣？」

樂慧猶豫道：「能一個月嗎？」

眾人大笑。樂慧一臉惶惑。

阿烏正色道：「這樣吧，你陪我一晚，算還了二百五十塊，兩晚就清了。」

樂慧意識到，阿烏或許在作弄她，但不能確定，於是愣在那裡。

毛頭道：「好了，阿烏，別逗人家小姑娘了。」

阿烏問樂慧還吸嗎，樂慧急忙擺手。於是他們給樂慧灌酒。席間只有一個女人，小兄弟們幫著一起灌。樂慧爽快，人家讓喝她就喝，咕嘟嘟滿杯下肚，笑得更憨，十根指頭都醉紅了，坐在椅子上搖晃，由著男人們東摸西抱吃她豆腐。

「親愛的小慧慧，」阿烏摟住她道，「你挺有意思的。」

「真、真的嗎？」

「頭暈了是不是？」

樂慧點點頭，噗了一口氣。

「你現在看到什麼？」

「什麼？」樂慧瞥起一隻眼睛，瞧他一下，又閉上。

「吸過大麻再喝酒，會出現幻覺。」

「噢。」

「男的看見光屁股女人，女的看見光屁股男人。」

樂慧驀地圓睜雙目：「哪裡，哪裡光屁股男人？」

大家前仰後合。

「看見嗎？」阿烏煞有介事地指著天花板，一手在她背上撫摸。

樂慧搖頭。

「仔細看，那兒。」

樂慧拍掌大笑：「是啊，看見了。」腦袋直直倒向桌面，不動了。

阿烏推她，她往桌底下滑，趕緊拉住。

毛頭道：「玩笑有點過了。」

阿烏把樂慧扶靠在椅背上，一個小兄弟用濕紙巾敷她額頭。男人們喝酒吃菜，談了點正事，忽聽樂慧大叫：「我知道，你們都欺負我，瞧不起我。」

「沒啊，沒有的事！哪兒有！」

「我知道的……」喉嚨裡嗚嚕兩記，又沒聲了。

飯畢，樂慧還在椅子裡醉著。阿烏和一個叫「二鍋頭」的，都想帶樂慧回去，正協商著，毛頭突然插嘴：「我送她回去。」

阿烏立刻滿臉堆笑：「毛老大要的女人，我們不好搶的。」

13

第一次正式約會。

毛頭問樂慧愛吃什麼，樂慧琢磨道：「自助餐好，想吃什麼吃什麼。」

毛頭帶她去全市最豪華的自助餐廳。在皮沙發上坐定，小姐給了號牌，說稍等五分鐘。樂慧盯著大廳正中的水晶球發呆。緩慢轉動的球體，被金燦燦的底座托舉著，被十多盞豪華吊燈照耀著，像只拒人千里的冷太陽，頂部一眼噴口，滋出股股清水，沿球壁流下，十來條圓滾滾的蘭壽魚，在橄欖形水池中歡游。

「看什麼呢？」毛頭把樂慧環到胸前。

「我想回家，我穿得太土了。」

「不土，吃完咱買好看衣服。」

五分鐘後，樂慧舉著鋥亮的大勺左顧右盼。毛頭在桌旁等了半小時，才見她托著滿滿的盤子跑來。

「慧慧，這個是用來裝飾的。」毛頭挑掉她盤裡的胡蘿蔔飾花。

她臉紅了，環顧四周，將胡蘿蔔花掖到盤底下。

樂慧每嘗一樣，都禁不住讚歎。那麼多美妙的味覺，同時奔向舌頭，她連酸甜苦辣都辨不清了。

毛頭不停道：「吃慢點，吃慢點。」樂慧慢下來，身體後仰，脖頸拉長，試圖讓食道更加暢通。

毛頭道：「咱不吃了，去買漂亮衣服。」

「再拿兩塊蛋……」樂慧爆出一串油膩的嗝，說不下去了，乖乖由毛頭拉走。

在兩條街外的精品商廈，樂慧看中一條桑蠶絲吊帶裙。毛頭招呼營業員，胖女人正對著鏡子補唇膏，假裝沒聽見，毛頭大呵一聲，她才乜斜著眼，不緊不慢地旋好口紅蓋，從聚酯模特兒頭上兜出裙子，甩到櫃檯上，大聲報價道：「一千七百二十六，不打折。」

模特兒身上的緊身裙，成了樂慧身上的大睡袍，胸前空闊，下擺寬敞，彷彿塞進二三十斤脂肪，才能把裙子撐起來。

「不太好看嘛。」樂慧在試衣鏡前轉圈。鎖骨尖尖的，深藍質料將面孔襯得又灰又暗。

「好看，就這麼穿回去，」毛頭從後面抱住她，「就是臉色差了點，回頭咱好好補一下。」

換下的綠條紋T恤和窄腿牛仔褲，毛頭往櫃檯邊一扔，樂慧讓胖女人剪掉吊帶上的標牌。離開時，忽聽胖女人對另一營業員道：「兩個鄉下人，看不出蠻有錢的。」

毛頭說上樓買高跟鞋，樂慧倔在自動電梯旁。毛頭拉她，她胳膊往扶手上一扣，「不，不」地叫嚷。

出了商廈，樂慧瞅著自己髒兮兮的跑鞋道：「我不配穿這麼貴的衣服。」

「誰說的！」

樂慧嘟著嘴，歪著頭。毛頭抬她下巴，她拚命搖晃。

「呦，哭啦！」抱緊她。

兩人站在路中央，沒完沒了地接吻，眼淚混進口水裡，鹹鹹的。

「你喜歡我什麼呀。」

「喜歡你的很多東西。」

樂慧想了想，道：「騙人。我不配別人喜歡。」

「快別這麼說。」

「真的，我沒一處好的。」

「慧慧，別作賤自己。只要是個人，總有好的，不好的。」

「我不是人。」

「你說什麼？」

樂慧自己忍不住笑了：「我是說，我沒什麼好的。」

「當然有啊。比如吧，你眼睛漂亮，身材也好。還比如，你很單純。」

「單純就是傻唄。」

「非得說傻，那我就喜歡你的傻。只要有人喜歡，不好的也變成好的了。」

「騙人，我……」

毛頭用舌尖封住她的嘴。

「哎呀，受不了了！」樂慧猛推毛頭，大口呼吸。

兩人狂笑，直不起腰。

「慧慧，我把你在手心裡揉啊揉，揉成小小的，放進口袋，走到哪兒，帶到哪兒。」

「不，不放口袋，我想鑽進你暖乎乎的肚子裡。」

14

樂慧一再追問，毛頭初次見面，送她回家，是不是想和她上床。

毛頭想了想，說不曉得，也許是不願意阿烏帶她走。

樂慧咯咯笑道：「那麼說，第一次見面，你就喜歡我啦？」

那晚在路上，毛頭一直擔心，樂慧會從摩托車上掉下來。誰知她雙手緊緊環住毛頭的腰，整個胸脯貼在他背上，腦袋不斷調整角度，尖下巴硌得他疼。樂慧指錯兩三次方向，毛頭不得不停車問路。深夜的路人，對這對不三不四的青年保持警覺，往往隨便一指，含糊幾句，快步走開。有個拎手提包的大媽，毛頭的摩托一停，還沒開口，她立刻掉頭往反方向疾奔。

終於到家。樂鵬程已經睡下。樂慧叫道：「你有什麼資格睡床？給我滾！」樂鵬程乖乖起身，到櫃子裡找鋪蓋。

「我是說，滾出去！」

樂鵬程看了看毛頭，猶豫一下，真的拿上長褲、外套，走了出去。

樂慧表情一鬆，哇地吐在毛頭身上。

在後來的約會中，毛頭忍不住問，樂鵬程是她什麼人。

「我老頭唄。」

「怎麼對你爸爸這樣凶。」

「切，我就兇他，欺負他。你以為他是好人？他是吃窩邊草的兔子，欺負我這個女兒，還和他死去的老婆的妹妹搞不清。對啦，就是我孃孃，一個怪裡怪氣的老處女，有天突然跑來哭鬧，要吊死在我家門口。你說，這『兔子』鬧的什麼事呀。」

「慧慧，你爸是不對，但男人有點花花肚腸，也是可以諒解的。人生在世，父母……」

「別給我講大道理，樂鵬程就是壞蛋。」

「慧慧……」

「我不要聽！」樂慧扯自己的頭髮，「他不配做爸爸！」

毛頭皺起眉頭：「沒孝心的人，豬狗不如。」

「你以為我喜歡這樣嗎，」樂慧轉過臉，冷冷道，「好吧，那我就告訴你，他們是怎麼對待我的。你替不替我報仇？」

15

毛頭替樂慧報仇。第一個擺平的是沈立軍。

此時的沈立軍，長得更高了，配了無框眼鏡，單肩包換作公事包，往腋下一夾，有點小知識分子氣派。一天放學回家，寶馬車的輪子忽地癟了氣。司機一檢查，說是扎到玻璃。沈立軍見離家不遠，就走回去。

過街角，穿弄堂。背陰的一壁牆頭，爬滿紫盈盈的牽牛花。沈立軍摘下一朵，聞了聞，忽地感覺眼前漆黑。一隻麻袋蒙住了腦袋，一塊臭布堵住了嘴。袋口紮緊。沈立軍左耳挨了一下，順著牆壁滑倒，又被人拽起，一記右勾拳。劈哩啪啦幾下，意識就渾了，他猜可能是兩個人，但不確定。麻袋太厚，來人只管悶揍。

拳頭終於停下。沈立軍癱在牆角哼哼，嘴裡有鹹有甜還有苦。這時，一注細細的液體濺過來。剎時雙眼巨痛，渾身抽搐。他的面頰被什麼涼涼的東西抵住。

沈立軍臥床三個月。能走動時，高考也來了。離第一志願財經大學的分數線，差了足足十一分。沈立軍的爸爸沈永強，以前是副市長，退下來後在一家國企擔任總經理，憑著他的上下走動，沈立軍勉強擠進夢寐以求的學府。

沈立軍的叔叔沈永偉，在本區當公安局長。沈永強隔三岔五地打去電話，要求嚴懲凶手。沈永偉不瘟不火地查了幾個月，抓了三個調戲婦女的小流氓，潦草交了差。

沈立軍腿骨痊癒，走路無礙，面孔卻不再白淨，鼻樑旁多了個「人」字紅疤，歪歪扭扭凸得老高。

毛頭將這些告訴樂慧。樂慧愁著臉。

毛頭冷冷道：「你心疼了？我出手重了？」

樂慧趕忙搖搖頭，擠出一個笑。

16

第二個遭報應的，是愛民中學高三2班的班主任宋老師。一場夜半天火，將他這輩子的積蓄化為烏有。第二天，毛頭領樂慧參觀。離了四五百米，一團濃煙罩在天邊，半空是清晨的霧氣，死沉沉地凝住，再底下，賣早點的攤販們燃起的炊煙，一縷縷有氣無力地朝上頂。宋老師的是街面房子，木窗子燒沒了，牆面一個黑乎乎的洞，還在往外冒白煙，鐵焊的晾衣架光禿禿的，半條焦抹布隨風飄蕩。樓下一爿煙雜店，屋頂坍塌，殘存的木門板橫七豎八地堆著，一個白髮老太坐在地上哭，缺牙的嘴巴含糊不清。相比，二樓安靜極了，彷彿本就是一間空房子。

17

樂慧想不明白：一個有錢人，為啥住得這麼簡陋。

毛頭道：「做人低調些，會省很多麻煩。」

「你老是讓人送東西到我家，大包小包的，可一點都不低調。」

「那不一樣。你是我的女人，我要讓你長面子。」

從樂慧家到毛頭的住處，騎摩托車將近一個小時。社區綠化還好，裝模作樣地開了一彎人工湖，放養了幾條魚。過小石橋時，腳底下噗通直響。

樂慧沒戴胸罩，吊帶裙剛好遮住乳頭。一路上，毛頭勾著她，手插在她胸前；電梯裡，他還探進她的短褲。樂慧渾身濕熱，一個勁兒傻笑，對著攝像頭猛撩裙子。

到了房間裡，來不及關門，互相撕扯著，樂慧轉眼就裸坐到草席上。毛頭解扣子，解得不耐煩了，用力一扯，襯衫前襟開了，塑膠鈕扣劈裡啪啦，彈落在地。樂慧吃驚地瞧著他那徑旺盛的胸毛。毛頭黑皮膚，小眼睛，扁平面孔，一身石頭樣的肌肉。

樂慧的熱情忽然淡了。

毛頭察覺到了，從她身上滾下來問：「怎麼了？」

「身上黏乎乎的，不舒服。」

毛頭提出共浴，樂慧堅持讓他先洗。隔壁的水聲，在樂慧的腦袋裡轟轟作鳴。不知道為什麼，毛頭的裸體讓她感覺不真實。

他們濕漉漉地重新黏在一起。樂慧不自禁地左躲右閃。毛頭再次失敗。他坐起身，不說話。樂慧挨過一條腿，大腳趾蹭蹭毛頭的光屁股。

「我從不勉強別人，尤其是女人。」毛頭將面孔別向窗外，語氣平靜。

「不是……我想我……」樂慧咬著嘴唇，「我……餓了。」她真覺得餓了。

毛頭穿上平腳褲，給樂慧下麵。樂慧套好裙子，伏在草席上，懊惱地搔腦袋。落下一些捲曲的細髮，有的全黃，有的半黑半黃。毛頭的麵有點糊，放了雞蛋，撒了黑胡椒。樂慧三口兩口吃完，主動進廚房洗碗。

「我喜歡這樣的小廚房，讓人很有安全感。」

毛頭沒有應聲，樂慧感覺他正靠著門框，注視自己的背影。樂慧洗得很慢，碗壁上的麵粉疙瘩，用指甲一塊塊刮掉。

毛頭擦了擦草席，鋪到床上。關燈，仍有月光照進來。倆人不看對方，各自脫去衣服，並排躺下。毛頭自然而然地抱住樂慧，樂慧勾他的腰，腦袋就勢一鑽，腿架在他身上，沒幾分鐘，就輕聲起鼾了。她皮膚滾燙，略微發黏，小小的腳丫，一手就能捏住。毛頭稍微調整姿勢，樂慧撲騰了幾下，抽抽鼻子，重新蜷作一團。

第二天，樂慧睜眼，發現床上空蕩蕩的，急忙跳起來。毛頭在陽臺上做廣播操，聽到聲音，回頭向樂慧揮手。純淨的晨曦，將他的一身肌肉照得光亮。樂慧心眼上酥酥的。這時，毛頭過來了。樂慧裹起一角毯子，沖他招招手。

毛頭進入後，突然變成野獸，咬她，撕她，把她碾得透不過氣。當血從席子流到地上時，他撚起血跡，舔舔，愣住，像在努力從夢魘中掙扎出來。樂慧往外跑，邊哭邊喊：「神經病，神經病！」毛頭截住樂慧，扔回床上，死死摁住。

「對不起，我也不知怎麼了。」

樂慧大口喘息，說不出話。毛頭撫摸著她，等她慢慢平靜。

「乖寶寶，是我不好。咱們去吃好吃的。」

樂慧呆呆注視毛頭俯視的臉，它因為重力而有些變形，像是成了另一個人。

18

樂慧家住「影子弄」，弄堂盡頭，有堵整石砌成的牆，以前有個年輕寡婦不肯改嫁，撞牆而死，得名「貞女牆」。傳說月明之夜，將雞血澆在上面，會見鬼影，因而又稱「鬼牆」。十歲那年，小樂慧把鄰居留在灶披間的一碗雞血撒在貞女牆上。

「你猜——」

「怎麼?」毛頭問。

「我看到一隻貓，在石頭裡，慌慌張張地跑。」

第二天，洗衣阿婆在石牆角下發現黑乎乎的血印，大人們認為是樓下田大媽的兒子幹的，那是個搗蛋鬼。男孩被父親痛毆，樂慧站在曬臺上看。她有種輕盈的感覺，想像自己越過磚瓦相連的屋頂，奔跑起來。

沒人懷疑樂慧。小學生樂慧成績優秀，性格乖巧，是學校裡的三好生。

隔壁弄堂有個瘋婆子，整天罵罵咧咧，還舉著一根「不求人」，對著莫須有的仇敵憤怒揮舞。發完瘋，立刻恢復老態，連踞坐都很遲緩：看準位置，轉過身體，挪動雙腳，慢慢挨近，彎腰抬臀。這時，樂慧迅速抽掉小板凳。老太婆一屁股跌在地上，樂慧小鹿似地跳開。直跑進家，關上門，她還咯咯不停。瘋婆子的尾骨裂得粉粉碎。她被送進醫院，再也沒出來。

明裡越溫順，暗裡越使壞。樂慧認為，這兩種態度都是真誠的，就像她恨樂鵬程，同時也愛他。

「我聽見有個聲音在身體裡叫喊，這兒……」樂慧將毛頭的手放在自己胸腹之間，肋骨的盡頭，薄薄的皮膚凹陷下去，「有時，感覺我被掏空了，有時——」手繼續往下引，在肚臍處停住，「它就從這裡出來了。」

輟學後，打過幾次半途而廢的工，樂慧賦閒家裡。樂家有一大櫃子書，爺爺留下的。樂慧沒事翻翻，有時就讀進去了。樂慧告訴毛頭，她最愛《聊齋誌異白話本》，看完後，認定鬼牆裡看見的貓，就是自己的前世，黑毛，綠眼睛，圓耳朵，跛了一隻腳。她說得煞有介事，鼻翼激烈開闔，嘴巴嘰呱嘰呱動得飛快。

19

樂慧沒在毛頭那兒提過六子。隱約聽聞，六子現在是毛頭的手下。

沈立軍之後，樂慧在棋牌室認識了甲。這個烏煙瘴氣的小屋子，樂慧只去過幾次，她不喜歡麻將，打得也不好。那段時間缺銀子，聽鄰里的婆娘閒聊，說麻將贏錢容易，於是去碰碰運氣。沒幾個回合，面前的籌碼去了大半，樂慧捏牌的手指佝緊了，舌頭不停地舔嘴唇。這時，在旁觀牌的甲解圍道：「小姑娘，讓我試試吧，贏了歸你，輸了算我。」

結果甲也輸了，其他三個老女人，明顯是一夥的。他爽快地付了錢，還遞給樂慧兩張一百塊。老女人們盯著樂慧看，樂慧接過票子，在燈下照照，收到口袋裡。

出了棋牌室，甲帶樂慧去吃飯。樂慧把計程車的窗子搖下來，迎著風大聲說：「我喜歡打的！」可惜只一個起步費距離，飯店就到了。是個江南風格的飯店，壁上掛了仿古的絲竹，桌上擺著精緻的藍花瓷餐具，樂慧不斷表示新奇。進食過程中，男人一個勁兒自我吹捧。樂慧漫不經心地敷衍著。她點了響油鱔糊、油爆河蝦、油醬毛蟹、鍋燒河鰻、紅燒圈子、佛手肚檔、黃燜栗子雞。埋單時，甲掏出鼓鼓的皮包，一張張百元鈔票緊密而整齊地排列在夾層裡。

飯罷沿馬路散步，男人說他賣一種什麼燈，對兒童視力有幫助。樂慧邊聽邊打嗝，終於在他描述檯燈構造時打斷他，說又餓了。於是上大排檔宵夜。樂慧要了好幾份小龍蝦，喝了一瓶啤酒。甲終於不再吱聲，笑盈盈地看著她。

好上之後，甲每月給樂慧一千塊零花，還送她很多香港帶來的漂亮衣服。樂慧不討厭他：圓臉，戴眼鏡，一米八幾的個兒，有了將軍肚。

三個月後，樂慧發現自己懷孕了。甲發誓，他會馬上離婚，向她求婚。樂慧將信將疑：這個典型的「妻管嚴」，除了誇耀事業，說得最多的，就是婚姻生活的不如意。果然沒幾天，矮胖的潑婦找上門，當頭搧了樂慧兩耳光，還狠命踢她肚子。樂慧尖叫著，用指甲抓她眼睛。第二天，甲來了，樂慧把香港衣服從門裡扔出去，當天下午登記了手術。

「疼嗎？」毛頭問。

「不疼，全麻的，睡一覺就出來了。」

毛頭問樂慧，「甲」的真名是什麼，樂慧不說。

「我不會找他麻煩。」

樂慧也不說。她覺得甲，包括後來的乙、丙、丁……他們的名字像灰塵，手指頭一擦，就擦走了。她甚至懶得動一動指頭，讓他們在記憶裡微不足道地躺著好了。

甲之後的男人們。有個和她同齡的孩子，她一脫裙子，他就哭了；還有一個娘娘腔，居然提議再加個男伴玩「三人行」，樂慧當場搧他一耳光。

「那段時間，像有火在烤我，」樂慧回憶，「每天睜開眼，就想男人。」

「以前的事我不管，」毛頭道，「慧慧，記住，你是我的女人了，不能再讓別的男人碰。」

「如果碰了呢？」

毛頭頓了頓，很認真地說：「我就殺了你。」

20

樂慧講得最多的，是輟學後的事。

「我在餐館端過盤子。一個豬頭老男人，硬說湯裡有頭髮，我告訴他，這根棕色長卷髮，一看就是他旁邊那位小姐的。豬頭就開始罵娘。老闆出來道歉，要我賠錢，我脫下制服走人，沒拿工錢，白幹了二十多天。」

「我還推銷過啤酒。一個食客說我排骨精，怎能出來做啤酒小姐。我給他開酒瓶時，他捏了捏我的屁股。我砸他腦袋，腦袋沒碎，酒瓶也沒碎，砸完一甩，木窗框倒被瓶子震裂一條縫。」

毛頭笑道：「看不出，你小小的人，這麼大能量。」

「他們欺負我。誰讓他們欺負我。」

「在社會上混，被欺負是正常的。」

「你被人欺負過嗎？」

「嗯。」

「你也被人欺負過！」樂慧瞪大眼睛。

毛頭笑了笑，說：「小孩子。」

「那你低頭了嗎？」

「你認為我低頭了嗎？」

樂慧將食指戳在腦袋邊，作認真思考的表情。毛頭將她的手指捏彎，將她的手握住。樂慧也笑了。她讓毛頭講講自己，毛頭說了幾件發生在小兄弟身上的瑣事。樂慧對「毛老大」的經歷好奇，他輕描淡寫道：「生意上的事情，你不感興趣的。」

樂慧拿一本撕過頁的練習簿，記下零打碎敲的細節。毛頭和樂慧，都聽鄧麗君，能把《甜蜜蜜》唱全；都對花粉過敏，討厭毛毛蟲；都愛聞橡膠水味道，害怕塑膠泡沫摩擦的聲音。毛頭口味偏辣，樂慧嗜好甜食，但樂慧很快發現，自己具備吃辣的潛質，他們在這點上也統一了。

兩人親熱時，毛頭叫樂慧「小東西」、「乖寶寶」，樂慧稱毛頭「老頭子」、「毛毛頭」，他比她大八歲。一次說著話，毛頭突然笑道：「你怎麼學我樣，皺起鼻子來了。」樂慧也笑了：「人家說，夫妻做長了，會有夫妻相，因為不知不覺模仿對方的表情。」

除此之外，他們都喜歡收藏舊物。毛頭給樂慧看童年的蠟筆畫，按畫幅大小，整齊地夾在大硬紙夾中。一幅有個大紅太陽，一名長髮女子站在花叢中，眉眼耷拉著，手舉一株紫色草；還有一幅，大紙頁正中，一條孤零零的小金魚，吐出一串扁圓的氣泡，它的鰭看起來像隻嬰兒的手；最讓樂慧驚訝的，是題為「我長大了」的畫，六歲的毛頭想像二十六歲的毛頭：白面孔，唐僧耳，眉毛上一點褐色胎記（也許是粉彩汙漬），戴很大很圓的黑眼鏡，頭髮根根直立，綠色西裝歪了一側肩膀，胳膊下挎著一塊方正的紅顏料，是鋼筆上的色，因為用力，看得出一條條金屬筆尖的塗痕。

「這畫的是公事包？」

「是，」毛頭答，「小時候，覺得自己會成為工程師。」

「我小時候想當老師，」樂慧摸了摸「公事包」，「這幅畫裡的你，倒和我學生時代的夢中情人有幾分像。我喜歡知識分子模樣的人。」

「那我讓你失望了。」毛頭淡淡道。

「我不是這意思，」樂慧吐了吐舌頭，「你看，我們的共同點，光記下來的就有二十四條，還會越來越多。我們是天生一對。」

毛頭微笑了一下。樂慧轉移話題：「我從畫裡猜出你的前世了。」

「也是一隻圓耳朵貓嗎？」

「不對，你的前世是女人。」

毛頭又笑。樂慧指著長髮女人像道：「她在哭，睫毛這麼長，眼淚滴到紫顏色的草上。只有女孩才會這麼畫。」

樂慧也給毛頭看自己的藏品。一盒舊照片，五個月的樂慧一臉嬰兒肥，吐著舌頭，淌著口水，腦門上稀疏的淡色毛髮；一周歲的樂慧，在一只倒放的方凳裡東倒西歪，五官長開了，衣服層層疊疊，圍了塊飯兜，眼神凶巴巴，像和攝影師結了仇；四周歲的樂慧由媽媽抱著，身子外傾，一隻小手不服氣地伸出。這是娘倆唯一的合影。

「我老想著我娘，經常做夢，但看了照片，卻覺得陌生。」

「那是因為她過世得早，」毛頭道，「看你媽的長相，是個實在善良的人。」

還有外婆的照片，微側著身，大黑辮甩在胸前，鬢邊簪著花，一對桃花眼，其中的一隻被摳了洞。

「你瞧她的眼神，像不像狐狸精，」樂慧道，「聽說以前總是虐待我媽。」

父母的結婚照被樂慧撕壞，樂鵬程只剩一點眼角、半枚耳朵，幾簇不服貼的頭髮，從臉側斜刺出來。

爺爺奶奶的遺像，孃孃舅舅的幼年黑白照，幾張三四十年前的老黃曆……毛頭表現出興趣，有一搭沒一搭地提了些問題。

樂慧還給他看以前的成績單、教師評語和三好學生獎狀。甚至保存了教材和作業本。鉛筆字很端正，像積木搭出來的，書頁的縫隙裡，記著密密麻麻的筆記。

「慧慧，你是塊讀書的料，你應該去讀書。」

樂慧一怔。

「何況你的理想是當老師，讀完書，就可以當老師了。」

「算了吧，誤人子弟，」樂慧笑了，「小時候的傻念頭能作數嗎？」

「當然。我現在還想當工程師呢。」

「當老闆可比當工程師好多了。」

毛頭繼續道：「你可以上夜校、上電大，你底子好，讀大學沒問題。」

第二天，毛頭說，他讓手下打聽了情況，樂慧應該參加明年五月分的成人高考。

「我現在讀不進書，只想混日子。」

「你還年輕，後面的路長著呢，更何況……」

「別和我說大道理，我最煩大道理，」樂慧撥高嗓門，「反正我這輩子算完了，只想找人嫁掉！」

樂慧突然愣住。毛頭也愣了愣，勉強拾起被打斷的話頭：「……你的路長著呢，更何況，你爸還要你養老。」

21

毛頭習慣早起，做操、俯臥撐、下樓跑步。他希望樂慧也增強體質，結果她睡眼懵懂地摔了一跤，在水泥路上磕掉半顆門牙，短暫的晨練生涯終結了。樂慧通常十點多醒一次，然後迷糊到中午。這個過程中，她做一些明亮的夢，它們以令人滿意的方式發展著。起床時，樂慧的心情總是很愉快。毛頭帶她吃午飯，每天不一樣的飯店，吃喝很快不再是樂慧最大的幸福。她驚訝於餐飲業如此發達，每家館子都坐滿大腹便便、無憂無慮的人。

飯畢，摩托車兜風。樂慧不愛戴頭盔，趴在毛頭背上，哼著小曲，或者嘀嘀咕咕。銀色雅馬哈在林蔭道上保持中速。沿途購買水果、飲料、盜版碟片，直到車把再也掛不住。

看碟是最大的娛樂，擁坐在床，喝汽水，嗑瓜子。樂慧問毛頭，喜歡南瓜子還是香瓜子，毛頭說南瓜子，樂慧又在小本子上記一筆：我們都喜歡南瓜子。

樂慧不愛看碟，要盯著螢幕一個多小時，有些費神。但除此之外，也沒別的消磨時間。當片末滾起字幕時，毛頭發現，樂慧已然在他懷中打起了鼾。

樂慧通常是假寐，她害怕毛頭求歡，這會把愉快的一天搞得一團糟。

毛頭有時簡直發了瘋，把她扔到床上，就像把肉扔到砧板上。用刀背拍碎，用刀鋒切割。甚至卡她脖子，直到口吐白沫才鬆手。樂慧罵毛頭心理變態，毛頭撩起一巴掌，把她從床上拍到地上。這是毛頭第一次打樂慧。

後來樂慧假裝例假，毛頭乘她洗澡，檢查了內褲，氣沖沖跑來對質，樂慧用蓮蓬頭澆他，毛頭揪起她，按在瓷磚壁上，兩人同時滑倒，各自流了血。水柱把發熱的頭腦沖刷冷靜，他們又爬向對方，擁抱在一起。

一次看碟，色情鏡頭讓毛頭有了反應，樂慧不肯，拉扯一番後，毛頭只能忍耐。誰知沒多久，發現毛毯在輕微晃動，掀起一看，樂慧的手正放在睡裙底下。毛頭拿毛毯罩住她的頭，狂呼「悶死你，悶死你！」並用膝蓋和手肘頂她。

另一次，樂慧夢見和甲做愛，來了兩次高潮，嗓子喊得發甜。翌日清晨，毛頭叫醒她問：「你提到的那個『甲』，是不是叫趙乾軍？」

毛頭站在陽臺上抽菸，直到外面看不清人影了，才晃進屋來。他的小眼睛裡有血絲，黑臉泛著黃。樂慧在床上躺了一整天，胃都餓痛了。毛頭道：「我不喜歡打架，我們應該好好談談。」

樂慧大哭，確切說，是在哀嚎，因為喘不過氣，聲音斷成一截一截。二十分鐘後，毛頭不得不打斷她：「我沒想說分手。」

哭聲突然止住，樂慧嘭地坐起來，直直看著毛頭。她隱隱預感，好像要失去這個人了。

22

樂慧在抽屜裡發現一盒新買的安全套。上次做愛是三個月前，毛頭不否認找過小姐，甚至主動坦白一星期兩三次的頻率。

「你不覺得，這段時間，我們的感情反而穩定了嗎？」

「這不公平，」樂慧把套子甩在他臉上，「為什麼你在外面找樂子，我卻在家忍著？」

毛頭拍了她一記頭撻：「女人怎能和男人比。」

「你放屁！」樂慧推開他的手，「女人為啥不能和男人比。」

毛頭不再理她，兀自上床：「我睡了，你愛睡不睡。」

不久毛頭呼吸均勻了，樂慧在桌邊坐著，越想越氣，從地上撿起盒子，拆出一隻，撐開把玩。一根手指，兩根手指，最後整個拳頭滑了進去。樂慧發現，這些油膩膩的橡膠薄膜，彈性真是好極了。

毛頭被叫醒，樂慧機械的聲音一字一頓道：「你—的—傢—伙—有—這—麼—大—嗎？」

毛頭開燈，嚇了一跳，樂慧把腦袋罩在氣球似的避孕套裡，五官被擠得七歪八扭。

毛頭撩起一拳，把樂慧打到桌底去。又踢幾下，見不哼哼了，急又將她拖出來，撕掉套子一瞧，樂慧紫黑著臉皮，邊流口水邊哧哧喘氣。

毛頭攬著她，拍幾記面頰，終於轉出肉色。

「活該，憋死你。」

兩人對視，同時笑起來。

「我恨你。」樂慧道。

「好，你儘管恨，」毛頭道，「你的腦袋全是檸檬味兒，媽的，再不買水果味套子了。」

23

樂慧說服自己，存在超越肉體的愛情。大冬天，他們整日整夜地摟在被窩中，旁邊放著零食和電熱壺。看碟、聊天，聊著聊著睡過去。毛頭熟睡後，有時將一根手指放在嘴裡。樂慧幾次夜半驚醒，就伏在毛頭身上，靜靜凝視他的臉。

「怎麼了，睡不著？」毛頭像有了感應，突然伸出汗津津的手，將她的涼腦袋按進被窩。

「剛才做夢，我真的變成圓耳朵貓，生了窩小老鼠，再一個一個把它們吃掉……」

「別瞎說。」毛頭聲音含糊，眼還閉著。

「……生的時候，跟拉屎似的，撲通就下來了。肉乎乎一堆，撲通撲通。肚子很餓……」

毛頭的手在樂慧臉上摸索，終於找到她的嘴，一巴掌堵住。「整天瞎琢磨，日有所思，夜有所想。」毛頭替樂慧掖好被角。樂慧嚅了嚅嘴，輕輕靠到毛頭肩上。

24

毛頭住二〇三，一室一廳，牆上堊了石灰，地面刷了絳色油漆，傢俱都是式樣簡單的二手貨。進門一條狹窄通道，一只硬紙板箱，「晶晶亮，透心涼」，塞著抹布、打氣筒、折疊傘、自動鞋刷，以及皺成團的馬夾袋。護牆板比地面顏色略淺，上方一些腳印和刮痕。

通道右側的白牆面上，樂慧打死過一隻蚊子，血跡擦不乾淨。研究一番，認定受害人是樂慧：她的血較稀薄。毛頭在那灘紅上扎根釘子，選他童年的蠟筆畫，鑲進鏡框，掛在牆上。是樂慧最喜歡的一張：長髮女子立於花叢，手舉一株紫色草。「你看她的眼睛，有點像我呢。」毛頭淡淡掃了一眼：「是嗎，你有這麼好看？」

通道盡頭是客廳，一方小餐桌，三把舊木椅：一張樂慧坐，一張毛頭坐，另一張有些鬆動了，毛頭用來擱腳。樂慧在對面貼了一張鄧麗君，時間長了邊角殘損，用透明膠黏了一圈，沒黏服貼，鄧麗君的半張俏臉拱起，眼神就斜出去，幾分刻毒樣子。

客廳左手衛生間，右手廚房間，都是淡綠木板門，半月形金屬把手。衛生間的牆壁是白色馬賽克，時間長了有點髒。抽水馬桶的座圈鬆脫，放上放下發出乒乓巨響。門後一個小浴缸，樂慧躺入時，腳抵著浴缸壁，頭頸正好枕在另一側。如果兩人共浴，毛頭就蜷起身子，將樂慧胸對胸抱著。樂慧喜歡這姿勢，可以不費力地互相搓背，當毛頭抓撓她脊椎的凹溝，樂慧就會呻吟：「哦呦呦，舒服——」

最喜歡的是廚房，一個灶頭，一方水門，一只餐具櫃，一張小圓桌。樂慧是食物王國的女主人，油鹽醬醋、刀叉盞勺、鍋碗瓢盆，統統聽命於她。她在毛頭專用的木碗上刻：「毛頭愛樂慧」。

二〇二住個瘸腿老頭。一次樂慧和毛頭在屋裡嬉鬧，忽聽敲門聲，門縫裡塞進一張紙條，小楷的繁體，「安靜」二字，落款「貳零貳」。樂慧說：「糟老頭多管閒事，去教訓教訓他。」毛頭說：「人家孤苦伶仃的，也沒幾年活頭了，你和他計較什麼。」

二〇四是對中年夫婦，有個上初中的女兒。晚飯後，只要不下雨，一家子就排成一溜，保持半米距離，在社區的鵝卵石路上默默走著，走到盡頭，再齊齊後轉。如果天氣不冷，就脫成光腳，三雙鞋子齊放於路邊。某晚，小獵狗叼走女兒的一隻鞋，樂慧高興壞了，叫出毛頭：「快來瞧這些四眼！」倆人站在陽臺上，觀賞圍捕小狗的好戲。

25

樂慧偶爾回家取衣服和生活用品，影子弄倒成了客棧。樂鵬程罵：「一對遊手好閒的寶貨」。樂慧嘻嘻一笑：「老娘心情好，不來和你囉嗦。」

這倆人真是遊手好閒，樂慧也覺得奇怪。毛頭解釋說，生意做大後，指揮手下就行了。

「我到現在都不知道，你做的啥生意呀？」

「男人的事，女人不要管，」毛頭沉著臉，又道，「玉石生意。」

毛頭接電話時，總要迴避樂慧。時間長了，樂慧聽到鈴聲響，就自覺走開。每個月出差一兩次，走時通常留個短信，或者到機場後，才電話告知樂慧。樂慧覺得他行蹤神祕，時間長了也就習慣了。

26

毛頭常帶樂慧去高檔商業區。滿世界的華服珍飾，讓樂慧透不過氣。毛頭直愣愣地衝進去，只管問：「這兒哪件最貴？」營業員們或詫異，或不屑，最後無不熱情非凡，幾個櫃檯的同時擁過來，爭相推銷自己的商品。

毛頭給樂慧買了好幾件晚禮服，誇張的蕾絲和裙擺，有一條還配了長及肘部的網眼手套。

樂慧道：「好看是好看，就是沒機會穿。」

毛頭道：「高檔衣服，是要在高檔場合穿的。」

樂慧第一次吃西餐，第一次聽音樂會。毛頭用刀叉的手勢，和她一樣笨拙。樂慧在音樂廳裡迷糊了一會兒。周圍人都穿得挺隨意，前排有個女人，回頭看了他們兩次——西裝筆挺的毛頭和裹得像銀魚的閃閃發光的樂慧。

樂慧寧願溜進大學舞廳跳舞，或者去工人文化宮唱歌。一次她提出，想到毛頭業下的「慧慧娛樂總匯」玩，當即被否決：「那不是正經女人去的。」

「生活簡單點無所謂，」毛頭訓導道，「品味不能掉下去。」

樂慧將高跟鞋掛在腳趾上晃啊晃：「幹嘛一定要有品味？」

「有品味了，才不會被看輕。」

「我們有錢，誰會看輕我們。」

「有了錢，就更該有品味。」

「那又是為什麼？」

「慧慧，別和我抬槓。」毛頭眯起眼睛，這表明他有點不快。

樂慧重新穿好鞋子，搔了搔腦袋，想了一想：「我覺得，其實我們是一樣的。」

「什麼意思？」

「說不清，好像我們在骨子裡，很像，又很不像。」

27

那天，毛頭在浴室呆了許久。樂慧反覆催問：「好了沒？在幹嘛？我憋不住了。」

毛頭出來了，臉色發青，舉著沾滿鮮血的手道：「去醫院。」

排隊很慢，檢查很快，樂慧衝進門，湊到托盤前看。醫生已經摘掉一次性手套，在水鬥裡沖洗，紮馬尾辮的女護士整理完洞巾、彎盤、活檢鉗，退到屏風外。

「快起來，後面還有人呢。」醫生道。

毛頭慢吞吞地換上來醫院時的牛仔褲。

「現在的人，就愛搞亂七八糟的事。」醫生甩了甩濕手，馬尾辮在外面輕笑。

「出去後到廁所排氣，兩小時內不吃東西，」醫生在病歷卡上龍飛鳳舞，「感染很嚴重，給你開黃柏膠囊和痔瘡膏，以後不要用手摳。另外，」醫生面無表情道，「可以去北京的大醫院，讓他們給你裝個人造括約肌。」

毛頭自顧自地走，下樓梯動作遲鈍。他的嘴唇咬出血了。

她緊跟道：「醫生讓你去排氣。」

毛頭不理。

「我們還沒買藥呢。」

鐵板的臉越來越黯。樂慧拉他手，勾他胳膊，都沒反應。他一進門就倒在床上，用被子蒙住頭。

樂慧下了一鍋麵，自己吃一小碗，剩下的放在床頭，冷了，糊了。樂慧又去買藥，膠囊按每頓劑量剪開，膏藥拆掉外殼，放進抽屜裡。毛頭一動不動。

到了晚上，樂慧把麵重新加水煮開，吃完，剩下的盛在大碗裡。

「飯後半小時吃藥。」她道。

毛頭突然從床上彈起，咆哮著猛砸牆壁。石灰嘩啦啦下來，豁出一個拳頭大的凹坑。

28

毛頭老家石皮門，是個臨海小鎮，祖輩打漁為生。一九七〇年出生，父母給他取名薛文鋒。母親蘇阿妹斷了一腕，魚片乾加工廠出的工傷。有人謠傳，說其實是薛大偉剁掉的。薛家一門脾氣火爆，蘇阿妹縫個布圍，把嬰兒兜在胸前，好手扶著奶子，斷手一捋桌面，盆碗勺筷，齊齊飛向薛大偉。

等兒子下了地，蘇阿妹失去護身符，只剩被丈夫揪打的份。好在還有一張嘴，薛家祖宗全被罵了個遍。打完罵完，收拾戰場，薛大偉給蘇阿妹敷雲南白藥，蘇阿妹「大偉，大偉」地撒嬌。鄰居暗笑：「一對寶貨，生出的娃兒也好不了。」

薛文鋒開口晚，二歲說第一句話：「搡你娘。」還拿塑膠玩具球猛擊媽媽的腦門。

蘇阿妹正蹲著給小囡洗澡，絲瓜巾一甩，丈夫褲腿上開了一朵水花：「小畜生罵人的腔調，跟你一個模子刻出來的！」

「我的兒子，不像我像誰！」薛大偉茶杯一傾，蘇阿妹濕了大半襟衣服。

小文鋒喜歡看大人打架，嘴裡「呼呼」助威，腳丫興高采烈撲騰，塑膠球在手中壓得扁扁的。只有傻丫頭薛文瑛脾氣好，整天淌著口水癡笑。薛文鋒又拍又揉，妹妹的臉變化出古怪表情。他愛把她兩頰的嬰兒肥往鼻樑擠，五官湊一塊兒了，噘起的小嘴口齒不清著：「哥哥，哥哥。」文鋒十二歲時，突然知道疼妹妹了，往文瑛身前一擋，小眼烏珠一瞪，搗蛋的孩童們鳥獸狀散。

十五歲的一個星期天，薛文鋒玩累了，站在門口看媽媽拆線頭。她左手斷處箍個環，右手將碎布鉤進環內，捏一枚汽水瓶蓋，順著織物紋理，刮出蓬鬆彎曲的棉線。腕部被勒得紅腫潰爛，只胡亂貼些膏藥。布片吃不住力，幾次三番脫出來，蘇阿妹痛得哼哼。薛文鋒上前，把線團盒子一掀，大聲道：「媽，我來養活你，從今你不會受苦的。」

城郊連開三家工廠，汙水管道直通大海，再加牌照滿天飛，漁夫比魚蝦還多。休漁從兩個月增到四個月，漁業稅卻全年照收。薛文鋒輟了學，隨父打漁，家境反不如前，蘇阿妹依然每天坐在門口，一股一股拆線頭。

一個半夜，全家人被砸床板的聲音弄醒。二老交口大罵，文瑛嗚嗚直哭。

薛文鋒鬼魅一樣站在床前：「爸爸、媽媽、妹妹，我一定讓你們過好日子！」

「省省吧，」薛大偉猛戳他腦袋，「有口飯吃不錯了，你要娶娘子，文瑛要嫁人。實際一點行不。關燈，睡覺！」

石皮門有個海上執法隊，還有海上執法服務中心，都是淺藍制服，唯一區別的是巡邏船：執法隊白船黑字「海巡二二〇」，服務中心黑船白字，舷側一串呼叫號碼。黑白的摩托艇，每日快活地兜海風。偶爾還有女眷，夾在藍制服之間，隨著濺入船幫的浪頭，發出陣陣尖叫。

漁民們逐年增長的行政管理費，大多用來餵了「藍鯊」，他們個個肥頭大耳。蘇阿妹的爸爸蘇老爹，因為天氣突變，被浪頭打入海中，岸上有人給服務中心撥電話，半天沒人接，終於接了，又不耐煩：「來了來了，急個屁啊！」

黑摩托艇篤悠悠開來時，蘇老爹早沒了影兒。胖「藍鯊」一邊指揮漁民撈人，一邊在碼頭樣的大哥大裡打情罵俏。

這是薛文鋒十四歲時的事。十七歲時，一名「藍鯊」指著一簍魚，命令薛文鋒送給他，薛文鋒二話不說，將對方撲入水裡，一頓好揍。

一年後，薛文鋒回家，薛大偉的肝臟出了問題。有說喝壞的，有說氣壞的。文鋒知道，由於經濟原因，爸爸早已戒了四五年酒。蘇阿妹的手腕終於惡化，文鋒往袖管上一捏，發現整條前臂沒了。文瑛竄了個兒，還是傻笑：「你回來啦？」眼淚掉下來。她和哥哥越長越像。

四年後，薛大偉轉成肝癌。薛文鋒開始想法子弄錢。

石皮門有不少臺灣漁輪往來，大多買賣海產品，也有暗地做其他生意的。薛文鋒由小順帶入行。小順是光屁股長大的死黨，薛文鋒看著他一夜發家。他東拼西湊了錢，和小順乘飛機到雲南畹町。在那裡，小順從販子手中買下五六千塊錢的海洛因。倆人將一斤左右的白粉團成七顆丸粒，小順屁眼裡塞兩顆，薛文鋒塞五顆。他們怕飛機場X光安檢時露餡，坐了四天五夜火車，幾乎不吃不喝，通過層層關卡，把貨帶回石皮門，一星期後，以十倍價錢轉給臺灣人。七千塊本錢，生成兩三萬進賬，薛文鋒初嚐甜頭。

很快，傳聞從一堵堵清水紅磚牆，流轉到一座座停靠敞篷船的小埠頭。有說薛文鋒的屁眼能塞進二倍於常人的東西，有說三倍、五倍的，還有繪聲繪色的描述，說薛文鋒將小瓶洋酒夾帶出百貨店。走在路上，小孩們朝薛文鋒扔石頭，然後歡叫著跑散：「大屁眼！大屁眼！」

父親不治身亡後，薛文鋒進城買了房，把媽媽、妹妹一併接去。他每天拎著手提包，光鮮神氣地出門，然後進對街的公共廁所換一身破舊衣服。他送過外賣、蹬過黃魚車，甚至撿過垃圾。家人開始疑心時，他的帳戶只剩十八塊錢。薛文鋒要來媽媽的黃金首飾，說是打造新式樣，又打電話回家，謊稱出差一個月。

三十天後，毛頭回來了。兩個女人見他從大包裡一樣一樣往外掏，嚇得渾身發抖。兩副玉鐲，兩套黃金首飾，兩根珍珠項鍊，一黑一白，還有五六件名牌衣服。毛頭說：「媽媽，文瑛，你們很快會有一棟別墅。」

毛頭從地下錢莊走錢，要轉好幾個彎。有朋友酒店破產，毛頭盤過來，用於洗錢。和樂慧戀愛後，更名「慧慧娛樂總匯」。

董小武跟了毛頭，改名阿烏。阿烏的老娘生癌了，晚期。毛頭二話不說，給了五十萬。阿烏人前人後地誇：「毛老大就是做老大的料，該狠的狠，該義氣的義氣，最重要的是，頭腦不發熱，行事不張揚。」

毛頭就是毛頭，薛文鋒早化成一灘口水，消失在石皮門的下水道裡。樂慧是第二個知情人。毛頭告訴她，因為毆打執法人員，他被判妨礙公務罪，進去蹲了一年。同監的三個老變態，拿各種東西往他的身體裡捅。

29

蘇阿妹對兒子說，樂慧打扮得像「雞」。「嘴唇忒紅，滿臉雀斑疙瘩，睫毛乾成了油漆刷。」

毛頭勸過樂慧：「家常便飯，穿得大方就好。」

樂慧道：「不行，第一印象很重要。」

裘皮大衣、水貂圍巾、針織貝蕾帽、亮皮緊身裙、尖頭窄身鞋，七八釐米的高跟，走路跌跌撞撞。

計程車上，樂慧問：「你媽會喜歡我嗎？」

「會。」

下車又問：「你妹呢？」

「也會。」

按了電鈴，半晌沒反應，瞥一眼鐵門頂部的監視探頭，樂慧輕聲道：「心快跳出來了。」

冷風在豪華別墅裡穿梭，中央空調的熱氣打不進餐廳。蘇阿妹裹著臃腫的棉睡袍，樂慧脫去外套，直流鼻涕，碗邊堆起一團團餐巾紙。

蘇阿妹盯著樂慧的羊羔絨上衣道：「我們文鋒大方，再貴的東西，別人一開口，他就掏腰包，對自己卻那麼小氣，住個破房子，想想就讓做媽的心疼。」

「是，是，他是大方。」樂慧在皮製椅面上挪了挪屁股。

「錢容易賺嗎？想當初，累死累活出海一個月，買件衣服就沒了。」

樂慧不吱聲。

片刻，蘇阿妹抽抽鼻子：「什麼味道，薰死人了。」

「我噴了香水。」

「哎呦，我老啦，容易過敏。」

四人悶頭吃菜。薛文瑛不時偷瞧樂慧，小姑娘也是黑臉蛋、窄眼睛，樂慧覺得親切。

過了會兒，蘇阿妹又道：「文鋒，那個美鳳呢，還聯繫嗎？我對她印象挺好的。」

毛頭和樂慧同時放下筷子，你瞪我，我瞪你。薛文瑛呵呵兩聲，不知樂什麼。

回家路上，樂慧問「美鳳」是誰。毛頭說是前女友，名叫張美鳳。

「為什麼分手了？」

「性格不合。」

「你也給她買衣服？」

「嗯。」

「你也帶她下館子？」

「嗯。」

樂慧不說話了。

毛頭道：「你和她不一樣。」

30

薛大偉死後，蘇阿妹開始迷信土方，甩手、搖頭、打雞血，甚至參加喝尿協會。

蘇阿妹說，協會的吳老太喝了一年尿，鼻咽病、婦女病、風濕病，全好了，還能跳繩和爬杆。黃先生是醫生，寫了多篇喝尿論文，得過榮譽證書，影響甚大。

蘇阿妹又說，協會裡很多人，除了小孩，全家喝尿。毛頭私下問妹妹，文瑛道：「又苦又鹹，像苦麥菜湯。」媽媽見她嘔吐，讓她兌了開水慢慢喝，她喝完直想大便。

蘇阿妹堅信，喝尿治好了她長年的坐骨神經痛，飯量大了，頭髮黑了，精神也好了。她還總結經驗：去頭去尾，中間最好。早上口味重，晚上口味淡。尿前嚼話梅，尿有酸甜味；尿前食素菜，尿有清香味。蘇阿妹喜歡飲牛奶、吃蘋果，排出的尿最好喝。

那時，蘇阿妹想勸服毛頭，被一口拒絕。張美鳳則積極回應，到蘇家別墅小住時，喝了三天尿。「其實她喝的是茶，前一晚洗澡時，泡了藏在浴室裡。」毛頭告訴樂慧，張美鳳眉頭不皺，一杯見底，連稱好喝。蘇阿妹歡喜道：「薛家有這樣的媳婦，是前輩子的福分。」

樂慧想了想，道：「要是為了你，我也願意喝尿。」

31

薛大偉臨死時，是副插滿導管的骨頭架子，嘴角漏著一掛牙齦血，喊痛的力氣也使不起。蘇阿妹瞧見，水液從丈夫腫脹的大腿上滲出。後來告訴毛頭，那刻她意識到：死亡，就是皮囊壞了，盛不住東西了。

蘇阿妹保護軀殼，像保護一架精密儀器。指甲黑了，舌苔白了，睡不好覺，拉不出屎，都要興師動眾。薛文瑛則相反，用毛頭的話講：她的魂早就脫了身子的殼，不知跑哪兒去了。

文瑛六歲時，張開雙臂，跳下磚牆，摔斷了一條腿。她邊哭邊笑：「哥哥，我飛起來了。」石膏沒來得及拆，文瑛再次跳牆，還在胳膊上綁了硬板紙，剪成翅膀的樣子。這一躍，腳徹底跛了，父母將她捆在床上。她折紙鶴玩，五十只一串，讓文鋒幫忙，掛上天花板。紙鶴迎風轉，文瑛拍手笑。

住進別墅，毛頭給妹妹買了電腦。文瑛將兩大箱連環畫搬到地下室，《辛巴達航海》、《阿拉丁神燈》，它們陪伴了她二十年。文瑛無師自通，一頭紮入網路世界。

蘇阿妹埋怨：「什麼破機器，讓迷糊人更迷糊。飯不吃，覺不睡，對著螢幕又笑又鬧。」

文瑛突然失蹤了一星期，回來時衣衫破爛，渾身惡臭，倒頭就睡，三天三夜喚不醒。蘇阿妹盤問，一聽什麼網友見面，火冒三丈，將電腦砸個稀巴爛。

兩個月後，蘇阿妹發現不對勁，送女兒一查，發現懷孕了，氣得一頓毒打。文瑛顛三倒四，說不出所以然。手術後，文瑛躺在床上，拉著蘇阿妹的空袖管道：「媽媽，我疼。」蘇阿妹強忍眼淚：「文瑛，從今以後，媽不許你離開。」

文瑛在空蕩蕩的別墅裡陪母親，吃飯、睡覺，偶爾參加喝尿協會的活動，甚至接受記者採訪。

「你喜歡喝尿嗎？」記者問。

文瑛別轉身，瞥一眼身後，蘇阿妹正滿臉焦急地打手勢。文瑛答道：「不喜歡。我只愛看連環畫。」

這以後，喝尿協會的活動也沒得參加。文瑛在家跑樓梯，三樓跑到一樓，一樓跑回三樓，跑完喘著氣，定定地注視窗外。她又將連環畫搬出來，躺在被窩裡翻看。小冊子們掉了封面，缺了頁角，文瑛饒有耐心地一本本修補。

某日，文瑛忽然下樓，道：「媽，我知道了，沒有飛毯。」

「當然沒有。」

「為什麼沒有？」

「沒有就是沒有。」蘇阿妹正在看電視，有點不耐煩。

第二天清晨，蘇阿妹下樓練拳，在樓底發現女兒，裹著白被單，栽在月季叢中。她身上一點外傷都沒有。在小臥室的床頭，粉紅的梳妝鏡面上，彩色水筆寫著：「沒有飛毯」，赤、黃、藍、綠，四個字，四種顏色。

這事發生在五年之後，文瑛墜地的瞬間，樂慧突然被夢魘住，腦袋發疼，手腳沉重，持續了二十分鐘。醒來心悸不已。

在文瑛二十六歲的生命裡，只見過樂慧一次，她曾悄悄告訴毛頭，她喜歡這位樂姐姐。

32

春天是個內分泌失調的季節。草兒半綠不黃，鳥兒叫一聲停一聲，小飛蟲沒頭沒腦地撞在窗玻璃上。空氣裡的花粉讓樂慧煩躁，她幾乎夜夜做夢，面孔模糊的男人們，以相同的姿勢俯到她身上。有次看清了，是沈立軍，在小樹叢裡，他站在身後，抱住她，進入她體內。

醒後滿頭汗水，渾身虛脫。毛頭也被吱嘎作響的床板弄醒。有時，他假裝仍在沉睡，就會聽見樂慧自慰後嗚嗚的啜泣。

毛頭更頻繁地外出作樂。抽屜裡的避孕套不斷翻新：巧克力味的，帶顆粒的，延緩型的，超薄型的……

樂慧和他吵：「你不考慮我的感受。」

「男人想那事很正常，女人嚷什麼『感受』，純粹犯賤。」

樂慧說不過，也打不過，拔著自己的頭髮，直往牆上撞。

毛頭一把舉起她，狠命搖晃：「你有啥不滿足的！」

「你待我不好。」

毛頭把她放下來：「在我眼裡，她們就是副器官。沒意思了就在套子上換口味。你吃那些套子的醋，可笑不可笑。」

「她們是女人，我也是女人。我情願做一副器官！」

毛頭鬆開手，任由樂慧扭來擰去。樂慧見毛頭不響，就漸漸停下吵鬧。

「慧慧，」毛頭低聲道，「那天醫院回來，我就知道，不能和你再做了。」

「什麼意思？」樂慧有些恍惚。

「你知道那件事後，我心裡有障礙……」

「知道了，你想甩我。」

「不是這意思。」

僵持了一會兒，毛頭跑去陽臺抽菸。窗外，天色半黑，剪出一個很有男人味的側影。樂慧遠遠望著。另一半天色也慢慢黑下來，阻隔在他們之間。

33

翌日清晨，毛頭留了張字條：「出差，四五天，勿念。」樂慧漱洗罷，翻了幾頁時裝雜誌，嗑了半袋南瓜子，突然將瓜子殼往窗外一抖，決定出去走走。

樂慧穿流氓兔T恤，黑色牛仔褲，頭髮長了，在腦後紮成一束，她在鏡前照了又照，對自己的青春模樣頗為滿意。

樂慧在街口左轉，穿過馬路，筆直向前。走了五分鐘，周圍嘈雜起來，車輛橫衝直撞，於是拐進小徑。梧桐葉抖下一片清涼，樂慧記起附近有家電影院，就從弄堂斜穿出去。

樂慧坐在鐵護欄上候場，雙腳踢著路邊停放的自行車。一個男人在旁觀察片刻，過來搭話：「小姑娘，看電影嗎？」

長腿，瘦個兒，板寸頭，模樣還不賴。樂慧點點頭。

「一個人啊？」長腿也坐上來。

五分鐘後，樂慧退了電影票，跟長腿回家。長腿自稱「阿三」，路上打手機，喊來另一個矮胖子，說叫「阿四」。

阿四笑盈盈道：「小姐芳名？」

樂慧照實回答。

阿三阿四把樂慧夾在當中，走著走著，擠作一堆。阿三摟著樂慧，給她遞菸，樂慧把煙圈吐在他臉上，阿四一個勁兒恭維她的眼睛。

進屋，關門，上鎖。樂慧在床邊稍坐，兩個男人進隔壁房間，壓著嗓子談論什麼。過了一會兒，阿三先出來，問：「你累嗎？」

樂慧答：「還行。」

阿三過來解她衣服。

兩小時後，樂慧要走。

「不要，不讓你走。」阿三在門口攔她。

樂慧留了一晚。三人一張床，折騰個沒完。樂慧只想沖把澡，好好睡一覺。第二天，再次想走。阿三阿四不答應。又在床上躺一天。樂慧渾身發黏，下體疼痛，感覺沒意思透了。

到了晚上，樂慧尖叫著，大半個人傾出窗外。阿三掐滅煙頭：「滾吧，小婊子，老子玩膩了。」

樂慧從樓梯上折回去。阿三將乳罩從門裡扔出：「稀罕啥呀，你有胸嗎？」

走了一段，發現不對勁，探手一摸，乳罩裡被吐了兩口痰。想找他們算帳，又在兵營式的新公房間迷了路。只好打的回去，卻發現牛仔褲口袋裡的七百塊錢沒了。

樂慧走到家，兩腿發顫，站立不穩。開燈時嚇一跳。

「你回來啦？」

「嗯。」毛頭應聲道。

「啥時候回來的？」

「剛到。」

「噢。」樂慧鬆了口氣。

脫掉鞋，把鑰匙放在櫃子上，猛灌一大杯水，又問：「怎麼就睡了？才八點。」

「不舒服，可能感冒了。」

樂慧打開浴室龍頭，又跑出來：「我剛才嫌悶，出去轉轉，看了個電影。」

毛頭蒙著頭，不應聲。等水滿了，樂慧坐進浴缸。洗了許久，還是感覺髒膩。擦乾出來，躺到床上，毛頭仍然面朝牆壁。樂慧讓他勻點被子，他把被子全推過來。

「電影好看嗎？」毛頭問。

「一般般。愛情片，哭個沒完，結局大團圓。」

樂慧睡不著，毛頭呼吸平緩，樂慧知道他也沒睡著。

「我很想你。」樂慧道。

又補充道：「真的。」

過了一會兒，樂慧趴到毛頭身上：「老頭子，幹嘛不理我？」

「發燙，喉嚨難受。」

「給你拿藥。」

「不必。」

樂慧掖上被子，琢磨這個「不必」。似乎冷淡，又像真的病了。

第二天樂慧醒得早，發現床上空著，陽臺也沒人。她像被砸了一下，腦子悶悶的。潦草地抹把臉，開冰箱覓食，發現毛頭買了很多好吃的：泡芙、巧克力、圈圈餅乾……拿起一盒優酪乳，濕乎乎的瓶底黏了一張收銀條，日期打的是前天。

當毛頭把收銀條塞進馬夾袋時，她正吐著煙圈，聽人誇眼睛好看呢。樂慧渾身一凜，衝到門口。門被反鎖了。她呆了一會兒，進廚房拿菜刀。第二下時，菜刀被彈歪了。樂慧覺得腿上一熱，一摸一手鮮血。她找了件棉布襯衫，胡亂紮了腿，跑到窗口，朝下看了兩眼，坐到窗子上，兩腿對準底樓的雨棚，屁股往外一挪。

樂慧感覺被撐擋了一下，左肩和後背一記悶疼，人就在地上了。她一瘸一拐到路邊，好不容易喊住一輛計程車，搭著玻璃窗道：「我付雙倍的錢。」司機略一遲疑，樂慧打開車門。

白椅罩被染紅了，還在凹槽裡聚出一個小血塘。司機罵罵咧咧。樂慧掏出一把鈔票，扔在副駕駛座上，司機才住嘴。

樂慧花了七八分鐘，從弄口走到家門口。又花了七八分鐘敲門。「樂鵬程，死出來，快死出來！」隔壁開了條門縫，甩出一句話：「你老頭住院了。」又嘭地關上。

34

樂慧止了血，吃了消炎藥，休息一晚。起床後找隔壁鄰居。鄰居道：「那天有個你爸的同事，找不到你，在我這兒留了醫院和病房號。」

樂慧失了血，覺得腦筋不好使，轉了半天，才找到那間病房。站在門口時，恰聽護士吆喝：「手別抖，你抖，我怎麼戳得準。」往裡一探頭，瞧見正在換輸液瓶的樂鵬程。

鄰床的老頭道：「老樂，老樂，是不是你女兒？」

樂鵬程被護士擋住視線，悶悶地「嗯」了一聲。他臉色蠟黃，下巴瘦得尖出來，眼睛的形狀也變了。護士瞅著樂慧道：「家屬？」不待回答，就轉身走了。鄰床老頭道：「你爸沒人照顧，吃苦頭了。我兒子請了看護，燒菜燒飯的，我就分點給老樂。」

樂慧問樂鵬程：「什麼病呀？」

「胃出血。」

「上次見你還好好的。」

「連著幾天大便發黑，突然就路上昏倒了。」

「好像挺嚴重。」

「那是，」樂鵬程閉起眼睛，「死了也沒人管。」

樂慧掖了掖他的被角：「我不是來了嘛。要吃東西嗎？」

樂鵬程點點頭：「不要太油膩。」

「那就燒點粥。」

「醫院有小灶的。」

樂慧問附近哪有超市，就去了。樂鵬程的眉眼舒展開來。他對鄰床老頭道：「我女兒手很巧的，什麼都會做。以後出院了，請你來吃飯。」

老頭道：「好，好，一定。」

樂慧煮好粥，灑了肉鬆。樂鵬程執意要老頭品嚐，老頭分了小半碗，喝一口，讚道：「香噴噴，韌篤篤。」樂鵬程呵呵一笑。老頭道：「女兒來了，你終於高興了。」

35

樂慧整天待在醫院，煮粥、端便盆、給樂鵬程讀報。她讓自己忙一點，就顧不上七想八想了。樂鵬程幾次說：「阿慧，以前不知你這麼好。」熱淚盈眶，還試圖握住樂慧的手。樂慧覺得他可憐兮兮，像條狗。五十天後，樂鵬程出院了。樂慧讓出大床，自己睡沙發。她燒菜、清洗、餵藥、整理房間、接待樂鵬程的同事。樂鵬程能起床了。樂慧漸漸有了空閒，那個她努力不想的問題，又擺到面前。

樂慧相信，她和毛頭沒完，但怎麼個「沒完」法，卻不曉得。夜晚漫長得猶如疾病，來時驟然降臨，去時卻似抽絲，一寸一寸，沒個盡頭。

一次半夜，樂慧起床小便，外間鈴聲驟響，樂鵬程接了，「喂」一聲，又「咦」一聲：「怎麼不說話就掛了。」

樂慧猜是毛頭打的，翻來覆去到凌晨，忍不住打毛頭手機。那頭不接。一晚無眠，清晨感覺頭疼，胃難受，渾身發冷。樂鵬程燒完飯，熱好隔夜菜，問她吃不吃。樂慧不答。樂鵬程自己吃了，給她留一碗。樂慧迷糊了一會兒，聽見電話鈴響。樂鵬程說：「大概是阿二師傅。」接起，聽了，轉頭道：「你的。」樂慧蹦到電話旁，「喂」了一聲。對方也「喂」了一聲。各自沉默。

片刻，毛頭道：「上午沒帶手機。」

樂慧問：「昨晚你打的電話吧。」

「沒打過。」

又不說話。片刻，毛頭輕輕掐斷電話。

樂鵬程問：「阿慧，你和那個民工怎麼了？」

樂慧抱著話筒出神，然後又撥過去：「那天幹嘛把門反鎖？」

「哪天？什麼反鎖？」

「你誤會我了。」

不響。

「樂鵬程病了，我回來照顧他。」

「哦。」

「真的。」

「哦。」

「樂鵬程，你是不是病了？是不是？」樂慧大聲問，又回到話筒旁道，「你不相信就算了。」她掛斷電話。樂鵬程遞過一張紙巾，讓她擦眼淚。樂慧不接，一骨碌翻進沙發，躺了幾秒，又一骨碌坐起：「走，吃飯店去。」

「我吃過了。」

「吃過了也可以吃。你瞧那幾根蔫菜，算吃過了嗎。」

從飯館回來，還沒開門，就聽屋裡電話響個不停。樂慧衝進去，氣喘噓噓地「喂」了兩聲。

毛頭說：「你好。」

樂慧說：「你好。」

「幹嘛去了？」

「吃飯。」

「算午飯還是晚飯？」

「午飯。」

「哦，這麼晚呀。」

「還好。」

「你老頭什麼病？」

「胃出血，住了幾十天院。」

「現在好點吧？」

「好多了。」

「胃靠養的。」

「嗯。」

「注意飲食。」

「嗯。」

等了十幾秒，毛頭又道：「多吃細軟，粥之類的，養胃。」

「嗯。」

毛頭又沉默了。

樂慧徑直問：「你怎麼看我們的關係？」

毛頭頓了頓：「晚上吃個飯，細細說吧。」

樂慧翻出真絲吊帶裙。一年沒穿，壓得皺皺的，顏色也褪得半深不淺。她還化了妝，藍色眼影，嘴色口紅。

見了面，毛頭盯著樂慧的裙子看。

樂慧道：「不記得啦，你去年買給我的。」

毛頭道：「當然記得，」又道，「你的口氣，像十年八年沒見了。」

他們去毛頭家附近的餐廳。毛頭給樂慧點了土豆沙拉，和甜味的印度飛餅。

樂慧道：「我可以吃辣。」

毛頭道：「不必遷就。」

樂慧問毛頭近況，毛頭道：「就這樣。你呢？」

樂慧道：「我也就這樣。」

然後悶悶地舀沙拉，喝湯，吃菜。

出了店門，樂慧摸摸肚子：「今天菜挺棒的。」

「這裡一向不錯。」

「很久不吃了。」

「好像也不久。」

樂慧把重心換到另一腳，叉著雙手，拇指急速打圈。

毛頭問：「那麼，送你回家？」

「好……老頭子。」

樂慧稱呼得有些彆扭，毛頭輕咳了一下。

坐上雅馬哈，樂慧開始後悔。她原本不急著回去。

——東西落在你這兒了，我去拿一下。

——口渴了，想上去喝茶。

或者，乾脆直接：

——怎麼不叫我去坐坐呀？

樂慧琢磨著選用哪個藉口，發現已路程過半，只得作罷。抱住毛頭的腰，見他沒反應，臉頰也貼上去。樂慧想，如果他們是兩個啞巴，該多好。

日常節目漸漸恢復，兜風、下館子、逛商店。不知這算不算復合，或者壓根沒分過手。樂慧挽著毛頭，毛頭勾著樂慧，走著走著，兩人分開，隔了半尺多，或者一個上街沿，一個下街沿。偶爾又一起過夜，睡前摟著，醒時卻發現，兩人各貼一條床沿，離得遠遠的。

36

一日，毛頭進超市買香菸，樂慧倚在摩托上，等得無聊，就四下張望。突然發現，毛頭已出了店門，正狠狠瞪著她。

「怎麼啦？菸買好了？」

毛頭衝過來，一把推開她，騎上雅馬哈，逕自走了，樂慧目瞪口呆在原地。

這一晚，她反覆撥毛頭電話，一直關機，直到翌日晚上十二點半，才接通。

「幹什麼！」話筒　地嘈雜著，毛頭的聲音時遠時近。

「你這是幹什麼呀？」樂慧質問。

「什麼『幹什麼』，我忙著呢。」

「也得給我個理由吧。」

「還用得著我說嗎？問問你自己。」

「我問心不愧。」

「老盯著路上的男人看，還說問心無愧。」

「什麼男人？」

「別裝蒜。」

「真不記得什麼男人。」

「一個長頭髮的。」

「我真沒……噢，想起來了，他戴耳環。」

「戴耳環很稀奇嗎？」

「一個耳朵戴兩枚，我懷疑是同性戀，所以多看兩眼。」

「嘖嘖，想男人想瘋了，同性戀都要勾搭。」

「你在說什麼！」

「我可以再給你機會，但沒有下一次。」

停了幾秒，毛頭道：「有時候，我真想殺了你。」

37

六子見張美鳳第一眼，心口噎了噎。

作為微不足道的小嘍囉，本無資格上檯面，那天隨阿烏辦事，就跟來了。張美鳳抽著菸睨視來人，粉紅指甲輕彈著桌子，面前的半杯啤酒早沒了泡沫。毛頭讓服務員加碗盞，阿烏一坐下，迫不急待說開了話。六子給他斟酒，給自己倒茶，把頭壓低到張美鳳的視線之下，瞄著滿桌殘羹冷炙。

他忽聽張美鳳責怪阿烏：「你怎麼這麼笨呀。」

毛頭道：「男人說話，女人別插嘴。」

張美鳳「哼」了一聲，轉臉對六子道：「小兄弟，怎麼不吃啊？」

阿烏笑道：「臉紅什麼，不上檯面。」

張美鳳撥高嗓門道：「小姐，加菜。」她的聲線很甜潤，嘴唇開闔的形態也漂亮。小姐遞來菜單。張美鳳看了，加了三個菜，然後起身離座。她的裙子很緊包，左右兩爿之間，一條小縱溝顯山露水。

這是六子見過的最美麗的屁股。

38

六子紮車胎的時間不長。每個路口都有補車攤，大家互不買帳，甚至大打出手。六子被大蓋帽勒索過幾回，更有一個爆了胎的大胖子，過來當頭一拳，打得他七葷八素。

六子做回老本行。紮車胎要選上下班時段，賣刀則宜在白天：這時居民樓裡，往往只剩老弱病殘。這些門道是「二鍋頭」教的。「二鍋頭」不喜歡二鍋頭，喜歡啤酒，早年是六子的哥們，修理棕綳出身。「六子六子，咱哥們兒多年，你這只赤佬人不錯，就是沒魄力，成不了大事。」

「二鍋頭」有魄力。失蹤幾年後重現江湖，頸裡拇指粗的項鍊，頭髮剃成板寸，腮幫子往下耷拉，憑添幾分凶相。

「六子，賣什麼刀呀，跟我一起混吧！」

「二鍋頭」把六子介紹給毛頭，毛頭派他到阿烏手下，阿烏談生意、運東西時，六子負責望風，得點小錢。沒任務時，就繼續賣刀。

39

一日，六子閒逛，迎面過來一美女，六子死盯著瞧。美女甩了個白眼。六子心裡一亮，追上去道：「啊呀，是你呀！」

張美鳳又甩了個白眼：「你誰呀！」扭著腰身，快步走開。

這次見面，六子忘不掉了。他談過十幾個朋友，還有一夜情和多夜情。女人是抱著睡覺的動物，和貓貓狗狗差不多。但大屁股的張美鳳不一樣。不一樣在哪裡，又說不上。

六子請「二鍋頭」吃飯。

「二鍋頭」道：「你這只赤佬中彩票啦？」

「哪有，老朋友，敘敘舊。不會不給面子吧。」

「白吃白喝，誰會不樂意。」

他們上大排檔，喝了二十幾瓶啤酒。「二鍋頭」有些歪斜了，一拍六子肩膀：「我最曉得你，小氣鬼一個。說，到底有啥事？」

六子道：「敘敘舊唄。非得有事才請客啊，把我想成什麼了。」

「二鍋頭」乜斜著眼：「這麼多年了，還是黏黏乎乎。」

六子「嘿嘿」一聲，說：「我本來就沒什麼出息……對了，上次那個張美鳳，是混血兒吧。」

「二鍋頭」打了一串臭嗝，咯咯笑起來：「純種中國人。純種中國人也有奶子大的。」

六子訕訕道：「隨便問問。」

「你是不是聽到風聲了？她剛給毛老大甩了。不過沒幾個人知道呢。她可是跟過毛老大的人……

嘿嘿！」

「你有她號碼嗎？」

「二鍋頭」上下打量道：「想幹嘛？你這只赤佬，膽子挺大。」

「我哪有什麼膽，隨便問問……」六子聲音小下去，「沒就算了。」

「她的手機，我當然有。告訴你，我和她是老相好。你別不信，她和毛老大，還是我介紹的呢。」

「我可沒想怎麼樣。」

「二鍋頭」扯著六子的領口，噴著酒氣說：「別裝。」

六子掙脫出來，抖了兩抖，輕聲道：「真熱，喝多了。」

「二鍋頭」搖搖晃晃掏出手機，按了幾下鍵，遞到六子面前：「瞧，記清楚了。」

40

六子喝得有點暈，回家後，不停喝水，上廁所，折騰完了，天也亮了。想給張美鳳打電話，覺得太早不妥當，捏著手機，心神不定到下午一點，鼓足勁撥過去，居然是關機。直到下午三點多，總算通了，響了七八下，張美鳳接起，「喂」了一聲，懶洋洋，軟綿綿的。六子心頭酥軟，舌頭也結巴了。張美鳳記不得六子是誰，卻爽快答應了晚餐。六子問她愛不愛吃辣。

張美鳳道：「吃辣多沒品味，要吃就吃海鮮。」

「那就吃海鮮。」

「『遠洋』的海鮮最好了。」

「那就『遠洋』，五點半吧？」

「這麼早吃飯？鄉下人才這麼早。」

「六點？……六點半？……你說幾點？」

「七點。」

擱下電話，六子趕去銀行，取出僅有的四千多元積蓄，到市中心買了件名牌襯衫，大紅色的，還在高檔髮屋修了個髮型。他指手劃腳，生怕給修壞了。旁邊的洗頭女笑嘻嘻道：「帥哥，你放心吧，Mike老師是我們這裡頂級的美髮師，很有經驗的。」叫Mike的美髮師和六子年齡相仿，一邊撥弄六子不長的頭髮，一邊廣東腔地說：「是不是約會啦？放心啦，包你滿意啦。」

髮型漸漸有眉目了，六子從白圍布下伸出一隻手，給「二鍋頭」發短信：「遠洋在哪裡？」

「什麼遠洋？」

「吃海鮮的，很有名。」

過了五六分鐘，「二鍋頭」回道：「越洋吧！宰人，貴，難吃。你小子去蹭飯？」

六子打了個哈哈，撥一一四，問了「越洋」酒店地址，居然離髮屋不遠。

理完髮，趕過去，早了一個多小時。隔著馬路，遠遠看到樓頂的「越洋」二字。走近了，發現門面低調狹窄，擠在兩幢商務樓之間，一張紅木迎賓桌，站著個黑白套裙的迎賓小姐，另一側是地下車庫的入口，六子晃悠了十多分鐘，看到三輛奧迪和一輛寶馬進去。黑白套裙的迎賓小姐，妝容精緻，額頭光爽，黑髮一溜地在腦後紮個髻，模樣像個高級白領。白領模樣的迎賓小姐，冷眼瞅著六子。六子被瞅得不好意思了，轉身走開。

拐了個彎，頓時熱鬧了，不寬的馬路兩側，店面擠擠挨挨，五顏六色的女孩們，在店面之間穿梭。六子飛了一會兒眼神，心情輕鬆了，吹一聲口哨，在一家店門口的穿衣鏡前停下，左右照照，用小手指挑掉臉頰上沾的髮渣。一個十八九歲的姑娘推門出來，說：「帥哥，進來看看吧。」

六子走進去，兩個年輕女營業員圍住他，一個說：「看看有什麼送給女朋友。」六子心想，差點忘了見面禮。營業員你一句我一句，拿出好幾款飾品，爭相遞到六子面前。六子看中一掛項鍊，孔雀石墜子，鑲在黑瑪瑙的底面上。見他盯著看，營業員馬上將項鍊塞在六子手裡，說：「孔雀石可以避邪。瞧這紋路，多別緻，保證百分百天然的。」六子一問價，五百多，趕忙放還營業員手裡。另一個營業員拿起計算器：「誠心要的話，給你打個八八折。我們一般不打折，為著做回頭生意，」劈哩啪啦按出一個數字，舉給六子看，「孔雀石賣得很好，很多男孩子送女朋友的。」六子想像這塊鮮豔的藍綠色，綴在張美鳳雪白的脖頸裡。那個又將項鍊遞還六子手裡，說：「你看這種質地，不是劣貨可以比的。你女朋友一定很漂亮吧，戴這個皮膚很顯白的。」另兩個營業員也圍上來。在一片鼓動聲中，六子猶豫地掏出錢包。

張美鳳晚了半小時，頭髮紮得鬆鬆的，堆在脖頸邊，臉上似乎沒擦粉，看著有些憔悴，鼻子邊顯出一塊淡黑的色斑。六子有些失望，但當她站定，嫣然一笑時，那種發瘋似的喜愛之情又上來了。

「你好，我是……」

張美鳳一擺手：「定位了沒？」

六子一愣。

張美鳳大步往裡走。

服務員迎著問：「小姐，幾位？」

張美鳳伸出兩根指頭。

服務員道：「小姐，這邊請。」

六子急急跟著。

張美鳳風馳電掣地坐定，拿起菜單，大叫「點菜」。一口氣點了十多個，將菜單還給服務員，拿出一包菸，兀自點了起來。六子將菸缸遞到她手邊，又將濕紙巾撕開包裝，放在托碟上。張美鳳終於正視了他一眼：「想起來了，你就是上次那個……和『二鍋頭』一起的那個。」六子堆笑道：「是，是，你記性真好。」

張美鳳掐滅剩下的半根，瞅著冉冉升起的清煙。六子不敢說話。菜陸續上來了，量很少，盤碟很精緻。張美鳳夾了些菜在骨盆裡，六子也替她夾了些。她用筷子將菜來回撥拉，卻不怎麼吃。六子也不多吃。他按了按兜裡的錢包。

菜上齊後沒多久，張美鳳就催飯後水果。六子問：「吃完了？」張美鳳道：「最近減肥，不能多吃。」六子對服務生道：「那麼，先埋單吧。」

服務生遞來電腦列印的清單，連酒水兩千元出頭。六子從錢包裡將百元鈔票一張張數出來。數到最後幾張，暗吐了一口氣。錢夠了，還剩一百多。

張美鳳的目光越過一盤盤幾乎沒動的海鮮，落在六子的錢包上，那是一只黑色人造革錢包，折口處有些斷裂了。六子手忙腳亂地塞好錢包，將放禮物的小紙袋從腳邊拿起：「這是送你的。」

張美鳳道：「我不要。」

「你還不知道是什麼呢。很漂亮的。」

「我真的不要，」她揚了揚自己的挎包，「包太小，放不下。」

「你可以拎著。」

「我不拎這種袋子的。」

六子不明白，「這種」指哪種。他臉發燙了，快快地將禮物放回腳邊。本想讓服務生將剩菜打包，也止了念。

倆人靜靜坐了幾分鐘。張美鳳道：「再上哪兒？」

六子又捂了捂錢包，輕聲道：「你想上哪兒？」

「去我那兒吧。」

「嗯？」

張美鳳眼神一勾：「別裝，男男女女，就他媽的那點破事。」

凌晨二點，六子被趕出來。張美鳳的身體，和他想像得一樣好，甚至還要好，連腳跟都是膩滑的。六子步行一個多小時，回到自己的住處，才從夢遊的感覺裡出來。他的屋子，顯得如此冷清窄小。六子心頭空落落的，想找到地方喝一杯，按按兜裡的錢包，忍住了。倒在床上，反覆回憶剛才情形，漸漸迷糊了，忽又被吵醒。是「二鍋頭」，在電話裡縱聲大笑：「沒想到，你去那賊貴的地方泡妞了。」他告訴六子，張美鳳剛打來電話，讓他轉告毛頭，她和六子有一腿了。

六子唰地坐起：「毛老大會不會找我算帳？」

「二鍋頭」亂笑道：「算什麼帳。用過的女人，就是丟掉的衣服。再說了，她又不是我媽，想讓我做啥，我就做啥了？」

「那你怎麼向她交代？」

「糊弄幾句唄。這女人自以為聰明，其實笨蛋一個，一會兒逼毛老大結婚，一會兒又偷他的錢。要是我，早甩早好。不過你別擔心，她不會纏你，她只纏有錢人。」

41

六子打張美鳳電話，始終不接。幾天之後，接了。六子問她在幹嗎？張美鳳道：「睡覺。」

「能過來看你嗎？」

「來吧，路記得吧？」

完事後，六子道：「你是不是想我走？我可以馬上走。」

張美鳳笑道：「你小子挺乖巧，准你待著，」她將腿擱到六子肚皮上，過了一會兒，說：「你走吧。」六子穿好衣褲，剛走到門口，張美鳳又叫住他：「算了，還是過來陪陪我。」

隔了幾天，張美鳳半夜叫六子過去，六子興沖沖趕到，張美鳳卻不開門，也不接電話。六子在門外等了兩個多小時，鼻子塞住了，走去附近一家麻將室，打牌到天明，贏了八百塊。正數著錢，就接到張美鳳電話：「人呢？怎麼半天沒見人？」

六子正要解釋，那邊就把電話掛了。六子急急趕去，敲了半天門，張美鳳開了門，怒氣沖沖道：「不許解釋！」

六子不敢吱聲了。張美鳳瞪了他一會兒，說：「氣死我了，罰你陪我買衣服！」

六子輕聲道：「你不生氣啦？」

「當然生！」張美鳳語氣裡帶著嬌嗔。

六子喜洋洋地抬起頭。張美鳳白了他一眼，將門關上。過了半個多小時，門又開了。張美鳳抹了口紅，穿了花裙子，頭髮整整齊齊地盤在腦後。陽光照在她臉上，空氣裡有股植物甜爛的味道。張美鳳叉著腰，扭了一下，問：「怎麼樣？」六子使勁點頭。

「那你喜不喜歡我？」

「喜歡。」

「想不想待我好？」

「想，當然想。」

張美鳳笑起來：「你怎麼待我好呢？」

一個月後，六子搬進張美鳳那裡，承擔起她的房租和水電煤。張美鳳常對六子說：「都怪毛頭那沒良心的，讓你窮小子白撿了便宜。你以為，便宜是一直有的嗎？」六子勤奮地賣刀，偶爾去棋牌室賭一把。他運氣奇好，每晚必贏，可錢還是不夠花。六子又請「二鍋頭」喝酒，請教怎麼才能賺錢。

「賺錢？賺錢是需要能力的。你能偷嗎？」

六子想了想，說：「能。」

「你能搶嗎？」

「能。」

「你能殺人嗎？」

六子不說話了。

「二鍋頭」拍拍他肩膀，道：「讓我說你什麼好。不是你的東西，就不是你的。算了，這頓我請吧。」

六子鎖著眉，啜著啤酒。他知道，張美鳳還有別的男人，她懶得向他掩飾。這個，六子並不在乎。

又捱了一陣子。一日，六子陪張美鳳逛馬路，張美鳳一邊數落六子小氣，一邊穿過紅燈，一輛摩托車橫穿而過，灰塵耀武揚威地捲起來。張美鳳揊揊鼻子前的灰塵。六子眼尖，指著說，那就是樂慧。

「毛頭找了個醜八怪呀。」

樂慧要胸沒胸，要臀沒臀，一身排骨摟著睡，整晚會做噩夢；至於衣著品味，比起她張美鳳，更差十萬八千里。瞧瞧，瞧瞧，皮膚那麼黑，根本不適合藍色，還一閃一閃的，好衣服穿成地攤貨。

「你怎麼認識她的？」

「以前是……同學。」

張美鳳瞥著他道：「算你讀過幾天書，有什麼狗屁同學。」

倆人默默走了一會兒，張美鳳咬牙切齒地問：「六子，你想一直待我好嗎？」

「想。」六子咬牙切齒地回答。

「你拿什麼待我好呀？」

「我每天燒菜做飯，整理房間，幫你按摩腳，還幫你洗內褲。」

「那算什麼」，張美鳳撲扇了幾下睫毛，彷彿什麼東西硌得她難受，「人家毛頭，花起錢來成千上萬的。瞧我這條真絲裙子，去年買的，世界名牌，三千多塊呢。哼，沒點經濟實力，還敢說愛我。」

六子低頭看地面，又抬頭瞧她的嘴，最後盯著旁邊的一棵樹。

「六子，好六子，」張美鳳抓住他的胳膊，「我知道你真心，真心要有真心的表現。你答應我，把那丫頭搞了吧。」

「嗯？」

「把她弄上床。」

「這……」

「毛老大最不能容忍的，就是戴綠帽子。別看我開放，跟著他時，也是規規矩矩的。」

「我……」

「我要看到毛頭甩她，那是她應得的，」張美鳳鬆開六子胳膊，順勢推了一把，「哼，這點忙都不幫，還說對我好，咱們玩完了。」

「別！」六子拉住她，「辦法總有的，再好好琢磨。」

42

城市的西南角，細細的道路擠挨著，歪斜著，交錯著。隨便挑一條，往下走，開始出現紅白藍的轉花筒燈，窄小骯髒的玻璃門裡，坐四五個小妞，或修指甲，或撥眉毛，或將手探進緊身衣，調整胸罩帶子。再向前，有鬼鬼祟祟的女人，貼著牆走，沿著街站，高跟鞋，緊身衣，眼眶烏黑，面孔煞白。

跟隨她們一段，街面逐漸開闊。「大仙窟」的諸多支流，最終匯入主幹道——愛國路。先前叫作「香粉路」，專出交際花和高級妓女。解放後，路邊幾家歐式咖啡館被保留，釘上「市保護建築」的牌子。也許是舊時的脂粉味未散，改革開放後，各種娛樂場所蜂擁起來，KTV、酒吧、浴場、歌舞廳……霓虹爭豔，招牌鬥亮，或疾或緩的音樂，爭相侵擾著臨近居民的耳膜。

大仙窟上接高檔的錦華苑，下連破舊的七馬路。幾步之遙，隔著兩個世界。七馬路百來米長，並排三條弄堂，像密匝匝的抬頭紋，誰都舒展不開。影子弄居東，往西依次祥安里和祥康里。磚瓦平房排著鬆散的隊，七曲八彎下去，到弄底水泥牆前打住。

面臨拆遷的影子弄，地面損出了坑窪，牆壁爬滿了黴漬，木門斑駁了油漆。打開生銹的大鐵鎖，走進一道門，上下四五戶人家。喜怒無常的小市民，要好時掏心掏肺，邊洗菜晾衣，邊家長里短。說翻臉就翻臉了，晾衣杆的半尺長度，煤球爐的兩寸位置，隨時激起一場鏖戰。因為彼此知根知底，言語的歹毒加了倍，句句刺中心窩。

被罵「婊子」的樂慧就住這兒。她不和人囉嗦，進出仰著個臉，從弄口「的嗒」進來，嘰裡喳啦的嬸子大媽突然噤了聲，眼睛上上下下，把樂慧刷了個遍。直到她掏出鑰匙，開門進屋，才重新沸揚起來。

「瞧她衣服穿的！」

「直接進『大仙窟』去賣得了。」

「愛娣死得早，沒娘管教就這樣。」

「娘也不是好東西，不然怎生那種病？」

「就是，就是，什麼藤結什麼瓜。」

……

錢愛娣活著時，樂鵬程挺疼媳婦的，死後聽人編派，心下難受，只能找老張頭喝悶酒。老張頭在對街開個小酒館。他耳背眼花，腦筋不清，心腸卻出奇好。「老樂人挺厚道，嚼舌頭的當心舌頭長瘡。」

老張頭當過兵，館子取名「老兵綜合餐飲部」，門檻低於路面，走下三四級臺階，才能進入店門。坐在油膩膩的桌邊，只瞧見窗外行人的半截身子。

老張頭生意稀淡。樂鵬程沒事去坐坐，對啜二鍋頭。老張頭話多，愛講以前當兵的事。樂鵬程走神，留意屋外過往的女人。她們腰以上被門楣遮住，大腿的形狀愈發鮮明：有的腿被牛仔褲裹得粗圓；有的腿雖然纖細，卻頂著平塌塌的屁股；還有「小姐」的腿，套在網眼黑絲襪裡，因為長年高跟鞋，足踝上青筋暴顯。樂鵬程歎一口氣，又想起逝去的婆娘：錢愛娣臉不好看，腰和手臂太肉，卻有雙他最喜歡的腿，結實光滑，彈性十足，像母豹子漂亮簡短的後肢。

43

六子在影子弄對面晃了一天。傍晚，踱出來一個老男人，腦後只剩一彎黃髮。等那彎月牙兒穿過馬路，六子才想起是樂慧她爸。樂鵬程下了兩級臺階，朝著老張頭店裡，喊幾聲，推推門，見沒動靜，快快地往別處踱去。他不知道，老張頭正在醫院。一小時前，他兒子小張被衝下橋面的公車壓斷雙腿。

六子看看錶，一咬牙，逕直往弄堂裡衝。來回找了幾遍，在一戶門前站定。隔壁蹲著殺魚的少婦冷眼盯他。

樂慧家大門周圍的牆壁被塗成金色，時間久了有點發黑，二樓小窗鑲了古銅的雕花邊。只有那塊松木門板，是六子熟悉的，油漆掉光後，被雨水和蛀蟲侵蝕，黃一條黑一條，鉸鏈鏽得能一鉗子夾斷。

影子弄原先住的也是體面人家，解放後窮人們擠進來，大房間隔成小房間，屋梢頭搭起矮閣樓，窗前撐出塑膠雨棚，曬臺用水泥封實。一排排衣服滴清水，一只只煤爐薰濃煙，小孩子滿巷鼠竄，隨地撒尿。

毛頭勸過樂慧搬家，樂慧不肯。毛頭說：「也好，拖個幾年，等到拆遷，我幫你們搞一筆大錢。」他打通關係，讓附近樓盤的地下管道繞進影子弄，還給同樓的各戶人家塞「動遷費」。有賴著不搬的，就派小兄弟去威嚇。

現在，整幢樓都是樂慧的了。毛頭幫忙裡外翻新，裝上煤氣和抽水馬桶，一樓客廳，二樓臥室和廚房。本想換大鐵門，樂慧捨不得。母親錢愛娣生前搬煤餅時，習慣用煤餅格子頂開房門，再將身子蹭進去，時間長了，松木門上留了個三角凹塘。樂慧進出都要看一眼，小時候仰著望，大了低頭瞧。

此刻，六子也瞧見凹塘，左思右想，認定就是樂家。他晃到鬼牆後，假裝撒尿，豎直了耳朵。外頭挺熱鬧，女人燒飯，男人下班，小孩子們吃完飯，嘻嘻哈哈鬧一通，被關進屋子做作業。六子的肚皮在叫，手機也叫了。是張美鳳：「打聽到什麼了？」

「還在打聽。」

「蠢驢、白癡，沒見這麼笨的男人。我看你就別回來了！」

44

一周後，六子才被允許見張美鳳。他彙報說：目前毛頭和樂慧分居，但天天見面。趁毛頭出差時下手，應該比較保險。

「這算什麼，」張美鳳吼道，「廢話，廢話！浪費時間！只好老娘親自出馬了。」

六子一煩惱，就激烈嗑牙。他覺得門牙快碎了，口水苦鹹苦鹹。

「美鳳，我會拚命賺錢的，以後開個夫妻老婆店，不愁吃不愁穿，好不好？」

「夫妻老婆店？」張美鳳哈哈大笑，笑得眼淚出來了。

六子低聲嘀咕：「我會待你好。」

張美鳳按住火氣道：「待我好，就幫我這次忙。你說，我求過你別的沒？」

她捂住眼睛。本想唬唬六子，卻真覺委屈了，淚水嘩嘩出來。六子愣住，想安慰，卻怕說錯話。

張美鳳一抹眼睛：「過來，抱我。」六子急忙上前。張美鳳的胸脯很軟，胳膊很涼。六子靜靜體味著。他想把這軟、這涼，這所有，刻在腦子裡。

45

張美鳳沒和六子打招呼，突然盤下老張頭的店面。店門開在愛民路，轉彎就到七馬路。隔壁的「愛愛」理髮店，常有小姐在門口嗑瓜子，為了瓜子殼的事，老張頭和姑娘們吵過幾回。影子弄在七馬路頭上，樂家一樓東窗正對愛民路，隔著玻璃能看見紅油漆的大字：老兵綜合餐飲部。

老張頭的兒子小張，四年前討了娘子，娘子不願與老子同住，小張就按揭買房搬了出去。老張頭開店，主要是打發寂寞。兒子出事後，兒媳拿了車禍賠償金，仍說不夠花，打電話來要錢。老張頭一咬牙，關了店門，掛起「出售」牌。兒媳把話挑明瞭：他賣了房，也不能和他們住。「寶寶快三歲了，得有獨立空間。獨立空間對孩子成長很重要。」老張頭不懂啥叫「獨立空間」，他決定回鄉下老家，那兒有他的鄉里鄉親。

張美鳳不耐煩六子，親自到樂慧家附近打探，很快發現了老張頭的「出售」牌。她摸摸油膩的玻璃門，敲敲黝黑的柵欄窗，一個計畫在心頭成形。

張美鳳傾囊而出，把小酒館裝修成一室戶。她對六子說：自己先住著，事成之後，風聲過去，六子再搬進來。「你不是想開夫妻老婆店嗎？到時候就把沿街的牆面變回店鋪。」

「這太冒險了。」

「事情辦成了，我會考慮嫁給你。如果你不願意辦，現在就玩完。」

「別，別……」

「其實沒什麼風險，」張美鳳再次細述她的計畫，六子愁眉苦臉地聽著，「你放心，一，我只拍那小婊子的臉；二，我太瞭解毛頭了，他凡事只看結果。到時候，會立馬甩了小婊子，不讓她有機會解釋。再說了，解釋也白搭，毛頭最看重女人的那個了。」

「如果他們追查……」

「追查個屁，毛頭多要面子。到時候，不問青紅皂白，殺了她都不一定。」

「那……」

「別『這』呀『那』的，你不想娶我啦？」

「想啊！」

「那你幹不幹？」

「……」

「幹不幹嘛？」

「幹！」

46

張美鳳的小算盤，是這麼打的：長期以來，她沒個固定居所，有時賴在男人家，有時到姐姐處蹭住。姐姐張秀紅在大仙窟做媽媽，向來看不慣好吃懶做。張美鳳也不願多瞧臉色，遲早自己搭個窩。愛民路只是臨時住住，計畫成功後，馬上和姐姐換房。張美鳳一室一廳，黃金地段，離姐姐的單位也近；張秀紅兩室一廳，面積大，房型好，卻在市區邊緣，交通不便。真要換房，還不知誰佔便宜呢。

張美鳳一提換房，張秀紅果然願意。她是個口風緊、心眼細的人。六子猜不到倆人關係，到時候白白踏破鐵鞋撞破頭。

玩失蹤，張美鳳也不是第一次了。

47

張美鳳向以前的小兄弟討了點迷藥。找「二鍋頭」瞭解毛頭行蹤。「二鍋頭」說：「識相點的就算了，你和毛老大，不可能了。」經不住張美鳳糾纏，他還是在床上透露，下個月十八號，毛頭要飛廣州。

張美鳳買來望遠鏡、照相機和深色窗簾。店門旁的小鐵窗是最佳位置，角度準，光線佳。相機往窗柵欄上一架，窗簾掩一掩，神不知鬼不覺。

樂家也安了細密的窗柵欄，一根根金光燦亮。欄下一方空調外掛機，花花綠綠的晾曬物東飄西蕩，相互碰撞。張美鳳在其中看到一隻小巧的深藍色奶罩。

樂慧出現在二樓，睡袍前襟上一隻嫩黃的貓咪。她在篦子上細心地挑頭髮，挑出一根，甩出窗外。厚嘴唇，大眼睛，黑皮膚，一頭淩亂的卷髮。姿色倒是有幾分，就是身板小，又佝著背，顯得不精神。

樂慧從二樓下到一樓，換上藍色吊帶裙。張美鳳看到了沙發裡的樂鵬程。老張頭回鄉後，他只有看電視打發時間。一樓客廳掛著等離子電視，寬闊的玻璃茶几被一圈黑色真皮沙發圍住。樂慧在門和鏡子間不停走動，樂鵬程受了干擾，嘀咕幾句，父女倆吵起來。樂慧關掉電視機，樂鵬程將遙控器往沙發裡一甩，起身走向窗前。張美鳳調大望遠鏡倍率。這是個長相單調的中年男人。

過了幾日，毛頭出現了，他在鍍金窗柵欄後頭和樂慧說話，還拍她的肩。片刻之後，倆人往外走，樂慧經過鏡子時，照了照自己。張美鳳一甩簾子，悶悶地躺到床上。窗外有摩托車經過，也許是那輛她熟悉的銀色雅馬哈。

48

一日吃過飯，張美鳳一襲白底紅花睡裙，四仰八叉躺著，看天花板上蜘蛛逮蒼蠅的好戲，蜘蛛網不夠結實，蒼蠅個頭又大，略作掙扎，逃出命去。張美鳳的目光跟著綠頭蒼蠅飛，一飛飛到窗沿上，發現簾子縫外有雙眼睛。

一骨碌起身，過去「唰」地掀開簾子，看見一張胖臉，占滿整格玻璃窗，那臉作出吃驚的表情。張美鳳覺得眼熟，想了一想，擠出一個笑，打開門，說聲「你好。」

樂鵬程尷尬道：「我和以前的房主人很熟。今天想起來，過來看看。」

張美鳳道：「我好像看過你，進來坐一會兒吧。」

樂鵬程跟進去。張美鳳的真絲睡裙被撐得滿滿的，小細節顯山露水。樂鵬程發現，她沒穿內褲，剎時腦子裡一「嗡」。張美鳳說「坐」，他在床邊坐下。張美鳳問「喝茶嗎」，他囁嚅道：「不麻煩。」

張美鳳泡了茶，放在桌上，也坐到床邊。樂鵬程一動不敢動，緊盯住面前的茶杯。劣質茶葉沒泡開，一根根浮躺在水面上。

張美鳳「嗯」了一聲。

樂鵬程道：「我住對面，喏——那間。」目光從茶杯移到視窗，又移回茶杯上。

張美鳳笑道：「哦。」

「請教小姐芳名。」

「你叫什麼？」

「我叫樂鵬程。」

「哦，樂大哥。樂大哥說話文縐縐的。」

「你叫……」

「我叫張美……愛玲。我叫張愛玲。」

「哎呀，有個女作家也叫張愛玲。」

「好像有印象。」張美鳳暗想，怪不得這名字順溜。

倆人又無語片刻。

樂鵬程問：「你喜歡看書嗎？」

「書？我可是沒文化的人。」

「你看起來很有氣質。」

「那是因為我叫『張愛玲』。」

樂鵬程「呵呵」一笑：「你真幽默。」

「我說話很好玩，是嗎？」

「不是好玩，是幽默。」

張美鳳覺得這兩個詞沒區別。她瞄了樂鵬程一眼，他的側面顯得更胖。張美鳳厭煩得頸椎發酸。她道：「喝茶。」樂鵬程端起茶杯，啜了一口，猛被燙著了，只能含在舌尖上，不敢表露異樣。張美鳳起身從門後取了拎包，拿出手機，裝模作樣按兩下：「好像剛才有人找我，約我出去吃飯。」

「那我不打擾了，」樂鵬程戀戀不捨地站起來。

「樂大哥太客氣。改天再聊，」張美鳳送他到門口，推了一把，「天暗了，上臺階小心。」重重關上了門。

49

十八號。張美鳳在月曆上勾出日期。她開始深居簡出，甚至不和隔壁「愛愛」理髮店的人打照面。睡覺，看電視，吃速凍食品，翻《知音》、《女友》，給老情人一一打電話，或者舉著望遠鏡，挨家逐戶偷窺。

屋裡暗而濕，一股黴酸氣，蠅蟲在天花板的角落裡，伏成黑壓壓一片。唯一一扇小窗，外有柵欄內有布簾，偶爾透進幾縷有氣無力的陽光。抽屜裡的花頭飾，幾天就齒口生銹。冰箱漏水，吊扇吱嘎，電馬桶內壁上，全是乾糞跡和茶葉渣子的褐色斑印。

樂鵬程有時會來坐坐。他更讓張美鳳感覺六子的好。一個電話：「快死過來。」六子就來了，整理房間，逗笑解悶，燒煮食物，或者滾在床上，黏個大半天。

六子道：「這樣真好，安安靜靜，沒人打擾。美鳳，你像是整個屬於我的。」

張美鳳白了他一眼：「肉麻死了！」真奇怪，只過了四五天，卻好像過掉了大半輩子。

50

這天終於來了。毛頭和樂慧拉起窗簾，在房裡呆了整個下午。五六點光景，樂鵬程下班了，他拉開窗簾。毛頭已經離開了。樂慧在看電視，倒在沙發裡，兩腿高高翹起，在空中交叉出各種姿態。

賤女人，等著瞧吧。望遠鏡的鏡片蒙上一層濕氣。

六子理了髮，穿上新買的紅色夾克衫和藍色牛仔褲。

「帥極了。」張美鳳蹲下，替他將褲腳捋平，然後仔細檢查：夾克衫的左側兜裡裝迷藥，用撕過縫的小紙袋包著，可以趁樂慧不注意，快速取出傾倒。其他口袋空著，怕屆時遺落東西，留下證據。

張美鳳道：「事成之後，這套衣褲馬上處理掉。你放心，沒人會知道。」

在視窗架好相機，一看只有六點半。據消息，是十點的飛機，毛頭八點半去機場。張美鳳想到，該送些禮物，以顯誠意。催促六子去買。六子買了一瓶七八百塊的藥酒。張美鳳訓斥道：「貴得要死。你以為人民幣是桔子皮啊。」罵完，又抱他親他哄他。

八點四十，張美鳳出門。樂鵬程早已穿戴整齊，候在愛國路路口。

「樂大哥，什麼時候來的？」

「剛來，」樂鵬程笑嘻嘻道，「咱們去哪兒玩？」

「去有意思的地方玩。」張美鳳轉過身，急急往前走。樂鵬程跟著，跟到「百合歌舞廳」。

張美鳳道：「我阿姐是老闆娘。今天她給我留了一桌。這兒音樂很好，我們可以跳舞。你會跳舞嗎？」不待樂鵬程回答，又轉身往樓上衝。

張美鳳瓜子臉、厚嘴唇、杏仁眼，她的姊姊鵝蛋臉、薄嘴唇、細長眼。

「阿姐，這是樂大哥。樂大哥，這是阿姐，大名鼎鼎的張秀紅。」

「什麼大名鼎鼎，瞎說。」張秀紅笑著，白了妹妹一眼，對一女孩道：「叫芳芳過來。」

張美鳳將張秀紅拉到一邊：「幫我留住他，至少三四個小時。」

「你別做得太過分。」

「當然啦，我說過的，出完這口氣，保證好好做人。」

張秀紅「哼」了一聲，轉身招呼另一客人。

張美鳳坐到樂鵬程身邊：「這裡美女挺多吧？」

「……我不太來這種地方。」

樂鵬程突然表情一僵。張美鳳扭過頭，見一美女過來。張美鳳冷笑道：「當心，下巴掉了。」

「不習慣？」張美鳳點了根煙，「多來就習慣了。」

芳芳瞄著樂鵬程身上的廉價西服，瞥了瞥嘴，往沙發另側一靠，歪著腦袋，拈起一縷卷髮，纏在手指上。

白煙像兩道驚嘆號，從她的鼻孔噴出。

張秀紅端來三杯飲料：「芳芳，這是樂先生，」又湊近耳邊輕語，「別怠慢了。」

芳芳一笑，朝樂鵬程身邊挪了挪。樂鵬程的臉紅了。張美鳳從包裡拿出指甲鉗：「不好意思，剛才指甲把衣服刮著了。」

樂鵬程忙道：「沒關係，沒關係。」

張美鳳開始修指甲。芳芳見狀，也從貼身拎包裡取出粉餅，打開盒蓋，上下左右照了一圈，拈起粉撲補妝。樂鵬程低頭對付自己的飲料。他想問，什麼時候能跳舞，終於沒有問出口。

張美鳳道：「我不渴，你把我的也喝了吧。」

「這怎麼可以。」

「別客氣，一杯飲料而已。」張美鳳小心銼著一隻指甲的邊角。

樂鵬程取過張美鳳的飲料，倒入自己的杯子。芳芳在粉餅盒邊冷眼看著。張秀紅又過來了，朝芳芳皺了皺眉。芳芳「啪」地關掉盒子，問：「先生貴姓？」

「姓樂，『快樂』的『樂』……」

「哎呀，」張美鳳突然大聲接手機，「什麼？好好，我馬上就來。」
樂鵬程瞅著她，聲音輕下去：「……『鵬程萬里』的『鵬程』……」
張美鳳道：「樂大哥，你慢慢玩，我有急事，得走了。」
樂鵬程傾了傾身子。
張秀紅笑道：「讓她走好嘍，樂大哥，我們說話。」
張美鳳匆匆走出去，又回來，在張秀紅耳邊道：「記住，我叫張愛玲。」
張秀紅瞪了她一眼。
芳芳瞧著天花板，手指輕叩自己的鱷魚皮拎包。
張秀紅道：「芳芳，剛才王老闆來了，你去陪陪吧。」
芳芳立刻站起來，蝴蝶般地飛走了。樂鵬程灌下剩餘的飲料，打出一個冷冰冰的嗝。
張秀紅讓人上咖啡。
樂鵬程摸摸肚子，連說「飽了」。
「飲料怎能喝得飽？」
樂鵬程軟著身子，在大腿間搓手，偶爾抽出來，端起咖啡杯，啜飲一小口。咖啡涼了，咖啡伴侶浮成一粒粒白點。樂鵬程舌苔上苦答答的。
張秀紅問：「味道怎麼樣？」
「不錯。」
「那就多喝點。咱們邊喝邊聊。」

51

樂慧開門，見是六子，一怔，沉下臉道：「你來幹嘛？」

「我來看你。」

「我還沒死，有什麼可看的。」

六子噎了噎，道：「阿慧，我沒別的意思。不交往了，也可以互相走動嘛。」

「我看是黃鼠狼給雞拜年。」

「你爸最近身體好嗎？我來送點東西，要是你不喜歡，我馬上就走。」六子將昂貴的藥酒提到樂慧面前，晃了兩晃。

樂慧盯著六子。六子心口嘭嘭跳。樂慧終於開口道：「他最近胃不好。」

「巧了，這酒治胃的。」

「不稀罕。」樂慧嘴硬，口氣卻軟下來。

「一點心意而已，」六子堆笑，「不會把它扔出去吧。」

「你今天哪根筋搭錯了，突然想到關心人。」

「其實我一直關心你的消息，」六子不敢正視樂慧，「有時在你家附近晃悠，沒怎麼碰到你，倒是碰到你爸幾回，頭髮掉了不少。」

樂慧的表情鬆下來。六子跨入半隻腳。樂慧迎他進屋，招呼他坐，六子挑正對窗口的位置坐下。樂慧站到凳子上，將藥酒塞進立櫃頂層。六子呆呆瞪著滿櫃子的補品。

樂慧問六子喝什麼，六子問有沒有可樂。樂慧開了兩罐可樂。六子抿一口，偷眼瞧樂慧，樂慧一仰脖子，整罐可樂咕嘟下肚。六子又抿一口，樂慧再拿一罐，又一口氣幹掉。索性取出四五罐，排成一排，逕自狂灌。六子傻瞪著她。

樂慧把東倒西歪的空罐頭一路膊捋到地上：「爽啊！」往沙發裡一倒，大叫，「老娘要尿尿。」猛地跳起來，衝向廁所。

六子繼續抿可樂。冰凍罐頭外凝著水汽，慢慢結成水珠子，順著指頭往下淌。在夾克衫上擦擦手，隔著衣服摸摸迷藥，六子聽見響亮的小便聲。

樂慧出來，六子問她還喝嗎。

「不喝了，撐死我了。」樂慧摸著肚子，可樂裡的咖啡因讓她有點興奮。

「那麼，不陪我再喝點？」

「陪？你有手有腳，不會自己喝嗎？你一個人喝好了。」樂慧咯咯大笑。

六子覺得她笑聲古怪，又暗自不安。

樂慧突然道：「你來看我，我好高興。」

52

适才開門時，樂慧心裡咯噔了一下。七八年前的六子，喉結都沒發育好。此時個子高了，肩膀寬了，皮膚白淨了，眉眼端端正正地長開，頭髮梳成三七分，打上鋥亮的慕絲。

六子坐下時，牛仔褲在他的大腿間綳起一塊。樂慧有意無意地瞄了一眼。她想起他們的第一次。樂慧寧願相信，自己的童貞是給了六子，而非樂鵬程的手指。

這幾天，樂慧發瘋似地想男人，不知是例假逼近，還是天氣燥熱，昨天後半夜睡不著。下午毛頭來了，樂慧問：「我們為啥不再試試，難道一直這樣下去嗎？」

「今天太倉促，等我出差回來吧。」

「不行，就現在，就這裡。」樂慧拉上窗簾。

毛頭站著不動。樂慧把自己脫光，跳到床上，倔著腦袋，瞧著毛頭。

火熄了，毛頭還夾著煙屁股。樂慧道：「過來呀。」

毛頭扔了菸蒂，走去在床邊坐下，輕輕撫摸樂慧。樂慧閉起眼，感覺他的手從肩膀滑到背脊，再從背脊往下走，然後輕輕拉起毯子，蓋在她身上。

「慧慧，穿起來吧。」

樂慧睜開眼睛，瞪視他道：「我要去和別的男人搞，你信不信？」

毛頭淡淡道：「穿起來吧。」

樂慧緩慢地穿衣服。毛頭坐到沙發上，打開電視。樂慧套上衣褲，坐在床邊，倆人一遠一近，默默對著電視螢幕。

53

樂慧想著下午的事，又想起六子給她的高潮。高潮的感覺，像小便憋不住了要噴出來。

灌完六罐可樂，坐在馬桶上，有什麼東西在身體裡拚命喊叫，樂慧覺得快渴死了。

從廁所出來，她對六子道：「你來看我，我好高興。」六子應了一聲，斷續而專注地啜可樂，眼看一罐也見了底。

「還要嗎？」

「不要了，脹氣。」六子把空罐子在茶几上端端正正放好。

兩人又不說話。樂慧低下頭。

張美鳳急得罵：六子六子，你個孬種、窩囊廢！

六子像有了心靈感應，突然抬頭瞄對窗，張美鳳從柵欄間伸出一隻手，狠狠一揮。天色已暗，六子只見有東西模糊一動。他又轉過頭去。張美鳳氣瘋了。

「你媽還好嗎？」樂慧問。

「她……挺好。」

「噢。」

六子兩眼亮晶晶、直愣愣，樂慧在他面前晃了晃手，他還過神來。

「你還在紮車輪胎？」

「不了，早不了。現在還賣刀。」

「噢，賣刀好，小本買賣，有保障。」

六子握緊雙手，併攏兩根食指，去推可樂罐。

樂慧問：「你怎麼不問我好不好？」

六子問：「你好不好？」

樂慧笑。六子低下頭，將推出去的可樂罐夾回來。樂慧猛地站起來，繞過茶几，一把抱住六子。張美鳳大驚，手忙腳亂地擺弄相機。六子被她一撲，仰入沙發，脖子別了一下。樂慧瘦小的四肢，章魚似地吸住他。

六子頭頸吃痛，用手推她，樂慧抱得更緊。

「六子，親我，親親我。」樂慧喃喃著，嘴唇擦他的耳廓。

張美鳳手抖得厲害。取景框暗了暗，樂慧一手撐住沙發靠背，一手摸索六子的褲子拉鍊，六子在她身下扭來扭去。

「好，好極了！」張美鳳按到快門。

樂慧終於解開拉鍊，把六子的傢伙從平腳褲中掏出。六子半在沙發裡，半在沙發外，全身重量吃在腰上。從下往上看，樂慧頭髮像枯草，皮膚上很多小疙瘩，甚至能數清鼻頭的粗毛孔，和上嘴唇一圈稀淡的鬍子。

六子問自己：怎會和這女人有關係？他突然有種不真實的感覺，彷彿能這樣站起來，穿過樂慧的身體，從背後的大門逕直跑出去。

樂慧已在「哼哼啊啊」地喘氣，並撩開自己的上衣。

對面，張美鳳按了一次快門，但拍下的瞬間，樂慧一晃腦袋，大半張臉跑到鏡頭外去了。趕忙按第二張，手抖得更厲害。她突然發現，按不下去：快門卡住了。

六子始終耷拉著。樂慧用力一扯，六子慘叫。樂慧頓了幾秒鐘，突然哭起來。

張美鳳急得罵娘，滿屋找照相機說明書和保修卡。抽屜裡的東西統統被扔到地上，票據、鑰匙、亮晶晶的小髮夾、六子不知何時留著的黃色小說。心愛的水晶蝴蝶簪夾在一疊紙裡，在桌下晃噹碎成兩截。張美鳳愣愣地瞪著殘骸，被一股空洞的悲哀倏然擊中。

正在此時，她聽到一聲大響，跑至窗前一看，樂慧正扭過頭去，六子整個人滑在地上。沙發背後，松木大門直挺挺地倒進來，門外站著面皮紫漲的毛頭。

54

五點多，樂鵬程回家，毛頭別了樂慧，心不在焉地駕著摩托，滿腦子樂慧淚汪汪的模樣。快到家時，耳道裡的血管突然狂跳。他調轉車頭，往回飛馳。路過便利店，停下買了盒避孕套。毛頭將摩托車鎖在弄口，抽了半支菸，慢慢踱進弄堂。

在抬手敲門的瞬間，他聽見陌生男人的說話聲。毛頭呆在原地，直至六子喊叫，樂慧哭泣，凝住的血液才重新翻騰。他大喝一聲，一仰、一頂，破舊的木門被生生撞開。

張美鳳捂住胸口，輕呼道：「天哪！」

六子打了個冷顫，推開樂慧，彈身而起，褲子也不拉，衝向門口。毛頭抓了一把，被他逃脫了。樂慧慢慢轉過身，衣服還撩在胸上，兩隻瘦小的奶子輕晃著。毛頭眼窩眥裂，拳頭上骨節爆顯。靜峙了幾秒，他向樂慧走過去。他的雙臂像猩猩一樣下垂著。

毛頭在樂慧面前站定，抓起她的上衣前襟，另一手托住她的腿。樂慧身子一輕，感覺飛了出去。腦袋劃破空氣，製造出駭人的轟響，她甚至搞不清，自己是否在尖叫。隨後，空氣的聲音也聽不見，一記巨大的停頓。

「啵——」

在未來得及反應之前，世界就變紅了。

第二章

錢愛娣

1

錢愛娣的母親錢趙氏，鄉下大戶的偏房之出，一九四六年出嫁，一年半後夫婿暴亡。算命先生一掐指，說她命中有子，但八字太硬。

十一個月後，趙氏再醮，時年二十三歲。新老公錢桂林，為人老實，出身不賴，更重要的是，她偷偷排過八字，這男人命硬著呢。

錢桂林是建築公司的檢修工，每月工錢六十多塊。公司在遠郊，工作日住單身宿舍，只有星期天，才得回家一次。

每週六下午，錢趙氏早早燒好一桌菜，搬個高腳圓凳，坐等在門口。她一身鮮豔的大紅旗袍，一雙細巧的鴛鴦花布鞋。褟兩抹胭脂，點一口朱唇，米醋新洗的長髮，在腦後挽出黑亮的髻。

錢桂林總是悶聲「回來了」，一頭紮在餐桌旁。妻子的打扮，讓他想起脂粉路的浪女。

這門親事，錢桂林受了媒人的騙。大嘴婆娘給他看趙氏的相片：油光滴滑的大麻花辮，鬢邊簪朵梔子花，頷首微笑著，說不出的年輕水靈。介紹是黃花閨女，真人比相片更俊。錢桂林一看歡喜，很快下了聘。在當時的青年中，他條件算上好的，平白無故娶了二手貨，還比自己大幾歲。

晚飯時，錢桂林除了添飯、加蘸頭，從不主動搭腔。錢趙氏在旁默默侍候，不停給丈夫夾菜、舀湯，或將溫熱的黃酒注滿杯子。

沉悶的飯後，錢趙氏洗碗，錢桂林坐在窗口剔牙。這是最愜意的時刻，富有彈性的細竹簽在牙縫裡左右騰挪，每有小塊牙垢出來，在舌尖上稍作輾轉，門牙一抵，「噗」地吐出窗外。三十六顆牙齒剔完，熱龍井漱口。綠茶泡淡了，唇齒清爽了，天也就黑了。

錢趙氏早已收拾停當，縮在屋角瞅著男人。他們機會不多，弄個兒子出來不容易。黃昏的暗光一籠，窗外景物就褪色了，有股令人惆悵的味道。啜著清茶，守著女人，錢桂林覺得，這像個家了。他不開燈，就著黑摸索。女人軟軟的、香香的，兩隻金蓮往床邊蹭。他跟過去，一手解開脖頸邊的盤扣，一手從腿邊的小叉口往上摸。

2

過了兩年，錢趙氏肚子大起來。算命先生的話，早已街坊盡知。是該生兒子，你瞧，女人的肚子尖著呢。也有酸溜溜地搖頭：未必，難說。

錢桂林常常溜班，回家照顧老婆，還請了個小保姆，燒雞、燉湯、打理家務。近一年的興奮忙碌，錢愛娣出世了。錢桂林接過滿面皺紋的娃兒，撩起布單，朝腿間一瞄，頓時黑了臉，將孩子扔回護士。

錢愛娣一歲半時，錢一男又來了。錢桂林站得遠遠的，一問仍是女孩，轉身不知去向。月子坐得孤苦。錢趙氏恨肚子不爭氣，罵瞎子亂算命。腳邊的二女兒睡得倒篤定，小眼一眯，口水一拖，一臉的沒心沒肺。錢趙氏惡向膽邊生，解開蠟燭包，提起一雙小腿，往床邊的馬桶裡塞。孩子突然「哇」了一聲。錢趙氏一陣揪心疼，抖了抖手，又將孩兒拎出來。小東西被屎尿嗆著，哭不成調，氣若懸絲。調理了三四周，才撿回小命。

錢一男降臨後，錢桂林愛上了喝酒，醉醺醺地摸黑回來，倒頭就睡。錢趙氏頭髮油油的，身子膩膩的，粗胖的腰腿再也裹不進大紅旗袍。她脫去發白的布衣衫，鬆開汗津津的裹腳布，小心翼翼地躺到丈夫身邊。錢桂林屁股對著她，半夜偶爾翻身，又會馬上翻回去。

3

錢愛娣有滾圓鮮紅的臉，矮壯有力的身材，跑起步來，腳跟踢向屁股，兩腿迅捷地前後輪換。錢一男細細長長，皮膚蒼白，青筋微顯，一雙眼睛有點外凸，使她看東西時顯得專注。

愛娣十歲時，錢趙氏無意中提及，一男小時候差點溺死在便桶裡。放學路上，愛娣透露給妹妹，一男疾奔回家，打出井水，把臉洗了又洗，搓了又搓，直至面頰生疼，指肚泡出皺褶子。

鄰人告知：「你家一男怎麼了，在井邊哇哇哭，衣服全濕透了。」

錢趙氏趕來，當頭一記耳光，將女兒揪到飯桌邊。晚餐吃土豆炒豇豆。一根根的豇豆，一塊塊的土豆，全都覆著暗褐黏稠褐黃的醬汁。錢趙氏把醬汁倒在米飯裡，用筷子戳來拌去。一男愣愣的，胃裡覺得難受。錢趙氏兜頭一巴掌：「瞧你的死樣，不想吃別吃。」一男放下碗筷去看書。愛娣道：「要不吃個饅頭吧，晚上會餓的。」一男不動。錢趙氏呵道：「讓你吃個饅頭！」一男去打開碗櫃。爸爸從單位拿來的淡饅頭，冷了，變硬了，有點發黃，三四隻疊著，一砣砣的，盛在大盆子裡。一男胃裡又翻騰了。錢趙氏再次呵罵。一男道：「我去洗手。」

錢趙氏道：「洗了一下午了，還要洗。」

一男拿起一隻饅頭，默默坐到桌邊。錢趙氏瞪著她。她咬了一口，喉嚨裡上來一串冷嗝。忙將饅頭放到姐姐碗裡：「媽，我——呃——打嗝，沒——呃——法吃了。」一男覺得，自己能這麼一直打下去，直到身體裡的汙穢排除乾淨。

4

一男染上潔癖後，不願幹活了。愛娣道：「媽，別再打妹妹，家務我一個人就能做。」錢趙氏也就不管了，每天太陽曬屁股了才起床。早點已在桌上擺好，通常老一套：泡飯、鹹菜、醬瓜、蘿蔔乾。只有春節和發工資日，才會換花樣。錢趙氏嘴饞，買來撒了桂花的方糕，藏在碗櫃頂，等女兒們去學校了，拿出來獨自享用。

白天閒來無事，拉著街坊孩子猜拳，玩遊戲棒，或者「老鷹捉小雞」，七八隻「小雞」嘰嘰喳喳，錢趙氏彎著腰，張著臂，挪動小腳，跟隨「老鷹」東奔西跑。孩子們暗裡稱她「老瘋婆」。「老瘋婆」尤愛男孩，逮著就絮叨：「飯吃過啦？頭髮誰剪的？嘖嘖，男孩身板挺，穿什麼都俊！」

父母們外出辦事，或將兒子托給錢趙氏。錢趙氏領著出去，買糖、買糕、買冰棒、買玩具，將小口袋塞得滿滿的。如有路人注意，她就會挺起胸脯，拉緊男孩的手。

時間長了有碎言，說錢趙氏虧待自家女兒。現在新社會，男女一個樣，只有這種鄉下人，才改不掉封建落後。倆丫頭裡，一男還算精怪，可憐的是愛娣，身子沒長全呢，活兒比大人幹得多，還整天挨打受罵。這樣的娘，整一個「十三點」。

錢趙氏漸漸當不成「孩子王」，就找嬸子大媽們打撲克。她只會「爭上游」，牌技不好，常輸小錢，愈將怒氣撒在女兒身上。

一日踅入東道家門，忽聽牌友們提她名字，低語幾句，然後吃吃地笑。肯定是在嘲弄她生不出兒子！十多年過去，她們始終看她錢趙氏的笑話，擺明了嫉妒她早年的美貌和好姻緣。

趙錢氏瞅著鏡中的自己，真是顯老了，脂粉粒嵌在細紋褶子裡，杏仁眼鬆弛成三角眼，多了幾分促狹相。她暗中哭過幾回，更加心灰意懶，臉不洗了，頭髮也不梳，整天躺在床上，旁邊放個瓜殼盆，直嗑得指縫裡的黑褪不去，門牙崩出個小凹塘。

5

每天天不亮，愛娣就圍著煤球爐忙乎，引火、加柴、搧風、熱早飯，再把馬桶刷洗了。放學後掃地、擦灰、燒晚飯、洗衣服、去老虎灶泡開水。忙到晚上七八點，才到桌前做功課，這時一男已上床。錢趙氏埋怨電燈耗電，還埋怨愛娣的學習成績。愛娣語文好，自然常識不錯，其他中不溜秋。妹妹一男，除了體育，門門名列前茅。她不願和姐姐多說話，覺得她的口氣不好聞。

最讓愛娣發怵的，是每週兩次買菜。一是星期日，做一桌子菜，迎接爸爸回家，另是星期一，準備全周食物。為了避開五點的高峰，愛娣凌晨二三點去菜場。

一男睡眠淺，容不得小響動。愛娣不敢用鬧鐘，隔三岔五地警醒一回，從枕下取出鐘，就著月色看時間。一整夜下來，腦袋發漲、面孔浮腫，有時拎著菜籃走在路上，眼睛還是閉著的。

到了菜場，被氣味一熏，才慢慢清醒。各色蔬菜在攤位上擺放齊整，紅的綠的，長的圓的，透著濕漉漉的新鮮勁兒；紅白的豬肉用鈎子鈎了，懸在頭頂，底下的刀子磨亮了，砧板用開水燙好；除非節假日，其他葷類只一二攤頭售賣，躲在菜場最裡頭，整條的魚和光雞光鴨，凍在方正的冰裡，一塊塊排列好，旁邊擱著敲冰榔頭。愛娣邊走邊看，盤算蛋票、肉票和豆製品票的花費。

夏季亮得早，三點多時，滿樹鳥兒齊聲放唱，天色剎時被唱得微亮。冬夜比較長，五六點還暗著，容易睡沉過去。為此愛娣沒少挨打。只能更警醒，感覺快睡死了，就硬撐開眼。她淺淺地做了些夢，夢見爸爸回來了，抓起床邊的瓜子殼，往媽媽身上扔，媽媽被扔得鮮血淋漓；又夢見變成男孩兒，下身一根「茶壺嘴嘴」，媽媽唱著歌，給她理了個壽桃頭；最後是妹妹，關在方形玻璃屋裡，愛娣想破壁而入，一男卻道：姐姐你髒，別進來。說完又哭。

愛娣醒來，發現錢趙氏真在哭，坐在窗前，腳邊點根蠟燭，頭髮蓬散著。她回過頭，愛娣嚇了一跳：媽媽滿臉斑駁燭影，眼淚匯到下巴邊，滴在前襟，濕了一大灘。

錢趙氏怔了怔，愛娣也怔了怔。

錢趙氏抽著鼻子問：「愛娣，恨媽媽嗎？」

愛娣搖頭。

「媽媽死了，你會來送終嗎？」

「媽，你不會死的。」

一男在睡夢中呻吟，翻個身，臉對牆壁。錢趙氏熄了腳邊蠟燭，她整個人就在月光裡變藍了。

「愛娣，聽娘的話：做女人，一要嫁老實男人，二要生大胖兒子。另外，得提防那些狐狸精，眼神一勾勾的，把你的好日子都勾走了。」

錢趙氏讓愛娣趕快睡，自己也洗臉上床。平日她睡床頭，丫頭倆睡床腳，這次卻和愛娣一男擠在一頭，雙人床頓時擁擠。錢趙氏抱緊女兒，愛娣覺得母親涼冰冰、濕答答的，但很快溫暖起來。很久以前，媽媽也這麼抱著。愛娣回憶了一會兒，心下踏實，很快睡著了。

6

錢愛娣十六歲時，錢保佑誕生。這是個大嘴巴、小眼睛的男孩。愛娣從護士手裡接過弟弟時，奇怪錢家的三孩子，怎麼一人一個樣。轉念一分析，自己像爸爸，妹妹像媽媽，弟弟像爺爺。

錢桂林的酒後臨幸，實出偶然。錢趙氏隱隱覺得，老天爺來補償她了。三個月時，去廟裡求籤，得了上上的，回家後被錢桂林一通數落：「兒子？做夢吧！」

他照例在外喝酒，週末回家，要求好菜好飯，稍不如意就打罵妻女。錢趙氏提營養補貼，他兩眼一翻，唬得錢趙氏不敢再說。愛娣私下對爸爸道：「媽媽身體很虛弱。」

錢桂林道：「你算什麼東西，輪得到跟我說話。」

錢趙氏整日昏睡，醒來就吃，吃了就吐，常常不及俯到床邊，喉嚨口就噴出來。三兩天換一次被單，洗得愛娣雙手皸裂。

滿屋子嘔吐物的味道。一男在校完成作業，直到就寢時分，才磨蹭回家。她吃不下，睡不好，幾次半夜起來，拿冰冷的井水擦身子。

肚子更大時，錢趙氏不吐了，開始腰背疼，彎不得身，走不了路。還長起痔瘡，無法坐直。於是終日躺著。

想吃梨了，愛娣買梨，想吃酸辣土豆絲，愛娣做上一鍋，想嚐童子雞，愛娣燒了三兩隻，用完了一年配給的禽票，只能買雞蛋。

見了半籃雞蛋，錢趙氏破口大罵：「死丫頭，學他們算計我！」抄起枕邊臺鐘，朝愛娣猛砸。愛娣額角濺血。錢趙氏又後悔得大哭。

臨近產期，錢趙氏變安靜了。小子在踢母親肚皮，腿腳兒多有力。小子還在嗚啊鬧，怪母親營養少，丫頭可沒這麼活潑。錢趙氏溫柔地摸著肚子，愛娣在旁瞧著，心下酸酸的。

「愛娣，你看娘會生弟弟，還是生妹妹？」

「弟弟，肯定是弟弟。」

「如果又是女的怎麼辦？」

「不會的。」愛娣一臉深信不疑。

錢趙氏點點頭，寬心了。過了一會兒，瞧見愛娣，又問，愛娣又答：「一定是弟弟。」一天七八次。錢趙氏決定給兒子取名「保佑」。每天念叨，菩薩一定聽到。

保佑，保佑，保佑，保佑我錢趙氏，保佑我兒錢保佑，保佑錢保佑的大姐二姐，她們都是好孩子。

7

直到破了羊水，送進產房，錢趙氏還拉著護士問：「您看看，該是男孩吧？」

產房共四張床，臨床換了一撥又一撥。宮縮的巨痛洶湧時，錢趙氏又哭又喊，疼痛過去時，就有氣無力地哼哼。床褥濕透了，一個助產士做清潔，另一個站在她腿間嚷：「用力，開八指了！」

愛娣放學就往醫院跑，產房裡鬼哭狼嚎，夾雜著助產士的尖聲呵斥。愛娣盯著出來的人問：「二號床怎樣啦？」

「宮口全張開了，孩子就是不出來，」醫生埋怨，「孕婦四十二歲了，怎麼不來產前檢查？現在好，連剖腹產都難。」

愛娣被攔住不讓進，在門口團團轉，想給爸爸打電話，又不知道號碼。錢趙氏膀胱快爆了，渾身骨骼咯啦啦裂出縫來。醫生讓助產士拿剪刀，說要側切。接著，錢趙氏聽到剪子的「咯嚓」聲。有個實習生，拿著表格，問了很多問題，見錢趙氏只顧喊叫，來氣了：「問你話呢，聽見沒有？」本來胎兒似乎有點出來，這麼一訓，又縮回去。還有兩個小助產士，屁事不管，坐著聊一個男醫生。

第四十六個小時上，換了有經驗的中年助產士。「張開，用力……」錢趙氏一使勁，助產士隱隱見到小孩的頭，卡在半當中，就拿產鉗夾出來。

「男孩，恭喜！」

錢趙氏渾身一鬆，癱著不動了。愛娣正靠睡在長椅上，聽到裡頭叫「錢趙氏家屬」，噌地跳起來，衝進病房。她一眼撞見錢趙氏叉得開開的腿，之間一個血紅的洞。一個助產士在剪臍帶，另一個把一包東西遞給她。愛娣小心接過。軟綿綿的包布裡，嬰兒只露了皺巴巴、紅彤彤的臉，金魚似的眼睛緊閉著，尖腦袋上覆著一層烏髮。

助產士說，頭形有點奇怪，是在媽媽體內受到擠壓，剛才又夾了一夾，以後會長好的。愛娣拉開布片，見兩腿間一個小雞，頓時眼睛濕了，把孩子還給助產士，邊哭邊笑地蹦出去。

助產士去做清洗。醫生等著胎盤娩出來，手裡準備縫針。側切的大口子縫合四層，每層二三針，錢趙氏被一股子高興勁支撐著，居然忍住沒叫。

縫好後，醫生讓她躺著，忙乎別的產婦去。錢趙氏流著汗，淌著淚，心裡空蕩蕩的，彷彿離開身體的，不僅僅是個嬰兒。

這時，一名產婦道：「同志，我想大便。」

助產士道：「那不是大便，是要生了。生的感覺像大便一樣。」

產婦又道：「同志，我真的要大便。」

「是你要生了。」

「我能去廁所嗎？」

助產生不耐煩道：「你拉在床上吧。」

「我……」

「你拉呀，你拉呀！」

突然一股惡臭，真的拉了一床。兩個助產士罵罵咧咧。那女人一聲大叫，居然就生了。屋內站著的人，全都圍攏過去。錢趙氏想捂鼻子，卻抬不起胳膊，這才意識到在流血，生孩子的地方早已麻木，只感覺大腿濕濕的。

「同志，同志。」她叫了兩聲，就暈過去。

俄頃，臨床的女人發現異樣。「救命啊，流血啦！」

醫生和助產士又嘩啦啦從那床圍到這床。按摩子宮，注射宮縮素，進行輸血準備。幾個實習生瞅著滿床滿地的血，呆著不會動了。錢趙氏休克的身體慢慢變涼，醫生測了測脈，對旁邊人說：「太突然了，真可惜。」

8

錢愛娣插隊落戶八年，一九七六年回城時，已經二十五歲。臉黑了，頭髮裡爬滿蝨子。右肩明顯比左肩高，八年扁擔挑出來的。關節炎也嚴重，一遇濕冷，就渾身鑽痛。還得了婦女病，是例假時挖河泥的後果。

錢保佑九歲了，被產鉗夾過的腦袋，後方凸出一塊，最終沒像助產士說的那樣變圓回去。錢桂林給兒子訂了每天一瓶牛奶，將他養得身板敦實。錢保佑不喜歡同弄堂裡的孩子玩，也不愛和人說話，缺乏日曬的面孔白白的，小眼睛裡淡漠一片，看不出喜怒。

這神氣和二姐錢一男有點像。愛娣插隊落戶的同年，一男進廠做學徒，三年滿師後，工資從十八塊漲到三十六塊，養活著她和弟弟兩個。

錢趙氏死後不久，錢桂林續弦，「周阿姨」是單位同事，尖下巴，吊梢眼，說話時，眼神隨著音調流轉。第一次見面，愛娣想起媽媽說的，要提防「狐狸精」，於是不肯叫「周阿姨」，挨了一頓打，周阿姨反倒勸解：「沒關係，小孩家不懂事。」過了一二年，一男才知道，「周阿姨」早和爸爸姘上了，只有她們姐妹蒙在鼓裡。

錢桂林再婚，單位又分一套房，和新媳婦住在近郊，第二年有了大胖兒子，漸漸的兩三個月，才想到回一次家。開始還定時寄生活費，後來斷了，一男也不稀罕。

一男保留弟弟的一份牛奶，除此之外，早餐泡飯，午餐剩菜，晚上一菜一湯。九歲的錢保佑，沒嘗過冰棒和話梅，某日偷了幾分錢買「油凳子」，被打得屁股滲血。

錢趙氏懷孕時，家裡像個大豬圈，剛出生的弟弟，在一男眼中，就是頭小豬玀，不停屙屎、屙尿、流口水。只能請個老太來照看，還得偷偷請，怕被說成「資產階級雇傭關係」。

弟弟長到五歲時，一男辭了保姆。這時候的小孩，手腳沒個停，拿板凳翻轉了當火車坐，拖鞋浸入澡盆當輪船玩，噴嚏打得鼻涕四濺，或者玩得一身爛泥回來。一男罵他餓他，罰他立壁角，或者拆下掃帚柄，用肥皂洗淨了，劈頭蓋腦地打。

錢保佑八歲時，離家出走過。趁著姐姐洗掃帚柄，走了三個街口，停在路中央，「姐姐，姐姐」地叫。被鄰居田大媽發現，領了回來。一男不在家，田大媽帶保佑回家吃晚飯。保佑拉著喊：「姐姐打我，姐姐殺我，大媽救我。」田大媽給了兩塊大白兔奶糖。保佑拆開糖紙，各舔了一口，在袋子裡藏好。

直到天黑透了，一男才找來。她走得兩腿發麻：「急死我了，知道不知道。」說完眼淚就下來。田大媽本想責怪她，歎了口氣道：「別再打小孩了。你倆都不容易。」一男領保佑回家，關門一記耳光：「讓你告狀！」保佑手插在兜裡，捏緊奶糖，瞪著姐姐。一男也瞪他，但很快目光軟了，過來摸弟弟的臉道：「髒死了，快去洗澡。」

第二天，錢保佑跑去田大媽家。田大媽在燒飯，讓他在地上玩一會兒。錢保佑不玩，默默跟著。田大媽被瞅得心慌，問：「怎麼回事？姐又打了？」錢保佑上前拉住她：「媽，媽媽。」田大媽嚇了一跳，又拿大白兔奶糖哄他。錢保佑收了糖，走了。

自那以後，錢保佑知道了：要有糖吃，得靠自己。他挨完打罵，不再哭鼻子，只搬了姐姐指定的小板凳，坐在門口。門外的世界，像裹了一層糖水，花草鮮豔，空氣爽潔，房屋的簷角亮汪汪的。

這一切，美好得跟他一點關係都沒有。

9

一九八一年，發生了三件事。

十四歲的錢保佑跑去派出所，把名字改成錢惜人。愛娣勸說：母親生前起的名，不能胡亂改。「娘為了生你，把命都搭上了。」

「你說那個懶女人？連親生女兒都要狠心溺死，憑啥讓菩薩保佑？」

愛娣瞪圓了眼睛。錢保佑覺得她這副模樣很蠢。

為什麼改名「惜人」？一次，錢保佑半夢半醒，聽耳邊在叫：「惜人，惜人。」第二晚又如是。想了又想，忽然意識到，這是在叫自己。上天的意思，惜——愛惜，人——當然是自己。惜人，就是愛惜自己。

這年的第二件事，錢一男重新上了學。她進廠前是高中生，姐姐回來後，高考恢復了。廠裡的幾個同事，搖身變成大學生。一男也去試。複習一年多後，考取重點大學的土木工程系。鄰里道賀，同事羨慕，久無音訊的錢桂林，送了二百元的大紅包，甚至錢趙氏的娘家，不知哪兒聽說出了「女秀才」，也從鄉下送來兩籃子雞蛋，和三隻餵得油光光的童子雞。

一男很快感到，讀大學太苦。一則沒了工資，靠姐姐接濟，生活拮据。二則一男不擅理工，課程一深，就覺吃力。一學期下來，瘦成骨頭架子，還得了近視。鼻樑太窄，眼鏡老是下滑，就不停用手去扶。她以指代梳，半長不短的頭髮隨意抓幾抓，繫根牛皮筋，粗硬的辮梢正好紮在領子裡。年近三十的一男，說話愛刺人，還得了疑心病，見人談笑，就認定是在議論她。大家都說她越來越像死去的錢趙氏。

第三件事，錢愛娣結婚了。她是病退的知青，回家三周後，進了里弄生產組，製作手錶帶，一天工資三毛二分錢。

錢愛娣經居委會幹部介紹，認識了樂鵬程，交往一陣後結婚。錢家住西頭的祥康里，樂家住東邊的影子弄，中間隔著祥安里。祥安里是大弄堂，寬敞、平整，七馬路的孩子都到這裡玩。錢愛娣和樂鵬程，也許一起玩過老鷹捉小雞，但年齡太小，記不確切，長大了更不走動，只了隔一條弄，卻是十幾年未謀面。

愛娣隱約記得，小鵬程秀氣白淨，一雙大眼睛，女娃似的童花頭，怯生生躲在同伴背後。樂鵬程對愛娣卻印象深刻，當年樂家姆媽曾說起：這女娃吃苦耐勞脾氣好，誰娶誰有福。

結婚彩照上的樂鵬程，滿臉有福的樣子，一張瘦面孔，唇紅齒白地微笑，一隻肩膀側到妻子背後，腦袋斜斜靠過去。愛娣則嘴巴微張，像是吃了一驚，不齊整的瀏海壓住眉毛，讓她的圓臉顯得比實際的更闊。

照片背後，墨藍鋼筆寫著結婚的日子，是愛娣的字跡。二十年後，樂慧在一堆舊照片裡翻到它。

10

樂鵬程工資不高，錢愛娣的更少了。傢俱尚未添齊，辦酒倒欠了筆錢，日後有了孩子，開銷還會上漲。愛娣除了生產組的工作，還到外面攬活兒，洗衣服、看孩子、拆紗頭，一天下來腰酸背痛，倒頭就睡。

剛開始迷糊，就被樂鵬程從背後抱住。「愛娣，睡覺戴胸罩不好。」他的手伸進她睡衣裡，呼吸噴在她耳朵上，癢癢的。愛娣扭擺躲閃，「啪——」，感覺胸口一鬆。「幹什麼呀，大半夜的，不好好睡覺。」她咕噥著往床邊蹭，試圖回到夢裡去。樂鵬程得寸進尺，撫弄起她的乳房。

「別，別。」愛娣用力扒他的手。

樂鵬程不說話，只管動作。

愛娣低罵一聲：「流氓。」

「你說什麼？」

「下流。」

「怎麼這樣說話，你是我老婆。」

「老婆也不能這樣。」

愛娣將自己整個捲起，樂鵬程隔在外面，試了幾次，沒法鑽入，只能連人帶被子一起抱住。

「愛娣，愛娣，你不想要孩子啦？」

「想啊，這和你耍流氓有啥關係。」

「孩子不都這樣弄出來的嗎？」樂鵬程重重別過身，棕綳床一陣咯吱。

「你騙人。」

樂鵬程愣了愣，愛娣不像開玩笑。

「你媽沒教你嗎？」樂鵬程話一出口，立即後悔。

「我媽教我，做女人要正經。」

愛娣想起農場的幾個「狐狸精」，工餘不琢磨學習上進，只知畫眉毛，畫面孔，還剝了電線燙頭髮。最讓人瞧不起的，是違反農場規定，和男青年談戀愛。她們躲在帳子裡讀情書，有說有笑地討論，甚至由女伴作陪，半夜跑去野地約會。嫁給樂鵬程，主要看中人老實，誰知婚後也變成大流氓。

「一天到晚瞎折騰。你難道不知道，我已經夠累了嗎？」

「愛娣，你就說一聲，到底想不想要孩子？」

「想啊，我們是夫妻，當然會有孩子。」

「做了夫妻後，得『那個』，才能有孩子。」

「我們躺在一張床上，不就是『那個』了嗎？」

「當然不是。碰都不讓我碰，孩子怎麼鑽進你肚子去？」

「怎麼鑽進去？」聲音輕下去。

「好愛娣，我們得互相接觸，孩子才能鑽進去。」

愛娣琢磨了一會兒，道：「還是不懂。」她的身子像泡了醋，又酸又軟。腦袋裡彷彿鑽了個小人，拿鞭子不停抽趕洶湧而至的睡意。

「你媽走得早，很多該教的東西，都沒來得及教。」

愛娣不響。過了片刻，樂鵬程發現她在哭，急忙轉過身，隔著被子輕拍她。

愛娣回憶母親分娩後高高叉起的雙腿。那個血淋淋的大洞，能把一切吸進去：托盤、消毒棉、橡皮手套……

然後，它們出來了。她自己，妹妹和弟弟。錢趙氏騙愛娣說，小孩是從垃圾桶裡撿來的。小愛娣深信不疑，直至錢惜人——渾身覆滿黏液的尖腦袋怪物，從那裡鑽出來。

「愛娣，要接觸，才會有小孩。」樂鵬程終於找到被子的縫隙，探進一隻手。

愛娣仍在抽抽搭搭，但不拒絕了。

「是啊，不信你問她。」

「所有人——我是指，比如隔壁吳大姐倆口子，晚上也那個嗎？」她吸了一下鼻子。

「呸，這種事兒，讓我怎麼問！」愛娣「噗哧」了一聲。

「瞧你，又哭又笑，跟孩子似的。」氣氛有點鬆弛了，樂鵬程順勢解開裹住愛娣的棉被。

11

初二的體育課上，樂鵬程練習滑杆。滑至底部時，他閉著眼睛，抱著滑杆，一動不動。同學扶至醫務室，醫護老師白忙活半天，還是陪去的同學瞧出端倪：鐵杆的摩擦，讓樂鵬程腿間支起一頂「小帳篷」！

自此，但凡樂鵬程練習滑杆，男生們就在旁邊叫：「小帳篷！小帳篷！」女生聽不明白，他們就故作神祕：「男人家的事，女人不懂的。」

樂鵬程成了班中兩大笑柄之一。另一笑柄，是個留級的早熟女生，叫吳娟。母親死後，沒人關心，發育了不知道買乳罩，白襯衫下晃著兩點黑，跑步時滿胸蹦達。褲子上第一次見紅時，吳娟躲進廁所哇哇大哭，鄰班的女班主任跑進去教她疊衛生紙。此後，吳娟定期走出體育課隊伍，獨自在操場邊瞧著同學打球跳高。個子高，身板壯，還一臉羞答答，時間長了，就得綽號：「小害羞」。

「小帳篷」和「小害羞」，叫久了沒新意，就給兩人配對。吳娟被喚作「樂吳氏」，氣得大哭。但逐漸地，只是扭捏笑笑，呸好事者一口，甚至故意賣破綻，讓人家往這方面逗她。馬上又傳出話：兩人的事兒，說著說著，保不準成了。

吳娟人不壞，五官也還好，只是性格多愁善感，身材五大三粗，實在不相稱。比如樂鵬程，內向少言，就該配副白淨面孔；吳小妮活潑大方，人家就長出了個大方樣兒。

如果「樂吳氏」是吳小妮，該有多好。

吳小妮最漂亮的是眼睛，睫毛像窗柵欄似地濃密。她紮麻花辮，走路時鮮紅的蝴蝶結在肩膀上跳躍。女生大多穿短袖上裝和深色長褲。吳小妮有條體育課專用的藍色運動褲，外側褲縫鑲兩條白邊，勾勒出腿部運動的軌跡。在夏天，樂鵬程還能直接欣賞吳小妮的腿。她是班裡少數穿裙子的女生之一，並且總是最早的。上學斜穿操場時，教室裡一陣騷動：「吳小妮穿裙子了」。女生們擁到窗前，嘁嘁啜啜指著議論。漸漸出現一兩個跟風，於是裙裝不再成為話題。即便如此，吳小妮還是突出，她的的確涼襯衫帶著花色，在一堆白布方領衫中特別扎眼，裙子也好看，裙擺有褶子，不像別的女孩，只是將布縫成一圈，腰裡箍上橡皮筋。樂鵬程注意她裙下光溜溜的腿，時而交叉，時而彎曲，時而彈性飽滿地一蹦一甩，變化出誘人的形態。

一晚夢見那雙腿，像在跨欄，又似跳舞，裙擺的褶綴倏然開放，猶如一把花傘。樂鵬程一聲大喊，把自己喊醒了。脊樑和大腿汗津津的，一摸，毛巾毯濕了一大塊。日光燈亮了，父母齊齊探起身，四隻眼睛絲毫不差地落在他臉上。樂鵬程心中發怵，不敢大動，微微挪一下屁股，將濕東西捂住。

母親張翠娥半眯著眼，瞧了片刻，猛地倒回床上，頭朝裡，背朝外，彷彿和人賭氣。父親樂明乾咳了兩下，抬手關燈。床架子一陣搖晃，三人各自調整姿勢，重新分配毯子的面積。

12

樂明和張翠娥是同事，自由戀愛後結合。

樂明是黨委書記，經常發火，抓起陶瓷杯一拍，濺出大灘茶水。罵人文縐縐的，「你遊手好閒，缺點罄竹難書，」或者，「再這樣剛愎自用，我要和你割袍斷義。」以前工人們聽了四字的「彆扭話」，總會肅然起敬，現在流行「讀書無用論」，就漸漸不把他當回事。

張翠娥是車間主任，步速快、說話脆，像只動力十足的小馬達，神情卻板結一塊，輕輕扯動半個嘴角，算是微笑，稍稍搭拉一下眉毛，表示不滿。

樂明有一櫃子書，用牛皮紙包好，書脊寫上書名，扉頁蓋章「樂明藏書」，末頁頁角標好號，歸為「馬列經典」、「古代文學」、「經」、「史」、「現代文學」、「外國文學」、「雜類」，拿塑膠牌燙了字，釘在書櫃橫檔上，外面蒙兩層布簾子。談戀愛時，樂明指著滿架書道：「書中自有黃金屋，書中自有顏如玉。」張翠娥真成了他的「顏如玉」。

結婚半年，開始頻繁吵架。張翠娥沒想到，一個飽學之人，會是這樣的牛脾氣。兒子出世後，張翠娥恨不得將雙腿扛到肩上。母親從鄉下來，添過一些手，張翠娥嫌她行動緩慢，腦子糊塗，又支回去。有時翠娥不平衡：在廠裡，自己也是響噹噹的「三八紅旗手」，憑什麼回家就成粗使婆子。樂明罵張翠娥「庸俗不堪」、「不學無術」，張翠娥氣得數次離家出走，沒多久又乖乖回來。算了，嫁這男人，不就圖他一肚子學問嘛。

樂鵬程的名字是樂明起的，龍生龍，鳳生鳳，樂氏子弟，鵬程萬里。孕婦張翠娥養得特別好，家裡訂了一份奶，又從工友那裡爭取一份，早一瓶、晚一瓶。還有時令的西瓜，一天一只。樂明天天中午跑去水果店排隊，有時吃飯都顧不上。他開始做家務，脾氣改好不少。一天忙完，在街邊架個竹床，讓翠娥乘涼，自己在旁搧風。蒲扇一搖一晃，晚風一絲一縷，語題三句不離孩子。

樂鵬程出生時，是七斤半的小胖墩，誰知越長越纖瘦，性格也隨之往軟弱裡長。丟沙袋時，是撿沙袋的；打乒乓時，是撿球的；跳鞍馬時，是俯身作「鞍馬」的；「老鷹抓小雞」時當老鷹，抓來抓去抓不到，給一群男孩揪住，刮鼻子、打頭撻。後來長大了，成績中等，表現平平，沒什麼朋友，不上課就孵在家裡，有時看連環畫，有時發呆。

張翠娥料理兒子起居，樂明負責教育。此後張翠娥流過兩次產，查了幾家醫院，確診得了慢性腎炎，醫生在診斷書上判了四個潦草的字：不宜生育。

夫妻倆誓將唯一的兒子培養成材。打罵更勤了。樂明攔腰一胳膊，將兒子折成兩截，對準拱出的屁股，嘩嘩甩巴掌，有時不過癮，抄起量衣尺、掃帚柄，甚至桌上的細竹筷，朝背脊猛戳。張翠娥也不攔，把門一關，嚷道：「該打，該打！」她自己偶爾動手，擰起面頰的一丁點兒皮肉，轉上幾轉。樂鵬程倒更歡迎父親的板子，熱辣辣的疼，還算來得爽快。

13

樂鵬程驚夢的第二天，張翠娥在被子上發現一塊乾硬的汙漬。她開始檢查樂鵬程的內褲，樂明藉口兒子成績下降，有事沒事一頓打。

樂鵬程發現，手指帶來的樂趣比滑杆大得多。他喜歡早早上床，把手往腿間一放，開始胡思亂想。吳小妮為何笑得這麼好看？衣服好看，頭髮好看。前面有點凸了，但不明顯，過兩年也許會戴胸罩。那時候，她是不是也像吳娟一樣，在體育課上害羞地走出隊伍？每個女人都這樣嗎？她們到底怎麼回事？

樂鵬程屢屢夢見自己，在路邊叼著香菸，抱著手臂，叉著瘦伶伶的腿，朝過往女孩吹口哨。有一次，爸媽衝過來向他吐唾沫，他醒了；還有一次，吳小妮正巧路過，他猛力一抱，撲了個空，又醒了。

樂鵬程端詳自己的手：十根指頭修長，指甲剪得乾淨，手背皮膚白嫩，跟女人家似的，唯一起褶的是關節處，排列整齊的指關節，像一枚枚長皺紋的眼睛。手指伸直，「眼睛」眯起來，手指彎曲，「眼睛」就瞪得老大。它們是有生命的，不完全聽從大腦的控制，就像下面那東西。樂鵬程心想：人根本不是身體的主人，而是它的奴隸。

兩個月後的一天，學校組織義務勞動，樂鵬程忘了帶掃帚，匆匆趕回家，撞見張翠娥在哭。她顯然提早下班，黑色的工作包往床頭一扔，拉鍊半開，一條毛巾帕胡亂覆著。鐵石心腸的母親，此時居然哭得臉面浮腫，耳廓上青筋暴顯。見兒子突然進來，她抖了抖身子。

「過來。」

樂鵬程不動。

「過來！」

樂鵬程向前磨蹭兩步。

「活寶，只配挨打！」

張翠娥一揚手，樂鵬程舉臂一擋。誰知她只是拈起一張考卷，扔到地上。

「站著幹嘛，算盤珠子啊，撥一撥，動一動！」

樂鵬程俯身去撿，背脊冷颼颼的，手指夾到紙張後，身子迅速往後縮。

數學期中考二十六分。一翻，背後是數學老師兼班主任的留言，筆鋒遒勁，直透紙背，很像他平日訓人的氣勢：

「家長同志：該生近來不專心聽講，成績退步嚴重。希望家長配合老師，找到思想根源，認真教育，使該生端正學習態度，成為國家的合格棟樑。」

14

張翠娥的腎炎半因操勞，半因體寒。樂明的弟弟樂亮認識一位老中醫，從蘇州過來的，據說他給樂亮搭脈，搭出心臟問題。樂亮跑到醫院一查，果然是早期風濕性心臟病。自此五體投地，一家子的身體全部託付老中醫。

從樂明家到老中醫的住處，要斜穿整個市區。每月的第一個星期天，樂明騎著自行車，帶張翠娥去看病。老中醫根據複診情況，調整中藥配方單。開始聽樂亮介紹，樂明將信將疑，回去按方子熬了膏，吃上一陣，果有好轉。但沒多久，又急轉而下，甚至出現高血壓和水腫。

樂明痛打兒子：「都是你這白眼狼，害得你媽病重！」

張翠娥附和道：「我這病，都是你給氣的！你想讓爹媽早死，就痛快一點！」

這天他們出門前，又教訓樂鵬程一番。樂明對檢討書不滿意，張翠娥讓兒子立壁角。樂明給自行車打氣時，她又折回去偵察，臭小子還算老實，頂著一紙檢討，乖乖站在門後。

他們上了路，談論起樂鵬程的教育問題。樂明認為，索性讓兒子輟學，到廠裡謀職。他說了幾點理由，張翠娥正想回話，突然起風，樂明眼睛進了砂子，趕忙閉上，手背狠狠揉幾下。張翠娥覺得重心似乎被風吹歪了，在書包架上叫聲「小心」，動了動屁股，發酸的腰部往前傾。

這時橫穿出一位老人，樂明急轉龍頭，自行車向外倒去，翠娥整個人飛出，甩在一輛並行的卡車頭上，一滑，碾到輪底下去了。司機是新手，發現有狀況，下意識地一拐，又把倒地的樂明壓進去。

樂鵬程聽人說，卡車輪子把媽媽的腰都壓平了，爸爸的腦漿混著鮮血流了一地。亂穿馬路的老頭當即中了風，抬進醫院就嚥氣了。父母亡故後，樂鵬程發起高燒，足足病了一個月。

兩家各派出人，打理後事。張翠娥的大哥張相根代表女方，要求將妹妹、妹夫葬回鄉下祖墳。雖然女人家不興入祖墳，但張翠娥是暴斃，唯有用土鎮著，才不會變成孤魂野鬼。

樂家不同意。這個書香門第，父親樂揚，長子樂明，次子樂亮，都是知識分子，母親樂董氏雖是小腳，也識得幾個字，做姑娘時念過幾本經，解放後研習了不少馬列著作。唯物主義的信仰之家堅持火葬。

爭執了半天，兩家互相妥協：樂家出面操辦追悼會，屍體火化。張家將骨灰埋到鄉下祖墳，為兩人立一塊碑，刻上黑字：

父　樂明　母　張翠娥　兒　樂鵬程　叩立

父母的追悼會，樂鵬程沒去，火化儀式、土葬儀式，也都沒去。幾次聽到敲門，卻四肢沉重，下不了床。一天，門被破開，叔叔樂亮衝進來，抱起侄子，一摸額頭，驚道：「鵬鵬腦子要燒壞了。」送至醫院，吊了兩天鹽水，體溫才逐漸走低。

待樂鵬程下得床，父母已成兩幅鑲黑框的照片。他瞧著他們，他們也從牆上瞧著他，目光嚴厲，像是在說：不學好，傷透我們的心了。樂鵬程想，是不是該哭一場。醞釀了一會兒，哭不出，就作罷。

15

樂鵬程頂替父親進廠，外婆嚴素貞上來照顧他。她不識字，又耳背，一隻眼睛白內障。除此之外，味覺也退化，做的菜又鹹又油，吃得嘴角膩黃了，還在嘀咕：「太淡，太淡。」

她逼著樂鵬程多吃：「瞧娃兒瘦的，都是餓出來的。」

樂鵬程已經成年，還開始賺錢。鄉下大舅張相根覺得，老娘該留在鄉下給他帶孩子、做家務。張相根的老婆張愛芬是同村的，做姑娘時奶大屁股大，娶來後果然能生，現在已是第五個娃了。嚴素貞卻道：「我給你們帶過四個，做娘也算做到家。老親家閒著沒事，也可以添添手。」

老太坐著騾車，顛著小腳，來到城裡。樂鵬程在大床邊搭個小竹床，鋪了層毛毯讓外婆睡，還給她一把捲了鬚的舊牙刷，一塊又洗臉又洗腳的毛巾。

路上車多不敢出去，弄堂裡轉轉又怕迷路，嚴素貞整天坐在床邊，等著做飯洗衣的時間。她有點老糊塗了，早飯的豆漿缸子沒洗，就開始下麵條，下了一半想起來，外孫在廠裡用中飯，於是趕緊洗衣服，把糊了的麵條留在灶上。她掃地也力不從心，灰塵懶洋洋的不聽掃帚指揮。只能蹲在地上用手摳撿，完後到水門邊，黑乎乎的指甲直接擰乾衣物。一次被樂鵬程撞見，自此剝奪她洗衣服的資格。

於是更加無所事事。嚴素貞倚著竹床，搖著破蒲扇，咕咕噥噥：「樂明啊，你是文化人，心腸也好，翠娥跟我講，你體貼著呢。翠娥說她腰疼，肯定是不聽我的話，坐月子時碰了冷水……」

有時嗑累了，突然醒轉：「鵬鵬，晚飯吃啥，我給你做。」

「我吃過了。」

「噢，」緩緩神，又自言自語，「鵬鵬一個人，留在城裡不放心，我雖年紀一把，身板還算硬，總可添些手吧……」

平時樂鵬程只當窗外車多人雜，耳朵裡吵了點。但好幾次半夜驚醒，外婆的聲音鬼魅地飄蕩，抬頭是父母遺像，齊齊板著熒藍的臉，媽媽還揚了揚眉毛，原是想擠出微笑，看著卻像在威嚇人。她的臉還是完整的，胸以下全都變成血肉糜了。樂鵬程害怕起來。

「別說了！」

嚴素貞耳背，聽到外孫床上有聲響，「嗯？」了一下，翻個身，繼續念叨。樂鵬程一連幾晚睡不好，心裡煩躁，只能找塊黑布，把父母遺像蒙起來。

樂鵬程發現，老太婆趕不走了。這兩年鄉下收成不好，張相根交了糧，還得給公社倒貼錢。妹子剛死時，捨不得母親進城，時間一長，覺得省一份口糧，就是少一副擔子，媳婦又在耳邊攛掇，就不樂意老娘回來了。

「老頭子，我成了累贅嘍，」嚴素貞嘀咕，「待在哪兒都不濟事，鄉下沒飯吃，城裡沒事幹，你說我咋還不來見你呢。」

兩個月後的一天，樂鵬程下班回家，看看灶披間，沒人，瞅瞅曬臺，也沒人，進屋一瞧，外婆躺在地上，腦袋旁一灘血，一隻小腳勾在大木床沿，手中緊拽一塊黑布。樂明、翠娥的遺像掉在旁邊，鏡框完好，人像的臉面上斑駁著幾滴血跡。

派出所認同了樂鵬程的猜測：嚴素貞想去揭遺像上蒙的黑布時，相片掛繩從釘子上脫落，老人家手頭一打顫，小腳一溜滑，仰面摔下床來。

16

半年後的一個黃昏，樂鵬程站在窗前，忽地看見張翠娥，那婦女一轉頭，卻又不是，身材幾分相似而已，發現樂鵬程瞅著她，就笑笑。樂鵬程驟然窒息，站立不穩。他第一次意識到，自己是個孤兒了。

在廠裡，師傅阿二頭舊時偷工廠原料，被樂明處分，現在乘機報復，讓樂明的兒子幹最髒最累的活，還時常責罵。

回到家，樂鵬程故意亂放東西，讓屋裡顯得熱鬧些。也只是冷清清的熱鬧。他胡亂燒了飯，吃了，躺在床上看書，有時不小心睡著，一覺醒來已是後半夜，牙齒澀膩，腳趾發癢，書本早已掉在地上。

看書成了打發無聊的唯一手段。樂鵬程在父親的書架前翻找。不喜歡《豔陽天》和《金光大道》，對馬列經典沒興趣，偏好唐詩宋詞和外國小說，尤其是情詩豔詞、戀愛故事。

樂鵬程最欣賞《紅樓夢》，「太虛幻境」、「風月寶鑒」等段落，讀了一遍又一遍。他覺得與賈寶玉有幾分相投，一樣白白淨淨，斯文陰柔，風流多情。只可惜，身邊沒有林妹妹。

樂鵬程還在書架角落裡發現一本薄薄的《生理衛生手冊》，如獲至寶，沒多久就翻得紙頁散架。這些雲裡霧裡的知識，讓饑渴越來越強烈。而現實中的女人，卻越來越乏味。

17

文革開始時，女人們突然變成男人，短髮、紅袖章，腰身和胸脯藏在寬大灰暗的衣服裡。樂鵬程在路上偶遇吳娟，「小害羞」已成「小潑辣」，當了小頭目，指揮著一群男生，朝一個老頭吐唾沫。老頭胸前一塊大牌牌：「黑幫分子楊前鋒」，旁邊還蜷著一人，「土皇帝華之強」，樂鵬程的中學語文老師，頭髮白了，腰也彎了，幾乎認不出。

祖父樂揚、叔叔樂亮，全都挨了鬥。樂鵬程拆了書架，書本塞進樟木箱，墊在棕綳床下，用床單蓋住。廠裡的造反派來抄家，翻出一隻銀鐲子、兩雙繡花鞋和一些鈔票。一番思想教育後，隊長說：「看在沒爹沒娘的份上，你就寫份檢討來。」

自此，樂鵬程見造反派就躲，誰知吳娟當街攔住他，掏出紅寶書，讀完語錄道：「樂鵬程同志，我要對你進行思想教育。」

一聽「同志」二字，樂鵬程鬆了口氣：「歡迎吳娟同志教育！」

吳娟高出他半個頭，肩膀較先前更闊。進了門，大咧咧往床邊一坐：「樂鵬程同志，讓我們一起學習老三篇。」

吳娟工人家庭出身，樂鵬程父輩是臭老九。吳娟坐床，樂鵬程蹲小板凳，吳娟喝茶，樂鵬程渴了就用舌頭舔嘴唇。吳娟說：「樂鵬程同志，以後要靠近組織。我會經常來教育你的。」

「是，是。」樂鵬程點頭哈腰。

從此，吳娟有事沒事路過，見窗內有人，就扯開喉嚨喊：「樂鵬程同志，樂鵬程同志！」她開始束腰帶，還把半長的頭髮用髮夾別住，脫下軍帽後，趁樂鵬程倒茶，對著窗玻璃整理瀏海。一次，樂鵬程覺得她眉毛彆扭，觀察老半天，斷定是炭筆描過了，太濃太粗，還在眉鋒處凸起一塊。

「怎麼啦？」吳娟臉一紅。

「我在看你眉毛。」

吳娟忽然惱怒：「你是這樣對待同志的嗎？」

「不，不……其實……挺好看的。」

「是嗎？」又臉紅，低下頭，手掌磨呀磨，發白的綠軍褲磨出很多皺，「你以前不注意我罷了。」

樂鵬程有些心驚肉跳。吳娟伸手拉他，他只能挨著坐在床邊。

「我知道，你喜歡吳小妮！」

「沒有的事！」

吳娟扭過頭，樂鵬程發現，她的眼睛一大一小，較大的一眼離得近，睜得圓圓的，彷彿集中了所有憤怒，連眼角皴開的褶子都根根豎起。

「你再說一遍！」

樂鵬程嚅了嚅嘴，發不出聲。

「喜歡就喜歡了。那個死丫頭，背後罵你『癡子』，心裡得意著呢。現在好了，父母挨鬥，自己也上吊了，拖著舌頭臭了大半個月。」

「上吊……」

「她不是喜歡穿花花裙子嗎？就要撕爛她的偽裝，把她拖到街上，讓人民看清赤裸裸的真面目！」吳娟像在大笑，又似憤怒，兩股表情將面部肌肉扭扯變形，「而且，告訴你，她被很多革命小將搞過啦，哈哈，裝什麼清高！」

樂鵬程往外挪挪屁股，吳娟一把抓住他的手：「幹什麼？難受啊？你不要心存幻想了。」

「我沒……」

「她瞧不起你，因為你們是兩個世界的人。你，是和我一起的，」吳娟握得更緊，「鵬，你摸摸我。」

樂鵬程腦子一片空白。吳娟解胸前的鈕扣。解了一會兒，抬頭道：「扣眼太小了。」表情像要哭出來。

樂鵬程被牽引著，摸到一團溫熱，隨著呼吸微微起伏；還有心跳，以更快的頻率撞擊手掌。吳娟軍外套上的像章，毛主席正側著臉，目光炯炯，樂鵬程的腕部有微灼感。

他感覺像做夢，斷斷續續聽到吳娟下命令：「腿抬起來」，「側過去一點」，「抱住我的腰」……他渾身冰涼，四肢乏力，肋骨快被壓斷了。

吳娟像在騎馬，口中「吁吁」著，汗珠順著背脊，滴在樂鵬程腿間，一股類似餿飯的味道。吳小妮的襯衫領子有好聞的花露水氣息，她的辮子一根搭在胸前，一根甩在背後，轉動腦袋時同時飛舞，把芳香散發出去。

樂鵬程下意識地猛推吳娟，吳娟一骨碌滾倒在床，愣了愣，拉過被子蒙住頭。樂鵬程戰戰兢兢，等著她發威，片刻之後，居然聽見歌聲：「彩燈把藍色的大海照亮，幸福的喜訊傳遍了萬里海疆。海軍戰士見到了毛主席，顆顆紅心像葵花向您開放……」

歌聲綿長纖細，迂迴繚繞，將樂鵬程的心臟驀地紮緊。樂鵬程轉過身，抱住她道：「對不起。」

「對不起什麼？」

吳娟體形太大，樂鵬程環不過來。他鬆開手臂，歎了一口氣。

吳娟穿衣服時，讓樂鵬程別過身。

「我是你的第一個。」

她想留下紀念，琢磨半天，要來紅油漆，在牆上塗了一行標語：「打倒閻王，解放小鬼。」樂鵬程半夜醒來，月光照在鮮淋淋的字上。隱隱看到一具灰濛濛的影子懸在半空。樂鵬程感覺有根軟骨針在臟腑間絞動，絞出一團空虛。

自此以後，吳娟常來，進門就把樂鵬程往床上推。她要求得很多。樂鵬程害怕表現不佳的話，會被扣「仇視勞動人民」的帽子，於是一沒狀態，就拚命默想吳小妮。

吳娟在牆上添了很多標語：「橫掃牛鬼蛇神」，「敵人不投降就叫他滅亡」，「生做毛主席的紅小兵，死做毛主席的紅小鬼」……一天數了數，驕傲道：「十七次了。」

白牆被形狀醜陋的紅字占滿了，一些標語擠在另一些的縫隙裡，用極細的筆劃勾出來。外婆死後，房內本就陰氣沉沉，現在整牆的鮮血，像要隨時傾倒進樂鵬程的夢境。

某日，吳娟神神祕祕，進了屋，反鎖門，拉上床簾，招呼樂鵬程坐在她身邊，打開「為人民服務」的軍包，拿出一本破舊的本子。

「曼娜回憶錄，」樂鵬程讀道，「什麼檔？我怎麼沒學習過？」

「笨蛋！」吳娟給了他一個爆栗，「這都不知道。」

一個月前，吳娟加入愛民中學「勞改隊」，在和另一夥造反派火拼時，隊長出了意外。吳娟乘人不備，將他的軍包順手牽羊，結果有了意外收穫。她臉蛋通紅，嘩嘩翻著膝蓋上的書。

「愣著幹嘛？過來看呀。」

樂鵬程乖乖湊過腦袋。

書面是牛皮紙的，暗黃上蒙了層黑，暈染著斑點黴漬。「曼娜回憶錄」，五個墨藍的鋼筆字勾肩搭背。紙頁用漿糊黏合，沾染了斑斑汙漬，有些邊角發脆了，一碰往下掉屑末。打開手抄本，裡面的鋼筆墨蹟時深時淡，時工整時潦草，還有不少錯別字。

屋裡安靜下來，只有翻頁聲和粗重的呼吸聲。吳娟忽然尖聲狂笑，把樂鵬程嚇了一跳。

吳娟朗讀道：「最引人注意的是……咳咳，高傲而怡然自得地矗立著，足有半尺多高，粗得就像小孩兒的胳臂……」

見樂鵬程坐立不安，她停住道：「怎麼，不好玩嗎？半尺多高呢。」大小眼同時瞪起。樂鵬程覺得，她的表情在向大眼那側傾斜，整張面孔火燒火燎。

這天，樂鵬程怎麼都不行，吳娟發瘋似地拍他胸脯，搧他耳光，抓住他的肩頭拚命搖晃。樂鵬程歪著腦袋。床頭櫃上，一只裸露的台燈泡，外壁黏著幾個黑點，是小飛蟲撲光時燒焦的屍體，內壁一層鎢絲熔出的淺淺的灰。半亮不暗的光線，把吳娟壯碩的身體照得黃一塊、黑一塊。

「你不想要我了，是吧？」吳娟把他的臉掰過來，迫使他正視。

「不是……」

「不是個屁，當老娘傻子啊！我就知道，你放不下那個小娘們。」

「什麼呀，她根本不拿正眼……」樂鵬程意識到說錯話，趕緊剎車。

吳娟哼了一聲。樂鵬程仰視她，她的下巴無比寬闊，將他的目光完全籠罩進去。

「說話呀，怎麼沒話啦？」那只闊下巴忽然劈劈啪啪落下淚滴。

吳娟抓起床邊的衣服，迅速穿上，拎起軍包，衝出門去。

她再沒來過。此後一個多月，樂鵬程忐忑不安，看看沒動靜，逐漸放了心。他重新粉刷牆壁，將吳娟遺下的《曼娜回憶錄》用報紙包好，塞在墊被底下。偶爾睡不著覺，翻出來看，眼前浮現吳娟的那對肉包子。他不再激動，只是覺得有點餓了。

18

無論哪方面，愛娣都是稱職媳婦：能幹、勤勞、善良、體貼……樂鵬程可以一直數下去，直到十根指頭都用完。

除此之外，愛娣的身體也讓他喜歡。乳房不大，但長年勞動，變得結實，能以愉悅的彈性回應他的手指。還有她的腿，充滿緊湊果斷的美感，彷彿一雙上足的發條。

愛娣四處攬活掙錢，樂鵬程幫忙家務，燒菜、擦灰、挑選日用品，甚至給愛娣買衣服。很快，他臉變圓了，有了小肚子。見者都說：「氣色不錯嘛，有老婆照顧，到底不一樣。」

唯一不足的是，愛娣始終討厭夫妻之事，每次都像完成任務，事後馬上用高錳酸鉀清潔。樂鵬程覺得那像一盆紫紅的鮮血。愛娣道：「我媽說的，這個洗了乾淨，不會生病。」

樂鵬程被引得做起了夢。夢見一雙腿，穿吳小妮的花裙子，卻是錢愛娣粗短的形狀，像在跨欄，又似跳舞，有褶的裙擺，花傘一般倏然開放。樂鵬程剛想驚叫，這雙腿突然流血了。

樂鵬程轉身抱住愛娣。

「怎麼了？」愛娣迷迷糊糊，摸到眼淚，就完全醒了。

「沒怎麼。」

「那幹嘛哭？」

「我想，我們七十歲時，會不會有一堆孫子孫女，叫著『爺爺奶奶』，圍著我們跑啊跳的。」

「會，會。」

「你喜歡男孩，還是女孩？」

「深更半夜的，問這幹嘛？」愛娣打開燈，看清丈夫紅腫的眼睛，笑了，「傻瓜。」

一日，愛娣叫人修理棕綳，翻出壓在底下的《曼娜回憶錄》。她第一次向樂鵬程發火。「你這個流氓，騙子！」她號啕大哭。

手抄本被撕破，扔在地板上。樂鵬程不敢去撿，愛娣也不撿。過了三四天，這堆被踩得黑爛、踢來踢去的紙，悄悄消失了。晚上，樂鵬程試著鑽進愛娣的被窩。

「幹什麼呀？」愛娣扭著身體，掖緊被子。

「你幾天沒理我了。」

「累了，睡覺。」

「咱們談一下，行嗎？」

「別碰我，以後再不遷就你。」

「咱們總得要個孩子吧。」

「孩子？哼，藉口，以後再也不上你當。」

19

三十歲生日那天，愛娣提出想領養孩子，「三四年都沒能生，怕是生不出了。」

「要不咱們看看醫生去。」

「不行，那多難為情。」

「你也不積極一點。」

「什麼叫『積極一點』！」愛娣瞪著樂鵬程。

樂鵬程想回嘴，發現妻子眼睛濕亮了，於是心軟，同意先去兒童福利院看看。公車懶洋洋地前行，陽光把車玻璃上的灰塵照得閃閃發光。一路，愛娣只說了一句話：「領養的小孩，長相身板都能挑。自己生的，可沒得挑。」樂鵬程默默坐在另一側，目光越過幾個站立的乘客，投在女人身上。愛娣嘴唇緊抿，面無表情地看著窗外。她有些顯老，臉頰耷拉，還淺淺地出來幾塊斑。樂鵬程氣消了，他想起婚後幾年的甜蜜。

這個時候，錢愛娣卻在反覆回憶錢趙氏躺在產床上，血流成河的模樣。

他們在育嬰堂路站下。兒童福利院解放前是天主教育嬰堂，角門已用粗木條堵住，大門兩側各一圓柱，朝裡一座拱門，刻了十字標誌。隔著鐵柵欄，只看得到紅磚房和棕櫚樹。

在這幢古舊的歐式建築東側，矗著一座方正的新樓，門口擠著三塊大牌子：兒童福利院，社會福利院，殘疾兒童康復中心。

福利院不大，中央一塊小花園，一條淺淺的人造小河，河上一架橋式的滑滑梯。到處是大大小小的孩子。一些在樓裡讀書，一些在花園玩耍，有個胖乎乎的中年婦女，領著一隊大孩子種樹。其中幾個注意到樂鵬程和錢愛娣，停下手裡的活兒，安靜而警覺地盯著他們。

錢愛娣向他們揮揮手，扭頭對樂鵬程道：「瞧瞧，他們多乖巧。求你了，行不？這些年，我求過你什麼沒有？」

20

樂鵬程和錢愛娣，在福利院辦完手續，又到戶籍所在地的民政局婚姻科登記資訊。兩個月後，接到福利院的試養通知，讓他們去看孩子。

工作人員領他們到嬰兒樓。一片嚶嚶呀呀。第一床是個兔唇，閉著眼，大拇指含在三瓣嘴裡。第二個睡著了，工作人員介紹，是路邊撿來的，查出有先天性心臟病。

夫妻倆對視了一下，繼續往裡走。整屋子的小孩，多是非殘即癡。愛娣覺得有名男嬰不錯，樂鵬程左瞧右瞧：「要不，再看看吧。」

「這個是健全的。你不喜歡？」

「也不是……沒法想像他是我兒子。」

「領回去養一陣，就習慣了。」

「但……」

工作人員道：「要不去看看大孩子？不過一般都收養嬰兒。」

樂鵬程道：「大些的孩子，開始認人了吧？」

工作人員道：「那也不一定，有些記事晚。」

說話間，三人走出房間。聽見腳步聲，樂鵬程一扭頭，見一名工作人員，抱著個孩子經過。樂鵬程被那孩子的大眼睛閃到了。大眼睛也看著他，睫毛拖出兩排陰影。這是吳小妮的眼睛，長在一個三四歲女童的臉上，占據了大半張面孔。樂鵬程脫口喊道：「喂，等等。」

21

起初，愛娣不喜歡樂慧。搞不懂丈夫為啥堅持要女孩，還是個已經記事的女孩。沒幾天，疙瘩就解了。樂慧肉團團，粉蒸蒸的，大媽嬸子們，見了就想胳膊上掐一下，屁股上咬兩口。愛娣最愛看樂慧入睡，長睫毛停靠在鼻樑旁，像兩爿蝴蝶，隨著鼻翼張翕，一上一下。一天，樂慧睡著，忽地睜開眼睛，沖愛娣喊：「媽媽。」愛娣樂壞了，自此堅持和女兒睡。樂鵬程只得打地鋪。

六歲時，樂慧叫出第一聲「爸爸」。她瘦了，黑了，不愛說話，卻總是悄悄搗亂，把拖鞋扔到床底夠不著的地方；將媽媽的胸罩夾一塊肥肉，藏在五斗櫥縫裡，用來養螞蟻；或者抓一隻金龜子，碾出腸漿，滴在碗櫃裡的冷飯上。

樂鵬程的三十五歲生日，正巧是個星期天。吃過午飯，愛娣提出逛公園，仨人打扮整齊，出門了。樂慧穿紅白格子的新連衣裙，繫紅色洋紗蝴蝶結，一路奔跑在前頭。樂鵬程對妻子道：「真快啊，孩子這麼大了。愛娣，難道咱們一直這樣嗎？」

「你說哪樣啊？」

「總不能我一直睡地鋪吧。」

「那我來睡地鋪。」

「我不是這意思。」

「你什麼意思，讓阿慧睡地鋪？孩子正長身板呢。」

「愛娣，我們還是老公和老婆嗎？」

「廢話，不然我們是什麼。」

樂鵬程悶悶地。錢愛娣瞧著他，也生起悶氣來：「為啥你滿腦子想的搞流氓，好好過日子不行嗎？」

樂鵬程轉身就走。錢愛娣喊了一聲，沒有追他。樂鵬程衝進家門，往地鋪上一摔，半晌才平靜下來。他在外面有過「花頭」，那女人吵著要他離婚，差點鬧到家裡來。他掰了好幾遍手指：連帶愛娣和吳娟，總共有過五個女人。五個——連第二隻手都用不上。

過了一會兒，錢愛娣帶著樂慧回來了。「太熱了，玩不起來。」樂鵬程不吱聲。愛娣給樂慧拿了一本塗色本和一盒水粉顏料，讓她畫畫玩。自己下麵去了。下完麵，放了大排和雞蛋。樂鵬程聞到香氣，問：「幾點了，就吃晚飯了？」

「早點吃好，早點上床。對了，今天你也睡床。」

樂鵬程「噌」地跳起來，吼道：「阿慧——吃麵——」

吃完，愛娣洗碗，樂鵬程跑到她身邊磨蹭。「幹什麼呀，水濺到地板上了。」「沒幹什麼，聞聞你，好香。」愛娣昨晚用海鷗洗髮膏洗過頭，後頸因為發痘子，撒了花露水。樂鵬程猛吸幾口，身體溫熱起來。他催讓樂慧上床，樂慧畫畫上癮，不肯睡。樂鵬程在她背上拍了一下。樂慧哭起來。愛娣進來，指責樂鵬程。樂鵬程怕她生氣反悔，就不響了。樂慧畫到七點半，被愛娣催上床。又睡不著，讓媽媽講故事。愛娣講了七仙女，又講了嫦娥奔月，樂慧越聽越有精神。直講到白雪公主，「後來，來了個王子……」樂慧才終於睡著。愛娣去刷牙洗臉洗腳，樂鵬程等得喉嚨發乾，燈一暗，就往床上爬。愛娣壓低聲音道：「輕些，輕些。」樂鵬程放慢動作。棕綳床發出壓抑的「吱嘎」聲。愛娣覺得熱，越來越熱，渾身淌汗，汗珠順著腿根一串串下來。

「疼，疼死了！」打開燈，發現不是汗，是血，淡淡的，滴在床單上。

「哎呀，我要死了。」愛娣哭起來。

「別害怕，不會有事的。」

「我媽也是這樣死的，」愛娣打了樂鵬程一下，「都是你不好！」

樂鵬程給愛娣絞好毛巾，一屁股坐在床邊。他發現樂慧早已睜開眼睛，看看他，又看看媽媽。睫毛忽閃間，光斑在臉頰上明滅。

樂鵬程的傢伙又起來了。

流氓！他暗罵自己。

22

查出子宮頸癌後，錢愛娣話多了，脾氣也燥了。里弄生產組讓她回家休息。她就整天在床上哼哼嘰嘰。錢一男來探望，見姐姐耷拉著腦袋，從被子裡垂出一隻手，居然和錢趙氏幾分相似。

錢愛娣去過幾次醫院，她問醫生，怎麼會得這種病。醫生冷笑道：「怎麼得的，問你自己啊。」自此，她再也不肯去。「左右是個死，幹嘛瞧人冷眼。」樂鵬程勸她，她閉著眼裝睡；拉她，她軟著身子裝死。樂慧在外面玩野掉了，一回家，不是挨媽媽罵，就是被拉著看外婆的遺物。

當初，愛娣將錢趙氏的什物打成一包，放在天井遮雨棚下。出嫁後買了個樟木箱，靠在牆角，給樂慧當寫作台。錢愛娣讓樂鵬程將箱子移到床邊，打開觀賞：兩盒照片，一串佛珠，拖著長帶子的絨線帽，冬天捂手用的塑膠鹽水瓶……還有一幅送子觀音像，畫面發黃，邊角生了黴斑。愛娣拭去灰塵，拿圖釘釘在牆上，指著對樂慧說：「你外婆叫我要生個男娃，我沒聽。你一定得聽，否則長大了吃虧。」過了幾天，送子觀音的一隻眼睛和半邊嘴，被老鼠咬掉了。愛娣趕忙擺出錢趙氏的牌位，燒了兩柱香。再買一幅畫，重新掛上。新的送子觀音面孔稍長，眼睛更大，有幾分凶相。

樂鵬程的同事，舅母是婦產科專家，文革中挨過鬥，現退休在家。樂鵬程提著禮物上門，一口一聲「舅母」，又是眼淚又是鼻涕，終於說動「舅母」。

舅母來了，錢愛娣卻不配合，捂緊被子念叨：「不要看，不要看。」

舅母粗略地瞅瞅臉相，問問症狀，把樂鵬程拉到一邊說：「已經轉移到淋巴結了。」樂鵬程不知道，什麼叫「淋巴結」，他問舅母，還有沒有治。舅母不說。

一星期後，錢愛娣過世了。她死在晚上。樂慧忽然感覺媽媽從背後抱緊她，還咕噥：「娘，娘。」

樂鵬程蹦起來，拉愛娣，愛娣已經不動。樂慧緩緩掀開被子，一灘乾涸的血跡，像一隻紅蝙蝠，頑固地吸附在棉布上。

第三章

張秀紅

1

樂慧醒時，聽到樂鵬程翻報紙。有人在噎氣，一緊一緊，像被掐住了脖子。還有不明的「嗒嗒」聲，彷彿一隻耐心叩擊的手。護士來了一回，沙啞著問：「誰開的窗，病人抵抗力差，著涼怎麼辦。」護士走後，樂慧漸漸覺得熱，屋裡有股爛雞蛋的味道。

在眼皮和紗布之外，光線暗了。日光燈「嘩」地綻亮。樂慧左眼㓤痛，痛感一浪一浪翻湧到腦顱裡。

樂鵬程按鈴。護士又來了：「不是剛打過鎮痛針嗎？多打不好。」臨床的呼吸急促起來，但終被樂慧的呻吟壓下去。護士對臨床的看護說：「輸液快完了，怎麼不吱聲，萬一空氣進去，是要死人的。」

樂鵬程緊了緊樂慧的被角，輕問：「渴嗎？」又道，「渴了和我說。」樂慧折騰得一身熱汗，恍惚睡去。半夜，她被吵醒，樂鵬程已不在，臨床病人連噎幾大口氣，突然像是繃斷了弦，沒動靜了。三五個人，裹著一團嘩亂，往門外去，移動鋼床的滑輪，在櫃角蹭出一串「瑲琅」，門被重重關上。樂慧等待著。屋裡只剩忽疾忽緩的「嗒嗒」聲，風在窗外的樹枝間潮水般嘩響。樂慧想：那人大概死了。可是奇怪，為什麼沒有哭聲。

樂慧覺得冷，還覺得無力。熬到天色轉亮，樂鵬程來了。他拉椅子的聲音很清新。樂慧從被子邊伸出手。樂鵬程坐定，發現了，將那手塞回被中。樂慧又伸出來。樂鵬程遲疑了一下，握住她的手。

「爸。」

倆人靜了靜。

樂鵬程猶豫道：「是叫我嗎？」又道：「今天好點了吧——看起來好點了，醫生說你可以進流食，你想不想吃？有粥。」

樂慧道：「他……死了？」

樂鵬程湊近道：「剛才在門口碰到醫生。那個老太婆，早就是晚期了，家裡有錢，多拖了幾個月。」

「我……也死了。」

「胡說八道！」樂鵬程提高聲音，「完全兩碼事……你整天疼啊疼地叫，普通病房提意見，才搬過來的。這兒每天要多花一百多塊錢，可我也沒法讓你不叫。」他一直捏著樂慧的手，此刻更加用力。樂慧疼，手疼，眼疼，喉嚨疼。疼痛像血液一樣，渾身地流。

「我要死了。」

「瞎說，你不會死。」

「我要死了。」

「你不會死！」

「我——」樂慧咕噥，「不會死。」

「再忍忍，手術沒幾天，是疼的。」

樂慧緩慢轉念：手術——眼睛——毛頭。樂鵬程從床頭櫃連撕了幾張餐巾紙，來堵樂慧的眼淚：「別哭，要發炎了。」

樂慧眼窩裡熱辣辣地湧，湧到面頰就涼了。樂鵬程按鈴，護士來了，另外一個，聲音很甜美。甜美聲音的護士，將某種冰鎮物塞到紗布底下。樂慧淚止住了，嗓子裡還在抽搭。

片刻之後，安靜了。樂鵬程翻完最後一頁報紙，默默坐著。他說：「真煩，」又道，「我是說窗外那根樹枝，老被吹到玻璃上，」頓了頓，又道：「樹枝光禿禿的，還掛了只馬夾袋，樓上真沒公德。」

2

樂鵬程天天盯著問，幾時能出院。預付款用得差不多了，醫院連勸帶嚇，樂鵬程都不肯再預付。主治醫生大筆一揮：「出院吧。」

出院後第四天，樂慧一再請求，樂鵬程拿出了病歷卡。「左眼角膜嚴重破裂，大量房水、玻璃體、晶體皮質外溢。」字跡大而潦草，樂慧剛眯起右眼，樂鵬程就匆匆闔上：「人生在世，總要受到挫折，這很正常。別七想八想了，你保證過的。」

樂慧默然，道：「小學課本裡教我們，獨眼龍看出去的世界，是沒立體感的。」

「喏，又來了。你保證過的。」

「我不要人陪，你別請假了。我不欠你人情。」

「你早就欠了，欠了不知多少。再說，誰給你換藥。對了，該換藥了。」

樂鵬程拿了藥，取了紗布，裁疊成正方形，拆下沾滿眼垢和汗漬的舊布，貼上新的，用橡皮膏圍繞樂慧的眼眶貼出個「井」字。趁樂鵬程走開，樂慧伸出食指，探到紗布下面。她摸到一層薄皮，掩著一個大凹塘。適才，她認出「晶體」二字。她想她的「晶體」沒了。

樂慧爬回床上。樂鵬程打開錄音機，收拾好東西，下樓將電視調成靜音。正播放《人間四月天》，周迅扮演的林徽因在哭泣。樂鵬程覺得她的下巴很美，可惜身材扁平了，現在流行扁平身材。他想到樂慧，扔了搖控器，衝上樓。還好，樂慧正乖乖靠在床頭。

「聽，張國榮，」她說，「《風繼續吹》，迷死人了。」

樂鵬程「哦」了一聲。

「張國榮死了。」

「你別多想。」

「我想什麼啦。我只是說，張國榮死了。他死了，對嗎？」

樂鵬程關掉錄音機。

「幹嘛關掉，我喜歡張國榮。」

「你聽得太多了，該睡一會兒。」

「睡不著。你在樓下幹嘛？看電視？」

「我什麼都沒幹。」

「我也要看電視。」

「你不能，醫生說的。」

「為什麼？我瞎了嗎？」

「你沒瞎。」

「那麼我要看電視。」

樂鵬程拍了一下錄音機：「隨便你。」

樂慧慢騰騰地跟下來。他們坐在沙發裡，看《人間四月天》。徐志摩出場了。樂慧道：「以前——就是眼睛沒瞎那會兒，我最喜歡這種，白白淨淨的，很文氣。」

樂鵬程轉過臉，正視她道：「阿慧，你聽我說。」

樂慧依舊眯著右眼，盯住螢幕。

樂鵬程又道：「你聽我說。」

樂慧慢慢轉過來。她的眼白有血絲，眼眶有淚，下眼瞼結著半圈眼垢。

「我是十幾歲沒的爹，沒的媽，」樂鵬程搭拉下眉唇，「外婆也沒了，所有人都沒了，只剩我自己。這些年，我不也好好的嗎？你至少有我。」

「你？」樂慧猛然睜大右眼。樂鵬程身子一抖，她的左眼似乎也在紗布底下睜大了。

「你，」樂慧問，「為什麼？」

「什麼為什麼？」樂鵬程疑惑著，忽有所悟。他低頭按遙控器：「無聊，沒什麼好看的。休息一會兒吧。」

屋裡靜下來。窗外有警車呼嘯，開過後，更安靜了。樂慧又問：「為什麼？」

這時，有「窣窣」聲。樂鵬程站起來，樂慧也站起來。門底出現一個小白角，漸漸全進來了，是一張紙頭，上面似乎有字。樂鵬程走一步，樂慧也走一步。小心地包抄到紙片兩側。門外沒有動靜。樂鵬程俯身撿起，樂慧湊過來，還沒看清，就聽樂鵬程倒吸涼氣。

「五十萬，支票。」

樂鵬程盯著支票，樂慧盯著樂鵬程的手。

過了三五分鐘，樂慧開口了：「他是真的做了斷了。五十萬一只眼睛。」

樂鵬程道：「我們這兒快拆遷了，老天總算善待我一次。」

「五十萬，很大一捆吧，能把個活人埋得見不著頭髮。」

「環線邊上的兩室一廳，八十幾平方，三十多萬，再加裝修什麼的。」

「乾脆挖個坑藏起來。」

「什麼？」

「真的，這年頭銀行也不牢靠，最好換成金條，抱著睡覺。」

樂鵬程望著樂慧，樂慧也停下嘴。

片刻，樂慧又道：「現在就取錢。」

「幹嗎？」

「花啊，花光拉倒。」

「神經病！」

「我愛怎樣就怎樣，」樂慧從樂鵬程手中「唰」地抽過支票，「它是我的！」

「阿慧，我們要為將來著想……」

「將來？我們？」

「你想想，」樂鵬程聲音鬆軟下來，人往前傾，「你沒社保，這次住院是大手術，咱家老本都花光了。沒錢請看護，吃喝拉撒都是我照顧，你瞧瞧我的眼睛，」樂鵬程指指眼睛，「都凹下去了。這輩子，我還從沒這麼辛苦過。」

樂慧不語。

樂鵬程輕聲道：「將來房子拆了，你說，我們住哪兒。」

在他話音落下後，有人小心翼翼地敲門。樂鵬程看看貓眼，開門道：「秀姨來了。」

外頭站著個女人，滿頭紅髮，風一吹，夕陽光繞著她的髮捲，斑斑點點地打轉。那是很紅很紅的頭髮，紅得像血一樣。

樂鵬程道：「秀姨你瞧瞧，小姑娘不懂事，一有錢就想花個精光。」

秀姨看看樂鵬程，又看看樂慧。

樂慧道：「這是我的錢。」

「你的錢，不是家裡的錢嗎？」

「不是。」

秀姨拍拍樂慧：「你爸是為你好。」

樂慧朝樂鵬程吼叫：「你害我這麼慘，憑什麼還要管我花錢？」

秀姨將門在背後一關，將倆人往屋裡推。

樂鵬程也拔高嗓門：「我怎麼害你了，秀姨懷疑你腦子受刺激了，我看也差不多。」

秀姨頓時雙頰緋紅：「我什麼時候說過這話！」

「你這隻『兔子』，惱羞成怒了吧。」樂慧轉過臉，秀姨覺得她左眼縮成了點，右眼越睜越大，彷彿一架被怒氣壓得嚴重傾斜的天平。

樂鵬程突然伸手搶奪支票。樂慧反應更快，又唰地一反手，樂鵬程只捏住一角碎片。

「撕就撕了，誰也拿不到。」樂慧做撕的動作。

「別亂來！」樂鵬程屏住呼吸，雙手向前。

樂慧在正中輕撕了一道口。

「別——」樂鵬程身子前傾，幾乎半跪在地。

樂慧沖他冷笑，手中緩緩擴大那個口子。支票「嚓」地慘叫著，終於一分為二。樂慧索性再撕幾下，扔了殘片，樂鵬程撲過去撿。樂慧沒力氣了，往秀姨肩上一靠：「秀姨——」

3

秀姨本名張秀紅。她第一次見金亮偉，是在「有緣人」西餐廳。同一桌的，還有胡芊芊和胡梁木。張秀紅問胡梁木，為什麼起名「梁木」，胡梁木說，因為他生出來時，家裡缺根梁木。張秀紅禮貌地笑笑，低下頭，狠吸一口，一粒糯米珍珠卡在吸管中間。胡芊芊指指癟了的吸管，胡梁木道：「小心用力過猛，吸進鼻子。」胡芊芊拍著桌面，瘋笑起來。

過了一會兒，胡芊芊說，胡梁木是她親哥哥，片刻又說，其實是堂哥。張秀紅看見，胡芊芊把手放在胡梁木腿上，胡梁木抓住她的手，拚命揉捏。最後，胡芊芊說，其實胡梁木是她老公，他們以後的孩子，打算取名「胡胡」。

「他叫『胡扯』，我叫『胡搞』。」胡芊芊爆出一串「咯咯咯」，彷彿這是天底下最有趣的笑話。

張秀紅有點煩燥，後來她對金亮偉說：「當時你比較沉默，讓我印象很好。」

那天金亮偉唯一超過兩句話的，是解釋胡梁木的名字：他父母都信教，「梁木」典出《路加福音》，耶穌說：得去掉自己眼中的梁木，才能幫助兄弟去掉他眼中的刺。

金亮偉和胡梁木是一個大學的同事，金亮偉新聞系，胡梁木電子工程系，他們都愛運動，自然玩到一起。張秀紅見金亮偉第一眼時，注意到他的皮帶，擔心它從窄瘦的腰裡滑下來。

胡芊芊和張秀紅在美容院認識。第一次偶遇，正好挨著坐，張秀紅想，這女人話忒多，聲音忒響，忍不住多看幾眼。一個月後，又碰到，又是鄰座。胡芊芊叫起來：「上次見過你的，很有緣啊，認識一下吧。」

張秀紅向她的熱情投降，好在除了話多，胡芊芊還算可愛。一天，她道：「我這兒有兩個帥哥，出來一起玩玩吧。」

在張秀紅看來，胡梁木笑得太殷勤，嘴巴上下一豁，露出滿口肉紅的牙齦。金亮偉還能算帥，白淨面孔，雙眼微眯，像是有點睡不醒。

事後胡芊芊問起，張秀紅說：「還行，那個叫金什麼的，看著挺斯文。」

第二天接到電話：「你好，張秀紅嗎？我是金亮偉，胡芊芊讓我打電話給你。」

「你好，金亮偉。」

「你好，張秀紅。」

「飯吃過了嗎？」

「沒。你吃過了嗎？」

「我也沒。」

張秀紅覺得背脊發熱，用面頰和肩膀夾住電話，伸手扳開玻璃窗扣，語筒裡一串嘈雜的電流聲。

「什麼聲音？」

「我開窗。」

「噢，」金亮偉頓了頓，「要不……一起吃個飯吧。」

「好。」

張秀紅描口紅，覺得太濃，擦淡點，再擦淡點，幾乎看不出。穿綠色羊毛裙，配黑色長統靴，在鏡子前轉兩圈，覺得過於隆重，換回牛仔褲，脖頸里加一條滿天星項鍊，墜子搭在領口外。

金亮偉坐在「有緣人」的落地窗內，低頭讀一本書，桌上兩杯清水。張秀紅在玻璃裡照照自己，挺了挺胸膛，走進去。金亮偉向她招手。

坐定，金亮偉問：「怎麼過來的？」

「換了兩部車。」

「下次該找個離你家近的。」

「這裡不算遠，情調挺好。」

金亮偉認真看張秀紅：「你化過妝，更漂亮。」

「沒怎麼化妝，出門比較倉促，隨便挑了件衣服。」

「那是你今天氣色好。」

服務員拿菜單，金亮偉熟練地翻過幾頁。

「吃法國餐吧。」

「法國餐很貴。」

「還行。」

「也好，我來付錢。」

金亮偉有些侷促，闔上菜單，又打開：「你放心，我在廣告公司兼任顧問，不算窮教書的，這頓飯請得起。」

「你別誤會，我不是這意思。」

金亮偉笑笑，兩顆虎牙微凸出來。菜一道道端上，張秀紅依次詢問菜名讚「好吃，不錯」。

「胡芊芊說，你有個妹妹。」

「是。」

「她還說，你在一家影視公司上班。」

「是。」

金亮偉邊吃邊問，很快幹掉盤子裡的東西，抹抹嘴巴，看著張秀紅。

張秀紅道：「我吃得太慢。」

「不慢，是我太快。」

「你說說話吧，不然光看著，我不好意思吃。」

「好，」金亮偉把餐巾紙揉成團，往小湯碗裡一扔，「我爸爸在電力局工作，媽媽在深井機械廠，前年下崗了。有個妹妹，武漢大學中文系本科二年級。我目前是講師，在職博士，畢業論文已經開題，正在蒐集材料。以前談過兩個女朋友，一個是大學同學，一個在廣告公司兼職時認識，第一個嫌我沒錢，第二個跟香港人跑掉了。」

張秀紅咀嚼的嘴巴停下來。鄰桌一對胖胖的男女同時回過頭，看他們一眼。

「張秀紅，做我女朋友吧，我會待你好的。」金亮偉突然響亮地說。

張秀紅的腮幫子恢復蠕動，嚼完，咽下，端起水杯，「咕嘟嘟」灌幾口，用指肚拈掉唇角的水滴，正視金亮偉道：「可以試試。」

4

半年後的婚禮，在校辦的酒店大堂。男方到場五桌親戚，兩桌同事，張秀紅只請來媽媽。「蔣芳」二字，排在主桌名牌的末位，「蔣」字寫了一半時，墨水筆乾了，換作鋼筆，筆劃一細，顯得比其他名字小，蔣芳舉著塑膠名牌，看了半天，放下，將仿鱷魚皮的小包夾緊在腿間，手臂環繞上去，密切注視周邊走動的陌生人。張美鳳本來答應參加，臨時推託有事。蔣芳費了半天口舌，差點和二女兒吵起來。

還有半小時，張秀紅在小間補妝，蔣芳走進去，看看沒人，把門一關。

「秀秀，小金有錢嗎？」

「你已經問過很多遍了，」張秀紅正將脫膠的假睫毛重新黏上，「有點小錢。」

「小錢？」蔣芳沉思，「小錢是多少啊？」

「他以後會有錢的，」張秀紅一手捂著睫毛，一手抓起紮花束的緞帶，擦拭鏡面，「有很多錢，很多很多錢。」

蔣芳走到桌邊，把女兒的提包拽在手裡：「秀秀，讓我看看你的戒指。」

「在伴郎那裡。」

「多大？」

「普通鑽戒。」

「超過一克拉沒？」

「媽，你幹嘛穿深色衣服，繫黑圍巾，太不喜慶。」

蔣芳「哦」了一聲，把包翻來覆去研究，還打開拉鍊，摸摸夾裡：「這包什麼時候買的？小金給你買的？」

張秀紅回過頭，瞪她一眼，她不響了，乖乖將包還給女兒。

婚禮開始前，胡梁木和胡芊芊不知為何吵起來，胡芊芊揪住胡梁木的領結，胡梁木掄起一胳膊，張秀紅在旁攔住：「小心，頭髮打壞了。」

宴席過半，伴郎胡梁木大醉，坐在地上哇哇哭，伴娘胡芊芊抬起高跟鞋，沖他肚子就是一腳，胡梁木彈起身子，晃了兩晃，吐出一口啤酒，又咚地倒下，腦袋栽進悶臭襲人的穢物。

「死鬼，起來！」胡芊芊叫道。胡梁木沒有動靜。大堂裡開始亂起來。

一個老太擦身而過，張秀紅聽到她嘀咕：「這門親，晦氣大了。」張秀紅朝她後腦勺白了一眼，撣撣婚紗，朝金亮偉笑。金亮偉正指揮著兩個舅舅，把胡梁木平抬起來。司儀台的強光打在他的側面，鑲出半圈金邊。她的新郎，真是英俊極了。

5

第二年，金亮偉有了兩個身分：大學新聞系副教授，無限文化傳媒有限公司總經理。公司註冊成功那天，他送了妻子一根白金項鍊。張秀紅摸著鑽石墜子問：「多少錢？」

「沒多少錢。」

「辦公司能賺錢嗎？」

「當然能。我爭取第一年二三十萬，第二年翻個倍，以後做得好，賺的錢不敢想。」

「能有那麼好？」

「我在系裡，能接觸不少廣告公司，只要有客戶，一切都好辦。」

「那……」張秀紅想了想，「我們會有車嗎？」

「會。」

「會有大房子嗎？」

「很大的房子，別墅。」

「把我媽接過來。」

「到時候再說。」

「等多久會有房有車？」

金亮偉想了想，說：「五年。」

6

五年裡，金亮偉從一百一十斤飆升到一百四十斤，有了點肚子，將登喜路西服撐得很氣派。奧迪車一開到校門口，總有女生眼尖：「金黎明來了！」

金亮偉第一次開全校講座，張秀紅遲到五分鐘，教室坐滿，窗口也站滿，張秀紅伸著脖，顛著腳，在人堆裡張了張，身邊兩個女生，興奮地嘰嘰喳喳。

「看見金黎明沒？」

「前面的大塊頭擋住了……噢，看見了，他朝這邊望呢。果然帥，比黎明帥。」

張秀紅擠出來，一身冷汗，在黑漆漆的校園裡走兩圈，汗就乾了。她討厭這兒，樹太多，地上全是陰影，空氣裡一股鐵銹味，還夾雜著紙張黴爛的氣息，從鼻腔直灌進腦門。

金亮偉很晚到家：「怎麼沒見你？」

「早回來了。」

「我講得怎樣？」

「沒聽。」

「你怎麼了？」

張秀紅不理睬，金亮偉愣了愣，解了第一粒襯衫鈕扣，顧自漱洗去了。

「和女學生混得開心吧。」

「說那麼多話，累都累死，」金亮偉滿嘴牙膏，口齒不清，「話筒品質也不好。」

「那個王什麼的女孩，上次來過我們家的，今天有沒有去聽？」

「哪個王什麼？人太多，不知道。」

「別裝了，就那個大餅臉的，兩隻眼睛賊溜溜，金老師長金老師短，叫得可親熱。」

「王曉菲呀，人家可是學生黨員。」

「啊呀，才貌雙全，跟你倒般配。」

「我們才是郎才女貌，學生們都這麼說。」

「你現在真會甜言蜜語，剛認識時，話都說不成整句。」

一陣沖洗牙杯的聲音。

「沒辦法，做生意逼出來的。」

「抽菸喝酒也是逼出來的？」

「得陪老闆們應酬，人家覺得你爽快，才會給你生意。」

「去ＫＴＶ也是爽快？」

「你多心什麼，我從不碰小姐的，嫌髒。」

「到了那裡，摟摟抱抱總難免。」

「別瞎想，再怎麼樣，也是回家摟老婆抱老婆。」

金亮偉洗罷換了睡衣，一頭撲到床上。張秀紅臉朝裡，一動不動。金亮偉逗弄她一會兒，見沒反應，也別轉身，屁股對屁股，須臾起了鼾。張秀紅睜開眼，翻過身，注視丈夫的背影。窗外路燈突然滅掉，金亮偉的輪廓暗了大半，細看有點發藍。張秀紅伸出手，撫摩他的耳垂。金亮偉的耳垂又軟又小，非常柔韌，它是張秀紅最熟悉的部分。

7

張秀紅做祕書，抄抄東西，陪陪應酬。影視公司一共三個人，老闆顧前衛，祕書張秀紅，還有一個做清潔的阿姨，兼任快遞員、裝訂工和搬運工。顧老闆腦前半禿，腦後留油膩膩的長髮，胸脯又白又鬆，像女人似地垂著，皮膚經常發癢，雙手胡亂抓撓，指甲裡嵌了一彎彎黑垢。

「小張，不是說什麼，當年我可帥了，比你老公還帥，拍過很多片子，那個《七寶鎮槍戰》，你看過沒？」

張秀紅應了一聲。

「到底看沒看過。」

「有印象……不過記不清了。」

顧老闆常請導演和劇作家吃飯，介紹時個個是大腕，張秀紅收到的名片一厚疊，卻和面孔對不上號，只能見誰都說：「久仰大名，久仰大名！」

顧老闆嫌張秀紅不夠熱情：「什麼叫公關，你懂不懂。」

張秀紅可以強顏歡笑，但最怕被逼喝酒。好在時常來些小演員，或者戲劇學院的女學生，眉來眼去，打情罵俏，氣氛一下熱鬧了。張秀紅悶頭吃菜，顧老闆陪著傻笑。

待到買單時，顧老闆從服務員手中抽過帳單，嘩嘩抖兩抖，大聲問：「多少錢？」如果回答輕了，還會再問：「多少？」然後誇張地一指：「小張，把錢包拿給我。」

在座的紅男綠女被這股氣勢吸引得停下，齊齊盯著張秀紅。張秀紅把錢包從桌邊緩緩遞到顧老闆手上，這時她想保持微笑，是需要花大力氣的。

一日，張秀紅道：「顧老闆，能提醒那個范先生嗎，讓他別再摸我的腿。」

顧老闆繃著滿臉鬆肉道：「我最瞭解老范了。不是我說什麼，漂亮妞們哭著喊著，排隊上他床呢。你也不自個兒照照鏡子，送給人家都不要！」

張秀紅不吱聲。俄頃，顧老闆抓了張報紙，進廁所大便，張秀紅盯著桌面看，一疊A4紙，是新拿到的劇本，其中幾張歪歪斜斜攤開著，用金牛鎮紙壓住，鉛筆的圈圈槓槓，是顧老闆的修改意見。還有兩張合同散在旁邊，已經蓋過大紅圖章，正準備放進文件格。張秀紅走過去，拈起一張合同，撕碎，再拈一張，再撕，扔進廢紙簍，又取一大杯水，灑在桌面上。她做得很細心，確保每張紙頁都浸濕。

8

張秀紅要再找工作，金亮偉不同意。

「每月不過三千塊，我給你。」

「整天待在家也沒事幹。」

「事情多著呢，做面孔，買衣服，練身體，養花草。」

全職太太張秀紅，訂了五份休閒期刊，搬回一個二十五吋直角平面電視。每月三千塊零用錢，拿大信封存著。她不喜歡銀行卡，看得見摸得著的花花紙頭才讓人踏實。妹妹張美鳳知道後，冷笑道：「搞了半天，怎麼沒捏住財政大權呀。」

「日常開銷我負責，買大件倆人商量，錢放誰這兒，還不都一樣。」

「哼哼，你倒是好糊弄。」

「我開心就行啦。」

「哼哼，幼稚。」

妹妹這是嫉妒。張秀紅並不介意。

別墅太大，獨自在家時，走路都有回聲。張秀紅將陽臺用鐵柵欄密匝匝地圍起來，通往小菜園的後廳焊一扇防盜門，開個方形小洞，便於接收外賣。看電視不過癮，又迷上日韓愛情連續劇，在附近音像店辦了租借卡。開始時，跟著劇中人掉眼淚，看多以後，分分合合，就不過如此了。走在琳琅滿目的碟片店，張秀紅有暈眩感，彷彿日子濃縮在那些小圓盤裡，包上花花綠綠的封面，從這排走到那排，一輩子也就過完了。

張秀紅時常眼睛疼，一疼疼到腦子裡。配了副新眼鏡，總算能看清螢幕上的方塊字。沙發太軟，坐久了腰板痛、脖子酸，於是添置硬座墊和手臂狀的頸托，看碟時往脖子裡一擱，像被人從背後抱住。沙發旁一隻巨型茶几，放電話和零食，電話總不響，張秀紅也不往外打。金亮偉出差前關照：「沒有急事別打我手機，免得影響談生意。」

張秀紅邊看碟，邊吃蛋糕、冰淇淋、巧克力。看累了，腦袋一靠，腳一架，在沙發裡睡著。醒來渾身發冷，擰亮落地燈，盯著電話機發呆，翻開通訊簿，拎起話筒，想了片刻，又放下。

一次半夜驚醒，聽到有腳步聲，忽而急促，忽而停住。張秀紅舉起一隻細長花瓶，踮著腳下樓。裡裡外外找兩圈，發現是鐘點工掛在落地窗外的抹布，被風吹打到窗框上，劈啪劈啪，一下一下。張秀紅把窗子都關上，回到床邊，盯著外面發呆。不知何處的汽笛聲，狗一般地嗚嗚，天也叫沉了，月亮也叫遠了。

又過幾日，張秀紅感覺懶懶的，卻睡不著，渾身沒力氣，腦袋發暈，呼吸不暢。吃了退熱片，焐上一覺，還是不舒服。給金亮偉打電話：「我生病了。」

「那就去醫院。」有很響的笑聲、音樂聲。

「你在幹嘛？」

「談生意。」

「我很想你。」

「我也想你，寶貝，我忙著呢，待會兒給你打電話。記得去醫院。」

張秀紅再想問，金亮偉已掛機。躺在床上，等了很久，一看鬧鐘，凌晨二點。撥母親的號碼，響了十多下才接，「喂——」

張秀紅想應聲「喂」，眼淚先出來。蔣芳一聽哭泣，馬上不迷糊了。「秀秀，是秀秀嗎，怎麼啦？」

張秀紅掛斷電話，拔掉電話線，關上床頭燈，蒙著被子哭了會兒，又睡著。第二天一早被門鈴吵醒，蔣芳風風火火地衝進來。

「怎麼啦？不開心？啊呀，屋裡空氣太混濁，味道怪怪的。」

蔣芳將門窗大開，冷風吹進來，張秀紅一激靈，頓時舒服許多。

「我看你是缺氧，要多呼吸新鮮空氣。」

蔣芳陪張秀紅在別墅區散步，又去超市，買回大堆食物。她鼓勵女兒多多社交。

「男人掙錢，自然沒時間陪你，你要自己尋開心。」

蔣芳逐樣觀察屋內擺設，嘖嘖不已。

「這花瓶是新買的？」

「你上次來就有。」

「玻璃做的？」

「是琉璃，義大利琉璃。」

「怪不得好看。琉璃是什麼，是不是很貴的玻璃？」

「大概是，我也不清楚。喜歡就拿去吧。」

「你真的不要嗎？」蔣芳把花瓶捧下來，撫摸瓶身凹凸的圖紋，摸一摸，歎一歎，拔下蔫黃的馬蹄蓮，又插回去，決定一塊兒帶走。

張秀紅報名古琴學習班，上了兩星期課，指頭磨起老繭，還開裂，沾水就疼。又改書法班，去了發現全是孩子，有幾個才一二年級，張秀紅和陪同的家長閒聊，她謊稱女兒生病，自己代為上課。家長們誇她保養得體，看不出有八九歲的女兒。兩個半小時裡，張秀學了「點」的三種寫法，出門把上課證扔進垃圾桶。

最後，張秀紅決定練瑜珈，養性加修身，據說還能改善心情。千挑萬選，從運動雜誌裡勾出一家。想想找人作伴比較容易堅持，就給胡芊芊打電話。

胡芊芊道：「學瑜珈很貴的，還是年卡，我們沒錢瀟灑。」

「哪裡的話，我邀請你，當然幫你辦卡。」

「那怎麼好意思，親兄弟還明算帳呢。」

「我們不是親兄弟。」

「是啊，所以一忙，就沒空接見我們啦。」

兩個女人商量半天，張秀紅出二千塊，胡芊芊出四百。約在健身館門口碰面。兩三年沒見，胡芊芊頭髮剪短了，燙彎了，染黃了，被風一吹，亂糟糟的。尖下巴變成圓下巴，還折出幾疊，嘴巴開動時，累累贅贅，頗有幾分蠢相。

「你現在越活越光鮮啊。」胡芊芊拉著張秀紅的衣服，摸幾下料子，又轉到背後，看腰身的剪裁。

第一堂課教呼吸，坐在墊子上，沒吸幾口，有點昏昏欲睡。胡芊芊突然碰碰張秀紅，低聲道：「對啦，想起一件事。」

「什麼事？」

「告訴你似乎不太好，不告訴你，好像也不好。」

「到底什麼事？」

「算了，還是不告訴你。」

「說吧。」

「那別說我告訴的。」

「好。」

「是這樣的……」

瑜珈老師過來，在胡芊芊肩膀上按了一下：「集中思想，感覺氣在腹部。」

胡芊芊哼了一聲，回過頭，閉起眼，感覺腹氣去了。張秀紅捱到下課，抓住胡芊芊問：「你要說什麼？」

「新聞系有個小姑娘，為小金割脈自殺啦！」

「是不是姓王？」

「姓什麼不知道，流了好多血，從寢室流到走廊，順著樓梯滴下來。幸虧沒死成。別發呆了，電梯來了。」

和胡芊芊分手後，張秀紅在包裡亂掏手機，化妝盒掉地上也不管。總是「您撥打的電話暫時無法接通」，過了一刻鐘，好不容易「嘟」一聲，又被掐斷。張秀紅來回踱步，覺得快發瘋了。兩個散廣告單的小青年遠處看著，其中一個過來，怯生生問：「小姐，美容卡要嗎？」

張秀紅大吼一聲：「滾！」

在計程車上，總算接通了。

「什麼事？」

「你在外頭幹嘛？」

「談生意啊。」

「什麼生意，談了一個半月。」

「大老闆，搞不定，得多聯絡感情，這筆單子很大……」

「我不管，你馬上給我回來。」

「你瘋啦！」

「我清醒得很……你旁邊那個女人是誰？」

「小薑啊，你認識的，廣州的很多生意都是她介紹的。」

「反正你馬上回來。」

「怎麼回事，你冷靜一下！」

張秀紅啪地合上電話，腦袋伏到前排椅背上。車子顛了顛，她抬頭一看：「這是哪兒啊？」

司機道：「剛才問你怎麼開，你不理，我只能筆直往前了。」

「好，那就一直往前。」

9

金亮偉回家後的第二個星期，張秀紅發現，老公送的白金項鍊不翼而飛。前一晚參加宴席，回來卸裝時，順手放在浴室玻璃架上。

「小邱，看見我的項鍊嗎，有鑽石吊墜的那條？」

「沒有。」

小邱是安徽過來的鐘點工，三十出頭，臉色蠟黃，毛孔粗大，腦後紮成一把的頭髮裡，有濃重的油煙氣。

「你整理過浴室嗎？」

「整理過。」

小邱伏在地上做清潔，屁股撅得老高，隨手勢一扭一擺。張秀紅坐在沙發上，從背後看小邱，她臀部粗直的線條，一路貫到肉滾滾的肩膀上。

「昨晚到現在，只有你來過。」

「我沒拿。」

「沒說你拿，也許是不小心碰落在地上了，要不你再到浴室找找？」

小邱扭過頭，身子仍趴著，面孔漲成醬紅：「等一下，我在擦地板。」

「那你儘快。」

張秀紅翻開一本時裝雜誌，眼睛卻從頁邊上瞅著小邱，小邱慢慢移到她腳邊，道：「麻煩把腳抬一下。」

張秀紅看清小邱肩膀上的點點頭屑。

「動作輕點行嗎？把我的褲管弄髒了。」

小邱仍低著腦袋，手中幅度更大了。

張秀紅又道：「別忘了到浴室找項鍊。」

小邱嘭地站起來：「我沒拿項鍊，你不可以冤枉我。」

「沒說你拿。」

「你就這意思。我勞動賺錢，又沒低你一等，憑什麼呀！」抹布一甩，「我不幹了。」

「別嘔氣，」張秀紅放下雜誌，語氣平和，「我就事論事，冤枉你什麼啦？」

小邱眼眶上的亮點慢慢聚攏，形成滾圓的珠子，突然滑落，順著面頰一偏，在鼻翼拖下兩道濕嗒嗒的印子。

「你、你們都不是好東西。你被他睡過，我、我也被他睡過！」

張秀紅站起來，站到一半時，小邱已奪門而出，張秀紅保持半蹲的姿勢，呆呆盯著小邱忘在椅背上的外套，外套是黑色的，上面滿滿一朵刺眼的紅牡丹。

10

張秀紅在白紙上寫：小王、小姜、小邱。每個名字反覆描畫，最後字跡模糊了，又換一張紙。

小王是學生。金亮偉做講師時，小王讀本科，金亮偉在她班級當了四年輔導員。金亮偉升副教授時，小王在本系做碩士生，也許是博士生。兩人來往密切。金亮偉編的書，其中一本是小王翻譯的，金亮偉把自己的名字加在小王前面。家裡有這本書，勒口上並排倆人的照片，金亮偉白襯衫、黑西裝、暗紅色領帶，頭頂的慕絲有點反光。小王的眉毛撥得太細，小眼睛瞪得大大的，還是小眼睛。小王暗戀金亮偉，金亮偉說不知道，但胡芊芊說他知道，出事前全系都知道，出事後全校都知道。問起他們有無上床，胡芊芊支吾了，張秀紅逼得急，胡芊芊就說，他們當然是純潔的師生關係。但胡芊芊不是金亮偉，也不是小王。小王切開動脈的刀，是普通水果刀，傷口很深，小王力氣大，校運會女子鉛球第六名。小王流了很多血，非常濃，但凝不住。第一個發現的，是對面寢室的女生，蹺課睡覺，一覺醒來，發現有東西從門縫流進來，把她的拖鞋浸濕了。金亮偉說：小王一廂情願，看那剛烈勁兒，躲都來不及。金亮偉不喜歡剛烈女人。

小薑是廣告公司的公關經理。金亮偉做兼職顧問時，和她混得很熟。長什麼樣，張秀紅沒印象，當時餐桌上一堆女人，全是職業套裝，青乎乎的眼圈，白塌塌的粉底，打情罵俏時，口氣也是清脆果斷。張秀紅坐了一個多小時，沒說兩句話，一則聽不懂生意經，二則沒人搭理。金亮偉說，告訴過你，生意應酬很無聊，你偏來。張秀紅說，她們都是壞女人，抽菸喝酒，還講葷段子。金亮偉說，男人圈混得多，自然沒了女人味。金亮偉開公司後，送小薑一些乾股，小薑給他介紹生意。張秀紅對經營運作不甚明白，只知他們三天兩頭打電話，一說很長時間，有時還關起門，不讓旁人聽到「商業機密」。金亮偉說，他和小薑顯得熟絡，僅僅「顯得」而已，商場沒有朋友，只有利益。何況小薑脾氣爆，才三十多歲，就像進入了更年期。金亮偉不喜歡女強人。

小邱是打工妹。在金亮偉家幹了一年半。每星期來四天，每天三小時。一、三、五，還有週六或周日。張秀紅閒極無聊，和小邱聊天。小邱話不多，問一句，答一句。

幾歲來城裡工作？

十五歲。

家裡還有什麼人？

爺爺、奶奶、爸爸、媽媽、大妹、二妹、三妹、小弟。

農村不搞計劃生育嗎？

搞。

能生這麼多？

大家都生，上面管不來。

這麼多小孩，怎麼帶？

幾個妹妹都大了，小弟由奶奶帶，她腿有毛病，下不了地。

誰賺錢養家啊？

爺爺和媽媽種地，爸爸、大妹、二妹和我，出來打工。

你們不讀書？

三妹聰明，在念初中，我希望她讀大學。

那你呢？

我笨，早不念了。

有男朋友嗎？

沒。

張秀紅有時多給小邱五塊十塊，小邱推託一番，收下了。她勤快、老實，就是有點髒。張秀紅不讓小邱碰碗筷和衣被，小邱也識相，粗活幹得又快又好，自帶水杯和麵包，渴了餓了，到外頭花園裡吃喝。張秀紅一手交代清潔任務，小邱不和金亮偉搭話，有時金亮偉在家，穿著短褲、打著赤膊，小邱總在男雇主面前低著頭，張秀紅仔細觀察，似乎她還有些臉紅。小邱向張秀紅攤牌以後，自動停了工。金亮偉說，一次張秀紅外出時，小邱向他示愛，他怕張秀紅有想法，所以沒多嘴。張秀紅說，小邱老實人，又是鄉下妹子，怎麼可能主動示愛。金亮偉說，老實人也好，鄉下人也好，是人都有感情。張秀紅不信小邱示愛，但也不信金亮偉強姦小邱。金亮偉說，小邱年齡二十歲，皮膚三十歲，身材四十歲，土氣的打扮，足有五十歲。家有嬌妻，再亂搞也搞不到她頭上。金亮偉不喜歡難看女人。

小王、小姜、小邱。三個名字勾上圈，又在圈外劃方框。旁邊再寫：金亮偉，一使勁，筆尖把

「亮」字戳破洞。張秀紅瞪著這個洞發呆。

11

一天，胡芊芊來電話：「讓我們瘋一把吧。」

張秀紅問：「什麼事？」

「晚上九點，留學生院，我老公班裡的留學生開生日Party。」

「九點？好像太晚了。」

「不晚，夜生活這時候剛開始。」

「胡梁木去嗎？」

「他呀，」胡芊芊大笑，聲音都笑顫了，張秀紅不明白她樂什麼，「他不去，這陣子做項目，忙都忙死了。何況他去就不好玩了。對了，你認識留學生院嗎？」

「認識。」

張秀紅幾次經過，都沒進去，遠處望望，各色學生在大門口紮堆說話，或者擁著路邊的碟片販子討價還價。張秀紅到時，天色已暗，碟片販子早就打道回府，路燈把樓前的空地照成一片額頭：寬寬的、黃黃的，帶著崎嶇的皺紋。手機響，拿出一看，胡芊芊短信：路塞，等我。張秀紅回：每次和你約會，總是車流高峰。胡芊芊回：哈哈哈。

張秀紅玩手機遊戲，每三五分鐘，手機就說：你輸了，然後一段歡天喜地的《心太軟》。輸了幾次，百無聊賴，放好手機。進出不斷有人打量張秀紅，還招呼說「ＨＩ」，她轉過臉去。門內有個中國女生，在向接待室的老頭大聲嚷嚷，老頭向著麥克風喊一個外國名字，喊得頗有陝西風味。另一黃皮膚女生，坐在接待室進門的長沙發上，和白人學生說笑，透過鐵門和窗玻璃，能看見一個白人摟著她，另一個伸出手，好像是插在她的裙子裡，張秀紅正待細看，有人拍她的肩。

「對不起，對不起，來晚了！」

張秀紅嚇一跳。胡芊芊短皮裙、長靴子、緊身小夾克，一條花花綠綠的絨線圍巾。

「冷不冷啊？」

「不冷，不冷，」胡芊芊跺跺腳，「我們趕快進去。」

進留學生院要身分證，胡芊芊帶了，張秀紅沒帶。胡芊芊嘰哩呱啦地和老頭交涉，張秀紅趁機掃視接待室。接待室比她想像中大，七八張桌子，有外國學生在桌邊喝咖啡、看報紙、下圍棋，也有中國學生做漢語輔導，咿咿啞啞，指手劃腳。張秀紅看清了，女學生斜靠著沙發背，一隻多毛的手，正隔著裙子摸她大腿。女生注意到了張秀紅，張秀紅急忙回頭，問胡芊芊：「怎麼樣？」

胡芊芊噓一口氣：「總算肯傳呼了。」

陝西老頭拍拍話筒：「三號樓二〇三，伊漏，三號樓二〇三，伊漏。」

「不是伊漏，是伊諾。」胡芊芊糾正。

老頭不理她：「伊漏，快來，伊漏，有人找。」

胡芊芊附在張秀紅耳邊說：「三號樓住富學生，一號樓住窮學生。沙發上的小妮子，別看傍了美國人，沒什麼可神氣的。在中國留學的白人，大多是癟三，黑人才有錢，搞不好是酋長兒子。」

正說著，眼前一閃，進來倆黑人，一高一矮。熱烈擁抱後，胡芊芊指著高個說：「Ino，伊諾，」又指指矮個，「Iddy，伊地，都來自安哥拉。」依次握手，張秀紅注意到安哥拉人的手，手背黑，手心白，涇渭分明。

一號樓外牆灰撲撲的，內部裝修比較精細，每層樓梯轉角，都掛著一兩幅不知所云的抽象畫。胡芊芊東張西望，問這問那，張秀紅低著頭，留意腳底的梯階。香水味在樓道間縈繞，或濃或淡、或輕或重，刺鼻地交雜著。

震天響的電子樂，把他們引上四樓。已經聚了二十多人，還在不斷增加。站著說話的，不時停下來給人讓路。幾個黑哥們兒擁上來。張秀紅睜大眼睛，她從未見過這麼多黑人，滿眼的色彩都失重了。伊諾向他們介紹中國女孩。胡芊芊一遍遍地重複：「Hi, I am Qian Qian Hu. Nice to meet you.」張秀紅跟在後面，每人點一下頭，算是招呼了。完畢後，張秀紅轉身顧盼，伊諾問：「是不是餓了？」將她領至牆邊的自助餐桌，遞給她盤子和刀叉，道歉說失陪，要去和人打招呼。張秀紅說：「沒事，我自己吃東西。」伊諾拍了拍她的肩，走開了。

張秀紅不餓，但希望一個人待著。音樂實在太吵了。一個黃種男人過來，用日文飛速地說了句話。張秀紅搖頭，他改用中文：「中國人？」張秀紅點頭。日本人笑了，向張秀紅鞠躬，張秀紅鞠回，日本人走開，張秀紅繼續吃沙拉。

她發現傳達室的女孩，此刻也混跡於人群，摸她腿的美國人不離左右。胡芊芊不知從哪兒跳出來，圍巾已經解掉，繫在腰上，綁了個大結，嘴唇上一圈絨毛，被彤紅的臉蛋襯得濃濃的。

「我來介紹，」她拉過那女孩，「她也是新聞系的。」

「我叫Delia，」女孩大方地伸出手，「聽說你是金老師的……」她看了胡芊芊一眼。

「Hi，我是Ben，葉本明。」她的美國男友也伸出手。

胡芊芊和他們擠眉弄眼，一副熟絡的樣子。新聞系女生一米五出頭，單眼皮，面頰瘦削，眼神閃爍不定。張秀紅覺得她像隻猴子。他們很快分散開，張秀紅又被擠進角落。

突然有人摸了一下她的腦袋，張秀紅轉過頭，身後人太多，搜了兩眼，又低頭看沙拉。誰知又被摸一下，這次張秀紅看清了，是個大眼睛的黑人。

「什麼事？」張秀紅停止咀嚼，嘟起嘴。

黑人聳聳肩：「Sorry，剛才叫你，你沒聽見。在大門口時，我就和你打過招呼。」

張秀紅打量他。黑人遞過一張紙片，印著名字Afanso，阿方索，下面一個電話號碼。

12

從留學生樓出來，他們去了酒吧，從酒吧出來，又回留學生樓。張秀紅始終覺得無聊，但回家更無聊。胡芊芊舞跳瘋了，不停甩頭，小夾克一敞，露出兩隻光膀子，還撕破一個白人帥哥的襯衫，白人帥哥假裝報復，胡芊芊扭來扭去躲他的手。新聞系女生縮在角落裡，和美國男友竊竊私語，不時瞟張秀紅一眼。張秀紅想，這個系是不是盛產小眼睛，小王也是小眼睛。

她對阿方索的印象好了一些。阿方索學中國古典文學，漢語不錯，香水抹得恰到好處，短髮整潔地貼著頭皮，捲成一排排的，彷彿剛犁過的田壟。

阿方索問張秀紅，晚上不回去行嗎。張秀紅說，好像不行。音樂太響，兩人不得不增大聲音。過了一會兒，阿方索又問，有男朋友嗎？張秀紅說，沒有。她不知道為什麼說沒有，灌了一大口酒後，替自己找到解釋：金亮偉不是男朋友，是老公。她喝了很多酒，杯子一空，阿方索就加滿。大瓶的伏特加，兌了可樂，微甜，爽口。張秀紅不停上廁所，每次回座位，從新聞系女生面前經過，女生都死死盯著她。阿方索把手搭在她腰裡，張秀紅想躲，躲不開，就由他搭著。

「你太漂亮了！」阿方索湊到她耳邊道。

舞池擠得滿滿的，胡芊芊從人群縫隙中游出來，像一條活蹦亂跳的橡皮魚。她朝張秀紅揮舞手臂：來吧，跳舞吧。她的胸罩帶子滑到無袖上衣外。

阿方索拉張秀紅的手，兩人站起身，即刻被裹進狂歡的人群。一對青年在熱吻，互相亂摸，還有一對，在暗處扭作一堆，張秀紅辨出一個光的背。

跳了十幾分鐘，張秀紅覺得熱，阿方索端了兩杯酒，站在門邊。一隻耳朵裡，是嗓音尖銳的女歌手，「你是我superstar一生都照住我吧，superstar魅力無可招架」，亂哄哄的節奏和鼓點；另一隻耳朵裡，是曠蕩的風聲，從半空俯衝而下，在地面刮出一記悠長的呼嘯。

汗把衣服凝在皮膚上，張秀紅突然想儘快回家，洗個舒服的澡。阿方索啜了一口酒，凝視著她。某個角度上，這是張漂亮的黑面孔。

「我猜，你有男朋友，但關係不好。」

「為什麼這樣猜？」

「你不太開心，笑的時候也皺眉。不過，你怎麼都好看，我喜歡你的眼睛，很像唐代那些畫上的……」

張秀紅冷冷打斷：「再說下去就無聊了。」

「對不起，我只想逗逗你。」

「有必要嗎？」

阿方索轉移話題：「你和你的朋友不太像。」

「誰？噢，她呀，她是人來熟。」

「她的性格很好，很會享受生活。」

「那是，」張秀紅揚揚手，「我打個電話。」

她往前走，直到聽不見喧譁了，撥通金亮偉的手機。

「深更半夜的，出什麼事了。」

「沒出事，我在外面玩，和胡芊芊一起。」
「噢，那玩吧。」
「你在幹嘛？」
「睡覺。」
「睡覺？在哪裡睡覺？」
「當然是賓館。」
「什麼時候回來？」
「不知道。」
「快些回來。」
「事情多，快不了。」
「我老是想起從前，我一覺睡醒，看見你在床邊備課。有時半夜起來給你做點心……」
「我太累了，別說沒意思的話了。」
「你會後悔的。」
「後悔什麼？我要睡了。再見。」

13

第二天醒來，張秀紅後腦勺陣痛，像有根筋吊住了。窗簾是大紅的，正午的陽光一照，滿屋鮮豔豔、暖烘烘。張秀紅眯了一會兒眼，緩緩睜開，發現格局狹仄，書桌和櫃子把房間擠得滿滿的。阿方索推門進來，手拿兩只滴水的熟雞蛋。

「醒了？」

他在地上鋪了塊蠟染布，開始擺弄早餐。張秀紅發現，自己躺著的床墊，直接擱在地上，兩隻並排的枕頭，被子被堆進牆角。她摸摸頭髮，低頭一瞧，休閒服的拉鍊滑落一半，露出粉色的保暖內衣。急忙拉上。阿方索遞過一把梳子，張秀紅一梳，掉下五六根頭髮。

「你的髮型挺好看。」

張秀紅有點不好意思：「我妹妹推薦燙的。時間長了，都變直了。」

阿方索給切片麵包夾黃油，剝了水煮蛋，一切二，在碗裡倒上蕃茄醬。張秀紅有點木噱噱，一會兒想到牙還沒刷，一會兒又覺得，這雙修長的手，像是在變戲法。昨晚阿方索想Kiss Goodbye，張秀紅拒絕了。之後呢？之後似乎突然睡著，像拉滅了一盞燈。張秀紅雙腳冰涼，面頰發黏，左下方的智牙輕微疼痛著。

她問阿方索要了紙巾，擦掉眼垢，毫不客氣地接過麵包。黃油特別香，水煮蛋蘸蕃茄醬也很美味。胃囊被酒精掃蕩後空空蕩蕩，阿方索問夠不夠，張秀紅又要了兩塊麵包，正道著謝，眼前驀地閃出一人，張秀紅嚇得大叫。

「這是我的越南同屋，研究明史的博士生。」阿方索介紹。

越南人朝她點點頭，問：「睡得好嗎？」他的寫字臺在書櫥背面，整個人伏在陰地裡，現在正起身喝水。張秀紅注意到，房內有兩個色調，一種是灰的：越南人藏青的外套，深褐的床單、櫃子上黯淡的書脊；另一種明亮的：大紅窗簾，嫩黃的床墊套（阿方索的大床墊，正對越南人的單人床），翠綠的布藝轉角沙發。門背後一幅牛仔褲廣告，半裸的男女緊緊相擁，男的伸出一根手指，搭在女人嘴唇上，女的半側著臉，她擁有一對相當驚人的乳房。

屋裡靜了片刻，只有響亮的喝水聲，喉結在越南人仰著的脖子裡一上一下。喝掉半杯，用鋼勺刮兩下水垢，放好杯子，走回書桌前，坐定，彎下背，又消失了。

張秀紅拚命往嘴裡塞麵包，阿方索吃驚地看著她。張秀紅忽然說不出話，雙手激烈比劃，阿方索接過越南人遞來的水杯，張秀紅猛灌幾口，捋了捋胸，麵包終於拖拖拉拉地爬下食道。

越南人開始收拾東西：「我去圖書館，你們慢慢玩。」

張秀紅道：「我也走了。」

「再坐一會兒，聊聊天。」阿方索按住她的手。

「不。」張秀紅抽出手。

「那下次什麼時候來？」

「再看吧。」

「不，現在說好。」

「那就下週四吧。」

「好，下週四，」阿方索拿出手機，「告訴我你的電話。」

「還是你告訴我。」

「我的電話在名片上，你保存好了嗎？」

張秀紅含糊應聲，阿方索又遞過一張：「這是我的名片，好好保存。你的電話？」

張秀紅慢吞吞地報著數字，立即後悔了，舌頭一繞，末位的三說成四。阿方索按這個號碼打出去，問：「怎麼關機？」

「沒電了。」

「好吧，我再聯繫你，你一定要來！」

14

張秀紅沒開門，就聽底樓的電話響個沒完。是胡芊芊，有點氣急敗壞：「快把你的手機打爆了，怎麼不接啊？」

「調在震動檔了。什麼事？」

「昨晚怎麼先走了？」

「我……有點累。」

「別裝了，老實交代，哪裡去了？」

「等等，讓我放好東西。」

張秀紅將電話擱在茶几上，走去把包和外套塞進衣帽間，回到茶几旁，猶豫了一下，輕輕掛斷電話。鈴聲又響，在客廳裡刺耳地回蕩。

「怎麼掛電話了？心裡有鬼啊？」

「不小心碰斷的。」

「好吧，你總是有理由。你昨晚上哪兒了？」

「酒吧間太熱，出去散了一會兒步。」

「別騙人。我見你和他在門口說話來著，一眨眼就失蹤了。Delia——那個新聞系女生，幫著一起找。兩只酒杯子在，手提包拿走了，打你家電話，也沒人接。哈哈哈，肯定私奔了。」

「別亂說話。」

「開個玩笑，幹嘛一本正經的。其實這也很正常。告訴我嘛，我替你保密。」

「我只是覺得悶，阿方索邀請我去他宿舍玩。」

「深更半夜的，嘖嘖，玩什麼呀？」

「別瞎猜，什麼事都沒有。只不過回家太無聊了。」

「對啦，你沒帶身分證，怎麼進去的？」

「他讓我冒充日本留學生。」

「哈哈，原來早有預謀。」

「你再說，我可真生氣了。」

「他眼神色迷迷的，你沒覺出來？我去打聽一下。不過伊諾住一號樓，他住二號樓，他們似乎不熟。」

「別打聽，不然真像有什麼了。」

「沒事……哎呀，不和你多說。我在上班，老闆過來了，拜拜。」

過了半小時，胡芊芊又來電話：「哎呀，我和伊諾聯繫過了……」

「我在洗澡。」

「那我長話短說。據說，阿方索為人古怪，不太和他們一起玩。阿方索好像很喜歡中國女人，以前勾搭過幾個……」

「我不想聽，一隻腳還在浴缸裡呢，渾身滴水，凍死了。」

「好了好了，不多說。你這人挺單純的，可別上當受騙。不過黑人尺寸大，可能蠻享受的，嘿嘿。」

「你怎麼這樣下流。我怎麼會和黑人搞不清。」

「我倒是出於好心，你怎麼開不起玩笑。算了，提醒一句，人家泡馬子，什麼事都做得出，講不定給你下藥……」

「他敢，還有個越南同屋在呢。」

「越南人啊，最陰陽怪氣，保不準串通起來，分一杯……」

張秀紅把電話往牆上狠狠一扣，沒扣準，話筒沾著泡沫，搖來晃去，張秀紅腳底一滑，跌到浴缸外，半晌才緩緩站起。水冷了，她同時打開熱水龍頭和下水塞子，過了片刻，稍覺溫暖。大腿內側在缸壁的撞擊之下，腫起一條紅的，片刻轉青了。張秀紅揉捏著自己的腿。渾身的關節眼裡，像有針在紮著，一刺一刺地疼。

洗完澡，整理房間，還是覺得冷，索性裹上被子睡覺。想給老公打電話，怕他不耐煩，猶豫半天，還是作罷。

須臾，張秀紅覺得身子被什麼壓住了，一看是阿方索，她拚命掙扎。「幹什麼呀。」一聽又是金亮偉。張秀紅嗚嗚地哭起來，電話鈴驟響，醒了，發現自己真的在哭。

語筒裡的聲音彬彬有禮：「ＨＩ，你好！」

張秀紅沒反應過來，對方道：「我是阿方索。」

張秀紅完全清醒了：「你好！」

「你似乎不太歡迎我。」

「你怎麼有我家裡電話？」

「我一直打你手機，號碼似乎不對。」

「哦。」

「我們共同認識的朋友，把你的電話告訴我。」

「胡芊芊？」

「哪個？也許。你在幹嘛？」

「睡覺。」

「噢，看來我打擾你了。」

「是的。」

「好吧，下次再聊。」

話筒裡單調而有耐心的嘟嘟聲。張秀紅仍偏著腦袋、夾著話筒。一隻小蟲子挑釁似地在她面前飛，繞了幾個彎，停在吊燈玻璃後。張秀紅凝視了片刻，啪地倒在被褥上。

15

張秀紅不舒服了一個多月。金亮偉出差回來了，態度出奇冷淡，漸漸開始徹夜不歸。張秀紅想和他談談，卻沒力氣。她吃了康泰克，在被窩裡焐著，越焐越乏力。肚子餓得發瘋，外賣單上的菜名卻引不起胃口。胡亂點了平時愛吃的蕃茄炒蛋，扒了幾口，忽感雞蛋腥氣，蕃茄也腥氣。於是扔了，回到床上，想著適才的腥味，又是一陣噁心。

張秀紅覺得不對勁，算了算日子，撐著下樓買了試紙，回來一測，果然兩根紅線，一深一淺。她愣了半晌，給金亮偉打電話。

「到底什麼事，電話裡說不可以嗎？」

張秀紅頓了頓，道：「很嚴重的事，我要和你面談。」

那邊也頓了頓，道：「好，今晚回來。」

張秀紅等著，不知何時睡著，醒來時，金亮偉正俯著身子，望著她。台燈光從側面照過來，他的臉黑一塊，黃一塊，眼睛是兩隻深陷的大洞。

「你想和我談什麼？」金亮偉身上有酒氣，還有羊臊味。他的眼皮和耳廓被酒精催紅了。此刻的金亮偉，似會突然撲上來，卡住張秀紅的脖子。他發過幾次酒瘋，新婚之夜被瀘洲老窖弄暈後，抓住張秀紅轉圈，還把她扔到沙發上，膝蓋死死頂住她的背。

「你有多久沒回來，三星期了吧。」

「算得真清楚。」金亮偉走到窗前，背對張秀紅。

「我這個月延後了，」張秀紅舔了舔嘴唇，「今天測了一下。」

金亮偉站著不動，過了片刻，才輕輕「噢」一聲。張秀紅等他繼續說話，等著，眼皮又沉重了，終於又被睡意刮入夢鄉。

再次醒來，已是凌晨。曦光淡淡勾出窗簾的形狀，並從布匹的織理間滲進來。她聽見奇怪的聲音，以為電視機忘了關，但很快意識到，是金亮偉，蜷在哪處暗地，發出輕微的哭泣。

「你這是幹什麼，」張秀紅道，「我想可能是那次，半夜套子用完的那次。」

金亮偉響亮地一擤鼻子：「你覺得這樣解釋得通嗎？」

「我不是在解釋，」張秀紅覺得後腦勺有輕柔的波浪，托舉著她，搖晃著她，「雜誌上經常說，體外也是不安全的。」

「我成全你，」金亮偉的聲音恢復平靜，「咱們離婚。你跟那黑人帶著孩子回非洲吧。」

「胡扯！」腦中的海水突然退潮，張秀紅剎時全身冰冷。

「這些天，我一直忍著沒說，原以為，今天你終於自己要開口了，」金亮偉語調緩慢，努力克制情緒，「一想起這事，就覺得有刀在一點一點割著我。你也一定意識到，我這些天不願意理你吧。張秀紅，我不明白，你吃好穿好，到底還有什麼不滿足？我在外面的辛苦，你又分擔過多少？」

「是胡芊芊瞎說，你別信她，她那是嫉妒。」

「她瞎說了嗎？整個系裡都在瞎說嗎？」

「我知道了，是那個女生。我的確認識幾個黑人，胡芊芊介紹的，可是我……」

金亮偉起身，用離開打斷了張秀紅的話。張秀紅喊了他幾聲，金亮偉用重重的關門聲回答了她。半了晌，張秀紅喃喃道：「……可是我……沒做錯什麼。」

16

張秀紅幾次接到小薑的電話，邀她「出去談談」，張秀紅拒絕。沒幾天，一個女孩找上門。張秀紅在「貓眼」裡觀察，女孩也盯著「貓眼」瞧，雙手互插在羽絨服袖管裡，牙齒無意識地玩弄下嘴唇。她鼻頭通紅，張秀紅覺得她像隻鼓鼓囊囊的短喙鸚鵡。

「找誰？」

「張秀紅女士嗎？」

「什麼事？」

「我是……」女孩頓了頓，「金老闆派我來的，我是他祕書。」

張秀紅開門，小祕書在氈墊上用力蹭腳，左鞋尖頂住右鞋跟，一擠，右腳的運動鞋脫下來。張秀紅遞過絨線拖鞋，小祕書穿上右腳那只，又用拖鞋尖去頂左腳運動鞋的跟。她的花襪子上有只拇指大的洞。

「我叫艾馨馨。」

小祕書遞過名片，「無限文化傳媒有限公司總經理助理」。趁張秀紅端詳的當口，艾馨馨東張西望，最後凝視巨大的直角平面電視。

「你在這公司做了多久？」張秀紅把名片放在茶几上，「要不要喝東西，牛奶？咖啡？」

「白開水就行，我去年剛畢業。」

張秀紅將一次性紙杯端到她面前，然後坐回沙發裡，正視她道：「金亮偉讓你來幹嘛？」

「他想和你離婚。」

「他談判也要派代表呀，老闆派頭攢得挺大。」

「他讓我告訴你，他可以給你一間房——二室一廳的，和十萬塊現金。」

張秀紅逼視她：「七年了，我大概值這個價。」

艾馨馨挪了挪屁股，從一個扶手靠向另一個扶手。

「讓他自己來，你一個小女孩，就別瞎攙和了。」

艾馨馨還想說什麼，張秀紅已站起身。艾馨馨鼻尖的那點紅，一下蔓延至面頰，她拽緊包帶子，倔強地坐在原處。張秀紅看著她，她看著茶几上的紙杯。

「金老闆對你這麼好，你幹嘛背叛他？」艾馨馨突然大聲質問。

張秀紅吃了一驚：「這是我們的家務事，你小孩子不懂的。」

「我不是小孩子，」包帶子在指間顫抖，「我覺得金老闆太善良了，你這樣對他，他還給你房子和鈔票。」

「你根本不知道發生了什麼！」張秀紅板起面孔。

艾馨馨的表情裡，倔強終於戰勝尷尬和喪氣，她看起來像個革命志士。張秀紅不再顧及禮貌，指著大鐵門嚷：「滾，小丫頭，不知天高地厚！」

艾馨馨在門口，把拖鞋踢出老遠，運動鞋的後幫陷了下去，她撥了半天，眼淚都快出來了。「你不可以這樣，你不可以這樣。」她連聲道。

張秀紅重重關上鐵門，在屋裡來回踱步，將紙杯捏爛，抓起沙發座墊猛砸，終於折騰累了，往沙發上一躺。突然摸到什麼冰冷的東西，用手指從座墊縫裡勾出來，原來是失蹤已久的白金項鍊。太陽落得太低了，鑽石吊墜無力反光。張秀紅覺得，白金鏈子最後閃了一下，整個世界就暗了。

17

張秀紅告訴金亮偉：「我沒做虧心事，不會離婚的。」

金亮偉說：「我會讓你離婚的。」

他又開始回家了，但總在半夜，喝得醉醺醺。一次他滿屋翻找，張秀紅問找什麼，他白著眼道：「你知道我找什麼，」撩起她的睡裙，「瞧瞧，是不是藏這兒了。」張秀紅拍掉他的手：「流氓。」金亮偉瞪出眼珠：「我是流氓，你怎麼還不捨得分手！」

隔了幾日，蔣芳來看望女兒，大呼小叫道：「臉色這麼難看。」

張秀紅馬上眼睛紅了，暫態想吐。慌得蔣芳一邊端盆子，一邊掉眼淚。吐罷，蔣芳扶她上床。母女對著哭了一會兒，張秀紅有點眼皮耷拉，蔣芳道：「有媽在，你好好睡，啥都別操心。」張秀紅就睡下，漸漸迷糊，卻不安穩，不時「哼啊」幾聲。蔣芳在廚房弄了點東西吃下，借女兒的牙刷、毛巾，洗漱完畢，從客臥抱來被子，爬到床腳，貼牆躺下。她翻來覆去著。別墅的夜晚，有種空蕩蕩的陰森。凌晨二點多，蔣芳好不容易淺淺入睡，就聽樓下有動靜。

金亮偉打著醉嗝，找了一陣子鎖孔，又找了一陣子鑰匙，然後拿鑰匙在鎖孔周圍戳來戳去，總算對準了，開鎖，推門，驟見一瘦小的身影矗在廳裡，就大著舌頭嚷：「你誰呀？」

蔣芳上前一耳光。金亮偉迷迷然，覺得面頰上有動靜，隨手撩回，只聽一聲響，再睜眼時，就見蔣芳倒在茶几邊。他指著道：「咦……怎麼……在地上。」

張秀紅下來了，驚叫：「媽」。金亮偉想清醒，卻始終醒不來，隱約聽見「不要臉」三字。他哼了一聲，也往地上倒去。

張秀紅終於決定，搬到母親家住。金亮偉在三個月前，就斷了她的生活費。第二天大早，張秀紅翻找抽屜，發現金亮偉早把存摺、現金轉移掉了。只能帶著用剩的零花錢，跟蔣芳回去。

蔣芳讓她睡床，自己從廢品站弄來一只竹籐椅，洗乾淨了，鋪一層毯子。幾天睡下來，腰板受不了，又賣回廢品站。一進一出，浪費了二十五塊錢。最後在路邊小傢俱店發現一只打折沙發，砍掉幾塊錢的價，買來墊好鋪蓋，放在外間。沙發有股惱人的黴味，蔣芳一般下半夜才能睡著。第二天還得早起去做鐘點工。中午趕回來做飯，下午再工作。至傍晚五點，又得忙乎張秀紅的晚飯。

這陣子，蔣芳的關節炎又發了，尤其是腿關節，騎車子時，每踩一下腳踏板，就像被扯了一把小腿筋。破舊的二十六吋自行車，發出費力的吱嘎聲，蹬著蹬著，就視線模糊，彷彿望出去整街是水，車影人影軟綿綿地錯綜晃動。

蔣芳對自己說：忍忍，再忍忍。只要孩子生下來，做了親子鑒定，一切就能恢復如初。

這是一九九七年的事。這一年，厄爾尼諾*盛行，北方大旱，長江醞釀著一場滔天洪水。張秀紅給未來的孩子取了個小名：洪洪。

---

* 編註：厄爾尼諾，El Niño，聖嬰現象。

第四章

秀姨

1

欒鵬程問張秀紅：「為什麼叫秀姨，這個稱呼顯老。」

「我是老了，這麼稱呼正合適。」

「不，不老，你年輕漂亮。」

「哪裡，哪裡。」

欒鵬程凝視她道：「張秀紅……我能叫你秀紅麼？」

秀姨笑笑：「這多奇怪，像在叫另外一個人，」她想了想，喃喃道，「張秀紅，張秀紅。」

欒鵬程道：「你笑起來的樣子，和你妹妹真像。」

秀姨道：「美……愛玲呀，她性格比我剛烈。哦，對了，她一直後悔那晚約你出去。」

「不關愛玲的事。」

「她說看見你和阿慧就內疚，所以把房子賣給我了……哎，不提這事，你也千萬別和阿慧提。」

「那是，不能再刺激她。」

「那你答應了，一定、千萬——別提。」

「好。」

2

欒慧出事後第二天，張美鳳立即辦理手續，和姐姐交換房產。秀姨接手她的小房間後，牆面刷成湖藍色，天花板吊了頂，鋪了格式複合地板，換一副淺色窗簾，買一套杉木傢俱。修修弄弄，房間看出了些寬敞。她驚訝地發現，透過床尾的窗子，能把對面樂家瞅得一清二楚，對方卻不會注意這個灰濛濛的小角落。秀姨冷笑：美鳳死丫頭，果然有心計。

六子偷偷找來過，秀姨說，不認識什麼「美鳳」，房子是仲介公司轉手的。六子立即面若死灰。秀姨狠狠心，關了門。六子在外磨蹭片刻，走了。

秀姨原先的住處，離「百合」歌舞廳有兩小時行程。傍晚五六點出門，正是下班高峰。有時擠不上車，有時堵塞厲害。到「百合」時一臉灰塵，晚飯也來不及吃。凌晨結業後，打的不安全，費用也高，睡在店裡卻不是個事兒。

自從搬到愛民路，日子就充裕了：早上二點結業，十五分鐘走回家，洗個熱水澡，在床上吃宵夜，有時下麵，敲一個蛋，放花生和豆豉，有時熱速凍水餃，倒小碟的醋，加芥末和辣味醬。每週單數的下半夜，會有一個頻道播放外國老電影，不少是幼時看過的。有時看到一半，被熱騰騰的食物薰得困乏，就喝光湯水，捧著空碗，盤起雙腿，發一會兒呆。此時大約三四點，有牛奶車的聲音，還有零星鳥叫。秀姨刷牙，洗臉，戴好眼罩，躺下睡覺，一覺可以到午後二三點。

張美鳳留下一隻望遠鏡，秀姨閒著沒事，就朝對面看。樂慧經常躺著，有時坐著，偶爾走動兩下。她薄得像一片紙，白紗布黏在她的臉上。

秀姨給張美鳳打電話，張美鳳一通話把她噎住：「我是壞人，你是好人。好人幫壞人做壞事，搞得人家眼睛瞎掉，然後罵壞人一通，就以為自己好得徹頭徹尾了。」

一天，秀姨看見樂慧倚著窗柵欄，面孔卡在縫隙裡，接著，整條手臂也伸出來，枯零零地晃動，像在向樓下看不見的人群招手。招了一會兒，想縮回去，肩膀卻卡住了。她徒勞地騰挪，臉和身體相繼扭曲，像只陷入捕夾的老鼠。

秀姨扔了望遠鏡，在屋裡來回走，越想越激動，手提包一拎，到菜場買了魚蝦菜蔬，往樂家去。

3

樂慧第一眼就喜歡秀姨。她道：「你的頭髮像血一樣，不過很好看。」

樂鵬程道：「小姑娘說不來話。」

秀姨笑道：「我菜燒得不好，你們將就著吃。」

仨人上桌。樂鵬程每吃一口，就恭維一番秀姨的手藝。秀姨不停給樂慧搛菜。一根芹菜絲從樂慧的碗沿掉出來。樂慧去撿，油光光的菜絲繞著筷子滑來滑去。樂鵬程道：「別管它。」樂慧用筷頭「嗒嗒」猛擊桌面，湊過嘴去，用力一吸，菜絲終於降進了她的嘴。

樂慧見秀姨吃驚地望著自己，就道：「你想瞧瞧我的眼睛嗎？」

秀姨道：「先吃飯吧。」

樂慧伸手一撕，眼睛的紗布去了一半。

秀姨看到黏成一簇簇的睫毛，又薄又紅的眼周皮膚，發著針尖似的顆粒，橡皮膏留下幾道頑固的黑印。在這些紅與黑之間，就是那只癟了的眼球，被黃色分泌物、白色消炎膏所覆蓋。

4

秀姨像個鐘點工。樂鵬程上班時，她陪樂慧說話，傍晚買些菜，燒一桌。每天一隻雞，或者一條魚。飯後，樂鵬程邀她小坐，有搭沒搭地聊天。

樂慧時常提起毛頭。樂鵬程也提起過，說是樂慧的前男友，一個小流氓。秀姨知道美鳳和毛頭鬼混過，也知道他不僅僅是小流氓。每次試圖岔開話題，樂慧仍會繞回來。當她說到毛頭時，那只完好的眼睛，眸子變得特別亮，眼白潤著光斑，像刷了一層清漆。秀姨不敢與之正視。一天，樂慧用手指在秀姨掌心畫了個圖案，讓她猜。秀姨猜不出。樂慧道：「這是眼睛啊。」那天晚上，秀姨被噩夢驚醒，出了一身冷汗，跑去廁所擦了一把，關燈前照了照鏡子。鏡中人虛腫著臉，顯得有點醜陋。她捂住一隻眼睛，放開，再捂，注視片刻，關掉燈，在黑暗中摸回床上。

第二天去樂家，發現樂鵬程給她買了兩雙大紅拖鞋和一隻心形的沙發靠枕。拖鞋是珠光軟底的，一雙讓她在樂家穿，一雙讓她帶回去。秀姨推辭了一下，收下了。樂鵬程覺得她穿著紅鞋的樣子，真是性感極了，沒有囉嗦的踢躂，只一抹無聲的風，衣服迎風貼緊，漾著鬆軟的顫動，裡面一對熟果子，伸手就能摘到。

這晚的聊天，似乎特別輕鬆。睡前，樂鵬程把聊過的話，在心裡過了一遍。秀姨提及肺癌去世的前夫何明，說他牙齒和指甲很黃，容貌上唯一可稱道的，是那副彌勒佛似的耳垂。她認為耳垂大的人，通常內心善良。

樂鵬程撚撚自己的耳垂：不大不小，但認真起來，還是偏大一點。他又開闔了幾下牙齒，他的牙齒一定比何明的白。

5

秀姨想和樂家疏遠，是在撕支票事件之後。樂慧像個瘋子，又哭又鬧。樂鵬程也不管，只蹲在地上撿碎紙片。秀姨費了半天勁，哄樂慧上樓睡覺。她走時，樂鵬程正伏在桌前黏紙片，看都沒看她一眼。

樂鵬程花了大半晚，用透明膠黏合支票，缺了幾塊，就剪了白紙補進去。第二天醒了個大早，隱約記得做夢了，待要細想，那夢卻一溜跑了。打電話到同事家，讓幫忙請假，同事睡眼惺忪道：「出了什麼事，這麼早。」樂鵬程穿衣洗漱，坐在沙發了呆望著壁鐘，實在坐不住，就步行到銀行，在門口等了半小時，終於等到銀行開門。

當他將修補過的紙片遞進服務視窗時，裡頭的姑娘問：「這是什麼？」「這是支票。」姑娘剜了他一眼，將紙片扔出來。紙片在大理石壁面上輕碰了一下，滴溜溜飄到地上。

五十萬，再賺一輩子都賺不來，樂慧輕而易舉的，就撕毀了他的一輩子。一輩子——多少個朝九晚五的日子呢。樂鵬程捱回家，往沙發上一躺。他餓了，由著它餓，餓得疼起來，疼了一會兒，就沒感覺了。

下午三點，接到阿二師傅電話，說廠裡有事，讓他必須去。

樂鵬程道：「我生病了。」聽起來真像病了。

阿二師傅道：「我這裡很急，必須今天解決。你要以集體利益為重。」

樂鵬程磨蹭了一會兒，給秀姨打電話，說晚飯不在家吃。秀姨道：「我今晚也正好有點事。『百合』開始重新裝修，我得過去看看。只是阿慧怎麼辦？」

「我會給她準備吃的。」

樂慧躺在床上，插嘴道：「不用你管，我餓不死。」

樂鵬程掛斷電話道：「沒說管你。你主意大，自己解決吧。」他拎著公事包，站在車站上時，才想起樂慧身無分文。轉念又想，是該罰罰她。

樂鵬程一走，樂慧就起身，撬開抽屜，翻出現金，總共三千多塊。她將頭髮散在臉上，只給右眼留一條縫。換身乾淨衣服，將錢塞進小拎包，就出門了。

這是出院後第一次上街。下午四點的馬路，行人漸漸多起來。迎面過來仨人，媽媽、保姆、幼兒。媽媽在訓斥保姆，幼兒坐在童車裡，叼著奶嘴。樂慧看著幼兒，幼兒也看著樂慧，突然哇哇大哭，四肢亂蹬，奶嘴也吐出來。媽媽又責罵保姆，保姆忙不迭抱起孩子。樂慧疾步繞開她們，一身虛汗，進到一家日式麵館。

樂慧點了魚子醬、海鮮拉麵、三文魚套餐，擺得滿滿一桌。她一邊吃拉麵，一邊吸著熏出的鼻涕。夕陽緩慢傾斜，霓虹和路燈瞬間綻放，將樂慧的臉，和對街的高樓重疊在窗玻璃上。她越過窗影，凝視對面樓頂的看板，那上面是穿白襯衫的一家三口，露著齊刷刷的牙。樂慧回視端上來的三文魚。這條魚類屍體安詳地躺在青瓷盆上，覆著一層香噴噴的油光。

6

晚間十點，商店像是約好的，齊齊熄燈、關門，整條購物街墮入沉睡。樂慧拎著七八只購物袋，一路跌跌撞撞。她喝了酒，一個勁傻笑。

時值暖冬，風兒刮刮停停，有氣無力。樂慧找個角落，撒了泡尿，回到大馬路，坐在街沿上，開始換穿新買的衣服。

偶爾幾輛空跑的計程車。靜極了，整個世界變成樂慧的更衣室。樂慧換完衣服，踩著高跟靴，歪歪扭扭走了一段，鑽進一輛計程車。司機長著一對招風耳，他問樂慧去哪裡，樂慧說：「你開，我會指路。」

開了一會兒，樂慧問：「我的墨鏡好看嗎？」

司機關掉收音機，問：「什麼？」

「你能看見我的眼睛嗎？」

司機在反光鏡裡瞄了一眼，說：「嗯。」

「我醜嗎？」

司機不答。

「我醜嗎？」

「小姐，還往前嗎？過了路口是單行道。」

「向右。」樂慧掏出化妝鏡。她照見自己的腦袋，被絨線帽箍得奇形怪狀，幾根瀏海斜擠出來，帽頂的絨線小球，隨著車身起伏敲打額頭。

「拆掉紗布後，我讓樂鵬程把家裡的鏡子都拿掉了。這是我第一次照鏡子。」

司機不吱聲，樂慧看到他近側的耳朵抖了幾抖。車子猝然停住，樂慧撞到副手座的靠背上。

「小姐，前面我不認識，你下車吧。」

「你敢拒載？小心我投訴。」

「真不認識，你下吧，錢不收了。」

「再讓我下，我死在你車上，」樂慧頓了頓，儘量讓聲音柔和，「再過兩個路口就到了，哪有不想做現成生意的。」

司機按指示開到目的地。樂慧多給了一百塊，道：「這是辛苦費。」

她走到社區門口，發現鐵門虛掩，保安正趴著磕睡，於是側身擠入，向左轉彎，再沿鵝卵石路向右。花園栽了新樹，像些巨大的叉子，光禿禿地隨風顫抖。途經小石橋時，樂慧想：魚兒們哪裡去了？凍死了嗎？

到一幢樓前。隱隱傳出電視機的聲音，一個女人尖著嗓子唱：「……莫不是風吹鐵馬簷前動？莫不是梵王宮殿夜鳴鐘？我這裡潛身聽聲在牆東，卻原來西廂的人兒理絲桐……」樂慧聽著，居然每個字都聽懂了。

往上看，二樓的四扇窗子，齊刷刷地黑著。樂慧瞧了又瞧，提聲呼喊：「毛頭，毛頭——」頓了頓，又喊：「老頭子——」她的嗓子喊破了。遠遠傳來什麼人的呵斥聲。樂慧抿抿嘴唇，往二〇三的窗口看了最後一眼，走了。

7

最後一點錢財，變成白酒、香菸、小剪刀。幾個出租司機，在大排檔上宵夜，樂慧借了一隻手機，打給樂鵬程：「我不活了，你也別活了。」說完立刻掛機。一個司機問：「小姑娘，沒事吧？」另一說：「怎麼深更半夜在外面。」樂慧沖他們嘿嘿一笑，穿過馬路，拐進一個建築工地。兩幢高樓，十幾層上亮著燈，搭著最後一圈腳手架，隱約飄著晾曬衣物。風在街口拐彎，被高樓一擋，捲出股股小漩渦，小太陽燈把起重機的巨影投到地面。

樂慧在建築垃圾間撿出一條路，找到角門，進入地下室。腳底堆著建材，頭頂裸著電線和管道，幾只燈泡孤零零地懸掛著。樂慧被灰塵嗆出一串噴嚏，一屁股坐倒，甩掉靴子，摸摸腳板的泡，點上菸，旋開乙級大麴，猛灌一口，大叫「爽啊——」。四壁張著無數小嘴巴，吐著迭蕩的尾音：「爽——啊——啊——」

樂慧一邊喝，一邊打嗝，嗝出芥末和胡椒味。她想，菸頭為何濕了。喉中一熱，來不及欠身，就嘩嘩嘔出來。

吐完以後，左眼開始發癢。摳了幾下，摳出一行血，不癢了，也不疼。樂慧摸到塑膠袋裡的小剪刀，奮力紮入腕部。

寧靜了幾秒，漸漸有聲響，是脈搏聲，嗒嗒嗒——，身體跟著浮起來，圍著一個不存在的圓圈打轉。樂慧想起童年，樂鵬程帶她去遊樂園，坐有大轉盤的木馬，木馬邊繞圈邊上下，世界以某種古怪的方式，從她體內傾斜出去。此時此刻，應該想想毛頭，但樂鵬程的臉逐漸膨脹，占住整個視野，他在叫喊：小心，抓緊杆子，你不會掉下去的。樂慧胃裡噁心，手足冰涼，臉頰不住抽搐。

這下可好了，她想著，右眼一閉，直直倒下去。

8

班車上，樂鵬程的眼皮猛跳了兩下。回家後，果然出事。門鎖完好，抽屜卻開著，查了查，現金都沒了。樂鵬程跺著腳，咒罵了樂慧一通，又給秀姨打電話。

秀姨道：「我在『百合』呢。」

「沒什麼事，問候你一聲。」

「你聲音怎麼了，沒什麼事吧？阿慧好不好？」

「沒事，都好。」樂鵬程掛斷電話，打開電視，全是少兒節目。一個老女人扮成兔子，一群小孩圍著她尖叫。樂鵬程泡了速食麵，加紅腸醬蛋。吃完，樂慧仍沒回，讓她永遠別回吧。樂鵬程將腿擱在茶几上，繼續看新聞。在報導員警抓小偷，員警很胖，小偷穿藍色夾克，看著頗為斯文。

樂鵬程關掉電視，從茶几抽屜裡拿出遊戲機。這是師傅阿二頭送的，阿二頭還送了一堆雜七雜八，舊期刊、廢箱子、破衣櫃……樂鵬程是他搬家時的垃圾桶，還得說：「怎麼好意思呢……謝謝師傅。」

樂鵬程回想師傅的三室一廳，兩個衛生間，小的客用，大的在主臥，有一只浴缸、兩個馬桶。後來才知道，另一只不是馬桶，叫「婦洗器」，專洗下身。樂鵬程呆望著，阿二頭推他一下：「怎麼樣？」

樂鵬程道：「好，好，富麗堂皇，金碧輝煌。」

阿二師傅哈哈大笑：「和你爸一樣，成語一串串的，」又道，「老樂人不壞，就是凡事較真。」

「是啊，他就這脾氣，你別和他一般見識。」

阿二頭重重拍打樂鵬程的肩膀：「有句話叫『難得糊塗』嘛。」

阿二頭把樂鵬程引回客廳，那裡擠滿同事，正圍著投影儀看碟、磕瓜子、吃糖果，嘰嘰喳喳聊天。阿二頭輕聲道：「小樂，你是明白人，要不是老樂，咱師徒關係肯定更好。」

如果有五十萬，樂鵬程也能買三室一廳，也能在廁所裝婦洗器，還可以在阿二頭面前直直背脊。眼下住的老房子，夏季老鼠成災，雨天頂層漏水，木頭鉛筆都會發黴。想著這些，他連遊戲機都端不穩了：「媽的，又輸了。」

這是老式巴掌機，有掃魚雷和俄羅斯方塊。樂鵬程喜歡俄羅斯方塊，可以不動腦筋。有段時間，他看任何東西，都能看成方正的幾何形。他覺得自己越活越小，活到阿二頭孫女的年紀上。小女孩真漂亮，眼睛大，睫毛長，和她爺爺一點不像。正待想像小孫女在婦洗器上的樣子，突然又輸一局，幾何形下雨似地掉落，把顯示幕填得死死的。

樂鵬程一連輸五六局，覺得頸椎難受，扔了遊戲機，活動著脖子，往窗前走去。天完全暗了，路燈壞了一盞，街面像被打落一隻門牙，獨獨地缺出一塊黑。有人在放鞭炮，伶仃仃的一串清響，似在預熱幾個月後的春節。樂鵬程不喜歡過節，滿耳爆竹，滿眼焰火，路上卻見不著一個人。

樂鵬程搜尋秀姨家的窗口。那窗口被缺損的路燈遺漏了。樂鵬程撥通她的電話：「順利嗎？」

「喂喂？」那頭問聲急促，背景裡有人在唱卡拉ＯＫ。

「我呀，老樂。」

「老樂啊，什麼事？」

「沒什麼事，問問你裝修順利嗎？」

「順利，順利。」

「噢，那就好。」

彼此無話，過了幾秒，秀姨道：「要不我待會兒打來，正巧有客人。」

「你忙，你忙，我沒什麼事。」

樂鵬唉聲歎氣著，翻查通訊簿，又撥一個號碼，鈴聲響了七八下，正待掛斷，那頭接了：「喂？」

「是我呀。」

「你誰呀？」

「不記得了嗎？」

「聽不出，誰？」

「我，老樂。」

「哪個老樂？」對方頓了頓，「不認識。」

「一男，我是鵬程呀。」

「深更半夜的，有什麼事？」

「才九點多，不算晚吧。」

「我要睡覺了。」

「這倒是，你一向生活規律，早起早睡。」

「沒事我掛電話了。」

「有事，有事。」

「有事快說。」

「我想你了。」

「我掛了。」

「別，你就不想我嗎？」

「不想。」

「一點都不想？」

錢一男不說話。

「我可一直想著你。」

「你這個騙子。」

「我哪裡騙你了。你說，有男人對你這麼好嗎？」

「我對男人沒興趣。」

「你這樣說，讓我多難受。我知道，你這些年不容易，難道……你就不想男人嗎？」

「神經病！」

樂鵬程覺得渾身一震，錢一男彷彿是把聽筒直接扔進了他的耳朵。

他躺回沙發，在鬱悶中滑入淺睡，居然重複起了今晨的夢：他在大廳看演出，舞臺上泳裝女人在跳芭蕾，胸脯快要傾斜到台下了。兩壁排列著機槍眼似的缺口，後牆掛一幅黑板，寫有大大的粉筆字：「十元」。樂鵬程夫婦坐在第四排靠右，他扭頭對老婆說：「阿慧，幹嘛拉我衣服。」樂慧笑了，鬆開手，倆人繼續看戲。場間休息時，樂慧不見了，泳裝女人下臺來問：「你想不想？」「想。多少錢？」「十塊錢。」倆人手勾著手，從一個機槍眼鑽進去，泳裝女人幫樂鵬程解褲帶，樂鵬程氣喘吁吁道：「秀紅，搭扣在後腰上。」他低頭，發現下身光禿禿的，秀姨從背後抽出手道：「在這兒。」是折成柱狀的十元人民幣。樂鵬程急道：「鈔票？阿慧把鈔票弄到哪裡去了？」

這時，他意識到在做夢，試圖掙扎著醒來，卻仍心有不甘地問：「阿慧把鈔票弄到哪裡去了？」問了幾遍，夢境開始含混，終於被一串驚天動地的電話鈴聲終結。

9

秀姨交代好歌舞廳的事情，匆匆趕到樂家。

「……她借的手機，我打回去，人家說她喝酒了……她在電話裡說不想活了……我報警，現在都沒消息……」樂鵬程捂著臉，搖著頭。

秀姨連連拍他肩膀：「別急，慢慢說。」她將他的手掌拉開，發現是濕的。她握緊那隻濕的手。樂鵬程緩緩站起身，摟住她。秀姨的身體，酥軟得像蜜。

「老樂，我們會找到她的。」

「就怕找到時晚了，她的性格我太知道了。」

「不會有事的。」

「希望如此。」

他們擁了一會兒，秀姨有點透不過氣。

「老樂……」

「嗯？」

「老樂，我想告訴你個事。」

「什麼事？」

「這件事，我一直藏在心裡。真的，我對不起你們。」

秀姨往後退，退出樂鵬程的懷抱。樂鵬程依舊保持擁抱的姿勢。他看見她的臉，抬著眉毛，嘴角微微顫抖。

「怎麼了，秀……紅？」

張秀紅也望著他的臉，被他一問，忽地恢復常態：「沒什麼，我們去找阿慧。」她急急往門外走。樂鵬程內心疑惑，緊跟上去。

這漫長的一天，像是仍未從夢境走出。

10

凌晨二時半，部分酒吧關門、熄燈。「大仙窟」開始收斂她的熱鬧。秀姨穿著綁帶高跟鞋，磨得腳踝出血。她發現幾個背影相似的女孩，都不是樂慧。突然，身邊有兩個女孩疾奔，隱約聽說「死人了」。秀姨跟著她們，來到一個拐口，看見一堆人，有哭喊聲，一輛警車停在路邊。

「怎麼回事？」秀姨一邊往裡擠，一邊問身旁。

「不知道。」

「不清楚。」

「好像有個小姐被殺，腸子都拖出來了。」

秀姨渾身虛冷，又擠出來，往回走。走著走著，在一把露天大太陽傘前站住。兩個醉醺醺的白人，正坐在傘下曬月亮，月亮也快落下去了。

她說：「Hello!」

一個洋人舉起啤酒杯：「Hello, beauty.」

秀姨靠近一步，顫聲道：「我快憋瘋了。我幫著我妹，害阿慧瞎掉一隻眼。現在阿慧尋死覓活的，可叫我怎麼安心。我是為了一套房子，害了一個人呀。」

一個洋人仍半閉著眼，另一個仍舉著大玻璃杯，結巴道：「你——所（說）甚（什）麼？」

他們居然懂中文。秀姨嚇了一跳，轉過身。這時，手機響了，是樂鵬程，氣急敗壞道：「阿慧找到了！」

11

派出所熱鬧非凡。隔壁在審問嫖客和小姐，再隔壁在處理竊案，小偷是個民工，民警抽了他的腰帶，在鞭打他。他長褲掉到膝蓋，雙臂擋在額前，含糊叫著：「我的鞋，我的鞋。」

樂鵬程安靜等待。屋裡緊挨著兩張辦公桌，他坐的那張，玻璃下壓著值勤表、盒飯菜單、幾張記電話號碼的便箋條。樂鵬程注意到一只鍍金相框，夾著全家福：一個女孩眼睛都笑沒了，腮幫上兩大坨肉；一個男人著短袖白襯衫，蹲坐在假山上，雙手伸到女孩腋下，彷彿要將她舉向天空；一個女人斜在他身側，手放在背後，肘關節支起一個三角。樂鵬程覺得女人眼熟，正琢磨著，忽聽門外叫：「家屬，家屬？」

樂鵬程應道：「在。」

一個民警夾著面色慘白的樂慧進來。樂鵬程慌忙起身。民警就是照片中的男人，臉顯得更扁，彷彿被大蓋帽壓得變了形。他把樂慧扔到對面的位子上，樂慧軟塌塌地伏著。樂鵬程拉住她，不讓她滑向桌底。他注意到她的手腕，一個淺口，流過血，止住了，凝著一點灰塵。

民警問：「是你女兒？」拿出本子，旋開水筆。剛開始記錄，秀姨來了，逕直奔向樂慧，搖晃著她，托起她的臉，輕聲呼喚著。民警道：「怎麼搞的，兩個大人，一個孩子都管不好。」

樂慧微睜右眼，喃喃「秀姨」，又閉上。樂鵬程嘴裡答著民警，眼睛卻盯著秀姨。秀姨察覺到了，扭過頭來。他趕忙低下臉，注視桌上的全家福。忽然，他記起了這個女人的名字。

吳娟的頭髮長了，盤在腦後，還留了幾簇搭在面頰邊。身材比以前胖，臉卻瘦下來。樂鵬程把重心移到另一隻腳上。當年的吳娟，五官還算清秀，照片裡的女人凸著顴骨，顯出幾分尖刻。也許是認錯了，可除了吳娟，誰有這副神情？早熟少女的市井味，浸染到四十歲上，就成了徹底的俗氣。這俗氣裡，有讓樂鵬程激動的東西。他記得，吳娟的大乳房覆蓋下來時，可以將他整個淹沒。可惜少年的樂鵬程，還沒參悟女人的妙處。

12

樂慧腕傷不深，但酒精中毒。皮膚濕冷著，口唇有些發紫。秀姨用筷子壓她的喉嚨，催吐了兩次，又囑咐樂鵬程，一定要注意側臥，以免被穢物嗆到。

樂鵬程道：「秀紅，你真細心。」

「平日姑娘們經常醉酒，所以知道些。」

「你一個女人家的，不容易啊。」

秀姨笑笑：「你累了，明早還要上班，到沙發躺一會兒去。」

「那你怎麼辦，要不一塊兒睡？」

「什麼？」

「沒什麼，我說，你也要注意休息。」

秀姨又笑一下，避開樂鵬程的目光，去給樂慧端茶。茶涼了，進微波爐加熱，然後放到桌上。杯口的熱氣繚繞著、盤旋著、互相推擠著。秀姨瞧著熱氣熄滅，一絲睏意沒有。樂鵬程在沙發上不停翻身。樂慧突然迸出一聲細細的哭泣。秀姨拿紙巾替她擦淚，她的眼睛仍然閉著。樂鵬程坐起身，惡狠狠道：「你終於醒啦！」樂慧又哭。樂慧終於張開眼，喚道：「秀姨。」

「嗯，感覺好點嗎？」秀姨捏捏她的手，將它塞進被子。樂慧在被子裡拉緊秀姨。這時，響起手機音樂，「好一朵茉莉花……」。秀姨看了號碼，走出去接電話。

樂鵬程重新倒進沙發。樂慧不哭了。倆人都在傾聽門外動靜。秀姨的聲音壓得很低，還是被周圍的寧靜襯出來，一連串的嘰嘰咕咕，含混著，撓著樂鵬程的心。

許久，秀姨慢吞吞進來，道：「你們先休息，我走了。」不待回答，就往外走。樂鵬程覺得她表情不對，叫道：「你的包。」秀姨扭身拿包。出了門，才回頭補一句「再見」。

「再見。」樂鵬程沖著黑暗揮手。秀姨模糊成一團影兒，他覺得那影子停住不動了，但那必定是錯覺。

13

老張頭回老家後，樂鵬程曾按他留下的號碼打過去，接電話的女人一口鄉音，把樂鵬程聽得雲裡霧裡，只能反覆問：「老張頭在嗎？」互嚷了一通後，女人掛斷電話。她的最後一句，樂鵬程聽懂了：「操你娘。」

秀姨漸漸來得少了，說是忙「百合」的裝修。樂鵬程認為，多半是樂慧嚇著了她。他也不願意回家，看見女兒就來氣。他買了幾箱速食麵在家。下了班，經常在外逛到天黑。

有一段時間，樂鵬程天天吃「芳芳」餛飩店的小餛飩。樂鵬程捏著油膩膩的一次性小勺，在寬口淺底的瓷碗裡追逐魚兒一般的餛飩，餛飩皮漂散成半透明的魚鰭，在蔥花和麻油之間上下。

老闆娘坐在門邊包餛飩，袖口撩到上臂，肘部沾滿麵粉。老闆在門前下餛飩，一把大漏勺在桶鍋裡打轉，綴著一額的汗，汗珠淌到下巴邊，滯留片刻，滴進鍋子。老闆娘將餛飩一圈圈地繞在鍋蓋上，喊一聲「行啦」，端上小方桌。老闆燒好一鍋，盛進一只只瓷碗，雙手叉腰休息片刻，等水重新沸了，倒入一鍋蓋生餛飩。

樂鵬程很快和倆口子熟稔。老闆娘手頭清閒時，和樂鵬程聊幾句家常，忙著招呼客人時，樂鵬程就自個兒吃餛飩，啜飲自帶的白酒。傍晚時分，總有個老太坐在斜對面，刷一只內壁泛白的馬桶，旁邊一家瘸腳的修鞋匠，佝在又黑又油的修鞋機後面。時光流轉到他們身上，就卡住了。

樂鵬程問老闆娘：「你們怎麼只賣小餛飩？」

老闆娘道：「這個拿手，省力。品種多了成本也高。」

「也是，我吃過的小餛飩，就數你們最好。」

「老哥，瞧你誇的，」老闆娘嘴唇一闔，露出一口東倒西歪的牙齒，「要是好吃，就多給錢唄。」

樂鵬程輕咳了一聲，道：「『芳芳』餛飩店……你的閨名有個『芳』字？」

「什麼名？」

「我的意思是，你名字裡是不是有個『芳』字？」

「哪裡，芳芳是咱女兒。」

「上學了吧？好像沒在店裡見過。」

「她死了，五歲時被卡車勾住衣服，拖出四條半馬路，那時剛給她報的幼稚園，還是名牌呢，學費也付了，特別貴。很多人跟在後頭叫啊跑的，司機反而越開越快。」

老闆娘口氣平和，像在播報一則與己無關的消息，老闆仍然勻速攪動大勺，背影沒有動靜。隔了幾日，老闆娘主動出示女兒遺像：「她很乖，四歲就拿著小掃帚，在地上拖來拖去。」

女孩紮兩隻小麻花辮，抿著嘴，瞪著眼，目光像個成年人。樂鵬程飛掃了一眼，將照片推開，哪知老闆娘來了勁兒，端出一月餅盒子的相片。

樂鵬程道：「我有點不習慣看照片。」

「怎麼啦？我女兒不好看？」

「好看，就是不習慣……對膠捲上的一種物質過敏。」

「這是啥毛病？沒聽說過。」

這一晚，樂鵬程又夢見父親樂明和母親張翠娥，他們擠在一隻鑲黑邊的月餅盒裡，歪著腦袋，用離奇的目光看著他。

自那以後，再不去芳芳餛飩店。樂鵬程琢磨，該找找什麼解悶的去處。

這麼想著，就有了。

14

那天下午在單位，樂鵬程和阿二師傅鬧了不愉快。下班後揣著悶氣，四處瞎逛。影子弄和大仙窟相去不遠，樂鵬程一路瞧見按摩店和洗腳房，就瞄瞄裡頭的小姐。大多是外來妹，頭髮油膩膩的，皮膚過早鬆弛了，起著紅色黑色的小顆粒。

當初，樂鵬程對吳娟提不起興趣，主要因為兩點：一是面部毛孔過於粗大，尤其是三角區，像被紮了密密麻麻的針眼；二是大腿皮膚黏乎乎的，讓樂鵬程聯想青蛙之類的生物。

女人的皮膚要好，口氣要潔淨，鼻孔和眼睛沒有汙垢。比如吳小妮，夏天裸露的胳膊上，汗毛都見不著。即使是老處女錢一男，也有令人愉快的體香。

樂鵬程回味著，心情漸漸舒坦，忽見有人在理髮店的玻璃門上寫字，濛濛的薄霧被反覆書寫後，化出一串串水珠，於是一張嘴湊過來，往冰冷的玻璃上哈氣。這時裡頭喊：「小娟——」女孩應了一聲，把字一抹，飛快跑開了。

樂鵬程瞥見半張年輕乾淨的臉，塗劃的似乎是人名，隱約有個「軍」字。他走了進去。這家店躺椅擦得亮光光的，毛巾有股消毒的臭氧味。洗頭妹子們齊呼「歡迎光臨」，其中一個領他到躺椅。

樂鵬程閉上眼睛，仰起脖子，讓她按摩肩部。

女孩問：「先生，您笑什麼呢？」

「我笑了嗎？」

「是啊，剛才微微一笑，想起高興事了吧。」

「嗯，想起以前的女朋友了。」

旁邊幾個姑娘嘰嘰咕咕。端來一杯水，樂鵬程呶呶嘴，示意放在鏡子前。他在鏡子裡瞅著端水的女孩。

「多大啦？」

「十五。」

「怎麼不去念書？」

「想念，念不起。」

「也好，過兩年找個好男人嫁了。」

姑娘們又輕笑，清脆的聲音敲擊樂鵬程的耳朵。他左頰發燙，右頰發冷，空調的熱風從左吹到右，把姑娘們的臉吹成一只只蘋果。

「先生，理個怎樣的髮型？」按摩女孩湊著他的耳朵問。

「隨便，不是光頭就行。不瞞你說，我五六天前剛剪過。」

「您打理得勤快呀。」

「我們廠裡的剃頭師傅，五塊錢剪頭加修面。你們……」樂鵬程突感一陣冷風，又進來一個男人。姑娘們散開招呼新客。樂鵬程有點掃興道：「你們生意不好，半天就兩個客人。」

「現在生意難做，以後您要多多照顧。」按摩女的掌側似一雙菜刀，在樂鵬程肩頭飛速切著。一個小夥把理髮工具逐樣放到長桌上，另一個過來問，想看晚報還是娛樂快報。

樂鵬程道：「什麼都不看，」又閉上眼，想了想，道：「你們這兒有個叫『小娟』的？」

「小娟……啊，有，有，楊娟娟——」小夥子邀功似地扯開嗓子。

「噯，來了。」一名矮個女孩跑過來。

15

楊娟娟白得不像鄉下人，傍晚時分，臉蛋開始升火，雙頰白裡透紅地烤著，小鼻子小眼兒像要被烤化了。樂鵬程給她買珍珠霜，楊娟娟將指甲剪乾淨了，沿著瓶壁挑出花生米那麼點大，往顴骨周圍薄薄塗一層，再把指甲縫裡的殘留擠出來，抹在嘴唇上。

過了十多天，楊娟娟說，珍珠霜用完了。樂鵬程再買。這次搭了一罐護手霜，樂鵬程把「買一送一」的標籤撕掉，送給她道：「我特地買了護手霜，手也很重要，人家說，手是女人的第二張臉。」

楊娟娟似懂非懂地笑笑，將東西放進小抽屜。過了兩三星期，珍珠霜和護手霜雙雙告罄，楊娟娟催著樂鵬程，說還想要那種「抹在嘴上，讓嘴唇很濕很軟的東西」。

最便宜的潤唇膏，也要十多塊一小管。楊娟娟對著鏡子，把嘴唇抿成各種形狀，樂鵬程覺得它們像兩片富有彈性的塑膠製品。潤唇膏是草莓味的，抹上後會慢慢變紅。楊娟娟伸出舌尖來舔，樂鵬程去摟她，她扭啊扭的，從他胳膊裡扭開。

「怎麼啦？不讓我抱呀？」

「讓，讓，就是我頭髮臭，怕你嫌棄。」

「怎麼會頭髮臭？」

「老闆發的洗髮水，用了老掉頭髮。」

「那……我給你買。」

「多不好意思呀。」楊娟娟繼續扭著身子，那些據說很臭的頭髮，在她肩膀上掃來掃去。

樂鵬程喜歡她撒嬌，這神態適合她的五官。當楊娟娟洗完澡，擦了護膚品，光禿禿地鑽進被窩時，就像一只新鮮出爐的麵包，暖洋洋、熱乎乎，讓人捨不得品嚐。樂鵬程逼她叫「爸爸」，楊娟娟起初不肯，慢慢才叫開。「爸爸」，這聲呼喚，讓樂鵬程的心和下身的傢伙一起，溫暖並且蠢蠢欲動。

完事之後，樂鵬程摟著楊娟娟，邊撫摸邊扯閒話。楊娟娟用帶鄉音的普通話問他，認識之前多久沒做了。樂鵬程算了算說：「大半年吧。你呢？」

「我啊……不告訴你。」

「那個什麼『軍』，是你情人吧？」

「什麼『軍』？」

「就是那天你在玻璃上比劃的，我是見了那個字，才進你們店的。」

「噢，他呀，」楊娟娟眼睛一閉，「死了。」

「真死了？」

「我心裡就當他死了。」

樂鵬程調整胳膊，好讓楊娟娟枕得更舒服。他們雙雙仰臥。天花板新刷了白漆，滲出一小圈淡黃的水漬，第一次躺在這床上，樂鵬程就注意到了。當時的水漬不規則，下過幾場雨後，漸漸化出一張人的側臉。這側臉不斷擴大，變幻輪廓和髮型。一天，樂鵬程道：「娟娟，這個像你。」

楊娟娟道：「咦，還真像呢。」

楊娟娟住在「彩雲坊」，弄底左手第二家。屋內僅容一床一櫃，在床櫃之間，有條窄窄的通道，她把旅館拿來的一次性拖鞋洗晾乾淨，上床前放在通道上，男鞋在外，女鞋在內，鞋尖沖著櫃子。

樂鵬程問：「你在外面還和別人那個嗎？」

「哪個啊？」楊娟娟臉一紅，「沒有的事，我才不做那個呢。」

「不信，你老騙我。」

「我哪騙你啦。」

「騙我不要緊，說明你有羞恥心，還是好女孩。」

「哪有的事。」楊娟娟越說越輕，彷彿即將睡著。

16

第一次睡覺，樂鵬程問多少錢，楊娟娟道：「我有朋友在外面做，每次八十塊。但我們不是那種關係。」

樂鵬程拿出四張二十元，楊娟娟伸手時，他又抽掉一張，道：「這錢是我們的情誼，你一個女孩在外面，挺不容易的。」

楊娟娟盯著那張被抽掉的二十，樂鵬程只能將那鈔票，緩緩疊回另外三張一起。楊娟娟接過錢，放入一只鐵盒，鎖進床頭櫃的小抽屜。

一天，樂鵬程去理髮店找她，發現買給楊娟娟的衣服，穿在另一女孩身上。

楊娟娟解釋道：「愛華的衣服換洗了，我借她穿的。」

樂鵬程道：「瞎扯，人家告訴我，你是五十塊一件賣給她的。還有珍珠霜啊、洗髮水啊，你都便宜著賣給她們。」

「她們騙你來著，見不慣你待我好。」

「反正我不會再給你買東西。」

楊娟娟噘著嘴，眼淚快出來了：「你永遠不理我啦？」

樂鵬程摟住她道：「那我也捨不得。」

那晚臨走時，樂鵬程只給了五十元。楊娟娟接過鈔票時有些遲疑，但終究沒說什麼。

17

楊娟娟隔日輪班，偶爾和人換班。樂鵬程通常下班後找她，有時撲個空。做房東的孤老頭來應門。這個被楊娟娟叫作「爺爺」的，下頷長著顆大痦子，痦子頂上鑽出兩根短毛。

「不在。」老頭伸出半隻腦袋。他的眼神總像在偵察別人。

好幾次，樂鵬程和楊娟娟在屋內，忽聽撥弄門鎖的聲音。楊娟娟道：「別理他。」樂鵬程試圖不理，但被弄得心煩意亂。一天忘了反鎖，老頭居然探頭探腦地推開門。楊娟娟正坐在樂鵬程身上，兩人同時「啊」了一聲。樂鵬程拽過被子，捂住她的後背。老頭咳嗽著，不緊不慢地退出去。

樂鵬程道：「真討厭，你就不能換個住處。」

楊娟娟道：「換到哪裡去，外面的房租都貴得要死。」

樂鵬程往往待到五點半，最遲六點，開始穿戴整理。回家路上，他雙腿打飄，脊樑發冷，胯間的傢伙重得要把整個人拖到地上。身體的滿足之後，往往有空虛感，彷彿這種滿足是沒有意義的。那什麼是有意義的呢？樂鵬程站在浴缸裡，望著自己的下身，熱水的衝擊使它稍稍仰首，旋即無精打采地垂回去。

18

一日半夜，樂慧突然大哭，喊著毛頭的名字，又說不想活了。樂鵬程勸她，勸不住，就喝斥她。父女吵了一架，重新躺下後，樂鵬程再也睡不著。過了沒多久，樂慧起鼾，鼾聲輕一記，重一記。樂鵬程突然想念楊娟娟，想捏著她、揉著她，和她說柔情蜜意的話。看看鐘，三點五十。起身，穿衣，出門。

南方的冬天讓人討厭，濕氣鑽過層層疊疊的褲管，大腿涼了個透。樂鵬程想著楊娟娟白白軟軟、麵粉疙瘩似的身子，拐進一家便利店，買她愛吃的糍團、優酪乳、巧克力餅乾。到了彩雲坊，在外面站了一會兒，才動手敲門。

「誰啊——」懶洋洋的聲音。過了半晌，拖鞋由輕至響。楊娟娟頭髮蓬亂，略顯吃驚：「你呀。」仍倚著門板，沒有放他進去的意思。

「娟娟，想和你說說話。」

「現在什麼時候了。」

「就一會兒。」

「太晚了，明天吧。」

樂鵬程急道：「我給你錢。」

「真的是太晚了。」

「給錢還不行嗎，求你了。」樂鵬程將一馬夾袋零食遞進去。

「好吧，你等等，」楊娟娟接過袋子，關上門，俄頃，又打開門：「進來吧。」

樂鵬程跟著楊娟娟。楊娟娟嘶嘶地抽鼻子。

「太薄了，」樂鵬程撚撚她的大紅睡袍，「沒見你穿過。」

「新買的唄。」

進了門，床上的被子疊得整整齊齊。

「你剛才沒睡覺啊？」樂鵬程問。

「睡了，」楊娟娟將被子拉開，回頭道，「愣著幹嗎？」

樂鵬程朝前挪了一步，楊娟娟兀自鑽進被窩。樂鵬程脫了衣服，也躺進去，從身後摟住楊娟娟，手伸進她的睡袍。楊娟娟的皮膚有些黏滑，一股淡淡的鐵銹味。

樂鵬程問：「老頭呢？」

「什麼老頭？問他幹嗎？」

「沒啥，問問。為啥被子是疊著的？」

楊娟娟噌地坐起身：「你到底想怎樣？」

「我沒想怎樣。」

「你沒資格管我。」

「我沒管你。」

「你管了。」

「我沒有。」

「我是和他睡覺，一直和他睡。」

樂鵬程也噌地坐起身，他不相信耳朵。

楊娟娟歎了一口氣：「這種一隻腳進棺材的人，根本不行了，無非也就抱著摸兩下。摸就摸唄。」

她從床頭櫃拿出香菸，點了一根。凌晨四點的楊娟娟，是另一個楊娟娟。

她吐了一口菸：「你以為我喜歡啊，我總得有個住處，你看不起我吧。」

樂鵬程囁嚅道：「沒看不起。」

兩人靜靜的，一支菸抽完。楊娟娟道：「其實，我是怎樣的人，你也清楚。」她的小腿斜出被子，在床沿上晃來晃去。

「我是真心喜歡你。」樂鵬程盯著她的腿。

「你喜歡我什麼呀？」兩條肉滾滾的大腿，在床架邊攤成扁圓的形狀，「我沒文化，但我不傻。」

樂鵬程伸出手，又猶豫著收回。

楊娟娟瞅著這隻出爾反爾的手，淡淡道：「就想和我睡覺，裝什麼哩。」

「不是的，我想和你……交流。」

楊娟娟咯咯笑著，揚了揚腿。樂鵬程道：「你不適合塗趾甲油。」

「好看。」

「不適合你。」

「你今天橫豎看不慣我。」

「我沒這意思。」樂鵬程把楊娟娟的腿塞回被子，楊娟娟用腳趾夾他大腿上的肉。樂鵬程抓住她的腳，摩挲著，那隻腳就暖和起來。

樂鵬程彎下腰，從床邊的長褲口袋翻出鈔票，一張十元，三張五元，還有幾枚零雜硬幣，道：

「匆匆忙忙的，錢沒帶夠。」

「算了。」楊娟娟將錢藏進床頭櫃。

倆人抱了一抱。

樂鵬程道：「這被子他沒蓋過吧？」

「你嫌髒呀。」

「我哪配嫌你髒……這樣也好。」

「什麼也好？」

「沒什麼。」

「不懂。」

「娟娟，其實你挺聰明的。」

「你這個讀書人，可別寒磣我。」

「我哪是什麼讀書人。」

「你上過中學嗎？」

「上過。」

「就是了嘛。」

「可是……」

「咦，」楊娟娟打斷他，「光顧著說話，時間不多了，」從枕下取出小鬧鐘，「還有一個半小時。」

她開始解睡衣。

樂鵬程道：「今天算了，說說話吧。」

「說啥話呢？」楊娟娟已經脫光，伸手摸他。

「別摸，軟的。」

楊娟娟嗤了一聲：「不想做，幹嘛來找我？」

「悶，找人說說話。」

「為啥悶？」

「我損失了五十萬，女兒要自殺。」

「五十萬？哈哈，你搶銀行啊。女兒沒死吧？」

「沒死。」

「那就好。」

「嗯，我聽著呢。你真覺得趾甲油不好看？和這睡袍顏色挺配的呀。」

「不和你開玩笑。」

19

秀姨提出，要為樂慧安裝義眼。

樂鵬程道：「這事我會辦的，怎能花你的錢。」

秀姨道：「我喜歡阿慧，我樂意為她花錢。」

樂鵬程回絕了幾次，想想這筆錢對他是大開銷，對秀姨或許真不算什麼，就答應了，嘴上仍要客氣：「真不好意思，真說不過去。」

秀姨打聽到一家名為「大開眼界」的私人診所，離七馬路不遠，整條街上都是它們的燈箱廣告：一隻白大褂的手，正將一枚眼皮掀開，露出血淋淋的空眼窩。旁邊是紅色粗體字：「大開眼界專業眼科診所，專利技術，一流醫術，讓眼睛重現光彩！」

去了才發現，只是個借在居民樓的小辦公室，一名經理，一名業務主管，一名據說有外資醫院工作經驗的醫生。

經理出示營業執照和專利證明。「這個專利很過硬，瞧瞧，有編號的。」經理指著頁角。樂鵬程、樂慧和秀姨湊近細看。證書紙質挺刮、圖章清晰。業務主管是熱情的中年婦女，記下樂家的號碼，說是便於聯絡。此後兩個星期，她天天打來電話，最後說：「如果做不好，肯定不要你們出一分錢。」

手術很順利，一星期後拆線。樂慧走出手術間時，樂鵬程和秀姨連呼：「效果真好。」秀姨爽快地付清了一千三百塊錢。

樂慧提議拍照留念。他們去了「凱威」照相館。樂慧一連拍了七八張，她問攝影師傅：「我看起來有什麼不對勁？」

攝影師傅道：「你太瘦了。」

「還有呢？」

「髮型最好弄一弄。」

「看我的眼睛，是不是……」

樂鵬程打斷她，對師傅道：「給我們仨合個影吧。」

師傅道：「好，好，來個全家福。」

樂慧居中，樂鵬程在左，秀姨在右。師傅道：「爸爸媽媽靠近些。」秀姨愣了愣，隨即一笑，往中間靠去。她和樂鵬程的肩膀挨在一起。

照完相，天色暗了，樂鵬程提議吃新疆菜。新疆飯館的前側，有個半圓形舞臺，吃了二十分鐘，新疆女人上臺獻藝，食客們紛紛扭轉腦袋，窗外圍起一圈看熱鬧的。這是個淺色眼睛的妞兒，小背心，長舞裙，細細的腰肢露在外面。樂慧興致很高，吃一口，看兩眼。新疆女人跳了兩曲，在眾人要求下又加跳一曲。樂慧跟著哼歌，還不停地笑。

樂鵬程對秀姨道：「認識這麼久，還是第一次和你下館子。」

秀姨道：「是啊。」

樂鵬程道：「還是你做的菜好吃。」

樂慧道：「你說話很肉麻。」

樂鵬程臉紅道：「哪裡肉麻了。難道秀姨的手藝不好？」

「秀姨手藝好，但你誇得像有什麼企圖。」

樂鵬程和秀姨都有些尷尬，默默埋下頭吃菜。樂慧胃口強大，消滅了大盤雞，又吃皮蛋麵，還有羊肉串、手抓肉、油塔子、羊肉蕃茄湯……吃得連連打嗝，最後嗝也打不動，捧著肚子，在路上走得歪歪扭扭。

突然，她指著樂鵬程道：「你放屁了！」

樂鵬程一臉尷尬：「胡說！」

樂慧哈哈大笑：「逗你玩呢，」扭頭道，「秀姨，你說好不好玩，真是好玩死了。」

20

三天以後，樂慧左眼窩開始乾澀，分泌物增多。秀姨陪她去「大開眼界」，醫生說是細菌感染，要用抗生素眼藥水。他囑咐樂慧注意衛生，每晚取下假眼球清洗。樂慧滴了十多天眼藥水，眼窩反而紅腫發炎，左側腦袋也隱隱作痛。再去問，他們就冷淡。業務主管拉起樂慧的手說：「看你的指甲，這麼長，裡面都是細菌。用這種手清洗眼球，只會越洗越髒。」

秀姨又陪樂慧去正規醫院。醫生問完情況，道：「你們還敢去私人診所，最近媒體上爆光了不少，都是騙人錢的。」他開了止痛和消炎藥，道：「炎症好了馬上停用，長期依靠藥物很危險。假眼就一直留在眼囊裡，睡覺時不會有感覺，拿進拿出反而感染。」樂慧問是否需要進一步檢查。醫生有些不耐煩：「你的情況很簡單，消消炎就行了。」

樂慧將指甲剪得陷進肉裡，還買了消毒濕紙巾，每天洗臉時壓在眼窩上，輕輕轉揉，揉出眼垢。之後會舒服幾分鐘，馬上又脹痛起來。

樂慧連續做了幾晚的夢。一次是彪形大漢沖她面部重擊一拳；另一次是左眼窩開出一朵花，那花不停變化顏色，變成紅色時，彷彿一條蛇信子。

藥吃完了，炎症好些，紅腫和分泌物卻沒消失。又去醫院，又配相同的藥，紅腫仍不退。醫生道：「不能再配了，不然肝臟受不了。你自己回去觀察觀察。」

21

秀姨帶樂慧去「禾美」眼科醫院，她注意到報紙上常有這家廣告，據說是美國人投資，全套設備由國外引進。秀姨打電話去，接線小姐聲音甜美，劈頭蓋腦一段英文、一段法文、一段日文，然後才是中國話：「請問您需要什麼說明？」

問清直達車輛和營業時間後，仨人同去。醫院很氣派，幾百米之外，就看得到樓頂廣告：「禾美眼科醫院歡迎您。」大廳寬敞，就診者不多。每個視窗都掛液晶電子牌。大理石地面擦得鋥亮。秀姨提醒樂慧不要滑腳。空氣裡有淡淡的香味。

樂慧道：「秀姨，這裡看病一定很貴。」

秀姨道：「錢不是問題，看好眼睛最重要。」

「秀姨，你對我真好。你為什麼對我這麼好。」

「你討人喜歡。」

「我知道，我讓人討厭。」

「不是這樣的。」

「秀姨，」樂慧頓了頓，「我覺得怪怪的。」

「嗯？」

「我總覺得……你像有什麼事瞞著我。」

秀姨咳了一聲，道：「眼睛的事情解決後，我會幫你找個好工作，踏踏實實過日子。」

接待樂慧的青年男醫生，五官堂堂，但個頭比秀姨還矮。他建議樂慧換掉玻璃眼球：「太劣質了，再用會損傷神經。我們這裡有進口的珊瑚義眼，品質非常好，建議考慮一下。」

「多少錢？」

「錢嘛……」矮醫生沉吟道，「比普通義眼貴一點。一萬多吧。」

樂鵬程道：「我們回去商量一下。」

秀姨看著樂慧。她的左眼窩清空了，鬆鬆地蒙著紗布，右眼低垂著。

醫生道：「一分價錢一分貨。用在身上的東西，不能拿來開玩笑。有的病人為了省錢，使用劣質義眼，結果引發……」

秀姨打斷他，讓他估算費用。前期消炎、手術費、眼球成本費、藥品費用、後期追蹤複查……

「三萬多吧，我給你們算得經濟些，可以控制在二萬之內。」

手術在二月八日進行。樂鵬程查過黃曆，是個吉利日子。矮醫生親自操刀。他姓田，英國留學歸來兩年。秀姨悄悄向護士打聽，護士交口稱讚田醫生的技術。秀姨準備了五百元的紅包。田醫生說：

「這不可以，醫院知道要罰款的。」

手術很成功。樂慧的臉又完整了。她反反覆覆照鏡子，發現微微仰起下巴時，不能轉動的假眼和能夠轉動的真眼，恰好正對同一方向，表情顯得較為自然。

田醫生說，別進髒水，問題就不大。他開了口服藥和眼藥水，費用已大大超出二萬。樂慧每晚按時滴藥水。進口眼球就是好，舒適輕盈，富有彈性。有時做清潔時，樂慧將它放在掌心裡，滾來滾去地玩弄。

一天洗臉，在珊瑚眼球裡發現兩個小黑點，隱隱綽綽的。到了第二天，變得比較明顯，好在表面的白色薄膜沒出問題。秀姨說，進口東西應該是品質過硬的，要不觀察一陣。又過一個多星期，珊瑚眼球表面的薄膜也破出兩個小黑坑，彷彿牙齒上的蛀洞，坑裡沉積著一些白色物質。

只得又去「禾美」。田醫生道：「我們從沒發生這種情況。」他拿出成功病例的照片，給樂慧和秀姨過目，還指著其中一張道：「這是我回國後的第一個病人。」據介紹，這位小患者五歲時玩耍，被同伴推到裸著的釘板上，兩眼皆被戳瞎摘除，是他——田醫生——給了小男孩新生。

手術前的少年，面部像經歷了一場地震，整個上半截微微塌陷。他仰著臉，抿著嘴，彷彿和看不見的仇敵較勁。術後的照片就與常人無異了，嘴巴和雙頰都是笑的表情，但樂慧仍不覺得他在笑。注視片刻，她突然感到在與死人對視：男孩的眼睛裡沒有溫度！

樂慧道：「我不想裝假眼了。」

秀姨歎了口氣：「阿慧，別任性。」

眼球薄膜上的黑坑直徑，分別為二毫米和三毫米。田醫生一口咬定，樂慧沒有注意清潔。「你看，別人不都好好的？」他使勁拍打那些照片。它們被放大後塑封起來，裝訂在文件夾裡。

22

最後找的是熟人。「百合」的姑娘芳芳，和靖陽區的副區長相好。靖陽區下屬有個岳進醫院，市里數一數二的大醫院，眼科尤其好。副區長和院長打招呼，主治醫生親自出馬，給樂慧安裝了高級玻璃眼球，收了一千元成本費。三個月的觀察期後，主治醫生說：「情況很穩定，不用來複查了。」

這麼個大問題，居然簡單順利地解決了。

23

秀姨帶樂慧剪了短髮，瀏海傾斜，遮住半個左臉。如果脖頸再微微朝右，瞎眼就能被完全遮住。又買衣服。樂慧喜歡明亮顏色，秀姨卻道：「大方幹練最重要。」她挑選了幾套深色衣服。樂慧覺得自己又癟又暗，即使是小尺碼，穿著也像偷來的。秀姨拎起塌陷的肩膀，沉吟道：「加副厚點的肩襯，另外……」

她拉樂慧去內衣店。營業員問：「什麼尺寸？」

樂慧被問住了。她從未進過內衣店，此刻被各種蕾絲和細繩弄得目眩神迷。營業員瞄了一眼她的胸，道：「A罩的。最新款很好賣，試試怎樣？」樂慧見她遞過來的小東西，立刻喜歡上了。它們像兩隻精心鏤刻的碗盞，幾根帶子牽牽絆絆，饒有風情。

營業員帶她去內間，那裡已有幾個女人，樂慧脫衣服時有點難為情。營業員在旁邊喋喋道：「這形狀適合你，一托就起來了，肩帶能夠拆卸。」樂慧在鏡前轉來轉去，覺得旁邊試穿的女人，乳房個個比她大。營業員忽然伸手，在樂慧胸罩內捋了一把：「往當中收，溝就出來了。」又在樂慧另側胸上捋了一把。

秀姨讓樂慧戴上胸罩，套上職業裝，穿上皮鞋，樂慧對著鏡子左瞧右看，感覺自己上點檔次了。

24

樂鵬程不再挑剔皮膚和長相——這和錢財差不多，誰會挑剔一張人民幣的新舊呢。他偶爾找楊娟娟，覺得沒意思。路邊隨便找一個，也沒意思。越沒意思，就越想這事。沒過多久，工資卡就透支了。

除了楊娟娟，又固定了一個相好，叫孫曉琳，一手洗腳的好功夫，把樂鵬程嵌著汙垢、結著老繭的腳浸在中藥水中，又搓又揉，還掐穴道。啊呀媽呀，熱乎乎的勁道直往上沖。

孫曉琳的臉蛋比楊娟娟好，楊娟娟五官沒長開，有些小家敗氣；但孫曉琳的皮膚不及楊娟娟，尤其是腳踝處兩圈，摸著像尼龍面料。樂鵬程的指頭擦來擦去：「你也給自己泡泡腳啊。」

孫曉琳笑了：「我是服侍人家的命。」

「買雙厚襪子穿，腳脖子塗點護膚霜。」

「連吃飯的錢都不夠呢。」

樂鵬程想說：我買給你吧。硬生生將話咽下。

樂鵬程發牢騷時，孫曉琳聽得眼睛不眨，還配合吃驚或惋惜的表情。孫曉琳喜歡越劇，會唱幾闋，還喜歡《紅樓夢》，但只看過電視劇和連環畫。一次她問，賈寶玉喜歡了林黛玉，為啥還和薛寶釵好。

樂鵬程道：「男人骨子裡都是三妻四妾的，賈寶玉喜歡襲人、晴雯，也喜歡林黛玉和薛寶釵。」

「是這樣啊。」孫曉琳低下頭。

樂鵬程知她不信，但她不會說出來。他笑道：「要在古時候，我就讓你從良，做我的妾。」

孫曉琳也笑，笑聲清脆得有些假，像有一雙手在互相拍擊。

一天，孫曉琳無意中哼唱：「天上的北斗星，通宵不動，毛主席的舷窗徹夜光明……」樂鵬程喝了聲彩：「還會唱別的嗎？」孫曉琳又唱：「彩燈把藍色的大海照亮，幸福的喜訊傳遍了萬里海疆。海軍戰士見到了毛主席，顆顆紅心像葵花向您開放……」

「響點，再響點。」

孫曉琳唱完，見樂鵬程若有所思，又唱一遍，見他仍不吱聲，就道：「我唱得不好。」

樂鵬程道：「很好，好極了。你這年紀，怎會唱這麼多老歌？」

「奶奶生前教的。」

「你要經常唱給我聽。」

孫曉琳睡時喜歡仰臥，嘴巴微張，雙手搭在胸前，彷彿隨時高歌一曲。樂鵬程支肘凝視她。吳娟的歌聲，比孫曉琳沙啞，但更柔軟，一圈一圈繚繞著。樂鵬程回憶著那些往事，覺得傷感。他想，這是因為他老了。

25

一天洗澡時，樂鵬程發現下身有一粒暗紅，以為是毛囊炎，或者皮膚過敏。相安無事了一陣，紅點突然變大。用了消炎藥，反而大成了黃豆，頂部裂出菜花紋路。樂鵬程用細繩將它從根部紮住，過了一星期，顆粒掉了。兩個月後，再次出現小紅點，長得更快更大，再用細繩紮掉。當它第三次出現時，樂鵬程意識到出事了。

他檢查了楊娟娟和孫曉琳，她們的身體和口腔，全都清清爽爽。

楊娟娟道：「你懷疑什麼，每次不都帶套嗎？」

孫曉琳則假裝不知他在幹嘛。

樂鵬程做鐳射手術，加上針劑和用藥，花費了八百多。過了兩周，正在上班，突感下身奇癢，躲進廁所隔間翻查，又長出三粒。樂鵬程自己用藥，還是越長越大，兩顆連在一起，更多的長出來。抓破的傷口發了炎，淌著腥臭的膿水。

樂鵬程決定再做手術。他整理存摺，「定活兩便」早就取用數次，還剩五百元。其餘是定期存摺，兩年內不宜取用。他猶豫了幾天，向秀姨開口。秀姨二話沒說，借出一千。

術後，樂鵬程老實了一個月。按時回家，做飯燒菜，飯畢看電視，或者打俄羅斯方塊，感覺困乏了，就上床睡覺。

幾次半夜醒來，左手摸沙發墊，右手摸沙發腿，腦袋和腳板都頂著沙發扶手。整個人被困在沙發的籠子裡。只能夾摟著被子，長吁短嘆一番，還是睡不著，起床翻看珍藏的成人雜誌，又坐到樂慧床前凝視女兒。黑暗將樂慧的身形裹得一團模糊。

樂鵬程覺得自己快爆炸了。一日下了班車，終於忍不住，疾奔彩雲坊而去。楊娟娟正好休息在家，倆人做了一次，又摟著說了會兒話。楊娟娟直喊：「抱得太緊了，透不過氣。」回家路上，樂鵬程開始害怕，洗澡時反復檢查。楊娟娟乾淨溜滑，不像有病的樣子。他安慰自己：採取措施就行。

第二天下班，又做鬥爭，又忍不住，決定找孫曉琳。

事後躺著，孫曉琳道：「這陣你也沒找別人吧，那麼快就完了，像是憋久了。」

樂鵬程翻過身，雙手夾住她的面頰，正色道：「琳琳，你肯定沒病吧？」

「沒呀。」

「你就和我一個人好。」

「嗯，我就和你一個人好……即使和別人好，也帶套的，行不？」

晚上洗澡時，又擔心起來，將傢伙翻上翻下，覺得有些紅腫，又似是被熱水沖燙的。不癢，但前期都是不癢的。樂鵬程將治療用剩的藥劑，厚厚塗抹一層，終於安心少許。

半夜被癢醒，不敢抓撓，亮了燈觀察，沒有動靜，只得躺下，硬生生將癢捱過去，輾轉反側著想：再也不搞了。翌日清晨，居然風平浪靜了。遭受一晚恐懼的打壓，那傢伙反而生氣勃勃。

這天下班，樂鵬程找了另一姑娘。以前交往過幾次。那是個高挑姑娘，能將他的半截身子纏進她的雙腿。樂鵬程覺得她美，每個女人都是美的。只要花上一點錢，就可以占用她們的美。

發工資的日子遲遲不來。樂鵬程又向秀姨和阿二師傅各借了一次錢。阿二師傅道：「有借有還，再借不難，做人要講信譽。」樂鵬程翻遍通訊簿，甚至打電話給錢一男，又被一頓訓斥。到了廠裡，阿二頭天天催著還錢。

楊娟娟那頭，逐漸冷淡了，一日道：「你白睡了我好幾次，怎麼還不給錢。」孫曉琳倒是溫順，但也半推半就著，三兩句的就抱怨：「弟弟要交學費」，或者「媽病了，得寄錢回去。」

借錢和找姑娘一樣，一旦坐上滑梯，開始下滑，就被慣性甩得身不由己。

一日吃著飯，樂鵬程忽道：「阿慧，到了最後，我只剩下你，你只剩下我。」

樂慧翻翻白眼道：「說這話是想讓我罵你吧。」

樂鵬程道：「你再仔細想想。」

樂慧道：「我不要想。」

吃完飯，樂鵬程鬥爭了半天，決定還是待在家裡。他將褲袋的錢掏出來，和皮夾裡的併在一起，數了數，一共一百七十九塊八毛。他將它們小心地藏好。

26

樂慧有了工作。那家服裝店叫「美百分」，位於市區另一頭，是秀姨手下的姑娘的舅媽開的。清晨五點正，蘋果鬧鐘開始演奏〈鈴兒響叮噹〉，在每一遍的間隔裡，發出三聲尖銳的「滴滴滴」。樂鵬程繼續閉著眼，直待樂曲奏畢，就翻過身去，放鬆壓疼了的耳朵和一側面孔。

樂慧起床，洗漱，穿衣，出門。如果乘地鐵，轉一次車，得花費一個半小時、六元車費；如果坐公交，轉兩次車，就是三個小時、四元車費。樂慧坐公交，一天來回六小時，八元車費。上班時間朝九晚九，做一休一，月入八百，做滿四千元以後，有百分之一的提成。

樂慧八點半到商店，開門，打掃，出樣。上午進不了幾個客人，午飯時有些人流，附近的小白領們，飯後四處閒逛。旋即是空蕩蕩的午後，至晚間四五點，又熱鬧一番，此時往往做成幾筆。到了七點多，又淡了。少坐片刻，開始收拾店面。到了九點，關燈走人。

及至颳風下雨，便有些淒慘，往往是整日枯坐。樂慧偷拿了樂鵬程的書，無聊時翻翻，沒什麼心思，且單眼閱讀吃力。有時打個瞌睡，有時趁著沒人，試穿幾件衣服。老闆娘趣味保守，件件是中年婦女風格。連續兩個月，都沒做滿四千，老闆娘威脅：再做不到就扣錢。樂慧建議進些新潮的貨，被一個冷眼翻回來：「就你，還來建議我？」

漸漸抽查多了，老是挑剔：這件衣服沾了油，那件掛出了褶痕。一次樂慧去廁所，完後買了珍珠奶茶，回到店面，見老闆娘陰沉著臉，站在門外。那一次，扣了五十元。老闆娘咬定自己等了半小時，樂慧算來算去，從店面到廁所，再到奶茶店，花不了五六分鐘。自此不敢喝水如廁，偶爾離開店面，也是以飛跑的速度。

還有一個店員，據說姓艾，與樂慧隔天輪休。她們從未謀面，只在帳本背面互相留言。起初是公事：進了幾件貨，客人要開發票……漸漸聊出私話：住得遠嗎，家裡還有什麼人……小艾字跡娟秀，樂慧覺得，她的為人也該是一團和氣。

漸漸的，樂慧的臉瘦成菱形：額頭、下巴、兩側顴骨，各自尖銳地凸出。眼瞼鬆弛著。右眼前所未有地大，彷彿要把其他五官吞噬進去。慢慢撩起留海，就能看到左眼。玻璃球有點舊了，顯得沒有神采，當樂慧看側面的東西時，它像會從眼眶裡擠出來。

三個月後，樂慧被辭退了。她不服，找老闆娘，老闆娘道：「你清潔工作做得太差，還少掉一套衣服，沒讓你賠就很好了。」

樂慧道：「那是小艾少掉的，我以為她自己告訴你了。不信你看盤貨紀錄。」

「小艾說是你，」老闆娘上下打量她，最後盯住那只假眼，「我看，還是她可信些。」

失業後，樂慧就懶了。工作那麼辛苦，卻禁不起樂鵬程幾夜風流。媽的，老娘也做小姐去，兩腿一張，錢就來了。

27

在家閒到骨頭散架，樂慧又磨著秀姨，要去「百合」工作。秀姨道：「那裡不適合你。」磨了幾次，樂慧道：「不肯就算了，讓我參觀參觀總行吧。」

過了一個多星期，秀姨邀請樂氏父女去「百合」玩。她下午二點多打去電話，樂鵬程還在上班，樂慧接的。她告訴樂慧，自己現在在「百合」等著。

樂慧描了口紅，穿上秀姨給她買的衣服，照著地址，一會兒走到了。秀姨已候在樓下。樂慧瞧著霓虹招牌：「這就是『百合』啊。」

霓虹暗著，顯得有點髒。門口放著一只小燈箱：「未成年人不得入內　市文化管理處」。樂慧盯著燈箱看。秀姨道：「我這兒是合法經營。」

從乘電梯開始，樂慧對每件東西表示新奇。三樓剛裝修過，窗簾是新的，歡快的明黃色，穿過走廊是方形大廳，右手邊一排轉角沙發，左手邊是兩排蜂巢似的原木酒架，列著各色中外紅酒。接著是吧台，上懸「市文明單位」的金屬牌，一角很大的凹塘，秀姨說，是客人喝醉酒砸的。

吧台背後藏著小更衣室，衣架上掛旗袍制服，妝台下放高跟皮鞋，那些鞋擺成筆直一線。衣架旁是更衣箱，幾扇門上黏著大頭貼照，樂慧細瞧，照中的女孩都挺清俊。六間包廂正對更衣室，新糊了黑白色塊的牆紙。走廊鋪了紅地毯，往前就是中央舞池，柳安木地板被千萬雙腳踩得毛刺刺的。池邊雅座區，倒是新置了座椅茶几，雙人椅的椅背和扶手支得很高，往裡一躺就沒了人影。

樂慧東轉西轉，問了幾遍：「秀姨，這麼大地方都是你的？」

秀姨笑而不答，在吧台裡製了兩杯花花綠綠的飲料。樂慧接過飲料，蜷腿縮在座椅裡，覺得不舒服，將一腿伸高，腳踝掛在椅背上。雅座區的地毯是藍綠大花的，有些絨毛磨掉了，一塊一塊地禿著。樂慧又將腳放下，在地毯上蹭來蹭去。她看見茶几上有一捧花，旁邊放著一罐打開的可樂。她拿起花。

這時，樂鵬程來了，在門口風風火火道：「調休了兩小時，還是來晚了。」

秀姨迎上前道：「謝謝捧場。」接過公事包，放到吧台後，接著領他四處參觀。

樂慧研究手裡的花，二十幾支藍玫瑰團團簇擁，正中一支多頭的西伯利亞百合，空隙裡點綴著小松枝和情人草。樂慧從百合邊抽出一張白卡片，上面寫著：「秀紅生日快樂」。落款一個「明」字，日期就是今天。字跡有些潦草，紙張一角被花瓣上的水珠打濕了。樂慧將卡片藏進上服側袋裡，花束放回原位。

少頃，他們回了，說著什麼，樂鵬程大笑了兩聲。這時，他才發現樂慧，招招手道：「阿慧，這是舊社會很有名的『彈簧舞池』。」

「什麼叫彈簧舞池？」

「你踩踩看就知道了。」

樂慧踩了兩踩：「沒什麼特別的。」

秀姨提議唱卡拉ＯＫ，將歌本遞給樂鵬程。樂鵬程推還給她：「你唱你唱。」一番推讓後，樂鵬程點了〈過雪山草地〉。

前奏響起，樂鵬程握緊話筒，盯住螢幕。「雪皚皚，夜茫茫，高原寒……」樂慧蹭地毯的雙腳慢慢停下來。沒想到老傢伙有一手。秀姨在對面坐下，她注意到了茶几上的花，看了樂慧一眼，起身將花和可樂罐收走。重新坐定時，樂鵬程恰好唱完一段，回頭看她，秀姨嫣然一笑，做輕輕鼓掌的手勢。

一曲終了，樂慧也跟著用手在椅背上拍出聲響。樂鵬程搖頭道：「很久不唱，生疏得很。」他挨著秀姨坐下，秀姨一個勁誇他，還推他上臺。樂鵬程又上去唱了〈一剪梅〉。樂慧怕他唱上癮，趕忙跑去選歌，選了幾首鄧麗君。樂鵬程唱畢，再次回到秀姨身旁。從樂慧的角度看，他們的腦袋像是疊在了一起。

樂慧唱得不好聽，但很動情。樂鵬程試著將手環過去，搭住秀姨的臂。秀姨沒有動。他們臉上都是認真聽歌的表情。

樂鵬程問：「跳舞嗎？」

秀姨點點頭，與他進入舞池。

樂鵬程道：「剛想起來，我不會跳。」

秀姨道：「真巧，我也不會。」

他們按著節拍，一搖一晃，樂鵬程有些緊張，快把秀姨逼到牆角了。樂慧望著這對中年人，「……我要美酒加咖啡，一杯又一杯……」樂鵬程似乎不那麼惹人厭了。

樂鵬程和秀姨忽然笑起來，前仰後合的。他們停下舞步，他的手仍摟在她腰裡。秀姨的身材有些鬆弛，遠遠看去，顯得和樂鵬程的年齡差距不大。樂慧突然將話筒一摔：「我不唱了！」

秀姨拉掉樂鵬程的手，走去關了音樂：「那就待會兒唱，先吃生日蛋糕。」

樂鵬程問：「今天誰生日？」旋即醒悟，「啊呀，怎麼沒想到，該買禮物的。」

秀姨笑吟吟地端來蛋糕，全芝士的。「要什麼禮物呀，你們陪我玩，我就很開心。」

樂慧道：「是啊，買禮物還得看有沒有錢。」

樂鵬程瞪了她一眼。秀姨沒有在意，拿出蛋糕店配送的塑膠刀，專心劃分著。芝士很膩，幾口下肚，就飽了，但樂慧捨不得停口。樂鵬程邊吃邊問：「這兒市口好，賺得很多吧。」

「哪裡，現在租金貴，人力成本高，不賺的。」

「剛剛重新翻修，想必是生意好。」

秀姨笑笑，又給樂慧切了一塊，並端出瓜子、杏仁、巧克力。樂慧滿嘴芝士，抓了一把杏仁，放進嘴裡一起嚼，口齒不清道：「這裡太好了，我要來上班。」

秀姨和樂鵬程同時道：「不行。」

樂鵬程道：「這不是你來的地方。」

秀姨道：「是的，我這兒比較低級。」

樂鵬程道：「別誤會呀，我不是這意思。主要是上夜班，挺辛苦的。」

樂慧道：「我不怕辛苦。」

樂鵬程道：「你不比我們這一代，你是甜水裡泡大的孩子。」

樂慧道：「我沒吃過苦嗎？」她盯著樂鵬程。

樂鵬程不語。

秀姨道：「我這裡人員流動快，又不加三金，沒什麼保障。」

樂慧道：「現在哪兒有保障呢。秀姨，你推三阻四的，就是看不上我。」

秀姨道：「阿慧，秀姨是直白人。這工作不需要技能，但還得有一定條件。」

樂慧道：「是啊，如果我眼睛不瞎，就符合條件了。如果眼睛不瞎，很多工作都符合條件，我也不會被『美百分』開除。你們說，我的眼睛怎麼就瞎了呢。」

秀姨也不吱聲了。

樂慧道：「答應我吧，你會答應的。我總覺得，你像是欠了我什麼。」

28

二〇〇三年四月底，鄉下大舅張相根通知樂鵬程，張家準備放焰口，問他去不去：「你爸媽沒了快五十年了，再不來，以後鄉下真沒人了。」樂鵬程猶豫再三，利用五一長假去了。

張相根在村口迎他，他見過繈褓中的樂鵬程。樂鵬程遠遠見一老農，焦黃著臉，叉著腰在橋邊抽煙。剛過橋，就被攔著問：「是不是鵬程大侄？」一聽是，狠命拍打樂鵬程的雙臂：「等了你幾小時，他們都到了！」

跟至祖院，見到一堆人，大舅一一介紹：大舅媽張愛芬，他們的二兒子張端明，三閨女張詠美、四兒子張端強，五兒子張端建，大兒子張端國的遺孀張伍月，遺子張莊康，張端明的老婆高小梅，女兒張小麗，二舅張相福，二舅媽呂雙雙，他們的女兒張愛華。欒鵬程知道，還有一個小舅張相昌。他在大廳中央看見張相昌的遺照，與外公張寶發、外婆嚴素貞、母親張翠娥、表哥張端國的放在一起。父親欒明沒有相片，只一個牌位，寫著名字。

張相根問：「你娃兒什麼名？」

「欒慧。」

「女娃吧？」

欒鵬程點頭。

張相根說：「張家男丁旺，輩分依下來是『寶相端莊』。」

下午二時，和尚來了。親戚們一邊議論最後的牌，一邊收起天井裡的麻將桌。和尚們留著拉碴碴的髮根，穿著淺黃色僧袍。一個俗家打扮的人，站在大廳口和張相根說話，兩名女眷議論，說那是佛學院道場班子的經紀人。

經紀人領和尚們進大廳，將三張大桌拼在一起，豎起「甘雨開門」的橫幅，橫幅前擺開四枝蠟燭，三頂唐僧帽，七八件鏽跡斑斑的法器，一盤乾得褪皮的硬饅頭，還有瓷像——菩薩、童子、牛頭馬面。其間點綴若干大小的招魂幡。

欒鵬程瞧著他們搭寶塔。很多彩色紙盒，由大到小往上搭，再層層地箍好塔沿，塔尖安上電燈泡。燈泡與蠟燭相輝映，照亮各色小玩意，琳琅滿目的。欒鵬程有種錯覺：這些成年人，彷彿是在玩過家家。

一個扁臉和尚記錄家族名字：張相根、張相福、張愛芬、呂雙雙，還有小一輩的男丁。眾親戚沿牆坐定。扁臉和尚將家族名冊疊在桌上，居中主持，左右各一老和尚和中年和尚。仨人披上棉布僧服，圍好紅色袈裟，拿起桌上的唐僧帽。

缽、鐃、小鼓、鎖吶、二胡、電子琴、木魚。兩個俗家樂師，三個主持，四個小和尚。道場開始了，主持念經，眾人跟唱，聲部迭蕩，器樂起伏。一刻鼓聲大震，一刻琴聲柔緩。一名俗家樂師，一手握茶杯，一手彈電子琴，兩眼來回瞄著屋內女眷。樂鵬程覺得，只有二舅媽呂雙雙和表妹張愛華，還算有幾分清秀。大舅媽有些賊眉鼠眼，幾個孩子也賊眉鼠眼，尤其死去的長子張端國，下巴和眼梢全都尖尖的。

呂雙雙挨著樂鵬程坐下：「侄，鄉下東西吃得慣嗎？」

「吃得慣，好吃。」

「那是，」呂雙雙笑道，「城裡的東西都打激素，今天燒的魚，是端強、端建從河裡新鮮捕來的，菜是自家種的，沒打過農藥，雞也是土雞，養了好幾年。」

樂鵬程忙不迭地點頭。

呂雙雙又道，「知道端國咋死的嗎？」

樂鵬程搖頭。

呂雙雙道：「絕症，說是血裡的毛病。老公公也是這病沒的，相昌也是。」

蹲在天井裡折紙錢的張愛芬，有意無意地瞄了呂雙雙一眼。

呂雙雙壓低嗓門：「這病傳男不傳女。別看我家愛華是女娃，可比他們那些個兒子孫子命長。」她撇撇嘴。

樂鵬程順著她示意的方向望去，十來歲的張莊康正跪在地上，往鐵鍋搭成的火窯裡扔紙錢。旁邊幾個在折紙錢，用人民幣在一捆上壓六遍，再散開來，三五張地折疊。張愛華招呼樂鵬程過去，在廳檻上磕了頭，又到火窯前燒了幾份紙。女眷只磕頭，不燒紙，男丁又磕頭，又燒紙。半個天井熱烘烘的，張莊康早已滿頭大汗。母親張伍月催他起來休息。張愛芬道：「長子長孫燒的錢，祖宗們才收得到。」兩廂爭執，呂雙雙走過去勸。

俄頃，張相根道：「紮些紙，到墳上燒燒。」一行男女，扛著拎著頂著成捆紙錢，往田裡去。走了一段，道：「老公公的墳找不著了，咱們撿個地方，燒了吧。」於是停下，燒了一回紙。又走一段，就看見墳，嚴素貞、張相昌、張端國，三個土堆並排，碑上刻著名字。張愛芬還沒走到，人就軟下去，哭聲響起來：「我的兒呀，命苦呀。」女眷們拉住她。她下了田埂，在石碑前燒紙。其餘親戚在田埂上也燒了一堆。兩堆火一前一後，烤得每個人汗流浹背。樂鵬程匆匆磕了頭。

張端強放起鞭炮。一些鄰里小孩圍上來，又跑又叫。端強、端建呵斥：「小心！」鞭炮響兩聲，啞兩聲，終於放完了。大舅媽抹著眼淚道：「去你爸媽那裡。」

又過幾片田，大舅媽一指：「那兒。」樂鵬程下去，看見墓碑上刻：「父　樂明　母　張翠娥　兒　樂鵬程　叩立」。大舅媽給他墊了張紙，樂鵬程跪下，磕頭，燒紙。風向變了，樂鵬程上到田埂。火苗被風挑到三人高。忽地向左，忽地向右，枯草劈啪直響。大舅媽說：「旁邊也有個墳，不知誰家的，也替他們燒燒，免得窮鬼來搶錢。」他們就在旁邊的無名墳前扔了幾疊紙。兩邊的火連在一起，猶如一堵牆，阻擋在樂鵬程與他的父母之間。樂鵬程渾身流汗，腹腔裡熱熱的。他呆住了。

回到祖院，和尚還是念經，讀了家族名冊，又與張相根對拜，然後三個大和尚互拜。扁臉和尚脫了唐僧帽，樂鵬程恍恍惚惚，以為結束了，誰知又戴上，念經聲再起。人人一頭汗水。呂雙雙道：「他們做完法事要吃葷的，我又殺了幾隻雞。」

晚間七時，終於結束。和尚們先吃，麵條和蔬菜。呂雙雙道：「這是休息，待會兒還有。」和尚吃完，又搭三桌，才是張家親戚們吃。夜間的蒼蠅比中午還多，電燈拉線上黑壓壓一排。樂鵬程揮一揮蒼蠅，吃兩口飯菜。呂雙雙不停問：「好不好吃？」「好吃。」「那就多吃。侄，我咋看你沒精神。」

飯畢，張相根到天井放煙花，眾人喜洋洋圍攏來。兩大桶煙花，居然都放不出。搗騰半天，張相根氣得罵二兒子：「這點事情都不會幹。」端明道：「這麼多事，都是我操辦。見哪個添過手呀。」眾人掃興而散，和尚走掉一半，據說是趕場，餘下的回桌邊坐著。誦念聲又起，音樂比下午時潦草。樂鵬程偷拿了一疊紙錢，推門出去。

沒有月亮，只幾點星星。有蛙聲、狗聲，和不知名的動物。樂鵬程摸黑了幾步，想起附近有河，於是就地蹲下，翻出打火機。手指和膝蓋被照亮了。樂鵬程舉著紙錢，輕聲道：「愛娣，給你也燒些，好好用著。」直至燙手了，才丟到地上，火光「滋」了一聲，轉瞬熄滅。樂鵬程覺得，那餘光似留在眼底了，眼底發酸，酸出淚來。

有人高呼：「鵬程，鵬程哪裡去了？」樂鵬程起身，一陣頭暈，頭頂的星星搖晃幾下，忽地不見了。稍稍平靜後，給樂慧打電話：「阿慧。」

「幹嘛？」

「你好嗎？」

「我好個頭。」

「阿慧。」

「有屁快放。」

「請你原諒我。」

「什麼意思？」

「請你原諒我。」

「你神經病啊。」

「我就你這麼個親人了，希望咱們好好的。」

「你是不是想讓我養老了？嘿嘿，」樂慧頓了頓，「想得美。」

樂鵬程呆了一會兒，又給秀姨撥電話。

「秀姨。」

「喂？哎。」

「你在哪兒？」

秀姨遲疑了一下，道：「在『百合』。」她電話那頭的背景似乎很安靜，不像在公共場所。

樂鵬程道：「秀紅，問個嚴肅的問題。」

「什麼？我在上班呢。」

「要是哪一天，你會考慮嫁給我吧？」

「老樂，你喝多了。」秀姨柔聲道。

「我在鄉下，剛祭了家人。這兒黑得不見影兒，前後不著道。」

「迷路了呀？我這兒有急事呢。」

樂鵬程喃喃道：「我孤單單沒個去處，跟野鬼似的。秀紅，你怕死嗎？」

「怕。」

「我也怕。我還怕孤單。」

「哦。」

「秀紅。」

「嗯？」

「如果有一天，你也老了，怕孤單了，就考慮考慮我。」說完，樂鵬程輕輕摁掉電話。

29

樂鵬程覺得，從他鄉下回來後，秀姨似乎更親近了些，有事沒事的，會請他去坐坐。一日，她家保險絲斷了，讓樂鵬程幫忙調換。他邊幹活，邊和秀姨閒扯，說起最近秀姨臉色不好，秀姨道：「事多，太累，緩緩勁就好。」在餘暉中，她的面孔極為黯淡。

這時，有人敲門，秀姨站起身，卻沒去開門。敲了兩下，有鑰匙聲，門自己開了。樂鵬程見一瘦挑的中年男人。秀姨輕咳一聲，介紹道：「這是何明，這是樂鵬程，住對面的鄰居，我讓他幫忙修東西。」

何明向樂鵬程點點頭，從門背後搬了張折疊椅，撐開，坐定，問秀姨：「身體怎麼樣？」秀姨含糊應了一聲。樂鵬程急急地從凳子上下來，道：「修好了，我走了。」

「那……不送了，改日再聊。」

樂鵬程揮手作別，順便打量何明，他的牙齒確實很黃，耳垂卻一點不大。

回了家，悶悶不樂，又百思不解。

樂慧問：「想什麼呢？」

樂鵬程道：「我見到秀姨的男人了。」

「何明？」

「嗯。你怎麼知道？」

「百合的人都知道。」樂慧從抽屜裡翻出上次存留的生日卡片。

樂鵬程翻來覆去地看，連呼：「怪不得，怪不得。」

樂慧道：「秀姨有財又有貌，就算沒何明，人家也不會看上你。」

樂鵬程道：「我曉得，我從沒指望這個。」

樂慧冷冷道：「知道就好。」

飯後，正看著電視，接到秀姨的電話。樂鵬程趕去，門虛掩著，秀姨身穿棉質睡袍，肩披絨線大衣，半蓋著被子，倚在床頭。他問：「今天不上班？你這陣總是病殃殃的。」

秀姨搖頭。

樂鵬程問：「怎麼了？」在床邊坐下，見她不動，試探著拉住她的手，她仍不動。

「男人對你不好？」

「老樂……你不知道。」

「秀……紅，這個何明……是你前夫嗎？不是說肺癌死了嗎？」

秀姨突然捂住臉，像要哭出來。樂鵬程急忙鬆開手，又上前環住她。秀姨往他胳膊裡靠。樂鵬程摟緊了。摟了一會兒，他道：「屋裡太冷，咱們開了空調，慢慢說話。」

空調轟隆作響，樂鵬程覺得，有這噪音掩飾，反能讓氣氛放鬆些。

「秀紅，有什麼話，儘管和我說，我是看你最近情緒不對。秀姨，說話好嗎，別哭……」

突然一暗，空調的巨大響動瞬間消失。月光照進來，車輛的喧譁湧進來。這間屋子迅速縮小，收攏在這對男女的周圍。

秀姨道：「保險絲又斷了，看來是空調的功率太大。」

樂鵬程按住秀姨：「別動，我來。」

秀姨將雙腿伸出被子：「還是得我來，你不知道東西在哪兒。」

她翻出白蠟燭，桌上點一根，手裡舉一根。又到另一抽屜，找出備用保險絲。她將樂鵬程送到電閥處，搬了凳子墊腳。「小心。」

「沒事。」

燭火將他倆的影子撲到牆上，一陣風過，暗下來，風停，又明亮回去。樂鵬程感到安靜，彷彿在他和外界聲響之間，出現了一道真空。五分鐘後，他依依不捨道：「好了。」

秀姨按開關，燈一下亮了。樂鵬程注意到，秀姨的睡袍垂到膝蓋，小腿裸著，趾甲抹成鮮紅。

「冷嗎？」

「還好。」秀姨走動時，睡袍的下擺微微晃動。

樂鵬程五臟六腑裡一漾一漾的。「把燈關了吧。」

這話出口時，空調突然發瘋似地重新轟鳴。但秀姨真的走去把燈關了，然後停在了開關前。樂鵬程慢慢挨近，手臂小心翼翼地纏上去。秀姨幾乎和他一樣高，頭上有洗髮水的檸檬味。一剎那，他想起吳小妮，想起錢愛娣，但很快什麼都不想了，雙手緩緩繞過絨線大衣，繞進睡袍，停在秀姨的乳房上。乳頭很飽滿，他的掌心窒息了。片刻之後，他的手指開始劃圈，她的皮膚以愉悅的彈性回應這個動作。他摸到了她的心跳。

樂鵬程將腦袋靠到秀姨肩上，他的身體也開始散發檸檬味。他用舌頭輕舔她的耳垂，她轉身摟住他。他們一小步一小步往床邊挪。

這時，有人瘋狂敲門。

樂鵬程慌裡慌張地推開秀姨，輕呼：「何明！」

秀姨整整衣服，擰亮燈，去開門。門外，樂慧濕漉漉地站著。

樂鵬程問：「你來幹嘛？」

秀姨道：「快進來。外面什麼時候下雨了。」

真的，雨下了一陣了。樂慧鐵青著臉，慢慢踱進來。

「你們在幹什麼？」

「你爸來幫忙裝保險絲，喏，」秀姨指著地上，那兒躺著一截燒焦的銅絲。

「嗯。」樂慧看看秀姨，瞅瞅樂鵬程。樂鵬程跌坐在凳子上。

三人僵持了一會兒，樂慧問：「怎麼樣？」

樂鵬程猶豫了一下，緩緩道：「秀姨病了，我想照顧她。」

樂慧道：「我也想照顧照顧她。」

樂鵬程道：「你別摻和了吧。」

樂慧道：「你才別摻和呢。」

樂慧盯著樂鵬程，樂鵬程望著秀姨，秀姨道：「你們都在這裡玩一會兒。」

樂慧道：「好呀。」逕直走到床邊，一屁股坐下。

秀姨問：「想吃什麼？水果還是巧克力？」

樂慧道：「飽著呢，不想吃。」

「那看碟片吧。」

「有什麼片子？我喜歡驚悚的。」

「只有愛情片、家庭片。」

「隨便來點什麼。」

秀姨胡亂拿了一張碟，推進機器。站起來時，她有些搖搖晃晃。樂鵬程道：「我看這麼晚了，別打擾秀姨休息。」

秀姨道：「沒事。」

樂鵬程坐了一會兒，說要回去。樂慧道：「你走，我不走。」

樂鵬程道：「別耍賴，秀姨身體不好。」

樂慧道：「那我留在這兒，照顧她。」

秀姨有些尷尬，看著樂慧，慢吞吞道：「那也行。」

30

秀姨問樂慧，習慣睡左邊還是右邊。樂慧想了想說：「左邊，這樣摟著你時，不壓迫心臟。」

秀姨說：「摟著睡不安穩。」

「摟著暖和。」

秀姨把素色小花的厚被子給樂慧，自己又拿出一床略薄的。兩人焐進各自的被窩，接著看剛才的故事片。看著看著，秀姨躺下了。快至結尾處，突然出現馬賽克，樂慧手持遙控器，進退了半天，片子索性停住不動。只能關了電視和影碟機，也躺下。

「秀姨。」

「嗯？」

「沒睡著？」

「嗯。」

片刻，樂慧又道：「我在想剛才的電影，不知那女人最後如何了。」

「也許死了吧，活著也挺痛苦。」

「你說，如果她選擇把兒子送進毒氣室，會怎樣？」

「哪有『如果』的事情。」

「假設一下嘛。」

樂慧等了片刻，見秀姨沒反應，又道：「只是假設一下。」

秀姨咕噥道：「我要睡了。」

樂慧輾轉反側著，漸漸伸出手，隔著棉被，搭在秀姨身上。

「怎麼啦？」秀姨問。

「我睡不著。」

「安靜躺著，就睡著了。」

「秀姨。」

「嗯。」

「我在想一個問題：你既然看不上樂鵬程，又為啥老找他？」

秀姨不答，似是睡著的樣子。樂慧知道她醒著。她自顧自道：「我能理解。不過，我不喜歡看到樂鵬程開心。」

秀姨仍不接碴。樂慧終於感覺沒意思，於是也不再說話。漸漸的，她們睡著了。

下篇

第五章

張美鳳

1

張美鳳從阿烏嘴裡聽到六子的死訊。那天，她正與相好「野貓」在茶室打麻將。下午三點，他們吃過午飯，打著飽嗝，沿街散步消化。野貓發現一間「阿鳳茶室」，指著對張美鳳道：「是你開的嗎，還挺大的。」

張美鳳念玻璃窗上的貼字：「十四元每位，無限量暢飲，自動麻將台，十二元／小時」。「廢話，當然是老娘開的，老娘想找人打牌。」

野貓打電話叫人。很快約齊仨哥們。張美鳳進去占位。茶室冷清，一個外來妹拿著茶水單，殷勤地跟在後頭。張美鳳嫌這桌近廁所，那桌靠空調，另一桌光線不好，最後選了一間窗明几淨的小包房。服務員上茶的當口，兄弟們陸續來了，其中一個帶了女朋友。張美鳳乜斜了那姑娘一眼：「四人一桌，來了五個。」

野貓道：「你打，我『飛蒼蠅』。」

張美鳳道：「每次你『飛蒼蠅』，我都手氣不好。」

這話得到應驗，張美鳳連輸幾輪，於是唬著臉，將牌一推：「野貓替我一局，我去撒尿。」

張美鳳從廁所出來。顧客較先前多了。櫃檯上有瓜子、青豆、蠶豆、花生，盛在咖啡色的塑膠小盤裡。張美鳳饞了，欲挑幾樣去包房，又一想，這倒像侍候了那班小子。於是抓了一把瓜子，在走廊裡慢悠悠踱步，忽聽一個熟悉的聲音，大叫「碰！」她踅到包間門口，一肥頭大耳的傢伙也在往外瞄，與張美鳳瞅了個正個兒。

那人朝身後道：「你接著打，」出來嬉皮塌臉道，「阿姐也在這裡玩？」

「挺巧的嘛。」張美鳳半笑不笑。

「我常來這兒，這是我的專用房間，」阿烏手一指，「阿姐好久不見，最近跟誰混啊？」

「跟自己混唄。」

「阿姐這等人物，哪會閒置著呀。」

張美鳳哼了一聲。

「噢，對了，有件事兒，」阿烏突然板起臉，湊近嘴，「你知道六子的情況嗎？」

「不想聽。」張美鳳顧自向前。

阿烏跟著她走，硬把這句話塞進她耳朵：「他死了。」

張美鳳停了幾秒，又走兩步。這次阿烏不再跟著。她把瓜子撒在地上，逕直回了包房。那裡一輪剛完，四雙手稀裡嘩啦洗著牌，野貓瞧見張美鳳，哭喪道：「手氣不好。」

「沒用的東西，」張美鳳怒呵，「做足彩也輸，打麻將也輸，手氣何時好過！」

野貓頓時被訓萎了，旁邊的兄弟打圓場：「總是有輸有贏，壞運一過，好運就來。」

張美鳳白了那人一眼，將椅背上的小包一拎，就往外走。野貓忙拉住她：「幹嘛呀？」

「回家。」

「說打牌的也是你。」

「現在我又不想打了，怎麼樣？」

一兄弟道：「阿姐不想打，咱們就收場，一起喝喝茶。」

另一道：「或者野貓陪阿姐散心，我們這裡再叫人。」

倆人一走，屋裡炸開了鍋，有人問：「野貓怎讓女人強過了頭？」

答：「你不知道，這女人和毛頭相好過。」

「相好過又怎麼了，難道還鍍了層金。」

張美鳳到了家，往床上一躺，仍不搭理野貓。野貓在床邊轉悠了半天，就晃到隔壁看電視。須臾，聽他跟著節目哈哈大笑。張美鳳過去，把門重重關上。

2

那天，被毛頭撞個正著，六子褲子來不及穿，就從樂家跑出去。張美鳳聽見敲門，死活不開。她躲在簾子後頭，瞧著六子竄遠，那是他們的最後一面。這以後，張美鳳一個勁地想樂慧，閉眼就是她渾身抽搐的模樣，整張桌子都嵌進她面孔去了。

六子在路上扯了條居民晾曬的平腳褲，胡亂套上，飛奔到家，收拾了鈔票和替換衣物。當他挎著走江湖的大包，站在完全黑下來的路上時，反而不那麼害怕了。路燈在頭頂啪地亮起，光線有點黃，有點紅。在非機動車道走著，街頭噪音被路燈光放大了。騎自行車的人都縮頭縮腦，從身邊過去時，不耐煩地按鈴。

大約是傍晚五六點。媽媽在家那會兒，如果六子沒回去，就會接到拷機，總是兩個字：「吃飯」。六子就乖乖回家吃飯。吃完碗筷一扔，躺到閣樓上消化，或者外出閒逛。媽媽一邊收拾桌子，一邊嘮叨，翻來覆去那麼幾句：「不學好」、「不上進」。收拾完，六子媽小睡片刻，半夜起床，騎五公里自行車，到肯德基殺雞，凌晨回來，睡到上午八點，起床去做鐘點工。

六子長相遺傳父親，別人總誇：「陸阿姨好福氣。」六子媽雙手一擺：「我這兒子，繡花枕頭一包草。」她黑黑瘦瘦，手腳利索。六子一歲時，爸爸生肝癌早逝，媽媽是外地戶口，在街道廢品回收站做了一陣。六子隱約記得，媽媽一早帶他上班，開了門，將笨重的墨綠色座秤從角落拖到門口，搬個小凳子坐著，有人來賣廢紙，就秤了斤兩付了錢。她將書籍、報紙，和其他紙類分開，一捆捆整齊結實地紮起來，沿著牆角疊好。六子坐在紙堆上，老鼠在腳邊亂爬，也不害怕，老鼠的眼睛烏黑滴亮，跟人眼似的。六子最早的記憶中，有隻大老鼠，比六子的腳掌還大，每天出來曬太陽，一些小老鼠跟前跟後。大鼠有固定領地，一過正午，陽光正好照進領地。大鼠遠看像一堆灰塵，被暖風吹到了，就懶洋洋動兩下。小六子心血來潮，狠踢了它一下，大鼠吱吱叫著，鑽進陰溝。過了幾天，六子的腳趾被咬掉小塊，不知何時咬的，不覺得疼，但把媽媽急得哭罵。

她回收站不做了，不知是否與此有關。後來撿過垃圾，撿出本錢了，開始賣茶葉蛋。六子年紀稍長，就滿街亂玩。打記事起，就覺得媽媽又老又醜。一次小夥伴指著問：「這是你媽？」他答：「不是。」媽媽當場也裝不認識，回家後狠揍兒子一頓。六子不服氣，大喊：「爸爸好看，媽媽難看！」媽媽雙手發顫，說不出話。

媽媽常說，賣茶葉蛋辛苦。冬天十根指頭像被凍掉了，雙手腫大一倍，黑得發紫，凍瘡一爛，又紅通通的。晚上回家，脫露指手套時，總是大聲呻吟，手套結在皮膚上，絨線細絲黏進傷口，一扯，膿水又化開。但最怕的，還是城管。那一路的小販，吆喝討價，熱鬧無比，忽聽一聲：「來了來了！」剎時慌張。或者也沒叫聲，似平地刮一陣颶風，所有人都捲起鋪墊，收起家什，狂奔起來。後來，攤子終於沒收了，媽媽拎著鍋爐，想鑽居民樓，硬生生被保安攔下。推搡之間，卡車就開了過來。

媽媽做鐘點工時，六子開始賣刀和結交女孩，賣刀不順，改紮車輪胎，又不順，再回頭賣刀。結交女孩倒是一路沒拉。媽媽每月給六子兩百塊錢：「這麼大了，還不能獨立。」獨立是件辛苦的事，六子完全有條件傍富婆：長相好，功夫好。連閱人無數的張美鳳，也誇他功夫好。

後來，六子媽被雇主家的老頭看上。老頭覺得她勤快能幹心腸好。他的兒女堅決反對。六子媽跟著搬進老頭名下的一室戶。老頭退休前是車間副主任，每月一千二退休金。六子道：「你要跟了他，就沒我這兒子。」六子媽哭了一個多星期，終於還是走了。

3

六子被發現從天橋摔下，落在公車頂，彈飛出去，掉到旁邊的ＰＯＬＯ車上。他順著光滑的頂壁往下滑，駕駛座裡穿蛇皮裙的女人哇哇亂叫，她看清六子貼著擋風玻璃的臉，左眼位置是個血淋淋的大窟窿。

六子第三天才醒。眼睛看不見，腿腳動不了。

有個女孩道：「他醒了。」

一個男人道：「再不醒就麻煩了。」

這是醫生，他告訴六子，要麼付錢，要麼搬走：「你身上的鈔票都墊進去了，還差六千塊」，見不吱聲，又道，「這裡不是慈善機構。如果病人都像你這樣……」

「我知道。」

「我們想和你家人聯繫。」

「我沒家人。」

「別搗漿糊，朋友、鄰居都行。」

「這世上，我只認識仇人。」

醫生道：「這麼不配合，對你沒好處。」

六子呻吟。醫生哼了一聲：「算了，隨便你。」

半夜，六子疼痛，眼睛和腳踝劇痛，其他地方零散地痛。整個病房被他攪起來。鄰床的按鈴叫護士，對床的道：「問他們要鎮痛劑。」

護士很快來了：「什麼事？」

「疼。」

「我們也沒辦法。」

「鎮痛劑。」

「這東西不好亂開的。」

「求求你。」

護士猶豫道：「你等著，我去問值班醫生。」

等了半天，護士沒來。鄰床道：「你別哭了，我再給你按鈴。」

第二天上午，護士和醫生終於一齊來了，他們把六子進院時的紅夾克替他披好，將他搬上移動床，推進電梯。

移動床停下時，六子問：「什麼地方？」滿耳朵哼哼聲，滿鼻子尿臊氣。他突然意識到，有濛濛的光線透進紗布。他對自己說：原來還剩一只好眼。現在，他分不出哪隻眼更疼，那疼像鑽子，一鑽鑽進腦袋深處。六子調整姿勢，試圖讓自己舒服些。

有護士跑來問：「要喝水嗎？」

六子點頭。護子拿一次性紙杯盛了水，六子喝完一杯，又要一杯，胃裡一陣咕嚕，又嘔出來。

「喝得太急了，」護士拿床單擦他的濕衣服，「家屬呢？」

「我沒家屬。」

「哦？」

「我也沒錢。」

這時有人叫「小楊」，護士應了一聲，走開了。過了片刻，楊護士又過來，壓低聲音道：「你千萬別告訴人家沒錢。」

「我真拿不出。」

「那也別說，千萬別說。醫院賣給私人了，私人老闆挺摳的……」

話沒說完，楊護士驀地跑開，六子不知發生什麼，想拉她，觸到一堵冷冰冰的牆。

「楊小姐，楊小姐。」

近處有人在費力呼吸，一下一下像緊急剎車。六子感覺移動床被人碰撞，迅速滑向一邊，他伸手阻擋，胳膊肘被床沿和牆面狠夾了一下。周圍騷動，嘈雜的腳步聲，裹住一片哀嚎，飛速過來，又飛速過去。沒來得及反應，動靜就消失了。

六子蜷起身子，激烈磕牙，磕得齒根都疼了。他想到樂慧，是不是也瞎了？樂慧是好女孩。然後想到張美鳳，現在整個世界都變成張美鳳，是他的又不是他的，讓他恨，叫他喜歡。

「喂，喂，」有人輕呼，是楊護士，「怎麼樣？」

「疼。」

「忍忍，帶你去治療了。」

「太好了……剛才發生什麼事了？」

「沒什麼。」

「你好像有話要講。」

「沒有。」

「你剛才話沒說完。」

「什麼話？」

六子正想回答，又有護士過來：「快點，別磨蹭。」

「好了，就好了。」

移動床被推動，六子感覺有人拉他，他捏緊那隻手，手背又滑又涼，手心有冷汗。到了僻靜處，倆護士停住，商量著什麼。這時，有皮鞋聲經過，另一護士鬼鬼祟祟地叫：「小馮。」小馮「嗯」了一下，是個年輕男子。三人離到更遠處，壓低了嗓門。

須臾，小馮走近問：「能站嗎？」

「不知道。」

「站站看。」

「疼。」

「躺著更疼，站起來就好。」

有手臂插到六子背後，將他托起，六子覺得骨骼都快錯位了。坐了幾分鐘，稍稍平定，又有人鑽入六子的胳肢窩，再往他腰裡一扶，六子被推出移動床。

「別叫，忍著點。」

六子眼淚鼻涕一起下來：「楊小姐。」

「來了。」楊護士從另一側攙他。六子抓住她的肩膀拚命掐，掐得楊護士也疼出眼淚。

一男二女擁著六子下樓，從後門出去，轉兩個彎，那裡停著接送院外專家的白色解放牌麵包車，司機在反光鏡裡摁了摁喇叭。另一護士道：「幹嘛呀，神經病！」

他們七手八腳將六子弄上車，小馮兩次碰到他的腿傷。楊護士連呼：「輕些，輕些。」車啟動了，六子被放在末排，其餘各自坐定，搖上車窗，四周頓時安靜。

另一護士道：「小楊，那份報告你交上去了？」

「高老師，我交上去了。」

高護士又道：「小馮，你還實習多久？」

「大概兩個月吧。」

「讀醫很辛苦。」

「還行，高老師。」

「快別叫高老師，你們以後是專家，主治醫生。哪像我們護士，累死累活，掙不了錢。」

「各有各貢獻嘛。」

司機道：「小夥子有女朋友嗎？」

「讀書都來不及，哪有女朋友。」

高護士道：「小楊也沒男朋友。」

「高老師……」楊護士嗔道。

六子想睜眼看小楊，她一定很漂亮。車內暫時靜默，聽見馬達聲，刮過窗玻璃的風聲，車外支離破碎的鈴聲。有人不安地挪動屁股，撣撣衣服，從塑膠袋裡拿出什麼。六子覺得憋悶，並且越來越悶。

「帶我去哪兒啊？」

「去治療。」高護士道。

「不是已經上石膏了嗎？」

「你傷得重，不可能一次醫好。」

「噢，」六子想了想，「我瞎了吧。」

「會好的，都給你治好。」

突然有哭聲。

「這是幹嘛呀……」高護士想勸慰，又不勸了，任由楊護士哭。

「還疼嗎？」楊護士齉著鼻子問。

「嗯。」

「睡一覺就不疼了。」

「睡不著。」

「給你吃安定吧。」

「好。」

「也好。」高護士道。她跪在座椅上，抬起六子的腦袋，楊護士將藥塞入他嘴，遞過一只礦泉水瓶子。

片刻，高護士湊近來，楊護士道：「大概睡著了。」

六子道：「沒睡著。」把高護士嚇一跳。

「還想不想吃藥？」

「想。」

又餵他一粒藥。這回似乎有點作用，腦袋開始發脹，身體也不那麼疼了。六子感到緩緩孵進一團柔軟的黑暗，突然整個人一陷，失去知覺。

4

兩天後的下半夜，下起小雨，清晨七點，天仍暗著。第一班奉貴線從奉安村車站開出。十分鐘後，到達第二站老城鎮乾門村東二百米的丁字路口。坐在右側售票位上的小學生高曉白，突然對司機道：「爸，你看。」

司機高尚龍瞄了一眼：「啥？」

「我也不曉得，一團紅的。」

公車打了個小心翼翼的彎。高曉白又驚叫：「死人，死人！」

全車的人一震，齊刷刷探出頭。車輛停住，高尚龍與一男乘客下車，高曉白拎著書包，跟在後頭。三人走近。在兩堆預製板間的路面上，躺著個纏滿繃帶的人。紅夾克，藍牛仔，光腳丫。

高曉白朝後退，一屁股滑倒。

高尚龍沖男乘客道：「你看這人什麼來頭。」

男乘客道：「怪嚇人的，紗布上全是血。」

高尚龍回車借手機打一一〇，高曉白和男乘客留在原地。俄頃，高尚龍回來，又跟下幾名乘客。高曉白的濕褲子沾了黑砂塵，腦袋蒙了層細碎的雨霧，在髮梢匯成大水珠，一滴滴往脖頸裡灌。高尚龍推推地上的人，地上的人不動。他又去揭臉上的紗布。

高曉白顫聲叫：「不要！」

「丫頭，走開。」

高曉白捧緊書包，抖成一團，卻仍不走開。一張血肉模糊的臉，一點一點顯出來。

一個多小時後，老城鎮派出所的副所長帶著手下前來。傷亡者三十來歲，頭髮長而雜，身上皮包骨，左眼瞎了，右腿綁著石膏。年輕員警戳戳他的肩膀，他居然出了口氣。

高尚龍彙報情況，其他人圍著議論。傷亡者哼了一下，終於完全不動。這時，路口拐過一輛別克汽車。副所長攔下，一看是乾門村村主任，讓他下車辨認。主任道：「我趕急事。」

「再急也急不過死人。」

主任磨磨蹭蹭地下車。

副所長道：「站近點看。」

眾人讓道，主任彎下身，左瞧一下，右瞧一下：「這人真沒見過。不是我村的，也不是附近村的。」

九點十分，救護車來了，急診科大夫檢查：呼吸只有每分鐘一兩次，瞳孔發散，接近五釐米的死亡標準。

年輕員警和救護車司機，合力將人搬進車。副所長呵道：「都別走，錄口供。」高尚龍推推女兒：「上午的課要緊嗎？」

高曉白木頭人似的。過了幾天，她看到公安局貼在校門口的尋人啟事，畫像上的人臉蛋尖尖的。她將啟事撕下，回家後用紅筆塗掉左眼，愣愣地一瞧幾小時。三個月後，爹媽帶她去精神科檢查。那時，案件調查得沒有進展，漸漸不了了之。

5

張美鳳有點恍惚，從冰箱拿出一升裝的冰水，「骨嘟嘟」灌進肚子。秋意很深了，張美鳳裡外涼了個透。她只在七歲上看到過死，那時她還叫張娟紅，隨大家族出席奶奶的葬禮。這個奶奶一輩子沒見幾次，小娟紅和姐姐秀紅圍著玻璃棺材轉圈，棺材裡的老太牙全掉了，化妝師給她嘴裡襯了個牙托。秀紅娟紅躲在人堆裡笑，一個叔叔從遠處剜她們一眼。張秀紅立刻拿兩隻手背抹眼睛，張娟紅踩了姐姐一腳。吃豆腐羹時，大人們不哭了，扯著家常，有說有笑，還互相敬酒。

張娟紅問媽媽蔣芳：「奶奶怎麼了？」

「奶奶死了。」

「什麼叫死了？」

「就是再也見不著了。」

「為什麼見不著？去她家拜年就見著了。」

「拜年也見不著啦，因為她死了。」

張娟紅突然難過，放聲痛哭。旁邊的叔叔回頭問：「湯潑在身上啦？」

這是之前關於死亡的印象。張美鳳沒見到六子屍體，六子的死是很抽象的東西。她想得胃都疼了。以往胃疼時，六子會沖好熱水袋，塞進她衣服裡，然後疊著雙手，輕輕揉搓。張美鳳對自己說：死，就是這人再不會來給自己揉肚子了。

6

戶口簿和身分證上，張美鳳仍是張娟紅，但她喊自己「美鳳」，別人呼「小娟」、「娟娟」、「娟紅」時，她一再糾正，直到對方順從了，才歡歡喜喜地應聲。十八歲上，連媽媽蔣芳、姐姐張秀紅，也習慣了稱她「美鳳」。

蔣芳問：「『娟紅』哪點不好？」

張美鳳道：「為什麼她『紅』了，我才跟著『紅』？我偏不，我是鳳，人中之鳳。」

張秀紅佯作不知。這個妹妹，小她三歲，處處想占上風，處處占不著。四五歲時，大人們評論：「娟紅還小，眉眼沒長開。」十二三歲時，她倆往不同的相貌上長。秀紅像媽媽，瓜子臉，丹鳳眼，細眉毛；娟紅像爸爸，鵝蛋臉，杏仁眼，粗眉毛。眾人道：「兩個都好看。」但細細比較，還是秀紅更秀氣。

娟紅十二三歲就是小太妹，跟著小子們到處亂混。

蔣芳討厭她的短裙子，嚇唬道：「以後老了關節炎，只能坐輪椅。」

張美鳳道：「老了沒活頭了，就自殺。」

張秀紅道：「這麼大的姑娘，不戴胸罩，衣服上透出來，多難看。」

張美鳳道：「好看，男人就愛看！」

張秀紅怒呵：「什麼話！」

張美鳳哼道：「張秀紅，別裝得良家婦女似的，你這種呀，就叫作悶騷。」

蔣芳衝過去一巴掌。張美鳳推了媽媽一把。張秀紅站在半米開外，背著手喊：「別打了，別打了。」

一個嬸娘到門口張望：「安靜點行嗎，我兒子快高考了。你們自己考不上，也不要影響別人。」

待她走後，蔣芳道：「你們再鬧，更被人家看不起。」

美鳳道：「他們算老幾，咱爸可是長子。」

蔣芳道：「可惜他去得早，你們也給我爭點氣。」

張秀紅很爭氣，考取了外國語大學。張美鳳磕磕絆絆地捱到高考，第一場語文考試出來，立刻跑得無蹤影。媽媽燒了一桌菜，姐姐特地從學校過來。等到半夜，美鳳才回家。

蔣芳劈頭道：「這麼晚死回來，明天一早還有考試。」

美鳳道：「不用操心，我不考了。」

蔣芳道：「你敢！」

美鳳道：「怎麼不敢，准考證也被我撕了。」

蔣芳暫態面孔煞白，說不出話。

秀紅跺了跺腳：「你還要不要前途？」

美鳳甕聲道：「前途誰不想要。可惜我考砸了，砸一場砸兩場，結果都一樣。」

「感覺不好，不代表成績不好。」

「張秀紅，別說了，我不是讀書的料。」

「你不爭一爭，拚一拚，怎知道不行？」

美鳳眼睛一瞪：「大學生，我不是你。我笨，我難看，我不聽管教，總之處處不如你，行了吧！」

秀紅憋紅了臉道：「幼稚，幼稚。」

美鳳冷笑：「我是幼稚，沒你有心計！」

這時地板「突突」響，樓下人用晾衣竿戳天花板。

「戳個屁，老娘就鬧！」美鳳狠狠踩一腳。

樓下人道：「快點分家吧，和你們住一塊兒，真是作孽。」

張美鳳愣了愣：「分家，分什麼家？」

「爺爺死後，就開始鬧分家的事了，」蔣芳有氣無力道，「你要準備高考，就沒讓你知道。你看，我們總是為你著想，怕你雜七雜八地分心。」

「我看，不是怕我分心，是把我當外人。」

「你說這話，良心是被狗吃了，」蔣芳猛推了一把桌上的菜，菜碟清脆地互相撞擊，她歎了口氣道，「你們手心手背，都是我的女兒。時間不早了，秀紅你快回校，明早還有課呢。美鳳你坐過來。」

她從買菜錢裡數出三十塊，給秀紅打的，秀紅道：「我現在做兼職呢，錢夠花。」

美鳳看著她們推來搡去，翻起眼白，噓了一聲。張秀紅剜了她一眼，收下鈔票。走到樓道裡時，才將三張十元紙幣折疊整齊，塞進皮夾。皮夾很鼓，有五六百元。她辦過存摺，後來登出了。張秀紅喜歡現鈔，摸在手裡一張一張的，踏實。

她把皮夾塞進挎包，挎包緊掖在胳膊下。走到路口，一排摩托車司機，七嘴八舌地招呼：「小姐，去哪裡？」

張秀紅談妥一個八折的。開出五十米，那人忽道：「小姐，我不要你錢。」

「嗯？」

「你摸摸我，摸摸我就不要錢！」

張秀紅背脊一冷，大叫「停車」，從後座嘭地跳下，扔了頭盔，朝反方向飛奔。跑出幾百米，才發現跳車時崴了腳。這時拷機響，一看是媽媽：「已和你妹談心，到宿舍打個電話。」

公車早就沒了，坐出租到學校，得花四十來塊，又捨不得。張秀紅猶豫了半天，決定叫人來接。包鴻運肯定隨叫隨到，他會扔下進城看他的娘，來給張秀紅搬東西。他上進，但是農村戶口。王逢剛家在本城，有三室一廳，張秀紅去過，伯父伯母很熱情。他為人體貼，可惜身材矮胖，散步時被室友看見，遭笑話道：「秀紅，你這隻白天鵝，怎麼配了個癩蛤蟆。」

趙鋼模樣不賴，學習也好，就是輕微口吃。帶回家時，被張美鳳嘲笑：「什、什、什麼人不好找，找、找、找個殘疾人回來。」

顏修平結識於圖書館，張秀紅起身找書，回來時發現筆記本裡夾了字條：「你站在橋上看風景，看風景的人在樓上看你。明月裝飾了你的窗子，你裝飾了別人的夢。」字跡工整，像印刷出來的。張秀紅四下張望，與一男生四目相接。

顏修平籃球打得好，還是詩社社長。張秀紅被他抱著跳舞時，整個世界旋轉起來。他送過她一條連衣裙，白底碎花，長及腳踝，腰後有個蝴蝶結。他說以後跳舞可以穿，可惜他們再沒跳過舞。

一次張秀紅到小館子吃飯，室友葛蘭蘭眼尖：「那不是誰嗎？」一瞧，顏修平坐在裡面，正和一女孩說笑，女孩打扮時髦，像社會上的人。後來，顏修平從葛蘭蘭處打聽到此事，逕直找來：「怪不得這些天不理我，吃乾醋啊，那女的是我表姐。」張秀紅將信將疑，冷淡了他一陣。

此刻，張秀紅把硬幣塞進電話投幣孔，響了幾下，有人半睡不醒地接聽：「誰？」

「顏修平在嗎？」

「還沒回來。」

「哪裡去了？」

「我怎麼知道。」

張秀紅又撥通拷台：「留言就說，我在武昌路幸福橋路口，來接我好嗎？對對，我是張小姐。」

張秀紅等了半個多小時，漸漸想自己打的走了，又怕顏修平撲空。忽聽有人按鈴，一輛黑色自行車在她面前剎住，顏修平笑嘻嘻地趴在扶手上，面孔通紅，額角掛汗，幾簇長髮黏在脖子裡。

「還以為沒收到留言呢。」

「我的拷機二十四小時為你而開。」

「花言巧語，」張秀紅莞爾，「從哪裡過來的？」

「學校啊。」

「寢室同學說你不在。」

「在通宵教室寫詩呢。」

張秀紅還想說什麼，顏修平一甩腦袋：「上車吧，慢慢聊。」

張秀紅跳上後座，龍頭晃了兩晃，自行車加速，午夜的路面空曠極了。

張秀紅摸摸屁股邊的鐵架：「這車真高。」

「二十八吋的。」

「鳳凰牌啊？」

「那當然。」

張秀紅默默抓緊書包架。

「剛才想說什麼？」顏修平問。

「沒什麼。」

「不抱住我嗎？」

張秀紅環過手去。「抱緊點」。張秀紅抱緊。她感覺他蹬車輪時，腹肌一鬆一弛。

「想聽聽我剛才寫的詩嗎？」

「不想聽。」

「真不想聽？」

「你念。」

顏修平大聲背誦：「天國在我的世界裡，上帝居住於灰塵的瞳仁，」風將他的聲音拉長，「我的蒙娜麗莎，她坐在巨大的死嬰之上……」

張秀紅突然尖叫，顏修平問：「怎麼了？」

「你剛才幹嘛雙脫手？」

「念詩念得太激動了。」

「你再這樣，我就下車了。」

「秀紅——」

「嗯？」

「你喜歡我的詩嗎？」

張秀紅想了想道：「不曉得，我聽不懂。」

「詩歌不需要懂，只需要感覺。秀紅，你是我的蒙娜麗莎。」

張秀紅嚇了一跳：「不要。」

「為什麼？」

「我不要坐在什麼死嬰上面。」

顏修平哈哈大笑，張秀紅覺得一點不好笑。自行車拐進一條弄堂，突然停住。

「這是哪裡呀？」張秀紅跳下車。

顏修平也跨下來，把車往地上一扔：「秀紅。」

7

張秀紅踏著鈴聲進教室。她發現，上課鈴和自行車鈴很像。照理下身應該疼痛，她倒是胸前不舒服，像有東西壓著。顏修平說：「沒想到你乳房這麼大。」他的手抓得人疼。張秀紅檢查過，短褲襠上一灘紅，長褲可能也沾著了，因為是深褐色，看不出。

張秀紅抄板書，滿黑板的字在飄，又看課本，書頁上的字也在飄。顏修平身上有股鐵銹味，可能是出汗的緣故。他的門牙擠著她的門牙，讓她覺得難受，甚至有點噁心。想怒斥他，又覺得是自己犯賤，深更半夜地把男人找來。一刻想到：四十元計程車費，就把我的東西拿走了。馬上否定這個念頭：這是愛情，是蒙娜麗莎。一節課迷迷糊糊過掉，教授拖延了三分鐘，宣布「下課」，拿著水杯到休息室喝茶。

有人過來道：「坐你旁邊。」是葛蘭蘭。葛蘭蘭把課本、書簽、圓珠筆、鉛筆盒、書包等等，一股腦搬到張秀紅旁邊。張秀紅朝課桌另一頭挪了挪。

葛蘭蘭問：「你嘴邊是什麼？」打開鉛筆盒，光亮亮的鐵皮盒板，照著張秀紅嘴邊一圈黑。清晨走出弄堂時，曾感覺肚子餓，顏修平和她分吃了一塊巧克力，吃完又親過嘴。張秀紅懊惱地用指甲刮，葛蘭蘭盯著她道：「你今天有點奇怪。」

第二堂課開始，葛蘭蘭不停開小差，一會兒玩張秀紅的拷機，一會兒在鉛筆盒板裡照鏡子，一會兒又低聲說話。

「今天從家裡直接趕過來呀？」

「嗯。」

「起得很早吧。」

「當然。」

「你妹妹考得怎麼樣？」

「不知道。」

「她自己感覺怎樣？」

「不想管，考不取就進街道工廠。」

「你真狠心呀。」

「憑什麼說我狠心！」

前排有同學扭過脖子，將手放在嘴上，「噓」了一下。張秀紅臉紅了，低下頭，拿筆在桌板上亂畫一氣。

下課走回寢室，葛蘭蘭突然怪叫：「咦，你的衣服！」腰眼旁一點血跡。

「擦破些皮，不用大驚小怪。」

「哪裡破了？」

「不知道，沒感覺。」

張秀紅留意身邊的女生。以前偷聽男生議論，說非處女走路時，兩腿是分開的。她下意識地靠攏膝蓋，雙腳落在一直線上。

傍晚三點，在寢室。蔣芳來電話：「留言收到了嗎？」

「拷機沒電了。」

「昨晚什麼時候回的寢室？」

「大概一二點吧。」

「胡說，我二點半打來，你屋裡那個蘭蘭接的，說你沒回來。」

「大概你剛打完，我就回了吧。」張秀紅扭頭，發現葛蘭蘭正看著她，一雙吊梢眼眨巴眨巴的。

「電池換好了嗎？」

「換好了。」

「今天課上沒瞌睡吧？」

「沒有，媽，我睏了，想躺一會兒。」

長覺醒來，天色黑暗，寢室裡的幾個女孩，呼吸七上八下，還有輕微鼾聲。張秀紅衣褲沒脫，鞋也在腳上，不知是誰鋪開被子，幫她在身上搭了一角。摸出拷機看時間，是凌晨三點。她恍惚坐起，覺得經歷了一場夢。

8

下周即將搬家。爺爺一死，大家族就解散了。三十剛出頭的後奶奶，帶了一群娘家人哭喪，張家決定按兵不動——他們難得意見一致。後奶奶得了一半遺產，幾個兒女你爭我奪，蔣芳只搶到一間一室戶。被人把話說過去：「你又沒生兒子。女兒嫁出去了，財產就成人家的了。」

張美鳳結束唯一的一場考試後，蔣芳從廢品回收站買來七八只大紙盒，開始將東西打包。搬家那天，張秀紅拉顏修平幫忙。顏修平道：「晚上要組織詩歌沙龍。」

「不能讓羅琴代你嗎，就一次。」

顏修平從上午猶豫到下午，終於答應。回家路上，他又念叨詩歌，張秀紅皺著眉頭，坐在書包架上。

「你知道超現實主義嗎？」

「不知道。」

「這都不知道？」

張秀紅道：「我只知道現實。」

到了家裡，蔣芳責怪：「出來好一會兒了，怎麼現在才到。」

「他路不熟。」張秀紅指了指顏修平。

蔣芳也不問他是誰，轉身搬一個大箱子，張秀紅推推顏修平，顏修平湊上去。蔣芳已經彎下腰，把紙箱往外推，顏修平不知如何搭手。蔣芳道：「東西不重，你別擋道就成。」她把箱子推到卡車邊，顏修平道：「我來。」紙箱即將擠進車門時，重心忽然往外一傾，散出一地書報。張美鳳在旁嗤笑。蔣芳瞪了她一眼。

張秀紅上前幫忙，顏修平要碰什麼，她都搶先一步。最後只見三員女將進出，顏修平倒像看熱鬧的。「小心腰。」他托了張秀紅一把。張秀紅嗔怪：「你幹嘛。」「幫你呀！」顏修平也不高興了，身子一別，出門而去。張秀紅聽得一記鈴聲，自行車就遠了。

蔣芳道：「找男人，人品老實是第一位的。」

「媽，你什麼意思，我又不會嫁給他。」

「那就好。也不知現在小孩怎麼了，衣服穿成那樣，頭髮忒長，一臉邋遢。車倒挺氣派，也不是家裡沒錢。」

張秀紅附和道：「是，是。」只悶頭搬運。

忙完已夜深，蔣芳讓張秀紅在新家住一晚，張秀紅說翌日有課，必須回去。公車不擠，過了兩站，搶到一個位子。張秀紅看著街景，想著顏修平。在過去一周中，他們的交往都與詩歌有關，讀顏修平油印的詩集，聽顏修平和人爭論詩歌，參加顏修平主持的詩歌活動。張秀紅覺得無聊，憋悶。那些下流、血淋淋、前言不搭後語的東西，到底好在哪裡？顏修平為了它們，甚至和人吵到互甩酒瓶子。

有次倒是見到兩句好詩，指給顏修平看，顏修平嗤笑：「這算什麼，沒激情，沒力量，純粹大白話！」張秀紅後來偷偷把這兩句抄在本子上。她討厭顏修平自以為是，越想越討厭。他不許她暴露女友身分，唯一為她做過的事情，是寫了三四首破詩，諸如《你的乳房是水草》、《夜晚在親吻上跳舞》。張秀紅覺得，顏修平眼中的世界，是另一個世界。詩能夠當飯吃，當錢花嗎？

搬家事件後，倆人在校園裡遇到，都假裝不認識。張秀紅整理抽屜，翻出顏修平給她的圖書館字條，以及那兩句她喜歡的詩：「不要用金錢試探友誼，就像不要用誘惑試探愛情。」

一次偶然，張秀紅在葛蘭蘭的筆記本裡看到一首詩，熟悉的鋼筆字體，像印刷出來的，標題是〈天國的蒙娜麗莎〉。「天國在我的世界裡，上帝居住於灰塵的瞳仁……」張秀紅默默讀完，拿了刀片，將那一方字小心翼翼地裁下。葛蘭蘭從食堂打飯回來，坐在桌邊吃，翻開筆記本，突然臉色大變。張秀紅盯著她，等她抬頭對視。但葛蘭蘭沒有抬頭，只是輕輕將本子闔攏。

9

一九九〇年，二十四歲的張秀紅，嫁了二十九歲的金亮偉。張美鳳道：「這麼早把自己交出去啊，哦吆不對，你已經是大齡良家婦女了。」蔣芳從婚禮回來時，張美鳳已蒙著頭，躺在床上。蔣芳打著臭烘烘的嗝，脫了外套，把從飯店帶回的五六包紙巾放在碗櫥抽屜內。等那廂起鼾了，張美鳳爬起來，打開燈，拉出抽屜。紙巾折疊整齊，裝在塑膠袋中，印有「延灣大學飯店」字樣。張美鳳一包包地扔出窗外。

蔣芳驚醒道：「幹什麼？」

「你當我們是癟三，這種東西也帶回來。」

「全是新的，又沒用過。」

「都給我扔了。」

「你有病啊。我看你就是嫉妒，有種也找個正派男人看看。」

「幹嘛要正派男人，又沒錢，又沒地位。」

過了一年，張美鳳出嫁。她揚言道：「地位有啥用，有錢最實惠。」夫婿苗愛國是生意人，外界風傳他的身價，有說上百萬的，也有說上千萬的。張美鳳的婚禮著實氣派。婚紗拖裙至少五六米，由兩對衣衫筆挺的小童托著。她鑽進皇冠轎車時，頭上的紅玫瑰被碰掉了，正要不高興，苗愛國一拍手，立刻有人抬出大花籃，九百九十九朵紅玫瑰，排成心形圖案。

敬酒的空隙，張美鳳回主桌吃菜，問張秀紅：「看見大花籃沒？」

「看見了，很漂亮。」

張秀紅穿綠色套裙，金亮偉穿淡灰西裝，料子都很普通。合影時，張美鳳故意高舉玻璃杯。相片裡的兩對年輕夫妻，眼珠都被照成紅色，最眩目的是張美鳳的手，指頭上璀璨晶瑩的一點。她把照片沖了兩張，自己留一張，阿姊寄一張。

苗愛國四方臉，大眼睛，粗眉毛，別人恭維道：「你們有夫妻相。」張美鳳眼白一甩：「誰和他有夫妻相。」苗愛國笑道：「和我像挺好，不吃虧，」又道，「別看我是粗人，可比大學教授有錢。」

「不是教授，是講師，」張美鳳糾正，「人家現在也做生意了。」

「他那算啥，皮包公司，」苗愛國一拍桌子，「搞什麼能有搞批文吃香。」

張美鳳婚後，和姐姐聚得勤了，每次見面都想著法兒穿戴鮮亮。蔣芳還住當初的一室戶，一圓臺面的菜，五個人一坐，就顯得擁擠。張美鳳左手挨著苗愛國，右手挨著金亮偉。她聞到淡淡香氣，起初以為張秀紅擦香水，細辨居然是金亮偉。金亮偉略有發福，臉色紅潤，頭髮三七分，抹得亮亮的往後梳齊。相比之下，苗愛國不像老闆，卻像老闆跟前的打手。

10

夫妻倆都愛麻將，各有一圈「麻搭子」，有時幾天不回家，也不互相過問。

一日，張美鳳發現存摺少了一本，問苗愛國，苗愛國道：「取了錢了，生意上要調頭。」

張美鳳道：「玩女人我沒意見，錢袋子可要看牢，小狐狸精們算盤打得快著呢。」

苗愛國道：「真是生意上調頭。美鳳你也知道，我粗人一個，沒啥花花腸子。」

張美鳳藏起剩餘的存摺錢款。幾個月後，在麻將桌上，見沈家婆娘箍著個大鑽戒，出牌時白花花地刺目，決定買個更大的。拿了存摺去刷，發現帳號已被取消。又換一本，也已取消。苗愛國還是老一套：「調頭，調頭！」

「調你媽的頭！」張美鳳將存摺扔到他臉上，「當老娘放屁啊。」

鬧了半天，還要上吊，苗愛國才坦白：「最近手氣差了點。」

「老娘手氣也差，但差不到掏空家底呀。」

苗愛國又悶聲不響，直到張美鳳拿剪刀對著脖子，才道：「老喬介紹我玩『沙蟹』。」

張美鳳將剪刀往皮包裡一收，直往外衝。苗愛國要攔，她眼睛一瞪：「你敢！」找了四五個以前混的小兄弟。紛紛道：「大姐一句話，我們收拾他去。」浩浩蕩蕩到了喬家，老喬不在，就怒沖沖等著。給張美鳳端茶，她不喝，和她說話，也不理。幾個小兄弟，在屋裡轉來轉去，摸摸這個，拿拿那個。還不時道：「阿姐，這個金佛像值不值錢？」「那個是水晶還是玻璃的？」

喬家老婆悄悄給老喬打電話。老喬趕回來，張美鳳衝上去一巴掌，打得他雲裡霧裡：「喬老闆，好日子不過，拖我家苗呆子下水，你安的什麼心呀你。」小兄弟們立即做出圍毆的架勢。

老喬道：「別衝動，萬一鬧起來，鄰居報了警，大家臉上都掛不住。」

張美鳳冷笑道：「誰敢報警？不怕我告你聚賭啊？」從包裡抽出剪刀，嚷嚷，「你來硬的，我也不會軟。大不了橫在你這兒，」在腕上淺淺擦了一道。小兄弟們七嘴八舌：「大姐，跟這種人犯不著。」「啊呀，出血啦！」有兩個要衝上來拚命。

老喬趕忙道：「給你一萬，給你一萬。」

張美鳳道：「一萬？打發癟三呀！」

身邊立刻起哄：「你唬誰呢？」「領領行情吧！」

老喬道：「你到底想怎樣。」

「家裡揭不開鍋，少說得五六十萬，苗呆子才好東山再起！」

老喬道：「這不可能。」

一個小兄弟，從包裡抽出一把菜刀，亮晃晃地比劃著。

老喬道：「你們不是要好好說話嗎？這又是做什麼？」

張美鳳道：「你是文明人，我們可不是。」

「一切好商量。」

「那就趕快商量！」

倆人談判，談了幾個小時，最終同意：借五十萬，欠條打四十萬。出了門，小兄弟問：「你真打欠條啊？」張美鳳得意道：「我身分證上可不叫『張美鳳』。誰是張美鳳？到時候姓喬的哭都哭不出。」她給了小兄弟們一人五百元辛苦費。翌日拿支票取了錢，直奔珠寶銀樓，選了一枚三克拉四十七分的鑽戒，花去四十六萬，餘下十四萬，存回銀行。

回家向苗愛國炫耀，苗愛國問錢是哪兒來的，她道：「姘頭送的。」

苗愛國道：「你沒去找老喬麻煩吧，他可不是省油的燈。」

張美鳳呸了他一口：「要你管，錢是我憑本事弄來的。」

她約沈家婆娘打牌，沈家婆娘去歐洲旅遊了。張美鳳除了打牌，在家就和苗愛國吵架，還雇了個退休保安，要他整天跟著苗愛國。苗愛國賭癮上來，給了雙倍的錢，把保安辭退了。張美鳳氣得和苗愛國打架，苗愛國也不還手，被打得鼻青臉腫。

過了大半個月，沈家婆娘回來，約了牌局，局上送麻將搭子每人一件衣服。
張美鳳道：「這衣服看著不高檔，是不是法國地攤上買的。」
沈家婆娘道：「不要就還我，別說觸氣話。」
張美鳳道：「我就隨便問問，你財大氣粗的，哪會送我們假貨。」
收了衣服，開局打牌。張美鳳出牌時，故意將手伸得長長的。
有人道：「美鳳的老公也疼人，買那麼大鑽戒。」
張美鳳道：「還好吧。愛華，你的多大？」
沈家婆娘道：「三克拉多。」
「多多少？」
「忘了，你的呢？」
「三克拉八十七分。」
「我的也差不多。」
張美鳳懷疑她騙人。可是越看越覺得，自己的鑽戒確實略小一點。心煩氣燥的，連輸幾局，把牌一攤：「老娘今天不想玩了。」
回到家，苗愛國不在，手機關閉，拷機不回。心感不妙，打開內衣抽屜，藏在夾層的存摺果然被翻走了。
張美進廚房連砸了幾只碗，仍覺憋悶，就去媽媽家，蔣芳卻不在。想起有個老相好住在附近，找過去，是個女人開的門，警覺道：「找誰？」
張美鳳推說找錯了，悻悻地出來。她在路上慢步走著，想起還有一個姐姐。

11

張秀紅開門時「咦」了一聲：「是你？」

張美鳳頓時浮出兩眶熱淚：「姐姐。」

張秀紅泡好熱紅茶，張美鳳還在哭，邊哭邊道：「加點牛奶。」

張秀紅加好牛奶和方糖，問：「想吃點什麼？」

「不餓。」

「那咱們聊聊。」

張美鳳漸漸止住淚，低下頭。

「美鳳，出什麼事了？」

「為了點小破事，其實也沒什麼……我是不是來得太晚了呀，我坐坐就走。」

「要不……在我這兒睡吧，有兩間客臥呢。」

「那多不好意思。」

「跟我客氣什麼。」

倆人略有尷尬，張秀紅引導話題。她們聊了聊購物和美容，意興索然。張美鳳哭過，困乏了，眼睛半搭不搭的，有點聽不清自己在說什麼。

張秀紅帶妹妹去浴室，準備了乾淨毛巾和睡袍。張美鳳洗畢，仰躺在床上，望著天花板的藤制吊燈。窗外有私家車開過，吊燈的影子在天花板上漸漸拉長，又慢慢縮短。半夜，張美鳳迷糊醒來，似聽到爭吵。張秀紅不是說她生活美滿嗎。想著，又睡過去。

客臥窗簾是乳白色的，翌日大早，張美鳳被陽光刺醒，裹著被子愣了會兒神，一骨碌下了床。身上的真絲睡袍是張秀紅的，腰裡打了兩個小小的褶。

張美鳳在浴室裡見到金亮偉，嚇了一大跳。金亮偉正在刮鬍子，朝她略點一下頭。張美鳳又聞到香水味。她下意識地理理頭髮。

「姐姐呢？」

「還睡著，我早上有課。」

「噢，你昨天回得挺晚吧。」張美鳳低頭看到自己乳頭的形狀，被睡袍柔軟地勾出來。她走近金亮偉：「對了，有件事……」

「你說。」金亮偉在水下清洗剃鬚刀。

「我想借點錢。」

「多少？」金亮偉關掉龍頭，擦乾刀片。

「五千，行嗎？」張美鳳撒嬌般地輕輕搖晃身體。

「小意思。」

「不和你老婆打聲招呼？」

「打什麼招呼，我可是『財政部長』。」

「姐夫真好。」張美鳳從金亮偉手中奪過剃鬚刀，放回壁上的不銹鋼小刀架。

金亮偉進屋數了鈔票出來，放到張美鳳手上：「你點一下。」

「哪用得著點，還怕姐夫缺我錢啊。不過，倒是怕以後找不著你人，沒法還。」

「給你張名片，我手機二十四小時開著。」

「如果我不還了呢？」

金亮偉笑吟吟瞧著她，張美鳳心眼裡一動：「我會還的。有借有還，再借不難。」

12

很快，皇冠車沒了，小別墅沒了，連皮沙發也沒了。財物來時，像搬進一座山，去時，卻似刮掉一陣風。倆人坐在空蕩蕩的客廳裡吃泡麵。苗愛國道：「美鳳你放心，我會把錢掙回來的。」張美鳳將麵湯朝他一潑：「屁話。」苗愛國一閃，胳膊被燙著了。他站起身，瞪著張美鳳，張美鳳也瞪著他，嘴裡罵不迭。苗愛國默默走出門去。張美鳳沖著門口罵了半晌，然後撲到床上，橫著身子，小腿架住牆壁。她漸漸睡過去，忽地被響動驚醒，睜眼一瞧，苗愛國回來了。

「以為你死了呢。」

苗愛國呵呵傻笑。

「呦，喝酒啦，吃喝嫖賭占全了。」

「就你他媽的話多！」

「出去這麼會兒，膽子就變大了嘛，敢這樣跟老娘說話。」

苗愛國逕直到床前，搬開她的腿，撲通躺倒。

「死鬼，死鬼！」張美鳳踹他兩下，見沒反應，就把雙腳統統放到他面孔上。

「頭暈，讓我睡覺！」苗愛國抓住她的腳踝，猛力一甩，膝蓋咚地砸到牆上。

「屁用沒有，只會打老婆。」張美鳳撲上去。

苗愛國將她的手按住，又用大腿夾住她的腿：「我是屁用沒有。」

「繼續賣批文啊。」

「現在是什麼世道，早賣不動了。」

「那我咋辦？」

「跟著我喝粥。」

「真後悔嫁你，我要離婚……」

苗愛國撩起一掌，「啪」的一聲之後，一切響動突然停止。苗愛國的掌心紅熱了，他直愣愣地瞧著自己的手。張美鳳耳朵裡嗡了一陣。苗愛國趺趺撞撞地爬下床。張美鳳朝空中亂踢，又砸牆，還哭，邊哭邊「豬」、「驢」、「王八」地亂罵。罵了一會兒，發現苗愛國又不在了。於是擦乾眼淚，翻開通訊簿，按個打電話。

一個老相好手機換號了，一個是老婆接的，還有一個道：「美鳳，想死我了，什麼，借錢？沒問題，一句話！你等等，我過會兒打來。」再沒動靜，又打過去，就關機了。張美鳳罵了他的祖宗十八代，想起最早的相好二鍋頭。二鍋頭倒是爽快：「我在家打牌呢，你快來看我。」

二鍋頭從一室戶搬到小別墅，張美鳳找了半天。二鍋頭開門時，只穿著褲衩，鬆撲撲的胸口一徑稀毛。

「你不冷呀。」

「冷什麼，連×都是熱的。」

「瞧這急樣，」張美鳳進門道，「你不是打牌嗎？」

「早散了。」

張美鳳在屋裡四下轉悠，口中「嘖嘖」不停。二鍋頭得意地跟在後面。

張美鳳到了臥室，撚了撚床單，逕直往上一躺：「這床多大？」

「七尺的。」

張美鳳道：「這床貴得要死吧。真想不到，你這隻赤佬也混出來了。」
二鍋頭道：「關鍵是要跟對人。」
「你跟的『老大』是誰呀？」
二鍋頭笑笑，問：「你喝什麼酒？」
「喝最貴的。」
二鍋頭蹬蹬下樓，又蹬蹬上來，舉著兩杯液體道：「人頭馬。」
張美鳳將酒杯在手裡轉來轉去：「你現在也高雅了，」一口灌下半杯，「不怎麼好喝。」
二鍋頭乾完一杯，臉剎時紅了，嘻笑道：「不好喝就不喝。」

13

二鍋頭出手闊綽，每次見面給個一萬、五千的。張美鳳使出渾身解數，但二鍋頭還是很快膩了，漸漸推說「有事」、「太忙」。張美鳳沖他嚷嚷：「呦，沒興趣啦？老娘也沒興趣了。」掛了電話，生了會兒悶氣，決定去街口的美容院，把自己弄漂亮了。

燙、修、染、吹，張美鳳在美容椅上睡了一覺，醒來看到鏡中的滿頭紅髮卷。她左瞧右瞧，享受著髮型師的讚美，心情又好起來。就憑這張臉，怎麼可能受苦？

張美鳳心生一計，問髮型師：「你每天都在店裡？」

髮型師道：「我主要在市中心做，這兒是朋友幫忙，週二晚上來帶帶徒弟。」

出了店，張美鳳打電話：「阿姐，我有張美容卡，用不完就過期了。要不幫忙一起用？我新做了髮型，特別好看，肯定也適合你。」

張秀紅道：「你自己用吧，我習慣現在的髮型。」

「說句實話，你的髮型老氣了。再說，就沒別的事，姐妹聚聚總可以。」

張秀紅猶豫了一下，道：「好。」

張美鳳又給金亮偉打電話：「金大教授，星期二晚上有空嗎？什麼，學生聚會？不是藉口吧？不去有什麼要緊？我想還錢，借過你五千，挺早的事了。只能那晚還噢，過期作廢。」

週二傍晚，張美鳳約張秀紅吃飯。飯後姊妹倆搶著埋單，最後張美鳳付掉了。

張秀紅道：「你今天看著特高興。」

「很久不見阿姐，當然高興，我這髮型不錯吧。」

「挺好看的，紅得不俗氣。」

聊著走著，到了張美鳳推薦的美容院。那個髮型師果然在。

「我姐也想做我這種大蓬頭。」

「可以可以，兩位美女裡面請。」

張秀紅洗了頭，坐到理髮椅上，剛開始上捲，張美鳳出門接了個手機，回來道：「苗呆子來電話，說有急事。」

張秀紅一愣：「那我怎麼辦。」

「當然是留在這裡燙頭髮，」她把打折卡塞給張秀紅，囑咐髮型師道，「慢慢做，細心做。」出門打的，直奔姐姐家。敲了半天門，沒人應。那傢伙不會真參加狗屁的學生聚會了吧。張美鳳往花園的搖椅上一坐，正懊惱著，就見鋥亮的奧迪車慢悠悠開來。

「我去停車。」

「快去！」

張美鳳起身，隔著衣服調整胸罩，又把闊領子往下拉，順手摸摸包裡的避孕套。金亮偉很快小跑著過來，兩人面對面站住。

「不進去嗎？」金亮偉柔聲問。

兩人走到門道裡，門道很窄，張美鳳的胸挨著金亮偉的背。金亮偉掏鑰匙開門，張美鳳從後面抱他。金亮偉反手摟住她，另一手繼續摸索匙孔，兩張嘴迫不急待地貼在一起。

進了門，也不換鞋，張美鳳伸腳將鐵門勾上。金亮偉探手進她的緊身裙，居然沒穿內褲。「小騷貨，愛死我了。」兩人倚著鞋櫃親熱。

一場過後，金亮偉手忙腳亂找紙巾，張美鳳把高跟鞋一蹬，又腿躺在沙發上。金亮偉瞧著，又有欲望了，倆人在沙發上做了第二次。完後，張美鳳進浴室沖洗，金亮偉也跑到浴室，想擠進沖淋房。

張美鳳尖叫：「玻璃門要給壓碎了。」

「讓它碎吧。」

「怎麼這麼急啊，像多久沒做過了似的。」

「倒真是挺久了呢。」

「我姐她……」

「她本來就是個不強烈的人。再加老夫老妻的，時間長了沒什麼興趣。」

「這個我懂，男人都喜歡嚐新鮮。」

「你好像很瞭解男人。」金亮偉定定瞧著她，他的臉隔在模糊了的玻璃門外面。

張美鳳拿浴巾抹了抹玻璃門：「說真心話，我好還是她好？」

「當然你好。」

「哼，花言巧語。」張美鳳撇撇嘴，反而有些失落——金亮偉比苗豬頭強了不知多少，她張美鳳又落下風了。

張美鳳擦乾出來時，金亮偉已清理好現場，穿戴整齊地站著。張美鳳不慌不忙走到飲水機旁，找到一次性紙杯，自己倒水喝。「喲，冷的。」

金亮偉打開加熱功能。張美鳳喝了半杯，將杯子擱在茶几上，一屁股坐進沙發：「有菸沒有？」金亮偉找出一包萬寶路，連同打火機遞給她。

「沒拆過封嘛。」

金亮偉將香菸拆封，取走茶几上的紙杯。

她道：「急什麼，我還要喝呢。」

金亮偉將杯子放回去。張美鳳抽出一支菸，叼在嘴裡，抖了兩抖，金亮偉彎腰給她點上。張美鳳狠吸一口，在口腔裡悶了悶，用鼻子緩緩吐出：「好久沒吸這麼好的菸了。」她的手臂架在碩大的胸脯和微隆的小腹之間，整個人看著肉團團的，一側乳房被擠得變了形。

「我好看嗎？」

「好看。你冷嗎，把衣服穿起來吧。」

「不冷，很舒服，」張美鳳將手插入濕漉漉的頭髮，抓了兩把，「我的髮型怎麼樣？」

「挺不錯的。這種天氣，不能光身子，況且一冷一熱的，容易著涼。」

「這麼體貼呀？」張美鳳笑咪咪的，終於從沙發上拿起胸罩戴好。她有一道深不可測的乳溝，金亮偉覺得自己彷彿要失重掉進去。他這才想起考慮一個問題：張美鳳為何突然獻身於他。

「錢我不要你還了。」他道。

「就這些？」張秀紅用手指掐滅香菸，扔到地上，香菸還剩大半根。

「你還想借多少？」

「不多，先五萬吧。」

「五萬？」

「你現在發財啦，住好房，開好車，忍心看我們這些窮親戚餓死？」

金亮偉進屋，張美鳳慢慢穿戴起來，斜靠著，腳支在茶几上。須臾，金亮偉拿出一隻紮緊的保鮮袋：「家裡的現金就這些，以後有機會再給你。」

「不會忘的。」

「以後？」張美鳳接過袋子，瞧著隱在袋壁上的暗綠花紋，「萬一忘了呢？」

「即使你忘了，我也不會忘，我的錄音機更不會忘。」

「什麼意思？」

「我的意思是……我會提醒你的。」

金亮偉盯著她看：「別開玩笑。」

「我可沒開玩笑。」

「美鳳，你有點誇張了。」

「你不信啊，到時候你就信了。」

此後，張美鳳又找來幾次，陸陸續續拿了錢。她道：「別以為老娘在賣身，我是享受，你在為婦女服務。」

金亮偉道：「那是，如果是賣身，你也太便宜了。」

「那當然，張秀紅能讓你這麼爽嗎？」

金亮偉討厭她提張秀紅，但張美鳳每次必提，越提越來勁。「她喜歡什麼姿勢？」「她胸大還是我胸大？」

「別問了，我會陽痿的。」

「為啥不讓問，內疚了？你也會內疚啊，操那小保姆時，你就沒內疚？」

金亮偉皺起眉頭：「這事跟你解釋過的。」

「我是你什麼人哪，你不用跟我解釋，」張美鳳冷笑，「只有張秀紅那傻瓜，才會相信你的話。」

14

一個半月前，張秀紅找過張美鳳。那是夜裡十二點半，想約到通宵茶坊，張美鳳道：「來我家吧，苗呆子還在外頭開心呢。」

張秀紅眼睛紅紅，但沒在妹妹面前哭。張美鳳讓她坐在床上，倆人靠著牆，張美鳳把菸灰缸放在中間，張秀紅接過她的菸。

「以前沒抽過菸吧，」她凝視姐姐的手，「他外面有女人了？」

「不是。」

「別騙我，你不愁吃穿，還能有啥傷心事。」

張秀紅轉過臉來，張美鳳眼神一偏，不想和她對視。

「張秀紅，不是我說你，你的社會經驗還停留在學生階段，以前是關係單純的小公司，現在又整天窩在家裡，不知道外面的世界多殘酷。」

「我不要你教。」

「好，那你就當我放屁。」

靜了靜，張秀紅歎道：「我也沒辦法。」

「怎麼沒辦法，給別人摸幾下就辭職，難道摸了會死人？」

「這是原則問題。」

「沒人給你立貞節牌坊，張秀紅，世道變了。」

張秀紅咕噥著：「這是原則，人活得要有尊嚴。」

張美鳳嗤道：「尊嚴算個屁。你別以為做人得有多高級。人就是個動物，吃飽穿暖，然後想點那種事。」

張秀紅想反駁，嚅嚅嘴，忍住沒說。

張美鳳瞧在眼裡，又嗤了一下，突然瞧見張秀紅裸出一截腿，就伸手將她的睡裙往上撩，道：「來，比比。」

張秀紅想擋她的手，沒擋住，笑道：「你樣樣都想和我比。」

張美鳳道：「你的腿比我細。不過，我的肉比你緊。」

張秀紅注視著兩條並排在一起的腿。它們很像。張秀紅輕輕將睡袍掩下來。

「女人到一定年齡，肉會鬆，身材會散。照理說，我要比你晚一點。不過你是少奶奶，保養得好，」張美鳳隔著衣料，摸了摸張秀紅，「你用精油嗎？據說用了皮膚很光滑。」

「好像最近很流行，上次在店裡看到，那麼小一瓶，居然要幾百塊錢，就沒買。」

「還在乎那點錢啊。有條件時要好好享受，不要像我淪落了，沒條件了，才知道懊悔。」

張秀紅低頭不語。

張美鳳道：「你每個月的零花錢不少吧。」

張秀紅猶豫了一下：「兩三千塊錢吧。」

張美鳳撣了撣煙灰：「才這麼點，放個屁就沒了。」

「又不是天天要買精油，平時也就是點小零碎。真看中什麼，他會送我的。說到底，錢是他賺的，我有啥資格提要求。」

「張秀紅，你真……」張美鳳咯咯笑道，「讓我說什麼好。還提資格不資格，你是他老婆啊！我家苗呆子有錢那會兒，存摺擺在家裡，我想拿多少拿多少。」

「人和人是不一樣的。」

「怎麼？我們粗人，就和你們知識分子不一樣了？」

「你嘲笑我吧。」

「別把好心當驢肝肺，」張美鳳眼睛一翻，「我才不來嘲笑你。你學歷是比我高，可對生活的認識就差遠了。告訴你吧，是個男人，就沒不偷腥的。但這些都是現象，關鍵還是要抓住本質。」

「什麼是本質？」

「本質就是：人是虛的，錢是實的，」張美鳳狠狠抓了一把空氣，「隨他去鬧，抓牢錢財就行。」

15

一日，金亮偉到張美鳳家。倆人快活完，擁坐在床上。張美鳳忽又想起這事，狠捶了金亮偉一記：「那天她半夜來找我傾訴，我想來想去想不明白。」

「想不明白什麼？」

「你占著兩個大美人，還去碰又髒又醜的鄉下小保姆。」

「你有什麼資格興師問罪？」

「我是沒資格，我替你老婆抱不平。」

「是替她抱不平，還是自己吃乾醋呀？」

「都不是，我是討厭你虛偽。」

「誰不虛偽，你不虛偽嗎，勾引了姐夫，還和姐姐假親熱。」

「討厭！」張美鳳想生氣，又覺得沒意思。

時值正午，床前的藍窗簾被陽光照得亮堂堂，布料的褶皺隨風變化疏密。

「你老公會回來嗎？」

「這時候呀，正在牌友家睡覺呢。」

「那你怎麼心神不定。」

「心神不定是你們讀書人的事。我這粗人，就是突然沒勁了。」

「為什麼？」金亮偉捋她頭髮。

「不為什麼。」張美鳳推開他的手。

「不想和我好了？」

「不知道。」

「你後悔了？」

「放屁，老娘從不後悔，」張美鳳緩緩滑倒，枕到他腿上，「這些天，她沒和你鬧吧？」

「當然沒，我三句兩句擺平她。」

「她懷疑我們嗎？」

「怎麼可能，我是多細心的人，不會露馬腳的。」

16

其實露過一次馬腳。

那晚張秀紅從妹妹推薦的美容院回來，看電視時，在沙發套上發現了不少紅色長卷髮。她覺得奇怪：沒坐兩三分鐘，怎就掉這麼多頭髮。她心思轉了一下，沒往深裡想。後來金亮偉常常提醒，說張美鳳有心計，要她少接觸多防備，這事就淡忘了。

17

苗愛國還沾了酒。別人不帶他玩沙蟹，就打麻將，麻將打不起了，就和街邊老頭賭象棋。酒是最便宜的二鍋頭，邊喝邊賭，喝迷糊了，就想抹亂棋局，旁人知他的脾氣，趕忙推出去：「你輸了，你輸了。」

他也不生氣，拿出錢包，人說多少，他給多少。樂顛顛地回家：「老婆，老婆呢？」沒叫兩聲，突然倒在地上，一動不動。

張美鳳天天鬧離婚，苗愛國悶聲不響，張美鳳就砸東西，盡挑摔不碎的砸，滿屋的「叮呤咣啷」，夾雜著聲聲咒罵。

一日，張美鳳罵：「你媽是個賣肉的！」苗愛國忽地惱起來。張美鳳見他有反應，罵得更歡了。「臭娘們！」苗愛國呼呼帶風地過來，將張美鳳往床上拖。張美鳳又叫又踢。苗愛國拉起地上的晾衣繩，捆住張美鳳的手，綁到床頭，還抓住她兩隻腳，拚命掰開。

「呦，沒穿短褲，撩撥誰呢。」

「苗呆子，操你媽×，你媽天天給人操！」

「死婆娘，」苗愛國掀開睡袍，往當中一瞅，「×都沒有，拿啥操呀，」哈哈怪笑兩聲，打開錄音機，「叫吧，你去叫吧。」一條口水從肌肉失控的嘴角拖出，他笑著笑著，居然哭了，垂手扒腳地哀嚎著，跑出門去。

在錄音機的震天聲中，隱隱聽見苗愛國喊「娘」。張美鳳繼續罵，罵著罵著，才想起來，苗愛國的老娘，舊社會就是做婊子的，最後死在那病上。

最後是一個樓下鄰居，被錄音機吵著了，上來解救了張美鳳。張美鳳到派出所，一通哭訴，還把勒傷的手腳給「大蓋帽」們看，折騰到後半夜，居然將苗愛國弄進去拘留了幾天。

張美鳳住回母親家，整日聽蔣芳嘀咕「一日夫妻百日恩」，覺得厭煩，又沒處可去。過了一星期，苗愛國來找老婆，兩隻臭腳還在門口摸索拖鞋，腦袋已經探進來：「美鳳——」

張美鳳道：「要我回去嗎？除非離婚。」

蔣芳道：「回去吧，好好過日子。」

張美鳳跑去床上一躺。蔣芳和苗愛國喊測片刻，苗愛國不聲不響過來，咚地雙膝下跪。張美鳳嚇了一跳：「發神經呀，男兒膝下有黃金！」

18

仨人在附近飯館用晚飯。苗愛國說他請客，翻了半天口袋。蔣芳走到結帳處，把錢付了。她將女兒女婿送到車站，張美鳳先上了車，蔣芳偷偷塞給苗愛國五百元。

苗愛國臉紅了：「媽，我家裡有錢。」

「拿著拿著，讓她開心就好！」

倆人同時往車上瞄了一眼。張美鳳正蹙著眉頭，環顧骯髒的公車。見老公和老娘磨蹭，又氣鼓鼓地下來：「不坐了。」

蔣芳道：「那打的回去。」

「沒意思，計程車又不是自己的小轎車。」

和蔣芳別後，苗愛國陪著她走了一段。路過內衣店，見張美鳳盯著櫥窗，苗愛國就鑽進店去。張美鳳抱著手，在門外冷眼瞅著。半晌，苗愛國拎著個塑膠袋出來，從袋子裡抖出一只胸罩：「營業員說這是D罩的，中國女人最大的胸就這尺寸。」

張美鳳瞥了一眼，沒好氣道：「這麼多蕾絲，俗氣死了。」

苗愛國將胸罩塞回袋子，跟著走了一段。

張美鳳道：「以前買外國牌子，現在買國產牌子。人一窮，檔次都沒了。」

「我不懂什麼牌子，隨手買的。」

「隨手買的濫貨，都拿來糊弄我。」

張美鳳乜斜著眼。苗愛國瘦了很多，方臉顯得更方，彷彿為了迎合落魄的神情，眉眼也一個勁地下垂。

這一晚，苗愛國被罰睡地板。半夜，張美鳳醒轉，發現苗愛國躺在身邊，一隻手搭在她腰上。

「有病啊，滾！」

「美鳳，別離開我，不然我沒法活了。」

「你放開。」

「我不放。」

「再不放我喊人了。」

「那你答應我。」

「我真喊啦。」

「我發誓，我保證，今生今世不賭了。」

「好好，我信你，快放手。」

苗愛國鬆開手，張美鳳使力一推，聽到「撲嗵—哎唷」，扭頭看時，苗愛國已在地上。張美鳳轉身面牆，少頃，又摸過來，撚住她的一縷頭髮。張美鳳不理睬，等了片刻，地上的人居然起鼾。張美鳳將他的手挪開，那隻手在睡夢中時，仍然頑強地攀住床沿。

第二天清早，張美鳳聞到油煙香。苗愛國攤了麵餅，煎了荷包蛋，見她醒了，笑道：「我給你沖奶粉。」

「大清早的，讓我吃這些油膩膩的。」

梳洗完畢，坐到桌前，張美鳳道：「怎麼都冷了，餅還是焦的。」

「我不知道你起這麼晚。」

「這算晚嗎，你平時喝飽賭足了，都是睡到天黑的。」

「美鳳，我不賭了。咱一定能過上好日子。」

「好日子？批文賣不動了，難道去搶銀行？」

「我打算炒股。」

張美鳳一口牛奶噴出來：「你給我省省。」

「真的，你記得陸佑銘嗎，以前常來的矮胖子，現在炒成大戶了，聽說賺了幾千萬，每天坐在大戶室裡，喝喝茶，打打牌，日子不要太愜意哦。」

張美鳳恨不得將麵餅甩到他臉上：「姓陸的頭腦活絡，瞧他兩隻賊眼，沒事瞎骨碌轉。你呢，死腦筋，到時也不知你炒股，還是股炒你。」

「美鳳，不要看扁我。我也是見過大世面的，賣批文和炒股票差不多。陸佑銘答應了，手把手帶我入門。」

張美鳳懶得理他。苗愛國洗衣做飯，整理房間，張美鳳靠在床上，嗑了整天瓜子。苗愛國不停收拾瓜子殼。張美鳳東吐一粒，西吐一粒，嗑到每個頻道都是「晚安」，就跑去洗澡，苗愛國跟進來，腆著臉道：「我給你搓背吧。」

「苗愛國，這是你的最後機會。如果不爭氣，咱們的婚就離定了。」

19

苗愛國每日早起，騎自行車出去，下午三點多回來，繫了圍裙下廚燒菜。張美鳳問起，他說「還好，不錯」，或者「別急，慢慢來」。

「別急？錢呢？沒錢喝西北風去！」

苗愛國果真掏出些錢，全是五十、一百的票子。張美鳳趁他熟睡，偷翻皮夾，見裡面有個五六百的，就放心了，順手抽掉一兩張。

一個月後，苗愛國身上又有酒氣，回家也開始沒定時。「到陸佑銘家去了」，「和幾個炒股的朋友聚聚」。漸漸的，索性不給解釋。

一天喝得爛醉，到了家樓下，找水龍頭沖了腦袋，吊起點精神，晃悠著上樓，敲門，沒動靜，再敲，後退一步，抹抹眼睛——門號沒錯，掏出鑰匙，搗騰半天，就是插不進匙孔。「美鳳，美鳳。」白酒的後勁上來了，苗愛國往地上一滑，人事不省。

翌日，張美鳳睡到中午，開門發現苗愛國不見了。下樓吃了碗餛飩，一路打著酸嘰嘰的嗝。棋牌室沒遇到熟人，旁觀了幾局，老太婆們做的牌瑣碎窩囊。又想到苗愛國，生出一肚子悶氣，從棋牌室出來。那股子氣越燜越旺，張美鳳快步回家，給二鍋頭打電話。二鍋頭說他馬上要去辦事，只有一小時空閒。

「呦，大忙人呀。」

「做生意嘛，沒辦法。」

「你快來，老娘想被你耍。別再推三阻四，這次不要你花錢。」

張美鳳穿著睡衣坐等，越等越沒勁。苗呆子不知死哪兒去了。萬一這邊和二鍋頭完事了，那邊苗呆子還沒回，豈不讓二鍋頭佔便宜。即使苗呆子正巧回來，撞見好大一頂綠帽子，按他的性格，也未必真肯離婚。

正煩燥著，二鍋頭來了，把門一關，跑來抱女人，張美鳳掙脫道：「反鎖一下。」過去將門虛掩了。二鍋頭扯了她的睡衣，把她扔到床上。

「急什麼，趕火車呀？」

「不是和你說過，待會兒還有事嘛。」

「我要緊，還是那些破事要緊？」

「你要緊，事情也要緊。」

「呸，扯你娘的蛋！」

「女人家的滿口髒話，不好。」

「瞧瞧，不耐煩了。」

「哪有。我們儘快吧。」

「老娘不幹了！」

「什麼意思，要我嘛。」

「耍你又怎樣！」

二鍋頭瞪視她道：「張美鳳，別以為自己了不起，比你年輕漂亮的騷貨，滿街都是。」

張美鳳哼了一聲，起身將腿叉到床沿上，徹底地敞露下身。二鍋頭看都不看，整好衣服，拎起挎包，「嘭」地關門，張美鳳的心臟隨之猛一收縮。她呆坐下來，感覺有點涼，又不想動。坐了一會兒，穿衣出門，恍惚走了一段，才發現身上的睡袍是半透明的。

忽地有人拉她：「快去瞧瞧，你老公出事了。」張美鳳似乎不認識這人，但想都沒想，跟著她去。七繞八彎後，見一堆人擁在街邊。擠進去，看到苗愛國縮在角落裡，身上蓋了件不知哪來的襯衫。

「老婆——」苗愛國叫。

看客們的眼神齊刷刷聚過來。張美鳳抽身往外走，苗愛國竄上前。旁人「嘩」地一聲，嘲笑他的光屁股。張美鳳甩著胳膊道：「別拉我，不認識你。」

苗愛國嗚嗚咽咽。旁邊有道：「你男人腦子壞掉了。」

張美鳳回頭大喝：「你媽才腦子壞掉了，」幫苗愛國把襯衫往腰裡一兜，「咱們走！」

她在路邊買了平腳褲，苗愛國穿上，怯怯拉著張美鳳的手。張美鳳拖著他，像拖一袋即將被傾倒的垃圾。到家後，張美鳳躺到床上，苗愛國站在床邊，道：「昨晚我回來過，怎麼都開不了門，你也不應聲。」

「我把門反鎖了，我是故意的。」

「為啥這麼幹？」

「你光屁股在街上丟人，還有臉問我。」

「就是你把我關在門外，我才被人偷掉衣服錢財。」

「你不醉，人家能來偷你？苗愛國，你人怎麼不被偷掉呀！」

苗愛國嘀咕道：「再怎麼，我也是你老公。」

「滿世界男人都是我老公，小彭、金毛、二鍋頭、郭澤強……你知道我剛才幹嘛了？我和二鍋頭上床了，就在這兒，就在你的床上。」

苗愛國眼睛發綠，拽起她，當頭一個大耳光，然後觸電似地跳開，問：「疼嗎？」張美鳳捂住臉，起身離床。苗愛國正捏著打人的那隻手掌，正反地瞧，忽感脖子一涼。張美鳳道：「再打呀，小心我把你脖子剪了！」

這晚，苗愛國發起了高燒。張美鳳收捲了鋪蓋，只留一張破席子。苗愛國拽著張美鳳的手喊：「媽，我命苦。」張美鳳抽出手，啐了一口，苗愛國就嗚嗚地蜷成一團。張美鳳站在旁邊，瞧了一會兒，跺了跺腳，又將收起的被子給他裹上。苗愛國扭了幾下，將自己裹緊，張美鳳隔著被子抱抱他，回床上去。

20

張美鳳正鬧得起勁，忽聞張秀紅也鬧離婚。媽媽和姐姐都不說原因，去問金亮偉，聽完哈哈大笑：「姐姐是良家婦女，怎麼可能和黑人亂搞。」

「外頭傳得厲害，系裡都知道了。」

「誰在背後沒人說，你自己不也瞎搞嘛。」

「那不一樣，我是男人。」

「男人了不起啊，你就是找藉口。是不是外頭敲定了？」

「那倒沒有。」

「真沒有？那你趕快離，離完我嫁給你。」

「我可是你姐夫。」

「哼，現在倒來提這個。我不嫌你二手貨，已經不錯啦。」

「二手貨才值錢，就像皮鞋穿了一陣，才會更合腳。」

打完電話，磨蹭一會兒，就見苗愛國又醉了回來，癱在地上，張美鳳把他拖到桌邊。別看他面孔虛胖，身上瘦得都是骨頭，只垂著兩掖浮肉，一掐一個瘪塘。張美鳳掐得他滿臂月牙印，感覺解氣了，將他雙手反捆到背後，綁在桌腿上，兩條腿也綁了，一條栓到床腿，一條栓到櫃子腿。然後一鎖門，打牌去了。

打得天昏地暗回來，苗愛國還醉著。半夜時分，張美鳳被驚醒，開燈一瞧，桌子移了位，苗愛國擰著身子，一個肩膀支在地上。

「我要離婚。」張美鳳走過去。

苗愛國盯著她殘缺了的趾甲油看。

「聽見沒有，離婚！」

苗愛國仍不吱聲。張美鳳去廚房拿了菜刀，貼到苗愛國臉上。

「你敢。」

「我怎麼不敢。」

刀鋒一側，就是一道淺紅的痕。苗愛國居然一動不動，只蓄出滿眶淚水。

「哭啦，怎麼跟娘們似的，會被人看輕的。」

「美鳳，你看輕我，因為我沒錢。」

「廢話，沒錢誰看得起。」

等了片刻，張美鳳又道：「其實你冷靜想想，我們在一起，肯定不幸福。我要求也不高，就要這房間，其餘你都帶走吧。」

苗愛國抽抽搭搭地哭，邊哭邊道：「不如殺了我吧，我活著沒品質。」

「只要離了婚，要死要活隨你！」

「美鳳……」

「你想想，我給你戴了那麼多綠帽子。你不離婚，是男人嗎？」

苗愛國嘴巴鼻孔一塊兒喘粗氣。

「咱們遲早要離的，不如趕緊點。張秀紅也要離，我可不能讓她占了先。」

苗愛國的氣息漸漸平下去。他低頭不語。張美鳳掐他臉頰，拽他頭髮，道：「你想想看我的相好，我把他們侍候得可爽啦。」見仍沒反應，就在他面前打電話。金亮偉在上課。又找二鍋頭道：「在辦正事呢。」

「什麼正事呀？」

「和大哥吃飯。」

「嘁，我還不知道你們。三分談事，七分泡妞！我送上門給你們泡，是你們的福氣，」張美鳳掛了電話，沖苗愛國道，「看見了吧，我要軋姘頭去了，你在這兒待著，好好考慮離婚的事。」她脫了睡衣，沖苗愛國做了幾個挑逗動作，才穿戴起來，拎包出門。

21

這是張美鳳第一次見毛頭。毛頭左右各一女孩，皆有姿色，擁著他鶯鶯燕燕。二鍋頭介紹「這是毛頭大哥」，張美鳳胳膊半伸，毛頭略站起身，才握到她的手。她的手像魚，滑膩膩的，從他指間倏然溜走。毛頭遞菸，張美鳳輕輕夾住，彈一下濾嘴，雙手抱在胸前。

「你叫張……什麼鳳？」

「美鳳。」

「好名字。你是二鍋頭的朋友？」

二鍋頭搶答：「是啊，開襠褲一起長大的。」

張美鳳抿著嘴，乜斜著眼，端坐不動。這姿勢使她像電影明星。

「阿姐比我們大幾歲呀？」毛頭左邊的女孩問。她眼皮抹得紅通通，滿頭五彩髮夾。

「大不了幾歲，比你們成熟些罷了。」

「阿姐挺自信的。」

「女人就是要自信，不然男人也不會喜歡。」

另一女孩道：「是啊，再老的女人都得自信。」

二鍋頭道：「你們女人像孔雀，見了面就開屏。」

張美鳳道：「兩位妹妹好勝心強，沉不住氣，到底是資歷淺。」

紅眼皮的女孩連面頰都紅起來，旁人趕忙摁住她。毛頭不說話，眼睛始終不離張美鳳。

飯罷，兄弟們陸續走了。女人們端坐不動。

毛頭說：「嬌嬌，你們回家休息吧。」

「毛頭大哥，我不累。」紅眼皮女孩道。

「我們先走吧。」另一個拚命使眼色。嬌嬌噘起嘴，僵持片刻，起身走了。另一個跟出去。走廊裡一陣激烈而壓抑的說話聲。張美鳳吐出一口煙，注視白霧裊裊升起。

22

最後是苗愛國提出離婚。那是一九九七年十月。張美鳳說：「我知道，你外頭有人了。」

苗愛國沉默片刻，才道：「我覺得這樣拖下去，對大家都不好。」

「有人就有人唄，你說出來，我不怪你。」

苗愛國猶豫著，點了點頭。

張美鳳本是瞎猜，不料竟然猜中，剎時板下臉。

苗愛國忙道：「其實，我愛的是你，可是你一點不愛我了。」

「什麼愛不愛的，苗愛國，我們純粹肉體關係，只不過有張結婚證，上床不用花錢。」

苗愛國搖搖晃晃，顯得很不好受：「都這時候了，還拿話氣我。」

翌日到街道開證明。一個中年女人接待。她口腔裡有股魚腥氣，兩爿嘴唇翻飛時，唾沫星子就將味道散到空氣裡。張美鳳心不在焉聽著。

「有孩子沒有？」

「沒有。」苗愛國回答。

「不管有沒有孩子，都不該離婚。俗話講得好，千年修得共枕席，想想父母，你們離婚了，他們會多傷心。社會是個大有機體，家庭就是裡面的細胞……」

張美鳳想，她這麼大把年紀，也知道什麼叫「有機體」。街道辦公室只有一桌、一椅、一櫃，角落裡放著一隻癟氣的籃球，和一些廢棄的泡沫塑料，它們被塗成紅色，做成字的形狀，支離破碎地堆疊著，像剛下解剖台的屍體零雜。

「……退一步海闊天空……」

張美鳳打斷道：「離婚是我們的自由，你的任務只是開證明。」

「我認為，你們的感情基礎還在。」街道幹部頓時結巴了，臉也紅起來。

「我們感情如何，自己知道，你管來管去，不嫌麻煩嗎？」

「美鳳，別這樣。」苗愛國拉她。

張美鳳哼了一下，甩手往外走，苗愛國只好跟出去，不停扭頭對老太道：「對不起，真對不起，她心情不好。」

出了門，張美鳳道：「討厭，煩人。」

他們靜靜站了一會兒，兩樓有扇窗戶半開，見張美鳳抬頭，窗裡的人縮了回去。

「證明的事你想辦法吧，」張美鳳將戶口簿和身分證塞給苗愛國，「別給我弄丟了。」

她大踏步往前走，耳朵裡都是街道幹部的聲音。其實那聲音挺慈祥。張美鳳覺得透不過氣，大口喘了幾下，居然眼淚喘出來。

23

拖了三個月，苗愛國總算將事情搞定。張美鳳正在逛商場，接到苗愛國的電話。聽完，扭頭興高采烈道：「我可以離婚了。」

毛頭輕輕嗯了一聲。

「你不開心？」

「開心。」

「好像不怎麼開心。」

「這是你的事，我無所謂開不開心。」

張美鳳沉下臉，拍拍架子上的衣服。片刻，發現一件鮮紅的中式棉襖，又高興起來。營業員一個勁誇讚，說穿著像新娘子。張美鳳轉了幾圈，襖子上金線勾勒的花卉被燈光照亮，真有幾分新娘派頭。

第二天，張美鳳穿新買的紅襖去民政局。遠遠看見苗愛國，早等著了，橫條子夾克，米黃色西褲，褲管上兩道過於誇張的熨痕。

「打扮得這麼正經，人家以為來結婚呢，」張美鳳睨視他的腦門，「還擦了慕絲，大概你這輩子就擦過兩次慕絲吧，結婚時一次，離婚時一次。」

苗愛國的面孔始終陰著，此刻更陰，五官一繃緊，臉盤子就小而圓。張美鳳想：原來他不是方臉。霎時恍惚，彷彿夫妻多時，竟未真正看清他的長相。

他們在灰濛濛的大樓裡上上下下，跑了半天，出來時已是傍晚。決定去吃分手飯。菜上來後，沒有一道合胃口，清炒菠菜油膩膩，油炸排條全是麵粉。

苗愛國撓撓頭，從包裡取出證件。結婚證是紅的，離婚證是綠的，他把兩個小本子疊起來，又分開，端端正正放在桌上。

「幹嘛呀，沾到油了。」

苗愛國手忙腳亂地收起來。「美鳳，我會出去租房子，能不能先讓我在家住幾天？」

「不行。」

「那今晚我睡哪兒？」

「睡你姘頭那兒呀。」

「她還沒離婚呢，她老公……」

張美鳳打斷道：「那你就睡街上，又不是沒睡過。」

苗愛國道：「美鳳，我不該說這個。」

張美鳳不答，右手中指順著左手的指甲，一枚一枚捋過來。那些指甲修剪得渾圓，一只大鑽戒，一只瑪瑙戒，還有兩個鉑金指環，一大一小，上下疊套著。順捋一遍，又倒捋一遍。苗愛國看得嘴唇一抖一抖的。

飯罷，苗愛國執意送她，張美鳳執意不讓送。苗愛國道：「好吧，我看著你走。」張美鳳道：「你以為演電視劇啊。」走了幾步，猛地停下，回頭道：「還是你先走。」

苗愛國扯了扯嘴角，問：「以後還能碰面的，對吧？」

張美鳳點頭。苗愛國緩緩轉身。他的肩膀伶仃地聳出來，夾克的背心正中，繡著一隻米老鼠。米老鼠咧著大嘴笑，在不變的笑容中，背影漸漸離遠了。

張美鳳給毛頭打電話：「離了。」

「離了就好。」毛頭依舊淡淡的。

「我以為你會說，明天就娶我呢。」

「我不是個愛開玩笑的人。」

「我愛開玩笑。」

掛斷電話，張美鳳覺得，生活似乎卸掉了唯一的重負，人生再無任務，可以去死了。她站在路口想了想，想起前幾天蔣芳打電話來，說她姐姐生了。這個張秀紅，一會兒鬧離婚了，一會兒又生孩子了，搞不懂在搗騰什麼。張美鳳猶豫了一會兒，決定去醫院看望。

24

張秀紅產下一女，小名洪洪。她不願見女兒，還時時發火哭泣，把蔣芳熬的雞湯潑在地上。蔣芳通知金亮偉：「小孩肯定是你親生的，和你像得不得了。」金亮偉馬上來了。蔣芳把小孩遞給他道：「瞧瞧，一個模子刻出來的。」

金亮偉接過來一瞧，皺巴巴的一團粉肉。粉肉「呀呀」兩聲，忽地打了個哈欠。金亮偉雙手平伸，不像抱，倒像是托舉。蔣芳道：「姿勢不對。」比劃著糾正他。金亮偉出神地問：「這麼一小團，能養活嗎？」

蔣芳笑道：「人人生出來這樣，不都養大了嗎？」

金亮偉低頭，眼睛離不了孩子。

蔣芳輕聲問：「你覺得像不像？」

金亮偉道：「像什麼？」馬上反應過來，「還看不出來。」

蔣芳道：「大不了去做個檢驗。現在科學技術先進，一測就知道了。」

金亮偉不語。

蔣芳道：「小金，你不會連親生女兒都不認吧，仔細瞧瞧她，你身上的一塊肉啊。」

金亮偉的眼眶有些濕潤了。

蔣芳接過孩子道：「先不管這些。你和秀秀很久沒見面，聊聊吧，」又在金亮偉耳朵裡壓低聲音道，「醫生說，她有產後憂鬱症。你好好開導一下她。」

張秀紅耷拉著眼，似睡非睡。金亮偉在床邊坐下，有些尷尬。

又是蔣芳打圓場：「最近生意好不好？」

「還行。」

「學校裡呢？」

「也不錯。」

「給你削個蘋果。」蔣芳去拿蘋果。

「不了，我就走。」

「吃完蘋果再走。」

「吃得黏手。」

「拿紙巾擦擦就好。」

金亮偉只得吃，滿病房「刮啦刮啦」咬蘋果的聲音。

蔣芳問：「甜嗎？」

金亮偉點點頭，把蘋果核扔在床腳的廢紙簍裡，執意要走了。蔣芳終於不再挽留，抱著孩子送到門口，輕聲道：「你可得常來。醫生說，憂鬱症嚴重下去，會自殺的。現在你們倆呀，孩子也有了，小日子過過挺好。你說，夫妻間有什麼大不了的事。」

金亮偉點點頭。

蔣芳道：「不過也別太擔心，現在的情況，擔心也沒用。」

金亮偉又點點頭，竟似真的擔心起來。

25

近來，金亮偉煩心事頗多。不久前搞大了校花的肚子，那個大二女生去人流，完後參加體育考試，大出血暈倒在跑道上。父母找上門，問私了還是公了，金亮偉付了二萬賠償費。過不了半月，又登門：「上次是肉體賠償，我們精神上也有損失的。」

金亮偉再付五千元。十幾天後，還來索要營養費，又是五千元。之後去廣州出差一周，回校時，那對父母出現在辦公室門口。金亮偉急急地將他們引到無人處。

「你以為躲得了我們？」

「沒躲你們，我出差有事。」

「你能有什麼事？」

「公事。」

「別想耍滑頭，否則系裡很快知道這件事。」

「你們別衝動。這對林琳更不好，她會被開除的，到時候名聲也沒了，前途也沒了。」

「咱們林琳是個大姑娘，是你把她毀了。」

「林琳是成年人了，我們雙方是自願的。再說，現在又不是封建社會。」

「你說自願就自願了？林琳這丫頭，從小懂事，」母親道，「去年報上登新聞，一個中學老師被抓進去了，他只是摸了摸班裡的女生，你想，他只是摸了一摸。」

金亮偉太陽穴一跳一跳的：「這樣吧，我們先吃飯，慢慢談。」

他們打的去一家餐館。林琳媽媽道：「把我們拉這麼遠，要殺人滅口啊。」

「想請你們吃好一點的。學校附近沒什麼高檔飯館。」

「別以為一頓飯就把我們打倒了。」

到了飯店，父親要了金亮偉的手機，給林琳打電話，林琳不肯來，雙親輪番勸，勸了十多分鐘，林琳同意來了。林琳穿藍色帶帽套頭薄絨衫，胸口印著小小的校標。面頰浮腫著，馬尾巴紮得有些凌亂，她到的時候，她的父母已消滅了四五道菜。

他們是回滬知青，在同一家國營廠工作，他們中的一個下崗了——林琳提起過，金亮偉記不清了——也許是母親，她精力旺盛，只要不被打斷，可以連續不斷地說話。林琳和他們長得都不像。她自小由外婆在重慶帶大，一個舅舅是重慶副市長。那裡山多，從小爬山的妞兒，屁股都緊湊上翹。林琳有重慶女孩的美臀，當它被黑色彈力褲包裹時，像只飽滿的桃子。

老夫妻坐在對面，狼吞虎嚥掉一條魚、一份牛肉、一盤牛蛙、兩斤草蝦，一鍋骨頭湯。金亮偉問是否需要加菜，他們立刻點頭。服務員遞上菜單，兩隻腦袋湊近硬面本，嘁嘁喳喳地商量。林琳飛速望向金亮偉，金亮偉接住她的目光。這很危險，老傢伙們隨時會發現，但金亮偉被黏住了。林琳的眼神會黏人。

又添了三道菜。

金亮偉道：「恐怕吃不掉。」

母親道：「可以打包。」她紅熱的額頭上，滲著一層毛絨絨的汗。

「你們知道從這兒回去，乘幾路車嗎？」金亮偉問。

母親打了一串嗝：「這到時候再說。現在還沒談正事呢。」

林琳低著頭玩弄筷子，筷子「啪嗒」掉在地上，父母同時瞪她一眼。

「錢的問題……」金亮偉放低聲音，「最近手頭沒有現金，能否等上一陣？」

父親道：「行。」母親道：「不行。」兩人對望了一下，父親改口道：「不行。」

林琳突然趴到桌上，背脊劇烈起伏。

「別哭，」母親拍拍她的背，「我也替你委屈，我們的寶貝女兒，就那麼不值錢？」

「我不是這意思。」

「那你什麼意思。」

「她是無價之寶。」

「花言巧語，林琳吃這套，我們可不吃。」

金亮偉瞥了瞥林琳，忍住怒氣道：「這樣吧，我明天在學校，你們下午來我辦公室，我給你們支票，就算一次結清了。」

「多少錢？」

「二萬。」

「二萬五。」

「二萬。」

「那麼，二萬三。」

「好吧，這麼定了。」

26

半夜，金亮偉被門鈴吵醒。林琳一撲進門，就掛在他的脖子上。

「怎麼了？」金亮偉朝她身後張望，確信沒人跟隨。

林琳兩眼熠熠發光：「我們私奔吧！」

金亮偉愣住。

「我們去重慶，結婚。不，不，我不逼你，不結婚也行，先住在一起。外婆和舅舅會喜歡你的，

天哪，我幹嘛把孩子打掉。他們對我一點不好，只想著錢，他們是很窮，可……」

「林琳，林琳，」金亮偉搖晃著她，「聽我說，你要為自己的前途著想。至少先把書念完吧，否則將來哪個單位會要你。」

林琳像被打了一悶棍。金亮偉把她往外面推，兩人在門檻上站住。

「真香，」林琳突然問，「什麼花？」

「嗯？」

「你院子裡種的什麼花？」

金亮偉抽了幾下鼻子：「蠟梅？月季？我不懂這些。」

林琳道：「不私奔也行，我們就地結婚。爸媽就沒理由敲詐你了。」

「你真是個孩子，想法太簡單。他們不會甘休的，」金亮偉儘量語氣溫柔，「更何況，乖乖林琳，我說過的呀，我和我老婆只是分居，還沒離婚呢。」

林琳恍惚地望著他。金亮偉腦袋發脹，只想回屋睡一覺：「林琳，走吧，明天還有課。」

「明天沒課。」

「你沒課，我有課。」

「你是下午有課，可以睡到中午呢。」

「但上午得備課呢。」

林琳扭頭就走，金亮偉拉她，沒拉著，她小小的身子消失在黑暗裡。宿舍關門了吧，她會到哪裡去？金亮偉想了想，打了個哈欠，闔上鐵門。

27

除了林琳，還沾了個燙山芋，就是祕書艾馨馨。金亮偉是她的第一任老闆。半年後，艾馨馨跳槽到小舅舅的建材公司。遞交辭職信時，她解釋了半天：「我媽硬要我去的，我也沒辦法……金總，我還是喜歡在你這兒。」說著說著，她眼睛紅起來。金亮偉只能安慰一番。

一年半後，舅舅的公司倒閉了，艾馨馨又回頭找金亮偉。金亮偉正缺一個行政助理。重回金亮偉身邊的艾馨馨，仍是稚氣的娃娃臉，可懂得了說話得體，也注意起穿著打扮了。金亮偉發現，當她拚命收緊腰部時，身材頗有幾分性感。

一個半月後，金亮偉的現任祕書回家生孩子去了，艾馨馨又做回金亮偉的祕書。除了以前的跑腿、接電話和文字處理，金亮偉還開始帶著她見客戶。

沒多久，他們上了床。金亮偉從枕頭上捧起艾馨馨的臉：「第一次面試你時，你真是個很小很小的小孩。」

一個多星期後，金亮偉出差，他讓公司的財務小田出面辭退艾馨馨，理由是做事懶散，經常遲到。艾馨馨聽完小田的解釋，不發一言地整理起東西。小田給了她一只信封，裡面是兩個月薪水，還讓她交接事務，艾馨馨道：「今天太晚了，明天不行嗎？」

小田道：「金總交代了，最好今天交接完。」

艾馨馨微笑道：「這麼急趕我走啊。」坐到電腦前，打開資料夾。小田湊過去。

艾馨馨回頭問：「你和金總上過床嗎？」

小田「嗯？」了一聲，臉紅道：「什麼亂七八糟的。」

艾馨馨微笑道：「告訴你個祕密，我上過。」

幾天後，金亮偉出差回來，一進辦公室，就看見艾馨馨。他將小田召到裡間，問：「你和她說過了嗎？」

小田道：「說過了。」

「錢給了嗎？」

「給了。」

「那怎麼還在這兒？」

小田的表情有些奇怪：「她一定要來，又不能趕她走。」

金亮偉讓小田出去。沒多久，艾馨馨推門進來，手裡拿著條裙子。金亮偉瞪著她。

艾馨馨笑道：「你最近看電視了吧，克林頓被萊文斯基搞慘了。我覺得這招挺管用。」

「你開什麼玩笑。」

「沒開玩笑，我很認真的。」

金亮偉沉著臉道：「好吧，你要多少錢？」

「我不要錢。」

「多少都好商量。」

「我已經說了，我真的不要錢。」

「那你要什麼？」

「我什麼都不要。」艾馨馨收了裙子，推門出去。

金亮偉腦子裡一脹一脹的。呆了一會兒，覺得嗓子眼乾燥，於是開了一包即溶咖啡，到外間加水。當他穿過辦公室時，覺得艾馨馨在盯著他。猛一回頭，發現是錯覺，她正抱著胸，微笑著，凝視電腦螢幕呢。

「金總，」艾馨馨叫住他，「昨天《人材報》打電話來，讓你把營業職照傳真過去。」

金亮偉點點頭。

艾馨馨問：「你還要登廣告招祕書嗎？」

「暫時不要了。」

「好，我告訴他們，」艾馨馨撥號碼時，響亮地自言自語，「新的就一定比舊的好？」

28

三個月後，林琳從文科樓頂跳下。成績中游的她，期末掛了兩門，輔導員找她談話，第二天就出事了。據傳言，那顆以美麗聞名的腦袋，都壓到脖子裡去了。金亮偉和一個同事去系裡開會，路過樓下，同事指著一灘痕跡道：「這是當時潑散的腦漿，嘖嘖。」

在綿延不絕的震驚中，金亮偉反覆告訴自己：此事與他無關。他連著幾晚睡不好，走在校園裡，時常發現與林琳相似的背影。二十來歲的女孩，腰身總是細細的，走路帶點蹦蹦跳跳。

連報紙記者都來了。系裡不讓提，大家就悄悄議論。金亮偉覺得，別人看他的眼神有些怪異。他安慰自己，這是心理作用。

一天清晨，金亮偉打開門，發現院內撒滿了紙錢，院外水泥地上有黃粉筆畫的大圓圈，圈內寫著林琳的名字，薰黑的地面沾著錫箔灰燼，在陰寒的空氣裡窸窣翻飛。林琳媽陰魂似地閃進來。金亮偉想關門，被她用身體卡住。

「幹什麼呀！」金亮偉推她。

她突然抓金亮偉的臉，他胳膊一格，嘴角被劃出一道紅印。老頭不知何時也來了，勸道：「咱們慢慢講。」人卻背著手，站在半尺開外。

林琳媽一個勁嚷：「我不活了，我不活了。」

金亮偉怕鄰人聽見，趕忙放他們進來。林琳媽伸著一隻手，不讓他關門。

「你們再鬧，我叫保安了。」

「保安我也不怕！」

「冷靜些，否則對大家都沒好處。」

「我們要告訴學校，告訴系裡。」

「告訴什麼？這段時間，我沒和你們女兒講過一句話。她自己考試考砸了，心理脆弱。」

「她死就是因為你。」

「如果因為我，她早就自殺了，為什麼還拖三個月，」金亮偉一用力，終於將門關上，「我經商多年，各條道都熟。我不過是尊重老年人，覺得大家都不容易。林琳是個好女孩，這事我也很難過。我會出點下葬費，不過那純粹是我的心意，我不欠你們任何東西。」

兩個老人被他一長串的話震呆了。金亮偉飛速上樓拿了錢下來。

林琳媽盯著那小疊錢：「多少？」

「一萬。」

「怎麼看著這麼少？」

「都是新鈔，紮整齊了，體積就小了。」

29

幾天後，久不聯繫的胡梁木來電，約金亮偉出去坐坐。他已和胡芊芊離婚，孩子歸女方，現剛跟一女生確定關係。金亮偉見過他們，胡梁木推著自行車，女孩走在車子另一邊，踏腳板老是蹭到她的小腿。她渾身圓滾滾的。

他們去學校附近的酒吧。那裡在放Beatles，不同品牌的香水味，混雜著不同人種的體味。胡梁木問他最近忙什麼，金亮偉說老樣子，問胡梁木忙什麼，胡梁木說我也老樣子。

胡梁木道：「這世界他媽的發瘋了，每個人都在離婚。」

金亮偉道：「我可沒離婚。」

胡梁木道：「那和離了也差不多。」

金亮偉道：「還是不一樣。」

他們默默啜著啤酒。角落裡有兩個外國妞，居然穿著低胸吊帶衫。胡梁木道：「洋人的體質就是不一樣。」金亮偉這才留意到，他覺得她們的乳溝過於誇張了。

喝了一會兒，胡梁木道：「聽說又有女生為你自殺，還是校花，金亮偉，你真行。」

「胡說，人家是期末考考砸了，這才想不開。」

「哈哈，你手都抖了，開個玩笑嘛。」

金亮偉覺得一點不可笑，簡直是可惡。胡梁木還在盯著他的手看，他沒法讓它們不抖，也沒法將它們放到胡梁木瞧不見的地方。

「我們這麼多年老朋友了。說真的，玩玩可以，過火了對自己沒好處。上次那個自殺未遂，系裡把你的職稱敲掉了。這次可能更嚴重。」

「我說了，她自己考試不及格。即使有人打小報告，我也不怕，凡事要講證據。」

他們坐得很近，胡梁木的面孔看起來有些變形。

金亮偉道：「是你女朋友的意思吧？她讓你來譴責我？」

「那倒不是，她見過你兩次，對你印象挺好。你這傢伙，確實挺有女人緣的。」

「別挖苦我了。不過說句老實話，你幹嘛找那麼小的女朋友，打算和她結婚嗎？現在的小孩都是糖水泡大的，一方面不懂事，一方面又現實得不得了。」

「也許吧。」胡梁木兩眼間的距離似乎在縮小。

金亮偉側出身子，半伏在吧臺上，從這個角度看，胡梁木似乎沒不高興，只是臉頰喝得紅紅的。

「別太在意女人。」金亮偉嘀咕。他覺得嘴裡發澀。

「你記得嗎？」胡梁木道，「小萍跟香港人跑掉後，你咬牙切齒地說，要征服天下一切女人。」

「我說過嗎？說過也是年少氣話，說著玩的。」

「氣話——」胡梁木抿了一口酒，想了想，回頭問他道，「說真的，和不同的女人上床，感覺真的不同嗎？」

「你喝多了。」

「是有點，頭開始暈了，不過感覺挺好。嘿，別打岔，我問你呢。比如，」胡梁木指了指角落裡的洋妞，他的手指在遊移，「你上過外國女人嗎？」

金亮偉冷冷按住他的手指。

胡梁木一口氣乾完，惡狠狠問道：「我再問你，林琳在床上騷嗎？」

金亮偉也惡狠狠道：「你他媽的想打架是不是。」

「是！」胡梁木瞪著他，忽地打了個響嗝，整個人頓時軟下來。金亮偉瞧著他慢慢伏下去，又慢慢挺坐起來。

「我記得，」胡梁木的口齒還算清晰，「第一次看到林琳，她穿著運動服，一蹦一跳跑過來，叫『老師好』。你後來，後來介紹說是你們的系花。呃，不對，校花？反正是朵花。那天，她那身衣服，是什麼亂七八糟的呀，還把頭髮紮成那樣。但就是好看。她年輕。」

金亮偉一動不動聽著。

「你是個混蛋，姓金的。」

「是，我混蛋。」

「如果是我，我會對她好的，這麼好的女孩子。」

「你又不會和她結婚。」

「是。可我會對她好的。」

「不結婚，拿什麼對她好。給她買東西，抽時間陪她？這我都做過。」

「是，是。我也不是什麼好東西。哈哈，你這個混蛋，和我這混蛋打一架吧。」

「好。」

胡梁木抓住金亮偉的胳膊，湊近臉，忽地又是一串嗝。金亮偉皺起眉頭。他聞到酒氣。這時，胡梁木口齒含混起來：「或者……掰、掰手腕。以前你老輸。還是、是老樣子，輸了喝……酒。」

他們的手勾在一起。金亮偉感覺胡粱木毫無氣力。他慢慢允出腕力，使兩隻扭緊的手在中線上保持平衡。旁邊有人起哄，角落裡的洋妞也過來了。她們吶喊助威時，吊帶衫裡的東西一直在晃，一下一下很有節奏。金亮偉分了分神，瞬間被掰倒了。他在眾人的笑聲中，一口氣乾掉杯裡的酒，拿起桌上的車鑰匙，走了出去。

回家路上，金亮偉想著林琳。她長什麼樣？似乎初見時苗條，術後有些浮腫，他努力地想，兩個形象重疊起來，變得模糊。於是又回憶起文科樓前的那灘痕跡。天哪，這不關他的事。

金亮偉覺得，自己至少生意講誠信，對待分居的妻子也不錯，還給了林琳父母那麼多錢，本來可以不給的……金亮偉的步子快起來，他想飛到寫字臺前，把畢生的善事列下來。

但直至提筆，卻一樁善事也想不起。金亮偉在書房呆坐，聽到窗外有犬吠，看時間是凌晨三點。洗個澡，裹著睡衣上床。在閉眼的瞬間，驀地在天花板上看到林琳。

她穿一身藍衣服，披著頭髮，站在他的院子裡，似乎聞了聞花香，然後轉身走掉了。

30

艾馨馨越來越懶，懶得像個老闆娘，時常翹著二郎腿，剪指甲，吃零食，弄得電腦鍵盤上滿是雜屑。她甚至把另兩個員工來回使喚，金亮偉布置的工作，也轉手扔給他們。

金亮偉覺得厭惡，但她送上門時，又拒絕不了。艾馨馨有些癡肥，坐時腰裡層層疊疊，那全是吃下去的餅乾、漢堡、油炸薯條。她還無意識地搭住那些贅肉，一下一下地按著它們。

除了陪金老闆赴商業飯局，艾馨馨基本不幹活兒，天天表現她的好吃懶做，彷彿強調自己的存在，也彷彿為了讓金亮偉生氣。

你們系領導。」

「不生氣最好，不然關係搞僵了，我也會豁出去。你看，我有你全部客戶的聯繫方式，我還會找

「不。」

「你生我氣嗎？」

說完這些話，艾馨馨就會盯住金亮偉的眼睛，然後微笑道：「我看出來了，你恨我。」

「明明是你在恨我。」

「我怎麼會恨你，我還想做你女朋友呢。」

「我又不是單身。」

「這和單不單身沒關係。談戀愛和結婚是兩碼事。」

「談戀愛不是為了結婚嗎？」

「談戀愛就是為了談戀愛，別在我面前裝保守。」

金亮偉真想抓住她的肩膀，狠狠搖她，終於忍住了。

「要不我把趙總介紹給你？他年輕，也比我有錢。」

「他胖得像豬，又沒什麼情調。」

「很多女人不這麼認為……」

「別再說了，」艾馨馨瞪大眼睛，「我哪點不好？我知道了，你嫌我不漂亮。不過也正常，男人有財，女人有貌。好吧，我這就減肥，你看我變成窈窕淑女。」

艾馨馨真的開始減肥，扔掉抽屜裡的零食，放入各種減肥藥，寧紅、大印象、絞股藍……最後選定番泄葉，這種植物沖泡後，葉片上有一層膩滑。艾馨馨不吃早飯，不吃中飯，晚飯也不吃。如果上飯局，就拚命喝橙汁，偶爾夾幾筷素菜，在清水裡反覆漂洗。後來胃不好，醫生告誡必須吃東西，就

帶十幾根黃瓜到辦公室。「咯嚓咯嚓」的嚼黃瓜聲和「咕咚咕咚」的喝水聲交替而起，金亮偉聽著都餓。番泄葉讓艾馨馨頻繁如廁，實在沒東西可拉，就拉出些糞水，夾著沒消化的黃瓜粒。可憐的腸子不停抽搐，發出響亮的腹鳴，像有人在她肚子裡拉動抽水馬桶的水閥。

一天下午，金亮偉從學校趕去公司，辦公室鎖著門，用鑰匙打開，發現艾馨馨站在牆角，搖搖晃晃，走近一瞧，她腳邊扔著一只別人吃剩的盒飯。

艾馨馨神情難受地閉上眼，她的嘴角泛著油光。金亮偉扶她站穩，她快要哭出來了：「我實在忍不住，聞到菜油香就發瘋。」

「這麼折騰會死人的。」

「死了算了，你也不喜歡我。」

「沒說不喜歡你。」金亮偉皺了皺眉頭。這時，財務小田正巧進了辦公室。金亮偉和艾馨馨同時盯住她，小田硬將目光固定在牆壁的某個點上，不和他們對視。

第二晚，艾馨馨約金亮偉看電影，金亮偉猶豫再三，還是去了。從開場到終了，艾馨馨將手搭在他倆之間的扶把上，金亮偉沒去握她的手。散場後，散著步，艾馨馨道：「我們真像情侶。」

金亮偉帶她去吃夜宵。艾馨馨道：「這麼晚吃東西，會發胖的。」

「偶爾一次沒關係。再說你減肥卓有成效，也該犒勞一下自己。」

面對那碗皮蛋瘦肉粥時，艾馨馨仍然遲疑，但吃下第一口後，她就一口一口迅速地吃起來。「奇怪，不吃不餓，一吃倒覺得餓。」

金亮偉又點了鳳爪、雞腿、小龍蝦，艾馨馨不再扭捏。食至正酣，她突然大叫：「你知道天底下最幸福的事是什麼嗎？是和自己喜歡的人一起吃東西！」

以前，金亮偉和艾馨馨的關係，是老闆與祕書，外加性夥伴。現在，他們是老闆與祕書、性夥伴、共進晚餐者、共渡週末者。艾馨馨管這叫男女朋友關係，金亮偉不去反駁她。艾馨馨有時突然發脾氣：「你多愛我些就好了。」或者逼問：「你說，你為什麼不愛我。」金亮偉就笑著打哈哈。隔三岔五地，艾馨馨會鬧上一次。金亮偉慢慢不再搭這碴。

週末的節目很單調，除了做愛，就是看電影。艾馨馨迅速胖回去，甚至比先前更胖。金亮偉帶她回過一次家，領教了她的廚藝。艾馨馨說，她會把金亮偉也餵成胖子。她改掉《兩隻老鼠》的歌詞，高唱：「兩隻胖子，兩隻胖子，整天吃，整天吃，一個是女胖子，一個是男胖子，他們是，有情人。」唱完拍手大笑。

金亮偉覺得她有些傻，但立刻提醒自己，不要被表相蒙蔽。一次他假裝隨意地提起沾精斑的裙子，艾馨馨淡淡道：「早就扔了。」

過了大半年。某日逛街，艾馨馨指著櫥窗裡的婚紗照道：「什麼時候我們也去拍。」

金亮偉假裝沒聽見。

艾馨馨道：「你是不是覺得，永遠沒這可能？」

「馨馨，八字還沒一撇呢，我現在還是有老婆的人。」

「你考慮清楚了，可別後悔。」

第二天又提，金亮偉硬下心腸答覆：「我五年內不會結婚。」

艾馨馨咬牙切齒道：「你真的別後悔。」

第三天，艾馨馨突然消失。那是真正的消失：不來上班，手機停機。金亮偉找出她幾年前的應聘信，照固定電話打過去，發現是空號，才想起她搬過家，但沒有透露新地址。應聘信上黏著艾馨馨的一寸免冠照，還是剛畢業時拍的：圓臉兒微側著，眼睛拚命睜大，用一種誇大其辭的純真望著鏡頭裡的世界。

金亮偉等了兩個多星期，才從不可思議的感覺裡出來。他撕了艾馨馨的應聘信，將她的面孔一剪為二。那晚喝了很多酒，躺在客廳沙發上，零亂地想著事情。一股柔軟的情感湧動起來，他突然無比思念張秀紅。

31

金亮偉第二次去醫院時，蔣芳開始和他談判，想讓他把女兒接回去。金亮偉道：「秀紅身體不好，還是在醫院觀察觀察。」不等蔣芳開口，就去預付了二萬元住院費。

蔣芳道：「你還是懷疑，對吧？親不親生，做個鑒定就知道了。」

金亮偉道：「我不是那個意思。」

他低頭看嬰兒。蔣芳問他要不要抱。他不語。蔣芳將嬰兒塞到他手裡。嬰兒兩腮肥肉，手腳動個不停，一身溫熱的奶香，讓人忍不住要捏一捏，咬一咬。金亮偉忽地想起那謠傳中的黑人，心裡冷了冷，想把嬰兒放下，但胳膊肘裡似有黏力，放也放不下。

蔣芳給他沖了杯奶粉，還請他吃蘋果、香蕉、曲奇。這時，臨床的被推去做檢查，蔣芳道：「哦呀，捲筒紙沒了，我出去買，你幫忙照看一下，」不等金亮偉回覆，就說開了，「如果抱累了，可以把洪洪放在小床上，喏，這兒。要是哭得厲害，就按鈴叫護士。如果秀秀要喝水，熱水瓶就放那兒，喏——」金亮偉不住點頭，蔣芳走出去了，又折回來道：「熱水瓶裡的水是昨天的，我回來會重新泡。」腳步聲很快遠了，病房空蕩蕩地安靜起來。金亮偉看了看懷中，嬰兒不知何時睡著了。他把她放進小床，挪了挪方凳，倚到張秀紅床頭。張秀紅沒有反應。

下午三四點，天色偏黃。遲到早退的陽光，被骯髒的窗玻璃一擋，愈發地了無生氣。被褥發黑了，蔣芳提過幾次，院裡總是不理睬。金亮偉心想，也許可以換到更好的醫院，再請一個看護人員，花不了多少錢的。

張秀紅側臉朝著視窗，他只能看到她耳朵的輪廓。以前睡覺時，她喜歡摸他的耳朵。蔣芳說，秀秀從小就這樣。秀紅，張秀紅，她真的為他生了個女兒嗎？他默默凝視，她裹在被子裡，顯出一圈小小的輪廓。金亮偉身子慢慢下滑，伏在了張秀紅胸口。她的心跳很微弱。過了三五分鐘，張秀紅冷冷道：「別壓著我，透不過氣了。」

金亮偉坐直身體，有點尷尬。這時，門外有人打電話。

「喂？喂？什麼？聽不見，信號太差！我在醫院呢！」

一個護士道：「小姐，輕些，影響病人休息了。」

「三兩句話，難道就影響了？」

金亮偉聽出是誰了。嘀滴答嗒的靴子聲，正往這間而來。

「啊呀，太陽從西邊出來啦！」

「美鳳啊，我來了幾次了，怎麼都沒見你。」

「來了幾次？你們夫妻情深呀，」張美鳳夾著風進來，將果籃放到床頭櫃上，「咱這不是見了嗎？」

金亮偉起身，重新調整了櫃上的搪瓷杯、塑膠碗和水果刀，為果籃騰出地方。

「坐。」他道。

「沒關係，你坐。」

「我不累。」

「那我坐了。」張美鳳一屁股坐下。

「你今天穿得很喜氣。」

「好看嗎？新買的。」

「好看，像新娘子。」

「今天特地穿得喜氣，是去離婚的。謝天謝地，總算離掉了。」

張美鳳撲到床沿邊，連珠炮地問：「怎麼樣？感覺好點沒？哪兒不舒服？醫院的伙食好嗎？」

張秀紅不吱聲，也不回頭看她。張美鳳冷住臉，扭身問金亮偉：「媽沒來？」

「她天天來，這會兒買東西去了。」

「買什麼東西，這麼長時間。」

「瞧你急的，趕火車呀。」

「別說趕火車，追漢子都不急呢，」張美鳳摸摸果籃上的透明薄膜，「新鮮水果，吃不吃？」

「還是留給你姐吃吧。」

「我渴死了，先嚐一個。」她撕掉薄膜，取出水果。面上是亞熱帶品種，一種像荔枝，但毛絨絨的，另一種像小捲心菜，表皮是粉紅的。底下是蘋果生梨之類。張美鳳拿起一只獼猴桃，啐了一口：「奸商，下面都藏著爛的。」

金亮偉笑道：「所以我不太買果籃，又貴，品質又不好。」

「貴倒無所謂，也是一番心意，」張美鳳挑出爛水果，扔到地上，又拿起一只粉紅果子，問：「這是什麼？」

「火龍果。」

「到底是教授。」

過了一會兒，張美鳳問：「你吃不吃？不吃我一個人吃了。」

金亮偉搖頭。

張美鳳問：「你怎麼不說話啦？」

金亮偉道：「我想……出去一下。」朝她擠了擠眼。

金亮偉在不遠處站定，很快張美鳳也出來，一前一後地穿過走廊，在無人處停下。

「想死我了。」金亮偉道。

「你那麼快活，還會想我。」

「我哪裡快活了。」

「你會不快活？我不信！」

「你快活嗎？」

「我快活極了。」

「我猜也是。美鳳，剛才你進來時，真把我看呆了，簡直容光煥發。」

「還用說，我一直都美。」張美鳳笑得得意。

金亮偉拉她。張美鳳扭來扭去。兩人抱在一塊兒。金亮偉感覺到她胸脯的溫熱。他慢慢將臉蹭下去。

「等等，手硌疼了，」張美鳳鬆出一條胳膊，「好了，可以了。」

他們擁得更緊。

金亮偉有過一個希臘留學生情人，胸是隆出來的，摟抱時總覺得一層隔離物，又冷又硬。秀紅和美鳳的乳房都是大而挺拔，姐姐的乳暈更淺淡，因而顯得溫和。乳房和它們的主人一樣，是有性格的。

「我要吃奶。」金亮偉喃喃道。

「什麼？」

「沒什麼。」

「我聽見了，你要吃奶。」

兩人輕笑。

「有人！」張美鳳忽然驚呼。

「哪有什麼人！」金亮偉戀戀不捨地分開。

「真的聽到腳步聲。」

「那是你心虛。」

「我看還是回去吧，太久了不好。」

張美鳳先走，金亮偉等了幾分鐘，也進入病房。蔣芳已經回了，正坐在病床邊。張秀紅蒙在被子裡，被窩一顫一顫的。張美鳳送的果籃被扔到牆角，床頭櫃上放著大堆新買的捲筒紙。金亮偉細看蔣芳，發現她面色慘白，似在忍受什麼巨大的隱痛。

張美鳳在問：「媽，你們啥時候吃飯？」

蔣芳不答。

金亮偉結結巴巴道：「天晚了，我想我該回去了。」

「好吧，你回去吧，」蔣芳語調僵硬，「你們都回去吧。」

32

張秀紅很快出院，住回蔣芳家。她終日躺著，每次蔣芳將孩子抱近，她都顯出厭煩。一晚蔣芳驚醒，發現張秀紅在黑暗裡光腳走動，窗外的路燈光照出一個披頭散髮的輪廓。蔣芳輕呼「秀紅」，張秀紅就站住，片刻之後，悄無聲息地回到床上。蔣芳諮詢醫生，醫生道：「產後憂鬱症無藥可治，只能你們家屬多當心。」

蔣芳要做鐘點工，張秀紅又不肯給孩子餵奶。恰好金亮偉打來電話，說想接走洪洪。「我媽退休了，可以過來帶孩子。她很有經驗的。」

蔣芳道：「你做了那種事，還好意思說。」

「媽，你誤會了。」

「不要叫我媽，」頓了頓，又道，「你們都不要叫我媽。」

「那以後慢慢解釋。眼下小孩放我這兒，肯定更合適。你們考慮考慮。」

蔣芳和張秀紅商量，張秀紅「哼」了一聲，別過身去。又問了幾聲，仍不答，只得對女兒道：「那我拿主意了。我純粹是為孩子著想，你可別生氣。」

金亮偉要來接孩子，被蔣芳拒絕了：「秀秀情緒不穩定，最好暫時別見面。」蔣芳親自送孩子過去。金亮偉邀她小坐，蔣芳坐著，客廳沙發柔軟得讓她不想起來。金亮偉上樓拿了一疊錢：「給秀紅補補營養。」

蔣芳道：「秀秀不會要你錢，她恨你呢。」

這時，孩子突然大哭，蔣芳抱起她，哄拍著她。

金亮偉道：「要不我去買點奶粉尿布，你先坐坐。」

半小時後，金亮偉拎著兩只大塑膠袋回來了。蔣芳起身道：「時間不早了，要走了。剛才的錢……」

金亮偉趕忙從茶几上拿起錢，塞進蔣芳手裡：「補補營養，補補營養。」

「是得補補。秀紅都瘦得不成人形了，那張臉呀，一摸一層皮，滑上滑下的。

蔣芳走後，洪洪醒了，又開始哭。金亮偉給她餵奶粉，全吐出來，換尿布，身上又沾著嬰兒糞。折騰到凌晨三點，終於把孩子哄睡過去。金亮偉沖了包即溶咖啡，索性坐下來備課。備到五點多，在沙發上躺一會兒，躺到七點多，查詢了一一四，打電話給婦嬰保健醫院，醫院說：「做親子鑒定要預約的。」

金亮偉做了電話預約，又給武漢老家打電話。一轉念，想還是等鑒定結果出來再說。他重回沙發裡躺著，頭痛欲裂，卻睡不著。下午二時，鐘點工來了，一進門就嚷嚷：「怎麼有小孩子呀，哭得這麼凶！」

金亮偉問她會不會帶孩子。這個四十多歲的阿姨道：「會是會，但我接的人家多，沒時間。我有個鄉下表妹倒是挺合適的，前陣子剛生完孩子出來。」

鄉下表妹叫小羅，三十多歲，圓滾滾的，一口河南話，不斷驚歎：「這麼多書，老闆是讀書人呀。」金亮偉問她會不會帶孩子。小羅道：「會，會，俺還能奶孩子。孩子是自己奶的好。奶粉奶出來的，身子嬌氣。」她的確奶水充足的樣子。

洪洪一到小羅手上，就不哭了。小羅抱著她滿屋走，走到金亮偉書房，對小孩道：「你爹是讀書人。」又走到客廳裡，敞開衣服餵奶。孩子吃飽喝足，在紙尿布裡拉了屎，被放到浴缸裡洗澡。金亮偉過來瞧著，小羅更起勁地哄孩子，還唱他聽不懂的兒歌。孩子忽地在水下放了個屁。金亮偉驚喜道：「呦！」

「妞兒也是人，」小羅道，「放屁打嗝一樣不拉。」

金亮偉瞧著水中的小人，眉眼似乎長開些了，正拖著兩道口水，東張西望。小羅將她擦乾，裹入繈褓。金亮偉道：「讓我抱抱。」剛抱起，孩子又笑，還「啊啊」蹬腳。

金亮偉問，小孩多久能叫爸爸，小羅道：「一歲吧。」

「這麼久啊。」

「老闆是讀書人，妞兒肯定也聰明，保不準馬上能開口了。」

「別叫我老闆，叫小金。」

「哦，小金老闆。」

三天後，金亮偉帶了身分證和戶口簿，到醫院做鑒定。醫生讓他回去等結果。金亮偉道：「當天能拿嗎？我付加急費好嘍。」

醫生將他拿鈔票的手推回來：「最快也得兩天，這是統一規定的，能快我也希望快。」

等結果的晚上，金亮偉睡不著，坐在客廳裡抽菸。在客臥哄孩子的小羅也出來，問：「小金老闆有心事啊？」她的黑乳頭從睡衣下透出來。金亮偉晃了兩眼，想起張秀紅姐妹，心中一陣刺痛。

兩天後，金亮偉趕了個早，路上差點撞到一輛計程車，他聽見對方司機叫罵，沒心情計較。下了車，小跑到底樓大廳，居然還排著隊。金亮偉等了漫長的五分鐘，終於從小窗子裡拿到那張紙。他跳過一欄欄資料，直奔頁末的結果。這時，陽光恰好斜射進醫院大廳。金亮偉覺得那一刻，他的身體浴滿了黃金。身後的人催道：「讓一讓呀。」將他推開。金亮偉邊往旁邊退，邊給小羅打電話。小羅過了很久才接。金亮偉嚷嚷道：「抱著洪洪，到樓下『喜福來』等我。」

「哪個『喜福來』？」

「社區門口左手的那家飯店，吃海鮮的。等等，先把洪洪抱過來，讓我親親。」

「小孩不會說電話的。」

「你先抱過來。」

過了幾秒，小羅道：「抱過來了。」

電話裡很安靜。

金亮偉聽見自己在說：「洪洪，爸爸愛你。」他感覺到，自己捏手機的指頭被潤濕了。

33

附近超市開張，免費促銷雞蛋，蔣芳排了三次隊，領了十幾只，被認出來。發雞蛋的姑娘說：「只能領一次。」推了她一把，蔣芳跌坐在地，面孔撞到人行道圍杆。立即有蛋清從馬夾袋裡流出來。姑娘道：「對不起。」蔣芳在眾人注視下，慢慢自己站起，拎好袋子，推上車子。

到家清點，有三只完好的，趕快煮了。煮完叫張秀紅來吃。張秀紅驚呼：「媽，怎麼了！」蔣芳這才覺得臉上疼，顴骨上一大塊烏青。「看看嚇人，其實不嚴重。」她讓張秀紅趁熱吃蛋，張秀紅推讓。讓了半天，同意她兩只，蔣芳一只。張秀紅瞧著媽媽熄滅煤氣，鍋子裡的三只淺紅的橢圓挨著擠著，被一圈碎小的水泡托舉著。慢慢的，水泡消失了，小橢圓們安安靜靜，因為清水的光線折射，它們看起來不對稱。

張秀紅突然問：「洪洪怎麼樣啦？」這是她第一次主動提女兒。

蔣芳道：「在小金那兒呢，要不咱們去看看？」

張秀紅點點頭，又搖搖頭：「金亮偉會照顧她的。」

蔣芳吃不準她的意思，又道：「要不咱們去看看？」

張秀紅想了想，道：「好。」

母女倆轉了兩部地鐵，坐上「加勒比別墅」的班車。張秀紅一路看著窗外。下了班車，道：「你去他家，我在這兒等。」蔣芳勸了一回，見她堅持，就獨自去女婿家。只按了一下鈴，門馬上開了。

金亮偉今天穿了西裝，抹了慕絲，劈頭就問：「秀紅呢？」

「她不想過來，」蔣芳見金亮偉頓露失望，又道，「凡事有個過程。」

金亮偉讓小羅抱出洪洪，小羅蓬著頭，沒睡醒的樣子，蔣芳冷冷瞅著小羅。金亮偉道：「小羅弄孩子很有一套。」蔣芳哼了一聲，接過嬰兒。

張秀紅等在社區外的麥當勞，見媽媽進來，趕忙迎上去，接過孩子。她不太會抱，蔣芳糾正她的手勢。洪洪咧開嘴，似在笑，但漸漸「哇」地哭起來。張秀紅急道：「哭了哭了，怎麼辦？」蔣芳接過孩子，摸了摸尿布，乾的，於是道：「大概餓了，也不知道他們什麼時候餵的奶。」她想起奶媽小羅，對張秀紅道：「要不，你再和小金談談？長期分居也不是辦法，保不準生出什麼變。男人犯點錯誤，也是可能的。」

「你也這麼說？」張秀紅將目光從女兒臉上移到媽媽臉上，「張美鳳也這麼說過。」

蔣芳像被刺了一下，低頭哄孩子。洪洪不哭鬧了，「呀呀」兩聲。張秀紅又問：「寶寶想說什麼呢？」

蔣芳道：「孩子要多抱，多交流，以後才能感情好。要不咱們把洪洪接回去？」

張秀紅猶豫了一下，道：「我們沒這條件，不能害了孩子。」

「還什麼『我們』『他們』，金亮偉是你老公，你點一點頭，馬上就又有老公又有孩子了。俗話說『退一步海闊天空』，秀秀你再考慮考慮。」

張秀紅不語。

蔣芳道：「吃點東西吧。咱們不餓，孩子也餓了。」

洪洪像是為了印證這句話，突然又大哭起來。

蔣芳哄孩子，張秀紅出去買了三只饅頭，然後到櫃檯點了兩杯可樂、一杯牛奶。蔣芳將牛奶在勺子裡吹涼了，一小點一小點餵給洪洪。張秀紅呆望著盛牛奶的紙杯，拿吸管沒精打采地搗戳著可樂裡的冰塊。最後，母女倆都沒碰那些饅頭。

蔣芳將孩子送回金亮偉處，和女兒坐上回去的班車。車上，張秀紅又望著窗外，忽地扭頭道：「我要找工作，賺錢，自己養女兒。」

34

張秀紅買報紙，寄簡歷，忙了幾天。偶爾接到面試通知，卻都沒下文。

蔣芳忿忿道：「我女兒長相好，學歷高，人也老實，哪點不好了？」又道，「找工作也累，要不乾脆還是原諒小金，搬回去吧。」

「如果不是張美鳳，我或許就原諒了，」張秀紅道，「媽，我不是不想，而是不能。心裡硌著塊大石頭，壓得慌。」

蔣芳急亂道：「你要考慮將來，人生長著呢，」她眼淚都快出來了，「你們這對女兒，可愁死我了。」

張秀紅道：「還是先找工作，走一步看一步。可能是我太老實了，現在找工作，都要託關係的吧。」她翻出以前影視公司時收集的名片，挨個兒打電話過去。「歐陽先生嗎？我是秀紅，張秀紅，以前顧老闆那裡的祕書。什麼？顧老闆，就是顧前衛。我想……喂喂！」

近百張名片，只有一個姓范的傢伙對張秀紅隱約有印象。他約她吃飯，說正好缺個祕書。張秀紅猶豫再三，就去了。

范先生約在一家咖啡餐廳，時間是晚上九點。這家餐廳更像酒吧，一些男女在幽暗的角落裡扭成各種形狀。張秀紅轉了一圈，認定了那邊自斟自飲的男人，猶猶豫豫地走過去：「范先生嗎？」

男人抬起臉，張秀紅立刻認得了，他是影視公司的老客戶。倆人互相打量，范先生道：「請坐。」張秀紅坐下。

范先生道：「我記得你，你沒以前好看了。」張秀紅挪了一下屁股。范先生道：「幹嘛坐那麼遠，過來。」他拍拍身邊的座位。張秀紅挨過來，范先生摟她的腰：「你瘦多了。」

桌上放著半瓶酒和兩只空杯子。范先生打了個響嗝，張秀紅躲避不及，吸了一鼻子洋蔥和胡椒味。

「你吃過了嗎？」范先生問。

「吃過了。」

「怎麼吃過了，說好請你晚飯的。現在還想吃什麼？」

「隨便。」

范先生鬆開她，邊給自己斟滿，邊問：「電話裡有點沒聽清，你什麼名字？」

「張秀紅。」

「什麼『紅』？」

「秀，秀麗的秀。」

「什麼？」

張秀紅挪開身子，范先生按住她：「我在逗你玩呢。我一直對你印象挺深的。你要找工作對嗎？我那裡有工作，跟我去吧。」

張秀紅將胳膊轉來轉去，范先生牢牢箍住她的手腕。

「幹嘛呀。」

「沒幹嘛。」

「流氓！」

范先生笑咪咪道：「你想要工作嗎？」

「不要了。」

「不要了？你都想到來求我，肯定是真沒辦法了吧。」

張秀紅頓了頓。范先生在屁股後面摸了半天，摸出鈔票，塞給張秀紅。張秀紅的手指遲疑地捲起來，她感覺大概有兩三張。范先生半笑不笑著，貼近道：「怎麼樣，」見不吱聲，又問，「怎麼樣嘛？」

張秀紅做出起身要走的樣子，但動作有些僵硬，她想起了洪洪。

35

凌晨二點多，張秀紅被范先生叫醒。她匆忙地接過錢，塞進包裡，又匆忙地穿好衣服。范先生道：「不說聲『再見』嗎？」張秀紅沒有回頭，沖身後擺擺手，就關門出去。

她走到離旅館很遠，才站停等車。許久，才有一輛計程車亮著小紅燈，從黑暗的遠處滑來。張秀紅招手叫停，鑽進後座。一路上，她將頭靠在前排的座墊上。夜風和汽車馬達的聲音，顯得格外響亮。

回家開了門，發現蔣芳穿著睡衣，站在外間等她。母女倆面對面靜了幾秒。蔣芳問：「出什麼事了？」

「沒什麼事。」

「這麼晚，去哪裡了？」蔣芳注視女兒一邊脫衣服，一邊進浴室，「到底去哪裡了？」她試圖推開沖淋房的門，張秀紅在裡死死拉住。倆人僵持著，熱水的霧氣將她們之間的玻璃模糊了。「媽，你別問了。」蔣芳歎了口氣，退出去。

翌日中午，蔣芳回家，發現張秀紅還在睡，早飯仍放在桌上。蔣芳將饅頭重新熱了，自己吃了一隻，給張秀紅留了兩只。上午做鐘點工時，女主人送給她兩把放得不新鮮了的菠菜，蔣芳做了菠菜湯，敲了一隻蛋，灑了些榨菜和鹽，也放在桌上。看看時間差不多，進屋說了聲：「秀秀，喝湯的時候熱一熱。」就走了。晚上五點多，蔣芳又回家，發現張秀紅仍在床上，菠菜湯冷在灶頭上。蔣芳坐到床邊，輕聲道：「秀秀，你不要這樣。」

張秀紅終於開口了：「我不餓，你自己吃吧。」

「不餓的話，就喝些湯吧。」

蔣芳將湯鍋和一只饅頭放在床邊的小板凳上，自己去把剩下的饅頭，就著榨菜，吃下去了。凌晨三點多，蔣芳睡不著，摸到張秀紅床邊，把饅頭和冷湯端到外屋，消滅一光。

第二天，張秀紅起了個大早，從包裡拿出范先生給的錢，數了數——連同餐廳裡給的二百，一共一千塊。她勻了五百，放在蔣芳的抽屜裡，剩餘五百收進自己的錢包。

張秀紅洗漱一淨，又打掃了房間，坐等到下午五點多，聽到門外一陣「丁呤噹啷」的鑰匙響。過了十幾秒，蔣芳凌亂的頭髮從門縫擠進來。「起來啦？」張秀紅點點頭，她有種幻覺，彷彿蔣芳彎腰換拖鞋時，會漸漸折下去，最後癱倒在地。

36

張秀紅在報紙中縫翻到啟事：百合歌舞廳，招服務員若干，女性，二十五歲以下，薪酬面議。「百合」是七十年歷史的老建築，殖民地時留下的，離張秀紅幼年居住的小洋房不遠。蔣芳曾攜姐妹倆經過，指道：「舊社會時，這裡有很多『跳舞小姐』。」妹妹問：「什麼叫『跳舞小姐』？」小秀紅沒聽母親講解，遠遠走到前面。她不喜歡這幢樓，灰頭土臉，陰氣森森。

五十年代，「百合」被政府接管，改名「紅都戲院」，兩側開了些零雜小店。後又改為「紅都電影院」。在張秀紅母女搬離小洋房前一個月，「紅都電影院」門口的雨棚突然倒坍，壓死一名行人。那天放學，張美鳳一路小跑，沒進門就尖叫：「死人了，死人了！」蔣芳呵住她，連說「晦氣」。飯後，張秀紅跟著妹妹溜出去看死人。天色已晚，行人稀少。張美鳳興奮地轉前轉後，指著地面道：「這兒，這兒，我在這兒看見的。」張秀紅湊近，看見了昏黃路面上的一灘暗色。那以後，「紅都電影院」的招牌燈暗了，玻璃大門緊鎖，慢慢蒙上灰，碎出裂縫，被寬邊透明膠粗粗黏合起來。

好像七八年前，「百合」突然復活了，仍是電影院，過了一兩年，又改回歌舞廳。一家台資餐飲娛樂公司，在裡面投了大筆鈔票。張秀紅見過翻修後的「百合」，門頂兩個亮閃閃的大字，英式風格的樓身上，鑲著一條條旋轉明滅的彩燈。迎賓小姐穿絲絨旗袍，兩側開叉到大腿根。巨幅易拉寶占住半扇大門，畫著舞女，寫有「懷舊」、「舞蹈培訓」字樣。

這是張秀紅對「百合」的全部印象。她照著招聘廣告的號碼打過來，是個粗嗓子男人，問：「你多大？」

「二十四。」

「好，帶上身分證影本。」

張秀紅穿牛仔褲和套頭毛衣。她瘦了，這使得她看起來年輕，但頗為憔悴。

白天的愛國路有點荒涼，街角掃出一堆堆垃圾，多是飲料瓶和食物袋。百合歌舞廳的霓虹暗著，頂牌髒髒的，有幾條雨天留下的泥水印。張秀紅核對了一遍地址。

一樓大堂，二樓飯店，三樓才是歌舞廳。她上到三樓。樓道出奇地暗，絳紅色的落地窗簾拉得嚴實，吊頂垂得很低，水晶燈搖搖欲墜。電視機裡有女人在唱歌，歌聲細伶伶地迴響著。一個濃妝豔抹的中年婦女，默默站在屋角。張秀紅經過她時遲疑了一下，但馬上確定，對面折疊靠椅上的中年男性，才是她要找的人。

男人一手端菸灰缸，一手夾香菸，翹著二郎腿，西褲和皮鞋之間，露著一截顏色鮮豔的襪子。他背後的牆上掛著「市文明單位」的金牌牌。

「我是來面試的。」

角落裡的女人問：「幾歲了？」她不知何時站到了張秀紅背後。

「二……十多吧。」

「二十多？身分證影本呢？」

張秀紅從包裡掏出影本。

「三十二，虛歲都三十三了。」

「讓我看看。」男人伸出手。

女人邊遞給他，邊不停說：「太老了，太老了。」

男人認真地看影本，那上面的照片，是十四年前的張秀紅，馬尾辮，中分頭路，不知啥事開心，笑得鼻子都皺起來了。

「結婚了嗎？」他問。

張秀紅猶豫了一下，道：「沒。」

「你留個電話和位址吧。」男人道。

中年女人走到吧台裡，慢吞吞地翻出一支筆，啪地甩在檯面上。

37

何明把張秀紅複印的身分證照剪下來，放在皮夾裡。年輕的張秀紅微笑時，左眼比右眼眯得厲害，左側眉尖上的一粒痣，平衡了這種不對稱。他約張秀紅吃飯。

張秀紅道：「到底要不要我，就在電話裡給個說法吧。」

何明道：「我有幾句建議。要不出來吃個飯，咱們具體談。」

張秀紅道：「我年紀是大了點，端茶送水還幹得動，也比小姑娘有定性。」

何明道：「我會安排你工作的，你今晚肯賞光嗎？」

張秀紅猶豫。

何明道：「我們可以去『前程』，離你家不遠。就這麼定了，晚上六點。」

「前程飯店」果然不遠，張秀紅曾經路過。她啜著小盞的菊花茶，觀察對面的男子。臉色灰，牙齒黃，小眼睛裡含著精明，但不惹人討厭。張秀紅一放下茶杯，何明就給她斟上。他斟茶很有技術，恰好地斟到杯口下，滿而不溢。

張秀紅問：「工作的事，您看行嗎？」

何明給自己斟滿，將茶壺放在桌邊，正視張秀紅道：「你是大學生，有層次的人，幹嘛非得來

『大仙窟』？」

張秀紅眉尖的痣抖了一抖：「什麼意思？」

「愛國路這一帶，都叫『大仙窟』，是男人晚上找樂子的地方。」

張秀紅將臉埋在盤子後面，半晌才道：「那麼，百合也是？」

「是，」何明啜了口茶道，「不過我們這裡還算正派。」

張秀紅面頰發熱。

何明道：「別急，找工作最容易。前程的老闆就是我朋友，打個招呼，你來做領班吧。」

張秀紅含糊應了一聲。

然後聊了別的。何明話不多，張秀紅更少，於是只能何明講，講天氣、股票、法國世界盃。張秀紅不懂股票和足球，就用食物填滿自己的嘴。

飯近尾聲，何明問：「還要加點什麼？」

張秀紅道：「不用了。」

何明加了酒釀圓子。張秀紅嚐了一小碗。

「你喜歡甜的吧，剛才吃了很多沙拉和糖藕，」何明道，「這裡的棗泥糕是特色。」

張秀紅道：「飽了。」

何明執意點一份。棗泥糕做成心形，四顆紅心躺在白瓷盆上，香噴噴地甜著。他們各夾了一顆心，張秀紅認真地吃，還是剩了半塊在碗盞裡。何明笑道：「你剩了半顆心。」

飯後水果又是滿滿一大盆。張秀紅拚命搖頭，說吃不下。何明就自己吃，吃得很慢，葡萄拈到嘴裡，吮吸三五口，才把癟癟的葡萄皮扔進骨盆。張秀紅擦淨手和嘴，耐心等著。

何明消滅了最後一粒葡萄，沖那堆葡萄皮愣了一會兒，道：「時間真快，一頓飯就這麼完了。」

張秀紅看看表道：「吃了兩個半小時呢。」

「飯後散散步吧？」

「恐怕太晚了。」

「那送你回去，」何明付了錢，打手機道，「老李，我們吃好了。」

在門口等了幾分鐘，一輛奧迪緩緩開來。何明替張秀紅開門，自己坐在外側。張秀紅道：「我先下，該我坐外側。」

何明道：「不礙事。」他囑咐老李往前開。

車子啟動了。叫老李的人始終沒回頭。駕駛座上方的後視鏡，照出他黑白相間的頭髮。張秀紅覺得，何明指揮人的樣子很氣派。金亮偉也開奧迪，他是自己的駕駛員。

少頃，何明又問：「真的不走走？吃得挺多，也該消化一下。」

張秀紅猶豫。

何明道：「老李，靠邊停。」

這是個適合散步的季節，風和溫度恰到好處。他們一前一後，微微拉開距離。走了一會兒，何明道：「我平時挺會說話的。」

「哦。」

「看到你，就有點不會說了。」

「哦。」

突然刮起一股風，帶著點旋，猝不及防地撩開張秀紅的裙子。張秀紅趕快捂住，腿上火辣辣，又涼颼颼，像被何明的眼神摸過了。她偷眼瞧去，何明在盯著旁邊一棵樹。張秀紅也看那棵樹，一棵很普通的樹，什麼也沒有。於是張秀紅臉頰也火辣辣起來。

慢慢的，何明從她身後走到身邊，又慢慢的，拉起她的手。拉了一會兒，張秀紅掌心濕了，她道：「我想回去。」

何明道：「好。」猛地拽了拽她，手背似是無意地蹭到了她的乳房。張秀紅推開他，急急往前走。

何明留在原地，沒有追趕她。

38

幾天後，前程酒店通知張秀紅上班。戴老闆五十開外，說話笑咪咪的：「你是何老闆的朋友吧，」不等回答，又道，「這是一個月工資，先拿著。」

他的胖手拈出一隻信封，張秀紅遲疑地接過，頓了一下，迅速塞進包裡。

接著被帶去熟悉情況。另有三名領班：小沈管一樓大堂，小方管二樓大堂，小鍾管包房，張秀紅分管的，是二樓最靠裡的豪華包房：牡丹廳和玫瑰廳。手下兩名服務員，張秀紅問叫什麼，其中一個道：「我叫八號，她叫九號。」

午飯時，八號、九號坐在張秀紅旁邊。她們只顧著自己聊天，聊到高興時，就咯咯直笑。張秀紅猜她們說的是安徽話。飯罷，閒坐片刻，被戴老闆叫去，問：「環境熟悉過了嗎？」

「熟悉過了。」

「那回去吧，明天正式上班。」

這是下午三點，張秀紅在路邊吃了麵。她不餓，但一日三餐的任務終於完成了。她坐在麵館最靠裡的座位，打開信封，數了數，二十張百元鈔票，半新不舊的。取出一千，放進錢包，剩下的塞回信封，回家後放入蔣芳的小抽屜。

五點多，蔣芳回來，一進門就道：「中午時，有個何先生打電話找你。」

「哦。」

「他是誰啊？」

「沒什麼。」

「怎麼了？」

「別問這麼多好嗎？」

「好吧，」蔣芳低聲道，「秀秀，你心思單純，和人交往要小心。」

張秀紅在床邊坐了會兒，腦子空空的。這時，電話又響，張秀紅道：「我來。」蔣芳默默注視她拿起話筒。果然又是何明，他邀請張秀紅共進晚餐，張秀紅說自己早已吃過。

「現在才五點呢。」

「我說了，我吃過了，」張秀紅將語氣稍稍放軟，重複道，「我吃過了。」

「那麼，好吧，」何明問，「改天能請你吃飯嗎？」

張秀紅沉默。

何明說：「好的，就改天約。」

「你還有什麼事嗎？」

「沒有了……」何明頓了一頓，道：「那麼，再見。」

「再見。」

彷彿在這個電話之後，天色倏地黑下來。張秀紅收拾房間，把結婚照等與金亮偉有關的東西清理出來，堆在地上，用一次性臺布裹好。

將它們扔進垃圾筒後，張秀紅無比輕鬆，她緩緩往家走，緩緩上樓。但推開房門的瞬間，又心情沉悶起來。

蔣芳告訴她，淋浴龍頭從今天中午開始漏水。張秀紅修好龍頭，洗了個澡，將髒衣服塞進洗衣機。想著明天的工作，催促自己入睡，反而睡不著。年代久遠的洗衣機，此刻發出響亮而愚鈍的囂叫，間或幾聲「啪啪啪」，像有人擊打它的頂蓋。鬧了兩小時，「嘟」地慘叫，終於安靜了。張秀紅仍然睡不著。蔣芳在外間的沙發上，無聲無息。

如果有人在身邊打呼嚕多好，張秀紅會轉過身，摟著他，摸他的耳垂，於是心裡就踏實。閃念間想到何明，張秀紅覺得這聯想可笑。躺了一會兒，坐起身，撥了個號碼。對方不接。撥了五六遍。終於接了：「誰呀？」

「姓范的，是我呀。你這個趁人之危的王八蛋，去死吧，你們一家不得好死。」張秀紅吐了口氣，靜靜捧著話筒。對方也靜靜的，過了五六秒，那邊把電話掐斷了。

39

張秀紅在「前程」做得不愉快。管包房的小鍾對她說：「你別穿圓頭皮鞋，不配A字裙。」八號、九號也在場，嗤嗤地笑。她們只聽小鍾的話，如是張秀紅指揮，就懶洋洋地提不起勁。

管二樓大堂的小方待她不錯，中午吃盒飯時，常擠作一處。某日她問，張秀紅是不是戴老闆的親戚朋友，張秀紅說不是。

「那怎麼老派給你輕鬆活兒？」

張秀紅趕忙道：「你別想歪了，戴老闆和我一朋友挺熟的。」

「噢，那有機會了，要替我說說好話。」

之後，張秀紅覺得小方有些冷淡，但也許是錯覺。還有一個領班小沈，偷偷告訴張秀紅：小方和小鍾是死對頭。張秀紅卻覺得，她們仨是一夥的，她才是唯一的外人。

只有戴老闆施予她少許親切，但很少碰到。偶爾碰到了，就問：「老何最近怎樣？好久沒見他。改天找機會聚聚。」等不及搭話，就匆匆走開。

40

雙休日，張秀紅通常和媽媽去金亮偉那裡，仍由蔣芳將洪洪抱出來，在附近消磨片刻。蔣芳問：「秀秀，你到底怎麼打算。」

張秀紅道：「我不可能再和他過。」

蔣芳道：「你再考慮考慮。」

張秀紅道：「我心裡有疙瘩了，再怎麼湊合到一塊兒，也不會幸福。」

蔣芳道：「真要離的話，就得抓緊。越拖下去越被動，女人不比男人的。」

她替女兒向金亮偉提離婚。

金亮偉道：「壞人犯了罪，還有機會改過自新呢。我只不過是有點小錯誤而已。就算不為我考慮，也得為洪洪考慮。父母離婚，對小孩傷害很大的。」

蔣芳覺得女婿說得有道理。

張秀紅道：「張美鳳不是別的人。他和我親妹妹有一腿，讓我怎麼面對他。」

蔣芳又覺得女兒也沒錯。想了半天，道：「要不咱們先看看，有沒有更合適的人。有了更合適的人，再來處理小金這邊。」

她決定替女兒物色「更合適的人」。張秀紅道：「我一個人也挺好。」

蔣芳立刻叫道：「別發傻，」又道，「秀秀，你爸死得早，這些年我吃了多少苦。真的，我們是女人，生活裡總得有個男人，不然會很苦的。」說著說著，流起了眼淚，皺紋全跑出來，在額角眉梢扭成痛苦的形狀。

張秀紅不語。

蔣芳道：「咱們也得長個心眼，別和人家說小孩的事。先培養感情，等男人真的喜歡你了，其他事情慢慢也能接受。」

張秀紅仍不語。

蔣芳又道：「上次在路上，碰到王阿姨，你記不記得。她誇你漂亮。她有個小姐妹，兒子是德國留學生，比你大四歲，因為讀書把大事耽擱了。現在這年紀，也不求別的，只求老實一點，待你好一點。讀書人，應該蠻踏實的吧。」

「金亮偉也是讀書人。」

「他不一樣。」

「怎麼不一樣？」

蔣芳憋了憋道：「他是生意人，」又道，「就這麼定了，下個雙休日，和他們約個時間。」

41

德國留學生是個大胖子，吃飯時滔滔不絕地說著自己。他的女友在德國跟洋人跑了，這次假期回國，想重新物色一個帶過去。「我這人說話比較直接，你別介意。外國人都很直接，不像中國人，喜歡躲躲藏藏，很有心計。」

張秀紅微笑著搖頭，表示不介意。

德國胖子又說了些留學逸事，說得自己咯咯直笑，差點把食物噴在張秀紅臉上。飯後，他要求AA制，說在國外，這是女性獨立的表現。當帳單遞來時，胖子開始抱怨國內餐飲消費的昂貴。「在德國也不過這些錢。」

張秀紅不肯再交往。蔣芳一個勁地勸：「你們瞭解不深，慢慢也許就發現優點了。」等張秀紅同意繼續交往了，那廂卻再沒動靜。蔣芳一打聽，原來是德國開學，飛回去了。再問，王阿姨就吱唔道：「他覺得，你們秀紅的年齡大了點。」

42

這段時間，何明每天打來電話。偶爾邀張秀紅吃飯，張秀紅總是拒絕。但她不反感煲電話粥。隔著話筒，何明的聲音聽起來厚實沉穩。他很能拿捏說話的分寸。張秀紅也被漸漸引著說些話，但掛斷電話後，卻記不清聊過什麼。這樣打發時間，也不錯。

在和德國胖子相親後不久，就入梅了。這是張秀紅最討厭的天氣，悶、熱、濕，心裡像是堵著什麼。何明也突然幾天沒音訊。下班後，張秀紅坐在暗黢黢的屋子裡，吃飯也提不起勁，想給金亮偉打電話，問洪洪的情況，終於忍住。於是潦草地切換了幾個電視頻道，早早上床。

一晚，睡得不知何時何地了，突然被電話吵醒，是何明的聲音：「雨停了，出來喝喝酒吧。」

「現在幾點啦。」

「管他幾點，來喝酒吧。」

「對不起，我不喜歡喝酒。」

張秀紅掛斷電話，將聽筒架空。整個後半夜，她翻來覆去的。空氣裡有股紙張濕爛的味道。聞著這味道，她聽見何明推門進來，坐在床邊。他握起她的手，低下頭，在她嘴上親了一下。她彷彿也喝了酒，腦袋眩暈起來。在這眩暈中，鬧鐘響了，何明消失了。

第二天上班時，張秀紅有些心不在焉。那個夢，像是在醒著的狀態下做的。夢中的何明，散發著渾厚的男性氣息。

很快又到了晚上。照例沒胃口，張秀紅吃了兩塊餅乾，倚在床上看碟，很快睏了，看時間是七點多，打算洗漱，何明來電話了：「秀紅，想請你吃飯。」

「我吃過了。」

「那就隨便聊聊。」

「聊什麼呢。」

「幹嘛和自己過不去呢？你瞧，剛下過雨，空氣特別好。出來吹吹風，很舒服的。」

於是張秀紅動心了，她僅僅不想浪費那些舒服的風而已。

43

這次見面，氣氛輕鬆許多。張秀紅說得比上次多。何明笑眯眯聽著。張秀紅不好意思道：「怎麼不見你動筷。」

何明道：「我一向胃口不大。」

吃完飯散步。一陣風吹過，張秀紅抽抽鼻子，何明身上果然有男性氣息，和夢中的一樣。她臉一紅，又開始沉默。何明就此消彼長地話多起來。他說他只有小學文憑，很早出來混，百合由他一手承包，對外宣稱台商投資，為的是方便宣傳。除此之外，他還有若干資產，不是KTV，就是按摩院。這些話似曾相識，大概是電話裡曾經說過的。張秀紅將信將疑地笑著，聽著。

說得差不多了，何明問：「去我家看看吧？」

「嗯……」

「開車過去，很快就到了。」

「時候不早，明天還要上班。」

「你不上班，老戴一樣會給你工資。」

「為什麼？」

何明笑道：「就這麼說定了。」

張秀紅道：「這不太好。」

何明給老李打電話。很快，奧迪過來了。張秀紅半推半就著上了車。他們坐開一些距離。何明的手搭在座墊上。幾分鐘後，一輛計程車超到前面。奧迪往旁邊一偏。張秀紅急忙撐了一下座墊。他們的掌側碰在一起。張秀紅微微挪開，何明又移過來。一路上，她就不再動了。

44

離開市中心後，街景更為快速地從車窗外掠過，張秀紅看到它們，卻意識不到它們。與何明觸碰在一起的那塊肌膚，發著熱，並將這熱傳送到全身。她有所預感，並感到害怕，卻不想去阻止。

車停。何明說：「到了。咱們下來走幾步，順便觀賞景色。」

這是一片別墅區，小尖頂們散落在層疊的樹梢之間。空間開闊，風速更為從容。張秀紅吹著風，漸漸有些恍惚。何明顯得很高興，一會兒道：「後面就是大賣場，買東西很方便。」一會兒又道：「這裡的物業管理很好。」他的別墅正對中央人工湖。張秀紅開始相信，何明描述的那些產業，也許是真的。

何明家的大門金燦燦的，及至推開門，發現壁紙也是金色的，天花板灑著金粉，地板是金色條紋，從電話機到相框，每一件都金光閃爍。

從前，張秀紅最討厭金，現在滿眼都是，反覺氣派非凡。在金色的相框裡，有黑白的全家福。年輕的何明更瘦，豁嘴笑著。左邊是個馬臉女人，手裡抱著個孩子，手邊另一個孩子，眼睛像爸爸，臉型像媽媽。

張秀紅問：「你老婆呢？」

何明遲疑了一下，道：「她死了。」

這時，張秀紅突然發現，身後站著個五六十歲的女人，嚇了一跳。女人朝她點點頭，又向何明道：「何先生。」

何明沖她一笑：「喬阿姨，來了個客人，我會招呼的。」

喬阿姨就拐進一間屋去。她動作敏捷。

何明帶張秀紅參觀房間。每間都有照片。有的是獨照，有的是合影。這一家人，在不同的相片裡漸次老去。何明臥室裡，掛著三張近照：女兒、兒子、自己。女兒十六七歲模樣，頭髮五顏六色，鼻翼懸著銀色鼻環。兒子長相年輕，神情卻像中年人，一身西裝，頭髮三七分，頭路筆直，像要延伸而下，將他的臉一切為二。

張秀紅問：「他們呢？」

何明指著道：「她在美國，他在加拿大，是律師。」

張秀紅道：「都很有前途。」

「可惜都不在身邊，」何明盯著相片，沉默片刻，扭頭問張秀紅，「你說，房子這麼大有啥用？」

張秀紅道：「房子大，住得有尊嚴。」

「不管有沒有尊嚴，最後都住進這裡。」何明比劃了一下，張秀紅猜他指的是骨灰盒，心裡有些彆扭。他們慢慢向窗前走去。

何明的臥室像客廳，有餐桌、茶几、沙發、等離子電視。單人床躲在角落裡，與一只金色的床頭櫃作伴。這裡可以看見中央人工湖，很大一汪碧綠，皺出一些風的形狀。兩個小男孩在湖邊玩水，發出刺耳的尖叫。不遠處的犬吠呼應著他們的聲音。

何明道：「我想抽菸了，你要不要來一支？」張秀紅搖頭，旋即又重重點了一下。何明給她點上菸，又給自己點好，一手夾菸，一手就輕輕繞過來。

「經常抽嗎？」

「幾乎不抽。」

「好女人是不該抽菸。」

張秀紅笑了：「是你讓我抽的。」

「是，是，」何明打開菸盒，「還要不要？」

「要。」張秀紅學著何明的樣，在窗臺上掐掉菸頭，又接過一支。

在漸暗的天色裡，白煙顯得特別白。從他們的角度看，白色的煙霧像是從湖面升起的。兩個男孩在煙霧中跑起來，又鑽出一些孩子，加入他們。窗外嘻嘩一片，反而覺出安靜。有幾個孩子在玩滑板，一溜滑出很遠，消失在窗框的左下角。

何明道：「我和社會鬥爭了半輩子，鬥不動了，要歇歇了。」

「嗯。」

「我這個年齡上，對生活的要求其實很簡單。」

「噢。」

「秀紅，」何明轉過臉，煙霧和黑暗圍剿著他的目光，「你不是嫌我沒文化吧。」

「哪裡呀，何老闆，只要有本事，都是能人。」

「那麼，你是不嫌我了，」何明道，「你也多說說自己，讓我瞭解瞭解你。」

「嗯……太晚了，明天一早要上班的。」

何明不接話。他的雙手過來環住她。張秀紅靜靜的，在越箍越緊的懷抱中，緩緩倒向他。

45

張秀紅回來得越來越晚，有幾天徹夜不歸。蔣芳問起，只推說工作忙。

蔣芳道：「怎麼沒日沒夜加班？」

女兒道：「你不是希望我充實些嗎？」

「你該不是談朋友了吧？和媽說，咱娘倆交交心。」

「真是談朋友的話，會告訴你的。」

「和男人交往要小心。」

「我知道。」

「媽想見見他。」

張秀紅不吱聲。

蔣芳問：「是不是那姓何的？」

張秀紅反問：「你幹嘛猜他？」

「是不是他？」

張秀紅猶豫了一下，道：「是。」

46

何明道：「第一次見伯母，得準備點見面禮。」

張秀紅道：「不必那麼隆重。我媽對你有點好奇而已，沒別的意思。」

何明道：「大概是替女兒把把關。」

張秀紅道：「你想多了。」

地點定在「遠洋」海鮮大酒樓。包房在二樓，實物點菜在一樓。何明請蔣芳下樓點菜。蔣芳不肯。張秀紅道：「你自己去點吧。」

何明一走，蔣芳就問：「你們發展到什麼程度了？」

張秀紅不答。

蔣芳又道：「這人和我差不多大吧。」

「四十七歲。」

「長得也太難看了。」

「其實還可以，順眼了就好。」

蔣芳拉住張秀紅的手道：「你怎麼盡幫他說話？媽比你閱歷深。秀秀，你太單純，把人看得太好。」

張秀紅抽出手，淡淡道：「是的，以前把自己的老公和妹妹，都看得太好。」

蔣芳噎了一下，回過頭，沖門口嚷嚷：「怎麼沒人加水？」立刻有兩個女孩，「來了，來了」，從門外疾走進來。一個連說「對不起」，另一個加水。問要不要放冰。張秀紅道：「夠冰了。」她們喝著茶，默默等何明。

何明點完菜回包房，道：「這裡的魚很新鮮，我還點了鯨唇，你們嚐嚐味道。」

蔣芳道：「我老年人了，挑不來魚刺。」

何明道：「那讓服務員把刺先剔了。」

菜上得很快，一道一道的。蔣芳說鯨唇腥氣。何明道：「先兩口不習慣，慢慢就習慣了。」

蔣芳道：「我消受不了這種貴東西，」又問，「你哪裡畢業的？」

何明頓了頓，張秀紅道：「他很早就自己創業了。」

「噢？開公司的？」

何明道：「是。」

「搞什麼業務？」

「第三產業。」

「做得大嗎？」

「還可以。」

蔣芳吃了兩口，果然習慣了鯨唇的味道。道：「我希望你對秀紅好。」

「這個放心，」何明道，「你瞧她的氣色，是不是比前陣子好？」

蔣芳細看，張秀紅果然面色紅潤了。何明笑眯眯的，啜著啤酒。俄頃，出去上廁所。蔣芳道：「秀秀，哪怕結了婚，男人都未必靠得住，凡事要為自己著想。」

張秀紅道：「我知道。」

蔣芳想了想，道：「長相是差點，但看起來蠻會體貼人。」

張秀紅道：「喬阿姨天天給我煲老鴨湯。」

「喬阿姨是誰？」

「他家傭人。他還有個司機，叫老李。」

「他比金亮偉更有錢？」

「也許。」

「剛交往的時候，男人總會花點心思。關鍵還是要看長遠了，是不是還待你好。有句話叫，日久……」見何明進屋來，蔣芳趕忙閉上嘴。

飯後，何明給了蔣芳一個紅包，蔣芳推辭幾次，就收下了。蔣芳問張秀紅，是否跟她一塊兒回家。張秀紅看看何明，道：「媽，你先打個的回家吧。打的費我給你。」

蔣芳拒絕了女兒的打的費，也沒有乘出租，擠著公車回去了。到家打開何明給的紅包，足足五千塊。她數了兩遍，將鈔票放進張秀紅存錢的大信封。

47

好幾個半夜，張秀紅被何明的鼾聲吵醒，再也睡不著，就將他的手臂挪到自己脖頸下。何明的頭跟著靠過來，呼吸吹到張秀紅耳內。他的呼吸很有節奏，配合著座鐘的「滴答」。張秀紅想到座鐘，進而想到時間和日子。時間是河，她的日子是沙，水流急了捲起來亂轉，水流緩了就慢慢沉下去。

何明帶張秀紅去見過二孃孃，他唯一在世的長輩。嚴重白內障的老太太，把張秀紅當成何明的前妻，「詠梅，詠梅」叫個不停。

何明道：「你別生氣，她老糊塗了。」

張秀紅道「沒事，」想了想，又道，「如果以後分手了，看在現在的情誼上，你可別虧待我。」

「只要你不分手，我就不會分手。」

「難道我們一直這樣混下去？」

「我這個年紀的人，沒啥花花腸子，活得簡單舒服就行。我們現在不正又簡單、又舒服嗎？」

「我心裡沒著落。」

「你還不信我的為人嗎？」

「你只把我當姘頭。」

「說什麼呀，」何明驚訝，「秀紅，如果我有資格，早向你求婚了。可我不配。你人那麼好，又有文化……」

張秀紅冷笑著打斷：「聽起來像個藉口。你不是說我單純嗎，單純的人好哄著呢。」

單純，單純是傻和遲鈍的意思。張秀紅又想起張美鳳，張美鳳也曾用過這個詞。

張秀紅提出，要蔣芳搬來住，何明爽快答應了。回頭和蔣芳提，蔣芳道：「我不要和你們住。一個人挺好。不過看得出，姓何的比金亮偉良心好。」

她越來越頻繁地誇他，還問：「你和何明說過小孩的事嗎？」

「沒呢。」

「最後總要說的。不過問題不大，他自己都有兩個拖油瓶。」

「他的兒女都獨立了。」

「那更是成問題。以後分財產時，麻煩多得不得了。」

「媽，八字還沒一撇呢。」

「這是現實問題，遲早要擺上檯面的。想當初分家產，咱娘仨個吃了多大的虧。」

「那不一樣。」

「都一樣，錢是實的，人是虛的。」

張秀紅不語。

蔣芳又問：「秀秀，以前是金亮偉逮著你理虧，現在可是他理虧，你應該問他要生活費。」

張秀紅道：「何明每月給我一萬塊錢，還給我買了幾份商業保險，我倒也不在乎金亮偉那些小錢。關鍵是以後離婚時分家產，別墅、存款，那才是大頭。」

「你打算什麼時候提離婚？」

「不管他願不願意，只要分居兩年，就能離婚了。」

「得請個好點的律師。」

「那時真跟何明敲定的話，何明肯定會幫忙請最好的律師。」

「這倒是，有錢什麼律師請不到。話說回來，何明這種年齡大點的男人，更有經濟基礎，而且踏實、會疼人，綜合考慮，還是不錯的。」

像蔣芳誇的那樣，何明的確不錯，燒得一手好菜，會做木匠會焊鐵，甚至會裁衣服和織毛線。他開玩笑道：「我是『社會大學』的博士生。」

張秀紅問：「你那麼有錢，幹嘛事事親力親為？」

何明道：「我怕閒出病來。再說，要不是在『百合』招工，這輩子也碰不到你。」

他花在「百合」的時間最多。馮瑞雲是「百合」的媽媽，張秀紅應聘那天見過。馮比何明長兩歲，東北妹子，十五歲來南方時，已是一米七的個兒，以風騷著稱。何明有次說起：「馮瑞雲是出了名的，聽說『口活』很好。」

張秀紅問：「什麼叫『口活』？」

何明笑著解釋。

張秀紅不快道：「你試過？」

「我哪敢碰那種厲害角色。」

馮瑞雲給一個做官的包養過，後來那人據說去中央了。馮瑞雲一過三十歲就發胖，一胖就顯得蠢，衣裙在身上裹得一輪輪的。其實她不蠢，有北方人的狠，又學到南方人的精明，一口本地話說得順溜，只有罵人罵急了，才跳出幾句東北粗話。馮瑞雲做姑娘時攢了些錢，三十五歲上開了個髮廊，不幸被一小白臉捲走家當。何明見過小白臉一次，五官挺標緻，脖子上青筋一彎一彎的。馮瑞雲破產後，不知哪兒混了幾年，重回「大仙窟」，在何明手下討生活。

張秀紅也要隨何明去「百合」。

何明道：「那種地方，你去幹嘛。」

張秀紅道：「我也快鬧出病了。」

何明依了她。

這晚，張秀紅穿了件暗紅的小禮服。

「紅色很襯你，」何明笑道：「你這一身，把『百合』所有的人都比下去了。」

張秀紅跟著他，過走廊，進大廳。靠裡的轉角沙發上坐著七八個穿旗袍的姑娘，每人的前襟和袖口都黏著裝飾性的白棉絮。她們停止說笑，有人叫：「何老闆。」其他人跟著叫：「何老闆。」

何明將張秀紅拉到前面，道：「這是你們的老闆娘，你們叫她……秀姨。」

女孩們愣了愣，隨即稀稀拉拉地喊：「秀姨——」聲音拖得老長，還有一些竊竊的笑。

這時，一個女人從包廂出來。何明叫住她：「馮瑞雲，這是秀姨。」

張秀紅發現，馮瑞雲擁有一張端莊的瓜子臉，身材也不如印象中那樣胖。

馮瑞雲冷冷「噢」了一聲，上下打量張秀紅：「我記得你。」

張秀紅道：「我也記得你。」她發現自己氣勢比馮瑞雲弱，就挺起胸，抬高嗓門，伸出手道：「你好！」

姑娘們又輕笑。馮瑞雲居然沒搭理張秀紅，扭頭對何明道：「怎麼才來，上次維修空調的費用，愛麗絲和你說了嗎？真是的，哪兒都他媽的搶錢。」

何明道：「我曉得了，」對張秀紅道，「你先坐會兒。」

有姑娘搬了一張椅子，張秀紅悶坐著。大家開始忙碌，來來去去。一個多小時後，何明才過來：「覺得很悶吧。」

「悶死了。」

「我早說過，這裡不好玩。」

張秀紅盯著馮瑞雲，她正倚著包房門，和門裡的人說話，高高的髮髻在門框上蹭來蹭去。

張秀紅道：「要是我來管『百合』，肯定比馮瑞雲強。」

何明道：「那當然，你是大學生，她是什麼素質。不過這種事情，檔次太低了。」

「沒有檔次低不低，只有賺錢不賺錢。」

「也要看賺的什麼錢。瞧這裡，烏煙瘴氣的。」

「你不是說，『百合』還算正派嗎？更何況，這裡是文明單位。」

「這裡的姑娘都不太文明，一個個潑婦似的。」

「你的意思是，我搞不過她們？」張秀紅盯住何明，「有你撐腰，我會怕誰呢？你會為我撐腰的，是吧。」

48

這以後，張秀紅經常跟何明去「百合」。帳面上的營業額每月五六十萬，折下來的利潤，卻不過三十多萬。張秀紅道：「馮瑞雲太不會控制成本，反正也不是花她的錢。」

何明道：「馮瑞雲自己開過店，在管理方面很有一套的。」

張秀紅道：「你信不信，咱們查查她，肯定能查出問題。」

何明道：「關鍵是抓大頭，放小頭。只要不過分，揩油就讓她揩點吧。」

張秀紅不服，問馮瑞雲要帳本。馮瑞雲道：「帳本每個月上交何老闆的。」

張秀紅問何明，何明道：「我沒拿過帳本。」

張秀紅道：「帳目得管在自己手裡。」

何明笑道：「像個管家婆了。」

張秀紅又問馮瑞雲。馮瑞雲道：「我找找。」找了半天，甩出一疊破破爛爛的紙。張秀紅想帶回去，馮瑞雲道：「不行，每天都要做賬的。」張秀紅就當場坐到沙發裡核賬。馮瑞雲道：「我們要打掃。」張秀紅站到櫃檯後。馮瑞雲又道：「我們要洗杯子。」

「杯子可以過會兒洗。」

「過會兒客人就來了。」

「你有幾只杯子？我替你洗了。」

馮瑞雲快快道：「這可不敢當。」

張秀紅翻了幾頁，有了大致眉目，就開始指尖點著帳本，一行行核對。馮瑞雲隔三岔五地過來，瞧瞧，搭幾句話。她突然道：「何老闆晚上睡覺打呼嚕的，是不是？」

張秀紅道：「什麼意思。」

馮瑞雲笑笑，走開了。

張秀紅呆立了一會兒，就朝外走。剛出電梯，接到何明電話：「人呢？我走開沒幾分鐘，你怎就不見了？」

張秀紅道：「怪不得你不肯辭退馮瑞雲。」說完關機，打的回住處。

不多久，何明追來。張秀紅叫喬阿姨別開門，喬阿姨還是開了。張秀紅躺在床上，面朝牆壁。何明道：「我和她們聊天時，說過自己打呼嚕。馮瑞雲那是故意氣你，我已經罵過她了。」張秀紅有些信了，仍做出不信的樣子。何明解釋了半天，歎氣道：「你想怎麼樣吧。」

張秀紅道：「你要真的想證明，那就辭退馮瑞雲。」

何明道：「別看一個小小的歌舞廳，管理起來千頭萬緒，遠不是看看帳本那麼容易。馮瑞雲已經做順了，重新交接很麻煩的。」

「我不怕麻煩，」張秀紅回過身，望著何明，「當然不僅僅是看帳本，但不看帳本成嗎？簡直是一筆糊塗賬。單說給顧客打折那塊兒，一張憑證都沒有，上個月整整打掉十萬的折。」

「秀紅，再走著看看吧。」

「還要看什麼，寧願讓人家蒙你，也不肯給我一次機會。」

「秀紅，你想要什麼呢。現在有吃有喝，還有零花，日子舒服著呢。」

「我可不想做寄生蟲。」

「秀紅……」何明捋捋她的頭髮，「有時候，我真覺得不瞭解你。」

49

何明正式辭退馮瑞雲。他答應讓張秀紅抽成營業額的二〇％。張秀紅道：「要不立個書面合同吧？」

何明道：「我這人向來說話算話。」

「你當然不會反悔。我只不過求個心理感覺。」

「合同也不是百分百的保障。」

「世上的事，哪有百分百的保障，結婚了還離呢。只不過，」張秀紅道，「淹在水裡的人，有一根稻草也想抓一抓的。」

「秀紅，你不是淹在水裡，你是泡在蜜裡。」

「也不知道能在蜜裡泡多久，」張秀紅冷笑道，「我們的關係，可沒受法律保護。」

何明只能讓老李擬合同。合同說明：無論何種情況，只要何明繼續承包百合歌舞廳，就會出讓營業額的二〇％給張秀紅。」何明在合同書的屁股上簽字，他道：「秀紅，就算沒合同，就算我們之間出了意外，我這輩子都不會虧待你。」

50

張秀紅開始管理「百合」。確實如何明所說，千頭萬緒：每天都出各種故障與情況，客人難侍候，姑娘們也不聽話。何明出面干預過幾次，她們稍有收斂。

何明道：「得讓她們怕你，才能服你。」

張秀紅想了想，道：「我會讓她們怕我的。」

最難受的是作息上的晝夜顛倒。何明勸了她幾次：「秀紅，何必呢，把自己弄得這麼累，人容易老。」

張秀紅道：「習慣了就好。」

51

這天，馮瑞雲突然來了。最先是芳芳看見她。芳芳是「百合」最漂亮的姑娘，她倚坐在正對吧台的轉角沙發上，左腿從絳紅色絲絨旗袍的叉口裸出來，露著一角黑內褲，右腿搭在扶手上，占住大半條沙發，她的左手撐著腦袋，右手五指張開，從波浪長髮裡梳過去，接著將手放到面前細看，彈掉指甲縫裡的髮垢。

張秀紅道：「把腿放下，女孩子坐有坐相。」

芳芳笑道：「怎麼叫坐有坐相？」見張秀紅板著臉，於是吐吐舌頭，勉強兩腳落地。這時，她忽地仰起下巴，朝門口點了點頭，然後挑釁地瞧著張秀紅。

張秀紅一回頭，就見馮瑞雲站在過道裡。

張秀紅生硬道：「有什麼事？」

馮瑞雲哼了一聲，慢慢踱向吧台。附近的姑娘都停下來，盯著她。馮瑞雲在吧台裡摸摸這，摸摸那，道：「放鈔票的抽屜換過鎖嗎？要換掉，免得我來偷搶。」

吧台設在角落裡，橘紅的小射燈暈出一方幽暗，把馮瑞雲照得陰陽怪氣。背面是一縱條木格層，平置著二十多瓶紅酒，另一側是三排式的玻璃櫃，擺放高矮胖瘦不一的洋酒瓶。吧台頂部懸著塑膠綠藤和紫葡萄串，一只電視機正在播放無聲的畫面。馮瑞雲胸部以下被吧台遮住了，她默默站在那裡。

張秀紅想過去，又不敢，正猶豫著，進來一個禿頂男人，遠遠沖馮瑞雲揮手：「好久不見！」

馮瑞雲道：「你怎麼還來呀，我都不在這兒幹了。」

禿頂男人問：「怎麼突然不幹了。」他在吧台前的高椅上坐定。

張秀紅緩緩走去。馮瑞雲忽地背過身。張秀紅叫：「馮瑞雲。」

馮瑞雲回過來，將冰桶和紅酒起子放到吧臺上。張秀紅瞧著她把紅酒起子搬來搬去。馮瑞雲慢慢正對住她，拿起鑷子，往一杯橙汁裡加冰塊。男人問：「她是誰？」

馮瑞雲不答。禿頂男人打量張秀紅。馮瑞雲爆出一陣大笑，聲音像冰塊在攪拌機裡相互碰撞。男人瞧著她，也笑起來。他的嘴有點歪，笑時更明顯。

馮瑞雲驀地停住，對張秀紅大聲道：「除了陪男人睡覺，你還有什麼能耐？」

男人看看她，又看看張秀紅，他不笑了，嘴巴仍然歪著。馮瑞雲將鑷子狠狠一鬆，冰塊掉進杯子，汁水飛濺出來。張秀紅往後仰了仰。

男人握住馮瑞雲的手腕：「女人家家的，吵什麼架呀。」

「放手！」馮瑞雲呵斥，「臭男人。」馮瑞雲掐他手背，男人回掐她，兩人捏捏打打。

張秀紅臉孔發青，身體輕微搖晃。

馮瑞雲對男人道：「她呀，沒別的，就胸大。白白生了一對大胸，母牛更大呢。也不知道是不是塞過東西的……」

張秀紅扒到吧臺上，撩手給了馮瑞雲一巴掌。馮瑞雲往旁邊躲，耳廓被刮了一下。她順手抄起檯面上的杯子，張秀紅一躲，禿頂男人一聲大叫，他被潑到了。

「你媽的爛婊子！」男人哀嚎著，一手捂臉，一手亂摸，張秀紅找了紙巾，塞到他手裡。他忙不迭擦臉。張秀紅抄起一瓶酒，揮舞道：「你走不走！」馮瑞雲盯住那只酒瓶，從吧台裡出來。她佝著背脊，垂著雙臂，整個人像一團鬆弛的肉，她顯得並不比張秀紅高多少。

馮瑞雲保持這個步態，緩緩向外走。張秀紅高舉酒瓶，押在她身後。馮瑞雲突然停住腳步，張秀紅揚了揚酒瓶：「走呀！」

馮瑞雲道：「你敢！」

張秀紅道：「我怎麼不敢！」她感覺旁邊圍滿了人，此時都各自往後退了退。

馮瑞雲笑道：「不敢了吧！」四周也竊竊笑起來。

張秀紅一咬牙，將酒瓶甩出去，同時閉起眼睛。「咣當——」周圍一片吸冷氣的聲音。張秀紅重新睜開眼。「文明單位」的牌匾被砸到了，牆壁上濺著鮮血似的酒汁。馮瑞雲已避到幾步開外，擦著濕了的衣服道：「算你狠！」很快消失在走廊上。

一滴酒汁從張秀紅的眉梢緩緩淌入眼眶，她用手背擦了擦，對周圍道：「別看熱鬧了，該幹嘛幹嘛。過來兩個人，你，還有你，這裡收拾一下。」

姑娘們散開。張秀紅感覺，她們瞧她的眼神不一樣了。她走進吧台，在音響邊找到一塊抹布，開始整理檯面。禿頂男人還坐在那裡，手裡捏著張秀紅給他的紙巾。

「你叫什麼名字？」

「我呀，我叫秀姨。」張秀紅嫣然一笑。

52

半年裡，「大仙窟」出了三宗案子。先是個小姐，跟人去近郊，輪姦後被害。她的喉管被鐵絲勒斷，灰灰地露在外面。警方查無進展，抓了兩個民工。一個多星期後，又有女孩遭強姦，並被毒打一頓，搶走皮包。受害者哭哭啼啼到派出所，卻又不想報案了，說是家在附近，怕遭報復。警方懷疑是賣淫女，扣留了她。最後公司開證明，家裡花了點錢，才放出來。

最轟動的是流浪漢暴屍案。受害人死於凌晨，翌日正午被清潔工發現。死者下身赤裸，跪著蜷成一團，雙手被碎條的塑膠袋綁在身後，屁股上有五六十處香菸燙痕，最駭人的是他的下身，被深深插進六根牙籤。

張秀紅對這流浪漢印象深刻：斷腿，四十多歲，在「百合」附近出沒。他棲身於兩幢老房子之間，頭頂扯了一張油布，地上鋪了一塊撿來的席夢思床墊。後來，小窩被強行拆毀了，他就裹著油布，盤坐在裝滑輪的木板上，借手力四處遊蕩。他曾將鐵皮碗舉到張秀紅面前。後來「木板車」壞了，就塗黑了臉，在地上蠕爬著。他經常橫在路當中，不知被多少司機詛咒，「總有一天碾死你」，結果不是被碾死，而是被活活打死的。

營業前訓話時，張秀紅再次告誡：只坐枱，不出臺，如被發現違規，就得乖乖走人。「你們要相互提醒，相互監督，」張秀紅指著牆上的金牌子，「命比什麼都重要。」

換作平時，姑娘們一定竊竊私笑。但這次沒笑。被勒死的小姐就在隔壁酒店，與百合的幾個姑娘相識。馮瑞雲走後，有三個姑娘跟著走了，現在剩下：芳芳、美美、阿南、阿雅、小玲、愛麗絲、小蘋果。張秀紅道：「天氣一點點冷了，影響生意。大家齊心協力熬過去。月底我請你們唱卡拉ＯＫ，可以帶男朋友。」

幾樁案件都發生在下半夜。市裡開始整頓，娛樂場所不得超過凌晨二點關門。這個淡季更淡了。張秀紅向何明解釋。何明笑道：「別往心裡去。生意總是有起有落的，又不等這點錢。」

53

一個冷清的週末，凌晨一點多，張秀紅讓姑娘們散了，坐在沙發裡休息片刻，鎖門出樓。沒走兩步，發現有人跟蹤。現在流行一種電擊棍，張秀紅也備了。她往包裡掏那根小塑膠棍，一條影子從身邊竄過去，在前方的路燈光裡停住，轉過身像在等候她。張秀紅抓到電擊棍，一頭握在手心，一頭塞進袖口。她慢慢走近，看清那是個衣著精緻的男人，有張相當可觀的馬臉。

「你是張秀紅？」

張秀紅點點頭。

男人眯起眼：「我剛從加拿大回來。想順便看看，爸爸究竟喜歡什麼人。他的眼光總是很差。」

他們靜靜對視了一會兒，馬臉男人道：「你只不過比我媽年輕。」

張秀紅道：「你想說什麼？」

男人道：「你這第三者，你不覺得可恥嗎？」

「你媽過世了，我和你爸在一起是光明正大的。」

「誰說我媽過世了？她在加拿大。」

張秀紅剎時呆在原地。

那男人聳聳肩：「看來你不知道。」轉身大步走了。張秀紅呆了許久，才回轉神，舉起電擊棍，對著虛空的前方狠狠一擊。

54

何明道：「既然你知道她還活著，你也應該知道，我們還沒離婚。」

「你現在可以離。」

「秀紅，別勉強我。你不也沒離嗎，我還知道，你有個一歲的女兒。我早知道了，只是不想說而已。」

張秀紅從頭涼到腳。她衝出門時，何明沒有阻攔，一動不動坐在床邊，看著她又折回來，從抽屜裡取走幾件東西。在走出大門的那個瞬間，張秀紅預感到：何明不會再來找她，他們完了。這念頭帶來的悲慟，大大超出她的想像。

張秀紅在蔣芳家過了一晚，第二天中午起來，被蔣芳反覆追問：「你和何明怎麼了？」

「我也不知道。」

「我當時就說了，這人看著是個老混混了，你根本不是他對手。」

「是我自己要走的。」

到了傍晚，張秀紅猶豫再三，決定還是繼續去「百合」上班。一晚很快過掉，一切彷彿照舊。張秀紅熬到月底，她留下屬於自己的二〇％，剩餘利潤打入何明帳號。

期間，何明打來過電話，張秀紅恰好不在。蔣芳在電話裡詢問了半天，何明只說：「秀紅和我鬧情緒呢。」張秀紅回來後，蔣芳讓她給何明回電，張秀紅不肯。蔣芳氣道：「你看看自己，年紀也不小了，真以為能一直好看下去呀？」話一出口，自知失言，又趕忙和女兒道歉。晚上洗澡時，張秀紅仔細照鏡子，覺得自己的確身材鬆弛了，一圈黑白相間的新髮，從頭頂鑽了出來。第二天，她去燙了頭髮，染成紅色，血一樣的紅，乍一眼像假頭套。

做了新的頭髮，就像開始一種新生活。十個月後，二〇〇〇年九月，她結識了樂鵬程和樂慧。

第六章

小蘋果

1

二〇〇三年八月一日。樂慧在檯曆上將這天勾了出來。這一天，所有頻道都播放解放軍節目，戰士生活寫實、戰士家屬採訪、抗戰歷史回顧……

樂慧到秀姨家時，早了大半個小時。秀姨讓她用自己的化妝品，樂慧化了眉毛、眼睛、面頰、嘴唇。秀姨換好衣服，將火黰黰的頭髮盤起，在腦後紮個髻。樂慧說：「我也要紮。」秀姨就給她也紮了一個，漏出一縷瀏海，搭在左眼上。

七點二十分，她們出發去「百合」。樂慧覺得興奮，又不知說些什麼，就在夜色中微微顫動她瘦弱的身體。

秀姨領樂慧到更衣室，將旗袍、高跟鞋和衣箱鑰匙交給她，囑咐幾句，走開了。樂慧正換著衣服，忽見一個矮姑娘趴在門邊。

「你是新來的？」

「是。」

矮姑娘貓手貓腳地過來：「披肩髮更適合你。」

樂慧摸摸腦後，秀姨送她的簪子，鑲著藍色水鑽。

「我們要到廳裡集合。」矮姑娘似乎瞄了瞄樂慧的眼睛。

「知道了，」樂慧低下頭，側過身，「大廳在哪裡？」

「跟我走吧。」

鞋跟太高，旗袍太寬闊。樂慧邁步時，前後衣擺翻飛，整條大腿就裸出來；當那兩片布重新落下時，又卷到兩腿之間。樂慧不得不將前擺稍稍拎起。

廳裡十來個姑娘。給樂慧領路的矮姑娘往沙發邊擠。樂慧在另一側坐下，有兩三個人注意了她一眼。緊挨著樂慧的姑娘烏髮齊腰，像洗髮水廣告裡的模特兒。

秀姨開始說清潔問題。不知誰扔的衛生巾，堵塞了抽水馬桶，「這不是一次兩次了。」姑娘們立刻一片嘖嘖，作出厭惡的表情。

「旁邊就是紙簍子，抬抬手會少一塊肉嗎？別以為我不知道是誰。下次我讓她掃一個月廁所。」

接著，秀姨又講服務態度的問題。樂慧出神地盯著旁邊的女孩，想：如何才能把頭髮保養成那樣？

秀姨訓完話，解散了姑娘們，把樂慧單獨叫到一旁：「阿慧，你到了這兒，我還得一視同仁，不然很難管理的。」

樂慧拚命點頭，表示理解。

「那你明天自己過來。別遲到，記得準備些化妝品，顏色豔一點，否則燈光裡顯不出。」

「哦。」樂慧應著，將身體重心在兩腿之間移來移去。

秀姨的聲音柔和下來：「聽明白了吧。」

「聽明白了。」

2

很快有客人來，秀姨招呼他們去包廂，點了七個姑娘。樂慧也被點到，跟在隊伍最後。姑娘們裊裊婷婷進入包廂，排成一排。三個男人互相謙讓：「你先來。」「還是你先來。」

「老蔣，我知道你喜歡豐滿的。」

「是啊，老闆娘，你的姑娘都太瘦。」

秀姨道：「不是瘦，是苗條，她們的肉都藏著呢，」她抓起旁邊女孩的胳膊，捏了兩把，「瞧瞧，珠圓玉潤。」

叫老蔣的選定一個，另一年輕男人也選了。被選中的姑娘從隊伍裡出來，坐到他們身邊。

「老吳，你要哪個？」

「我隨便。」叫老吳的有些難為情。

「你挑，還是我們幫你挑？」年輕男人問。

「小錢，咱讓老吳自己挑，還不清楚他口味呢。」

秀姨插話道：「燕瘦環肥，各取所需。」

「老闆娘挺有文化，說辭一套套的。」

秀姨笑道：「哪裡哪裡，」走到樂慧身邊，「阿慧不錯，很溫柔，又會喝酒。」

樂慧覺得腳後跟疼，假眼球也硌得難受。

老吳道：「挺好，就這個了。」

老蔣道：「老吳喜歡小巧玲瓏型。咦，這姑娘怎麼回事，別人都笑，她卻苦著臉。」

樂慧擠出笑，秀姨推推她，她走出來，坐到老吳身邊。沙發墊立刻柔軟地陷下去，使她整個人朝老吳傾斜，老吳順勢將手臂環在她頸後的沙發靠背上。秀姨領剩餘的姑娘出去。少頃，酒水單進來。老吳問樂慧喝什麼，樂慧說獼猴桃汁。

「這怎麼可以，」老蔣驚呼，「老闆娘說你很會喝酒。怎麼，不把我們放在眼裡？先給她來三瓶啤酒。」

酒水飲料上來，燈光暗下去，卡拉ＯＫ響起。三個男人互相斟酒，又給姑娘們倒滿。陪小錢的就是漂亮長髮的姑娘，後來樂慧知道，她叫愛麗絲。愛麗絲蹲在茶几對面，和小錢玩篩子。愛麗絲不停輸掉，不停喝酒。她仰起脖子時，長髮墜在屁股上，饒有風情地掃來掃去。小錢顯然也注意到了，不時伸手撫弄。

陪老蔣的姑娘極瘦，胸脯卻很豐滿。老蔣問她叫什麼，她說叫「美美」。老蔣說：「『美美』果然美，身材最美。」他的雙手在那對乳房周圍打轉，卻礙於面子，不便最終摸上去。他問美美要了電話號碼，當場撥打驗證，美美的手機響了。老蔣眯著眼睛道：「以後我們會常來捧你場的。」

老吳問樂慧叫什麼，多大了，樂慧機械回答。老蔣道：「這姑娘能喝，快給她倒酒。」

樂慧悶頭乾掉一瓶半啤酒，感覺腹漲難忍，老蔣道：「才喝這麼點就不行了。」

老吳道：「咱們別為難她了吧。」

老蔣眼睛一瞪：「這怎麼叫為難，喝酒是天底下最開心的事。小姑娘，你說呢。」

樂慧正被一嘴的酒氣噎住，口不能言，拚命點頭。美美在給老蔣斟滿。老蔣道：「一看就是會倒酒的，『杯壁（卑鄙）下流』呀『杯壁下流』。」

美美捂著嘴笑，這是個老說法了，樂慧也想假裝被逗樂，但雙頰僵住了。老蔣又讓樂慧喝酒。灌進去的酒順著樂慧的唇角回流出來，旗袍的前襟濕了。老吳皺了皺眉頭。美美取出一張餐巾紙，替她擦乾。

「酒量不行，人挺豪爽。」老蔣終於有些滿意。樂慧把杯子往茶几上重重一放，攤在沙發裡喘粗氣。老吳輕聲道：「歇歇，歇歇。」他輕柔地撫摸她的手背。恍惚之間，樂慧緊緊反抓他的手。她的胃像一隻裝滿的酒袋，抽筋似地蠕動著。

有人叫：「喂，醒醒。」

樂慧努力掀起眼皮。她似乎聽見：「原來搞個殘疾人來耍我們，退貨退貨！」這或許是幻覺，在最後的意識裡，樂慧這樣想道。

3

秀姨送樂慧一支手機，紅色的，巴掌點大。樂慧在天線上繫一根帶子，上班時懸於腕間。有客人記下號碼，白天打電話邀她去玩，樂慧一概回絕——她需要幽暗燈光的掩護。

樂慧將瀏海留得茂茂密密，面孔遮得只餘一條縫。起初在腦後盤髻，連自己都覺得老氣，就又披放下來，枯硬的髮絲似刷子一般，隔著衣服都能紮疼背脊。有人在背後笑她是「貞子」，樂慧不知道「貞子」是什麼，大抵是說她難看吧。她的確難看，而且邋遢。秀姨告誡了好幾遍：「阿慧，你也好好打扮一下，這叫職業道德。」

樂慧去燙大波浪。美髮師說：「我給你左額角留幾縷卷髮。你臉盤小，全部遮住不好看，建議把右側頭髮夾到耳後去。」

回家後，樂慧反復練習夾頭髮的動作，她發現自己的耳廓挺漂亮。她把以前秀姨送的蕾絲胸罩和淺灰色職業套裝翻出來。秀姨說：「這可不行，什麼場合穿什麼衣服。」

做女人真是大工程，要學習的太多。

十月二十七日，這是個讓樂慧高興的日子。那一晚，有客人向她講了很多殷勤話。他誇她長得像印度美女，還說：「我猜你很會跳舞，你走路時也像跳舞。」回家路上，樂慧反覆想著客人的話，睡前洗漱時認真照鏡子，似乎是有幾分姿色。客人還說，「你側面看時，鼻子翹翹的很可愛。」樂慧拿兩面鏡子互照，鼻子果然又翹又挺。

4

樂慧交了個朋友。就是那天搭話的矮姑娘。矮姑娘叫「小蘋果」，臉兒圓滾滾、紅撲撲。

樂慧道：「這名字真好，你天生就該叫小蘋果。」

小蘋果道：「這是外婆起的。」

小蘋果由鄉下外婆帶大，九歲時外婆突然上吊。小蘋果記得她的兩隻黑腳掌，翻在外面晃呀晃的。然後進城跟著爺爺過。爺爺待小蘋果很好，常買「煎餅果子」和麥芽糖，有時甚至將她從睡眠中叫醒，硬塞給她糖果。小蘋果一口七倒八歪的牙，就是那時候蛀起來的。但爺爺偶爾犯糊塗，無緣無故暴打小蘋果一頓，打完悶頭睡覺。爺爺去世前兩個月，小蘋果幾乎天天挨打。好在爺爺沒力氣，最多擰臉頰時覺得疼。一日小蘋果遊蕩到天黑，爺爺沒來找她。她自己乖乖回家，發現爺爺把屎尿全拉在床上了。小蘋果在臭氣裡睡了兩晚，直至鄰居發現異樣。爺爺死時小蘋果十一歲，派出所阿姨領她回家，小蘋果第一次嚐到優酪乳、蛋糕和巧克力，阿姨家有個哥哥陪她玩耍。阿姨天天上班帶著小蘋果，派出所裡的人都很喜歡她，他們商量著送她去上學。這時，爸爸來了，帶走小蘋果。這個爸爸像從地底突然冒出來的。他讓小蘋果睡在他六平方的小棚子裡，後來又讓她睡在他三尺寬的床上。爸爸的下身有股臭味，沒多久，小蘋果的下身也有了臭味。

十二歲時，小蘋果總結出兩條人生大道理：一，除了小孩子，誰都不願意理老人。你看，只有小蘋果陪外婆，陪爺爺。所以她小蘋果一定要生小小蘋果，小小小蘋果，否則老了就會孤苦伶仃。二，男人和女人是敵人。這是外婆說的。樂慧懷疑這是小蘋果的臆想，但小蘋果堅持說她記得，千真萬確，一字不差。外公也許和別的女人跑了，這種事情電視裡天天發生。

長大後，小蘋果深化了第二條人生哲理：男人是最有錢的動物，所以他們主宰世界。女人要打敗他們，就得千方百計搶他們的錢，騙他們的錢，把他們的錢統統花光。小蘋果用實際行動，履行了這條哲理。

樂慧不贊成小蘋果的觀點，卻喜歡和她交往。樂鵬程以前幹的那件壞事，樂慧只告訴過毛頭，現在又告訴小蘋果。她倆都有一個壞爸爸，比起小蘋果的爸爸，樂鵬程似乎不算太壞。小蘋果的爸爸逼她賣淫。樂慧問她現在還賣不賣。小蘋果說：「當然。這事和吸毒一樣，一旦做了，就會永遠做下去。」小蘋果只吸大麻，她不想毀了自己。

秀姨不允許出臺，小蘋果就偷偷找了個叫強強的「老闆」。小蘋果說，小姐像明星，老闆就像經紀人。強強是個勉強湊合的經紀人，如果有機會，她會換個更好的。

小蘋果有男朋友，還不止一個。不少姑娘有男朋友，基本上是吃軟飯的混混，最多在女人受欺負時，出手保護一下，有些甚至這都做不到。而小蘋果的男朋友，卻一個比一個有錢。她把他們的情書給樂慧看。有個男的說要娶小蘋果，他對小蘋果吃過的苦表示愧疚，彷彿那是他一手造成的。樂慧驚呼：「好男人都讓你碰上了！」她問小蘋果，會不會答應求婚。小蘋果笑了：「當然不會，不然其他男的還會再給我錢？」

樂慧覺得，有這幾台源源不斷的印鈔機，小蘋果大可不必賣身子。小蘋果神祕道：「你不懂。」

在「百合」，除了芳芳，就數小蘋果會打扮。今天塗成綠的，明天抹成金的，一會兒種兩輪又長又密的假睫毛，一會兒接幾簇五顏六色的人工髮。最讓樂慧羨慕的，是她兩副據說價值幾千塊的外國胸罩，只那麼一戴，雙手往中間一推，稀薄的胸脯就豐富起來。

樂慧觀察許久，終於扭捏地提出，能否讓她試戴。小蘋果二話沒說，拿了往樂慧胸口一貼：「戴上我看看，一定漂亮。」

樂慧背過身，從旗袍側口取出軟塌塌的棉布乳罩，將小蘋果的外國貨塞進去。她隔著外衣磨蹭許久，終於戴好了。胸圍被綁得不舒服，乳房卻很舒服——它們被一圈矽膠虛張聲勢地托舉著。

「看見乳溝了！」小蘋果摸摸她的胸，「手感很好。」

樂慧也摸自己的胸，還捏了一捏，感覺像真胸一樣：「小蘋果，你有那麼多好東西。」

「你也可以有啊。」

「我也可以有嗎？」

小蘋果湊過來，輕聲道：「你喜歡和男人睡覺嗎？」

樂慧搖搖頭。

小蘋果道：「說實話。」

樂慧猶豫著點了一下頭。

小蘋果噗哧笑了：「跟男人睡覺很舒服的，信不信，我能一晚舒服三四次呢。你想，又能舒服，又能賺錢，有什麼不好？」

「總是不太好。」樂慧輕聲道。

「你再想想，我的好東西你都可以有，到時候把自己打扮得漂漂亮亮的……等攢了錢，我們去泰國渡假吧，別瞪眼，真的，也就一兩萬塊錢。你見過人妖嗎？你想見人妖嗎？」

樂慧點點頭。那晚，她做夢了。泰國的街道，有點像「大仙窟」，正值白天，冷冷清清，滿地垃圾。突然走來一個穿花裙子的男人，問樂慧：「你見過人妖嗎？」樂慧不知如何作答。男人嫣然一笑，抓起樂慧的手，放在自己胸上。那真是一對堅挺的胸脯。

5

強強是個皮膚焦黃的男人，歪戴邊沿磨損的牛仔帽，斜圍花花綠綠的小絲巾，牛仔褲的膝蓋和屁股上滿是洞洞。當強強騎著自行車遠遠過來時，小蘋果說：「嗨，西部牛仔！」樂慧撇撇嘴，覺得他倒像一只烤壞的蛋糕杯子。

三人約在麥當勞。時至正午，人頭攢動。強強插了一對老夫妻的隊，很快就端著盤子出來。他們在店裡轉了一圈，有四個中學生快吃完了，強強拍拍等在旁邊的女人：「喂，這位子是我們的。」女人瞅瞅他，拉著兒子走開。樂慧樂了，那些人的神情，像白天見了鬼。

強強買了兩份中可樂，一份大可樂，三包薯條，兩支冰淇淋。

樂慧問：「就這些？」

強強道：「你們小女孩，難道比我胃口還大？」

強強一口氣喝完可樂，就開始抽菸。鼻孔不斷冒煙，嘴裡打著空洞洞的嗝。他的手搭住旁邊的空椅背，一隻腳翹到桌面上。

小蘋果舔著冰淇淋道：「你的牙會掉光的，」扭頭告訴樂慧，「他不吃飯，只喝可樂啤酒。」

強強咧咧嘴，露出一口黃牙：「你的牙也不怎麼好，要不咱比比誰的牙齒硬？」

「怎麼比？」

「拿你的牙齒頂我的牙齒。」

小蘋果打他一下。

強強道：「菸灰被你拍進薯條了。」

「怕什麼，吃了會陽萎？」

「巴不得陽萎呢，搞女人比吃飯麻煩多了，」強強邊打情罵俏，邊拿三角眼瞄樂慧，突然問：「你的眼睛怎麼回事？」

小蘋果忙替樂慧回答：「沒怎麼呀，大眼睛多漂亮。」

強強道：「大倒是挺大的。」

小蘋果道：「阿慧是咱們『百合』的紅人。」

強強抖了抖嘴角的香菸。

小蘋果道：「她人也很好。」

「這我看出來，比你好多了。」

小蘋果笑嘻嘻的，又要打他，強強一把抓住她的手。小蘋果用指甲掐他，強強「哇」地大叫，一甩胳膊：「騷×，下手這麼重！」

強強真板臉了，小蘋果覺得沒趣，拈了一根薯條，慢慢嚼碎。

強強道：「你朋友看著挺嫩，沒下過水吧？」

小蘋果道：「只要是女人，天生都會游。」

強強道：「那可不一定。」

小蘋果道：「除非生下來沒洞。」

強強咯咯瘋笑，兩隻尖銳的肩膀上下聳動。

樂慧對小蘋果耳語：「別再這樣說了，我尷尬死了。」

小蘋果也耳語道：「這是談生意。」

強強問：「嘀咕什麼呢？」

小蘋果道：「我們打算謀財害命。你啥時候介紹生意？」

強強身子前傾，湊近樂慧：「美女，告訴我你的電話。」

小蘋果在椅子上興奮地扭來扭去。樂慧覺得她很陌生。彷彿存在另一個不為她所知的小蘋果。

6

對於樂慧，強強更像個玩笑。倒是小蘋果三天兩頭問起：「強強找過你嗎？」「強強有沒有介紹客人？」她很為朋友鳴不平：「這個死強，擺明瞭欺負咱們阿慧。」

最近，舉國上下刮起一陣叫「非典」的颶風，吹得街上見不了幾個人。秀姨給姑娘們放了長假，只留幾個服務生，接接酒水生意。樂慧等待重新上崗，等得錢包癟下去。她偷過樂鵬程的錢，樂鵬程很快將家裡的貴重物品轉移得不知去向。

小蘋果說，強強經常在網上兜生意。她給樂慧看強強的「資源」。那些三點式女人照，只拍攝脖子以下。樂慧一眼認出小蘋果，昂貴的矽膠乳罩，兜著一身肥嘟嘟的肉。底下的留言讓樂慧難為情，其中一條說：「這麼壯的母豬，還拿出來賣。」小蘋果立即回擊：「是哪頭公豬在叫。」

小蘋果道：「叫喚的狗兒不咬人，咬人的狗兒不叫喚。這些在網上吵吵鬧鬧的男人，現實裡可能屁都不敢放，」又道，「得像強強那樣，整天泡聊天室，和人混熟了，人家信任你，才會送生意上門。」

樂慧不太上網，偶爾被拖進網吧，也無非看看搞笑圖片。小蘋果除了聊天勾搭客人，就是混論壇，到處張貼半裸照。

樂慧道：「這樣不好，人家會認出你的。」

小蘋果道：「認出最好，我就出名了。」

她的網名「Apple爛爛」。很多人跟貼罵她，「爛貨」、「爛洞」、「爛母豬」。如果是樂慧，就會受不了。弄堂裡的大媽大嬸也罵她，但背過身就聽不見。如果真聽見了，樂慧結結實實罵回去，也算扯平了。可在網上，和隱身人開戰，挨的都是真槍實彈。

小蘋果道：「怕什麼。罵你的人越多，你名氣就越響。」

樂慧道：「這名氣有啥用？」

「不管是啥名氣，只要是有名氣，就會有錢，有男人，還能出風頭。」

樂慧想了想，道：「這麼多人罵你，你心裡不難受嗎？」

小蘋果道：「前陣子有個媽媽桑，在網上放了些裸照，就出名了，很多報紙雜誌，還有電視臺，都採訪她，」她點出網頁，給樂慧看照片，「沒我漂亮吧？一身肥肉，胸都不知垂哪兒去了。」

「確實挺難看，連我還不如。」

「你也可以呀。現在穿三點式不稀奇了。要多露一點。我幫你拍照上傳吧。」

「不要。這又不是為了生計沒辦法，幹嘛故意作賤自己。」

「氣死我了，你這一根筋，」小蘋果鼓起嘴，「樂慧，憑良心說，難道你一點都沒出大名、成大器的願望嗎？哪怕一點點？」她比出一節小手指。

「我……沒有。」

「別虛偽了，這種時候我就有點不喜歡你了。」

「那好吧，如果你覺得這樣能出名，為啥沒電視臺採訪你？」

「出名的事情，很難說的。有時突然就火了。」

「嗯，那就預祝你成功。」

「這還像句話，」小蘋果擦著她肉乎乎的巴掌，「希望有一天，我走在路上時，突然有人跑來尖叫：你是Apple爛爛嗎？我很崇拜你，給我簽名吧。」

7

走出網吧，已是凌晨二點。

小蘋果道：「你聞，風裡有股甜味。」

樂慧抽了兩下鼻子：「沒聞到啊？」

小蘋果道：「這麼美好的晚上，如果現在有男人求婚，我會立刻答應。」

樂慧哼了一聲，她感覺肚子餓了。這餓一旦露臉，就窮凶極惡，把胃壁磨得「滋滋」直響。

小蘋果拉樂慧去大排檔。離得不遠，她們瞬間被醉人的油煙味包圍。

樂慧道：「沒想到還有不怕死的人，這種時候在外面晃。」

小蘋果道：「你以為非典能想得就得，想躲就躲嗎？是福不是禍，是禍躲不過。很多事情是老天安排的。」

她點了餛飩、鳳爪、雞血湯。樂慧搖頭，表示沒胃口。小蘋果自顧自開吃。三下兩下解決餛飩，端起湯料一氣喝完，抹著嘴道：「真香。」樂慧盯著碗壁的一圈油膩發呆，幾粒蔥花沾在上面。她在口腔裡捲舌頭，用想像裹起它們。

接著是鳳爪、血湯。小蘋果鼓囊囊的嘴唇靈巧無比，雞爪往裡一送，出來就皮肉無蹤、筋骨分明。啃到第三隻時，她抬頭問：「嚐嚐？」樂慧迅速接過來大嚼。小蘋果目瞪口呆：「你真是吃肉不吐骨頭。」她建議再來一份，樂慧馬上同意，還加了一碗餛飩。

樂慧吃時，小蘋果在旁不住驚歎：「真有你的，真有你的。」樂慧把碗壁的蔥花連同油膩舔進嘴，實實在在地感覺飽了。她打了個嗝，嗝出食物混雜的熱烘烘的香氣。

小蘋果又開始說求婚的問題：「在我吃東西時，又覺得物質比較重要。如果有人現在向我求婚，我是不會嫁的。」

樂慧表示贊成，吮著指頭，憂心忡忡地瞅著小蘋果。小蘋果終於也吃完了，叫服務員結帳。

樂慧扭捏道：「我忘帶錢了。」

小蘋果愣了愣，道：「沒事，我暫時借給你。」

「我遲些還，行嗎？」

「行，你一定會還的，是吧。」

「是的。」

小蘋果的表情又豐富起來：「那麼，我們去蹦的吧。錢我先墊著。」

8

一紮進舞廳，小蘋果就沒影了。樂慧邊隨節奏晃動，邊滿場找尋。跳舞的人不多，很快在領舞臺上發現小蘋果。一邊一個領舞女孩，小蘋果就在她倆當中，跳得最帶勁兒。台下的男女大聲起哄，有個穿緊身皮褲的男子，跳到小蘋果身旁，臉貼臉，胸對胸，蛇一樣地扭擺著。樂慧想上去找小蘋果，又不好意思，在台前跳了會兒，覺得意興闌珊，就退到休息區，用入場票換了一罐可樂。她慢慢啜飲著，感覺困乏，背後的汗黏濕著，很不好受。不知多久，小蘋果過來了，尖叫「阿慧，阿慧」。樂慧抬起頭，見她帶著那個穿緊身皮褲的男人。

「Orson，這是阿慧，阿慧，這是Orson。」

樂慧沖Orson點點頭。Orson聳肩道：「又一個美女。」

樂慧將臉埋進頭髮。過了一會兒，Orson離開，小蘋果道：「好歹找了個埋單的人，你倒是熱情點呀。傻不傻。」說這些話時，她將手掌放在嘴邊，做出低語的樣子。可為了抵擋隆隆的音樂聲，她幾乎是在大吼大叫。

樂慧道：「我累了，跳不動了。」

「我也正好不想跳了。Orson說去唱歌。他還有幾個朋友。」

俄頃，Orson帶著三個朋友過來，個個穿戴古怪。一個只在腦袋中央留了一徑頭髮，染成枯黃；一個在耳廓上鑲了一輪耳釘；另一個粗看還算正常，後來在亮燈下，才發現他的白襯衫裡，穿著一件類似胸罩的黑內衣。

他們就近找了個卡拉ＯＫ廳。四個男人鬧哄哄地圍著小蘋果。小蘋果要了很多飲料和點心。樂慧點了幾首鄧麗君和陳淑樺。正唱著，雞冠頭的男孩突然切歌，還嚷道：「什麼破歌，難聽死了。」樂慧將話筒和歌本往沙發裡一扔。話筒發出一聲銳利的尖嘯。雞冠頭男孩插播了《東風破》。他嗓音不錯，還邊唱邊表演，贏得陣陣口哨。樂慧冷眼瞅著。小蘋果轉過臉，指著桌上的食物道：「吃呀。」又回過去，和Orson親密地耳語。Orson的手搭在她的小背心和低腰褲之間，並且蠢蠢欲動著往下。《東風破》畢，下一首的序曲響起。小蘋果大叫：「我的歌，我的歌。」拍掉Orson的手，起身搶話筒。

「雞冠頭」拿起另一支話筒，與小蘋果對唱。小蘋果閉著眼，搖頭晃腦：「……時間難倒回空間易破碎，二十四小時的愛情，是我一生難忘的美麗回憶……」氣氛立刻有點傷感。男孩子們不鬧了，靜靜注視螢幕。樂慧凝望小蘋果的側面。她抹了層層的粉，還是掩不住皮膚的光澤。「……愛過你，愛過你……」音調太高，小蘋果唱不上去，就扯著嗓子尖叫。她的眼皮底下，慢慢拖出兩道又藍又黑的淚水。Orson摟住她。

唱到凌晨五點半，終於把點的歌都唱完了。服務員進來收費，「雞冠頭」猶豫著掏出錢包，將收費單遞給Orson。

Orson看了看單子，道：「一千九百六十四，女孩子每人三百，餘下的我們正好每人三百四十一塊錢。」

小蘋果一聽跳起來：「什麼？還要我們掏錢？你們是男人嗎？」

Orson有點尷尬。「雞冠頭」接話道：「大頭還是我們出的。」

另一男孩已經從錢包裡數出鈔票，說聲「正好」，連同那個一塊的零錢，放在桌上。其他人也紛紛低頭掏錢。樂慧推推小蘋果：「我的你先幫忙墊著。快別跟他們生氣了，一群小屁孩，不值得。」她說得很大聲，幾個男孩假裝沒聽見。小蘋果氣咻咻地抓過背包，拿出錢包，甩出六張一百塊。

出了包廂，小蘋果快步疾走，樂慧緊跟著。到了樓下，回頭看看，那幾個男人不見了。小蘋果攙起樂慧的手。小蘋果五指短小，掌心濕熱，樂慧感覺被一個孩子牽著。她用了用力，小蘋果也用了用力，她們的手緊密無間，像一對真正的好朋友。

小蘋果突然咯咯大笑：「瞧瞧現在的男人，都這麼垃圾，我還是跟女人談戀愛得了。」樂慧不答。小蘋果又道：「我唱《廣島之戀》時，總想哭，知道為什麼嗎？」

樂慧搖頭。

小蘋果道：「我也不知道。我就覺得，我需要很多愛，很多很多愛。可是，沒人愛我。」

樂慧道：「大家都愛你。」

「騙人，你愛我嗎？」

樂慧點點頭。

小蘋果仍追問：「你說呀，你愛我嗎？」

樂慧咕噥道：「愛，我愛你。」

小蘋果大笑，笑著眼淚又流出來。她放開樂慧的手，大聲唱歌，還沖著空中胡亂揮舞。「……愛過你，愛過你……」她的調子走得七上八下。樂慧不安地看看周圍。

這時，天已濛濛亮，街上有零星早起的居民，戴著白口罩，鬼鬼祟祟地走動著。樂慧凝視小蘋果，有種不真實的感覺，彷彿回到了過去，看到一個更年輕的自己。這時，小蘋果突然跳到她面前，摟住她道：「阿慧，咱們『啵』一個吧。」

「嗯？」

在樂慧猶豫之間，小蘋果的臉慢慢湊過來。樂慧看清她臉頰上細細的汗毛了。她閉起眼，腦袋往後仰。

小蘋果道：「別緊張。」

「我沒緊張。」

「那你就張著眼睛。」

樂慧睜開眼，小蘋果的嘴在她嘴上碰了碰，還用舌尖舔她的唇縫。然後猛然跳開，咯咯笑道：「如果我得了非典，你就已經被傳染啦。」

「沒這麼慘吧。」

「慘什麼呀，這叫『同生共死』。去他們的口罩，去他們的ＡＡ制。我們是最好的朋友，最好最好的朋友，是不是，阿慧？」

「是……吧。是的，是的，是的……」樂慧越說越確定，越說越響亮。

9

一個多星期後，樂慧收到陌生號碼的短信：「五點過道碰頭。」

樂慧問是誰，對方道：「強強。」

這是下午二點二十五分。

五點過五分時，小蘋果來短信：「你去不去呀。」

樂慧回：「不知道。」

小蘋果回：「別猶豫。」

五點十二分，強強短信：「怎麼還不來！」

五點二十三分，小蘋果短信：「你借我錢呢。」

五點二十五分，小蘋果短信：「又能賺錢，又讓自己舒服。」

樂慧將這些文字翻來覆去地看，看到五點三十三分，她走出去，給樂鵬程留了張條：「有人請我客。晚飯你自己解決。」

10

「過道」專指七馬路轉角處的地下人行通道，建於文革，數次翻修，仍是兩壁滲水，骯髒不堪。這裡是蛇蟲八腳的樂園，小偷、流氓、皮條客、彈琴賣藝人、兜售春藥者，還是一個龐大的乞討集團的總部，他們最具殺傷力的工具，是一個面孔燒得什麼都不剩的姑娘，和一對將雙腿甩在肩上，靠手掌爬行的小孩。

這是個暮色沉沉的陰天，強強帶著漆黑的太陽鏡，站在「過道」的彎角裡。他遠遠看見樂慧，揮揮手，迅速背過身。樂慧走過去。

強強道：「這麼晚才來。沒時間了，快，先給我五十塊錢。」

「什麼錢？」

「這是規矩。我也不是義務勞動。」

「我沒帶錢。」

「出門不帶錢？騙誰呢。」

「我只是來看看，又沒說要幹。」

「開什麼玩笑，房間都開好了，客人等著呢。」

「這不關我的事。」

突然，樂慧感覺腰裡被頂住了：「少廢話，你以後還混不混。」

樂慧乖乖把包裡的錢數出來，總共三十二元八角。

強強讓樂慧把所有口袋都翻出來，確信真沒別的錢了，只能道：「晦氣，只能欠著了。」

樂慧一低頭，發現強強是用食指的第二個關節頂著她。她有些懊悔，但不知怎的，就糊裡糊塗跟強強去了。

11

小招待所在「過道」不遠處，兩層樓，門口沒招牌。底樓傳來麻將聲，二樓最左邊晾著兩排尿布，其餘窗戶皆緊閉，窗簾低垂。指定房間為二一二，強強開玩笑說是「日一日」。樂慧抬著頭，踱來踱去，算著哪間才是。門房間坐著個鬥雞眼的中年婦女，隔著鐵柵欄觀察了她一會兒，高聲道：「快進去吧，樓上。」棋牌室立刻有人探出頭。樂慧趕緊鑽進樓。

樓梯陡而窄，只容半隻腳掌。樂慧越走越慢，終於在二一二前停住。房門像長了眼睛，「咯吱」開了，一隻眼睛在門縫裡閃了閃，一個聲音道：「進來。」樂慧慢吞吞地從門縫鑽進去。

屋裡悶著一股醃臢氣。樂慧看清面前的老頭，土黃色的長褲已經褪下，褲腿和褲腿裡露出的皮膚，都是鬆答答、皺巴巴的，在暗處看時混為一體。樂慧覺得難以忍受，想轉身出去，又想找地方靠一會兒，想起交給強強的錢，又想起最近的經濟困難。幾個轉念，不知所措，愣在原地。

光屁股老頭移到床邊，他的鞋踩住了他的褲子：「我都等得快進棺材了。過來過來，讓我舒服舒服。」

樂慧沒有過去。

「還不來！」

「過來呀！」

「你是木頭人？」

「我可是出錢了的。」

樂慧走前一小步：「多少錢？」

「三百。」

「放屁！」樂慧退回原地。

「強強說的就是這價。」

「那好，你找三百的貨吧。」

老頭上前拉她：「別走。」

樂慧轉向門口，又轉回來，惡狠狠地盯著老頭。

「好吧，你要多少？」老頭矮了矮身子。

「五百，起碼。」

「……好……你過來。」

樂慧慢慢過去，老頭伸出手，摸到她的乳房。事實上，僅僅是捏到一點衣料子，那截手指蠹地顫抖，老頭居然哽咽起來。

12

芳芳住在城市另一頭，每天騎助動車上班。芳芳愛穿長裙子，騎車時拿大資料夾夾住裙擺。她有五彩繽紛的透明資料夾，總是與當天衣裙的顏色相配。長髮、長裙、騎助動車的芳芳，是傍晚街頭的一道風景。

小時候，芳芳是父母的驕傲，四歲能背「鵝鵝鵝」，五歲會跳新疆舞，小脖子一扭，把大人們愛得七葷八素。她的中上游成績保持到初二，校花芳芳第一次談戀愛，發現和成熟男人交往，是僅次於化妝打扮的樂趣。勉強升到高中，讀了大半年，一個四十二歲的女人鬧到學校，第三者芳芳被勒令退學。她對她的基督教徒父母說：上帝不會把所有東西給一個人。我長得漂亮，這就足夠。

芳芳不太信上帝，但偶爾會祈禱：主啊，讓那個男人喜歡我吧。媽媽時常帶小芳芳去教堂，有時主日崇拜，有時婦女團契。教堂外部是乳白色的，內部卻終日陰沉沉，尤其在雨天，整個世界彷彿從尖頂上傾壓下來。

一樓是售書室、教會辦公室、少兒主日學。芳芳喜歡花花綠綠的資料、年曆和紀念品。那個叫上帝的人一臉愁苦。二樓副堂，三樓主堂，四樓樓座，踩著木樓梯時，芳芳總感覺，有什麼東西會突然從腳底鑽出來。媽媽總是起個大早，在主堂找到靠近講壇的位置。講壇前是一排排長靠椅，椅背平伸出來，放著一疊疊書，挨著坐下時，正好每人面前一疊：《聖經》、《讚美詩》、《啟應經文》。媽媽看得認真，還小聲輕念，走時捋平折痕，按上下順序放回原位。芳芳一聽唱詩歌，就犯困。媽媽卻總是唱得眼睛發亮，小芳芳覺得，那很像即將流眼淚的樣子。

媽媽的舅舅是神父。媽媽說，主救過她兩次：一次是上小學時，在家學習後忘了吹蠟燭，整張床除了睡人的地方，全都燒起來，當時恰有一個十字架正對床頭；還有一次，芳芳外公的衣服被火燒著，裡面幾千塊錢的存摺竟然完好，原來存摺表面壓著一個十字架——那幾千塊錢，是一家人的全部積蓄。

媽媽還說，在這裡能學到做人的道理。要做善良、勤勞、寬容的人。善良的種子永不滅。神保佑教徒有吃、有穿、有住。神為窮人、世人、老弱殘者辦善事。

芳芳覺得，爸爸和媽媽有些傻。如果神那麼好，為什麼她家的日子越過越窮？她不相信上帝，稍稍相信運氣，百分百相信成功和財富。十六歲退學之後，芳芳憑藉美貌，輾轉於各類成功男士之間。二十五歲上，她的人生出現空檔，淪落到自己養活自己。但她還是體面的——「百合」的工作不累，環境不錯，薪酬不低。

在百合，芳芳不願與蠅營狗苟為伍，這是她討厭小蘋果的最大原因。芳芳從不亂來，她的黃金準則是：只交往有檔次的人；不同時交往兩個；每次交往都相對穩定。

芳芳和靖陽區的副區長好了大半年。他是個溫和乾淨的男人，為芳芳租了一間小單元房。芳芳貼粉紅牆紙，掛紫色窗簾，還買了有很多花邊褶皺的淺綠碎花床上六件套。她喜歡「金屋藏嬌」這個詞：「金屋」代表富足，「藏」給人以安全感。而「嬌」，不正是對她芳芳的形容嘛。

最初的日子，副區長黏得不行，天天見面。他叫她「寶寶」，餵她吃飯，給她按摩，還買各種名牌衣服和首飾，恨不得將公款統統花到她身上。一次芳芳耍脾氣，他跪爬在地上學狗叫。

後來漸漸的，副區長恢復大忙人作派，開會，出差，加班，陪老婆。芳芳搶不到他的時間，就在屋裡拉一桌麻將，找不到「搭子」時，索性悶頭大睡。

芳芳偶爾把房間借給愛麗絲。愛麗絲清秀、乖巧，卻不足以構成競爭。這樣的同類，是完美的朋友。唯一讓人嫉妒的，是愛麗絲的頭髮。但上帝是吝嗇的，芳芳已擁有修長的手指和狹窄的腳踝，此外，她的頭腦也不錯。

芳芳躺在床上睡不著，就細數自己的優點，越數越欣賞自己。找不到好男人的原因，也許就是不夠平庸。好男人們的老婆，不是難看，就是刁蠻，或者既難看又刁蠻。

正胡想亂想著，好男人敲門了。芳芳覺得不對勁，副區長的電話總是比人先到。

「誰？愛麗絲嗎？」

來人繼續敲門。門上沒裝貓眼。芳芳猶豫了一下，整整衣服，打開房門。

門外是暗的，人影壓住了走廊燈光。芳芳來不及看清形勢，就被撩倒在地。一些手伸過來，它們分別是拳頭和巴掌的形狀，並且很有棱角。三個，還是四個？芳芳紛亂的意識裡，聽到一個女人嘶吼：「狐狸精！狐狸精！」那些手漸漸配合了節奏，狐狸精——額角——狐狸精——眼窩——狐狸精——鎖骨……

芳芳辨不清哪處在疼。疼痛包圍成一片。她屏住呼吸，綳緊肌肉，蜷作一團。有手硬插進她的胸前，狠拽了一把，還有腳分開她的大腿，拚命往中間踩踏。頭髮被扯住了，拖著腦袋向上，但彙集在頭顱後側的毆打，又壓著腦袋向下。兩廂拔河的結果，是「嚓」的一聲輕響，芳芳感覺有尖針一根一根紮進頭皮。

這個過程相當緩慢，以至芳芳忽略了是哪個時刻，四周突然變得安靜。在腦袋的「嗡嗡」聲中，一雙腳從雜餘的腳中脫穎而來。芳芳沒有抬頭，她直覺那是個胖女人。來人將芳芳的亂髮捋開，歸到腦後，調整她的面孔，使左頰完全貼住地面，接著，她把屁股壓到芳芳的右臉上。的確，那是一隻胖女人的屁股。

芳芳的尖叫被笑聲淹沒，但那叫聲旋即衝出重圍，刺向每個人的耳膜。笑聲停止了，門被關上，幾隻腳往後退了退。胖女人一下一下調整屁股的壓力：「狐狸精！狐狸精！」哼得氣喘吁吁。

不知是懲罰夠了，還是由於體力因素，胖女人終於允許別人拉她起來。在此之前，她做了最後一件事：在芳芳臉上放了一個響亮的屁。

這是一個嚴重消化不良的屁，渾厚、濁重，滾滾而下，卻又富有層次。它在那張承載它的俏臉上，流淌了幾乎一個世紀。恍惚中，芳芳聽見：「好累，腿酸死了。」胖女人和她的復仇大軍，浩浩蕩蕩打開了門。走廊的燈不知何時熄了，門外也是死悄悄的黑。

13

愛麗絲進門時眼前一亮。芳芳一襲紅裙，背影一閃，就站回窗前。愛麗絲「嗨」了一聲，慢慢走近。今天芳芳盤了個髻，頭髮向右旋轉，形成一個齊刷刷的黑色漩渦。

「要出去約會嗎？」愛麗絲問。

芳芳轉過身，愛麗絲看見一張翻江倒海的臉，立刻知道問錯了。

「發生什麼事啦？去醫院了沒？」

芳芳搖搖頭。

愛麗絲拉起芳芳，芳芳任由她拉著往外走。

在計程車上，愛麗絲道：「建平醫院的傷科，是全市最好的，」又道，「你什麼都別說，先看醫生要緊。」

芳芳沒有說話的意思，她望著窗外，一側耳廓孤零零地裸出頭髮。

愛麗絲替芳芳掛號，拉她到二樓門診室的長凳坐著。有十多個人排隊，捂著手的，佝著背的，還有瞧不出傷在哪兒，一味哼哼的。人類的皮肉多麼脆弱！愛麗絲扭頭瞅芳芳，芳芳的眼睛腫成縫，縫裡的眼珠子一動不動。

「快輪到我們了。」愛麗絲道。芳芳仰起頭，愛麗絲順著望去，對牆上貼著解剖圖，一條血淋淋的男人大腿的橫截面。綠的筋，藍的骨，紅的血管，還有一些小白點，拉出一個個圈，註明各組織的學術名稱。

終於聽到叫號。門診間三個醫生，全是女的，最靠裡的胖醫生桌前空著。胖醫生的捲髮臃腫地堆在臉邊，手裡的鋼筆帽正不耐煩地敲擊桌面。

芳芳瞧著那張胖臉，突然定住。愛麗絲問：「怎麼啦？」芳芳轉身往外走。胖醫生喊：「蕭淑芳，你們是蕭淑芳嗎？」

愛麗絲在走廊盡頭攔下芳芳：「到底出什麼事了？」她有些不耐煩。本來，今天是來向芳芳借房間的。芳芳海螺型的髮髻在顫動，邊角的髮縷顫散了，卻沒有眼淚流下來。愛麗絲盯著她看，這是芳芳最醜的時刻，不知為什麼，愛麗絲很想多看幾眼。

14

愛麗絲是農村上來的，儘管長相洋氣，鄉音已改，但是，城裡姑娘芳芳就是高她一等，客人給起小費，也對芳芳最慷慨。非典的長假沒有盡頭，彷彿知道有人需要放假似的。天啊，人長得漂亮，連運氣都會垂青她。

芳芳流了幾次淚，臉部淤腫就退了，露出烏青的顏色，和一些輕微刮擦的紅印。身上也有傷，黑紫紅藍，煞是鮮豔，底下筋骨卻無損傷。看來復仇者也憐香惜玉，不拿出真功夫。

全身最嚴重的，大概要數鼻樑骨裂。照了X光，醫生說不礙事，過個把星期，自己會長好。長好的鼻子略微有點歪，但這個小缺陷，一放進芳芳的美貌，立刻淹沒得無影無蹤。

房東來催租。芳芳從副區長的金窩搬出去，靠信用卡和銀行存款度日。她不逛街，不玩樂，也不想見愛麗絲。愛麗絲的態度和以前有些不一樣，但到底哪兒不一樣，芳芳也說不上。她想讓愛麗絲發誓：千萬別把她挨打的事情說出去。但終於忍住，沒有說。

15

非典的風頭有點緩了，生活漸漸恢復正常。「百合」的姑娘們重新上崗了，許久不見，顯得比平日親熱。秀姨領她們出去吃飯。一桌子鶯鶯燕燕，引鄰人側目。吃到半途，有人悄悄問愛麗絲：「平時就數芳芳話多，今天怎麼悶掉了？」

愛麗絲道：「可能身體不舒服吧。」

隔了幾日，又有人問愛麗絲。愛麗絲笑笑：「不知道，她現在對我也愛理不理。說不定家裡出了什麼事。」

一晚，芳芳喝了點酒，扔下客人，溜進更衣室補妝。她撐著桌沿，傾著身子，注視自己。妝容很動人，臉蛋紅撲撲的。不知為什麼，芳芳又想起那只屁股，以及它無比具體的聲響和氣味。她瘦了，顴骨塌陷進去，彷彿被屁股壓出的凹塘。這輩子第一次，她對自己的長相感覺厭惡。

這時，門開了。樂慧一身黑牛仔，悄無聲息地飄過來。

「你來幹嘛？」芳芳將粉餅扔回化妝包。

「我來上班。」

「都一星期了，秀姨才通知你？」

「她沒通知我。」

「那你還來？」

「我為什麼不能來？」

「她沒通知你，說明她不想讓你來了。」

「為什麼不讓我來？是你在秀姨面前說我壞話吧。」

「誰有那閒功夫，」芳芳扭過身，狠狠盯著她：「今天我沒心情，不想和你抬槓。」

樂慧抱胸，仰頭，貼緊芳芳站定。

「你要幹嘛？」芳芳一抬手，拂到樂慧的額頭。

樂慧「啊」了一聲，舉手要打她的臉，芳芳尖叫著擋開了。這時，小蘋果不知從哪兒跳出來：「別吵啦，別吵啦。」她拉開樂慧，樂慧仍然逼視芳芳。芳芳感覺樂慧那只虛腫的眼洞，要把自己整個吸進去。她渾身一凜，又尖叫。更多人進來。

「你們在幹嗎？」秀姨進屋來，對門外看熱鬧的姑娘道，「沒你們的事。」然後關上門。

樂慧問：「幹嘛不通知我上班？」

秀姨道：「這些天一直想找你談的，太忙，沒來得及。改天抽空聊一次。」

「不說我也知道，你一定是聽她們講我壞話了。」樂慧指著芳芳。

芳芳狠狠盯著她的手指：「就你，我們還懶得講。」

秀姨道：「樂慧，事情不是你想的樣子。」

樂慧道：「芳芳說我和客人吵架，根本沒有。那次是那姓李的喝了酒罵我，我都沒還嘴。」

芳芳道：「什麼姓李的，什麼吵架，我一點不知道，也沒興趣知道。」

樂慧道：「還想抵賴，人家都告訴我了。」

「什麼人告訴你的？」芳芳問出口後，馬上回視小蘋果，「你！」

小蘋果馬上道：「不是我。」

樂慧既沒否認，也沒承認。

芳芳冷笑道：「這個小騙子的話也會相信。」

「不許罵我朋友。」樂慧做出要拚命的樣子。

芳芳道：「沒想到你除了醜，還挺蠢的。哪天被小蘋果賣掉了，大概還替她數錢吧。」

樂慧氣得渾身發顫。

小蘋果嚷嚷：「挑撥離間，挑撥離間！」

芳芳道：「我還非得做一次好人。樂慧你聽著，這只爛蘋果肯定和你說她家很窮是吧，起先我們還都信了，後來才知道，她家有錢的很，放著好好的福不享，跑出來被男人玩。被男人玩舒服是吧，這叫天生下賤！還吹牛，還撒謊！」

在芳芳說話的過程中，小蘋果嘴裡不斷製造出各種聲音，但樂慧還是聽清了芳芳的話。芳芳說到最後時，小蘋果衝上去拍打芳芳：「你才下賤，你才下賤！你被副區長甩掉啦，還被打得鼻青臉腫！」

芳芳腦子裡「嗡」了一聲，頭皮上剎時滲出一層汗。「你去死！」她撲過去，幾乎將小蘋果整個拎起。小蘋果雙手亂掄，樂慧愣在原地，秀姨試圖分開她們。

門外，客人醉醺醺地高呼：「芳芳，芳芳，上廁所上到哪裡去了？」芳芳應道：「來啦！」冷不防被小蘋果掄到一耳光。芳芳漲紅了臉，正反兩下抽回，再將她狠狠推出去。小蘋果撞到牆上，屋裡各人聽到一聲皮肉碰撞的沉悶聲音。芳芳拍拍手，捋平絲絨旗袍，一扭一扭走出去。她聽到背後在罵：「被人打得鼻青臉腫，還那麼神氣。」芳芳神經質地抖了一下，感到自己快倒在地上了。她掙扎著重新直起腰背，一步一步往前走。她走過了她的包廂，還筆直往前。前面是牆。她覺得自己能夠一直這麼走下去，穿過牆壁，走到外面的世界去。

16

秀姨最終沒有解釋，為什麼開除樂慧。樂慧閒晃在家後，樂鵬程更懶得理她。只有小蘋果來找樂慧玩。樂慧給她倒了杯水，讓她坐在沙發裡看電視，自己跑去窗前，不知往外看什麼。

小蘋果過來道：「看什麼？」

「沒看什麼。」

小蘋果訕訕地湊近她。

樂慧指著對街道：「秀姨就住那兒。」

「原來你們是鄰居啊。這麼不講情面。我猜呀，一定是因為上次你得罪了錢老闆。」

「錢老闆的事，發生很久了吧。」

「也不久，就在放長假之前。」

「難道就是因為這個把我辭了？誰不犯錯誤啊，就不能給我一次改過機會。」

「就是，就是，她們這些榨人血汗的，偏不給人一口飯吃。」

樂慧想了想，道：「我是不該拿酒瓶砸錢老闆，但他也不該罵我。再說當時我醉了，還是他硬灌醉的。人醉了做出來的事，哪能有個準數。」

「就是就是，錢老闆是大壞蛋。」

「再說了，突然把人辭了，總得吱個聲。現在倒好，不見面不吱聲，連衣箱鑰匙都不問我要回去了。」

「別管什麼秀姨，」小蘋果道，「外面就是廣闊天地。我再給你介紹個老闆吧。」

「我不要你介紹。」

「你不信任我了，是嗎？今天你對我好冷淡呀。」小蘋果處在樂慧左側，她感覺樂慧假眼的餘光，正在緩慢凝重地在射過來。

小蘋果叫嚷起來：「你別信芳芳的話，我們是最好的朋友。」

樂慧道：「我最恨別人騙我。」

小蘋果噎了一噎，道：「我不是騙你，我是騙自己。」

「你家裡是挺有錢的，是嗎？」樂慧道，「說實話。」

小蘋果剎時雙頰緋紅。

「我最恨別人騙我，」樂慧重複了一遍，「我可以去見見你的老闆。但不代表我原諒你了，我只是想有錢賺。」

17

老闆叫「小美」。第一次見面很匆忙。仨人站在路口，還沒說上話，身邊的小商小販突然騷動，席捲了鮮花、碟片、水果、頭飾，往各個方向狂逃。小蘋果慌裡慌張，也跟著跑起來。樂慧瞧瞧小蘋果，瞅瞅原地不動的小美，「唉」了一聲，撒腿追小蘋果而去。

小蘋果個頭矮，腳力佳，樂慧追得雙腿發軟，遠遠見她一骨碌翻進花壇。樂慧走近，發現小蘋果躺在一叢忍冬上，大眼睛眨巴眨巴望著她。

「你跑什麼跑，神經病啊！」

小蘋果咯咯直笑，蜷起身子，滾到一邊，衣服背面都是泥。

「阿慧，你還認我這個朋友的，是吧。」

樂慧也噗哧笑出來：「你有病！」

小蘋果道：「那麼，你原諒我了，就來勾勾手。」

樂慧伸出小手指，與小蘋果的小手指勾在一起。

小蘋果道：「我們永遠在一起，永遠是最好的朋友！」

樂慧歎了口氣，拉小蘋果出來。倆人在路上緩緩走著，她們的手指勾在一起。

18

再約小美，小美就不肯出來了。他說眼下非典剛過，沒那麼多生意可以介紹。上次見面，已經是看小蘋果面子了。

小蘋果把這話告訴樂慧，道：「小美也沒騙人，這陣子『百合』的客人也明顯少了。」

樂慧不語。

小蘋果拉著她的手道：「阿慧，求人不如求己。」

樂慧問：「怎麼個『求己』法？」

「就是自己做自己的老闆。那樣也好，賺來的都是自己的。」

樂慧想了想，道：「那不是『流鶯』嗎？」

「別講得那麼難聽。方式無所謂，關鍵是賺到錢。」

樂慧盯著小蘋果道：「我還是搞不懂，你家庭條件那麼好，幹嘛還要出來混。」

「你是不是也和芳芳一樣，覺得我賤？」小蘋果抽了抽鼻子，眼睛有點濕潤了，「實話告訴你，我爸媽都是壞蛋，大大大壞蛋，我在家都快瘋掉了。人活一輩子，開心最重要啦。」

「那麼，」樂慧問，「你現在開心嗎？」

「開心，很開心。你呢？」

樂慧不吱聲。她想起經常看到的「流鶯」。她們總是走來走去，不知自己要到哪裡去。樂慧覺得，她們老死那天，也會是走著走著，突然直通通地俯面倒下。小學生樂慧，曾站在樓上，向其中一個扔過石頭。

「這事很下賤。」樂慧說。

小蘋果一怔，她被「下賤」這個詞刺痛了。

樂慧道：「我指的是那些『流鶯』。」

小蘋果道：「你不用解釋。」

「你別太敏感了，」樂慧道，「我主要是怕樂鵬程知道。」

「怕什麼，你是成年人了。」

「也不是怕，」樂慧低下頭，「我不知道怎麼形容。」

「我懂。阿慧，你要搬出去。只有身體獨立，心才能獨立。」

「搬出去住，要花很多錢。」

「沒你想得這麼可怕。我很小就自己出來了。其實很簡單，兩個字：賺錢。這又不難，先有一兩個客人，然後客人介紹客人，越來越多，越滾越大。等賺了錢，別說租房吃飯，保不準還能自己當老闆呢，洗頭店洗腳店按摩店，想開什麼就開什麼，弄幾個姑娘，差來差去，威風得不得了。」

「我不要開店。」

「那就吃喝玩樂，統統花光。」

「我要去泰國。」

「去泰國的話，你會開心嗎？」

「嗯。」

「那麼，就搬出來，賺錢，去泰國！人生有了目標，才有奔頭。」

樂慧猶豫了很久。睡覺之前，她想：會不會再夢見泰國？

那一晚，她睡得很死，連半夜下了場暴雨都不知道。

19

樂慧第一次站街，是趁樂鵬程看電視睡著，偷偷換了衣服溜出去的。她穿了一條仿皮的超短裙，將顴骨抹得紅紅的——小蘋果說，這樣能使五官顯得立體。她還說，不要去大仙窟的主幹道愛國路，那兒競爭激烈，新人會被欺負。於是樂慧去了一條支路，愛前路。愛前路人也不少，那些五顏六色、閃閃發光的女人，以警覺的目光注視樂慧。樂慧避開她們的目光，挑了個不起眼的角落站定。她覺得自己的「流氓兔」T恤太可笑了，可如果換作同行們的性感短衫，也不會好看——她實在太瘦了。

左思右想著，忽然感覺身邊有騷動，原來有外國人經過，幾個女人擁圍上去。是兩個白人青年，他們有禮貌地微笑擺手，女人們卻不肯放過他們，仍然堵著路，用不標準的英文，報著討價還價的數位。樂慧怔怔瞧著，她的趾縫裡全是汗，靴跟高得快讓她站不住了。

她想起生平的第一個客人。小招待所，二一二，老頭子。他渾身彌漫著酸臭，彷彿人活著，身體已經開始腐爛了。樂慧逼他一遍遍清洗，躺到床上時，他渾身都是劣質肥皂的味道。

那是個多麼老的老傢伙呀，當他站進浴缸時，樂慧倚著滿是鏽跡的台盆，想像自己撩起門後的毛巾，蒙住他的臉，將他摁倒在缸底。樂慧覺得好笑。老頭也跟著笑。他的傢伙被主人的笑容感染，猛地翹了一下。

老頭用三百元人民幣，換取了一分鐘快樂。他數點那堆零碎鈔票時，兩條細腿不停顫抖。樂慧回想起來，竟有些同情他。是啊，別等到享受不動了，才有享受的機會。

樂慧站到凌晨二點，開始往家走。她的膝蓋僵直了。

樂鵬程還坐在客廳沙發裡，對著滿屏雪花，拿遙控器的手垂在扶把外。當他聽見開門聲時，渾身震了震，扭過頭來。樂慧看到一對紅通通的眼睛。

「你到哪裡去了？」

「你管不著。」

「你到底想怎樣？」

「我想搬出去。」

樂鵬程把遙控器一扔：「越來越不像話了。」

用力過猛，遙控器彈落在地，電池蓋飛出去。父女倆默默注視那只遙控器，終於還是樂鵬程彎腰撿起來。他重新直起身時，似乎哪兒不對勁，半途停頓一下。他認真仔細地瞧著女兒：「阿慧，我好像不認得你了。」

「你從來都不認得我。」

「你學壞了，跟著那個叫『小蘋果』的。」

「秀姨告的狀是吧？不錯，樂鵬程，我鄭重告訴你，從現在開始，我就要去做婊子了。」

「你不要臉。」

「你也不要臉，你玩婊子。如果沒有婊子，你上哪兒去玩？」

樂鵬程雙手打顫，半晌，才擠出一句話：「走吧，別回來了。」

20

樂慧帶走一千塊錢，在「大仙窟」的另一頭租了房，五百元一個月，不帶水電費。沒到月底，錢就花完了。期間強強介紹過一單生意，是個大學生。完事後兩人摟著，躺了一會兒。

「你們學校女生很多吧。」

「理工科學校，女生少，長得醜。」

「功課緊張嗎？」

「緊張。」

「那還出來玩？」

「偶爾嘛，放鬆放鬆。」

「偶爾？我怎覺得不像。」樂慧扭頭瞅他，大學生笑嘻嘻的。

「我以前成績很好。」樂慧道。

「嗯。」

「還是三好學生。」

「嗯，你身材真不錯。」

「哪兒不錯？」

「這兒不錯，」大學生捏一把她的屁股，又拉起她的手，「這兒也不錯。」

樂慧細看自己的手，果然不錯，細細挺挺，見不著骨節。唯一遺憾的是指甲，灰濛濛的，根部還有一些白斑。

樂慧收了大學生二百元，算是優惠價。過了兩天，花掉一百六，做個指甲護理，抛光、磨亮、塗成粉紅的，繡上白瓣黃蕊的小花朵。樂慧好幾天捧著捨不得放，如果它們躺進一雙寬闊的掌心，會像是放在絲絨盒裡的珠寶熠熠放光。

剩餘的幾十塊零錢，幾天就吃喝殆盡。樂慧拚命給強強和小美發短信。他們都不理她。於是打手機，強強不接，幾次三番，終於接了：「他媽的打什麼打，有生意會找你的。」

「我快餓死了。」

「這是你自己的事。」

「快介紹生意。」

「你這種人，餓死活該！」

「快介紹生意。」

「我掛了。」

「快介紹生……」

又找小美，小美道：「我手裡呀，很多年輕漂亮的，好幾個還是大學生。」

樂慧道：「我也挺年輕的。」

「你年輕嗎？十六、十七的還湊合，二十歲就不敢說年輕了。」

「我不年輕，我是你奶奶！」

樂慧關機。手機也快沒錢了。她躺在床上，想著去哪兒弄錢，想著想著頭痛起來。八平方的小屋棚，除了床，就是地板。昏睡，餓醒，就吃速食麵。麵要乾吃，掰一小塊，緊跟著十多口水，麵就在胃裡化開，抵得了半天的饑。

沒多久，忍辱負重的馬桶被速食麵包裝袋堵住了，一抽就往外面溢水，弄得屋裡臭哄哄的。捱了兩天，樂慧叫來一個通下水道的民工，五分鐘解決問題。樂慧道：「我沒錢，你看著辦吧。」

民工漲紅了臉道：「不行，給錢。」

「真沒錢，不信你搜。」樂慧拉開一隻抽屜。

「給錢，快給錢。」民工的咕噥聲越來越低。

樂慧有些害怕，定住。民工也定住。光打在他的側面，樂慧看到他面頰上的肌在輕微抖動。樂慧往後退，退了幾步，民工突然撲過來，抓住她的頭髮，甩到床上。樂慧閉著眼，皺著鼻子。恍恍惚惚的，似乎很快就完了。他趴在她身上喘氣，還發出一種嗚咽般的聲音。樂慧讓他起來，他道：「你還有啥要修的嗎？」

「沒了沒了，快給老娘滾。」

水道工起身穿衣。樂慧道：「出去時幫我帶上門。」門一關，風停了。赤裸的肚子和大腿稍微回暖。樂慧身體被壓得有點疼，於是躺著不動。她舉起手，端詳十枚指甲，花花綠綠的圖案開始缺損，矗在伶仃的指頭上。這排斷壁殘垣動了起來，從枕下摸出一面鏡子。鏡中人原本就黑，現在黑裡透著黃，左眼眶發炎了，假眼球被一圈紅腫的肉拱出來。

鏡子側過一個角度，就能照見窗外一米寬的弄堂，堆滿垃圾什物。對面住個撿垃圾的老太，門口放著裝易開罐殘骸的鐵皮桶，桶蓋扣一把環形鎖，桶身用麻繩拴在門把手上，打了死結。清晨聽到一串丁鈴噹啷，就知老太起床撿垃圾去了。傍晚又丁鈴噹啷地回來，用煤球爐煮飯。這時，熱騰騰的油煙香會飄到對面樂慧的窗子裡，聞得她饑腸百結。老太吃完，有時會搬個板凳，坐在破舊的小黑白電視機前。樂慧隔著彼此的窗，能看到模糊不清的畫面。

一晚，樂慧終於忍不住，跑去對面敲門：「你有吃的嗎？給我一點吧。」她做好準備，如果被回絕的話，就動手搶。

老太沒有回絕，轉身盛出半碗飯，遞給樂慧。那飯看著黏乎乎的，上面搭著兩根菜葉。那它們是真正的冒著熱氣的食物。樂慧用手指挖了一口米飯，塞在嘴裡。老太遞上筷子，口齒不清道：「你年紀輕輕，怎麼也是撿東西的？」

樂慧背脊一涼，她忽然意識到：再這麼下去，別說去泰國，就連活下去，都會成問題。她吃完飯，謝過老太，回家穿起最漂亮的衣服，上街找生意去了。

21

小蘋果說：「創業初期，是要吃點苦頭的。」初中的語文宋老師也說過：「世上無難事，只怕有心人。」

樂慧開始用心。她意識到，只要用心，就能有飯吃。一個多月下來，她給自己總結：首先，男人總是有需求的。其次，別的女人如果比她漂亮，那麼她可以服務更周到；如果比她周到，她就可以更便宜。那些四十歲的女人都有生意，她難道會餓死？

漸漸地，樂慧有了點小滋潤。她換了個管道更寬的新馬桶，補了補漏雨的天花板，還花一百塊錢買了網吧卡，用網聊填補中午起床和夜晚上街之間漫長的無聊。

一天，從網吧出來，突然看到上次的大學生，和兩三個同學模樣的走在一起。樂慧隔著馬路喊：「嗨——」對方停住，慢慢走過來。同學們在原地嘻嘻哈哈。

「你好，記得我吧。」

大學生盯了半天，猶豫道：「你……噢，原來是你。」

「今晚有空嗎？」

「你等等。」大學生跑去和同學們說著什麼，那夥年輕男人怪叫起來，樂慧笑盈盈地向他們揮手。在起哄聲中，他們沿著馬路慢慢走起來。

路上，大學生給樂慧買了一根冷飲，問她好不好吃。香精味太濃，但樂慧仍然說：「好吃，很甜。」

她吃得滿手黏乎乎的，沒帶紙巾，只能舔乾淨，大學生死死瞧著樂慧一伸一縮的舌頭。樂慧笑道：「看什麼？」大學生道：「沒看什麼。」他側身摟住樂慧，樂慧伸出嘴，他吻了她的面頰和脖子，還含住她小小的耳朵。

樂慧咯咯輕笑：「忍不住啦？」

倆人小跑起來，發現一處綠化帶。大學生幾乎拎起樂慧，轉到一棵樹的背面。

再回大路上時，大學生問：「現在幾點？是不是很晚了。」

樂慧道：「不晚。」她朝他張開雙臂，大學生沒有回應。

樂慧道：「我的手漂亮嗎？」

「漂亮。」

「指甲呢？」

「我得回去了，宿舍要關門。」

「急什麼，還沒給錢呢。」

「什麼？」大學生一怔，「搞什麼搞，我們是在約會。」

「約會？你知道我叫什麼？」

「你叫小紅，我給你買過冷飲。」

「你別裝傻。」樂慧冷笑。

「你想怎麼樣？」

「我想你給錢。我內褲上可有你的證據。不怕學校知道嗎？」

「不怕，我們是談朋友。」

「不是談朋友，是嫖！」

大學生滿臉詫異，但很快鎮定下來：「嫖？滿校園都是美女，隨便就能泡一個來，還是免費的。」

「你們女生少，而且醜，這可是你自己說的。」

「我沒說過。」

「快拿錢來。」

「要多少？」

「本來要四百的，看在熟客份上，就三百吧。」

「好，」大學生招招手，「你到這兒來。」

樂慧跟他過去。大學生突然抓起樂慧的頭髮，將她腦袋往電線杆上撞。尖叫引來一個路人，樂慧聽見問：「幹什麼？」

大學生說：「教訓女朋友呢，背著我搞第三者。」

路人走開了，樂慧腦袋一炸一炸的。

「夠了嗎？」大學生咬牙切齒地問。

「夠了。」

「真的夠了？」

「夠了夠了，求求你……」

大學生終於放手了，朝樂慧啐了一口，搖搖擺擺，大步而去。

22

樂慧下身不適。去醫院開了栓劑，連用三個療程，反而更嚴重了，腰間時時酸痛，做那事時，整個人像被一裁為二。小蘋果給樂慧送來一種藥，據說是進口的，外面沒有賣，效果特別好。她告誡樂慧：「一定要帶套。」

樂慧道：「現在的客人，都不願意帶套。」

小蘋果道：「這些壞蛋！」

樂慧道：「什麼時候，也讓男人們嚐嚐滋味。」

小蘋果道：「好呀，我們去讓他們嚐嚐滋味。」

她想了想，忽然滿臉興奮道：「對了，我們去泰國吧。」

「什麼意思？」

「去泰國呀。去了你就知道。」她來拉樂慧。

這是下午三點多，樂慧想想，也沒啥事可幹，就跟著她去。

小蘋果帶著樂慧，換了兩輛公車，一路上，樂慧問了幾次，小蘋果都故作神祕，不肯透露風聲。下了車，她們來到一條「酒吧街」。說是酒吧街，更像拓寬了的弄堂。地面垃圾被來歷不明的液體黏成小坨小坨的。樂慧踩到一坨，罵聲「媽的」，東張西望道：「哪來的泰國，小蘋果你又糊弄我。」

「別急，今天保證玩得好。」

街邊的店招五花八門，美美理髮店，小強棋牌室，阿瓜遊藝廳。「小弟弟溜冰場」讓樂慧印象深刻，那是半扇窄門，隱著一條逼仄的木樓梯。不知為何，樂慧想起武俠書裡的人肉黑店。

終於，她們看到了「泰國」。那是一家門面寬大的酒吧，門口搭出一爿大涼棚，棚布上大幅冰淇淋廣告，一個藍衣藍髮的女孩勾著手指，白色大字寫道：「想吃就來吃我吧。」旁邊兩個紅色塑膠大字：「泰國。」涼棚下，一個穿淺藍色保潔制服的老頭在沖洗塑膠凳子，汙水沿著地面的坑窪到處亂流。

「到啦到啦。」

「這算什麼泰國。」

「外頭看著破爛了點，不過很價廉物美，進去玩了就知道。」

她拽著樂慧往裡走。迎面一隻巨大的水泥象頭，從壁上聳出來，大象額頭上寫著：Welcome。旁邊一串象牙，指著入口的方向。樂慧走過時，碰了碰它們：「假的吧。」拐一個彎，就燈光通明。水泥格子地板，天花板上裸著水電管道，一些桌椅詭祟地團在角落裡，中央一大片舞池。牆上畫著綠色的棕櫚、紅色的寺廟，還有一些奇形怪狀的水果，樂慧認出椰子和榴槤。

一個男人在吧台裡清洗玻璃杯，還有兩個來來去去，給每張桌子擺放假花。

樂慧道：「他們好瘦。」

「做鴨子的都瘦，體力消耗大嘛。」

樂慧發現小蘋果聲音不對，回頭一瞧，她正和吧台裡的人飄眼風呢。男人沖樂慧微笑，樂慧撇了撇嘴。小蘋果道：「他們會在杯子上橫一支煙，你可以過去拿他的煙。他同意的話，就會放倒杯子。」那男人仍在看她們。他五官不壞，但顴骨過高，整張臉被高顴骨支成一個菱形。

小蘋果道：「其實不管什麼男人，關了燈都一樣，」她湊近來，「只要他們不偷懶，就會很舒服的。而且——你可以讓他們用嘴。」

樂慧嘿嘿笑，似是想像到了那種舒服。倆人有一搭沒一搭地聊男人。小蘋果喜歡肌肉男，能把她高高舉起，一下摔到床上，拚命搞她，虐待她。

「疼不疼啊？」

「疼，但很刺激，」小蘋果一下一下翹著身下的椅子，彷彿正騎著一個男人，兩眼朦朧地一眯，「我讓他抱住我，夾緊我，像要把我弄皺弄碎。」

「我體會不到。」樂慧笑了，她更喜歡斯文男人。

營業時間很快到了。男人們仨仨倆倆出來，他們穿得挺普通。

樂慧說：「沒你要的肌肉男。」

「有一個。」小蘋果指了指。

樂慧一瞧：「這怎麼能算肌肉男。」

「我可以將就，所以總能找到樂子。」小蘋果站起身，一蹦一跳地過去，在男人的桌邊坐下，倆人接暗號似地低著頭。從側面看，小蘋果表情熱烈，嘴皮子像只被吹皺的塑膠袋口，翻飛不停。

樂慧打個哈欠，又一個哈欠。一個穿銀光T恤的男人慢慢踱近。

「可以坐嗎？」

「可以。」

那人坐下：「我叫小貓。」

「我叫樂慧。」

小貓的眼神跳來跳去，讓人不喜歡。樂慧正不知該說什麼，小蘋果拉著她的男人過來了：「怎麼樣？」

樂慧道：「這是小貓。」

「小貓？」小蘋果笑道，「我叫小蘋果，」她往「肌肉男」膝上一坐，「好了，人齊了。」

樂慧不滿意小貓，可小蘋果已經談開了價格。

小貓問，要一間房，還是兩間。

小蘋果道：「一間房。」

樂慧道：「兩間房。」

小蘋果瞥了瞥樂慧。樂慧道：「當然兩間房。」

小貓道：「一間房加五十，兩間房加一百。」

小蘋果道：「大家在一間房裡，可以玩得更刺激。」

樂慧道：「我沒這習慣。」

小蘋果有幾分尷尬神色，但很快恢復正常。

小貓道：「那咱們走吧。」

兩個女孩一路無話，到了小旅館，各自進房。不知有意無意，挑了兩個遠離的房間。

小貓關上門，樂慧怔怔站立，望著這個用寶貴人民幣換來的男人。

小貓聳聳肩：「開始吧。」

樂慧道：「好。」

小貓開始脫衣褲。

樂慧道：「你們可不可以用嘴巴？」

「可以，嘴巴二百。」

「額外的嗎？」

「是。」

「我不要做，只要嘴巴。」

「你可以不做。」

「但剛才說定的六百塊，是做的錢。我不要做，我只要嘴巴。」

小貓有些不耐煩：「進來了，脫衣服了，不管做沒做，都要六百。」

「什麼？哪有這樣做生意的，不公平！」

小貓齜了一下嘴：「有什麼不公平。你們腿一張錢就來了，想幹到幾歲就幹到幾歲。我們吃青春飯，做力氣活。幾年下來，身體都拆敗了。你瞧我——」他指指眼睛，他的眼窩發青，塌陷著。

樂慧被識破身分，愣住了。小貓利索地脫光，跳到床上，狗似地跪著：「來不來？」

樂慧動手解褲子，小貓面無表情地看著她。樂慧躺到床上，小貓爬過來，舔她的脖子、手臂、胸脯，發出「嘖嘖」的聲音。樂慧的身體顫動起來。小貓遊走到她的腰下，緩緩分開她的腿。

突然，小貓怪叫：「你有病！」朝空中呸了幾口唾沫。

樂慧夾緊雙腿：「有啥大驚小怪，正常的婦科病。」

「那得帶套子。」

「不行。」

「我不會給你用嘴，做的話也要帶套子。」

樂慧生氣了：「這算什麼服務。」

「你可以到消費者協會告我，」小貓壞笑，「還做不做？」

「老娘沒興趣了。」

「不做也行。進房費一百。」

「開什麼玩笑！」

「我的身體都給你看了。」小貓用毯子圍起下身。

「就你這身材，送給我都不要。我的客人個個比你好。」

「就你這模樣，會有客人嗎？」小貓笑咪咪的。

樂慧四肢一扒：「一百就一百，我躺一晚上，權當旅館費。」

「再交五十，隨你躺多久。」

樂慧嘭地彈起來。

小貓道：「剛才說好的，五十元房間費。」

「不是已收了一百嗎？」

「一百是進房費，五十是開房費。」

小貓一直在擠眉弄眼。

「罷了，我來找樂子的，不想掃興。」

樂慧虧了一百塊，出門賭轉，越轉越悶。滿街的男女，看著都挺快活。樂慧不知道他們快活什麼，她嫉妒。她回旅館找小蘋果。遠遠就聽見呻吟。

「小蘋果，快出來！」

屋裡忽地沒了聲音。樂慧靜等片刻，呻吟又起，但不如先前放肆。樂慧出了旅館，在小販手裡買了菸，坐在街邊抽。半個多小時後，小蘋果出來了。神清氣爽，面色紅潤，像剛剛泡過熱水澡。

樂慧朝她的紅臉蛋吐了一口煙：「聽見我叫你嗎？」

「沒呀，」小蘋果瞪大眼睛，「什麼時候？怎麼啦？」

樂慧扭過頭：「沒什麼。」

「那吃東西去吧。」

「沒胃口，今天噁心夠了。」

「怎麼了，玩得不開心？走，先吃飯，慢慢聊。」

小蘋果帶著樂慧，七轉八轉，轉到一條飲食街上。時已深秋，桌子仍然露天擺放，一張緊挨一張。熱氣騰騰的食客們，背貼背，肘連肘。吮螺螄、剝龍蝦、剔骨頭、喝可樂。連吃剩堆放的垃圾，看著都光鮮誘人。

「阿慧，你想吃什麼，火鍋怎麼樣？」

倆人領了號，排在隊伍末端。小蘋果悄聲問：「你猜我剛才舒服了幾次？」故作神祕地伸出四根手指，得意道：「這是真的，我很容易高潮的。才五分鐘，就第一次了。」

旁邊有人扭頭瞧她們。

樂慧突然道：「芳芳說得對，你真是個賤貨！」

更多人瞧著她們。小蘋果覺得樂慧的右眼在緩緩轉過一個角度，清冷的目光就灑開來，罩住了小蘋果的前後左右。

樂慧緩緩道：「剛才聽見我叫你了，就是不理我。只顧自己爽，根本不在乎我這朋友。我們是朋友嗎？還有一件事，一直沒問你。把我介紹給強強，你得了好處費是吧。」

小蘋果嚅著嘴，彷彿在說話，卻沒一點聲音。

樂慧道：「什麼都別說，好嗎？我最怕聽你撒謊。」

樂慧走出隊伍。小蘋果拉了她一把，很輕，沒有拉住。

這輩子唯一的友誼，彷彿一片枯葉，從樂慧貧瘠的日子裡扇落出去。

23

生意很不好做。最近有很多「黏毛」的，把行情都搞亂了。那些中年婦女，蒼蠅似地飛來飛去，嗡嗡著「小姐任選，百元消費，通宵營業，為所欲為」，還真拉進不少傻子。

連著十多天沒客人，樂慧就懶散了，今天颳風，明天下雨，總是找個藉口，躲在屋裡大睡。她每天都想到小蘋果，有時想得多一點，有時少一點。小蘋果的小鼻子小眼，紅撲撲的小臉蛋。樂慧覺得揪心：失去朋友的感覺，跟他媽的失戀似的。

現在，再也沒有人會來找樂慧。如果她死了，變成腐肉了，都不會有人知道。接連很多晚上，樂慧做夢，夢境紛亂。一次半夜，她聽見自己大叫：「貓！」醒後坐想良久，什麼都記不起。還有一個清晨，突然被夢魘住，腦袋發疼，手腳沉重，持續了二十分鐘，好不容易掙脫，一句悲哀的話沒來由地鑽進腦袋：文瑛死了。

文瑛是誰？樂慧琢磨半天，忽地想起，下午房東會來催租。於是起床找衣服。去年的緊身衣，今朝統統變成寬鬆服。人一瘦，骨架都縮水。樂慧把自己裹得鼓鼓囊囊的，出門了。

初冬的街上，十八九歲的孩子們在宣傳愛滋病，這些花花綠綠、蹦蹦跳跳的年輕人。一個大眼睛女孩，將宣傳單夾著避孕套塞給樂慧。樂慧一甩胳膊，掉身就走。仨仨倆倆有人收了套子，讀著資料。其中幾個是小姐，樂慧一眼就能辨出。做這個的，臉上是烙著烙印的。樂慧從地上撿起一張傳單，捲成一卷，塞進口袋。

是夜，又沒生意。樂慧昏昏沉沉回家，不洗臉，不脫衣，往床上一躺。躺下又睡不著，輾轉反復，開了檯燈，拿出白天撿的宣傳單。

讀著讀著，她開始冒冷汗。很快連冷汗都出不了，只兀自發冷。冷了一會兒，蒙著被子哭。又連哭的力氣都沒有，就直挺挺躺著。不知躺了多久，她打開手機，寫了個短信：「我得愛滋了，要死了。」翻一遍位址簿，不知該發給誰，就把小蘋果的號碼，改了末尾一位，發了過去。兩分鐘後，回覆來了：「你誰呀。」

24

小蘋果突然看望樂慧。門沒鎖，她自己推進來，嚷嚷道：「你還活著呀，這麼久沒音訊。」樂慧背對門口，裹著被子。小蘋果坐到床邊，推推她：「房間裡什麼味兒。」去開窗，又道：「窗外也是臭臭的。」關上，坐回床邊。見樂慧不動也不響，就道：「你還生我氣呀，別氣啦。」她搖樂慧，樂慧任著她搖。小蘋果掀開被子：「你怎麼啦？」拉樂慧。樂慧道：「別碰我，我得愛滋了。」

小蘋果哈哈大笑：「不可能。」

期。」

「真的，你看。」樂慧在被子裡找來找去，找出那張綴巴巴的宣傳單。

小蘋果瞥了一眼：「最近到處在宣傳，我也看到過，」又道，「你什麼症狀？沒那麼倒楣吧。」

樂慧道：「我低燒很長時間了。那麼長時間不帶套，一定中著了。宣傳資料上說的，這叫空窗期。」

小蘋果摸她額頭，又摸自己額頭：「好像沒燒呀。」

「渾身難受，身體裡像有一把火在烤。」

小蘋果道：「你不會那麼倒楣的。要不咱們去醫院檢查吧。」

樂慧道：「我不去，丟人。」

小蘋果搔了搔腦袋：「網上有賣自測試紙的，要不我幫你訂一個吧。」

「多少錢？」

「不管多少錢，我來。」

樂慧抬頭瞧了她一眼，「哼」了一聲，又道：「自測的未必準。」

「準的準的，肯定準的，」小蘋果附到她耳邊道，「告訴你，我買過這東西，挺管用的，」她拉起樂慧，道，「走，吃東西去。我看你愛滋還沒得，倒是先要餓死了。」

樂慧被她拉著，進到一個小飯館。小蘋果要了一碗餛飩，樂慧也要了一碗餛飩。兩碗餛飩上來，樂慧道：「看著又不想吃了。」

小蘋果道：「多少吃一點。」

樂慧細細嚼了兩口餛飩皮，額頭就出汗。停下來，看小蘋果吃。小蘋果吃得呼啦呼啦，發現樂慧瞧她，就抬頭一笑。樂慧接住她的笑，也笑回去。倆人面對面，笑著笑著，就哈哈出聲。小蘋果道：「見到你真高興。」

樂慧輕聲道：「我也是。」她握住小蘋果的手，小蘋果放下勺子，雙手回握。「阿慧，你的手指頭像是一捏就要斷了。」

樂慧道：「那你就捏斷它。」

小蘋果道：「好，」抓著樂慧的雙手，讓它們貼到樂慧面前的餛飩碗上，「知道我為什麼來找你嗎？」

「你想繼續和我做朋友。」

「那當然。除此之外，還有一件事。」

「什麼？」

「你聽了別生氣。」

「只要你別騙我，我都不會生氣。」

「那你也別難過。」

「好。」

「你發誓。」

「發誓。」

小蘋果嚴肅著臉道：「我碰到毛頭了。」

樂慧頓了頓道：「不可能，你又沒見過他。」

「可是，你描述過他的特徵。那種特徵，不是人人都有的。」

「這麼說，」樂慧將餛飩碗往前推了推，「你們上過床了。」

小蘋果道：「我原先也不知道，是強強介紹的。去了發現，他身上的一個開關壞了，對，就是那兒。他主動和我說的，要我配合一下，還告訴我，那是仇人幹的。算了，不說了，你臉色都變了。別不理我，求你了。」

「沒不理你。」

「那你理理我。」

樂慧抬頭瞄了一眼小蘋果：「餛飩涼了。」

「我知道你還……」

「他眼睛大嗎？」

「小眼睛。」

「長得黑還是白？」

「很黑。」

「結實嗎？」

「一般，不算肌肉男。」

「毛頭很結實的，他天天鍛練。」

「也算結實吧。」

「你在哪兒見的他？」

「房間裡。」

「我知道是房間裡，又不會在馬路上。」

「我有預感，」小蘋果道，「他應該還會來。如果強強那兒再有消息，我就通知你吧？」

25

和小蘋果分手後，樂慧在街上走，走出一身虛汗，就坐在街沿上休息。肚子一飽，人就覺得舒服。坐了一晌，起身繼續走。她決定去瞧瞧「慧慧娛樂總匯」。半天沒找到，一打聽，已更名「興旺娛樂總匯」。樂慧問迎賓小姐，是否換過老闆。一個似沒聽見，一個硬梆梆道：「不曉得。」她們不讓她進，雙方爭執。保安從大廳出來，樂慧就灰溜溜走了。

隔街望去，「興旺娛樂總匯」架構敦實，遍體通明，頂部拱成半圓，像一架航太儀器。門前停滿轎車，開車門的小廝穿白制服，戴貝蕾帽。兩側裙房延至看不見的街角，隔成一間間酒吧和咖啡館。這兒是「大仙窟」的中心地段。

「慧慧娛樂總匯」更好聽。「慧慧」，毛頭這麼叫她，還叫她「小東西」，她則稱他「老頭子」。他比她大八歲。他們都愛聽鄧麗君，都對花粉過敏，都喜歡聞橡膠水味道。

樂慧默默往前走。人跡逐漸稀薄，空氣就清寒起來。樂慧的牙齒和手指紛紛打顫，滿世界「咯啦咯啦」的聲音。角落裡野貓嘶叫，像嬰兒在哭泣，有一兩聲冰冷的鳥鳴。只有人類的巢穴安靜著，每個人都會在凌晨死去這麼幾小時。

樂慧不知不覺走到影子弄，就徑直往裡，在盡頭停住。貞女牆似乎矮了，細看，頂部的磚塊被拆走不少。樂慧仰起頭，天上白一塊灰一塊，月鉤子褪得很淡了。

樂慧在家門前靜立片刻，又繞到弄外。樂家的二樓窗外，晾出一竿衣物。其中有副白色奶罩，在路燈光裡跳舞，像一對空洞的胸脯。樂慧死瞧了一眼，又繞回門前，狠命敲門。

敲了許久，開出一條縫，伸出一隻手，將樂慧拉進去。門關上了，樂鵬程道：「整條弄堂都被你敲醒了。」他大半個身子隱在黑暗裡，月光將窗影打在他的亂髮上。

樂慧道：「紮姘頭紮得爽不爽？」

「胡說什麼。深更半夜的，你想幹什麼？不是搬出去住了嗎？」

「這是我的家，我想走就走，想回就回，還用得著和你囉嗦。」

樂鵬程歎了口氣，擰亮客廳的燈。他穿寬大的睡衣褲，虛腫著臉。樂慧往沙發裡一坐：「那個女人在樓上？」

「沒什麼女人。」

「那讓我上去瞧瞧。」

「你別上去。」

「那讓她下來。」

樂鵬程含糊地嗯了一聲，上樓去了。

樂慧在屋裡轉悠。家中的擺設調整過了，顯得比以前乾淨。樂慧在電視機旁發現一只相框，裡面是張三人合影：樂慧居中，樂鵬程在左，秀姨在右。樂鵬程和秀姨的肩膀挨在一起，樂慧的腦袋正好擋住他們胳膊的缺口。那時，她剛裝好生平的第一隻假眼，笑得滿臉燦爛。相片左下角，有個淡淡的LOGO：「凱威攝影」。

秀姨從樓梯上下來。她裹著羽絨服，見到樂慧，淡然一笑。

樂慧道：「你好。」

秀姨道：「你好。」

樂慧坐回沙發。

「要不要喝杯熱牛奶？」

「好。」

秀姨沖了奶粉，端到茶几上，又問：「要不要麵包？」

「要。」

秀姨拿來切片麵包。皺巴巴的，有點發酸。樂慧啃麵包，喝牛奶。兩者混合出一種滑膩的味道。

秀姨搬個椅子，在樂慧對面坐下。

樂慧問：「今天沒上班？」

「兩點下的班，睡不著覺，過來看看。」

「你不用解釋。」

「我沒解釋。我的意思是，現在已經快三點了……阿慧，辭退你的事，我想解釋一下。」

「我不要聽。」

「其實……」

「我不要聽！」樂慧把杯子往茶几一放，牛奶在杯壁上來回迭蕩，潑濺出來。

秀姨不再說話。樂慧再次望向電視機旁的那張照片。秀姨抽出紙巾，擦掉茶几上的奶漬。「阿慧，有些事情，不是你想的那樣。」

「我想的哪樣啊？」

秀姨將濕了的紙巾團成團，堆在茶几邊。

「你不是和何明要好嗎？現在算什麼意思，玩三角戀？」

「他是我前夫。我們早就分手了。」

「他不是你前夫。」

「他……」秀姨又抽出一張紙巾，在手心裡揉捏，「雖然分手了，但還有來往的。」

樂慧道：「你們的事，我不想管，也管不著。」

「我的意思是……」

「我去拿點東西。」

秀姨頓了頓：「好，你拿。」

樂慧上樓去。樂鵬程已穿戴一齊，眯著眼靠在床頭，見樂慧進來，就站起身。樂慧逕直走向衣櫃，翻找起來，秀姨的一些衣服，混在她的一起。樂慧取了幾件冬衣，關上櫃門前，發現一角藍色，抽出來，是毛頭送的桑蠶絲吊帶裙，被壓得軟塌塌。秀姨也上來了，遞給她幾只馬夾袋。樂慧將吊帶裙連同冬衣一起，塞進袋子，轉身下樓。秀姨跟下去。樂慧在出門前，回頭對她道：「和樂鵬程這種人混，不會有好下場的。」

26

一個多星期後，小蘋果說：「強強又讓我去見毛頭。你替我去吧。」

「見了他又能怎樣。」

「你想見他嗎？」

「想。」

「那就去。」

樂慧決定穿藍色桑蠶絲吊帶裙，外罩羽絨服。她有一條蕾絲短褲，可沒從家裡拿來。手頭兩條連褲襪，都跳絲了。樂慧把它們都穿在身上。

小蘋果道：「你瘋啦，這麼大冷天的。」

「這條真絲裙子，是毛頭買給我的。他說我穿著好看。」

「噢，有紀念意義。要我陪你去嗎？」

「要！」

一路上，小蘋果不斷給樂慧打氣。

樂慧道：「我現在挺醜的。」

「不醜不醜，毛頭喜歡你的樣子。」

「他看見我的瞎眼，會想起以前的事。」

「那事過去很久很久了。如果還在記仇，他就不算個男人。」

「他現在有女人了吧，很多漂亮女人圍著他。」

「有女人，怎麼還會出來找？」

「他一直喜歡出來找。」

「那說明沒女人。」

「哪怕有女人，他也會出來找。」樂慧慢下步子。腦袋凍得缺氧了，耳朵深處隆隆地疼。

「就別管有沒有女人，你們只是像朋友一樣，敘敘舊。也許他會重新喜歡你呢。」

「不可能，」樂慧摸摸假眼，眼眶沒腫，假眼球穩當當地深陷著，「不過，那件事不全是我的錯。」

「這樣想就對了，你可以向他解釋，你一直想解釋的，是吧。」

他們到了小旅館門口。樂慧說：「也不找個好點的地方。他總是捨不得給自己花錢。」

小蘋果催她上樓。樂慧說：「我還是怕。」

「別怕，有我呢。」

她們圍著小旅館走了一圈。小蘋果問：「還怕不怕？」樂慧點點頭。小蘋果推了她一把，她就進門去。上了一級樓梯，又回望小蘋果，小蘋果做個「V」手勢，並興高采烈地搖晃身體。

在二樓時，樂慧注意到一個高男人，站在過道裡抽菸。男人聽見腳步，回過頭。他眼睛很小，目光從下斜的眼梢擠出來。樂慧繼續上到三樓，在三〇二門口停住。敲了一會兒，那高男人慢慢踱過來。

「你是強強的人？」

樂慧點頭。

男人掃視她道：「不是上次那個。」用門卡開門。

「毛頭呢？」

「什麼毛頭？」那人愣住，「你認識毛頭？」

「我……不認識。」

男人將門卡插進電座，燈亮了，靠門的廁所裡，有什麼電器嗡嗡作響。男人示意樂慧進去。他關上門。

「你也認識毛頭？」他點起一根菸，「我是毛頭的朋友。」

「我……也是毛頭的朋友。」

「哪路的朋友？」男人呼出一口菸，「情人？」

「不是。」

「別裝了，瞧你的表情。」

「我們以前……挺熟的。」

「熟到什麼程度？」

「你幹嘛盯著問。」

「熟到什麼程度？」

「那是以前的事情了。」

「毛頭口味挺古怪的，挑不來女人。」

樂慧揮掉面前的煙，想轉身推門。男人攔到她面前。樂慧掙了幾下。男人扔了菸，雙手夾住樂慧：「你知道嗎？」他的聲音顫抖起來，「毛頭把很多人害慘了。」

樂慧被夾得雙肩生疼：「不會的，他很和氣。」

男人一聲怪笑，厲聲道：「算了吧，毛頭是個變態、神經病！」

樂慧想說：不是的。但發不出任何聲音。

男人問：「你知道，他是怎麼對我的嗎？」

樂慧搖頭。男人拎起她，甩到床上。「很快就會知道了。他怎麼對我，我就怎麼對你！」

27

樂慧聽見驚呼：「出人命了！」一串雜亂的腳步。

房門大開，有穿堂風。樂慧掙扎起來，胡亂套上羽絨服和外褲，將破了的真絲裙子捏在手裡，踉踉蹌蹌往外衝。有喧嚷聲。她一轉身，藏進一個通道死角，人即刻滑到地上。眼睛難受，抹下一把黏乎乎的東西。眼眶開始疼痛，其他地方也跟著疼痛。但它們立刻被一個巨大的疼痛淹沒。樂慧感覺，她的直腸似乎墜下來了。

恍惚中，似乎是小蘋果的聲音，說了一串話，很多隻手來拉她。樂慧只聽清一句：「別待在這兒，員警要來了。」

第七章

錢一男

1

芳芳突然皈依基督教。

姑娘們紛紛圍攏，誇讚她的鑽石十字架好看。芳芳瞄見愛麗絲躲在後面，就沖她點點頭。愛麗絲近來摸她的項鍊：「很貴吧？」

「不貴，碎鑽不值錢。」

「你人漂亮，不值錢的也戴成值錢的了。」

大家好奇芳芳的轉變，愛麗絲也好奇，但作出漫不經心的表情。

芳芳道：「只要願意相信上帝，就能相信。」

大家追問，怎麼才能相信。芳芳道：「那種感覺，實在形容不來。」

又問相信了有什麼好處。

「相信了上帝，上帝會帶給我們幸福。」

「那不是做交易嗎？」愛麗絲插話，「上帝憑啥給我們幸福，我們又不是什麼好人。」

「可我們也不是壞人。上帝還有個妓女徒弟呢。」

大家哇啦一片，表示不能理解。

芳芳憋紅了臉：「很好理解的，我慢慢解釋。」

2

芳芳死過一回。她被一個叫Cherish的男人掐住脖子。他們是在酒吧認識的。那晚下很大的雨，芳芳接到John的電話。John做網路，IT精英。芳芳樂意和有層次的人交往，但雨下得實在太大。

「過來玩吧，上次你也拒絕我，」John在嘈雜的背景裡嚷嚷，「今天我們頭兒也來了，超級鑽石王老五，給你介紹介紹。」

「好吧，我來。」芳芳坐上出租又後悔，該不是騙她吧。到了酒吧門口，給John打電話，John出來付掉車費，扶她進去。

「今天你看起來很cute。」

「你最會哄人。」

John一笑眼睛眯成縫。他比芳芳小五歲，用慕絲固定出沖天髮式，牛仔褲在屁股上破了兩個洞。

John把芳芳介紹給一幫同事：Peter、Jason、Eric、Sam、Larry……以及Cherish。

「Cherish是我們敬愛的Leader。」John讓他倆握手，Cherish飛快地捏了捏芳芳的手指。他不年輕了，戴一頂奇怪的帽子。

John慫恿他們坐在一起。芳芳大方地坐過去。Cherish挪了一下。John們又是老一套，聊工作，說黃段子。有美女在場，男人都有些自我表現，爭相斟酒、搭訕。芳芳談笑時，Cherish靜靜望著她。這讓芳芳有了些好感，主動搭話：「你叫什麼？」

「Cherish。」

「本名呢？我不懂英文。」

「就叫Cherish吧。」

「Cherish，」芳芳念不準，呵呵笑道，「叫你小切吧。」

「隨便。」Cherish的雙目焦點彷彿穿過芳芳的面孔，落在她腦後的某個地方。他的大嘴巴不難看，可惜鼻子過長，使兩目間距顯短。最惹眼的還是他的帽子，在腦後鼓起一大坨。那個晚上，他唯一主動說的話是：「你有名片嗎？」

芳芳沒有，但不介意留電話。

「你有MSN和QQ嗎？」

「有QQ，但不常上。」

Cherish讓她寫下號碼。芳芳遞紙條時，看見他麻將牌似的戒指。

「有空聯繫。」芳芳嫣然一笑。

3

一個月後，有個「鑽石多金男」在QQ上加芳芳。

芳芳問：「是上次酒吧的小切嗎？」

「鑽石多金男」道：「小切是誰？」

芳芳問：「你的名字真牛。你很有錢嗎？」

「我有錢，很多很多錢。你願意跟我上床嗎？」

「呸，我只跟有感覺的男人上床。」

「錢多就有感覺了。」

「哼。」

「女人愛財，男人愛貌，很公平。」他開始滔滔不絕，發表很多對男女關係和社會現狀的看法。

芳芳不感興趣，和QQ上的別人說話。

「鑽石多金男」問：「不在了？」

隔了幾分鐘，芳芳道：「在。」

「不想聽我說話？」

「我沒文化，你說的我聽不懂。」

「那你說話。」

「你有女朋友嗎？」

「沒有。」

「噢。」

「你有男人嗎？」

「你說呢？」

「我做你男人吧。」

「我還不認識你。」

「聊過天，就算認識了。」

「你帥嗎？」

「不帥，但我有錢。」

「多少錢？」

「你見了就知道。」

「有別墅嗎？」
「有。」
「有車嗎？」
「有。」
「什麼車？我不和開桑塔那的男人約會的。」
「放心，不是桑塔那。」
「你告訴我。」
「你願意來嗎？」
「我不見網友。」
「我不是網友，我是鑽石多金男。」
「好吧，那請我吃和氏官府菜。」
「好。」
「你知道和氏官府菜嗎？」
「當然知道，吃魚翅的。」

4

芳芳讓計程車在前一個街口停下，收好票據。飯店的停車區裡，擠滿私家車，黑的、白的、銀的，全都鋥鋥亮。鑽石多金男，是開寶馬還是賓士？

一輛暗紅的轎車緩緩滑過來。工作人員一邊揮手，一邊喊：「這邊，往這邊倒。」芳芳給車讓道。紅車穩當當地停進一個空位。車門開了，芳芳認出那頂帽子。她瞥了一眼車標，一對隼鷹翅膀，正中一個字母「B」。

「你好。」Cherish從駕駛座出來。他和芳芳差不多高，卻有兩個芳芳那麼寬。衣服層層疊疊，露著好幾個領子，一截皺巴巴的短脖從領子裡聳出來。Cherish朝左看看，朝右看看，對芳芳說：「進去吧。」

芳芳昂首挺胸，扭身就走。Cherish跟在後面。到門口時，他快步上前，想替她拉門，一名服務生捷足先登。「先生小姐訂過位嗎？」

「訂過，姓錢。」

領座員查號時，擠過來兩名中年男子，其中一個對著芳芳輕歎一聲。芳芳朝他挑了挑眼梢。

他們被帶到靠窗的二人座。芳芳坐下就開始點菜。點完，Cherish看了單子，問：「這麼多海鮮，會不會膩？」

芳芳道：「膩了可以喝紅酒。」

Cherish對服務生說：「來瓶最貴的紅酒。」

菜上得有條不紊。芳芳每樣嚐兩三口，就放下筷子。Cherish默默望著她。芳芳道：「晚飯不能吃太多，會胖的。」Cherish說「哦」。他幾杯紅酒下肚，耳廓都紅了。芳芳盯著新換的骨盤，它潔白明亮地托舉著一根孤零零的魚刺。Cherish瞧著芳芳，又順芳芳的視線，瞧著她面前的骨盤。

終於還是芳芳先開口：「你在網上時，像另外一個人。」

「是嗎，」過了幾分鐘，才問，「有什麼不一樣？」

芳芳淡淡道：「沒什麼不一樣。」

Cherish舉起紅酒杯，放下，又舉起，喝了一口，道：「對了，有樣東西送給你。」拿出一只盒子。芳芳打開，是一套項鍊和耳環，碎鑽的十字架墜子。

「喜歡嗎？」

芳芳瞄了一眼：「碎鑽的呀。」

Cherish愣了愣，尷尬道：「是不貴。」

芳芳「啪」地闔了盒子，懶洋洋道：「謝謝。」

「戴上我看看。」

「現在不了。」

「讓我看看。」

「回頭再說。」

「戴上看看！」

芳芳沉著臉，取下自己的珍珠耳環，戴上那些十字架。

Cherish道：「你脖子上一點皺紋都沒有。」

「這算誇我嗎？我就該老得生皺紋了。」

這是飯桌上的最後一句話。出了飯店，仍是芳芳走在前，Cherish跟在後。遠遠看見管停車的保安，靠在Cherish的車上，摸著窗玻璃。見主人過來，連忙站直，殷勤地笑。

「他在幹嗎呀。」芳芳坐進車。

Cherish沒接話，放起一首英文歌。

芳芳撫著皮座墊道：「這車雜牌的吧？」

Cherish道：「你不認識嗎？反正不是桑塔那。」

芳芳道：「我坐過寶馬。」

「哦？什麼感覺？」

「像飛機慢慢起飛時的感覺。」

「那坐我這車什麼感覺？」

「沒什麼感覺，」芳芳撇撇嘴，「不過似乎挺穩的，沒什麼噪音，」她忽地盯住車窗簾，「咦，是真絲的？」

Cherish道：「這窗簾值十幾萬呢。」

芳芳「切」了一聲，道：「真熱。」Cherish放下車窗。車子在紅燈前停下。右側車道一輛藍色計程車。司機是個拉碴鬍子的中年人，他瞪著芳芳。後座兩個花花綠綠的年輕女孩，像兩棵聖誕樹被伐倒了塞在那裡。她們也瞪著芳芳。其中一個驚呼：「賓利！」

芳芳嚇了一跳。藍色出租開始在後視鏡中變小。Cherish的車子拐了個優雅的彎。芳芳遲疑地望了一眼Cherish，又摸摸皮座墊。過了五六分鐘，她道：「坐賓利的感覺，就像我們沒動，底下的路卻在動。」

Cherish道：「你挺會比喻的。」

芳芳道：「賓利比寶馬貴得多。」

「是。」

「聽說賓利能開得很快。」

「是。」

「有多快？」

「沒試過，我開車向來謹慎。」

芳芳想了想，道：「我沒認出來。」

「不怪你，這車不常見。」

芳芳漸漸恢復過來，一連聲地問：「你經常到世界各地渡假嗎？你有自己的遊艇嗎？你喜歡吃魚子醬嗎？」

Cherish笑道：「我喜歡窩在家裡。我喜歡吃水煮魚。」

芳芳道：「你應該穿更好點的衣服，才像有錢人。」

「為什麼？難道坐在賓利車裡，一定得拿個LV包？」Cherish有意無意地瞄了一眼芳芳手中的包。

芳芳背上熱了一熱：「我這包也不便宜，是超A貨，拿到專賣店也未必分得出。」

Cherish道：「我不懂這些。不過我知道，你拿著它從這車裡下去，不是真的也成真的了。」

「什麼意思？」芳芳頓了頓，「你在嘲笑我嗎？」

「小姐，我哪敢。」

芳芳有些沒趣，假作隨意地看車飾。她聞到高級的木材和皮革，混合出清冽森然的味道。車內的一切物件都在熠熠放光。而她沒有放光。她緊捂住她的超A貨，它讓她聯想新租的房子，廁所的地面總是返水，真絲裙子晾在臥室會發黴。同住的湖南妹總帶男友來過夜。那男人腳臭薰天，滿口大話，還趁女友不在，向芳芳獻殷勤。

芳芳扭頭看賓利車的主人。Cherish駕車時，面部線條繃得很緊，看起來竟有幾分英俊。專注的神情適合他的臉。

Cherish問：「你住哪兒？」

「不告訴你。」

「送你回去時就知道了。」

「我可沒答應讓你送。」

「那你的意思是，你跟我一塊兒回去嘍。」

5

芳芳問Cherish是不是處男。Cherish悶聲道：「怎麼可能。」他們做了兩次愛，Cherish覺得餓了，到冰箱裡拿東西。他赤腳走動，他的傢伙垂頭喪氣地搖擺著，發現芳芳注視它時，又噌地竄起來。

芳芳問：「幹嘛還戴著帽子？」

Cherish道：「你要啤酒嗎？」

「我不要，你幹嘛上床還戴著帽子？」

「我喜歡戴帽子。」

Cherish坐在床邊喝冰啤酒，芳芳瞧著他的光背脊，去摘他的帽子。Cherish像是腦後生眼，反手一撩，扇到芳芳的耳朵。芳芳尖叫著，斜倒在床上。

Cherish拎著啤酒瓶，站起身。

芳芳喊道：「憑什麼打我，最討厭人家打我！」

Cherish不說話。

芳芳歇斯底里道：「打人是對人格的汙辱。我是有尊嚴的人。」

她又去搶Cherish的帽子，手指已經碰到了。Cherish扔了酒瓶，雙手齊出，卡住她的脖子。芳芳想掰他的手，發現他力大無比。她從Cherish的黑眼珠裡看見自己，五官逐漸變形，身體不停抽搐。她頭一偏，這倒影從眼角滑出去。

Cherish 探探呼吸，摸摸心跳，又捏捏她的手。芳芳的手心很涼。他將她的四肢擺放齊整，取下自己的帽子，蓋在她臉上。然後撿起翻倒的酒瓶，乾掉最後一口。

芳芳突然醒了，她彷彿過了一個世紀，又似僅僅一瞬。有人在說話：「……我叫錢惜人。今天錄下這段話，也許是我最後的話……」帽子的織物纖維隨著呼吸，拂弄芳芳的鼻孔。她還感覺脖頸裡一道涼，伸手一摸，摸到十字架吊墜。她想起爸爸媽媽，想起吳神父。她緩緩挪開臉上的帽子，看見錢惜人坐在不遠處的電腦前。他的後腦勺，是一片高聳的荒原。

芳芳在那片荒原上走，就走進另一世界。在那另一的世界裡，有金色陽光托舉著她。阿門！

6

小學之前，錢保佑的綽號叫「大頭」。兩條弄堂的孩子，見了他就瘋嚷：「大頭大頭，下雨不愁。你有雨傘，我有大頭。」

錢保佑問二姐錢一男：「什麼是大頭？」

「大頭是一種菜。」

「他們為啥吵吵？」

「因為大頭菜好吃，他們喜歡吃。」

「我也要吃大頭菜。」

「沒有！」

「我要吃大頭菜。」

錢一男從灶上拿起半瓶什錦菜：「這是大頭菜。」

一天，錢保佑照鏡子，突然意識到，小鄰居們是在譏諷他。過了幾個月，又忽地自個兒明白了，什麼叫「下雨不愁」。

錢保佑討厭下雨，如果沒帶傘，豈非「下雨不愁」，如果帶了傘，就像大傘底下撐小傘。接著他又討厭晴天，大太陽光裡，只有他頂著一把收不起來的傘。人類發明傘，就是為了嘲笑大頭。

錢保佑躲在門後數手指。數得無聊就啃。他指甲邊的皮膚斑斑點點，鮮紅的是血，嫩紅的是肉，暗紅的是痂。大拇指最好吃，皮粗，在舌頭裡卷成一粒粒的，嚼得有味；小手指最耐吃，用牙齒找到一處皺皮，咬起，輕輕一撕，一條就下來了。

錢一男終於注意到了這雙手：「噁心！」她拚命拍打弟弟的手，錢保佑往後躲，不小心坐到地上。「髒死了！」錢保佑轉身往床上一蹦。錢一男頓時渾身發癢，彷彿滿地的細菌，不是黏在錢保佑褲子上，也不是黏在床上，而是黏在了她身上。

錢保佑泣不成聲，卻不肯認錯。錢一男打累了，一扔雞毛撣子：「今天睡地板。」錢保佑拿起暖飯鍋的棉墊，蜷進角落。錢一男瞧著他默默抽搐的背脊，有點於心不忍，大聲道：「只要你以後講衛生，姐姐就買麥芽糖你吃。」錢保佑不吱聲。錢一男不再管他，清洗起床被。

天底最難看的手，除了錢保佑的，就數錢一男的了。長期接觸肥皂和洗衣粉，使得它們像浸泡在液體裡的標本，腫脹，變形，擠滿紋路。

洗完床單、枕巾、被套、床沿、弟弟的衣褲、自己的衣褲，索性又將所有毛巾洗一遍。天色濛濛發亮，家裡終於恢復秩序。錢一男舒了一口氣，調好鬧鐘，換上睡衣，正打算闔會兒眼，就見錢保佑從地鋪上起來。他烙著席印的小臉，已經凍得發青，兩隻小眼半眯著，眼角掛眼屎，鼻尖淌清水。

「姐姐，我怕，抱抱。」

眼見弟弟撲上來，錢一男嘣地竄開。錢保佑腦門撞在床頭，頓時也醒了。錢一男後退一步道：「你沒事吧。」錢保佑掙扎著起來，也不知醒沒醒，又回角落裡躺著。錢一男擦乾淨床頭，燒了熱水，硬拽保佑起來，要給他洗澡。錢保佑不肯。一男道：「睡了一晚地板，很多蟲爬到你身上。」

「那為啥讓我睡？」

「因為你髒。」

「我不髒。」

「你髒的。」

「我不髒。」

「你髒的，」錢一男輕摑他一下，「大人說話不許回嘴。還有，以後再也別抱我。」

7

上小學時，錢保佑的綽號「皮球」。大家嚷著「拍皮球啦」，跑過來拍錢保佑的後腦勺。錢保佑逃得快，但往往被七八個男同學圍住，被他們輪番拍打。錢保佑不回家訴苦，因為錢一男會說：「受同學欺負，就去告訴老師。」錢保佑不告訴老師。老師們承認他聰明，卻沒一個喜歡他。

女同學們跳橡皮筋，有時唱：「小皮球，落小地，馬蓮開花二十一。」那是一種團團轉的跳法，三五個女孩圍成圈。錢保佑痛恨「小皮球」三字，偷偷剪了一個女孩的皮筋。她們向老師告狀，老師不讓他放學。

錢一男下班後，把弟弟從學校領回來。兩人一前一後，保持距離。錢一男突然扭過身，問：「知道你為什麼頭大嗎？」

「不知道。」

「是助產士用產鉗夾的。」

「為什麼要夾？」

「不夾就生不出。」

錢保佑毫不猶豫道：「我情願沒生出來。」

錢一男淡淡道：「那你可以去死。」

8

小學二年級，增設體育課。錢一男痛恨體育課和一身臭汗的錢保佑。她把弟弟攔在屋外，讓他脫了衣服，直接入木盆洗澡。錢保佑不肯，兩人僵持。轉眼天就黑了。

錢一男道：「脫吧，反正沒人看見。姐是為你好。」

錢保佑早就餓得前胸貼後背，瞧瞧左右沒人，開始脫衣服。剛把褲衩扔進門，就聽背後有人嘻笑：「錢大頭，光屁股！」錢保佑腦袋裡「嗡」了一下。錢一男叫：「你幹什麼！」話音沒落，光身子的弟弟就消失在夜色裡。

晚上十一點多，錢保佑回來了，裹著一件哪裡扯來的女式棉毛衫，拎著一只汙損的袋子。錢一男剛開門，他就將袋子一甩，一股惡臭彌散進來。錢一男尖叫，叫了兩聲，眼淚流下來。錢保佑第一次見二姐哭，指著她哈哈大笑。隔壁突然有人開門：「深更半夜的，倆神經病。」

錢一男擦乾眼淚，壓低聲音道：「你進來。」

錢保佑道：「不進來。」

鄰居又罵：「神經病！」重重把門關上。

錢保佑突然問：「你的人生不是清潔，就是消毒，有意思嗎？」

錢一男簡直不能相信。弟弟把「人生」二字說得老氣橫秋，配上矮壯的身坯，活脫脫一個若有所思的侏儒。她有點發怵，那一晚起，再也不打罵他。

9

錢保佑完成作業和家務後，要麼看學校借的小人書，要麼搬個板凳在門裡坐著。他喜歡旁觀這個世界。當他自己走進去時，世界就不完美了。

傍晚的空氣裡，有固本肥皂和炒雞蛋的香氣。玄色的機制瓦、掉了漆的朱門，灰暗了的清水紅磚牆。瓦頂上掀出一扇扇小天窗，灰不溜丟的麻雀們，從天際線上飛過去。同齡的小朋友們歪戴紅領巾，嚷嚷鬧鬧著回家。

錢保佑拿起鉛筆，自然而然就會畫了。畫牆、畫樹、畫電線杆、畫掉落牆角的一只毽子。他用咖啡和淺黃的墨水筆，勾出毽子毛的光澤。落日偏過一個角度，七彩顏色就在那些羽毛上流動。錢保佑知道，那是陽光被分解了，小學五年級的《自然常識》課本上寫的，三年級的錢保佑已經知道了。他用練習簿的格子紙，畫了二三十張，精選十張，縫成一冊，用舊年曆紙包好封面，藏進抽屜，沒事拿出來瞧。他希望聽到誇獎，但姐姐不會看的。一天，錢一男大掃除，把他的畫拿來擦玻璃。錢保佑回家時，只挽救到一堆濕漉漉的紙渣。那晚，趁姐姐出去洗腳，他摳出很多鼻屎，搓成一粒粒的，黏在錢一男的被子裡。

10

錢保佑養過貓，路邊撿的——黑色家貓，跛了一足。錢一男不肯放進門，錢保佑一鬆手，貓兒就一瘸一拐地踱進去。錢一男不敢碰它，只能上前扯錢保佑的衣服，錢保佑抽抽鼻子，做出擤鼻涕的表情。錢一男觸電似地鬆了手，一扭身，發現黑貓已端坐靠背椅上，懶洋洋的像個太爺。

「好，好，你們睡，我回單位！」錢一男唏哩嘩啦，整理毛巾牙刷，想想單位更髒，動作就緩下來。

錢保佑道：「貓的事情我來負責。」

「負責！你一丁點兒小的人，知道什麼叫負責？」

錢一男匆匆把自己弄乾淨，避瘟神似地上了床。她時刻擔心臟貓會跳上來，翻來覆去了一整夜。錢保佑把貓拎到塑膠盆裡，拿刷鞋的板刷清潔。這是隻圓耳綠眼的貓，被水打濕後，毛髮黏成一叢叢的，四肢瘦骨伶仃，腦袋奇大無比。錢保佑揪起它的後頸皮，高聲道：「從現在開始，你叫『大頭』，聽見沒有！」

11

錢一男感到，自己成了家中最沒地位的。怕弟弟，還怕貓。黑貓常常半開著眼，睨視錢一男，錢一男覺得它在謀劃什麼詭計。它走路一瘸一拐，悄無聲息。好幾次，錢一男感覺有動靜，低頭發現貓已從她腳上踩過去。錢一男只能高捲褲腿，避免被貓爪汙染。

最頭疼的是，黑貓身上有牛奶和魚肉混和的腥臊氣，很快，屋子的每個角落都有了。錢一男認定，這味道是從它的耳孔散出來的。它們被什麼東西塞得滿滿的，似耳垢，又似寄生蟲，錢一男無論何時想到，就驟起一身疙瘩。她在床上搭了個帳子，起床後用夾子夾緊帳幔，再覆一層毯子。

黑貓有只紙箱小窩，還有一只專用食盆。它吃東西不挑，大小便也總是自覺走到屋外去。錢一男見過它撒尿，狗似地抬著一隻腳。她燒菜時，會往貓盆扔些零雜，她覺得自己是在討好它，這讓她不痛快。

錢一男申請單位宿舍，很快批下來了。大姐錢愛娣正好插隊落戶回來，接手照顧弟弟。錢愛娣燒得一手好菜，做家務雷厲風行。但錢保佑仍然不喜歡她。回家點個頭，吃完飯筷子一扔，到桌邊做作業，做完作業沒事幹，就逗「大頭」玩。

大頭毛髮一乾，腦袋就是正常比例。錢保佑喜歡將它弄濕，大頭拚命掙扎，水濺了一地。錢保佑打起貓來絕不留情，大頭躲在傢俱背後，錢保佑就拿掃帚柄戳刺，戳得它喵喵亂叫，翹著腳出來。大頭出走過幾次，天沒黑就溜回來。錢保佑打得不過癮，就扼它脖子，直扼得吐出舌頭，才往地上一扔，踢上兩腳，將裝剩菜和牛奶的盆放到它旁邊。大頭緩過勁後，總是狼吞虎嚥，它的瘸腳拖在地上，吃到滿意時，微微抽抖幾下。錢保佑喜歡看它進食，有時故意用腳將貓腦袋擠出盆子，大頭就繞著他的腳嗚嗚悲鳴。

有時愛娣看不下去，給大頭的傷口抹紫藥水。她是病退知青，在街道的里弄生產組製作手錶帶。除此之外，還替人帶孩子賺錢。錢保佑常常獨自在家，就對著大頭說話。大頭很乖，軟塌塌縮在桌邊，有時趴伏著，有時仰起脖子，東張西望。

「大頭，你求饒，我就給你東西吃。」

「大頭，沒了我，你就得死。」

「大頭，聽過雨傘的兒歌嗎？唱給你聽：大頭大頭，下雨不愁……」

一日錢愛娣回家，嚇了一大跳：「保佑阿弟，你和誰說話？」

「別煩，我在背課文呢。」

12

天氣一回暖，弄堂裡的母貓開始發情，白天滿地亂滾，晚上叫個不停，見了人老遠湊上來，如偌搭理了它們，它們就在人腿上蹭啊蹭的。隔壁的弄堂祥安裡，有隻叫「喵喵」的母貓最出名，除了四處亂撒尿，還喜歡人摸它。一摸，喵喵就趴到地上，抬高屁股，尾巴朝向一邊，後腳交互踏步。

首先是一個小男孩發現的。他問媽媽，媽媽罵了句：「下流。」自此，鄰里的男孩都知道喵喵了，沒事就摸它玩。錢保佑見過喵喵，幾次竄到家門口，一場亂叫，叫得大頭騷動不已。錢保佑鎖了門，大頭就用爪子「滋滋」抓門，錢保佑不耐煩了，又一頓好打，幾次把大頭的屎尿打出來。

趁著錢保佑上學，大頭還是跟喵喵私奔了。那一晚，它沒回來。錢保佑將準備好的牛奶和魚肉撒在家門口，第二天一早，被愛娣掃走了。錢保佑連著幾天無精打采。

一星期後，大頭歸家了。它被喵喵的主人趕出來。那胖女人說：「找你家錢保佑去。」一腳踹出門。

「大頭，回來啦。」錢保佑關上門，拿出貓盆，倒上牛奶。大頭俯身就喝。它的毛髮裡嵌著好多垃圾枯葉，渾身上下一股尿味。錢保佑又加了牛奶，直到大頭喝飽了，收攏前肢趴在地上。

錢保佑道：「伺侯過你了，該教訓你了。」一腳踢向貓腦袋，大頭慘叫著一滾。錢保佑追著它踢，邊踢邊嚷：「你們都不要我！都不要我！臭大頭，死大頭，不得好死的大頭！」直踢到角落裡，拎起它的後頸皮，死命往貓臉上一擊，頓時感覺拳背濕了——大頭的左眼被打爆，一股貓尿同時濺射出來。錢保佑撩起血淋淋的拳頭，又是一下，大頭的腦門「啰」地凹進去，天靈蓋碎了。

錢保佑將它緩緩放到地上，大頭臉朝下蜷著，身體靜靜抽搐，一灘血在地上越化越大，還有白泡泡樣的唾沫，浮在血跡上。錢保佑靜靜望著自己的黑貓，它垂死的樣子，像一個人。

13

一九八一年，十四歲的錢保佑跑去派出所，把名字改成錢惜人。大姐錢愛娣勸說：母親生前起的名，不能胡亂改。他只作沒聽見。這個女人，沒多久出嫁了，又沒多久死掉了。她嫁在同一條街上，經常跑回來做菜洗衣，還不時塞錢給他。除此之外，他倆的生活互不相干。

錢惜人讀重點高中時，開始受老師寵愛，同學們為了請教問題，也會套套近乎，但很快都被錢惜人的傲慢得罪。錢惜人討厭笨蛋，他從不掩飾。兩個姐姐也不聰明，錢惜人的優秀基因像是天外飛來的。

錢惜人高中階段唯一的「良」，是體育中的八百米跑。和大姐愛娣一樣，錢惜人有雙粗壯的腿，但長跑不僅僅需要爆發力。

每天放學後，錢惜人沿著河邊練習跑步。鞋壞得很快，索性就赤足。回家後，他喜歡用黑腳板在地上踩來踩去，如果二姐看到，一定又會哭鼻子吧。這想法讓他快樂。現在的錢一男，已經中斷工作，成為土木工程系的在讀大學生。

又到八百米測驗的日子。錢惜人問大姐要來錢，買了雙結實的新跑鞋。有十多個同學一起考，錢惜人當了一圈排頭兵，第二圈時，體育委員追上他。錢惜人在第三圈重新超出。最後一圈極為漫長，錢惜人看著體育委員在前頭越跑越遠。他腿軟得直打顫，身上的肉像要被一塊塊顫下來。不斷有人從身邊衝刺過去，圍在終點的同學齊聲大喊。錢惜人艱難地轉過最後一個彎道，終於聽清了，他們在嚷嚷：「大頭鬼，跑得慢！大頭鬼，不及格！」錢惜人一聲怒吼，衝過終點，把帶頭起哄的同學撲倒在地。男生們騷動起來，圍攻錢保佑。當體育老師救出他時，他的半張臉是青的，下巴也脫臼了。自那以後，錢保佑的嘴巴再不能完全張大。

14

錢惜人是班裡唯一考取北大的。他喜歡數學系，數學系的人們善良，並且尊重智力。錢惜人不算最用功，獎學金卻拿得最多。業餘時間讀雜七雜八的書，社會學、心理學、經濟學，還有什麼訓詁周易。錢惜人喜歡《資本論》，從圖書館借來後，放在枕邊每天讀幾頁。還有英文版的《共產黨宣言》，有些段落能背出來。錢惜人用獎學金買了個小半導體，每天清晨帶著跑步，跑到樹林深處，拿出來收聽《美國之音》。錢惜人上英文課睡大覺，但每次都是班級第一。同學問起經驗，錢惜人笑而不答。於是他們只能酸溜溜道：「聰明是天生的，瞧人家腦袋長得多大，裡面全是腦容量。」

大二時，錢惜人開始炒股。積攢的獎學金，外加大姐贊助，花三十元買了認購證。他沒和任何人說起這事。

錢惜人開始蹺課，輔導員警告過幾次，才有所收斂。課餘時間，他要麼躲進帳子，要麼不知去向。室友趁他不在，翻查床鋪，除了半床子書，什麼也沒發現。錢惜人的名次慢慢下來了，但還保持在中游。

剛進校的夏天，錢惜人頭披濕毛巾，壓上一頂軍帽，被人嘲笑是電影裡的日本鬼子。入秋後戴個米袋似的布帽，據說是自己用舊衣服縫的。大冬天裡，錢惜人穿軍大衣，將厚領子立起，擋住半個腦袋。好事者說：「還是這樣好，遮遮掩掩反而古怪。」聽聞這話，錢惜人又把他的米袋帽戴上，這一戴，直戴到離校那天。

大三暑假，錢惜人窩在家，看了兩個月的書，錢一男催他勤工儉學，錢惜人拿出一張十元鈔票，甩在她面前，把畢業分配到房管所的姐姐嚇一跳。

九月很快到來，錢惜人回北京報到，當他提著行李走在校園時，突然發現了以前沒發現的東西——就是那些女孩子，花花綠綠，仨仨倆倆，嘰嘰喳喳。她們多麼美！錢惜人的眼睛濕潤了，他想起自己幼年時，曾經畫過的美麗畫兒。

錢惜人的初戀蔣伊娜，就是她們中的一個。蔣伊娜穿淺藍色棉布裙，梳「小鹿純子頭」，左右小辮各繫一條紅紗飾帶。錢惜人在食堂窗口排隊，驀地被相鄰隊伍裡的兩朵小紅花晃了眼。一個女孩嘴銜金屬飯勺，茫茫然地朝這邊望。錢惜人以為在看他，剎時臉頰發燙，但立刻發現不是。女孩跟著隊伍慢慢移動，眼神就落到錢惜人前面去了。錢惜人心裡著急，好在他的隊伍忽地移動迅速，他和女孩的距離又縮短了。

在更近處，能看到她嘴唇上一彎淡淡的汗毛，還有裙子裡透出的白色乳罩的輪廓。好幾個男生在偷瞧她。女孩沒注意，錢惜人卻注意了。他盯了他們幾眼，彷彿要用眼神將他們一一擊倒。

很快到窗口了，錢惜人胡亂打了一個菜，二兩飯。女孩也打好飯菜，轉身往外走，什麼東西從她身上飄出來。錢惜人飛快竄過去，撿起一看，是一張一元飯票，被那只美麗的掌心捂得微潮了。

15

蔣伊娜有點像印度人，皮膚黑亮，五官粗獷。最扎眼的是一米七四的身高，疾步快行時，胸部微微蕩漾，這使得她有些害羞，走路和說話會情不自禁佝著背。

和錢惜人談戀愛後，倆人白天走在校園裡會離開一段距離，晚上則互相摟著，有時錢惜人摟蔣伊娜，有時蔣伊娜摟錢惜人。

蔣伊娜知道錢惜人，著名的數學系怪才，她讀過他發表在校報上的文章，滿篇術語，句子拗口。她讀不懂，但是頗為崇拜。第一次近距離看錢惜人的腦袋時，蔣伊娜覺得不習慣，但她把不習慣有禮貌地留在肚裡，接過他遞還的飯票，說聲「謝謝」。錢惜人邀她共進午餐，蔣伊娜猶豫。錢惜人就面露窘色，搖晃身體，彷彿快站不住了。蔣伊娜於心不忍，就同意了。

錢惜人又去打了三個葷菜，請蔣伊娜品嚐大排骨。蔣伊娜道：「我吃自己的就行。」錢惜人執意把排骨夾到她碗裡，蔣伊娜臉紅了。有人輕捶她的背，回頭一看，是個同班同學，她朝蔣伊娜擠擠眼睛，不打招呼就走過去了。蔣伊娜頓感彆扭，弄得錢惜人也不敢說話。倆人默默吃著，蔣伊娜始終沒碰那塊大排骨。

飯菜將盡時，錢惜人憋出一句話：「你喜歡看什麼書？」

「我喜歡看文學書。」

「理論書呢？」

「看過一些美學。」

錢惜人道：「我喜歡馬克思和弗洛依德。」

蔣伊娜道：「你寫過文章的，是吧，好象是談論馬克思主義和弗洛依德學說的關係的。我讀過，寫得很好。」

錢惜人聽了高興，聊起《資本論》。蔣伊娜聽不太懂，但錢惜人講得很有氣勢。她問：「你的父母是學者嗎？」

「他們是普通百姓。媽媽生我時死了，爸爸又有別的女人。」

「噢……」

「不用安慰我，我是男人，扛得住。」

蔣伊娜暗暗替錢惜人難過，背後對他的議論真不公平。錢惜人矮了點，但身板結實，走路大搖大擺，頗有氣派。他五官不難看，眼睛雖小，卻精光四射，蔣伊娜覺得它們很深邃，一下把中文系男生的羅曼蒂克作派比下去了。

倆人談至飯堂阿姨打掃衛生，才結束這頓飯。下午的專業課，蔣伊娜遲到了。鄰座男生看了她兩眼，突然問：「聽說你和數學系那個怪人好上了？」

蔣伊娜漲紅了臉笑道：「哪有的事！」

「他哪點好呀，楊克飛一直喜歡你。」

「哪有的事！」蔣伊娜又笑。那男生吐吐舌頭，別過臉聽課去了。

蔣伊娜是男生中有名的「波霸」，對她有意思的不少，卻沒一個敢追求。她的濃眉大眼給人以性格兇悍的假相。

錢惜人告訴蔣伊娜，「小鹿純子頭」更適合嬌小可愛型女孩，她梳「熊英翹頭」可以顯出甜美。蔣伊娜來自沒有電視機的北方小鎮，不知道《霍東閣》，只在明星照上見過「小鹿純子」。錢惜人幫她把髮型梳出來，她連連稱讚，歡喜不已。這男孩樣樣拿手，連紮辮子的細活，都做得一絲不苟。他紮出歪向一側的馬尾辮，辮梢倒梳著打鬆，再將兩根紅飾帶併攏，在辮根打一個大蝴蝶結。

錢惜人開玩笑道：「你信不信，我還會畫眉毛。」這話有些肉麻，但蔣伊娜會喜歡。

蔣伊娜果然喜歡，介面道：「畫眉深淺入時無。」

錢惜人為了蔣伊娜，在圖書館惡補了好一陣。他以前不喜歡文學書，現在就更不喜歡了。小說家不誠實，他們粉飾生活。詩人呢，多愁善感得跟娘們兒似的。蔣伊娜熱愛沈從文和徐志摩，有時讀著讀著，長睫毛上就亮晶晶的。錢惜人喜歡看她哭：這個永遠和他對著幹的世界，突然在蔣伊娜的淚水裡溫存起來。

16

他們像所有熱戀中的大學生，一起看電影，上自習，參加週末舞會，繞著校園一圈圈散步。錢惜人憎恨舞會，但蔣伊娜喜歡。跳快三時，她的裙裾開放成一朵花，男生們的目光就像蝴蝶似地黏過來。錢惜人坐在角落裡，渾身緊繃，右手狠狠摳著左手掌心的肉，彷彿在摳著那一雙雙眼睛。

蔣伊娜硬拉錢惜人學跳，錢惜人踩到她的腳。蔣伊娜說：「不疼，沒關係。」錢惜人立刻板起臉，甩開手，回到座位上。蔣伊娜呆在原地，立刻有男生過來邀請她。錢惜人認識，蔣伊娜同班的，叫什麼楊克飛，據說家裡有背景，長得人高馬大。蔣伊娜告訴過錢惜人，楊克飛對她有意思，馬上又補充：「我一點看不上他，草包一個。」

眼下這個草包，正將手放在女人的腰上呢。錢惜人聽到自己的拳頭咯啦啦響，他捏緊它們，站起身，緩步走向那對舞者。蔣伊娜率先看見，驚呼：「錢惜人！」話音未落，錢惜人已經抓住楊克飛的胳膊。

一個高，一個壯，打得旗鼓相當。楊克飛一邊出手，一邊口齒凌亂：「你算哪門子蔥……信不信我爸能整死你……」錢惜人悶聲出拳。由籃球場臨時改成的舞池亂作一團。楊克飛被錢惜人頂到了球架上。蔣伊娜在旁跳腳連呼：「誰再打，我就不理誰！」嚷了三五遍，兩個男人才慢慢收力，蔣伊娜趁機將錢惜人拉開。

「別碰我！」錢惜人惡狠狠地往前走，邊走邊身體不住顫抖。從後面看他的大腦袋，讓蔣伊娜想起凱西莫多。她像是突然才發現，錢惜人實在算得上醜陋。

「我不喜歡沒教養的人，再見！」蔣伊娜大喊一聲，轉身回走。驀地眼前一閃，錢惜人已竄到她面前，拉住她道：「娜娜，我愛你！」沒等蔣伊娜反應，錢惜人雙膝「咚」地叩在水泥地上。

「別這樣，別這樣！」蔣伊娜手忙腳亂，怎麼都拉他不起。

「你以為我想打架嗎？我好歹也算知識分子，我只是太愛你了！」

蔣伊娜心裡一慌，也跪下來，嘴裡胡亂咕噥著：「別這樣，別這樣……」

錢惜人拽住她，他感覺她的胸脯先於身體傾了過來。他啄向她的嘴唇，她順從了。這是第一次接吻。錢惜人的舌頭很冷，蔣伊娜覺得在舔一塊塑膠。錢惜人的淚水順著緊貼的面頰，流到蔣伊娜嘴裡。蔣伊娜摟緊錢惜人，她感覺自己像個母親。

錢惜人鬆開蔣伊娜，蔣伊娜難為情地將臉埋向一側，從臂彎裡偷瞧他。錢惜人看到她亮晶晶的睫毛，溫存的暖流又湧起來。他吻蔣伊娜的臉頰，吻她的鼻子和眼睛。他立刻感覺，蔣伊娜在微微躲閃。

「不喜歡我親眼睛？」

「喜歡。」

錢惜人又捧起她的臉。蔣伊娜推開他：「我不習慣。」

「怎麼了？」

「眼球會發炎的。」

錢惜人渾身一凜，想起了二姐錢一男。

「嫌我髒！您繼續愛乾淨去吧。」錢惜人站起身，朝地上吐了口唾沫，大踏步而去。

17

蔣伊娜不清楚，這是否算正式分手。錢惜人再沒找她，她也按兵不動。開始有男生約她出去，錢惜人的得手，讓他們信心倍增。蔣伊娜來者不拒，但很快發現，約會都挺無聊。彼此問問吃什麼，看哪些電影，偏愛的顏色和花卉。不是喜歡吃辣，就是喜歡吃甜，不是喜歡白色，就是喜歡紅色，但這些有什麼意義！她回憶錢惜人的真知與內涵，悲哀地想：也許這輩子再不能碰上這樣的文理全才。

追求者們互相競爭，自然淘汰，一個多月後，剩下實力最雄厚的楊克飛。一看他就在戀愛，頭髮燙得微卷，梳成三七開，連鬢角都精心打理過。還買了四喇叭的錄音機，整天對著窗外放臺灣歌曲。

楊克飛送給蔣伊娜五六條裙子，全是花花綠綠的大下擺，香港款式。蔣伊娜不肯收，他就託室友放在她床上，並且帶話：「如果不喜歡，直接從窗口扔了。」除此之外，還有首飾和化妝品，大多海外帶來的。蔣伊娜悄悄用過，法國面霜很細膩，擦了以後毛孔都看不見了。蔣伊娜趁室友外出，穿起花裙子，化好妝，在鏡子裡前後左右地照。裙子有點小，腰裡的肉被擠出來，雙腿也顯得粗壯。她摸摸頭髮，想起錢惜人梳的「熊英翹頭」。

蔣伊娜道：「以後別給我買衣服了，我不缺。」

楊克飛道：「那給你買什麼？」

蔣伊娜道：「什麼都別買。」

楊克飛搔搔腦袋：「不買衣服，我知道了！」

過了兩天，蔣伊娜又收到禮物，居然是只黑色的蕾絲胸罩，裝在印有英文字的粉色塑膠袋裡。蔣伊娜打開來看，臉唰地紅了，將袋子往楊克飛身上一扔：「你什麼意思！」

楊克飛怔了怔。

蔣伊娜厭惡道：「你不覺得你很輕浮嗎？」

楊克飛道：「我再怎麼對你好，你都不領情。」

蔣伊娜口氣軟下來：「我不是這意思。」

楊克飛歎息道：「你不喜歡，我就把它扔了。」

蔣伊娜急道：「別扔！」

楊克飛趁機往她手中一塞：「那你拿著。」

蔣伊娜瞧瞧周圍沒人，趕忙接住，藏進書包。

楊克飛嘻皮笑臉道：「晚上出校玩玩去。」

「太晚了不好，室友有意見。」

「偶爾一次。咱看《廬山戀》吧。」

「這片子好象很紅。」

「是啊，可好看了。已經買好票，八點半結束，也不算晚。」

結果九點一刻才結束。蔣伊娜不停看錶，片末的「完」字一出，就往外衝。

楊克飛緊跟道：「電影好看嗎？」

「好看。」

「別走那麼快。」

「寢室快熄燈了。」

「現在趕回去，肯定已經熄燈。」

「你說怎麼辦。」

「不如去跳舞。」

「開什麼玩笑！」

楊克飛傾著身子，微笑地注視她。蔣伊娜心裡動了一下。在斑駁的路燈下，楊克飛有點像《廬山戀》的男主角郭凱敏。他的肩膀寬極了。

「我們去跳舞吧，」楊克飛腆著臉湊上來，輕輕拉起蔣伊娜的手，闔在自己的雙掌之間，輕聲道，「好不好嘛？」他的呼吸噴在蔣伊娜額角上。

「好……就怕不安全。」

「有我呢，誰敢欺負你。」

他們去了社會上的舞會，在一個大院裡，院門緊閉，有專人守著，問了話才讓進。楊克飛熟門熟路，繞過兩個彎，下幾級臺階，到達一個類似地下車庫的地方。

蔣伊娜注意到對角放著的兩隻大錄音機，有人蹲在那兒試磁帶。天花板上裸著幾根電線，掛下七八只燈泡。一排面頰抹得紅紅的女孩站在角落裡，其中幾個頭髮又捲又蓬，像洋娃娃一樣。楊克飛指了指：「你燙那種大波浪肯定漂亮。」燙大波浪的女孩像是聽到了，轉過臉，沖楊克飛揚揚下巴。她的胸脯比蔣伊娜還大。好幾個男青年圍著她轉，還吹口哨。另外一些則鬼鬼祟祟走動著。蔣伊娜發現不時有人盯她，往後躲了躲：「他們是流氓吧。」

「別怕，不是流氓，是附近工廠裡的。」

磁帶終於調好，音質悶悶的，反而添了一種曖昧，撩撥得人們蠢蠢欲舞。楊克飛拉起蔣伊娜，快三放完是慢二。楊克飛捏著蔣伊娜的手道：「這是第二次。」蔣伊娜含糊地「嗯」了一聲。楊克飛漸漸往角落跳。蔣伊娜道：「我這兒沒位置了。」楊克飛道：「我這兒有。」順勢抱住她親吻。立刻有口哨聲。蔣伊娜覺得渾身血管都在一跳一跳，楊克飛濕漉漉的舌頭在叩擊她緊閉的牙齒。他的嘴裡有好聞的牙膏味道。蔣伊娜緩緩開啟牙關。這個瞬間，她彷彿看見一雙盈滿淚水的小眼睛。她被突如其來的悲傷擊中了。

這一刻，蔣伊娜決定：回去找錢惜人。

18

足有兩個月，錢惜人幾乎沒和人說話。他夜夜夢見蔣伊娜，有時說笑，有時走路，有時在和他一起做著不知什麼的事情。一次蔣伊娜站在河對岸，指著河水問：你跳不跳？錢惜人搖頭，蔣伊娜就微微一笑，自己跳了下去。錢惜人拉她，拉起一把頭髮。清晨醒時，為了擠走夢境，錢惜人睜大眼睛，努力瞪著隨便什麼物體，心中默念：帳子帳子，或者鉤子鉤子。

他將蔣伊娜洗過的衣服統統扔掉。這反而使他每天穿衣時，都會想起這件事，進而回憶到蔣伊娜在水房裡滿手泡沫的樣子。還害怕去食堂，他能準確辨出，哪些椅子是他們一起坐過的。他買了很多速食麵。室友質問他為什麼總用別人的熱水。錢惜人又想起和蔣伊娜一起打水的情形。蔣伊娜能拎四只熱水瓶。她的身體像古希臘人那樣健美勻稱。當他們擁抱時，她的胸脯溫柔地壓迫著他。

錢惜人不聽英文了，也不去上自習。除了必修課，其餘時間躲在帳子裡。唯一的活動是夜間到操場跑步。錢惜人喜歡狂奔，像十八頭獅子在身後追趕。滿耳都是自己的喘息，嗓子眼發了毛，湧出一股腥甜，心臟像是頂到肺上，擠迫著呼吸，膝蓋和橫隔膜此起彼伏地疼。這種時候，他會想起高中的八百米測試，想起喝倒彩的同學們。於是想起唯一為他鼓掌的人——蔣伊娜。

錢惜人總是跑到足下發軟，伏倒在地。當他貼住大地時，心靈會稍稍寧靜。他逼迫自己想虛無的東西，比如人生，上帝，命運……這些詞彙在他內心形成一個黑洞，就像沙子硌著臉似的硌著他的魂魄。直到渾身僵直了，才緩緩站起。他喜歡蹋操場，一腳揚起一片沙，在紛紛揚揚的降落中，沙粒發出「窸窣」的輕響。錢惜人踩著這聲音往回走，一天的搏鬥終於可以結束了。

一次回宿舍路上，錢惜人撞見蔣伊娜和人約會。他一眼認出她的背影，急忙往旁邊一躲。男生比蔣伊娜高半頭，走得很近，倆人的肩膀像是重疊著。蔣伊娜穿長袖襯衫和燈芯絨褲子，穿褲子的蔣伊娜雙腿修長。

那臭男人是楊克飛嗎？錢惜人不能確定。第二天，他逃了課，到中文系寢室樓下轉悠，轉了幾圈，又感到沒意思：不管那男生是誰，不久的將來，總會有別人拉起蔣伊娜的手，還會吻她。

幾天後，錢惜人再次碰到蔣伊娜，在圖書館旁邊。她和一個男生站著說話。錢惜人趕忙掉頭溜走。那男生戴眼鏡，身材矮胖。蔣伊娜不會喜歡的。不過也難說，女人善變。錢惜人後悔沒有觀察他們的神態。蔣伊娜聽人說話時，會非常專注地望著對方，這表情讓人心動。戴眼鏡的傢伙一定招架不住了吧。錢惜人真想隨手拉住什麼人，大聲逼問：蔣伊娜最近到底怎樣了？是不是有新男朋友了？

這時，一個從錢惜人身邊經過的女生，突然恐懼地往後一跳：這個大腦袋的怪人，正一臉猙獰，念念有辭呢！

錢惜人回到宿舍，剛想開門，聽到室友在裡面。他們在說什麼，蔣伊娜嗎？錢惜人豎起耳朵，什麼都聽不清。屋裡的人笑了，是在笑他吧。錢惜人狠狠踹門，踹不開，只能拿出鑰匙，推門進去，發現一個人都沒有，天藍色的布簾在晚秋的風裡嘩啦亂飛。他走到窗前，窗外的樹變遠了，窗下的人變小了。整個世界像是忽然疏離了。錢惜人將手指呆呆塞進嘴裡，手指是鹹的。他用牙齒扯住一塊皮膚，狠狠一撕，鮮血噴出來。

那個週末，錢惜人上花鳥市場買了一隻貓，取了個名字，叫「大頭」。

19

蔣伊娜來找錢惜人。一九八八年十二月二十一日下午四點五十六分，冬至，週三，錢惜人永遠記得這時刻。他正把枕下的襪子扔進塑膠籃，忽聽同學怪叫：「錢惜人，有人找。」門口探出蔣伊娜的半隻腦袋。錢惜人把塑膠籃往床下一踢，蔣伊娜站在門口不動。錢惜人緩緩過去，他聽見心裡說：我贏了。隨著這句話，他的愛似乎突然停止了。

他們圍著操場走了十多圈。蔣伊娜聊了聊近況。

「學習緊張嗎？」

「還好。」

「天氣冷下來了。」

「你也注意添衣。」

「楊克飛找過你嗎？」

蔣伊娜瞧了他一眼，口氣遊移道：「找過。」

錢惜人把插在袋中的手抽出來，奮力甩了幾下：「我們去吃飯吧。」

他們各自回寢室拿碗筷，錢惜人到樓下等她。他們去食堂。路上碰到好幾個同學，全都面露驚訝。錢惜人道：「他們一定在想，鮮花插回牛糞上了。」蔣伊娜道：「快別這麼說。」她咳嗽了一下，覺得嗓子口有點火辣辣。

錢惜人點菜，青菜，大白菜，綠豆芽，還有一小塊素雞。他端著菜盆，走到第三排的第二張桌子旁。已經有兩個女生坐著，錢惜人彬彬有禮地請她們讓開。一個女生說：「周圍都是位子。」

「我就要這張。」

女生互相嘀咕了幾句，起身走了。錢惜人拿出一團揉皺的草稿紙，把桌面的油膩擦拭乾淨。蔣伊娜心懷疑慮，悶聲坐下。

錢惜人問：「你知道我為何堅持坐這裡？」

蔣伊娜搖頭。

「這是我們第一次共進午餐的座位。」

米粒在蔣伊娜口中嚼化了，泛出一點甜，馬上又沾染了苦澀。錢惜人慢條斯理地搛著盆裡的飯菜，終於抬起頭道：「我想和你約法三章。」

「什麼？」

「一，不許再參加舞會；二，沒有重要事情，不得與異性閒聊；三，任何時候，都要讓我知道你的行蹤。」

「你瘋了，」蔣伊娜瞪大眼睛，「現在不是舊社會。」

錢惜人繼續慢條斯理道：「如果你做不到，現在就可以離開我。反正你已這麼幹過。」

「我沒離開你。」

「也不是我離開你。」

「我不想吵架。」

「我也不想。做到這三條，其實不難。」

飯後，錢惜人提出去蔣伊娜寢室。蔣伊娜有點猶豫，但還是答應了他。錢惜人一進門，就獵狗似地東嗅西嗅。他看到一支有外國字的牙膏，立刻指著問：「楊克飛送的？」

蔣伊娜點點頭。

錢惜人把牙膏放到自己的飯碗裡。

「你幹什麼？」

「打掃衛生。」

「這是我的東西。」

「這是楊克飛的東西！」

蔣伊娜不吱聲了，看著男友一個抽屜一個抽屜地搜，頭飾、衣服、化妝品……錢惜人準確認出楊克飛的痕跡。他將它們打成一包，站起身。

他的眼睛因為長時間下蹲而充滿血絲。血絲眼瞪著蔣伊娜：「為什麼淺色裙子裡戴黑色胸罩？我記得你以前沒有黑胸罩。」

正巧一個室友推門進來，又迅速推門出去。錢惜人走近，從蔣伊娜的短袖裡扯胸罩帶子。

「幹什麼呀，那是我媽送的！」

「一個老太婆，送你這麼花裡胡哨的胸罩！」錢惜人扯到帶子，拚命一拉，帶子「嘩」地斷了。

蔣伊娜的眼眶和鼻尖同時紅了。

錢惜人問：「你是不是後悔復合了？」

蔣伊娜的眼淚終於下來。

錢惜人道：「我是想讓我們清清白白，重新開始。」

蔣伊娜將手探進裙子，扯出胸罩，扔給錢惜人：「現在我們徹底清白了！」她的小半個奶子裸出來。錢惜人看到一片乳暈，深紅色的。他的下身動了動，又平息了。

20

錢惜人發現，把蔣伊娜弄哭，再哄她開心，是件讓人高興的事。但玩了幾次，又沒什麼意思。於是錢惜人說：「娜娜，我的約法三章是說著玩的。你最近太悶了，該多玩玩。」他逼蔣伊娜去舞廳，蔣伊娜不願去，他問：「你心裡有鬼嗎？」蔣伊娜只能去。錢惜人不陪跳，只在邊上笑咪咪看著。認識的人都不敢碰蔣伊娜，只有一兩次，外校男生請蔣伊娜跳舞。蔣伊娜跳得戰戰兢兢。回去路上，錢惜人不停問：「剛才那男的，是不是比我帥？」蔣伊娜不答，錢惜人就逼她，於是只能答：「是。」

「你嫌我醜嗎？」

「你不醜。」

「我的腦袋太大了。」

「也還好吧。」

「那意思還是有點大。你心裡不舒服是嗎？」

蔣伊娜眼睛又紅了。

「別哭，我討厭別人哭，這點屁大的事。我被我二姐打得死去活來時，也沒流過一滴淚。」

「錢惜人，你不是人。」

「那我是什麼？畜生？」

「你是魔鬼。」

「哈哈，魔鬼，到底是中文系的，會用比喻嘛。」

自那以後，錢惜人自稱「魔鬼」。

蔣伊娜和楊克飛已經好久不講話。一天上課，楊克飛遞來小紙條：「娜娜，你的樣子讓我心痛。」

蔣伊娜寫：「錢惜人會知道的。」

楊克飛寫：「離開他吧。」

蔣伊娜瞧了半天，默默將紙條疊好，放進口袋。楊克飛整節課都回頭擠眉弄眼，蔣伊娜假裝沒看見。

過了幾星期，上自習時，蔣伊娜去廁所，錢惜人突然想到翻她書包，在一個小夾袋裡發現了紙條。蔣伊娜回座位後，發現紙條平整地攤在翻開的書頁上，剎時變了臉色。

「娜娜，你想離開我嗎？」

蔣伊娜不吱聲。

「你怕我，對嗎？」

蔣伊娜挪了挪身子。她的胸脯在桌沿上蹭來蹭去。它們曾經多麼迷人，如今在錢惜人眼中，只是一對肉球而已。

「他比我有錢，比我帥。如果你選擇他，我也沒話講。」

蔣伊娜開始整理課本簿冊，錢惜人沒有阻攔，看著她背起書包，走出教室。

第二天中午，他照常等在女生樓下。蔣伊娜的室友下來說：「娜娜讓你別等了。」

「什麼意思？」

「我不知道，她就說讓你別等了。」

錢惜人還想問，女生已經跑掉。錢惜人直衝上樓。傳達室大媽攔他：「女生樓，男生不許進。」

錢惜人將她一推，噔噔噔跑上去，一路橫衝直撞，瘋狂叫嚷：「蔣伊娜呢，蔣伊娜是哪一間？」旁人紛紛躲閃。二樓轉一遍，又上三樓，有女生穿著短褲從水房出來，頓時驚聲尖叫。熱水瓶摔碎的聲音。一陣騷亂。很多只腦袋探出來看究竟。

錢惜人一眼認出要找的房間。門上貼著大幅鉛筆畫，是錢惜人筆下的蔣伊娜。錢惜人拚命敲門，門開了，一雙紅腫的眼睛。

「神經病！」蔣伊娜要關門，錢惜人已經擠進來，蔣伊娜轉身回帳子裡。

「娜娜，你以為感情是兒戲嗎？」

「我受夠了，你放過我吧。」

錢惜人放低聲音：「我只是太愛你了。我是多麼缺乏愛的人。媽媽死得早，甚至一面都沒見上。」

蔣伊娜悶聲道：「這不關我事。」

「我有兩個姐姐，一個根本不關心我，另一個很早嫁人了。爸爸長什麼樣子，我也記不清了。你是我世上唯一的親人，你不理我了，我還活著幹嘛。再見了，娜娜。」

蔣伊娜一掀帳子：「你想幹什麼？」

「別攔我，娜娜，別了！」

蔣伊娜衝到他和窗口之間。

錢惜人道：「我早就不想活了，一個人孤零零的，有什麼意思。」

蔣伊娜又掉淚，錢惜人趁機上前摟住她：「我知道你疼我。別哭，我們去食堂打飯吧。」蔣伊娜仍然哭。這陣子，她的眼睛總是腫得高高的。近距離注視時，錢惜人覺得那是一對貓眼睛。他有股強烈的衝動，想把它們摳出來。

21

蔣伊娜喜歡貓，老家養了三隻。不久前爸爸來信，說最大的雌貓歡歡產崽了。信裡附了一張照片。他家沒有相機，一定是託鄰居拍的。那是一門子小氣鬼，爸爸一定為了照片，付錢給他們。歡歡是白貓，生的小貓有白也有灰，分別叫：鬧鬧、愛愛、甜甜、娜娜。叫「娜娜」的最可愛，臉兒圓骨隆咚，一隻耳朵白，一隻耳朵灰。蔣伊娜把照片放在書包裡，時常拿出來看。

她對最近校報上的〈校園驚現毒手〉印象深刻：清潔工在男生宿舍旁的垃圾桶裡發現好幾隻死貓，生前都有被虐待的跡象。同一期上，還有錢惜人的經濟學文章，蔣伊娜掃了一眼，興趣不大。錢惜人提過，假期想和她一起回家，她正愁怎麼回絕呢。

一天，室友問：「聽說錢惜人的事嗎？」

「能有什麼事？我們天天在一起。」

「有人撞見他虐貓。」

「這不可能。」

「真的，據說他拿棍子敲，還用電線把貓吊起來打。」

「你親眼見過？」

「沒有，不過男生那邊都在傳。」

蔣伊娜有點生氣：「謠傳的話，怎麼能信。」

室友也不高興了：「我只是把知道的告訴你。你的脾氣也越來越怪，不愛聽拉倒。」

當晚，錢惜人和蔣伊娜上完自習出來。

錢惜人問：「是不是有什麼事？今天你一直板著臉。」

「沒什麼事。」

她借著路燈光凝視錢惜人。錢惜人的臉上沒有任何性格，看不出誠實，也看不出狡詐。

蔣伊娜問：「你喜歡貓嗎？」

「一般，以前養過。」

「我也養貓，我家的歡歡生小貓了，我給你看照片。」

「我不要看。」

「看看吧，就在我書包裡。」

「不要看！」錢惜人吼起來。

蔣伊娜心裡一沉：「你最近做過不太好的事吧？」

「不好的事？考試做弊算不算。」

「我指別的，對不起良心的事。」

「良心，」錢惜人道，「我從沒對不起什麼人。」

「有這句話就好。」蔣伊娜走到路燈杆邊，從書包裡拿出貓咪的照片，又看了一遍。錢惜人站得遠遠的。

蔣伊娜道：「過來瞧一下吧，多可愛，它也叫『娜娜』。」

錢惜人問：「你懷疑我嗎？」

蔣伊娜把照片貼到胸前。

錢惜人道：「有些事情，也許外人不能理解，但你應該理解。在任何時候，我都是問心無愧的。」

蔣伊娜瞪大眼睛，囁嚅道：「這算什麼意思。」她來不及扣搭鈕，抓著敞口的書包就跑。錢惜人攔她。

蔣伊娜道：「放心，我不會揭穿你。」

「我不讓你走。」

「放開，不然我叫了。啊——」

錢惜人瞧瞧旁邊的寢室樓，只得鬆手。蔣伊娜高挑的背影，一蹦一跳消失在黑暗裡。

22

錢惜人想找蔣伊娜談話。蔣伊娜不肯。錢惜人就在樓下喊她名字，一聲又一聲，直到嗓子破了，就似狼狗一般地嘶鳴。整幢樓的女生被擾得不能睡覺，不斷有人來敲門。蔣伊娜只得起床下樓。錢惜人披著軍大衣，站在大門口的路燈下，劈頭就問：「你到底想要什麼？」

「這話應該我來問你。深更半夜的，人家還要不要睡覺！」

「我有錢，我給你錢，還有我的股票認購證。」

「我不稀罕。」

「楊克飛那草包，不就家裡有錢嗎？」

「你憑什麼說人家，人家好歹是好人。」

「我不是好人嗎？我媽很早去世了，我爸……」

「你總說這些，我不要聽！」

錢惜人突然拽住蔣伊娜的頭髮，將她往樓後拖。蔣伊娜想呼喊，但被蒙住了嘴。錢惜人把蔣伊娜抵到牆上，還按了兩按，蔣伊娜覺得身體要被擠爆了。錢惜人始終捂住她的嘴，另一手摸索胸和下身。蔣伊娜奮力拍打他。錢惜人用嘴堵住她的嘴，騰出手來扯衣服。蔣伊娜鼓腮吹氣，錢惜人狠咬她的嘴唇，咬出一口的血。蔣伊娜悶悶地哼了一聲，沒了力氣，雙腿仍死死夾緊。錢惜人忽然「啊」地叫出聲，蔣伊娜感覺肚皮上一熱。錢惜人喘著氣，抬起頭，被兩道譏嘲的目光刺了個透。

那個瞬間，他生平第一次感覺羞愧。

23

錢惜人被學校開除，罪名是耍流氓，傷風化。打包回家那天，想和蔣伊娜最後見次面。蔣伊娜不在寢室，也不在系裡。錢惜人一個一個教室地找，還是沒蹤影。他等在宿舍樓下，進出的女生避瘟神似地繞道而行。忽聽有人罵「流氓」，回頭卻辨不出是哪個罵的。等了五六個小時，流了很多清水鼻涕，腳趾也沒知覺了。傳達室大媽跑出來說：「再不走，要讓人趕你了。」

錢惜人不理。

大媽道：「不要影響大家正常生活。」

錢惜人仍不理。

大媽道：「你這人怎麼沒羞恥心啊。」

錢惜人默然低頭，看到鞋尖濕了，旁邊的行李上鋪了一層淺淺的白，眉毛和眼睫毛也覆到雪，眼睛快睜不開了。他驀地感覺困乏，想即刻躺倒。他已經四個晚上沒有睡覺。錢惜人將行李提的提，拎的拎，在地上踩踩腳，讓雙腿恢復知覺。

大媽道：「走吧，快走吧。」

宿舍樓開始被白雪覆蓋了，像只巨大的鳥籠，被一塊白布輕輕掩上。

錢惜人回望了最後一眼，走了。

24

錢惜人回到自己的城市，但沒回家，在外租了房。他消沉了兩個月。劣質的浦江香菸和七寶大麯，蹂躪著他的肺和胃。錢惜人瘦了，腦袋顯得更大，索性懶得戴帽子，也不換洗衣服。買回大箱菸酒囤著，喝完抽畢，倒頭就睡，睡醒了倚在床頭墊上看書。墊子很快凹下去一塊。錢惜人對著墊子出神，他覺得自己像是身體坐起來了，腦袋仍留在那個凹陷裡。

一日，錢惜人到樓下買酒。忽見蔣伊娜挽著一個男人，遠遠走來。錢惜人疾衝上去，拉住她叫：「蔣伊娜。」

那女人驚叫：「幹什麼呀！」

男人在旁道：「神經病，認錯人了！」他抓住錢惜人的手，想把那隻手從女人身上掰開，卻沒成功，於是掌心反轉，朝錢惜人臉上抽去。錢惜人沒有躲閃，聽到「啪」的悶響，女人從他指縫中滑走了。男人摟住自己的女人，匆匆往前去。錢惜人愣在原地，瞧著他們。他的心痛達到極點，極點之後，卻又急轉而下。彷彿滿弓的弦突然斷裂了。

他覺得像做了一個冗長的夢。突然之間，他可以把蔣伊娜放下了。

錢惜人決定，從今往後，只對自己好。

「惜人」，不正是愛惜自己的意思嘛。

25

錢惜人清點了所有的錢款，五百四十六元七角三分。他揣著五百元，重返證券交易所，買了三百股股票。

一個月後，錢惜人賺到三千元，這比學生時代的任何一次都贏得多。錢惜人靜靜地數點鈔票，他從沒懷疑過，自己這輩子是幹大事的。

一年後，錢惜人進了大戶室。又過一年，他在外面收集身分證，雇民工幫忙排隊，購買了十多萬股。

大戶室的十來個股友，常在股市收盤後到大飯店吃「工作午餐」。錢惜人不喜歡交往，但需要資訊交流。他提著沉甸甸的包袋，跟在「艦隊司令」王先生身後。王先生是大專生，其他大戶要麼中專，要麼初中以下。這些人懂個屁經濟，他們只是運道好，而他錢惜人靠的是頭腦。

點完菜，大戶們傾倒出各自袋中的東西，是一捆捆五十、一百的人民幣，和一疊疊千元面值的定活兩便存單。他們各自分配著。最年輕的「小山東」問站在旁邊的服務員小姐：「你見過這麼多錢嗎？」

姑娘波浪鼓似地搖頭。

小山東伸出食指和大拇指：「看看這是什麼？」

姑娘仔細地看，又難為情地搖頭。

「這是點鈔票點出來的老繭。」

男人們笑起來。小鼻子小眼的姑娘，在原地侷促地擰著手。

小山東揚起手中一疊：「你猜這裡有多少？」

「一百萬。」

「哪有這麼多」，王先生道，「五千塊差不多。」

「你們不怕路上被人搶啊。」

「搶，哪個搶得走，我們最小心不過了。」

錢惜人悶聲不響地收起錢，等菜上了桌，又悶聲不響地吃飯。吃完打的直接回家，拒絕參加晚上所謂的「萬元腐敗活動」。

錢惜人抽出一些現金，買了三套四室二廳，一套二室一廳，還在郊外購置一座小別墅。又過兩年，他擁有了一輛寶馬車，神氣地往返於證券公司。

錢惜人突然發現，這裡過於擁擠了。每天清晨，外面人頭攢動，無數受雇於大戶的「打樁模子」，嗡嗡嚶嚶著，互相搜羅股票。從汗臭和喧譁中擠進門去，錢惜人意識到：是時候收手了。

26

股市崩盤只在瞬間，像沒有預報的大地震。錢惜人早就安全撤離，所有損失加起來只有萬把塊。他讀報紙新聞，有個傾家蕩產的股票大戶，在凌晨掐死妻兒，自己從十八層樓上跳下來。旁邊的照片，是小山東的面孔。錢惜人第一次知道，他的本名叫趙萬山。這是個有氣勢的名字，該有一份好的命運才是。

錢惜人終於不用關注變化莫測的數字，它們都凝固到了存摺上。他決定謹慎地享受一下人生。

錢惜人開著寶馬亂轉。滿街花紅柳綠，有幾個賓館不錯，聽大戶們說過，環境好，小姐好，服務也好。錢惜人遠遠觀察過，進出的女人頗有姿色，錢惜人想像她們掛在他臂膀上的樣子。這想像已經讓錢惜人滿足了，他終於沒有進去。

待到霓虹漸次熄滅，最熱鬧的市中心顯出冷清，錢惜人就回家。他不喜歡大房子，灰塵多，走路有回聲。八十平米的二室一廳已經足夠。錢惜人待得最多的是臥室，僅容一床，一衣架，一電視櫃。他不喜歡看電視，沒事躺著發呆，或者讀書。那只老舊的床頭墊還陪著他，提醒著他那段低谷的日子。

看到眼睛發酸，錢惜人就把書頁嘩啦啦地來回翻，或者關了燈，靜靜坐著。他覺得有點寂寞，確切說，是耳朵寂寞了。這裡太安靜，連個剎車、狗叫的聲音都沒有。錢惜人又心癢癢，想弄幾隻貓玩，好歹忍住了。他決定給自己找個伴——一個女人。

錢惜人訂做了高檔白襯衫和整套西裝，還買了手套、皮鞋和禮帽。手套太白，禮帽太高，彷彿隨時會從裡面變出一隻兔子。營業員不住地誇：「有氣派，很挺刮。」

錢惜人裝束整齊，開著寶馬往繁華地段鑽，一有咖啡館就停下來，找個角落位置喝一兩杯。他覺得自己回頭率挺高。

一天，發現一個中意的，五官像犟俐，嘴唇比犟俐還厚。奶子和屁股挺大，可惜有些下垂，但被緊身衣褲一勒，又肉鼓鼓地誘人。她正低頭擺弄拷機，鼓著腮幫子，滿臉不高興。錢惜人將杯中的摩卡一飲而盡，衝過去說：「姑娘，你好。」

27

露露是技校生，畢業後做前臺小姐。男朋友以前是露露公司的客戶。露露辭去工作，和男友同居了一年半，為他打過三次胎。她提出結婚，對方只是打哈哈，鬧了幾次，男友索性三天兩頭「出差」。他們租房住。露露聽男友說過，他爸媽家有個大花園，可以坐在大陽傘下，邊搖吊椅，邊喝葡萄酒。

錢惜人和露露打招呼時，她正接到男友資訊：「小乖，我忙，別催。」一抬眼，發現面前站著個衣著滑稽的男人。露露決定，要報復一下男友。

她跟錢惜人回家。錢惜人指給她看：「紅綠相間的那幢，就是我的。」

露露驚歎：「別墅！」

錢惜人帶她進門，露露要換鞋。錢惜人道：「不用換，很久沒人住了，況且也沒拖鞋。」

露露堅持打赤腳，還不住口地說：「這麼好的房間，為啥不打掃。」她下意識地拭拂傢俱表面，還沒走到裡間，已經滿手灰塵。錢惜人道：「以後讓阿姨打掃。」他領她洗手，露露盯著鋥亮的鍍金龍頭，出神道：「他家也是這樣的吧。」

錢惜人問：「什麼？」

露露道：「沒什麼，」又道，「不怕你笑話，我家五人擠著十平方，連抽水馬桶都沒有。」「我以前也差不多。」

露露顯出感興趣的樣子：「那怎麼現在這樣好？你和家人住在一起嗎？」

錢惜人搖搖頭，走出浴室。露露跟在後面，喋喋地問：「你是不是白手起家啊？我特別佩服這種人。不像我男朋友，其實自己沒什麼本事，全靠爸媽當年打出來的江山……」

她跟錢惜人到落地窗前，就住口了。她看見大片園子，光禿禿地露著泥土色，偶爾一兩叢綠，也是隨性亂長的野草。

「這裡不種樹嗎？」

「可以種樹。」

「還可以裝太陽傘和吊椅。」

「你覺得喜歡，也可以裝。」

露露覺得這句話，使她有做夢的感覺。但當錢惜人拉她時，她還是往後縮。錢惜人又拉，這回拉住了。露露的手很肉，錢惜人使勁一捏，她的皮膚就極有彈性地回應了一下。

露露道：「你弄疼我了。」

錢惜人道：「真的嗎？」他用另一隻手抓她肩膀，將她往自己懷裡掰。他的動作太笨了。露露閉起眼睛，微微掙扎。錢惜人親到她的嘴，狠咬她的舌頭，露露不掙扎了，發出「嗯，嗯」的輕叫。

錢惜人邊吻邊說：「外面太冷，要不裡邊躺一會兒。」

露露推開他，喘著氣道：「我要回家了。」

「還沒上樓參觀呢，頂層有個陽臺，看出去景色很漂亮。」

這時，露露感覺腰間振動，拷機響了，一定是男友。露露狠狠按住拷機道：「好吧，去看看。」上樓時，倆人都有些心不在焉。錢惜人胡亂地介紹了幾句。進到臥室，倆人面對面站住，有些不知所措。錢惜人深吸一口氣：「我們躺著吧？」

露露道：「我其實挺傳統的。」

「我知道你挺傳統。我們躺著吧。」他開始解褲帶，動作有些僵硬。

「連床墊都沒有，怎麼躺呀。」

「那躺地上，挺涼快的。」

「你不是說，很久不打掃，很髒嗎？」

錢惜人不再說話。室內沒開燈，走廊有些光射進來。露露看不清他的臉。她想起那個拷機資訊，低頭看了：「小乖，我事沒完，你先睡。親親。」

露露將拷機反轉過來。「我不是故意讓你難受，」她道，「改天吧。」

「改天是哪天？」

「要不……明天。」露露走近，主動拉錢惜人的手，她的手心潮潮的。

錢惜人送她回家，露露執意在半路停下，再走回去。錢惜人道：「路上不安全。」

「很近的，就當散步。」

錢惜人回到二室一廳的小屋。這一晚，他夢遺了。第二天一早醒來，給露露打拷機，露露馬上來了，大紅低胸羊毛衫，藍色窄腳牛仔褲，睫毛塗得有點髒，唇膏和羊毛衫同色。錢惜人覺得她不如昨天好看。他今天戴灰色羊毛帽，有點熱，但露露誇「顏色高雅」，說「以後就戴這個，昨天那個太誇張。」

倆人開車逛街，逛到超市，買了些日用品。回到別墅，露露搓洗毛巾，掛在架子上，領錢惜人辨認：「這是你洗臉的，這是你洗腳的。」

錢惜人指著另外兩塊：「這是？」

「那是客用的，比如我在時，偶爾也能用用。」

她沖了半杯鹽水，將兩支新牙刷浸進去，還在百結布上擠了牙膏，擦拭水龍頭和台盆。

錢惜人問：「這是幹什麼？」

「幫你做清潔啊。」露露把花花綠綠的橡皮手套套到肘上，變成一個小主婦。錢惜人悶聲不響地搬了椅子，坐到天井裡。

俄頃，露露也來了，先搬椅子，再搬桌子，最後大袋小袋的熟食和飲料。露露喊：「好重！」錢惜人乜斜著眼，沒有出手相幫。露露收拾停當，挺挺肚子垂垂腰：「真快，一眨眼就傍晚了。」

下午飄過幾點太陽雨，空氣濕漉漉的。露露把拷機調成振動，留在屋裡。錢惜人道：「別客氣，自己動手。」就自己大口吃起來。露露撒嬌，要錢惜人餵她，錢惜人夾了一塊肉。肉太大，露露沒咬住，掉進胸口。她手忙腳亂地將肉拎出來，笑道：「啊呀，你真壞。」

露露又要餵錢惜人吃，錢惜人道：「不用。」她硬把油膩膩的醬鴨堵向他的嘴。錢惜人一甩手，鴨肉飛出老遠。

「你幹嘛呀。」

「我習慣自己吃。」

「這樣有情調嘛。」

「我不懂情調。」

「好吧，隨便你，」露露用紙巾擦擦手，「郊外空氣好，連星星也多了。」

錢惜人不吱聲。

「有錢人都往郊外住。我家在市中心，最好的地段，房子卻破得不得了，裡面有六個戶口呢，以後動遷可以多拿錢……」

錢惜人專心吃，耐心聽。露露又高興了。錢惜人做聽眾時挺可愛。露露從房子說到親戚，表姐和表姐夫老吵架，小表哥很花心，舅舅問她們家借錢，奶奶也不喜歡舅舅，露露是奶奶帶大的，小時候是個胖妞，偷過鄰居的洋娃娃，十歲喜歡上鄰班男孩，整天琢磨著引他注意……

錢惜人聽著聽著，就不知她在說什麼。只有她的聲音，像水一樣浮在空氣裡。錢惜人的耳朵渴極了，要把這聲音吞得一滴不剩。一個瘋瘋癲癲的傻丫頭，居然嗓音這麼好聽。

他們上床時，露露一再捂著肚子：「啊呀，吃得太多，小腹鼓出來了。」錢惜人讓她脫光，躺在床上，然後伏過去掰她的腿。露露又撒嬌，死活交叉著雙腿。錢惜人板起面孔：「分開！」露露分開了。錢惜人往中間望。露露咯咯亂笑：「輕些，疼。」

在這之前，錢惜人想像過一千一萬次：女孩裙底下的東西，也該像她們的裙子那樣，千姿百態，美不勝收。此時此刻，當他看到一條黑漆漆的深淵時，像被人摑了一下。他的腦袋，就是在媽媽的深淵裡夾壞的。這麼一想，錢惜人就不行了。

露露用手，又用嘴。錢惜人渾身冷汗，感覺全無。他發現露露在笑，踹了她一腳：「出去！」

露露嬌嗔道：「啊呀，好疼，幹什麼呀！」

「我讓你出去。」

「我不笑了。別生氣，親愛的。」

「誰是你親愛的。」

「你怎麼了？」露露靠到牆上。

「我不行了，你還賴在這裡幹嗎。」錢惜人拚命抖被子，像要把露露灰塵似地抖出床去。

「第一次嘛，總有個適應過程。再說我也不是因為這個才在這兒。」

「那因為什麼？對，因為我的錢。」

「不是的，不是的，」露露哭喪著臉，「我有點喜歡你，真的。」

錢惜人把被子往地上一扯：「你難道不是因為我的錢，才跟我上床嗎？」

「不是的，我特別佩服能幹的人……」

「別哭，」錢惜人從床邊的褲子口袋拿出一疊鈔票，往空中一揚，「這些都是你的，給我滾吧。」

露露頓時忘了哭，愣愣瞧著紙片們飄到地上。

「快拿，不然我後悔了。」

露露又哭：「你……把我……當什麼啦。」

她起身穿衣服，手指打顫，怎麼都扣不上。錢惜人道：「真不拿？你一定後悔。」他從床沿撿起一張鈔票，遞過去，卡在露露的胳膊彎裡。露露的手指突然不顫了，整個人一動不動。錢惜人往後退了一步。露露如試探水溫那般，輕觸了一下鈔票，猛地將它捏住，在指間撚了一下。這一撚，整個人復活了，迅速撲下床去。錢惜人瞧著她高高翹起的大圓屁股，用趾頭在上面蹭了蹭。露露只顧撿錢，沒有反應。錢惜人想起小時候，大頭在盆裡吃東西的樣子。他怎麼毒打，那只貓都會回來。

錢惜人終於又有了欲望。他向露露的身後走去。

28

錢惜人開始頻繁地換女人。和她們做愛，讓她們不停說話。現在，他的耳朵塞滿各種各樣的話，幼稚的話，愚蠢的話，無聊的話，磕磕叨叨的話，關於服裝、香水、時尚雜誌、電視連續劇、做頭做臉做指甲……它們——錢惜人的耳朵——終於不寂寞了。作為回報，錢惜人給女人們錢，領她們買東西。

錢惜人花錢有原則。漂亮的多一〇％，床上好的再多五％，人均八千是上限。有女人嫌他小氣離開的，錢惜人認為，事實是她們高估了自己。更多時候，是他甩女人，膩煩了就甩，甩不掉給錢，給了錢還煩的，就揍一頓。揍過以後，她們會乖乖消失。

幾次三番，錢惜人感覺厭倦。是做點正事的時候了。他想起以前在大學，參加過一個經濟學人小組，有個電腦系的同學，叫王建虎，當時關係不錯。這兩年電腦挺熱的，也許這方面能賺錢。錢惜人翻出舊通訊錄，問到王建虎的湖南老家，得知他也在同一城市，要到號碼，打過去，接通了。

「喂，我是錢惜人。」

「喂？你是誰？喂喂？誰？噢，你是錢……數學系的。」

「是我。」

「你有什麼事？」

「老同學敘敘舊嘛。」

「你最近挺好吧。我現在忙著，要不回頭聯繫你。」

「我手裡有點錢，想找專案投資，不知你有沒有興趣合作。」

「我有興趣！」王建虎抬高聲音，「什麼項目？」

「做你的老本行。」

「那好，那好。要不碰個頭細談。」

「你忙著呢。」

「不忙不忙，晚上就有空了。」

錢惜人約在一個高檔飯店。王建虎態度很客氣。他比讀書時瘦，臉色蠟黃，皮膚起斑。「這一行不是人幹的。」

「哦？說來聽聽。」

王建虎在一家電腦公司，每天程式設計至凌晨，工資才拿一千五。和老闆談過幾次，老闆扔出話：「不想幹就走人。」

錢惜人道：「這樣吧，你來我這兒做，我給你二千五。以後人手多了，你做管理，會很輕鬆。」

「你是什麼公司？」

「在籌建，也是電腦公司。」

「錢不在多，就圖個穩定，最好也不要太拚命。我一個外地人，在這兒混得不容易。怕哪天付不起房租，更怕哪天生癌死掉。」

「你是老同學，我不會虧待你。這樣吧，我預付兩個月工資。」

「大家朋友嘛，不用這麼客氣。嘖嘖，說真的，上大學時，可沒看出你來。」

錢惜人啜了一口茶。他不想提大學時。

29

錢惜人註冊了公司，支付王建虎三千元跳槽費，兩個月工資。王建虎帶過來兩個小專案，公司開始運轉。錢惜人招了五六個剛畢業的小員工，有跟王建虎程式設計的，也有拉業務的。半年之後，錢惜人覺得競爭激烈，業務員跳槽頻繁。他預感網路是熱潮，決定做個交友網站。

錢惜人又招了個叫Lawrence的網路技術員，工資比王建虎高五百元。王建虎無意中得知，急忙找錢惜人談話：「我是元老，他是新人。業務上誰強誰弱還不一定，你這樣分配根本不公平。」

錢惜人道：「我心裡自有分寸。」

王建虎道：「你做網路，也不和我商量。程式能賺錢，這個能賺錢嗎？」

「賠錢也是我自己的事情。」

「我們還是朋友嗎？」

「我們是老闆和雇員。」

王建虎噎住了。

錢惜人道：「我待你算不錯了。以前的苦日子你忘了嗎？」

王建虎不再說什麼，一個月後，提出辭職。錢惜人爽快地答應了。王建虎一走，錢惜人再招一名技術員，和Lawrence平起平坐。他暗中囑咐倆人監視對方。

做網路方面，無論資金、技術、內容，錢惜人都沒優勢。但頭腦就是優勢。他的「甜甜交友網」，專為中年男人和年輕女孩牽線搭橋。錢惜人花了一筆錢，在少女讀物和財經期刊上投放廣告，還到各高校進行宣傳。四個多月的慘澹經營，「甜甜交友網」有了第一批黃金會員。半年之後，黃金會員上升到十萬，鑽石會員七千，網站開始有廣告收入。「甜甜交友網」成立一周年時，錢惜人舉行了野營周年慶，女性免費，男性每人五百元。活動過後兩個月，公司財政開始持平。錢惜人買了一輛賓利，替換掉他那部半新不舊的寶馬。

截止此時，錢惜人的小公司，專職員工二十三名，兼職十七名，網站黃金會員二十五萬六千，鑽石會員九萬四千。在Lawrence的提議下，錢惜人為自己取了個英文名字：Cherish。

此後出過一件事。女大學生和交友網的男網友私奔了，警方出動，也找她不著。父母鬧到公司。母親喊著：「我不想活了。」要往窗外跳，父親哭喊著攔她。倆人狂敲辦公室的門，讓錢惜人出來。

錢惜人出來了：「沒把女兒管教好，是父母的責任。如果你們要跳，我不反對。可惜這兒是五樓，不一定跳得死。」他推開窗，微笑著一指。這對中年夫婦，一個臉發紅，一個臉發白。員工們紛紛攔阻勸慰。Lawrence說：「Cherish，要不……」錢惜人搖搖手，轉身走進辦公室。

倆人鬧累了，就在接待室的椅子上啜泣。員工們端水、削蘋果、遞餅乾。他們不喝水，也不吃東西。母親靠在父親肩上睡著了，父親歪著腦袋，愁苦地望著牆上的廣告招貼。

晚上十點，員工只剩Lawrence。他給老夫婦拿來一只靠墊，父親推開他，搖醒母親：「我們回去吧。」母親一醒，眼睛立刻又濕了。Lawrence跟在他們身後，看著電梯門關上，直到顯示在一樓停住，才回辦公室。

Lawrence找錢惜人，道：「我覺得這樣不太好。」

錢惜人道：「事情不是解決了嗎？」

「我覺得我們在犯罪。」

「你是在和老闆說話嗎？我每年向國家合法納稅，提供幾十個工作崗位。我是對社會有貢獻的人。」

「你是一個冷血的人。」

「小夥子，這麼憤青，以後要吃苦頭的。我說這話，是為你好。」

30

錢惜人是老網蟲。九十四年上網，取名「無情無義的尼采」，混在國際中文新聞群組裡。那時網上多是理工科留學生，除了交流生活，就是惜風歎月。「無情無義的尼采」很快以它的與眾不同出名。錢惜人的系列文章中，最有爭議的是《論女人愛財之集體無意識》和《人之初，性本惡》。從韋伯、薩特、馬斯洛到海德格爾，他旁徵博引，化敵人為擁躉。

錢惜人最滿意的，還是《為顧城辯》一文。他在報紙上看到詩人殺妻的消息，那傢伙居然戴著一頂與他類似的高帽子，不同的是，顧城很英俊。錢惜人第一次對文學家產生好感。被斧頭劈中的人，是很快死去，還是慢慢掙扎呢？一個女人的頭顱，切割時像一棵青菜，還是一塊凍肉？這類問題反覆跳進大腦，錢惜人想到興奮處，就忍不住將左手掌側，放在右手心裡摩擦。

一九九八年，錢惜人擁有第一個QQ號，取名「鑽石多金男」。他在QQ上找女人，這比咖啡館裡方便。錢惜人開始禿頂了，鼻翼兩側出現很深的「八」字紋。但在女人對這副相貌反感之前，他總能用錢財或者文采俘虜她們。

上至中年主婦，下至高中女生。有的見了面沒興趣，就吃一頓飯了結。看得上眼的，錢惜人會想辦法弄上床。他不是每次都成功。良家婦女愛做樣子，錢惜人把鈔票甩在她們面前時，有的勃然大怒，有的羞羞答答。錢惜人知道，她們想要錢的，但是扯不開一種叫做「面皮」的東西。面皮，又值幾個錢呢。

錢惜人更喜歡小姐。直奔主題：多少錢，多少時間，哪些服務。入行不久、帶點青澀的最佳。「老薑」們身體鬆了，腦筋卻緊得很。她們唯一的好處，是願意為了錢，做常人不樂意之事，比如挨揍。

錢惜人抽打她們，讓她們像陀螺一樣，在床上滾來滾去。還掐她們脖子，掐到眼睛翻白。他差點弄死一個，三十多歲的湖南女人，外號「小櫻桃」。錢惜人拍打她的胸脯時，她不斷驚叫：「別，別。」她的兩大坨東西，站時不下垂，躺時不扁平，身體扭曲時，仍然不顛不顫，保持形狀。「哈哈，矽膠的。」錢惜人拚命擠碾。女人快把他的耳膜叫破了。錢惜人忽然掌下一鬆，像壓破塑膠袋的感覺。一看小櫻桃，臉色發白，不會說話了。

錢惜人趕緊穿衣。小櫻桃在床上抽搐，身體縮成越來越小的一團。錢惜人將短褲、避孕套往包裡一塞，出門前扔了二百塊錢在床上。

錢惜人在網上查到，隆胸的物質叫英傑爾法勒，有巨毒。她應該還活著，不然公安局還不找上門。弄兩袋巨毒物在身體裡，死是遲早的事。小櫻桃說起過，她父母雙亡，家中只有奶奶。她的五官不好看，腦子不好使。活著沒品質，不如死了乾淨呢。錢惜人覺得，自己甚至可能做了件好事。

但他還是失眠，漸漸「安定」也不管用了。他瘦了一圈，連帽沿都箍不緊額頭了。錢惜人有時徹夜看書，有時索性躺著瞎想。想得最多的，還是那天的細節：小櫻桃肉多，軟軟的任人揉捏，尤其胸脯被擠爆那刻，她整個人癱成一汪水了。

遇到芳芳之前，錢惜人又弄過三四個女人。他在電腦上拖了一套錄音設備，睡不著時拿出來聽。女人的慘叫，是所有聲音中最富有變化的，痛苦，虛脫，哀求，悲憤，將錢惜人擲向最高的高潮，扔進最低的低谷。他一輩子的七情六欲，在一聲聲呼嚎中終結了。

芳芳是最後一個。當她停止掙扎，不再喊叫時，錢惜人聽到一種幻滅。他從芳芳身上下來，將她的四肢擺放齊整，蓋上被子，將自己的帽子覆在她臉上。然後撿起翻倒的酒瓶，乾掉最後一口。

他呆立片刻，坐到桌前，打開電腦，連上話筒，開始錄音：「我叫錢惜人，今天錄下這段話，也許是我最後的話。我沒什麼朋友，親戚只有幾個。如果失去自由乃至生命，我願意把財產分給他們。這不代表我愛他們，但這符合我的原則。我是個有原則的人，有人覺得我冷酷，但我從不去故意損害他人利益。相比那些偽善的人，我問心無愧，甚至可以說，我是一個難得的好人……」

錢惜人聽到響動，就停止說話，回過頭去。床上，芳芳一手撐起身子，一手捏住頸中的十字吊墜，正望著他。她的瞳仁有晶亮的反光，彷彿鑽石被自己的光芒掩蓋了。那是錢惜人從未見過的。

第八章

董小潔

1

樂鵬程告訴過樂慧，是招待所的人把她送去醫院的。「你的朋友呢，那個小蘋果？怎麼危難關頭，就扔下你跑了？」

樂慧縫了兩針，吃流質，吊鹽水，接屎管子。秀姨來探望過一兩次，樂鵬程的次數多些。有報社記者採訪，被擋在病房外。記者道：「你女兒是受害者，曝光後會有好心人捐錢的。」

樂鵬程道：「誰會給妓女捐錢。」

草草治療了一星期，就出院了。樂鵬程讓樂慧睡沙發，第三晚，她不小心滾下地，傷口又開裂。秀姨在沙發旁墊了條厚毯子。她和樂鵬程睡樓上，他們買了一張雙人床，床頭的皮墊很軟，家中無人時，樂慧在上面躺過。她時常半夜驚醒，背下濕了一灘，於是漫漫地睜著眼，摳著沙發背上缺出的一塊海綿。樓上靜極了，靜得反常。

秀姨請了鐘點工燒菜，順便給樂慧熬粥。有時青菜粥，有時薺菜粥，更多是白粥，就著肉鬆榨菜。有時也灑白糖，調得甜甜的。秀姨隔三岔五地和樂鵬程下館子。一次帶回幾包剩菜，樂慧眼饞，吞了半碗冰糖小米渣，忽地有了便意。這是她受傷後第一次大解，蹲了半晌，幾近痛暈，撐牆起身一看，一馬桶的血。這以後，樂慧只吃流質，偶爾食些肉蛋，不碰蔬果粗糧，也忍著不喝水。她的肚子鼓得硬硬的，滿嘴臭氣。鐘點工也不願與她多話。

一天半夜，樂慧腹內絞痛，醒了，聽見有人在淋浴。半小時後，秀姨從浴室出來，一邊擦著頭髮，一邊拎起茶几上的小提包，上樓去了。樓上一串輕微響動，鑰匙碰撞，開抽屜，拖鞋走來走去。樂慧等著靜了會兒，起身光腳上樓，又在臥室外等了片刻，才輕輕推進去。門沒鎖，窗簾也沒拉。樂慧倚在門框旁，望著睡床上的兩個人。他們被月光亮堂堂地照著，往同一方向拱著身子，樂鵬程的手環繞在秀姨腰上，秀姨的胳膊反到背後，搭住樂鵬程的髖骨。秀姨忽地挺挺腰，拱曲的幅度小了，樂鵬程也相應地伸直大腿，倆人又貼得嚴絲合縫。

第二天，樂慧從秀姨買菜的包裡偷了二百多塊錢，回到先前租的房子，發現門鎖已被換掉，這才想起，已經欠了好幾個月租金。

她溜進一家網吧，開始打遊戲。打了一會兒，屁股裡的傷口坐疼了，腦袋也發昏。就結了錢，出門站一會，走一段，吃一碗炒麵，換一家網吧，掛到QQ上聊天。

樂慧取名「我是美女找不到住處」，很快有一堆人上來搭話。樂慧找了三個本市的，聊了半個多小時，又感覺頭暈。於是對一個叫「大灰色狼」的說：「把我帶回去吧。」

「大灰色狼」很快來了，是個三十多歲的瘦高個。他看到樂慧時，沒有掩飾自己的失望，但還是替她付了網吧費，叫了一輛計程車，帶她回了家。

大灰色狼的住處，是簡陋的一室一廳。他說同租的室友出差了。

樂慧道：「你睡床，我睡客廳沙發。」

大灰色狼道：「哪能讓客人睡沙發。」

他讓樂慧先洗澡，給了她一件粉紅睡衣。水溫熱，沐浴露芳香撲鼻，洗面乳是高級進口貨。樂慧洗得手指肚皺起來。紗質睡衣太薄了，樂慧躍入被窩，裹著直抽冷氣。抽了一會兒，漸漸暖和了。大灰色狼跑來關燈，說「晚安」。樂慧聽見他洗澡的聲音，眼皮沉重，一下睡過去。

很快，樂慧被弄醒了，發現男人已鑽進她的被窩。樂慧感到冷，左躲右閃，大灰色狼偏偏捂住她的胸，邊捂邊道：「好小呀。」

樂慧抵抗了一會兒，索性由著他弄。大灰色狼道：「喂，你動一動。」

樂慧不吱聲，漸漸意識迷糊，又被弄醒。幾次三番，男人碰到了她的傷口。樂慧慘叫著，回頭一拳。大灰色狼也顧不上生氣。結束後，他道：「我想好好睡一覺。沙發上那條被子厚，要不你睡那兒吧。」

樂慧在沙發上睡到翌日中午。大灰色狼在裡間上網，外間桌上放著兩隻冷饅頭。樂慧給自己倒了一杯開水，就著饅頭。她下身一絲絲地疼，胃也不舒服。

吃完進裡間，大灰色狼警覺道：「幹什麼？」樂慧瞥見他在開著ＱＱ窗口。

「不幹什麼，無聊！」

「到外面休息會兒吧。」

樂慧到客廳沙發上坐著，漸漸睏了，又睡過去。睡著醒了，背脊發冷，就起身走動。廳裡有兩個抽屜，都上鎖了，她想起那支昂貴的洗面乳，進浴室拿了，在口袋裡藏好。

這一晚，大灰色狼沒讓樂慧洗澡，又和她做愛。樂慧腦袋發漲，身體滾燙。她求大灰色狼別把她趕回沙發。大灰色狼說：「好吧，不過我不太習慣和人睡。」他背過身，撅起屁股，將樂慧頂出老遠。

第二天是被吵醒的。一個女人衝進來，撩了樂慧被子，哭嚷道：「還弄個醜八怪回來，氣死我了……天哪，還穿我的睡衣！」

她來扒樂慧的衣服，樂慧夾著胸。扒不下來，女人就把被子拽到地上。大灰色狼站在一旁，不阻攔也不說話。

樂慧跳下床，換衣服。這過程中，女人一直推推搡搡，罵罵咧咧：「騷貨，賤人……」大灰色狼開溜。女人呵道：「站住！」看了看赤裸的樂慧，又呵道：「進去！」大灰色狼就進到裡屋。女人跟過去。樂慧聽到大灰色狼說：「求求你了，男人總有犯錯誤的時候，再說，你別把自己和她比呀，她怎麼配……」

樂慧迅速穿上襪子，環視客廳，抓起茶几上的抽式紙巾，溜了。

2

這是二〇〇六年初，春天遲遲不來。

樂慧混在網吧。她跟各式各樣的男人回家。找不到男人時，就繼續聊天。她認識了幾個女孩，會互相介紹男人。她們把最沒錢、最摳門的男人介紹給她。樂慧記不得聊了多少，睡了多少，只是一味犯睏。

網吧外的花壇裡，有流浪狗用樹枝堆了窩。樂慧有時餓得胃疼，會出門抽菸。倚著電線杆時，恰對準那堆樹枝。兩三次之後，她才注意到，那是只狗窩。狗兒縮在裡面，一定溫暖愜意吧。樂慧看看四周，沒人也沒狗，就走上去，一腳踹了那窩。

付不出網費了，吧主要趕人。樂慧道：「我爸媽煤氣中毒死了，舅媽老是虐待我。你把我趕走，我真死路一條了。要不，給你打一炮，抵網費吧。」

吧主是個四十多歲的胖男人。胖男人想了想道：「算了，再給你點時間，快找人來結帳。以後謊就不要撒了，你不是撒謊的料。還有，你可以坐那排第二個位置，靠空調的，暖和。你瞧你，嘴唇又黑又紫的。」

之後，樂慧和吧主熱絡了。他們有過一次關係。他的老闆娘比他更胖更壯。樂慧見她教訓過交不出網費的小男孩，揪住頭髮，扔到地上，狠命踩打。此後，樂慧從她眼前走過時，總覺得她在用兩坨慘澹的眼白盯著她。後來知道，老闆娘天生鬥雞眼，成年後被一個江湖郎中治過，治好一邊，鬥雞就變成了斜視。這是娃娃告訴樂慧的。目前樂慧和她最熟。倆人都有錢時，會一起上街吃頓好的。但從不互相請客或者借錢。

有一陣子，樂慧上街吃飯，老要碰見熟人。先是小蘋果，遠遠挽著個老爺爺。幾天後遇見芳芳，有些發胖了，頭髮亂亂的。樂慧也想避，卻被叫住攀談。芳芳在給教堂做義工，邀請樂慧來玩。

樂慧問：「教堂有吃的嗎？」

「上帝給他的子民食物。」

「教堂裡有網上嗎？」

「好像……沒有。」

和芳芳分手後，樂慧突然有了第六感：她還會遇見什麼不尋常的人。

3

一星期後，娃娃說有個拍賣會，問去不去。樂慧不去。娃娃呱呱亂叫：「你知道拍賣什麼嗎？拍賣人。」

樂慧跟著娃娃，居然到了「興旺娛樂總匯」。樓前的停車區裡，總共有四十七輛高級轎車，娃娃一路數著、摸著、辨識著，嚷嚷著：「好多有錢人哪！」數到門口，看見一大群人，被三米紅線擋著。保安不停驅趕靠得太近的看客。

樂慧和娃娃使勁往裡擠，擠得一身汗。娃娃道：「操，中國人就愛看熱鬧。」她倆都不高，左瞧右瞧，只見一圈密匝匝的黑腦勺。後面只顧推著她們向前。娃娃回頭罵：「擠你的頭呀，沒見前面屁眼大的縫都沒嘛！」

消息像漣漪，一波波地從裡頭漾出來：「好象主持人在宣佈嘉賓名單」，「據說來了幾個房地產大鱷」……人群也相應地一波波騷動。有人跺腳喊「冷」，大家紛紛跺起腳。樂慧也覺得冷，鼻尖沒知覺了。

過了個把小時，外面的湊著無趣，漸漸散開。裡面的看不出所以，也退出來。娃娃問走不走。樂慧道：「來都來了，回去也沒事。」

凌晨二三點，人群稀鬆了，空氣濕漉漉的。樂慧感覺額頭濕了，一看身邊的娃娃，黑髮頂著一撮白。有人喊：「下雪了。」

娃娃興奮道：「我第一次見下雪耶！」樂慧道：「我小時候見過。」娃娃跑到停車區玩雪，樂慧跟過去，見她用手指在車前蓋上寫字，英文字，樂慧認得「money」，認得「love」。寫了一會兒，娃娃垂頭喪氣道：「下雪原來是這樣，一碰就化，髒兮兮的。」樂慧道：「你寫的字沒化呀。」娃娃掌側一捋，「money」和「love」就不見了。樂慧注意到，這是一輛紅色法拉利。娃娃也注意到了，嫣然一笑，從袋內掏出名片，插在刮雨器上。「你幹嗎？」「不幹嘛。」娃娃一蹦一跳，回到門口的人堆裡。樂慧看了一眼她的背影，迅速摘下名片。上面印得很簡單：「娃娃，Honey Lee」，然後一串手機號和QQ號。樂慧將名片一撕為二，塞進褲子口袋，跟了過去。

三點一刻，有人出來了。先是些掛工作牌的，「讓開，讓開」，做趕鴨子似的手勢。鬆散的看客重新緊密起來。於是保安又從樓裡鑽出來：「你退後一點，你，還有你，別站這兒。」樂慧在前方兩隻肩膀的空隙間，看見一個穿禮服的女孩。娃娃嘖嘖道：「她有一米八吧？」樂慧道：「好像不止。」

一個中年男人攙著女孩。他渾身的脂肪彷彿液狀的，在他面料柔軟的西裝裡晃蕩不已。這一對走下來，鑽進等候的車子。接著又出來一高個女孩，五官更精緻。她的胳膊纏在一個一米六幾的男人臂彎裡。娃娃又驚呼，樂慧拉著她往前鑽。聽到有人在說：「底價一萬，最後成交時，都是六萬八萬，最高十二萬呢。一個晚上，又不是處女。吃飽了撐的！」另一個介面道：「人家有錢人，想法跟我們不一樣。」還有問：「王老闆今晚又賺得狠狠的了。」

娃娃對樂慧道：「她們真值錢，人和人就是不一樣。」

樂慧「嗯」了一聲，她感覺有人硌著她的腰，正待回頭大罵，發現身後那個醉漢，居然是沈立軍。

胖了，成熟了，鬍子拉碴了，但那，就是沈立軍。

4

四歲的一天，沈立軍推開門，看到一男一女滾在一起。男的沈永偉，女的施雲燕。施雲燕道：「叔叔給媽媽檢查身體呢，媽媽病了。」沈立軍將門大開，笑嘻嘻地跑了。

這天晚上，施雲燕給兒子洗澡。沈立軍拚命潑水，還扭來扭去。施雲燕摑了他一掌，他大哭。保姆小薛道：「小孩子都調皮的，做大人的得有耐心。」

施雲燕道：「你說我沒耐心。」

小薛接過沈立軍道：「我不是這意思，我不是這意思。你沒給小孩洗過澡，不會弄的。」

施雲燕道：「我也不要弄。這是你們傭人的事。」

第二天，施雲燕帶沈立軍逛公園。給他買了糖果、話梅、皮球、小飛機、玩具水槍。沈立軍被拉著手時就哭。施雲燕一鬆手，他就玩著水槍，拚命跑遠。下午四點多，施雲燕帶兒子走出公園，吃麥當勞。他們面對面坐著。施雲燕發現，沈立軍老是眼珠咕嚕轉。

「軍軍，看著媽媽。」

「你看著媽媽。」

「聽我說話了嗎？看著我的眼睛！」

施雲燕隔著桌子，抓住沈立軍的肩膀，前後搖晃。沈立軍打了個噴嚏，灑了很多鼻涕，「哇哇」哭起來。施雲燕塞給他一隻蛋筒，道：「乖軍軍，要是見了爸爸，可別亂說話。爸爸知道媽媽病了，會擔心的。」沈立軍不哭了，一心一意地吮蛋筒。施雲燕在桌下輕輕踢他：「聽見沒有！你要是亂說話，以後就不帶你玩。玩具統統沒收。沒有飯吃。」

這一晚，回到家，小薛做了一桌的菜。

施雲燕問沈永強：「怎麼今天回來了？」

沈永強道：「這是我的家，我想回來就回來。」

施雲燕道：「真稀奇，今天什麼日子呀？」她扭著脖子，瞄了瞄帶日期的電子臺鐘。

「別看了。我待會兒八點要出去。」

「我說呢，哪天會沒有應酬。」

沈永強沉著臉，讓小薛把雞湯上的油沫撇掉。施雲燕瞪了那只油光光的雞，忽聽沈立軍道：「叔叔給媽媽看病。」

施雲燕滋出一背的冷汗。

沈永強問：「軍軍說什麼？」

施雲燕道：「乖軍軍，要玩皮球嗎？小薛，待會兒給皮球充充氣。」

沈立軍想起皮球了，鬧著要離桌。小薛哄他。

沈永強道：「好好吃著飯，提醒他玩具幹嘛。」

施雲燕道：「我不可以提嗎？我是他媽，我給他買玩具。不像他爸爸，什麼都不買，什麼都不關心。」

「你給兒子買東西，花的可是我的錢。所以我才是真正關心兒子的人。」

「花錢就是關心人？」

「廢話，不拿錢關心人，拿什麼關心人？玩具，巧克力，花言巧語？你們女人看問題就是膚淺。」

「我寧願不要錢。」

「得了得了，別不知足。要死要活買名牌的時候，都忘了。說句難聽的，換了別的男人，誰願意在你這種過氣戲子的身上花錢。」

施雲燕噎住了，飯碗一扔，進屋去了。過了會兒，聽見外面在收拾桌子，才又出來。沈立軍坐在沙發裡看動畫片。施雲燕也走去坐下，把頻道換到電視劇。沈立軍指著搖控器，嘴裡「唔唔」著。施雲燕瞪著沈立軍，沈立軍瞅著施雲燕。施雲燕輕聲道：「軍軍，你太讓媽媽失望了。媽媽陪你在外面曬了一天的太陽，還買這買那的，多辛苦呀。」沈立軍不等她說完，來搶搖控器，施雲燕一掌將他從沙發扶手上刮翻出去。小薛在門口驚叫。沈永強衝出來，扶起兒子。

施雲燕輕聲道：「他剛才罵髒話。」

「放你媽的屁，軍軍一向很乖。再說了，你和小孩子較什麼真。」

小薛拿來棉花球和紅藥水，沈永強給兒子止血。施雲燕站在角落裡。沈立軍慢慢停住哭，專心玩起沾血的棉花球。

安頓兒子睡下後，沈立軍大罵施雲燕。小薛在旁道：「沈太太經常打小孩。」施雲燕吵著要回娘家。沈永強道：「滾回去最好，這裡沒人稀罕你。」施雲燕拿了牙刷和面霜，出門不知往哪兒去，哭哭啼啼地轉了一圈，又折回來。此時，沈永強出去應酬了。施雲燕在臥室悶坐了一會兒，跑去小薛房裡，冷冷道：「我最沒地位了，每個人都欺負我。」

小薛正在床上疊衣服，假作沒聽見。

施雲燕道：「我是最可憐的人，誰來可憐可憐我。」

小薛扭過身，撅起屁股，將疊好的衣服放進櫃子。

施雲燕道：「好，有你的。」

第二天，吵著要辭退小薛。

沈永強道：「小薛手腳俐落，找個稱心的保姆，不是你想得那麼容易。」

「她欺負我。」

「她哪裡欺負你？」

施雲燕嘴巴一癟：「反正我不喜歡她。我重要，還是一個小保姆重要？」

沈永強道：「當然保姆重要，你他媽的會洗衣做飯嗎？」

施雲燕道：「別『他媽』來『他媽』去，就不會和我好好說話。你懂尊重人嗎？」

「也不看看自己的德性，配不配別人尊重。」

施雲燕待要罵回，忽聽背後怪笑。扭頭一瞧，兒子抱著大皮球，鑽在桌底下。她撇了老公，「蹬蹬」過去，沈永強立即跟著她，還拉了她一把：「你幹嘛，幹嘛呀。」

「不幹嘛，我看看我的兒子，行不行啊！」

從上往下看時，沈立軍的面孔變扁了，眼神像個大人。他將皮球拋出來，那球蹦著跳著，撞在施雲燕腳踝上。

沈永強一把抓住她：「你過來，你想幹嘛。」

「我想打他，行不行呀。生他時老娘差點沒命，現在打他一下怎麼啦。」

沈永強將她的手腕往後掰，掰得施雲燕疼，但她含著淚，不吭聲。沈永強悶悶道：「這是我兒子。你敢動一下，我把你這隻手廢了。」

5

沈立軍的人生記憶，始於四歲的那天。他看到媽媽的光背光屁股，她的脊樑凹槽裡，有一粒白頭瘤子。十二歲的整個暑假，都在播放施雲燕演的連續劇。返校時，好幾個同學說：「沈立軍，在電視裡看見你媽媽了。」施雲燕在那戲裡是女配角，沈立軍看過一集，恰有床上鏡頭，他的媽媽和一個男演員，裹著被子動啊動的。

施雲燕做演員時不紅。男人們愛在誇她美貌時動手動腳。施雲燕嗔幾聲，打兩下，但最後每每被得逞。得逞的男人們交流心得，達成共識：施雲燕胸不大，腰有贅肉，但腿特別好，尤其大腿，細細緊緊的，最適合短裙和有綁帶的高跟鞋。

施雲燕嫁人息影後，結交的多是麻將搭子，有做美容認識的富太太，也有三兩個閨蜜。她有老相好叫「貓貓」，以前一塊兒演戲的，介紹給表妹，勾搭了幾個月，被表妹夫抓姦在床，鬧到沈永強那兒。施雲燕哭著辯解：「這怎能叫『拉皮條』，我只是介紹他們認識，為了打麻將方便。」

「貓貓」愛打麻將，擠在一堆太太裡。小立軍曾窺見這個戴蛤蟆鏡的傢伙，在牌桌下摸媽媽的光腿。媽媽的腿併攏、張開、微微顫抖，桌面上卻神情自若。小立軍常在他們打牌時，搬個小板凳在旁坐著，隔三岔五地流一行鼻涕，灑幾滴口水，小薛圍著他轉前轉後。施雲燕惡聲惡氣道：「乖，隔壁去。」小立軍朝她翻白眼。「貓貓」笑道：「這小子不服。」

施雲燕很失面子，她認為麻將搭子們不太願意來玩，就是因為沈立軍。於是她更多出去打牌，幾夜不回，回來就睡。沈永強天天吵架，吵煩了就不說話。

6

叔叔沈永偉住在隔壁樓裡，有一對兒女。沈立軍和堂弟沈立宏較勁。沈立宏練書法，他也練書法，沈立宏學攝影，他也學攝影，沈立宏把小單車騎得飛快，沈立軍就和他比賽，不小心栽下來，膝蓋軟組織受傷，被施雲燕沒收了小自行車。那是輛美國童車，爸爸的朋友送的。沈立宏騎著自己的國產小車，在弄堂裡繞來繞去，「來呀來呀」，還沖堂哥招手。沈立軍一氣將他拽下車。叔叔來找爸爸，將沈立宏的傷指給沈永強看。只是淺表擦傷，但抹了紫藥水，一塊塊地觸目驚心。沈立軍知道爸爸捨不得打自己，但他還是打了。

十二歲時，沈立軍認命了——他再怎麼使勁，成績也是中下，而沈立宏從來都是校幹部、三好生，還經常參加書法比賽。施雲燕常說：「看看人家，一個天上，一個地上！」

沈立軍、沈立宏、沈立麗，三人同在初中部。沈立麗不如幼時漂亮，但會打扮了。她大冬天穿超短裙，一彎腰露出內褲，無論男同學男老師，全都眼珠落地。

沈立軍問：「你不冷吧？」

「不冷。你覺得好看嗎？」沈立麗轉一個圈，裙擺散開來，更顯短了，見不答，又追問，「到底好看不好看？」

沈立軍想說好看，出口卻成「一般」。

沈立麗噘著嘴，轉身就走。她走路扭屁股，沈立軍聽過女生議論。他覺得這樣好看，但又不希望她這樣。沈立麗走到一半，折回來道：「今天你送我回家。」

沈立軍問：「姚明遠呢？他不送你？」

沈立麗「哼」了一聲：「我更喜歡你送。」

沈立軍有點拘謹，沈立麗也不說話，一路拿小樹枝撥弄路邊的花壇柵欄。經過一家超市，沈立麗說口渴，沈立軍進去買了兩瓶礦泉水。

沈立麗瞥了一眼：「這有什麼好喝。」她讓沈立軍等著，進去買了可樂、冰磚、薯片、餅乾，兩大袋，懸在沈立軍肘上，邊走邊一包包地掏出來，拆開自己吃，也讓沈立軍吃。沈立軍不吃。肘上的塑膠袋隨著腳步，擦碰他的肚子，當他抬頭喝礦泉水時，它們又撞擊他的胸膛。不知為何，他越喝越渴。

快到家了，沈立麗提議去小花園。他們坐在石板凳上。沈立麗一邊咀嚼，一邊發愣，右手拿薯片袋，左手找不到袋口，就憑空戳來戳去。

沈立軍道：「在這兒呢。」幫她夾出一塊，送進口中。

沈立麗笑了：「我想起我們小時候。」

「小時候怎麼了？」

沈立麗瞥他一眼：「不告訴你。」

沈立軍心中一跳，按捺著不看她。

沈立麗指指前方：「瞧那些老太婆！」

一些老人在石桌上打麻將。

「我老了會很漂亮，讓所有的老頭都愛我。」

沈立軍笑了。

沈立麗回過頭道：「喂，你是不是喜歡我？喜歡就來親我呀。」

沈立麗的鼻翼上有粒痣，此刻這痣隨鼻息起伏，讓她的臉生動無比。她的嘴唇慢慢湊近，輕觸了沈立軍的嘴唇，旋即跳開。沈立軍聽見沈立麗在笑，一摸，摸下幾粒薯片屑。

第二天放學，沈立軍去沈立麗教室外，發現高年級的姚明遠抱著雙臂，倚在前門口。他看到沈立軍，沖他揮揮拳頭。沈立軍假裝上廁所，過了一會兒，才繞回來。

這時，他看見沈立麗，穿袖子很長的米色毛衣，領口敞向兩邊，露出鎖骨。她和姚明遠挨肩走著。她也看見沈立軍了，笑盈盈地「嗨」了一下。姚明遠也跟著「嗨」。沈立麗的眼睛美極了，當她笑的時候，一些亮光在裡面水汪汪地遊。

7

沈立軍找到沈立麗，問那天吻他是什麼意思。

沈立麗瞪大眼睛：「沒什麼意思。」

「原來隨便什麼男人都能親你。」

「你怎麼說話的。」

「我就這麼說話的。」

「我沒利用你。」

「利不利用無所謂。」

沈立麗脖子一縮，道：「是利用你，刺激一下姚明遠。向你說對不起，好了吧。」

「不好。」

「你不會真喜歡我吧。我們是堂兄妹啊。」

「我怎會喜歡你這只騷貨。你利用我，我更是利用你。」

「喂，你這話太過份了，我要讓姚明遠來揍你。」

「對，不是利用，是報復。」

「報復我幹嘛，難道我欠你一萬塊錢？」

「問問你爸做的好事。」

「什麼好事？」

沈立軍咬牙道：「他勾引我媽。」

沈立麗哈哈大笑，笑得敞領開衫快從肩上滑下來了。

「有什麼可笑的。」

「哪裡勾引啦，我沒看出來，」沈立麗捶背捋胸，「倒是你在勾引我。」

沈立軍上前，扇了她一耳光。笑聲被硬生生截斷，沈立麗捂住臉，鼻翼上的痣楚楚可憐地顫抖。

沈立軍突然很想抱她，貼緊她單薄的身體。他在原地站了一會兒，把衝動克制下去，轉身走了。

8

沈立軍搬新家。叔叔送來一隻水果籃。搬家車開到新住處，傢俱放下來，沈立強呵斥小薛：「果籃別拿。」那只裝滿名貴熱帶水果、綁滿紅色緞帶的籃子，被留在卡車上。

沈立強和施雲燕已經冷戰了三個月。時間越長，越懶得開口。彷彿真沒什麼是必須得說的。吃晚飯時，沈永強對小薛道：「你和她說一下，軍軍要轉學。」

施雲燕對小薛道：「轉到哪裡？」

沈永強對小薛道：「轉到愛民中學。」

施雲燕對小薛道：「是重點中學嗎？」

沈永強對小薛道：「是。」

施雲燕對小薛道：「是本區最好的嗎？」

沈永強對小薛道：「差不多。」

施雲燕一摔筷子：「什麼叫差不多，要上就上最好的。」

沈永強道：「愛民在區裡雖是老二，但排名不是絕對的，每年都變，去年愛民升學率就比建強高。關鍵是我和他們校長認識，以前一起吃過飯的。而且離家近，這也重要。」

施雲燕道：「我兒子要讀最好的中學，以後才能讀最好的大學！」

沈永強道：「你懂個屁！」

施雲燕道：「以前的中學不是挺好，以前的房子也挺好。就你，莫名其妙要搬家。」

沈永強道：「莫名其妙？為啥搬家你心裡清楚。哼哼！」

施雲燕被沈永強鼻孔裡哼出的冷意凍住了。她頓了頓，轉向沈立軍：「凡事得徵求兒子意見，他是大人了。」

沈立軍道：「那就上愛民。」

施雲燕道：「堅決不同意！你看人家沈立宏，上的是全市最好的中學的最好的班，以後都是直接送出國的。」

「是啊，我樣樣不如他，」沈立軍凝視母親，「你怎不把我生得聰明點？」

施雲燕終於不再說話。

9

轉到新學校十來天。

同學沒混熟，凡事打不起精神。一日體育課，據說是籃球比賽，沈立軍不擅籃球，就躲在教室裡，看一會兒書，想一會兒沈立麗。她送了他一張告別卡，可惜搬家時，被沈永強混在舊文件紙裡，掉了。那是張嫩黃的卡，灑了亮粉和香水。只有兩個手寫字：稱呼欄的「軍」和署名欄的「麗」。在稱呼與署名之間，是現成的賀語，「願友誼天久地長」，字體花花綠綠，背景印了娃娃和天使。對十五歲女生來說稍嫌幼稚，但它出自沈立麗之手，又顯得自然了。

正想著，忽有動靜。沈立軍回頭，嚇了一跳。沈立麗正趴在後窗臺上呢。她往裡探了探。沈立軍看清了，是個陌生女孩，也有一對大眼睛。沈立麗的大眼睛，是她媽遺傳的。她媽姓吳，但依然是個美人。

此刻，窗臺上的「大眼睛」臉紅了。沈立軍猶豫道：「要幫忙嗎？」過去拽住她的手腕。女生的重心終於傾進來。沈立軍鬆開手，回到座位上。他瞪了會兒天花板，忍不住又瞧那女生。她正埋在座位裡，「叮呤咣啷」地翻著東西。

10

沈立軍收到幾封情書。有訴衷腸的，有提約會的。其中一個寫：「你會用寶馬帶女朋友兜風嗎？」沈立軍看了，笑笑，扔進垃圾箱。

他發現樂慧經常跟蹤他。她以為他沒察覺。他也假裝沒察覺。聽聞樂慧名列班級「四大醜女」之三，人稱「老三」。他覺得樂慧不醜，至少眼睛挺好看。

一次，在食堂開完年級大會，遠遠見那瘦小的身影，擁在人堆裡，東張西望著。沈立軍擠過去，在她耳邊飛速道：「嘿，幹嘛老跟著我呀？」說完躲開。就見樂慧慌慌張張地環顧，很快被人流沖沒了。

另一次，英文課小測驗。沈立軍提前交卷，出了教室，想到對街買一塊蛋糕，卻在校門口被幾個小流氓攔住。為首的胖子道：「闊少，你口袋裡有什麼？」

沈立軍掏出皮夾：「整的給你，零的我要吃飯。」

胖子道：「你還用自己買飯？不可能也吃食堂吧？」

他伸出肥厚的巴掌，沈立軍猶豫著要交出皮夾，忽見胖子發愣，然後是一個女孩的聲音：「你好！」是樂慧。胖子對沈立軍道：「就這樣吧。」一夥人稀稀拉拉走了。

沈立軍問：「你認識？」

樂慧道：「初中同桌過。」

沈立軍笑笑。

樂慧問：「你也認識他？」

「是他來認識我的。」

「他沒怎麼你吧，旁邊幾人流裡流氣的。」

「他們很出名，常在這一帶敲詐學生。」

「你要小心。」

「謝謝，我知道。」

一串「叮呤呤」，校園騷動起來。他倆默默往回走。眼看到教學樓了，樂慧「喂」了一聲。沈立軍停住，望著她。樂慧眼珠亂轉，沈立軍又想起沈立麗的眼睛，他笑了。倆人進了樓，自然而然走開一段距離。

11

一天，沈立軍接到信。薄薄一張，寫在文稿紙上。沒有署名，但沈立軍認得字跡，謹小端正的，像在給老師寫假條。只有一句話：「我很孤獨。我想，你可能也孤獨。」

幾天後放學，司機載爸爸辦事去了。沈立軍自己走回去。快到家時，忽聽樂慧喊他。

樂慧道：「我往這裡走。」

沈立軍說「哦」，繼續低頭向前。

樂慧也低頭向前。沈立軍以為她會跟上來，誰知她腳步漸慢。於是沈立軍也慢。樂慧又緊走幾步，與他並肩。

「信收到了？」她問。

「收到了。」

沈立軍站住。樂慧也站住。她臉紅了，眼睛顯得更大。沈立軍又看到那種熟悉的亮光，在大而黑的眼珠上水汪汪地滑動。亮光忽然靠攏來，沈立軍下意識地一躲，感覺嘴角被啄了一下。樂慧愣住，似被自己嚇壞了。沈立軍笑起來，捧住她的臉，吻了吻她的嘴。

12

事後，沈立軍後悔過，並且越來越後悔。樂慧和沈立麗，完全是兩種人。她們的大眼睛也不像起來。樂慧的眼神有時像只哈巴狗，彷彿等著別人踹她一腳。有時又凶巴巴的，比如一次和傅波吵架，沈立軍聽到她罵：「我操，看老娘怎麼收拾你。」

那天放學時，沈立軍懶得說話。全是樂慧在說，說沈立軍救蚯蚓的事。「你記得嗎？你記得嗎？」樂慧追問。

「不記得了。」

於是樂慧改說別的，說著說著，又繞回來問：「你真不記得啦。」

沈立軍皺了皺眉頭，樂慧不敢再說。

她開始陸續送他東西。先是小零食、小文具。沈立軍不喜歡甜食，也看不上破破爛爛的筆啊尺的，但他和樂慧不一樣，他有禮貌。最後，樂慧竟送他一盤自錄的磁帶。最廉價的雜牌磁帶，「贈品」的黏紙都沒撕掉，會把沈立軍進口錄音機的磁頭聽毛的。他告訴樂慧，他不需要。請她以後不要送東西了。樂慧聽著像要哭了。沈立軍希望她哭。然而，終究沒有。

也許唯一喜歡的，是和樂慧接吻。以前和沈立麗，只是蜻蜓點水地碰碰。樂慧讓他發現，接吻是要學習的，裡面大有甜頭。嘗了甜頭的沈立軍，把樂慧頂在影院安全門的過道壁上，捏緊她的肩膀，親了又親。

嚴朝暉已和孫雯雯上過床。據說孫雯雯挺騷，不過光著時，身段不如穿著時好。「屁股太難看了，扁塌塌一大片。」這是嚴朝暉的原話，沈立軍恰在旁邊。其他男生竊笑，他在回想樂慧的屁股。

那只小屁股微微上翹，富有彈性。如果閉了眼睛撫摸，會讓男人產生欲望。

13

一個多月後，學校組織郊遊，正值春暖花開，風兒軟綿綿的，將沈立軍的心窩撓出一陣酥癢。他想起一個跟班帶他看的小電影，還想起樂慧的舌頭，像團濕甜的棉花從齒縫抵進來，繞著口腔緩緩溜上一圈。沈立軍起反應了，離開隊伍，停下腳步，閉眼深呼吸。

捱到分散活動，他繞進一條偏僻的路，樂慧在三五十米外跟著。人越走越少，沈立軍拐到一個死路口，站住。樂慧瞅著四下無人，歡天喜地奔過去。沈立軍把她拽進旁邊的小樹叢，急巴巴道：「我們那個吧。」

樂慧心兒嘭嘭跳：「我們哪個？」

沈立軍笨手笨腳地解她褲子，還學著毛片，拚命揉捏她的乳頭。樂慧疼得哇哇叫。

「咦？」沈立軍突然停住，「你不是處女？」

「我……是的。」

沈立軍支起她的下巴，捕捉她的視線。

樂慧漲紅了臉：「你不懂。」

「誰不懂，女人第一次會流血的！」沈立軍蹲下，扒開樂慧的大腿。

「疼，你弄疼我了！」

「疼怎麼沒血？」

沈立軍有種濕漉漉的虛脫感，搞不清是因為後背的冷汗，還是爬上眼眶的熱淚。樂慧大呼小叫，清水鼻涕也出來了。沈立軍站起身，掐著欒慧的脖子，頂到一棵樹上：「說，怎麼回事？」

「沒……沒……什麼事。」樹皮疙瘩紮得背脊生疼。

「到底怎麼回事？」

「沒……不知道……」

「還想騙我，你這個妓女！」

沈立軍一拳打在她臉上，立即火辣辣地手疼。他撇下她，往外走，腦中不住閃現四歲那天，媽媽光背上幾粒醜陋的癬子。

妓女可以是一種職業，婊子則罵到女人根裡去。施雲燕是婊子，欒慧也是婊子。沈立軍發誓，從今往後，他要搞很多女人，她們都得是處女。

14

沈立軍以教學品質為由，和家裡提轉學。沈永強答應托托熟人，聯繫建強中學。沈立軍不再上課。早上背著書包，由司機送到校門口，等車開走了，就打的到市中心，逛街，吃飯，買東西，打遊戲。下午三四點，再到校門口，等司機來接。回家攤開作業本，底下放一本武俠書，看到六點半，吃晚飯。飯後下樓遛狗。

沈立軍的狗叫沈嚕嚕，瑪律濟斯犬，七歲了。沈立軍送她的七歲生日禮物，是一只綁了粉紅蝴蝶結的小天平。每天，小薛買來新鮮豬肉，用天平稱出二〇〇克，加水煮熟，切成小塊，混著無糖餅乾，用水攪拌均勻，再分為等重的兩份。沈立軍在起床後和晚飯前，各給嚕嚕餵一次食。

沈永強說：「要是哪一天，軍軍對我老頭也這麼孝順就好了。」

施雲燕說：「狗比人還精貴，每天都要掏耳朵，洗澡還帶耳塞。」

嚕嚕只和沈立軍親。只要沈立軍離開視線，她就嗚咽起來。白天，她雪團團地縮在木窩裡，睡覺，或者眼神哀怨地趴伏著。沈立軍一回家，她才歡天喜地迎出去，在沈立軍的腳踝上擦來擦去。

沈立軍每日飯後遛狗，遛完親自清潔她的毛髮。浴後的沈嚕嚕，通體散發著檸檬護髮素的芬芳，像一隻新洗晾乾的毛墊子。這只白色毛墊伏在沈立軍的膝蓋上，陪伴他做作業到深夜。

沈立軍十八歲那年，嚕嚕死了，沈立軍痛哭了好幾場，彷彿死去的，是他相依為命的親人。他和爸媽吵了三四天，他們終於同意把嚕嚕葬到紹興祖墳那裡。

15

在同一年，沈立軍被毛頭暗算，鼻樑旁留下「人」字傷疤。傷癒後，憑著沈永強的上下走動，沈立軍進入第一志願財經大學。讀了兩年，膩了，去英國讀工商管理。在國外玩幾年，吸過大麻，泡過洋妞，又膩了，二〇〇〇年回國讀ＭＢＡ。讀完仍不想工作，晃在社會上。二〇〇三年回校讀在職博士。

沈立軍讀經濟學專業，雙休日有課。他沒事開著車，在校園裡亂轉。清爽可人的學生妹，很合他的口味。

截止此時，沈立軍破過六個半「處」。最小的十四歲。一個外國人，五個中國人。所謂半個，是一青島妹。做愛時沒落紅，青島妹哭了，堅稱是處女，還列舉專家觀點，說激烈運動會導致處女膜破裂，而自己恰是短跑健將。青島妹長得倒像處女，屁股窄窄的，乳頭粉粉的。和笨手笨腳的處女做愛，唯一的快感是見到那點紅。不見紅的處女，等於不是處女。

沈立軍最長的交往是三個月。那個上海女人，說話像唱歌。在哪兒就坐，都先用紙巾擦一遍椅子。他們有過三個晚上，她仍是處女。她願意用手，也願意用嘴。沈立軍幾次強迫她，但上海女人的指甲厲害，硬生生抓得他沒了感覺。

沈立軍問她有幾個男人，上海女人算了算，說八個。

「都八個了，那層膜還沒破呀。」

「那是留給老公的。」

「幸虧你不是我老公。」

「幸虧我不是你老公。我要找個老實人，除了有錢，還要寵我。」女人說得一臉嚮往。

這天約會，沈立軍灌了她大半瓶十年陳紅葡萄酒，上海女人將胃裡嘔空後，很快沉睡過去。半夜，沈立軍分開她的腿，正待有所動作，女人突然驚醒：「你想幹什麼！」

「你說我想幹什麼！」

「我報警了，我報警了！」

沈立軍抽了她一耳光：「媽的，你去報呀，婊子！」

女人不喊了，哭起來。沈立軍又抽一巴掌，覺得手掌疼痛，從她身上下來：「哭你媽的哭，膜還沒破呢！」

兩人僵持大半夜，女人哭累了，終於先睡著。沈立軍找來平頭螺絲鑽，往她身後一捅。上海女人啊地醒了。搏鬥了十多分鐘，在一聲驚天動地的慘叫中，鮮血湧上床單。

這是沈立軍遭遇的第六個半處女，他賠了一萬塊「開苞費」，讓一把螺絲鑽享到了福。第一晚時，有的女人絲絲點點，有的則勢如潮水。上海女人的鮮血一滴滴，一行行，在地上匯了個小血塘。沈立軍差點送她去急診室。

此後幾個月，沈立軍沒有碰女人。後來他碰女人了，但沒遇到處女。二〇〇四年一月二十三日，沈立軍認識了他的第七個半。

16

董小潔是揚州人，常人想像中的典型揚州人，小巧，乖順，皮膚白晰。她讀文學專業，但不擅長文學，當初報的新聞系，差了幾分，被調劑到中文系。進校第二天，董小潔跟著室友到師姐那兒竄門，聽說今年本系就業形勢不好，晚上回宿舍哭了一場。

第二天清早四點，董小潔抱著英文書去背單詞，發現宿舍樓鎖著。

值班阿姨道：「回去睡覺吧，要五點半才開。」

「放我出去吧，你可以再鎖上的。」

「你是新生？這樣不守規矩。」

董小潔回蚊帳裡悶坐，又抽泣起來。上鋪模糊地問：「什麼聲音？」董小潔拚命忍住。

自此以後，董小潔每天五點起，用隔夜水泡一袋奶粉，邊吃餅乾，邊看《四六級詞彙》，到了五點半，拎著熱水瓶，抱著單詞書，出門去了。董小潔打完水，在樹叢裡背單詞，熱水瓶放在腳邊，有時站著站著，搖搖晃晃了，就猛掐自己的手背。她的指甲很長，背一個單詞，就在書頁上掐一個記號。不久掐滿了，回過去複習，一大半忘記。董小潔又哭，哭完，從字母A開始重背。

董小潔還旁聽新聞系的課，《新聞學概論》似乎比《文學概論》淺顯。她每次等課快開始了，才從後門溜到最後一排。她害怕大家注意她，但被忽略時，又感覺自卑。新聞系的人，看起來個個神采飛揚。下課鈴一打，董小潔飛快收拾東西，逃離教室。

一轉眼大半學期，董小潔感覺什麼都沒學到。新聞系的採寫，不能找老師批次工作；本專業的之乎者也，又不感興趣；背了很多單詞，英文仍不好，尤其做聽力，腦袋裡嗡嗡一片。

董小潔花五十元辦了聽音卡。聽音室的《Step by Step》教程年代久遠，播放時滋滋作響，董小潔的聽覺也快徽爛了。她從第一盤聽起，A面聽了三遍，仍然迷迷糊糊，還磁帶時，看到有人在借第十盤，董小潔又快哭出來。

練聽力的時間多了，旁聽新聞系的就少了。董小潔權衡再三，覺得前者更重要。這時，班裡有人作為交換學生，被送去新加坡。是副班長，和老師們熟絡。董小潔掐指一算，系裡的老師，除了三四個給自己上課的，其他一概叫不上名。

爸媽經常說：學習是其次的，人際關係第一位，以後踏上社會就知道。去新加坡的副班長，英文還不如董小潔呢。董小潔想認識老師，還想和同學打成一片，但這些需要時間。

董小潔在紙上劃表格，每天分成二十四格，兩格背單詞，兩格上專業課，半格吃飯，一格……剩下六格睡覺，董小潔想了想，又從「睡覺」中劃去一格，歸入「熟悉系裡老師」。她把時間表夾入筆記本，鎖進抽屜。

董小潔的每一天從痛苦開始。和睡意搏鬥，和單詞搏鬥，天氣轉涼，還和寒冷搏鬥。上專業課時看英文書，做聽力時惦念作業，自由安排的時間裡又猶豫：英語？看書？旁聽？系裡轉轉？一天就過掉了。到了夜深，董小潔亮起應急燈，躲進帳子看書。她雙眼模糊，大腦茫然，熬到樓裡其他燈都熄了，才能安心。有時不小心磕睡過去，翌日就懊悔一番。

董小潔內向，成績一般，不是幹部，沒參加社團。聽說今年就業形勢更差，新聞系都未必找到工作。她決定春節留校，看書加外出實習。

媽媽來電話：「小寶貝，學習怎麼樣？」

「不錯。」

「爸想你了，我也想你。」

董小潔馬上淚如泉湧。

「乖乖別哭，留在學校也好，多學本領，身體更要當心。我們照顧不到你。」

董小潔說不出話，她聽見媽媽也哭了。爸爸接過電話：「想家隨時可以回來。」

董小潔想家想得發瘋。寒假的校園，冷清得像被掃蕩過，連麻雀也一窩窩地躲起來。大年三十晚，另一留校生來招呼，說學校組織年夜飯。董小潔拒絕了。她想背單詞。

炮竹聲太鬧，淹沒了董小潔的背誦聲。改做閱讀，思路又時時打斷。那就看書吧，順便做做古文翻譯。「《詩經》是我國第一部詩歌總集……」這有什麼用！用人單位不會在乎是否背得出《詩經》。

董小潔思念父母。這對老實人，在中學家長會上，總是備受矚目。爸爸一個勁傻笑，媽媽像外交部發言人，擺出謙虛的架勢，抵擋各路讚美：「哪裡，你們家小玲也不錯。」「小潔沒什麼出跳，只是笨鳥先飛。」

回家後，媽媽將那些誇獎，一句句表演給董小潔聽，直至被不耐煩地打斷。此時此刻，坐在冬季大學的宿舍裡，董小潔多麼希望重溫讚美。她曾經引以為榮的勤奮，已經成為笑柄。室友還翻出她的時間表格，問：「為什麼『熟悉老師』是一格，『熟悉同學』只有半格？原來同學不如老師值錢。」

17

沈立軍和董小潔，相識於清晨。

前一晚，沈立軍在酒吧喝到醉醺醺，招呼了四五個哥們去KTV，在小姐腿上睡著，醒時凌晨四點，頭暈，腳冷，眼神恍惚。買了單，眾人散去，沈立軍將車歪歪扭扭開到永和豆漿，吃了油條和小餛飩，精神好起來，一路狂飆，飆到學校，從後牆爬進來。

空氣透出一點亮，在薄霧背後暈散，樹影子染得濕漉漉的。路面罩在霧氣中，顯一段，隱一段。一棵雷電劈過的梧桐，在拐角處攔了攔路，它齒印似的缺口上，爆著幾莖新枝。沈立軍深吸一口氣。他的眼睛似浸了明礬，渣滓沉澱一清，世界就把清清爽爽的面目裸出來。

一個女孩突然出現在這世界裡。她立在兩棵水杉之間，畢恭畢正地捧著書，眼睛卻是閉著的。

沈立軍「喂」了一聲。董小潔驚醒，發現一個男人貼臉過來。

「真有本事，站著也能睡。」

董小潔收攏書本，拎起熱水瓶，疾走。

沈立軍緊跟道：「喂，小姑娘，拎兩個瓶子重不重？」

董小潔的細胳膊抖了抖。沈立軍搶過一隻瓶，想搶另一隻，董小潔緊緊護住。她的小指上有一點凍瘡，像戴了紅戒指，把整隻手襯得肉白肉白。手脊上還有四個「酒窩」，隨著手勢變化時深時淺。

沈立軍聳聳肩：「別緊張，我不是壞人。博士生，正規MBA，英國留學回來的。」

董小潔低著頭，她的瀏海被霧打濕，貼在腦門旁。

沈立軍道：「今天天氣好，兜兜風去，我有車。」

「我不去。」

「什麼，去？哈哈，你的聲音真好聽。」

「求求你了。」董小潔的手似一隻白鴿子飛過來，在空中停頓幾秒。

沈立軍將熱水瓶慢吞吞地遞還給她：「你怎麼放假不回家？」

「實習。」

「爸媽不想你？」

「想。」

沈立軍吹了一口氣：「我也不回家，老頭子老太婆不想我，他們只想自己。」

「怎麼會。」

沈立軍笑嘻嘻道：「說了你也不懂。不過我不在乎，有女孩子想我就行。」

董小潔又低頭往前走。

沈立軍道：「好了好了，不開玩笑。喂，你在哪兒實習？」

「還沒找。」

「聽你口音是外地的，在這兒沒個朋友熟人，確實不好辦。要不我幫你找吧。」

「騙人。」

「我說真的。」

董小潔注視沈立軍。沈立軍忽地耳中靜悄悄一片，他聽見自己無比誠懇地說：「我可以幫你找，真的。」

董小潔似乎要信了，終於還是搖搖頭。

沈立軍道：「我很像壞人嗎？給你看身分證！」在身上亂掏一番，只找到桑拿浴所的貴賓卡，「身分證呢，奇怪，身分證呢？」

董小潔撲哧笑了，想說什麼，又忍住。

沈立軍翻到皺巴巴的學生證，往董小潔手裡一放：「看，我是博士生，沒騙人吧。」

證件照上的沈立軍臉頰削瘦，眼神憂鬱，鼻側的疤痕也不那麼刺眼。董小潔仔細瞧了，將學生證還他：「照片上像個好人。」

沈立軍道：「我的媽呀，你終於肯多說幾個字了。」

董小潔又笑。

沈立軍道：「就這麼著，給我電話號碼，我幫你聯繫實習。」

18

沈立軍和一叫「索男」的哥們打招呼，讓董小潔到他的網吧做臨時財務。索男道：「我這破地方，點來點去幾張鈔票，哪用得著財務。」

沈立軍道「隨便讓她做點什麼，工資我給。」

董小潔道：「網吧做財務？好像和我的專業無關。」

沈立軍道：「財務是專業知識，多一種本事，總能派上用場。況且在網吧能接觸社會，增加閱歷。」

董小潔覺得有道理，去網吧待了一個多星期，就後悔了，不好意思推辭不幹，於是帶著小卡片去背單詞。

索男道：「背英文多無聊，來玩玩遊戲。」董小潔不肯，但看了一兩回，手有些癢，試著「掃雷」，很快掃到最高級，又玩「水果大戰」，扮成蘋果，和很多香蕉、西瓜互扔炸彈。接著打「泡泡龍」，打到滿眼看出去，都是深藍色的骷髏頭。她對自己說：該背單詞了，該背單詞了。可見了電腦，就對自己說：再玩五分鐘，五分鐘而已。

沈立軍也天天去網吧。以往，他是討厭冬天的，搞女人沒興致，啤酒灌到腸子裡扎扎的，狐朋狗友們也招呼不動了。沈立軍睡眠不深，亂夢不斷，擾得女朋友阿妹不停抱怨。阿妹是廣東人，眼窩深，顴骨削，全身唯有兩隻假奶子豐滿著。沈立軍不喜歡瘦子，摟抱時硌得慌。但阿妹有種骨子裡的騷。她把沈立軍拍醒：「怎麼回事，最近都不要我了。」

「沒不要你，累。」

「整天在外面，是雞巴累了吧。」

「操，那麼多話！愛玩不玩，不玩分手！」

阿妹在黑暗中翻了翻眼白，嘭地躺倒，捲起被子滾去床邊。

清早七點多，沈立軍自然醒。賴一會兒床，起來漱洗剃鬚，喝一杯咖啡，等阿妹去上班後，就出門了。同居的房子離索男的網吧不遠，沈立軍步行前往，路過便利店時，買幾份薯片和巧克力。

九點多到網吧，索男預留了兩隻位子，它們卡在屋子拐角上，電腦將之和其他位子隔開。沈立軍坐定，把馬夾袋裡的小零食一一擺在桌上。

十點多，董小潔來了。她走路動靜很大，挾裹進一股清冷的風。沈立軍招招手，董小潔就放輕步子，將書包掛在椅背上，坐定打開電腦，趁電腦啟動時，她會從拉鍊口袋裡拿出一管護手霜，手背上抹一點，雙手正正反反地摩擦。一股草莓味彌散開來。

董小潔不和沈立軍說話，偶爾目光接觸，就馬上跳開。他們在ＭＳＮ上聊。邊聊天，邊打遊戲，邊吃零食。

董小潔的ＭＳＮ頭像，是桂林旅遊時的照片，拈了一朵淺黃的花，站在水邊鮮豔豔地笑。她的臉頰有嬰兒肥，笑時往兩邊擴出，再被鏡頭放大，就顯得臃腫。沈立軍更喜歡扭頭看真實的董小潔。真實的小潔哪個角度都看不到棱角，臉兒團團的，腕兒團團的，脖頸兒倒是細長，但被一圈頭髮圍住，髮梢渣渣刺刺地戳在領子裡。她穿一件印有校徽的白色套頭薄絨衫，整個人被寬大的衣服鼓起來，只露兩根細細的裹牛仔褲的腿。

沈立軍尤愛她的手，從薄絨衫袖口露出一截毛衣袖，白的，略略蒙了灰，沾著草莓護手霜的香，底下再露一小截手，手掌縮在袖內，手指蜷在袖外，打幾下鍵盤，就往旁邊摸索零食，像隻小白鼠在桌上爬行。有那麼幾次，沈立軍假裝拿零食，碰到那隻手，董小潔就腕子顫一顫，迅速將手抽回。她的眼睛自始至終不離螢幕。

沈立軍在聊天窗口裡說：「你的側面真好看。」董小潔笑了，回應道：「你最會哄女孩。」她打字很慢，經常滿鍵盤亂找，嘴裡念念有辭。沈立軍就在旁邊篤悠悠等著。他喜歡網聊，所有的話兒，只他們倆人看見。沈立軍想到「卿卿我我」一詞，覺得貼切，就換上MSN名字。偷眼一瞧，董小潔似有些害羞，但什麼沒說。索男正在另一台電腦上，見沈立軍改換名字，就在聊天窗口裡說：「靠，老色狼裝嫩，噁心。」沈立軍從電腦後瞪了他一眼，索男伸了伸舌頭，比了比中指。

打到十二點多，沈立軍請董小潔吃午飯。飯後再打，到夜間六七點，接著請吃晚飯。網吧開在校園邊，周圍飯館不少。每次入座，董小潔都東張西望，生怕被人看到似的。他們吃吉祥餛飩、小楊川菜、風尚米線、辣辣香麻辣燙、Memory西餐廳。川菜最好吃，但環境差，西餐廳環境好，可只賣即溶咖啡。其他幾家檔次更低，沈立軍平時根本不會吃。但董小潔喜歡，當她從熱騰騰的米線上抬起頭時，面頰蒸得通紅鋥亮，眼眶裡熏出兩汪清淚。

回到現實中的董小潔，說不了三五句話，一半還是禮貌用語，連打個嗝都要說「對不起」。沈立軍深吸一口氣，董小潔身上隱隱有股奶香。他試圖想像她的身體，但想來想去，都是她穿套頭薄絨衫的樣子。董小潔不是女人，也不是女孩，她是一個女嬰。

沈立軍一邊神思，一邊說著漫不經心的話。一頓飯下來，吃得比董小潔還少。董小潔吃完，微弓著背，兩手插在大腿間互相搓揉。沈立軍不能講葷段子，也不能講自己幹過的有趣的壞事，於是覺得沒什麼好講的了。於是講講小時候。小時候住在大房子裡，小時候和堂兄妹玩……最後，終於忍不住說：「你是不是覺得，我講的東西挺無聊？」
董小潔道：「沒呀，挺有意思的。你把堂弟推下自行車，後來怎麼樣啦？」
「沒怎麼樣。你能不能別那麼講禮貌？」
「為什麼？」
「我有些不自在。」
董小潔瞪大眼睛：「真的嗎？對不起！」
沈立軍道：「和我在一起，放鬆些就好。你和我說點什麼吧，隨便什麼。」
董小潔憋想了半天，道：「你小時候的生活真有意思。」
沈立軍咧咧嘴，他鼻樑邊的疤痕像是突然立起來。他輕聲道：「你看，我們三餐吃在一起，就差沒一塊兒回家了。」
董小潔霎時板住臉。沈立軍碰落一隻筷子，趁機彎腰去撿。
飯後，沈立軍默默陪董小潔走到網吧門口，道：「我家裡有事，先走一步。」
董小潔有些意外，但立刻說「好」。
沈立軍朝反方向走。風兒被凍得硬梆梆的，直往褲管和領口內紮。又是那種冗長枯燥的感覺。沈立軍決定去找阿妹。
阿妹在廣告公司做前臺，公司老闆是沈立軍的朋友Sony。
阿妹見了沈立軍，白眼一甩：「幹嘛，人家上班呢。」
沈立軍道：「上什麼班呀，我晚飯都吃過了。快去請假，陪我逛逛。」
「要是我被炒魷魚了，你養我呀？」
「Sony敢炒你魷魚？我看他反了。」沈立軍找Sony，被祕書告知不在。

沈立軍一定要拉阿妹走。阿妹磨不過，就收拾東西，跟沈立軍出了門，唬著臉問：「到哪兒逛？」

沈立軍道：「回家。」

阿妹更不高興了：「你有病啊。」

沈立軍硬將她拽進計程車。阿妹一路沉默，擰頭看窗外。回了家，沈立軍心急火燎地脫她衣服。進到臥室，開了空調，稍稍溫暖了。沈立軍伏在阿妹身上。阿妹不說話，也不動。沈立軍無趣了，從她身上下來，將她的臉撥正，發現阿妹在哭。

阿妹道：「空調都沒開呢。」

「怎麼啦？」

阿妹索性哭出聲。

沈立軍用指肚剔掉她眼角沖出來的眼垢，撫著她臉上的淚水道：「你老是抱怨我不理你，今天不是餵飽你了嗎？」

阿妹冷冷道：「你外面有人了。」

沈立軍怔住。

阿妹甩開他的手：「別把老娘當傻子。」

沈立軍躺下。阿妹的哭聲低緩成哽咽。

沈立軍抱住她道：「我會對你好的。」

阿妹道：「我圖什麼呀。別的女人要你錢，我要你錢了嗎？又沒讓你白養著，住個破公寓，只求你哄哄我罷了。」

沈立軍用了用力。阿妹被他的手臂箍得喘不過氣，慢慢停止哭泣，被困乏迷糊住了。沈立軍望著她的臉，決定對這個女人好一點。

第二天，阿妹上班，沈立軍在家看電視，看著看著，又若有所失。熱空調渥出一屋的酸氣，壓得人悶悶的。打了一通電話，沒人願意出來玩，不是有事，就是身體不適。又給索男打電話：「那姑娘來了沒？」

「來了。」

「在幹嗎？」

「打遊戲唄。」

「她問起我嗎？」

「你他媽的怎麼跟娘們似的，想她就自己來看她。」

沈立軍決定去網吧。即將見到董小潔的念頭，讓他步伐輕盈。董小潔的草莓護手霜，有一股春天的味道。

19

中午時分，董小潔獨自去吃風尚米線，想念了一下沈立軍。飯後散了會兒步，舒展舒展疼痛的眼睛和筋骨。這時，董小潔看見一群小學生，戴著紅領巾，背著大書包，嘰嘰喳喳過去。路過一棵樹，其中一個指著說：「tree。」

董小潔心裡一驚，試圖回想英文單詞，卻一個都想不起。問路人：「老爺爺，今天幾號了？」

「今天呀……哦，二月五號。」

董小潔像被刮了一記耳光，重重落回現實中。她慌慌張張往宿舍走，冷不丁被拉住：「去哪裡？」一看是沈立軍，沒好氣道：「回學校，馬上要開學了。」

沈立軍笑嘻嘻道：「那我陪你回去。」

「不必。」

「怎麼了？」

「沒怎麼。」董小潔忽地淚下。沈立軍愣在原地，看著她跑遠。一路上，她的身體和大書包互相撞擊著。

剛奔進寢室，就聽見電話鈴響。董小潔愣瞧了一會兒，才去抓話筒。媽媽在那頭嚷：「我們都快把電話打爆了，怎麼整天都找不到你。」

「實習呢。」

「怎麼氣喘噓噓的？」

「不是趕著接你電話嘛。」

「實習順利嗎？累不累？有收穫吧？」

「不累，挺有收穫，」董小潔眼眶又濕了，手指糾纏電話線，勒得指肚一道白、一道紅，她鎮定了一下，輕聲道：「媽，改天再聊。」

「好——你沒事吧？」

「沒事。」董小潔掛斷電話，發現已有室友回校，桌面堆滿了牙膏、睡衣、土特產。上鋪露著兩隻穿花襪子的腳底。這會兒腳底們縮回去，一張笑臉探出來：「嘿，寒假過得不錯吧。」

「不錯。」

「背了不少單詞吧？」問完這句，上鋪的還「呵呵」了一聲，董小潔含糊應著，搖晃進帳子，蒙頭流起淚來。

20

沈立軍發現，董小潔明顯冷淡了。每次約，都說：「沒空，要學習。」

沈立軍幾次在校園裡碰到她。董小潔走路目不斜視，嘴唇緊抿，手臂甩動幅度很大。她愛穿白衣服，略顯出一些髒舊，像只童年走出來的洋娃娃。有時紮馬尾辮，有時頭髮披下來，只挑起後腦勺一束，別個塑膠髮夾。沈立軍遠遠瞧她時，會想起和沈立麗在一起的感覺。那是很久以前的事了。

情人節到了，沈立軍讓花店夥計送去十一支白玫瑰，並且帶話：「送花的男人在樹林裡等。」董小潔不肯收，和夥計在門口推推搡搡。室友打飯回來，紛紛驚呼：「怎麼是白玫瑰？」「真好看。」「從沒見過。」自作主張替董小潔收下。董小潔紅著臉，收拾書包，上自習去了。

董小潔發現，用來占位的筆記簿不見了。她一間間地找空位，每一間都擠滿了人。只能挑一個上課教室坐進去。講臺前的老教授戴著袖套，寫著板書，底下的學生稀稀拉拉。董小潔的前方有對情侶，女生坐在男生腿上，男生的手在女生衣擺下摩挲。董小潔坐了半節課，抄寫了十幾行，都是同一單詞。狂熱，Fanaticism。Fanaticism，狂熱。始終背不出。知道怎樣用英文說「狂熱」，對她的生活有什麼意義呢？

此時，沈立軍等在和董小潔初見的樹林。冷風被樹杆分成一縷縷的，互相碰撞、糾纏。情侶們在黑暗中此起彼伏地製造著小聲響。沈立軍站到雙腿沒有知覺，將手裡的花扔到地上，踩碎，吹著口哨走出去。

沈立軍來到校園舞廳。今天女士免費，男士五十元，附贈一支紅玫瑰。沈立軍把紅玫瑰扔進票台邊的垃圾桶，雙手插進褲兜，慢慢踱入舞廳。

跳舞的人比平常週末略少。一些男女生在舞池裡貼著臉搖晃。旁邊散坐著另一些，有成雙的，有落單的。沈立軍注意到一個超短裙女孩，肘部支在膝蓋上，雙手托著圓滾滾的臉。她的兩腿之間，露出一塊深色的陰影。

沈立軍過去邀請，女孩欣然起身。她腰間多肉，一把一把的，沈立軍捏了幾下，就有欲望了，問：「你沒男朋友吧？」

女孩癟癟嘴道：「分手了。」

「什麼時候？」

「昨天。」

「別難過，」沈立軍又捏了她一下，「跟我回去吧，我來安慰你。」

「不嘛，我們才剛認識。」

沈立軍捕捉她的雙唇，一下捉住了，濕漉漉地含進嘴。他突然想：和董小潔接吻會是什麼感覺？倆人在舞池裡廝磨片刻，沈立軍提出去開房間，女孩還想扭捏，被沈立軍半推半拉著塞進計程車。今天的鐘點房價錢，居然是平時的兩倍。他們待了一個多小時，出來時沈立軍一身冷汗，女孩道：「站也站不穩了。」沈立軍覺得她咯咯亂笑的模樣很蠢，打開皮包抽出三百元，問：「夠不夠？」

女孩叫道：「你什麼意思呀！」雙手卻緩緩伸出來。

他們沉默地走了一段，沈立軍回過神時，女孩已經不見了。他回到校外停車場，開車胡亂逛上幾圈，才回住處。大門虛掩，沈立軍叫了兩聲「阿妹」，沒人應。沈立軍把皮夾和鑰匙放在茶几上，給自己倒了杯水，打開電視。俄頃有了尿意，推開廁所門，發現阿妹蜷在浴缸裡。

「幹嘛呀！」沈立軍將口氣軟下來，「乖，起來，有話好好說。」

阿妹繼續埋頭哭泣。沈立軍將她拎出來，拖到客廳裡，按在沙發上，自己撒完尿，到廚房倒了兩杯紅酒，自己一杯，阿妹一杯。阿妹不肯喝，沈立軍就摟著她搖晃。阿妹說：「今天什麼日子，你的雞巴到別處快活了吧。」

「我不是陪你嗎？晚上咱們快活。」

「我看你是快活過了，什麼青島妹啊上海妹，別以為我不知道。」

「男人偷腥是正常的。不偷腥的能算爺們嗎。再說她們從來不能和你比。」

「你少來。」

「她們是外人，你是內人。天底下你最最愛我，我也最最愛你。」

阿妹撲哧笑了，擦擦眼淚道：「有病。」

沈立軍道：「媽媽不愛我，爸爸不愛我，只有我的乖乖阿妹愛我。」

「得了，別裝可憐。你也好不到哪裡去。伸手要錢時，你就最最愛你爸媽了。」

沈立軍放下紅酒杯，用兩條胳膊環繞阿妹，道：「我離不開你。」

「這句話算你的情人節禮物？太便宜你了。」

她的髮髮沾在沈立軍鼻孔下，他聞到潘婷潤髮露的味道。他也用潘婷。他們是一個味道。這種時刻，沈立軍感到，他真的離不開阿妹。

21

小實習很快來了，聽說很多人靠這機會和單位掛上鉤。董小潔想去報社，報社名額給占了，想去雜誌，雜誌名額也滿了。團團轉了幾天，想起沈立軍，猶豫再三，打電話過去，聽見鈴響，一陣心慌，立刻掛斷。

少頃，沈立軍打回來：「剛才誰撥我手機？」

董小潔不出聲。

沈立軍「喂」了兩聲，問：「董小潔？」

董小潔道：「你好。」

沈立軍呵呵一笑：「怎麼剛才不說話？」

董小潔又不出聲。

沈立軍道：「好久不聯繫，最近忙嗎？」

董小潔道：「還可以。」

「有空出來喝咖啡。」

「我現在就有空。」

沈立軍開車接董小潔，董小潔低著頭，車門一開，就鑽進去，始終沒正眼瞧沈立軍。倆人一路無話。到咖啡廳後，選了個靠窗桌子，要了兩杯咖啡。玻璃窗映出另一個董小潔，兩個董小潔對望了一下，又飛快地各自低頭，攪動手裡的咖啡勺。

沈立軍想起一首歌名：〈宛若處女〉。他再次聞到董小潔身上的牛奶味，讓人聯想清晨，樹林，新鮮的麵包。這，大概就是處女的味道。

沈立軍問：「有什麼需要幫忙的？」

董小潔臉紅了：「也沒什麼……一點點小事……其實……也沒什麼……」

「是學業上的，還是經濟方面？」

董小潔咬了咬嘴唇，輕聲道：「我快小實習了，系裡不給我報社雜誌社的名額。」

沈立軍笑道：「我以為什麼。這容易，讓我爸打招呼，直接進電視臺，氣死你們同學。」

董小潔千恩萬謝了一番，神情輕鬆，話也多了。坐到太陽偏西，又去吃飯。

沈立軍問：「待會兒還回宿舍？」

「回啊。」

「別回了，不如去我那兒看碟。有部《感官王國》，你看過沒，很有名的日本藝術片。」

董小潔輕聲道：「下次吧。」

「好，那就下次，你答應了。」

飯後沈立軍又提出散步，董小潔不好意思回絕。倆人圍著校園一圈圈轉。董小潔提了幾次，說宿舍快關門了。到十一點多，沈立軍才放她走。董小潔飛奔回去，把看守阿姨叫起來開門，挨了好一通罵。

又等了四五天。專業課已經停掉，同學們紛紛落實單位，白天的寢室樓道冷清下來。董小潔熬不住，又給沈立軍打電話。沈立軍道：「你放心，正在聯繫，下周等我回音。」

沈立軍和爸爸提過好幾次，甚至還吵了一架。

沈永強道：「我不會給你那些不三不四的女人介紹工作。」

「你派人偵察我，還沒找你算帳呢。」

「我是你爸，憑什麼不能偵察你，那都是些女流氓。」

「她不一樣，她是我女朋友。」

「什麼女朋友，小心得不乾淨的病。」

沈立軍又和媽媽施雲燕鬧，施雲燕再和沈永強吵。沈永強煩不過，輾轉委託熟人，在一個小頻道安排了實習機會。

沈立軍陪董小潔去見負責人。負責人以前的上級，是沈立軍爸爸的老下屬的朋友。沈立軍讓董小潔叫他「趙老師」。趙老師說：「你叫董小曼？」

「董小潔。」

「好的，小潔……」

這時，有個女孩從門口探出頭道：「趙老師，嚴老師找您。」

「不好意思，你們稍等。」

董小潔迭聲道：「您忙，您忙。」

趙老師一走，董小潔道：「我好緊張。」

「別怕，你是最棒的。」沈立軍握董小潔的手。董小潔由他握著，心裡踏實些了。

過了一個多小時，趙老師終於回來：「啊呀，不好意思，他們剪片子時出了錯。小曼，你會不會用編輯機？」

「不會。」

「以前做過採訪嗎？」

「沒有……嗯，我上過採訪課。」

沈立軍在旁插話：「她是中文系的，文筆好，感覺也敏銳。」

趙老師道：「小曼，你留一下個人資訊，給你辦『出入證』。下星期一來實習，先跟一位錢老師，熟悉熟悉節目流程。」

董小潔唯唯諾諾，接過紙筆，填完資料，特地指指名字：「董小潔。」

出了廣電大樓，董小潔問：「我是不是顯得很傻？」

「哪裡呀。你很乖巧，老師們會很喜歡你的！」

「電視臺只招新聞系的人吧？」

「只要能力強，什麼人他們都會招。」

董小潔仍然悶悶不樂。

沈立軍道：「別怕，有我呢。」

董小潔點點頭，彷彿真的不怕了。

沈立軍搭住她的肩，道：「現在還早，陪你買點衣服吧。」

「不用，我有。」

「你穿得太樸素，在電視臺得正規一點。」

「那我回宿舍拿錢。」

「傻瓜，哪用得著你花錢？」

沈立軍把車開到市中心。對於董小潔，這是另一個世界。上大學後，她連校園旁的步行街都沒認真逛過呢。

董小潔東張西望，突然說：「我知道為啥風大，全是給這些高樓擠出來的。」在高樓的影子間行走，董小潔覺得自己很渺小。沈立軍帶她去吃飯。董小潔第一次知道，餐廳可以如此講究，筷子頭都是鑲金的，菜掉在桌面馬上有侍者用夾子夾走。

飯後，沈立軍帶董小潔買東西。上電梯時，董小潔道：「這兒的人真少呀。」

沈立軍道：「有能力在這裡消費的不多。」

董小潔吐吐舌頭。兩名女郎迎面下來，長靴、短裙、薄衣，苗條得仙風道骨。她們是有能力消費的人。董小潔又在不銹鋼天頂上照見自己，瀏海毛拉拉的，絨線大衣鬆垮垮的，胸前的小熊圖案顯得很幼稚。

走進那些叫不上名的高檔時裝店，董小潔感到膽怯。沈立軍對衣服的質地和款式很瞭解，殷勤的銷售小姐們擁圍著他，真正的試衣人董小潔倒被冷落了。她悄悄觀察沈立軍，覺得他其實挺順眼，白毛衣、灰外套、藍牛仔褲，頭髮用慕絲一簇簇地擦亮，額前翹起一角。

沈立軍看中一套藍色套裝，董小潔試了試，很合身。沈立軍讓銷售小姐裝袋，自己往櫃檯刷卡。董小潔道：「這怎麼好意思。」發現旁邊的人都在笑，於是紅著臉閉嘴。走出服裝店，董小潔又咕噥：「怎麼好意思。」沈立軍道：「這點錢不算什麼。」

又買了衣服、鞋子、皮包、絲巾。沈立軍結帳時，董小潔會悄悄走到店外，隔著玻璃瞅他。她覺得，沈立軍是和她兩個世界的。

購物差不多了，沈立軍拎著七八隻袋子，催董小潔換上全套行頭。

董小潔道：「回去再換吧。」

「不嘛，現在就想看。算是為了我，哪怕就穿五分鐘，行嗎？」

董小潔在一家賓館的女廁所換上衣服。她左照右照，覺得很神氣，又走幾步，名牌高跟鞋柔軟合腳。她裊裊婷婷地出來。沈立軍笑道：「成熟了，像個白領了。」

董小潔道：「腰裡有點緊。」

沈立軍突然伸手摸她肚子，董小潔往後一退，還是被碰到。

沈立軍道：「躲我呀，呵呵。把小肚皮鍛練掉，你就完美了。」

他們坐回車裡。

沈立軍道：「明天給你買電熨斗和燙衣板，我看到有種折疊式的，收起來能放在門背後。對了，燙的時候要注意褲縫對齊。」

董小潔神情有些茫然。

沈立軍笑了：「還在回味啊。」

「哪裡，」董小潔低下頭，「謝謝，你真好。」

「我是很好，考慮考慮吧，做我女朋友。」

董小潔不語。

「以後結婚了，你就在家享清福，想幹嘛幹嘛。我會很疼你的，」沈立軍頓了頓，「你這樣的女孩，就該拿來疼。」

董小潔鼻子一酸，彷彿真受了很多委屈。

沈立軍捏起她的手，放在唇邊摩擦：「怎麼樣？」

「不知道……」

「好的，你慢慢想。」沈立軍輕輕吻了吻那隻手。

22

沈立軍天天來電話。董小潔白天習慣去教室。為了逮著人，沈立軍要麼清晨打，要麼半夜打，把室友折磨得怨聲載道：「又是那個公子哥，怎麼不給你買個專用手機啊。」

沒幾天，沈立軍真的送來一支手機，最新款的，能拍照，還能用作MP3。

董小潔道：「用手機聊天太奢侈。」

沈立軍道：「只要聽到你的聲音，什麼都值。」

「你變會說花言巧語的。」

「我的花言巧語好聽嗎？」

董小潔哧哧一笑。這是不是在戀愛？她向一名老鄉傾訴。

老鄉驚訝道：「高高的那個呀？我以為你們早勾搭上了呢。」

「人家讓你出主意，你怎麼說得這樣難聽。」

「那人條件不錯。」

「可我對他沒感覺。」

「你對別人有感覺不？」

「好像也沒。」

「這就對了，你肯定是慢熱型。以後慢慢相處，感覺就來了。」

「可是……他好像對我有不良企圖。」

老鄉嘎嘎怪笑：「拜託，小姐，什麼年頭了。關鍵是你覺得值不值。」

董小潔思來想去，悄悄列出一張表，左欄寫「值」，右欄「不值」。「值」的一欄填：有錢，細心，成熟，有地位，長得不錯，對我好。「不值」的一欄填：花心，臉上有疤，沒感覺。「沒感覺」不是沈立軍的錯，劃去。「臉上有疤」和「長得不錯」相抵，「花心」和「成熟」相抵。剩下的全是優點。董小潔看著紙上大大的「值」字。這個人，是值的。她給老鄉打電話，逼她發誓：「一定不告訴別人，否則天打雷劈。」

23

董小潔有些失望：原來接吻像在吃海蜇頭，又濕又冷，還有點腥氣。沈立軍吻了又吻，沒完沒了，還將手伸進董小潔衣服：「你的胸真小。」

董小潔推開他，氣得渾身顫抖。

沈立軍急忙解釋：「我沒別的意思，我喜歡小胸。」

董小潔甩手往回走。沈立軍攔她，她掙扎，還是被攬入懷中。沈立軍身上有股好聞的味道，是古龍水、鬚後水、啫哩水、以及衣服柔軟劑的綜合。董小潔又心軟了。

沈立軍撫著她的頭髮，喃喃道：「別回去了吧。」

「不行，室友會議論的。」

「她們平時都準時回？」

董小潔想了想，道：「有時也徹夜不歸。」

「那就是了。你總是在乎別人的想法，活得太累了。」

「我覺得不累。」

「你也在乎一下我的想法吧，難道我對你的好，還不如她們。」

「那……我去你家坐一會兒，只坐一會兒。」

「好……嗯……今天家裡來了很多客人，不如去賓館。」

「那可不行。」

「賓館比家裡舒服。」

「賓館很『那個』。」

「哪個呀？」

「就是那個。」

沈立軍笑了，摟著她的肩，用鼻子蹭她的鼻子。近距離時，沈立軍鼻側的疤痕像要刺到董小潔臉上了。她推開他，輕聲道：「賓館裡有很多妓女，還有很多搞婚外戀的人。」

沈立軍哈哈一笑：「你社會新聞看多了吧。賓館只是一棟房子，就像你的家，你的宿舍一樣。」

董小潔被他笑得心虛了，感到自己真的挺幼稚。

沈立軍帶她去五星級賓館。董小潔一路忐忑，到了大堂就更忐忑。前臺小姐沖沈立軍微笑，像是認識他似的。董小潔雙腿發軟，感覺隨時會躺倒在地。

沈立軍道：「你是好女孩，我會好好待你的。」他捋開董小潔的頭髮，輕吻她的額頭。董小潔覺得被一隻無形的手推著走。

沈立軍讓董小潔先洗澡，董小潔將浴室反鎖。沈立軍聽到嘩嘩水聲，趕緊給阿妹打電話：「今天有事，不回來了。」

「有什麼事？」

「現在很急，明天再彙報。」沒等阿妹反應，就關閉手機。

董小潔出來了，仍舊穿戴齊整，頭髮上的水珠把衣領弄濕了。臉頰和耳根都紅撲撲的，不知因為害羞還是熱汽薰蒸。她問：「你洗嗎？」

「我馬上洗。」

當沈立軍裹著浴巾出來時，坐在床邊的董小潔「啊呀」一聲，扭過臉蛋，蒙住眼睛。

沈立軍躺下，拉起被子，要把董小潔拖進來。董小潔半推半就。沈立軍費了很大力氣，才除去她的外衣。他先是感覺興奮，很快有些惱火。

「如果你不願意，深更半夜陪我來賓館幹嗎？」

董小潔噎住了，半天才囁嚅道：「我……想聊聊天……」

沈立軍繼續動手，董小潔的抵抗緩和了。但脫到棉毛衫褲後，她幾乎以死相拼。沈立軍道：「好了好了，我不脫了。」掉轉頭，朝著牆。

董小潔有些內疚，往他身邊挨了挨。沈立軍反身抱住她。他們聊了一會兒天，董小潔又開始擔心室友說閒話。沈立軍道：「別介意，她們連自己都管不過來呢。」他撫摸董小潔，漸漸又有了欲望，開始扯董小潔的褲子，董小潔雙腿緊並，拚命掙扎。沈立軍再次失敗，只能打個哈欠道：「太晚了，睡吧。」

熄燈之後，董小潔倚在沈立軍懷中。被男人摟著，原來如此踏實。清晨，沈立軍被身體的欲望催醒。他摸索到董小潔的下身，一陣猛攻。董小潔迷糊地掙扎著，突然被一記刺痛驚起。她看到床單上的血印，開始驚恐地呼叫。

「別怕，沒事的。」

「媽媽會罵我的。」

「不會的，我要娶你做老婆的。」

沈立軍哄了一個多小時，董小潔漸漸平靜。兩人又摟在一起。

「還疼嗎？」

「好像還有一點點。」

「現在我不碰你。養兩天，等創口長好，以後就不疼了。」

董小潔把臉蒙進枕頭。沈立軍又將她的臉捧出來，發現董小潔哭了。第一次，在內心深處，他對這個女孩的淚水感覺厭倦。

24

在賓館用過自助早餐，沈立軍送董小潔回學校。一開手機，短消息傾瀉而出。「你在哪裡？」「我知道，你和別的女人在一起。」「我恨你。」「要分手就直說。」「你這個騙子，流氓。」……

沈立軍噓了一口氣，往家裡打電話，響了十幾聲沒人接，回去後一推門，卻發現阿妹沒上班。

沈立軍惡聲惡氣道：「怎麼不接我電話？」

阿妹冷笑道：「怎麼樣，昨晚玩得爽嗎？」

「二哥兒們失戀，陪了他一晚，怕出事。」

「你就不怕我出事。」

「你好好在家，會出什麼事！」

「沈立軍，你不愛我了。」

「大清早的，說什麼愛不愛，肉麻。怎麼還不去上班，不怕被炒魷魚啊？」

「我把工作辭了。」

「辭了？好，下次找工作，我可不幫忙。」

「我不找了，你養我唄。」

沈立軍不再理睬，進到裡屋，房門反鎖，往床上一撲，很快意識模糊。不久，聽見阿妹擊門，沈立軍腦袋發漲，怒氣沖天，剛推門出去，就被甩了一耳光。沈立軍勾手一拳，倆人扭作一團。最後，沈立軍把阿妹按倒在地，阿妹嚷嚷：「胳膊斷了，胳膊斷了。」沈立軍扔下她，進廚房取了冰啤，喝掉半瓶，抹抹嘴巴，出門去了。

沈立軍到朋友大張新開的咖啡廳小坐，大張不在，他的女朋友小張在。店裡放著刀郎，沒什麼顧客，小張把幾個打工丫頭差得團團轉。沈立軍覺得，刀郎是大排檔音樂，不適合裝修別緻的西式咖啡廳。他想把這話告訴小張，但忍住了。

小張是東北人，嗓門比刀郎還粗，當她眉飛色舞時，沈立軍覺得有重錘在敲打他的耳膜。小張唯一的可愛之處，是她的肉肉臉。沈立軍又開始思念董小潔，起身告辭，往電視臺去。

到了電視臺，想起董小潔下周才開始上班。沈立軍失望加無聊，在附近胡亂瞎逛。路過一家房產仲介，停頓了一下，裡面立刻竄出一個人，西裝革履，外地口音：「先生，我們還有更多房型，請進來看。」

沈立軍跟進去，問：「有沒有二室一廳出租，朝向要好，裝修要全，價錢多少無所謂。」立刻有人捧上材料。沈立軍粗粗挑撿，選中一套。仲介聯繫房東，正好有空，沈立軍看了房，當場決定租下。「今天能住進來嗎？」

房東想了想，道：「可以。」

辦妥手續，拿到鑰匙，沈立軍添置了日用品和替換衣物。在超市時，給董小潔打電話：「我在你單位附近租了房，一起過來住吧。」

董小潔愣住。

沈立軍道：「你的單位，電視臺呀。」

「這太快了吧。」

「你都是我的人了，一晚上和一百個晚上有區別嗎？」

「那不一樣。」

「我幫你把護膚品都買好了。」

「那你自己用吧。」

25

沈立軍在新居住下。以前每次爭吵，都是阿妹先說和，這次居然沒動靜。沈立軍有些失落。他現在偶爾去學校聽課，每天最惦記的是接送董小潔。董小潔實習得不愉快，除了被委派做場記，就被扔在編輯室剪輯花絮。早聽說電視臺人際關係複雜，董小潔告誡自己察言觀色，可觀察了半天，卻覺得人人一團和氣，瞧不出所以然。

遠在外地的爸媽幫著乾著急：「以後有希望留電視臺嗎？」

「不知道。」

「要不給指導老師送送禮？」

「太唐突了吧，讓我怎麼開口呀。」

「你乖巧一點，對誰都要客氣。」

「我知道。」

「少說多做。」

「知道，知道！你們總是這一套。」

一個和董小潔同時進台的新聞系男生，很快當上了實習助理。他嘴甜，業務也熟，董小潔曾聽老師們誇獎他。董小潔最佩服的，是他和人迅速打成一片的本領。董小潔一說話就緊張，一緊張就結巴。而那男生談笑風生，措辭得體。董小潔覺得他對自己有些矜持，除了見面點頭微笑，唯一的一次對話是那男生問：「我們同校的吧，我上課時好像見過你。」

實習生們跟老師跟得很緊，但董小潔經常見不著她的錢老師。初來時，錢老師給過董小潔幾張午餐券，還問董小潔會不會編片子。董小潔硬著頭皮說「會」。那以後，錢老師隔三岔五地通過電話布置任務。董小潔在編輯室一泡三四天，午餐券用完了，就自帶麵包和水，躲在小隔間裡吃。比較幸運的是，董小潔碰到一個叫金晶的女孩，教會她編輯機的簡單操作。金晶是戲劇學院戲文系的，快畢業了。一天，她描述了台裡的幾派勢力，並且給董小潔忠告：如果真有工作意向，跟隨不得勢的錢老師是不明智的。

董小潔像被打了一拳。金晶走開後，董小潔獨自溜到樓頂。從電視臺大樓望下去，外面的世界花花綠綠，美麗異常，但它似乎不屬於她。董小潔將身體微微俯出欄杆，感覺到熟悉的眩暈感。

26

董小潔越來越依戀沈立軍。每天從他的車裡出來，走向電視臺，就開始盼望下班的一刻。有時董小潔進樓後回首張望，就見沈立軍在車裡沖她招手。此種場景，董小潔經常在愛情連續劇裡看到。

和沈立軍共進晚餐時，董小潔終於舒展開來，變成一隻往外噴湧怨氣的話簍子。沈立軍耐心傾聽，有時提一兩點建議，但更多時候是說：「電視臺這種鬼地方，根本不適合你。還是做我老婆好，不愁吃穿，全世界寵著你。」

時間長了，董小潔就會想像成為沈立軍的老婆。她可以在別人擠公車時，穿著軟底拖鞋溜狗；可以在別人吃工作午餐時，在家裡享受傭人燒的可口飯菜。——電視裡的貴婦人，都是如此這般。

沈立軍有錢，而且疼她。除此之外，還出奇地能幹。沈立軍解釋說，他很早脫離父母，搬出去住。平時無所事事，就做家務打發時間。董小潔喜歡他煎的雞蛋餅。沈立軍開玩笑說：「以後咱們沒錢了，我就去女生樓前擺個蛋餅攤。」

沈立軍的住處寬敞、安靜，能洗熱水澡，還有漂亮的睡衣。時間一長，董小潔不願回宿舍了，她騙爸媽說為了工作方便，和同學在電視臺附近合租。媽媽說：「那得花很多錢吧？」爸爸說：「好好工作，不要腐化變質。」董小潔有些心虛，她總是問沈立軍：「你會一直對我好嗎？」「那當然。」沈立軍每次都趁機描繪一番他們的未來。董小潔覺得未來離自己很遠，她不安地想：如果這世界和世界裡的人是不會改變的，該多好。

27

阿妹突然來電。沈立軍一看來電顯示，急忙把電視音量調大。但阿妹的咆哮，還是蓋過了電視聲音：「喂，還不來付房租！」

沈立軍略略遲疑。阿妹也沉默。沈立軍似乎聽到董小潔拖鞋的聲音，匆忙道：「要不，你把房子退了吧。」他掛斷電話，關閉手機，到浴室張望。董小潔還在洗澡，見到沈立軍，就在蒸汽騰騰的玻璃壁上畫了個笑臉符號。沈立軍像往常一樣，假裝要擠進沖淋房，董小潔也像往常一樣尖叫。沈立軍突然感覺很沒意思，關上沖淋房的門，虛垮垮地回到客廳。

這一晚，他把手機鎖在抽屜裡，早早上床睡了。董小潔問他是否不舒服，沈立軍只說「累了」。董小潔就自顧自地看電視，看到頭髮乾得差不多了，才熄燈躺下。沈立軍假裝熟睡，想著阿妹。如果此刻是阿妹，一定不會把他晾在一邊。沈立軍又覺得這種比較毫無意義。小潔還是個孩子呢。胡亂想著，終於入睡，居然夢見阿妹，在廚房煲湯。沈立軍裝出饞相，假意要偷吃，和阿妹鬧了一番。阿妹咯咯直笑，她笑的時候，有兩隻很深的酒窩，不是圓型的，而是長長兩條，嵌在削瘦的雙頰裡。阿妹拿出一隻鑲金湯勺，從紫砂煲裡舀了一口。沈立軍伸首一嚐，說：真鮮。忽覺腹痛。阿妹扔了勺子，嘿嘿冷笑道：如果我也是處女，你會不會和我結婚。

沈立軍醒了，肚子果真有點疼。他起床打開抽屜，取出手機，進了廁所。開機之後，只有一個短信，是朋友發的黃段子。想到他和阿妹可能真的結束了，沈立軍就腦袋空空。在馬桶上坐了片刻，回到床上，覺得似乎真的病了。

沈立軍側過身，看著董小潔，忍不住伸手撫摸她。董小潔的大腿和背脊，光爽得連毛孔都看不見。當她沉睡時，大拇指咬在嘴裡，臉蛋孵在枕頭裡。沈立軍的內心終於有些平靜了。

28

沈立軍通過一個朋友，給阿妹送了十萬塊錢。結果被退回來，還附了張字條：「難道你只欠我這些？」沈立軍加了五萬，再次被退回，也附著字條：「我不要錢，我要你問問自己的心。」

十幾天後的一晚，董小潔去看望剛做完人流的老鄉。沈立軍叫了幾個朋友去酒吧。朋友笑話他：「居家男人怎麼又想到出來混？」沈立軍打著哈哈。酒至正酣，有人說：「索男怎麼把阿妹勾上了。」

沈立軍急忙追問。朋友們七嘴八舌，拼湊出幾個版本。有說索男對阿妹垂涎已久，正好趁虛而入。有說阿妹為了報復沈立軍，故意勾引他的朋友。沈立軍覺得每個版本都像，又都不像。越聽越沮喪，臭罵這對狗男女。朋友們幫著罵。沈立軍把手機遞給身邊的大張，讓他給阿妹打電話。大張不肯，沈立軍罵道：「這點忙不肯幫，你他媽的還是哥們嗎！」

大張道：「和她說什麼呢？事情都成這樣了。」

沈立軍道：「你就問，和索男搞爽不爽。」

大張撥通電話。沈立軍耳朵裡一片混沌，聽不清大張說什麼，就湊到他手機邊嚷：「喂，你爽不爽啊，賤人！」嚷了一通，人逐漸伏下去。朋友們立刻架起他，出門叫車。到家時，董小潔已在床上看電視了，她被沈立軍醉醺醺的樣子嚇壞了，一個勁地哭。大張他們又端水，又摳喉，終於嘔出來，再把他弄到床上，脫掉鞋子，搭了一角被子。出門後，幾個人一議論，都覺得董小潔不如阿妹漂亮。

第二天醒來，沈立軍腦袋發漲，回想昨天的事，卻又想不清。他叫：「小潔，小潔。」董小潔不在。客廳地板上有穢物的痕跡，沈立軍清潔了一下，覺得頭重腳輕，胃中空洞。打開冰箱，什麼都沒有。就往沙發上一躺，給董小潔打電話：「幹什麼呢？」

「錢老師帶我出去採訪。」

「好啊，終於可以採訪了。」

「嗯，待會兒打給你。」

董小潔匆匆掛斷，再沒打來。沈立軍悶悶不樂地喝可樂，看碟片。看了一會兒，想起車子還留在昨晚的酒吧。取完車，下午二點半，又打電話給董小潔，問她在什麼地方採訪。董小潔道：「很遠，橫穿市區呢。別來接了。」沈立軍執意要接，立即動身。

工作日下午的高架，居然塞滿了車子。好不容易通暢了一段，又和一輛計程車擦了一下。沈立軍和出租司機狠狠吵架，差點打起來。

到達目的地，卻又找不著人。董小潔在電話裡慢聲細氣地解釋：「剛才等你不著，就坐台裡的車子回來了。」

沈立軍吼道：「我每天侍侯皇太后似地侍侯你，你就不能多等我半小時？」

董小潔沉默了幾秒，以一串「嘟嘟」的盲音回答了沈立軍。沈立軍把手機狠狠往座椅上一摔，在街邊取款機上取了錢，在海鮮自助餐廳飽食一頓，然後開車到一家KTV。

剛剛開始營業，姑娘們水靈靈地站成一排。沈立軍挑了兩個最漂亮的，左擁右抱，對略瘦的一個說：「從現在開始，我叫你『阿妹』，叫她『小潔』。」她們哄沈立軍買昂貴的酒，還拚命唱歌。「阿妹」喜歡唱王菲，唱到高潮部分，聲音細細吊起，頭頸像鵝一樣來回伸縮。玩到半夜，沈立軍留下「小潔」，「小潔」水母一般地纏上來，還把自己的腿插到沈立軍的雙腿間，不停摩擦。擦了一會兒，笑道：「怎麼，酒喝多了？」沈立軍捏起她的臉，認真地看。「小潔」嗔道：「把人家弄疼了。」沈立軍沉下臉，推開她。「小潔」想拉住沈立軍，沈立軍扔給她幾張鈔票，到櫃檯結帳。

酒意和鬱悶在胸膛內此起彼伏。沈立軍一路飛馳，不留神岔了道，路面越來越窄，凹凸不平，最後一盞路燈也消失了。沈立軍停下車，熄滅車燈。天地驟然暗了，各種聲響擴大起來。他聽見一隻狗在叫，然後幾隻野貓跟起來。有人咳嗽，有電視機在說話。

空氣黏濕，陰溝散出淡淡的悶酸。沈立軍走了幾步，漸漸有了燈光，看到一扇門，就敲門。門開了，一個燙大波浪的中年胖婦，警覺地問：「找誰？」

「阿妹住這裡嗎？」

「你找錯了。」

「她是不是搬走了？我想找阿妹，我好些天沒見她了。」

胖婦人不再回答，門嘭地關上，夾起一股風，不輕不重地刮了沈立軍一下。他呆站片刻，昏昏沉沉回到車裡。

到家後，發現沒有人，轉到客廳，仍然沒人，入到臥室，哈，董小潔坐在床邊呢。沈立軍衝上前，抱緊她，這才發現董小潔在哭：「你……你到哪裡去了……」

沈立軍親著她的臉頰，「乖乖、肉肉」地咕噥。董小潔被酒氣薰著了，扭來扭去地躲閃。沈立軍說：「我們結婚吧。」

董小潔頓住。沈立軍說：「我很孤獨，一直一直很孤獨。我想有個家，這個週末，你跟我回家吧。」

29

沈立軍給董小潔買了一條白色羊毛裙，再拉她去美容院，化妝、做頭髮。董小潔自己也看呆了，左照右照不捨得離開鏡子。穿白裙子的董小潔像隻鴿子，「白」這種顏色，是獨獨為了她存在的。

董小潔說，初次見長輩要送紅包。沈立軍說：「你還是學生，送點小禮物吧。」他們選了一瓶法國乾紅，兩盒太太靜心口服液。

按了半天門鈴才有反應。董小潔見一個頭髮花白的老婦，急忙叫：「阿姨好」，還把靜心口服液遞上去。老婦一愣，沈立軍笑了：「這是薛阿姨。」董小潔臉紅了，急忙彎腰換鞋。

薛阿姨迎他們進去，接下禮物，隨手放在鞋櫃上。客廳裡沒有人。薛阿姨道：「沈先生不在家，沈太太在睡覺。」

沈立軍道：「不是告訴過老頭子，我要回家的嗎？」

薛阿姨道：「具體我也不清楚。」

董小潔有點鬱悶。沈立軍道：「別理他們。」他拉小潔坐在客廳看電視。薛阿姨遞上兩杯奶茶，兩條冒著熱氣和花露水味的小餐巾，小餐巾放在與茶具配套的托盤裡。董小潔說：「有身分的人家到底不一樣。」

他們看電視。一個愛情連續劇，一對男女突然抱在一起，又突然開始互扇耳光，女人沒完沒了地尖叫。沈立軍先前看過，就給董小潔介紹劇情。董小潔聽著。倆人都有些心不在焉。

直到薛阿姨喊：「沈太太，開飯了。」樓上才有聲響。沈立軍自顧自地在餐桌邊坐下，也按著董小潔坐下。董小潔道：「阿姨還沒下來。」沈立軍道：「別管她。」搛了一筷清蒸魚。

十多分鐘後，施雲燕懶洋洋地下來。董小潔慌忙起身。施雲燕點點頭，轉身沖薛阿姨說：「給我拿只小碗，盛點湯。」董小潔侷促不安，沈立軍拉拉她，董小潔坐下。沈立軍說：「吃呀。」董小潔小心翼翼地拿起筷子。

飯桌上很靜，聽得見各人咀嚼的聲音。薛阿姨的吃相，讓人聯想過冬老鼠。沈立軍陰著臉，只有施雲燕的絮叨才打破沉默。她有很多不滿意，湯太油了，米太硬了，醬油放得太多了。喝掉三碗湯後，她打了個扎實的嗝，捋捋肚皮，站起身，重新上樓去了。

等拖鞋聲消失，董小潔才意識到，自己緊張得忽略了未來婆婆的長相。她碗裡還剩一口飯，薛阿姨就開始收拾桌子，董小潔放下筷子道：「我來，我來。」沈立軍攔住她：「你幹嘛呀，讓傭人收拾。」董小潔又臉紅了。

他們重新回電視機前坐著。董小潔問：「你怎麼不介紹我。」

沈立軍道：「有什麼可介紹的，一看這架勢，就知道你是我女朋友。」

董小潔輕輕歎了口氣：「我們今天是來幹什麼的呢。」

沈立軍道：「你來過我家，就算是給老頭老娘交代過了。以後的事情，他們再也管不著。」

董小潔坐了片刻，又東張西望。

沈立軍問：「找什麼？」

董小潔咦了一聲：「你家不放照片嗎？我想好好看看你爸媽的樣子。」

「我家怎麼可能放照片，光是看看活人的臉，就已經互相討厭了，」沈立軍神情嚴肅地說，「以後我們結婚了，要在每間房間掛滿大照片。」

董小潔重重點頭。

一集播完，開始放廣告。沈立軍提出要走，董小潔道：「你爸還沒回來呢。」

沈立軍道：「無所謂。」

「和你媽說一聲吧。」

「不用。」

董小潔只得起身。在門口換鞋時，她希望薛阿姨從廚房探出腦袋，就能打個招呼，不算不告而別了。但直到穿過空落落的花園，都沒人注意到他倆的離開。

30

董小潔邀請沈立軍隨她一起回家。沈立軍說：「真希望寒假快點來。」小實習很快結束，系裡恢復上課。錢老師希望董小潔繼續兼職。董小潔答應了，卻有些懶散，沒有佈置任務，就不主動去台裡。她甚至學會了蹺課。與沈立軍逛街，吃喝，睡覺，曬太陽，看碟片。回想二十個月之前的苦讀，董小潔恍若隔世。

沈立軍道：「英文，狗屎，教科書，狗屎，電視臺，狗屎。」

董小潔咯咯亂笑：「那什麼不是狗屎？」

「和我鬼混不是。」

董小潔喜歡和沈立軍鬼混。沈立軍寵著她，全世界就寵著她了。她是沈立軍的「老婆」、「寶貝」、「肉肉」。

沈立軍道：「畢了業就和我混，別找工作了。」

董小潔道：「那怎麼行，你沒工作，我也沒工作。」

「老東西一翹辮子，財產全是我的，這是獨生子女的好處。到時候我們住別墅，把其他房產統統租出去，就能一輩子逍遙快活。」

董小潔嚮往著逍遙快活。這是二〇〇五年十月，她二十一歲，大學三年級。

31

一個月後，沈立軍的朋友大張的女朋友小張過生日，請了一桌密友。沈立軍帶董小潔去了。小張的弟弟自始至終偷瞧董小潔，差點把沈立軍惹得跳起來。過後，小張給沈立軍解釋，說她弟弟見過董小潔，可又吃不準，所以不停看她。沈立軍問董小潔，認不認識小張的弟弟，董小潔說不認識。沈立軍打電話去罵小張，小張說：「大哥，我弟從不騙人，我也從不騙人。這麼跟您說吧，我弟的一個同學，跟小潔同校，他有一個朋友和小潔談過戀愛，以前經常一塊兒玩，所以見過三四次。他說小潔變了，比以前漂亮，所以有些吃不準。」

沈立軍又逼問董小潔，董小潔眼淚也急出來：「不認識，真的不認識。」

沈立軍說：「好吧，就算你們不認識。」

沈立軍讓小張把她弟弟小小張約出來。小小張長著一對眯眯眼，和姐姐一點都不像。他喝了啤酒，話就多了，說飯局上覺得董小潔面熟，一聽介紹學校，就想起來了。小小張有個朋友叫沈強，「也姓沈」，他呡了一口酒，「沈強有個朋友叫歐陽前進，有段時間混得挺熟。歐陽前進一直換女朋友，很有豔福……」

沈立軍問：「你只要告訴我，他們發展到哪一步了？」

「這個……不好說。」

沈立軍將杯子重重擊向桌面，啤酒激射到小張姐弟身上。

小小張捋了一把臉道：「他們同居了一段時間。」

沈立軍道：「這不可能，董小潔跟我時是處女。」

小小張道：「不好說。醫院有專門做那種手術，藥店也有賣人造處女膜的。」

沈立軍起身往外走。小張拉他，沒拉住。沈立軍飛快鑽進車裡，在駕駛盤上伏了一會兒，才把癱軟的感覺熬過去。他漫無目的地開了一會兒，在一家性保健商店前停下。一個大媽在櫃檯裡打磕睡，見有顧客，來了精神：「要買什麼？這兒啥都有。」

「人造處女膜有沒有？」

「有，有，」大媽拿出一盒，塞到沈立軍面前，「三個一百六十八，再送你一小盒兩個，五個才二百不到。」

沈立軍夢遊般地往外走。天空似乎是忽然陰下來的，夜晚提前到來了。沈立軍到家時，董小潔還沒回來。立刻打電話，卻是關機。沈立軍往床上一躺，渾身發冷，只有背脊滾燙。

過了半個多小時，董小潔哼著歌進門。

沈立軍問：「去哪裡了？」

「去超市，衛生紙沒了。」

「為什麼關機？」

「一直開著呢，可能信號不好。你今天怎麼了，有點怪怪的。」

董小潔放下塑膠袋，跑來瞧沈立軍。沈立軍凝視董小潔的臉孔。她比初識時瘦削，下巴尖出來了，下眼瞼被化開的脂粉弄髒，顯出點沒睡醒的感覺。沈立軍彷彿突然不認識她。

「究竟怎麼了？」董小潔抓起沈立軍的手，玩弄他的指頭。

沈立軍問：「到超市去為什麼要化妝？」

「不為什麼，弄得漂亮點不好嗎？路上照了照鏡子，覺得這眼影讓眼皮顯腫，」董小潔指著眼睛嘰咕，「你覺得紫色眼影好，還是橙色眼影好？」

「都不好，看起來很廉價，像個妓女。」沈立軍背上的灼熱，燒到胸膛裡了。

「討厭，怎麼這樣說話。」董小潔甩掉他的手，站起身。

沈立軍拉她的衣服下擺：「你認識歐陽前進嗎？」

董小潔沒有表現出他預期的吃驚，而是一派迷茫：「歐陽前進？不知道，電影演員嗎？」

董小潔的粉擦得太多，使她的表情顯得有些假。沈立軍仔細搜索她的面孔，看不出個所以然。

過了幾日，小小張打來電話：「大哥，抱歉，小潔不一定是歐陽前進的前女友。」

沈立軍問：「你什麼意思？」

「她們有點像，大概是我搞錯了。」

「她們肯定不是一個人？」

「她們有點像，隔了幾年，具體我也記不清。唉，你看，不好說。」

沈立軍翻來覆去，琢磨許久。是不是董小潔找過小小張，也可能小小張真的搞錯了。處女膜，人造處女膜！沈立軍忍不住，買了一盒回來。深紫色的紙盒子，比撲克牌盒略小，一側印著「解決世紀難題，五分鐘還您處女身，讓你可以再度獲得男人的歡心」。另一側印「人造處女膜；日本進口；重量：6g；尺寸：5cm × 3.5 cm × 0.02 cm；顏色：深紅色半透明膜；有效期：三年」。拆開來，一隻小塑膠袋封著三片正方形的紅色薄膜。

沈立軍研讀《使用要點》，每讀一句，眼皮就跳一下：「房事開始時，女方應適當改變體位，使男方開始時不易進入，並配合處女膜破裂時出現的撕裂痛症狀，若配痛苦呻吟及害羞狀，效果更佳。」沈立軍回想他們的初夜，董小潔正是「痛苦呻吟及害羞狀」。

沈立軍相信自己臉色非常難看。董小潔卻沒注意，只顧自己吃晚飯。沈立軍放下碗筷，說要出去轉一圈。董小潔覺得奇怪，但沒問什麼。半小時後，沈立軍回來了，跑到臥室一看，床上亂糟糟的。於是沖董小潔嚷嚷：「被子都不疊，女孩子家這麼懶惰。」

董小潔被他的無名火一燒，乖乖進屋把被子疊了。沈立軍又去檢查，發現他擱在被子上的人造處女膜，被放到了床頭櫃上。他拿起處女膜，問董小潔：「這是什麼？」

「不知道呀，是你放在那兒的吧。」

沈立軍伸出的手臂停頓幾秒，又繼續往前伸了伸：「你再看看。」

董小潔仔細研究，突然臉紅了：「是你買的？幹嘛呀。」

「不幹嘛，我只想問問你。」

董小潔把東西往地上一扔：「問我什麼？」

「問問你的心。」

「你這陣子太奇怪了，老是沖我發火。對我有看法就直說。雜誌上也寫的，男女相處，最寶貴的是交流。」

「好。」沈立軍咽了口水，舔舔嘴唇。董小潔靜靜望著他。

沈立軍道：「沒什麼，可能是天冷，我心情不好。」

32

和董小潔同時進台實習的新聞系男生，名叫鍾陽。鍾陽是上海人，做事如女孩一般細膩縝密。年底，錢老師出了長差，鍾陽幫助他們欄目寫策劃稿。董小潔和他慢慢熟絡了。鍾陽請董小潔吃過幾次飯。

金晶悄問董小潔：「鍾陽是不是在追你？」

董小潔道：「哪裡。他做人比較客氣。」

董小潔把鍾陽請客的事情告訴沈立軍，沈立軍問了相同的話，還說：「他和你一樣是實習的，憑什麼請你吃飯。」

「他是異性朋友。」

「什麼異性朋友。在男人眼中，只有感興趣的女人，和不感興趣的女人。」

「你以為別人都像你這麼骯髒！」

「董小潔，是你自己幼稚。」

董小潔氣得腮幫子鼓起來：「以後我和任何男人交往，是不是你都得審查呀！」

沈立軍道：「是！」

董小潔一跺腳，朝門口走去。沈立軍攔住她：「哪裡去？」

「你管我哪裡去。」

「你要是踏出去一步，就別回來。永遠別回來了。」

董小潔既吃驚，又覺得失面子，猶豫片刻，語氣不堅定地說：「不回來就不回來。」

沈立軍仍然攔著路：「你長得不錯，又心思單純，很容易被人騙。」

「我看我是被你騙了。」

「你後悔了？」沈立軍逼視她，「誰騙誰還不知道呢。」

「我騙你什麼了？」

「你不是處女！」

董小潔剎時將嘴巴張成圓圈。「你、你說什麼呀。」她捂住眼睛。

沈立軍一字一句道：「你真的很賤。我怎麼會相信你是處女。我用一套衣服就把你搞定了。那些鍾陽、鍾陰的，大概花費更少吧。」說完，他轉過身，忍住腦袋裡的暈眩，走了出去。

33

沈立軍關了手機，喝到爛醉，開機給阿妹打電話。

阿妹道：「我活得爽死了，你別來煩我。」

沈立軍道：「我剛吃了很多安眠藥，快來見我最後一面。」

「你去死好了，關我屁事。」

「我真的要死了。」

「你不是真的吧，別嚇我。」

「真的，是真的。」沈立軍口齒不清。

阿妹想了想，道：「我不信。」

「你可以不信很多次，但後悔就只有一次。」

「什麼意思，我聽不懂。沈立軍，你留著甜言蜜語，和你的小心肝們說去吧。」

阿妹掛斷電話。再打去，就不接了。沈立軍繼續喝酒，喝到拿不起酒瓶了，就靠在椅子扶手上睡著。醒後頭痛欲裂，付了錢，往外走。

屋外不知何時下雪了，沈立軍收緊鼻孔，將一個噴嚏硬生生縮回去。他一點都不覺得冷。伸出手，手心通紅，白的雪片掉進來，就變成透明的。很多很多透明的雪片，匯成一粒粒水珠。沈立軍握起手，手指頭濕了。他看見一群人，就走過去。擠了一會兒，看一些美女挽著醜男進進出出，旁邊有人說，這是在拍賣活人。他退出來，繼續往前走。頭痛好些了，但暈得厲害。路燈蒙著一層白，遠處的房屋蒙著一層白，更遠處的天際也蒙著一層白。它們白得像董小潔，像她的手，像她的白色羊毛裙，像她的白色套頭薄絨衫。

沈立軍低下頭，地面也是白的，白得很單薄，腳踩上去，就化出一只只逐漸擴大的腳印。天空發灰，兩側樓房支頂著低沉沉的天。沈立軍咕噥：「天塌了才好。」

他看見一處亮光，就湊過去。是家髮廊，一個鄉下女人坐在裡面，坦著胸餵奶。她望了眼玻璃門外的沈立軍，又低下頭。她臉上仍刷著隔夜的脂粉，脖頸黃黃的一截，到了奶子那裡，又轉成嫩色。那是一隻年輕的奶子。嬰孩嘖得很歡。媽媽邊餵奶，邊換尿布。沈立軍看清了，那是個女嬰，皮膚白得像雪。

沈立軍沖女嬰笑笑，忽然眼睛紅了。他把發紅的眼睛藏到黑暗裡，繼續往前走。走了幾步，停住，轉過身，問：「你為什麼跟著我？」

樂慧在他身後一米外，也停住。沈立軍又問：「你為什麼跟著我？」樂慧緩緩走近。她的臉陷在衣領和頭髮之間，眼睛似乎很大，眉毛上積著雪。沈立軍覺得，這張臉很親切。

樂慧定定地看著沈立軍，道：「對不起，我認錯人了。」

沈立軍道：「沒關係，大姐。」

樂慧怔了怔，道：「你很像我的一個朋友。」

「是嘛。」

「下雪了，你冷嗎？」

「我還可以。」

「我很冷，」樂慧遲疑道，「能抱你一下嗎？」

沈立軍靜了幾秒，道：「好。」

樂慧貼著他站定，伸出一隻手，搭在他肩上。沈立軍的腦袋不疼也不暈了。他摟住樂慧的腰，微微彎下身，將下巴放到樂慧肩膀上。倆人緊摟在一起。

初稿於二〇〇六．三．十二

九稿於二〇〇七．十一．十五

當代名家・任曉雯作品集1

她們

2018年11月初版　　定價：新臺幣390元

著者　任曉雯
叢書編輯　黃榮慶
校對　陳麗卿
內文排版　極翔企業有限公司
封面設計　兒日
編輯主任　陳逸華

總編輯　胡金倫
總經理　陳芝宇
社長　羅國俊
發行人　林載爵

出版者　聯經出版事業股份有限公司
地址　新北市汐止區大同路一段369號1樓
編輯部地址　新北市汐止區大同路一段369號1樓
叢書編輯電話　(02)86925588轉5307
台北聯經書房　台北市新生南路三段94號
電話　(02)23620308
台中分公司　台中市北區崇德路一段198號
暨門市電話　(04)22312023
台中電子信箱　e-mail：linking2@ms42.hinet.net
郵政劃撥帳戶第0100559-3號
郵撥電話　(02)23620308
印刷者　世和印製企業有限公司
總經銷　聯合發行股份有限公司
發行所　新北市新店區寶橋路235巷6弄6號2樓
電話　(02)29178022

行政院新聞局出版事業登記證局版臺業字第0130號

本書如有缺頁，破損，倒裝請寄回台北聯經書房更換。　ISBN 978-957-08-5198-4 (平裝)
電子信箱：linking@udngroup.com

國家圖書館出版品預行編目資料

她們/任曉雯著．初版．新北市．聯經．2018年11月（民107年）．560面．14.8×21公分（當代名家・任曉雯作品集1）

ISBN 978-957-08-5198-4（平裝）

857.7　　107017925